Brûlante alliance

*

Danger glacé

*

Une vérité à haut risque

DENISE N. WHEATLEY

Brûlante alliance

Traduction française de
CHRISTINE BOYER

BLACK ROSE

HARLEQUIN

Collection : BLACK ROSE

Titre original :
DANGER IN THE NEVADA DESERT

HARPERCOLLINS FRANCE
83-85, boulevard Vincent-Auriol, 75646 PARIS CEDEX 13
Service Lectrices — Tél. : 01 45 82 47 47 - www.harlequin.fr
ISBN 978-2-2804-9699-5 — ISSN 1950-2753

Composé et édité par HarperCollins France.
Imprimé en novembre 2023 par CPI Black Print (Barcelone)
en utilisant 100% d'électricité renouvelable.
Dépôt légal : décembre 2023.

FSC
www.fsc.org
MIXTE
Papier issu de sources responsables
FSC® C159065

Pour limiter l'empreinte environnementale de ses livres, HarperCollins France s'engage à n'utiliser que du papier fabriqué à partir de bois provenant de forêts gérées durablement et de manière responsable.

Prologue

Charlotte Bowman descendait le sentier qui menait à Glacier Lake. Comme il était raide et accidenté, elle regardait où elle mettait les pieds pour ne pas se tordre la cheville comme lors de sa dernière venue.

La journée s'achevait et les derniers rayons du soleil scintillaient sur les eaux limpides du lac, niché au creux des majestueuses River Mountains. Parsemées de fleurs sauvages et de pierres cristallines, ses rives étaient un lieu de balade idéal pour un après-midi estival.

Charlotte regretta de ne pouvoir profiter des charmes de ce petit coin de paradis terrestre. Elle n'était pas venue pour batifoler mais pour enquêter sur le dernier meurtre commis par le Numeric Serial Killer, le tueur en série numérique.

Des gouttes de sueur perlaient le long de sa nuque, et elle replaça des boucles brunes échappées de son chignon avant de s'éventer le visage de la main. La canicule qui sévissait depuis quelques jours à River Valley, petite ville du Nevada, devenait implacable. Et, ce matin, elle s'était habillée pour travailler dans son bureau climatisé du poste de police, pas pour crapahuter sous un soleil de plomb sur une scène de crime.

La pente était raide et, comme elle retirait sa veste en jean pour la nouer autour de sa taille, elle glissa et faillit s'étaler dans la poussière. Elle se redressa à temps et poursuivit son chemin plus prudemment.

Un peu plus loin, elle sentit une décharge d'adrénaline la

traverser lorsqu'un vieux saule du désert apparut. Son tronc tordu et ses superbes fleurs magenta, dont le parfum flottait dans la brise, ne manquaient pas de charme.

Pourtant, la beauté de l'arbre était éclipsée par le souvenir du corps sans vie de Brad Ellington gisant sous ses branches. Les circonstances entourant sa mort étaient encore bien mystérieuses. Âgé d'une trentaine d'années, il ne portait aucune blessure apparente. Son portefeuille, ses clés et ses papiers se trouvaient toujours dans ses poches, ce qui avait permis de l'identifier facilement. Et prouver que le vol n'avait pas été le mobile du meurtre.

Alors, quel était-il ?

La plus grande bizarrerie était le chiffre 9 grossièrement gravé au couteau sur sa joue gauche. Après quinze ans à travailler au sein des forces de l'ordre, Charlotte aurait dû être immunisée contre l'horreur de certaines scènes de crime. Mais la vue de cette balafre barbare l'avait glacée jusqu'au cœur.

Reste professionnelle. Les émotions n'ont pas leur place dans une enquête. Concentre-toi sur les faits.

Tout en enfilant une paire de gants en latex, elle s'approcha du vieux saule. Ethan Mitchell, le chef de la police de River Valley, l'avait renvoyée sur les lieux du drame pour tâcher de recueillir davantage d'ADN. Sans doute, pour rien. L'équipe avait ratissé le périmètre à plusieurs reprises. Ils avaient rapporté quelques mottes de terre imprégnées de sang. Malheureusement, les analyses n'avaient permis d'identifier qu'un seul profil : celui de Brad.

— Il y a forcément quelque chose de plus là-bas, quelque chose qui vous a échappé, avait insisté le chef Mitchell en fronçant ses sourcils broussailleux.

Elle connaissait le regard qu'il lui avait lancé. Il s'agissait d'un ordre et il n'y avait pas lieu de discuter.

Et maintenant je me retrouve à essayer de faire apparaître comme par magie des indices qui n'existent pas...

Un nuage sombre passa devant le soleil couchant et elle tira une lampe de poche de son pantalon avant d'allumer son petit magnétophone.

— Rapport du sergent Bowman sur ses investigations menées

aux abords du Glacier Lake où le corps de Brad Ellington a été retrouvé. À la demande du chef Mitchell, je suis revenue fouiller les lieux pour y chercher des indices supplémentaires...

Comme elle entendait des pas derrière elle, elle s'interrompit brusquement et se retourna. Il n'y avait personne.

Avec la tombée du jour, les rives s'étaient vidées. Les bateaux étaient tous amarrés, les jet-skis entreposés et les barbecues éteints. Il n'y avait plus aucun promeneur en vue.

Elle reporta son attention sur le tronc d'arbre.

Regarde en vitesse s'il y a quelque chose à noter et va-t'en...

— Je suis devant le saule du désert sous lequel la victime a été découverte afin de collecter tous les éléments à même de relier un éventuel suspect à la scène de crime. Je m'apprête à examiner le sol et à recueillir des échantillons supplémentaires susceptibles de contenir des traces de sang, de fluides corporels, des cheveux, des fibres...

« Tout ce que nous avons déjà cherché en vain maintes et maintes fois », eut-elle envie d'ajouter.

Elle inspecta une motte de terre. Quand elle braqua dessus le faisceau de sa lampe, rien ne lui sauta aux yeux. Néanmoins, elle la préleva à l'aide d'une petite pelle et la mit dans un sac de scellé.

Un craquement la fit soudain sursauter. Persuadée qu'il s'agissait d'une branche sur le point de tomber, elle recula vivement. Mais rien ne se produisit. Autour d'elle, tout semblait figé. Seul le bruissement des feuilles dans le vent rompait le silence.

Un peu perplexe, elle promena les yeux autour d'elle à la recherche d'un rôdeur. Elle ne vit personne.

Tu deviens paranoïaque...

Mais, comme elle se penchait pour ramasser un autre échantillon de terre, un violent coup à l'arrière de sa tête la projeta sur le sol. Alors qu'elle tentait de se relever, deux mains puissantes la saisirent par les épaules pour la plaquer à terre.

Le visage enfoui dans les feuilles mortes, elle sentit un corps lourd se presser sur elle.

— Lâchez-moi ! cria-t-elle.

— Suis-moi, ordonna l'inconnu.

— Sûrement pas ! riposta-t-elle.

Sans ménagement, il la saisit par les cheveux.

— Que viens-tu de dire ? grommela-t-il. Répète.

Elle redressa la tête.

— J'ai dit que je n'irais pas avec...

D'un geste brusque, il lui renfonça le crâne dans le sol. Le nez dans la terre, Charlotte ne parvenait plus à respirer. Elle tenta de se débattre, de se libérer de son emprise, mais en pure perte.

À moitié asphyxiée, elle cherchait de l'air mais elle n'y parvenait pas. Faute d'oxygène, elle suffoquait et se sentait partir. Au moment où elle perdait conscience, son agresseur bondit. Il la saisit par le bras pour la forcer à se lever.

— Allez, ordonna-t-il. Avance !

Il la poussa avec violence vers le parking. D'une main de fer, il lui tenait les poignets dans le dos.

Tu dois lui échapper. Sinon il va te tuer. Sauve-toi !

Elle aperçut soudain non loin d'elle une petite famille qui montait dans une voiture.

L'homme resserra son emprise.

— N'y pense même pas. Si tu essayes d'appeler à l'aide, je te brise la nuque.

Refroidie par cette menace, Charlotte réprima le cri qui lui montait aux lèvres. Elle devinait que ce type ne se contenterait pas de la tuer, elle. Si elle lui résistait, il ferait subir le même sort à cette famille innocente. La gorge serrée, elle tenta de se retourner pour mieux voir son agresseur. Il était vêtu de noir, le visage dissimulé sous une cagoule, et elle ne parvint à noter que deux détails physiques : sa grande taille et ses yeux sombres.

— Vous ignorez sans doute qui je suis mais, si vous me tuez, vous ne vous en tirerez pas comme ça, je vous préviens

Il émit un rire sinistre.

— Je sais évidemment qui tu es, sergent Charlotte Bowman.

À ces mots, elle sentit une vague de peur la glacer. Qu'il connaisse son nom l'anéantit et elle s'écroula. Mais il la força brutalement à se relever.

— Avance ! Ne complique pas les choses.

Des larmes de colère brûlèrent ses paupières. Elle aurait dû rester sur ses gardes, surveiller ses arrières, se reprocha-t-elle. Le stress et la fatigue avaient eu raison de sa prudence. Elle n'aurait jamais dû se rendre seule sur la scène du crime, surtout après les nombreuses menaces dont elle faisait l'objet.

Elles avaient commencé le jour où elle avait été promue sergent et s'étaient intensifiées lorsque le chef lui avait confié l'enquête sur le tueur en série. Au départ, elle avait soupçonné ses collègues d'en être les auteurs. Mais maintenant elle comprenait qu'elle s'était sans doute trompée. Celui qui la harcelait depuis des mois était peut-être le tueur qu'elle cherchait à démasquer.

Au moment où l'homme la traînait vers l'autre extrémité du parking, une petite fille sauta d'une voiture.

— Maman ! J'ai oublié mon seau au bord de l'eau !

— Isabelle ! cria la mère de l'enfant en courant derrière elle. Reviens tout de suite !

Avec un juron, son agresseur força Charlotte à se cacher derrière une camionnette.

— Baisse-toi ! ordonna-t-il.

Mais, avant qu'elle n'y parvienne, la mère de la fillette surprit leur manège et s'approcha.

— Madame ? Tout va bien ?

— Tais-toi ! gronda le type.

Le père de famille descendit à son tour de la voiture. Il regarda tour à tour Charlotte et l'homme au visage couvert d'une cagoule.

— Que se passe-t-il ? Avez-vous besoin d'aide ?

Comprenant qu'il n'arriverait pas à ses fins, son assaillant poussa Charlotte au sol et s'enfuit en courant.

Le couple se précipita vers elle.

— Kurt, appelle les secours ! lança la femme à son mari en aidant Charlotte à se relever. Ne vous inquiétez pas, madame, nous resterons avec vous jusqu'à l'arrivée des forces de l'ordre.

— Merci, balbutia-t-elle, le souffle court, trop bouleversée pour leur dire qu'elle-même faisait partie de la police.

1

Miles éteignit son ordinateur portable avant de jeter un coup d'œil à sa montre. Il était presque 20 heures et il rédigea un texto à sa mère pour la prévenir qu'il arriverait en retard au dîner de famille.

Au moment où il envoyait son message, la sonnerie de son smartphone retentit. L'indicatif du Nevada s'afficha sur l'écran. Il ne reconnut pas le numéro mais prit l'appel.

— Allô ?

— Bonjour. Euh... Je m'adresse bien à Miles Love, policier à Clemmington ?

Cette douce voix féminine lui disait quelque chose, mais il ne parvint pas à l'identifier.

— Je suis inspecteur, en fait. J'ai été promu récemment. Mais qui est à l'appareil ?

— Félicitations ! C'est Charlotte, Charlotte Bowman.

Miles faillit lâcher l'appareil.

— Charlotte ? Heu... bonjour, bonjour, balbutia-t-il, la gorge serrée. Si je m'attendais ! Quelle surprise. Comment vas-tu ?

— Ça pourrait aller mieux, en fait. D'où mon appel.

Tout en l'écoutant, dévoré par la curiosité, Miles se remémora leur première rencontre. Ils s'étaient croisés, deux ans plus tôt, lors d'un séminaire destiné aux forces de l'ordre. Charlotte y assistait pour le compte de la police de River Valley. Lors d'une séance d'entraînement au combat contre un suspect, ils avaient fait équipe et le courant entre eux avait circulé aussitôt de façon étonnante.

Miles se souvenait encore des frissons qui l'avaient parcouru lorsque Charlotte l'avait retourné et rapidement palpé pour le fouiller avant de lui passer les menottes.

Toute la journée, ils avaient enchaîné les exercices en binôme et le soir, fourbus mais déjà complices, ils avaient décidé de dîner ensemble. Pendant le repas, ils avaient beaucoup discuté et, de fil en aiguille, ils s'étaient retrouvés pour un dernier verre dans sa chambre d'hôtel. Où ils avaient fait l'amour.

Au cours de la soirée, Miles avait découvert que Charlotte venait de divorcer. Sans doute n'était-elle pas prête pour une nouvelle relation amoureuse. En tout cas, une fois le séminaire terminé, leur rencontre aussi brève que passionnée avait pris fin elle aussi.

À son retour à Clemmington, Miles s'était rendu compte que Charlotte lui manquait. Il n'était pas parvenu à la chasser de son esprit. Par amour-propre, il s'était interdit de la rappeler et, de son côté, elle n'avait jamais cherché à le joindre.

Jusqu'ici.

— Je suis étonné d'avoir de tes nouvelles, dit-il.

— Je sais. Le temps a passé vite et beaucoup d'événements ont chamboulé ma vie depuis notre rencontre.

Comme elle s'interrompait, il retint son souffle, impatient d'entendre la suite.

— Et à présent, continua-t-elle après un instant, j'ai besoin de toi.

— Tu as besoin de moi ? Pourquoi ? Que se passe-t-il ?

— Je ne sais pas si tu es au courant, mais nous avons un tueur en série en liberté dans le Nevada. Ses deux derniers meurtres ont été perpétrés ici, à River Valley.

— Je l'ignorais. À ma décharge, nous étions occupés à capturer le tueur qui s'est attaqué à ma sœur, Lena.

— Oui, j'ai lu la presse à ce sujet. Bravo à Lena d'avoir mené à bien cette enquête. Et félicitations à toute ta famille pour cette arrestation. Tu faisais partie de l'opération, n'est-ce pas ?

— Merci. Oui, je m'y suis impliqué corps et âme.

Miles se leva et se dirigea vers la fenêtre. L'automne approchait et les feuillages viraient déjà au rouge orangé. Le comité de décoration du parc avait installé un immense épouvantail près des grilles en fer forgé. De fausses citrouilles géantes ainsi que des bottes de foin ornaient la pelouse.

Comme il remarquait une famille qui se dirigeait vers l'aire de jeux, il sentit un profond désir s'emparer de lui. Leurs rires, leur complicité, leurs gestes tendres... tout lui faisait envie. Il se détourna rapidement.

— Mais tu disais que tu avais besoin de moi ?

— Je t'explique. Dernièrement, j'ai été promue sergent, et...

— Sergent ? C'est super, Charlotte. Félicitations.

— Merci. Mais tu connais le dicton. On attend beaucoup de ceux à qui on a beaucoup donné. Peu de temps après ma nomination, l'affaire du Numeric Serial Killer a atterri sur mon bureau. Et honnêtement, j'ai l'impression d'être un peu dépassée. Puisque tu viens de mener avec succès une enquête similaire, je me demandais si tu accepterais me faire profiter de ton expertise. J'aimerais développer avec toi une sorte de partenariat.

Submergé par une vague d'émotions, Miles se rassit dans son fauteuil. S'associer à Charlotte signifierait reprendre contact avec elle, lui parler régulièrement, peut-être la revoir...

— Serait-il envisageable que tu prennes un avion pour River Valley pour passer un peu de temps ici ? poursuivit Charlotte, confirmant ses espoirs. Si tu en as envie et si tu le peux, bien sûr. Tu es probablement débordé de ton côté...

— En fait, non, je ne le suis pas, répondit-il plus vite qu'il ne l'aurait souhaité. Depuis l'arrestation du tueur en série, tout est plutôt calme ici.

— Alors, serais-tu d'accord pour venir m'aider à capturer ce tueur ? J'ai déjà obtenu l'aval de mon chef.

Une vague inattendue de bonheur souleva Miles.

Charlotte aurait pu consulter un collègue chevronné ou un expert en tueurs en série. Pourtant, elle l'avait choisi, lui. Avait-elle envie de le revoir pour des raisons exclusivement professionnelles ? Ou bien...

— Bien sûr que j'accepte de mener cette enquête avec toi, lâcha-t-il.

Pris d'un vertige soudain, il ferma les yeux.

Réfléchis avant de t'embarquer dans cette aventure. Elle t'a déjà fait du mal, dans le passé. Ne lui donne pas la possibilité de recommencer.

Mais, refusant d'écouter la petite voix de la sagesse, il se rapprocha de son bureau et en sortit un calepin.

— Parle-moi du suspect. Que sais-tu de lui jusqu'ici ?

— Il ressemble beaucoup au tueur en série que tu viens d'arrêter. Organisé, calculateur, il prépare avec soin ses attaques. En revanche, il tue indifféremment des femmes *et* des hommes. Quel que soit leur sexe, ils sont tous de jeunes actifs et s'évanouissent brusquement dans la nature sans laisser de trace. Mais il s'écoule toujours plusieurs jours entre le moment où ils disparaissent et celui où leurs cadavres sont découverts.

— Comment l'assassin les tue-t-il, en général ? D'une balle ? Sous des coups de couteau ? Par strangulation ?

— C'est la grande question. Ils ne portent aucune blessure, aucun signe de traumatisme. Nous pensons donc qu'il les empoisonne avec une substance indétectable. Autre détail, et c'est là que l'affaire se corse, toutes les victimes gisent à proximité d'un plan d'eau. Et plus étrange encore, toutes portent un numéro gravé sur l'une de leurs joues. Il correspond chaque fois au nombre de jours écoulés entre la date de leur disparition et celle de leur mort.

— Merde, grommela Miles tout en prenant frénétiquement des notes. Ce type a l'air bien tordu.

— Je te le confirme. Et tout comme ton tueur, il ne laisse aucun indice sur les scènes de crime. Alors qu'en penses-tu ? Es-tu prêt à relever le défi ?

— Tout à fait. Je suis totalement partant.

— Formidable ! s'exclama Charlotte. Combien de temps te faut-il pour arriver ?

L'excitation qui teintait sa voix déclencha un frisson chez Miles.

Du calme. Respire et détends-toi…

— Je dois d'abord en parler à mon chef et à mes collègues. Pour m'assurer que mon absence ne posera pas de problème.

— Ton père est-il le chef de la police de Clemmington ?

— Tout à fait. Je suis surpris que tu t'en souviennes.

— Je me souviens de beaucoup de choses...

Il ne répondit pas tout de suite. Il resta un moment silencieux, à savourer la nuance de flirt qui teintait son ton.

— Tu es toujours là ? demanda Charlotte.

— Oui, oui. Désolé. Je, euh... j'avais prévu de dîner chez mes parents, ce soir. Je vais en profiter pour en toucher un mot à mon père et voir ce qu'il en dit. S'il est d'accord, je t'appellerai et nous déciderons de la suite.

— Et par « décider de la suite », j'espère que tu veux dire « sauter dans le premier avion pour River Valley ».

— Pas si vite, protesta Miles en riant de son enthousiasme. J'ai ton numéro et je t'appelle dès que j'en sais plus.

— J'ai hâte d'avoir de tes nouvelles. Et j'espère travailler très bientôt avec toi, inspecteur Love.

— Moi aussi, sergent Bowman. À bientôt.

Miles déconnecta l'appel et fixa le plafond. À l'idée de renouer avec Charlotte, il avait envie de crier de joie.

Ne t'emballe pas. Il ne s'agit que d'une enquête. Ne commence pas à rêver.

2

— Comment avance l'enquête, mon ange ?

Charlotte leva les yeux. Le caporal Walter Kincaid, son collègue et ex-petit ami, s'était arrêté à la porte de son bureau. Derrière son expression faussement inquiète, il avait du mal à dissimuler sa joie de la voir empêtrée dans une affaire qu'elle ne parvenait pas à élucider.

— Sergent Bowman, pas « mon ange ». Nous en avons déjà parlé, caporal. Un peu de respect, s'il te plaît.

— Mille excuses, *sergent Bowman*. Le petit surnom que je te donnais quand nous sortions ensemble m'est revenu spontanément, voilà. M'autorises-tu à entrer ?

Son ton sarcastique trahissait sa colère. Depuis qu'elle avait été promue, le ressentiment de Walter à son égard était monté d'un cran.

— Bien sûr. Entre.

Elle referma son ordinateur portable. Elle ne voulait pas qu'il la surprenne en train de lire le dernier article publié par le *River Valley Voice* sur le Numeric Serial Killer. Le papier était cinglant.

> *Le tueur en série le plus prolifique de l'histoire de River Valley a encore frappé et continue à échapper à une police dont l'impuissance traduit sans doute l'incompétence.*

Ces mots lui avaient fait l'effet d'un uppercut en pleine poitrine. Avec son équipe, elle travaillait sans relâche pour tenter de capturer le tueur. Mais l'enquête piétinait. Et les médias ne perdaient jamais une occasion de le leur rappeler.

Miles, je t'en prie, viens vite !

— La Terre à Charlotte, dit Walter en se laissant tomber sur une chaise. Tu es toujours là ? Tu sembles très loin…

Elle le fusilla d'un œil noir en se demandant pourquoi ce type suffisant lui avait un jour plu. Walter avait intégré la police de River Valley, deux ans avant que Charlotte ne l'y rejoigne. Au premier regard, elle avait ressenti une attirance très forte pour lui. Qu'elle avait combattue. Au début, du moins.

Elle s'était toujours promis de compartimenter sa vie amoureuse et sa vie professionnelle, de ne jamais sortir avec un collègue. Mais le sourire ravageur et le sens de l'humour de Walter avaient eu raison de ses résolutions.

Après des mois à repousser ses avances, elle avait finalement accepté de prendre un café avec lui. Ce moka latte chez Drip & Sip les avait conduits à des déjeuners hebdomadaires, puis à des dîners et, pour finir, à une relation.

Mais après un an de petites mesquineries pour savoir qui devait laver la vaisselle, de crises de jalousie de plus en plus fréquentes et l'impression de plus en plus pénible d'être contrôlée, elle avait compris qu'elle avait commis une erreur. Elle avait mis un terme à leur histoire et ne l'avait jamais regretté.

Walter, en revanche, ne cessait de lui jurer qu'il avait changé et de la supplier de lui donner une seconde chance. Comme ses tentatives pour la reconquérir n'avaient pas marché, il essayait à présent de s'associer avec elle sur l'affaire du Numeric Serial Killer. Charlotte avait refusé son offre. Mais il n'arrêtait pas de l'abreuver de conseils non sollicités sur la façon de gérer l'enquête dans l'espoir de revenir dans sa vie.

— Que puis-je faire pour toi, caporal Kincaid ? lança-t-elle en ouvrant un dossier.

— Pourquoi tant de formalisme ? Nous avons partagé le même lit pendant des semaines et…

— Walter !

— J'adore t'entendre m'appeler par mon prénom.

— Continue comme ça et je déposerai plainte pour harcèlement auprès du chef Mitchell. Maintenant, et pour la dernière fois, pourquoi es-tu venu dans mon bureau ?

— Tu n'es pas de bonne humeur, marmonna-t-il, le nez penché sur son smartphone. Je connais évidemment l'origine de ton agacement. Ton enquête piétine et les médias ne t'ont pas ratée. Leurs articles sont percutants, il faut l'avouer.

Il essaye de t'énerver. N'entre pas dans son jeu...

— Et ? demanda-t-elle.

— Laisse-moi finir. Je sais que tu ne veux pas de mon aide dans cette affaire...

— C'est faux. Ton aide est évidemment bienvenue, mais tu ne m'as pas proposé de m'*aider* mais de t'*associer* à l'enquête. Ce qui est très différent. Maintenant, continue, s'il te plaît.

Le cou de Walter commença à rougir comme chaque fois qu'il était contrarié, elle l'avait souvent remarqué.

— J'ai effectué des recherches sur le Smiley Face Killer, dit-il. As-tu entendu parler de lui ?

— Bien sûr. Et je pense que les crimes qui lui sont attribués ne sont pas l'œuvre d'un seul individu. Ils ont plus probablement été commis par un groupe de personnes dispersées partout aux États-Unis depuis 1997.

Walter leva les yeux au ciel. Il fit glisser son portable sur le bureau. Un article de Wikipédia intitulé *Smiley Face Murder Theory* apparut à l'écran.

— Lis ça et garde l'esprit ouvert au lieu de t'accrocher à tes convictions. Pour ma part, je ne serais pas surpris que le Smiley Face Killer soit notre meurtrier. Réfléchis. Toutes nos victimes ont été retrouvées près de plans d'eau. Et elles avaient toutes disparu quelques jours avant la date de leur assassinat. La cause de leur mort reste indéterminée. Pour moi, le mode opératoire de notre tueur ressemble beaucoup à celui du Smiley Face Killer.

— Merci pour cette contribution à l'enquête, dit-elle en repoussant le smartphone, mais je ne partage pas ta conviction. Tout d'abord, les Smiley Face Killers ne tuent que des jeunes hommes. Notre suspect tue des hommes *et* des femmes. Deuxièmement, leurs victimes sont généralement retrouvées flottant dans l'eau avec des *sourires* tracés au couteau sur leurs visages. Nos victimes ont été découvertes sur les *rives* de points d'eau avec des *numéros* gravés sur leurs joues. Troisièmement…

— D'accord, d'accord, grogna Walter en reprenant son appareil. Tu estimes que je me trompe. Rien de neuf sous le soleil. De toute façon, tout est bon pour m'empêcher de travailler avec toi sur cette enquête.

La sonnerie stridente de son smartphone empêcha Charlotte de lui répondre.

— Je te laisse, grommela-t-il avant de se diriger vers la porte.

Encore un trait de caractère qui exaspérait Charlotte. Il s'enfuyait dès qu'il se sentait embarrassé.

Elle prit l'appel sans regarder le nom de son correspondant sur l'écran.

— Sergent Bowman.

— Bonjour, Charlotte. C'est Miles.

Elle sursauta et agrippa le bras de sa chaise.

— Oui ! Je t'en prie, dis-moi que tu es à l'aéroport et que tu es en route pour ici.

— Je vais bien. Merci d'avoir posé la question. Et toi, comment vas-tu ? demanda-t-il en riant doucement.

Ce petit rire raviva un souvenir délicieux dans l'esprit de Charlotte. Elle se rappela l'avoir souvent entendu au cours de leur séminaire.

Arrête. Concentre-toi !

— Pardonne ma grossièreté, Miles. Je suis contente que tu ailles bien. Moi aussi je vais bien, mais j'irais encore mieux si tu t'apprêtais à m'annoncer une bonne nouvelle.

— Et par bonne nouvelle, tu veux dire…

— Je t'en supplie, le coupa-t-elle. Cesse de tourner autour du pot et dis-moi si tu viens !

Lorsque Walter s'éclaircit la gorge, elle leva les yeux et se sentit blêmir. Elle n'avait pas remarqué qu'il était toujours dans l'embrasure de la porte.

— Avec qui parles-tu ? demanda-t-il.

— D'accord, d'accord, déclara Miles. Je t'appelle en effet pour te dire que oui, je peux venir à River Valley.

— Génial ! Tu viens de faire de moi la femme la plus heureuse de la terre, Miles. Merci, merci, merci !

— Miles ? marmonna Walter. Qui diable est ce Miles ?

— Ne quitte pas un instant, dit Charlotte avant de poser la main sur son appareil. Caporal Kincaid, merci de me laisser. Si tu as d'autres sujets à discuter avec moi, nous le ferons plus tard.

Il lui lança un regard irrité avant de s'éloigner en traînant des pieds.

— Voilà, je t'écoute, Miles, dit-elle en reprenant le téléphone.

— Tu n'as pas à me remercier, Charlotte. Je suis très heureux de t'aider de toutes les manières possibles.

— Dans combien de temps penses-tu pouvoir être ici ?

— J'arrive ce week-end. Je vais essayer de venir plus tôt, mais j'ai quelques dossiers à terminer avant de partir.

— Compris. Je suis vraiment contente que tu viennes. As-tu besoin d'un coup de main pour réserver un vol ou une chambre d'hôtel ?

— Non, je m'en occupe. J'ai déjà pris un aller simple puisque je ne sais pas combien de temps il nous faudra pour aboutir. Et je logerai au River Valley Inn.

— Parfait. N'oublie pas de m'envoyer tes reçus afin que je puisse te faire rembourser par le service de police. Oh ! Et Miles ?

— Oui ?

— J'apprécie beaucoup ta réaction. Je sais que je n'ai pas été très correcte avec toi à la fin du séminaire, il y a deux ans. J'aurais dû gérer la situation différemment. Mais j'étais dans une mauvaise passe après un divorce vraiment difficile. Alors... je te présente mes excuses, tardives mais sincères.

— Je te sais gré de ce mea-culpa, Charlotte. C'est du passé, n'en parlons plus. Recommençons à zéro et concentrons-nous sur l'enquête.

— D'accord. Tu me donneras ton heure d'arrivée lorsque tu en auras l'occasion. Je viendrai te chercher à l'aéroport et nous

nous mettrons au travail dès ton arrivée. En attendant, s'il y a de nouveaux développements dans l'affaire, je te tiendrai au courant. Je t'envoie également des copies des dossiers.

— Cela me sera utile, en effet. À bientôt.

Charlotte déconnecta l'appel et vola vers le bureau du chef Mitchell. Sur le chemin, elle croisa Walter qui tenta de l'arrêter.

— Avec qui étais-tu au téléphone et...

— Je n'ai pas le temps de discuter, caporal, l'interrompit-elle en le dépassant. J'ai une grande nouvelle à annoncer au chef.

3

Miles suivait Charlotte le long du rivage du Lake Lise. Il marchait avec prudence sur le sol du désert, en veillant à éviter les profondes fissures nichées dans le sable.

Il avait atterri au Nevada en fin de matinée.

En se remémorant le moment où il était descendu de l'avion, il ne put réprimer un sourire. Il tremblait de joie anticipée en traversant le Harry Reid International Airport. Lorsqu'il était sorti du terminal, il avait aperçu Charlotte et avait été submergé par un flot d'émotions.

Elle était aussi magnifique que lors de leur première rencontre. Revoir son visage aux traits fins et harmonieux, son sourire malicieux, ses longs cheveux bruns, ses yeux noirs pétillant de vie et d'intelligence, l'avait rempli d'allégresse.

Il l'avait prise dans ses bras pour l'embrasser sur la joue. Dès qu'il avait posé les mains sur elle, respiré son parfum, la chaleur de son corps de femme l'avait troublé et il avait senti que le feu qui les avait embrasés, deux ans plus tôt, était toujours là. Mais, très vite, elle s'était écartée de lui pour le conduire sur la scène de crime où le cadavre de la première victime avait été retrouvé.

Miles avait essayé de croiser ses yeux, de décrypter son expression dans l'espoir d'y découvrir ce que ses paroles ne révélaient pas : qu'elle éprouvait toujours des sentiments pour lui. Mais elle avait évité son regard. Elle semblait nerveuse et surtout désireuse de garder ses distances.

Quand il avait suggéré de discuter autour d'un brunch avant

de prendre la route afin de renouer le contact et d'opérer un premier tour d'horizon, elle avait refusé. Elle tenait à arriver au Lake Lise avant le coucher du soleil. Pendant les cinquante minutes de trajet, elle n'avait parlé que de l'enquête.

Il s'était appliqué à placer un ou deux autres sujets dans la conversation. Mais elle avait réussi à repousser tout ce qui relevait du domaine personnel.

Et maintenant, alors qu'ils longeaient le lac, ils ne discutaient que des investigations passées ou en cours.

— La plupart des gens ignorent qu'il existe de nombreux points d'eau dans le Nevada, dit-elle. Cet État est souvent considéré comme une plaine rocailleuse aride. Mais ses vastes chaînes de montagnes abritent bon nombre de lacs.

— Que le tueur laisse ses victimes près de plans d'eau dans un État connu pour son aridité est intéressant. Essaye-t-il d'envoyer une sorte de message ?

— L'un de mes collègues pense que le Smiley Face Killer pourrait être derrière ces meurtres. Personnellement, je n'adhère pas à cette thèse. Il y a trop de différences entre les modes opératoires. Mais il est possible que notre assassin ait copié certains aspects du modus operandi du Smiley Face Killer.

— Pourquoi ? Pour chercher à vous faire croire que ses crimes seraient les leurs ?

— Peut-être...

Comme Charlotte gravissait un tas de pierres, le mouvement plaqua son jean moulant contre ses hanches. Il s'obligea à détourner la tête.

— Je suis d'accord avec toi, dit-il. Entre ce que tu m'as raconté sur cette affaire et tout ce que j'ai lu dans les dossiers, je doute fort que le Smiley Face Killer soit derrière ces assassinats.

— Je crois que mon collègue tente surtout de s'insinuer dans cette enquête de toutes les manières possibles. Sa thèse ne tient pas la route et il le sait, j'en suis sûre. Tu partageras mon opinion sur lui, quand tu auras fait sa connaissance.

Elle l'entraîna vers une table de pique-nique plantée au bord d'une falaise.

— C'est ici que la première victime de River Valley a été retrouvée. Elle s'appelait Brandy Graves, elle avait vingt-cinq ans et venait de terminer avec succès ses études de droit. Elle était sortie avec des amies pour fêter le nouvel emploi de l'une d'entre elles. Au cours de la soirée, elle s'est écartée un moment du groupe et a disparu pendant douze jours.

— Je me souviens de son dossier, dit-il. Comme les autres, elle avait un numéro gravé sur sa joue. Le 11, si ma mémoire est bonne.

Il ralentit alors qu'ils s'approchaient de la table. Elle tombait en ruine.

— Et comment a-t-elle été tuée ? Tu m'as dit qu'il n'y avait aucune blessure sur les cadavres.

— C'est exact, répondit-elle avec un soupir. Ce qui complique encore cette affaire. Nous n'avons trouvé aucune cause de décès évidente et aucun indice fiable sur les scènes de crime.

— Et qu'en pense le médecin légiste ? Les victimes ont peut-être succombé à un empoisonnement,

— Certainement. Nous attendons toujours les rapports de toxicologie. Le curare est une possibilité.

— Le curare est un relaxant musculaire connu, très utilisé et présent dans toutes les salles de bains, dit Miles. Ça a du sens. En cas de surdosage, il peut provoquer une paralysie respiratoire et entraîner rapidement la mort. De plus, sa présence passe souvent inaperçue lors des autopsies.

À l'aide de son smartphone, il prit plusieurs photos de la scène, puis commença à filmer les environs. Sans le vouloir, il captura Charlotte dans son objectif. Elle le dévisageait intensément. Lorsqu'il rangea son appareil, elle se détourna.

— Ça va ? demanda-t-il avec un sourire.

— Oui, oui, très bien. Pourquoi ?

— Pour rien, répondit-il, ne voulant pas insister. J'imagine que maintenant, tu vas me conduire à l'autre scène de crime de River Valley. Au Glacier Lake, n'est-ce pas ?

Elle se frotta les bras. Malgré la chaleur, elle semblait frissonner.

— Oui. Mais, euh... Miles, il y a deux ou trois choses dont je ne t'ai pas parlé au téléphone, à propos du Glacier Lake.

— Je t'écoute.

— J'ai été agressée là-bas, il y a quelques semaines.

— Tu as été quoi ?

Il cria si fort qu'un couple qui marchait près du rivage s'arrêta et se tourna dans leur direction.

— Pourquoi n'as-tu rien dit ? Je serais venu plus tôt si j'avais su. Qui t'a attaquée ?

Elle baissa les yeux sur le bracelet en argent qu'elle portait au poignet et joua un instant avec les breloques pour se donner une contenance.

— Je ne sais pas. Il n'a pas encore été attrapé.

— Je suis vraiment désolé. As-tu été blessée ?

Comme il lui ouvrait les bras, elle se blottit contre lui.

— Un peu secouée, c'est tout. J'ai surtout eu très peur.

— C'était compréhensible. Une chance que tu t'en sois tirée.

Ils s'écartèrent lentement l'un de l'autre.

— Et, euh, ce n'est pas tout, poursuivit Charlotte. Depuis plusieurs mois, je me fais harceler. Tout a commencé par de petits événements insignifiants qui sont devenus avec le temps plus sérieux, plus menaçants.

— Lesquels, par exemple ?

— La portière de ma voiture a été forcée, mes pneus crevés, j'ai reçu d'étranges SMS ou appels téléphoniques. J'ai souvent l'impression d'être suivie. Bref, je suis un peu dépassée par la situation. C'est pourquoi j'ai fait appel à toi.

La peur qui brillait dans ses yeux déclencha la colère de Miles.

— Je vais faire tout ce que je peux pour te protéger. Et j'imagine que tu en as déjà fait état à tes collègues et à ton supérieur.

— Bien sûr, mais je ne sais pas si quelqu'un prend ça au sérieux au poste de police. Le chef Mitchell est tellement focalisé sur cette enquête que le reste passe après.

— Qui serait ton harceleur ? En as-tu une idée ?

Charlotte poussa un soupir exaspéré.

— Peut-être le tueur, peut-être un collègue jaloux.

— Ou peut-être les deux.

Elle hocha la tête, tout en regardant le soleil jouer dans les eaux du lac.

— J'y ai pensé aussi. C'est là que ton concours est précieux. J'ai besoin d'une personne impartiale pour m'aider à comprendre. Quelqu'un que je connais et qui me soutiendra.

— Je te soutiendrai évidemment à chaque étape du chemin, dit-il en se rapprochant d'elle. Je peux te demander quelque chose ?

— Bien sûr.

— Cette enquête est-elle la seule raison pour laquelle tu m'as appelé ici ?

Charlotte entrouvrit les lèvres mais resta silencieuse. Tendu, Miles retint son souffle en attendant sa réponse.

— Oui, dit-elle enfin. Et si tu veux tout savoir, notre histoire personnelle m'a fait hésiter à faire appel à toi. Mais finalement, cette enquête est plus importante pour moi que le reste et nous sommes tous les deux adultes.

La houle d'espoir qui habitait Miles depuis vingt-quatre heures vint mourir à ses pieds.

Mais Charlotte poursuivait :

— Et... je peux être tout à fait honnête avec toi ?

— Je t'en prie.

— Être à nouveau avec toi a réveillé des émotions auxquelles je ne m'attendais pas. Et... je ne sais pas trop comment les gérer.

Voilà. Ta deuxième chance...

Miles lui prit la main, mais elle ne mêla pas leurs doigts comme il l'avait espéré.

— Cela dit, poursuivit-elle, je pense que nous devrions rester sur le terrain professionnel. Je dois demeurer concentrée. En tant que nouveau sergent de River Valley, et première femme à occuper ce poste, je n'ai pas droit à l'erreur. Toute la ville compte sur moi pour élucider cette affaire. Je ne peux me permettre aucune distraction.

— Parce que je suis une distraction ?

— Tu comprends ce que je veux dire, Miles. De plus, j'ai déjà commis l'erreur de sortir avec un collègue... une aventure qui a fini en catastrophe. Maintenant que nous faisons équipe, je ne veux pas que l'histoire se répète.

— D'accord. Pour résumer, je suis une distraction et une erreur en devenir, dit-il en soupirant. Cela me ramène à la première fois que nous nous sommes rencontrés. Mais d'accord…

Elle ne répondit pas, et son silence fit comprendre à Miles que le sujet était clos.

— En avons-nous terminé ici ? lança-t-il.

— Je t'en prie, dis-moi que tu n'es pas fâché contre moi.

— Fâché ? Non. Je reste professionnel, à ta demande.

— Touché. Et maintenant, que dirais-tu d'aller déjeuner quelque part ? Puis nous nous rendrons au poste de police pour que tu puisses rencontrer l'équipe ?

— C'est parfait, affirma-t-il, le cœur lourd, tout en la suivant jusqu'à la voiture.

4

Tandis qu'ils traversaient le parking du poste de police, Charlotte observait Miles du coin de l'œil. Il lui semblait encore plus beau que dans ses souvenirs. Avec sa silhouette athlétique, ses cheveux noirs ondulés, ses traits coupés au couteau et son teint mat, il était très séduisant. Sans parler de son intelligence et de sa vivacité d'esprit. Tant de qualités auraient pu le rendre prétentieux mais, bien au contraire, il était modeste et respectueux.

— Prête à me présenter tes camarades ? s'enquit-il avec un petit sourire en coin.

— Oui, oui, répondit-elle en s'efforçant de lui cacher ses réticences. Allons-y.

Dès qu'ils entrèrent dans les locaux de la police, Charlotte entraîna Miles vers le bureau du chef Mitchell. Elle sentait les regards de ses collègues sur eux. Comme il fallait s'y attendre, le plus insistant était celui de Walter qui les observait, les bras croisés, adossé au mur de la réception. Elle se dépêcha de passer, en faisant mine de ne pas l'avoir vu.

Au cours de leur déjeuner au Capital Grille, elle avait parlé à Miles de sa relation passée avec Walter. Il avait alors paru perdre l'appétit et n'avait pas pu terminer son assiette. Lorsqu'il lui avait demandé si elle avait été amoureuse de lui, la question l'avait prise au dépourvu. Elle n'avait pas su quoi répondre.

— Nous, euh… nous étions assez proches. Mais « amoureux »… je n'en suis pas certaine.

— A-t-il mal pris votre rupture ?

Elle avait hésité puis hoché lentement la tête.

— Oui.

— Depuis lors, cherche-t-il par tous les moyens de te reconquérir ?

— Oui.

— Savoir qui te harcèle n'est donc plus un vrai mystère...

L'idée que Walter soit le coupable avait déjà effleuré l'esprit de Charlotte, mais cette éventualité la dérangeait. Elle avait donc préféré changer de sujet.

Et maintenant, alors qu'ils parcouraient le poste de police, elle priait pour que Walter ne les approche pas.

Miles la suivait en prenant son temps pour examiner ses collègues sans en avoir l'air. Animé par une curiosité sans doute compréhensible, il essayait à coup sûr de deviner avec lequel d'entre eux elle était sortie.

Lorsque Walter s'avança vers eux, elle retint son souffle et se prépara à un échange gênant.

— Voici un visage que je ne connais pas, lança-t-il au moment précis où le chef Mitchell sortait de la salle de repos, un gobelet à la main. Tu me présentes, Charlotte ?

— Hé, chef ! cria-t-elle.

Surpris, le chef Mitchell sursauta si brusquement qu'il se renversa du café sur la main.

— Charlotte ! Vous m'avez fait peur. Que se passe-t-il ?

Elle saisit le bras de Miles et le poussa vers son patron.

— Mille excuses. Pouvons-nous aller parler dans votre bureau ? Tout de suite ?

— Tôt ou tard, je devrais rencontrer Walter, lui chuchota Miles à l'oreille. Alors pourquoi pas maintenant ?

— Non.

Le chef Mitchell était retourné dans la salle de repos pour y prendre des serviettes en papier.

— D'accord, mais rapidement alors. J'ai rendez-vous au téléphone avec le médecin légiste dans dix minutes. Si je ne m'abuse, vous êtes accompagnée de l'inspecteur de Clemmington dont vous m'avez parlé...

— Oui, allons-y, le coupa Charlotte en les entraînant dans le couloir.

Dès qu'ils entrèrent dans le bureau du chef, elle en claqua la porte pour interdire toute intrusion éventuelle.

— Désolée, marmonna-t-elle. Chef Mitchell, laissez-moi vous présenter l'inspecteur Miles Love dont je vous avais parlé, en effet. Il travaille pour la police de Clemmington. Inspecteur Love, voici le chef Mitchell.

Miles lui serra la main.

— C'est un plaisir de vous rencontrer, monsieur. Merci de m'avoir permis de vous aider sur cette enquête.

— Merci d'être venu jusqu'ici. Votre famille et vous avez fait un excellent travail en Californie en réussissant à identifier et à capturer ce tueur en série. Asseyez-vous, je vous en prie.

— Merci. L'affaire des Heart-Shaped Murders a épuisé mon père et va sans doute le décider à prendre sa retraite... à la grande joie de ma mère qui le supplie de le faire depuis deux ans.

— Ma femme me le demande depuis dix ans. Mais...

Avec un soupir, il s'interrompit pour promener les yeux dans son bureau spacieux mais encombré. Les piles de cartons remplis de vieux dossiers contre les murs, la table en merisier tout comme les chaises dépareillées qui l'entouraient étaient là depuis ses débuts à River Valley.

— Je ne suis pas encore prêt à lâcher tout ça. Mais assez parlé de moi. Quel plan d'action avez-vous en tête, tous les deux ?

— Eh bien, commença Charlotte, j'ai passé l'après-midi à mettre Miles au courant des premières avancées de l'enquête. Je lui ai montré la scène du crime au Lake Lise. Il y a pris beaucoup de photos et de notes. Nous allons relire ensemble les rapports d'autopsie des victimes. Avec un peu de chance, il remarquera quelque chose qui nous aurait échappé.

— Cela me semble un bon point de départ, déclara le chef au moment où quelqu'un frappait.

— Oh non, marmonna Charlotte, devinant qui allait apparaître.

Comme elle l'avait anticipé, Walter entrouvrit la porte et passa la tête à l'intérieur. Alors qu'il se tenait dans l'embrasure, le chef Mitchell continua sur sa lancée.

— Le légiste doit donc m'appeler dans un instant pour me donner les résultats des analyses toxicologiques effectuées sur Brad Ellington et Brandy Graves. Je suis curieux d'apprendre ce qui va en sortir. Sergent Bowman, vous devriez assister à cet échange téléphonique. Inspecteur Love, le souhaitez-vous aussi ?

— J'aimerais beaucoup. Merci.

— Chef, intervint Walter. Cela vous dérange si j'y assiste, moi aussi ?

Le chef Mitchell se tourna vers Charlotte.

— Sergent ? C'est votre enquête et donc à vous d'en décider. Avez-vous changé d'avis et comptez-vous y associer le caporal Kincaid ?

— Non, répondit-elle. Maintenant que l'inspecteur Love est là pour aider à l'enquête, la présence du caporal Kincaid pour suivre l'entretien avec le légiste ne me semble pas nécessaire. Je préfère limiter le nombre des participants.

Walter entra dans le bureau.

— Comme tout est plutôt calme au poste, ces jours-ci, j'ai relu les dossiers. Et je suis persuadé que pour empoisonner ses victimes, le tueur utilisait du GHB, une drogue de synthèse surnommée la « drogue du violeur ».

Un lourd silence tomba.

— Nous savons tous ce qu'est le GHB, coupa Charlotte, les mâchoires serrées. Le légiste a analysé le sang et l'urine des victimes lors des premières autopsies. Il n'a trouvé aucune trace de GHB dans leurs organismes.

— Je le précisais pour votre ami, répliqua-t-il. Il ignore peut-être de quoi je parle.

Miles se retourna pour faire face à Walter.

— En fait, lorsque j'ai étudié le dossier transmis par Charlotte, j'ai lu que l'hypothèse du GHB, plus connu sous le nom d'acide gamma-hydroxybutyrique, avait été exclue par le légiste dès le début de l'enquête. Charlotte et moi sommes en train d'étudier d'autres hypothèses, l'utilisation de drogues plus élaborées. Des dérivés du curare, par exemple, connu en médecine pour provoquer un relâchement, voire une paralysie musculaire momentanée. Nous avons pensé notamment à la succinylcholine qui induit une paralysie totale pendant quelques secondes ou peut-être à la tétrahydrozoline un vasoconstricteur capable d'entraîner la mort s'il est administré en dose excessive. Ou encore au propofol, un agent anesthésique d'action rapide qui peut provoquer un arrêt respiratoire à trop forte dose. Ce dernier produit a d'ailleurs causé la mort par overdose de Michael Jackson, je ne vous l'apprends pas.

Déstabilisé, Walter fourra les mains dans ses poches.

— Avez-vous entendu parler de ces drogues, caporal ? s'enquit le chef Mitchell.

— Euh, j'ai peut-être...

— Connaissez-vous les effets qu'elles auraient sur le corps humain si elles étaient mal administrées ?

— Je, euh... En fait, non, monsieur.

Le chef consulta sa montre.

— Pourquoi n'iriez-vous pas étudier ces substances pendant que le sergent Bowman, l'inspecteur Love et moi-même discutons avec le médecin légiste ?

Walter jeta un regard furieux à Charlotte et Miles.

— Bien, monsieur, dit-il finalement, les mâchoires serrées avant de quitter la pièce.

— Ravi d'avoir fait votre connaissance ! lança Miles.

Sans répondre, Walter claqua la porte derrière lui.

— Je crains qu'il ne soit vexé, remarqua le chef Mitchell.

Charlotte avait déjà parlé au chef de son passé avec Miles et il lui avait dit qu'il faisait confiance à son jugement. Aussi, plutôt que de répondre à son commentaire, elle sortit son carnet de notes et l'ouvrit sur une page blanche.

— Tant pis. Passons aux choses sérieuses, d'accord ? suggéra-t-elle juste avant que le téléphone du chef ne sonne.

— D'accord, dit-il en prenant l'appel et en activant le haut-parleur. Chef Mitchell à l'appareil.

— Bonjour, chef. Ici le Dr Peterson.

— Bonjour, docteur. Je suis avec le sergent Bowman et l'inspecteur Love de Clemmington, en Californie. Qu'avez-vous pour nous ?

— Rien de nouveau, malheureusement. Les rapports de toxicologie de Mme Graves et de M. Ellington n'ont rien donné. Nous n'avons décelé aucune substance chimique susceptible d'expliquer leurs décès. Ni dans le sang, les urines, les cheveux ou la salive.

— Docteur Peterson, ici l'inspecteur Love. Des examens plus approfondis permettraient-ils de découvrir des traces de drogues que ces analyses « classiques » n'auraient pu détecter ? Je pense à la succinylcholine ou à la tétrahydrozoline, par exemple ?

— Je peux en effet effectuer une ponction lombaire pour recueillir le liquide céphalo-rachidien des victimes et l'analyser. En espérant que ces analyses permettront d'identifier la cause exacte du décès. Le problème est que les produits de ce genre sont vite éliminés par l'organisme, ce qui les rend difficiles à détecter. Mais attendons les résultats. Nous ne sommes pas à l'abri d'une bonne surprise.

Le chef Mitchell leva le pouce à l'adresse de Charlotte et Miles.

— Ça me semble très prometteur, docteur. Combien de temps vous faudra-t-il pour les obtenir ?

— Il faut en général compter au moins quarante-huit heures pour des résultats complets.

— Tenez-nous au courant.

— Je n'y manquerai pas. Dès que j'en saurai plus, je vous rappellerai.

Charlotte ruminait sa déception. Elle avait espéré que les premières analyses seraient plus concluantes et leur apporteraient des réponses.

Qui leur permettraient de confondre ce tueur…

Comme s'il sentait sa détresse, Miles se rapprocha d'elle.

— En attendant, dit-il, le sergent Bowman et moi allons analyser la scène du crime à Glacier Lake, relire les rapports d'autopsie et peut-être visiter certains des endroits où les victimes ont été vues pour la dernière fois avant de disparaître.

— Bonne idée, répondit le chef Mitchell en les dévisageant par-dessus ses lunettes à double foyer. Pendant que vous y êtes, sergent Bowman, faites les honneurs de River Valley et de ses environs à l'inspecteur Love afin qu'il puisse se faire une idée de la ville. Montrez-lui quelques curiosités, invitez-le dans l'un de nos excellents restaurants.

Il se tourna vers Miles.

— Depuis le début de cette affaire, Bowman a été mise à rude épreuve. Peut-être en fait-elle trop. Et bien que mes hommes s'efforcent de la protéger, je suis content que vous soyez là. J'apprécie que mon sergent bénéficie des services d'un garde du corps. Elle mènera l'enquête avec plus de sérénité.

— Comptez sur moi. Je ferai tout mon possible pour la protéger.

Le chef fouilla dans son tiroir, en sortit une enveloppe qu'il tendit à Charlotte.

— Voici une carte-cadeau du Bistrot de La Havane. Je l'ai depuis mon anniversaire. Pourquoi ne pas la prendre tous les deux et aller dîner là-bas ? Décompressez avec quelques steaks marinés à l'aneth. Ou avec des cuisses de poulet cuit dans des feuilles de plantain. Et pour le dessert, leurs flans à la crème vanille et au caramel sont un pur délice, ajouta-t-il en se rasseyant. Oh ! maintenant j'ai faim. Je devrais peut-être la garder pour moi, finalement...

Charlotte saisit la carte-cadeau sur le bureau.

— Trop tard ! Donner, c'est donner !

Le chef se mit à rire et se leva.

— Bien. Empochez-la. Y a-t-il autre chose dont vous devez discuter tous les deux avant que je sorte pour une petite pause cigarette ?

— Une pause cigarette ? s'étrangla Charlotte. Je pensais que vous aviez arrêté. Mme Mitchell sait-elle que vous fumez encore ?

— Non. Et j'aimerais qu'elle continue à l'ignorer. Maintenant, cessez de vous comporter comme si vous faisiez partie de la police et sortez de mon bureau avant que je ne reprenne ma carte-cadeau.

— Merci, chef, dit Charlotte en souriant.

Le chef Mitchell avait toujours été une figure paternelle pour elle. Il veillait sur elle quand elle en avait eu le plus besoin et elle lui en serait toujours reconnaissante.

— J'ai été ravi de faire votre connaissance, chef Mitchell, dit Miles avec sincérité.

— De même. Si vous découvrez quelque chose de nouveau, aussi infime soit-il, mettez-moi tout de suite au courant. Nous devons enfermer ce malade avant qu'il ne récidive.

— Comptez sur moi, monsieur.

Charlotte entraîna Miles dans son propre bureau.

— Prêt à examiner ces dossiers et à voir ce que nous pouvons trouver…

Elle s'arrêta quand Walter surgit à l'improviste.

— Alors, comment s'est passé l'échange avec le légiste ? demanda-t-il. Que vous a-t-il appris ?

— Tout s'est bien passé, répondit-elle d'un ton sec. Miles, tu veux une bouteille d'eau ou un café avant de commencer ?

— Je n'ai besoin de rien. Merci.

Walter se tenait dans l'embrasure de la porte et tapait du pied avec impatience.

— Tu te rendais à la salle de repos ? Je peux t'y accompagner. J'aimerais bien une tasse de…

— L'inspecteur Love et moi sommes sur le point de nous mettre au travail. Donc, non. Je ne vais pas à la salle de repos.

Walter se tourna vers Miles.

— Tous les collègues s'interrogent sur vous. Est-il normal, voire légal, qu'un agent des forces de l'ordre californien travaille sur une enquête ici au Nevada ?

Miles lança à Charlotte :

— Tu m'autorises à répondre ?

— Je t'en prie, répliqua-t-elle avec un sourire malicieux.

— Merci. Caporal Kincaid, selon le pacte judiciaire signé par nos deux États d'origine, les enquêteurs de Californie et du Nevada sont autorisés à arrêter les suspects qui ont commis des crimes sur le Lake Tahoe et le Lake Topaz.

Walter pencha la tête alors qu'il regardait Miles.

— Vraiment ? Je… euh, d'où tirez-vous cette information ?

— De l'étude du code de procédure pénale du Nevada, indiqua froidement Charlotte.

Elle sentit Walter vaciller.

Achève-le, pensa-t-elle tandis que Miles continuait.

— Et je ne sais pas exactement ce que vous savez sur cette affaire, caporal, mais la première victime du Numeric Serial Killer a été retrouvée sur les rives du Lake Tahoe.

Walter enfonça les mains dans ses poches.

— Je suis au courant. Wanda Osborne. Je n'oublierai jamais son histoire.

— Erreur. Il s'agissait en fait d'un homme du nom de William Oglesby.

— Et cela dit, l'inspecteur Love et moi devons nous mettre au travail, intervint Charlotte. D'autres questions, caporal Kincaid ?

Il sembla hésiter comme s'il voulait ajouter quelque chose. Mais elle ne lui en laissa pas la possibilité.

— Bonne fin d'après-midi, conclut-elle avant de lui fermer la porte au nez.

— Tu n'es pas tendre avec lui, dit Miles en éclatant de rire.

— Il ne l'a pas volé, crois-moi.

Elle sortit plusieurs dossiers de son tiroir et les plaça devant Miles.

— Prêt à commencer ?

— Prêt. Mais maintenant, j'ai du mal à oublier le poulet et les steaks marinés dont nous a parlé le chef.

— Travaillons d'abord, nous nous restaurerons plus tard, dit Charlotte en ouvrant son ordinateur portable. Allons-y.

5

Charlotte se gara devant le River Valley Inn où Miles avait réservé une chambre.

— Le poulet cuit dans des feuilles de plantain était délicieux, dit-elle, mais j'ai sans doute eu tort de prendre un dessert. J'ai l'impression que je vais exploser !

— Je t'ai empêchée de boire un deuxième mojito puisque tu conduis. Mais, côté cuisine, tu méritais de te faire plaisir. Pourquoi se priver de ce qui est bon ? Il faut profiter de la vie, conclut-il avant de jeter un coup d'œil à sa montre.

— Pourquoi regardes-tu sans cesse l'heure ? Tu es attendu quelque part ?

— Non. Mais ça m'ennuie de te savoir seule sur les routes si tard.

— Si tard ? Il n'est pas 22 heures.

— Peut-être, mais il fait déjà nuit noire. Tu dois traverser des zones désertes pour rentrer chez toi, non ?

— C'est vrai, mais j'ai parcouru ces routes des milliers de fois. Et ma maison n'est qu'à un quart d'heure d'ici en respectant les limitations de vitesse. Tout ira bien.

— Tu es sûre ?

— Sûre et certaine. De plus, oublierais-tu que je suis sergent de police ? Et donc armée d'un Glock 22 ?

— Non, bien sûr que non. Mais toi, n'oublie pas qu'un tueur en série traîne en ville et t'a sans doute attaquée sur une scène de crime… Sans parler des menaces dont tu fais l'objet.

— Bien sûr, je ne l'oublie pas. Mais que veux-tu que je fasse ? Que je reste ici pour passer la nuit avec toi ?

Il lui lança un sourire narquois et, gênée, elle lui tapota le bras.

— Excuse-moi, je ne voulais pas dire ça.

— Écoute, dès demain, je vais louer une voiture. Je n'aime pas l'idée que tu sois obligée de me déposer avant de rentrer seule chez toi.

— Comme tu voudras.

Charlotte regarda par la vitre. Mis à part la faible lumière qui émanait du motel, les environs étaient étrangement sombres. Pourtant, savoir Miles en ville la rassurait. La nouvelle de sa présence allait vite se répandre. Tout le monde au poste de police était déjà au courant. Si elle était harcelée par un collègue jaloux, les menaces cesseraient sans doute bientôt.

— J'ai une idée, dit Miles. Pourquoi ne viendrais-tu pas me chercher demain matin ? Nous prendrons le petit déjeuner quelque part puis nous irons dans une agence de location de voitures, d'accord ? Ce soir, c'est la dernière fois que tu joues les chauffeurs. Je prends le relais dès demain.

Charlotte se remémora l'époque où elle sortait avec Walter. La plupart du temps, elle les conduisait partout sous prétexte qu'il souffrait d'une vieille blessure au genou. Et il se moquait bien qu'elle soit seule au volant tard la nuit. Elle avait fini par comprendre qu'il voulait surtout pouvoir boire sans limites.

— Merci, Miles. J'apprécie. Je passe te prendre vers 7 heures ?

— Parfait. À demain. Et sois prudente. Appelle-moi dès que tu arrives chez toi.

— Oui, papa, répondit-elle sur le ton de la plaisanterie.

Miles planta un baiser sur sa joue.

— N'oublie pas, insista-t-il avant de sortir de la voiture.

Elle le contempla se diriger vers l'hôtel. Dieu, qu'il était sexy !

Calme-toi, ma fille, et rentre chez toi !

Au lieu de redémarrer, elle resta assise, à le suivre des yeux. Au moment de pénétrer dans le hall de l'hôtel, il se retourna et lui fit signe.

— Douche froide, ce soir, se dit-elle en démarrant.

Des nappes de brouillard tapissaient les routes. Charlotte alluma les phares et s'engagea sur Peak Avenue. Tout en roulant, elle jeta un coup d'œil au siège passager. Miles lui manquait déjà.

La tentation de l'appeler la traversa, mais elle s'interdit d'y céder. Il était déjà ennuyé de la savoir seule au volant. Inutile d'exacerber son inquiétude. De plus, elle ne voulait pas paraître collante.

Elle alluma la radio, se connecta sur une station de musique classique, monta le volume et s'enfonça dans son siège, bien décidée à se détendre.

Mais soudain une paire de phares surgit derrière elle. Une voiture inconnue se rapprocha, si près qu'elle touchait presque son pare-chocs.

Charlotte regarda dans le rétroviseur, mais l'obscurité et l'épais brouillard l'empêchaient de voir le conducteur du véhicule.

— Cessez de coller ma voiture ! cria-t-elle, comme s'il pouvait l'entendre.

Elle accéléra et zigzagua de droite à gauche sur la route déserte, pour tenter de le semer. Mais, loin de se lasser de son petit jeu stupide, son poursuivant actionna ses warnings avant de se mettre à klaxonner comme un malade.

Elle resserra sa prise sur le volant.

Que fabriquait ce fou furieux ? Sans doute était-il ivre.

Après un moment, il se mit à sa hauteur sur sa gauche, une manœuvre dangereuse sur une voie à double sens. Lorsqu'il fit rugir son moteur, elle se rendit compte que d'un coup de volant il pouvait l'envoyer dans le décor.

Ils roulèrent ainsi, côte à côte, sur plusieurs kilomètres. Dans l'espoir qu'il la double, elle leva le pied, mais il l'imita aussitôt et ralentit, lui aussi. Elle pressa alors l'accélérateur tout en s'efforçant de rester sur la route. De nouveau, il suivit le mouvement. Comme elle tentait de s'écarter, elle dérapa sur le gravier du bas-côté. Des dizaines de petits cailloux bombardèrent sa carrosserie.

De plus en plus nerveuse, elle voulut appeler Miles, mais elle avait laissé son smartphone dans son sac, sur la banquette arrière. Elle hésita et renonça finalement à s'en saisir. Un faux mouvement et elle se retrouverait dans le désert, embourbée dans le sable, à la merci de son poursuivant.

Elle écrasa brusquement la pédale de frein et, comme elle l'espérait, il passa en trombe devant elle. Elle en profita pour faire demi-tour et repartir en vitesse en sens inverse.

Malheureusement, un coup d'œil dans son rétroviseur lui apprit très vite que son agresseur revenait à la charge. Il la colla encore une fois et tenta de la chasser de la route.

J'aurais dû écouter Miles. Je n'aurais pas dû rentrer seule...

Mais il était trop tard pour les regrets.

De nouveau, le chauffard fonçait vers elle.

— Éloignez-vous de moi ! hurla-t-elle.

Quand il heurta avec force son pare-chocs, elle fut projetée en avant, contre le volant. Elle se redressa et constata que l'homme roulait derechef à côté d'elle.

Trouve ton arme ! Dézingue-le !

Elle aperçut un éclair argenté sous le siège passager. Son Glock avait dû glisser de son sac à main. Elle l'attrapa et, baissant la vitre, pointa le canon vers la voiture.

Effrayé, le chauffard freina, dérapa et fit un tête-à-queue.

— Yes ! cria Charlotte, en espérant qu'un des pneus de son assaillant avait éclaté.

Un peu plus loin, elle s'arrêta, saisit son téléphone et composa le 911 d'une main tremblante.

— Police secours, bonsoir. Comment puis-je vous aider ?

— Cindy ! Ici le sergent Bowman. Écoute, je suis sur Peak Avenue, à l'angle de Willow Road et de Circle Drive. Envoie-moi des renforts. Immédiatement ! Je suis poursuivie par un fou.

— Je les appelle tout de suite. Reste en ligne avec moi. Ce fou te menace-t-il en ce moment ?

— Non. J'ai braqué mon arme sur lui, il a eu peur et il a perdu le contrôle de son véhicule. Je suis loin de lui. Je ne veux pas prendre le risque de l'appréhender seule. Si c'est notre *serial killer,* il est sans doute lourdement armé. Mais je vais le surveiller jusqu'à l'arrivée des collègues.

— Compris, sergent. Les renforts sont en route.

Charlotte regarda dans le rétroviseur. Son agresseur avait disparu.

— Attends, murmura-t-elle. Où est-il passé ?

Elle sortit de la voiture et inspecta la rue d'un œil frénétique. Elle était déserte.

— Merde !

— Que se passe-t-il, sergent Bowman ?

— Mon chauffard ! Il... il s'est enfui. Mais comment a-t-il fait ? Il avait un pneu crevé, et...

— As-tu noté son numéro d'immatriculation ?

Charlotte s'effondra contre la portière, frustrée.

— Non. Il faisait trop sombre et il y avait du brouillard. Une berline sombre, voilà tout ce que j'ai.

— As-tu besoin de soins, de voir un médecin ?

Charlotte serra les dents et se réinstalla au volant.

— Non. Je vais bien. Dis aux collègues de laisser tomber. Inutile qu'ils viennent. L'homme est parti.

— Peut-être devrais-je au moins envoyer quelqu'un pour te raccompagner chez toi ? Et s'il revenait à la charge ?

— Aucune chance. Il a bien vu mon Glock quand je l'ai pointé sur sa voiture. Je m'en vais. Je te recontacterai une fois chez moi et je rédigerai un rapport demain. Cela ne servira à rien, mais bon.

— D'accord. Mais en attendant, sois prudente.

— Compte sur moi.

Elle se déconnecta et composa le numéro de Miles.

Il décrocha à la première sonnerie.

— Je commençais à m'inquiéter. Cela fait plus d'une demi-heure que tu m'as déposé. As-tu fait un détour pour rentrer chez toi ?

— Je ne suis pas chez moi. Prépare un sac de voyage. Je retourne te chercher au motel. Tu restes avec moi, ce soir. Si ça ne te dérange pas, ajouta-t-elle rapidement.

Il y eut un long silence à l'autre bout du fil.

— Ça t'ennuie ? demanda-t-elle.

— Non. Bien sûr que non. C'est... tellement inattendu. Que s'est-il passé pour que tu veuilles que je reste chez toi cette nuit ?

— C'est une longue histoire. Je t'expliquerai quand j'arriverai.

6

Assis dans la cuisine de Charlotte, Miles la regardait vider leurs assiettes dans la poubelle.

— J'aurais été heureux de t'emmener prendre le petit déjeuner quelque part, tu sais, lui dit-il.

— Je sais. Mais je n'avais pas envie de m'asseoir dans un restaurant ni d'être vue en public. Cela dit, merci de l'avoir proposé. Et d'être resté ici, cette nuit. J'apprécie vraiment.

— Ne me remercie pas. Je suis venu pour t'aider. Et si ça me permet de me régaler d'œufs brouillés faits maison, de bacon croustillant, de bagels, le tout arrosé d'un délicieux cappuccino, je suis comblé.

Charlotte sourit.

— Merci. Contente que ça t'ait plu.

— Je t'en prie. Puis-je t'aider à nettoyer ?

— Absolument pas. Assieds-toi et savoure ton café. Tu en as assez fait pour moi. Ta seule présence change tout.

Miles s'adossa à sa chaise pour la contempler s'activer dans la cuisine. Elle savait se montrer très dure, et pourtant il devinait chez elle une douceur extrêmement attirante. Observer ses longs doigts fins s'emparer des verres, la grâce de ses mouvements alors qu'elle allait et venait entre la table et l'évier le ravissait. Et les fragrances de son parfum à la lavande l'enivraient.

Sa petite maison était à la fois chaleureuse et accueillante avec ses meubles en bois, ses tapis colorés et ses œuvres d'art stylés.

Des portraits de sa famille et de ses amis côtoyaient des objets hétéroclites, souvenirs de voyages à l'étranger.

Il se sentait bien dans cette charmante demeure, dans cette cuisine.

Chez elle, plus qu'ailleurs, il prenait conscience que ses sentiments pour elle ne s'estomperaient jamais. Au contraire, ils étaient encore plus forts, à présent.

Lorsqu'elle se pencha pour ramasser un torchon tombé par terre, sa veste de pyjama s'entrouvrit et il entrevit des seins ronds dont il n'avait pas oublié la perfection. Il s'obligea à détourner la tête.

Comme le smartphone de Charlotte bipait, elle tapota l'écran, puis éclata de rire.

— Qu'y a-t-il de si drôle ?

Elle lui tendit le téléphone.

— Lis le texto que Cindy vient de m'envoyer.

Walter vit très mal le fait que tu aies fait appel à un outsider pour t'aider dans l'enquête sur le Numeric Serial Killer. Il a donc décidé d'arrêter le tueur tout seul pour être héroïque et te reconquérir.

MDR !

Miles ne trouvait pas le message amusant. Mais elle, oui.

— Walter est un vrai clown, dit-elle.

C'est le mot, pensa Miles. Mais il garda le commentaire pour lui. Il ne voulait pas paraître mesquin ou en compétition pour regagner le cœur de Charlotte.

Il vida sa tasse et se leva.

— Il est sans doute temps d'aller au poste de police.

— J'aimerais d'abord te conduire à Glacier Lake, dit Charlotte. Pour que tu examines la scène de crime. Pour voir si quelque chose te frappe.

Avant qu'il ne puisse répondre, son smartphone bipa de nouveau.

— Non, Cindy, dit-elle en reprenant son appareil. Je ne veux plus entendre parler de Walter.

Mais, lorsqu'elle lut le message, elle changea de couleur et laissa échapper son téléphone.

— Quel est le problème ? demanda Miles. Qu'a dit Walter, cette fois ?

Charlotte ne répondit pas. Les yeux pleins de larmes, elle le dévisageait en tremblant de tout son corps.

— Que se passe-t-il ? s'enquit-il en l'enlaçant.

— Le chef Mitchell vient de m'envoyer un texto. Nous avons un autre meurtre sur les bras.

Miles s'empara de l'appareil et lut à son tour le SMS.

Venez tout de suite avec l'inspecteur Love sur les rives de Hoptree River ! Le cadavre de Stephen Seymour y a été retrouvé, ce matin. C'est le fils du procureur, l'affaire va donc être très médiatisée. Les chaînes de télévision sont déjà là.

— Oh non...

Comme il lui tendait le téléphone pour qu'elle réponde, elle se détourna.

— Je ne peux pas, murmura-t-elle. J'en suis incapable.

— Je m'en charge, dit-il avant d'envoyer un bref texto au chef Mitchell.

Pendant qu'il le rédigeait, elle se blottit contre lui.

— Les meurtres s'enchaînent, murmura-t-elle dans son cou.

— Je sais. Mais je suis là, maintenant. Nous allons unir nos efforts et tout faire pour démasquer et arrêter ce fou furieux.

Il s'écarta et lui leva le menton pour la regarder en face.

— Tu vas y arriver. Tu es très douée dans ton domaine. Respire, ressaisis-toi et rendons-nous sur la scène du crime.

Aux côtés de Charlotte, Miles longeait Hoptree River qui coulait paisiblement. Dans d'autres circonstances, l'endroit lui aurait paru idyllique avec cette eau cristalline, ce sable blond et le clapotis des vaguelettes sur les rochers. De petits bateaux à moteur et des jet-skis amarrés aux quais complétaient le tableau. Mais le ruban jaune et noir des scènes de crime qui entourait le périmètre brisait le charme des lieux.

En pleine saison estivale, la rivière aurait dû être fréquentée par les vacanciers. Au lieu de quoi, elle grouillait de policiers.

Accroupi près du cadavre de Stephen, le médecin légiste griffonnait des notes sur un calepin. Des photographes de la police scientifique mitraillaient le corps sous tous les angles. Un technicien des scènes de crime sillonnait lentement la zone, à la recherche d'indices. Des policiers montaient la garde pour empêcher les journalistes d'approcher. Devant eux, le chef Mitchell parlait au téléphone.

— Comment te sens-tu ? demanda Miles à Charlotte.

— Bien. Je suis passée en mode « sergent » maintenant. Je suis prête à prendre la relève.

— Super.

Elle sortit des gants en latex et des couvre-chaussures de son sac. Ils les enfilèrent en vitesse avant de rejoindre le chef Mitchell.

— D'accord, disait-il dans l'appareil. Je vous présente mes sincères condoléances, monsieur. Le deuil qui vous frappe ne restera pas impuni. Le sergent Bowman, qui dirige l'enquête, vient d'arriver. Croyez-moi, nous faisons tout notre possible pour attraper ce tueur. Oui, bien sûr, je vous tiendrai au courant. Je vous contacterai bientôt.

Pâle et manifestement bouleversé, le chef de la police de River Valley avait perdu son flegme habituel. Des gouttes de sueur perlaient sur ses tempes et il serrait les poings.

— Content de vous voir tous les deux, grommela-t-il. J'avais Thomas Seymour au téléphone, le père de Stephen. Le sort s'acharne sur ce pauvre homme. Sa femme a été emportée par un cancer, il y a cinq ans, et sa fille aînée a perdu la vie dans un accident de voiture, l'année dernière. Et maintenant, son fils se fait assassiner, ajouta-t-il en désignant le cadavre de Stephen…

— Chef Mitchell, lui dit Charlotte, je vous promets que nous allons intensifier cette enquête et tout mettre en œuvre pour capturer le tueur. Stephen sera sa dernière victime, je vous prie de le croire.

— C'est ce que je voulais entendre. Et pour votre information, le chiffre 4 était gravé sur sa joue gauche.

— Quelqu'un avait-il signalé sa disparition ? demanda Miles.

— Non, ce qui est étrange. Je ne voulais pas bombarder de

questions son malheureux père qui arrivait à peine à articuler deux mots. Je l'interrogerai plus tard, quand il sera en état de répondre.

Charlotte passa la main sur sa nuque qui brûlait sous le soleil.

— Je vais jeter un coup d'œil au corps. Miles, tu viens avec moi ?

— Bien sûr.

Ils s'approchèrent de la victime. Le cadavre de Stephen était étendu sur le sable, comme s'il s'était mis là pour faire une sieste. Sa peau avait viré au bleu violacé, tandis que de petites cloques couvraient ses jambes. Son short en jean et son T-shirt bleu pâle étaient impeccables. Il ne portait pas de chaussures, et pourtant ses pieds étaient propres.

— Aucun gonflement, remarqua Miles. Sa mort doit remonter à quelques heures.

— Je suis d'accord. Il n'y a aucun signe de décomposition. Sans doute a-t-il été tué ailleurs et déposé ensuite ici. Il n'y a aucune plaie, aucun hématome sur ses pieds.

Le technicien médico-légal étudiait le sol autour du corps et prélevait des échantillons.

— Sergent Bowman, j'ai trouvé quelques indices sur le sable, non loin de la victime. Une bouteille en verre et des lunettes de soleil. Le sable que j'ai recueilli contient peut-être des traces biologiques. Dès que j'aurai fini ici, je porterai le tout au labo criminel.

— Super. Merci, Virgil. Espérons qu'ils pourront en extraire de l'ADN, des empreintes digitales, du sang, de la sueur, de la salive, n'importe quoi qui nous permettrait d'avancer. Pouvez-vous demander au laboratoire de les traiter en priorité ?

Virgil ferma un sac de scellé rempli de sable.

— J'avais anticipé cette requête, sergent. J'ai appelé le labo en venant ici et demandé à la directrice de réorganiser son planning pour nous faire passer en premier. Elle sait à quel point il est important d'élucider cette affaire. Et elle m'attend.

— Génial. Merci.

Miles considéra le troupeau de journalistes qui tendaient des micros et hurlaient des questions aux forces de l'ordre qui travaillaient sur le périmètre.

— Les médias semblent déchaînés.

— Dès que la nouvelle de ce meurtre sera connue, toute la ville sera en ébullition. Nous allons être mis davantage encore sous pression. Il nous faut absolument coincer ce tueur. Et vite.

Elle se tourna vers le médecin légiste.

— Docteur Peterson, merci d'être venu si vite. Des premières réflexions sur la cause du décès ?

— Ce nouveau cadavre ressemble beaucoup aux autres. Il est propre, bien conservé et ne porte pas de traumatisme apparent. Et un chiffre est gravé sur sa joue.

— Pensez-vous que cette victime a été droguée, comme les autres ?

— Oui.

Charlotte posa rapidement un masque chirurgical sur son nez et se pencha sur le corps de Stephen.

— Avez-vous effectué les ponctions lombaires sur les deux autres victimes et analysé leur liquide céphalo-rachidien ?

— Tout à fait. Malheureusement, les rapports de toxicologie ne sont pas concluants. J'ai demandé au labo de les refaire. J'attends les résultats.

Un hurlement déchira l'air.

Charlotte se retourna. Une jeune femme fonçait vers eux. Sa queue-de-cheval blonde volait derrière elle, des larmes noircies de mascara striaient son visage. Des policiers l'arrêtèrent au moment où elle arrivait devant le ruban des scènes de crime.

— Où est Stephen ? cria-t-elle. Je veux le voir !

— Reculez, madame, s'il vous plaît, reculez ! insista l'un des officiers.

— Allons lui parler, Miles, déclara Charlotte.

Alors qu'ils s'approchaient d'elle, la blonde prit un ton suppliant :

— Aidez-moi, s'il vous plaît. C'est mon petit ami !

— Pouvez-vous nous donner son nom ?

— Stephen James Seymour. Ma cousine est journaliste et vient de me prévenir que son cadavre avait été retrouvé. Je vous en prie, dites-moi que ce n'est pas vrai, que ce n'est pas lui…

Charlotte lui prit la main.

— Je suis désolée.

— Alors il est mort, vraiment mort ? gémit-elle, effondrée.

— Qui êtes-vous, madame ? s'enquit Miles avec douceur.

— Phoebe Daniels, la fiancée de Stephen. Il était tout pour moi. Tout. Nous allions nous marier. Bientôt ! Je veux dire, dès qu'il aurait cessé de faire la bringue. Stephen a toujours été un fêtard. C'est sans doute ce qui l'a tué, vous savez. Le goût de la fête, des excès, le mépris du danger…

Charlotte l'autorisa à passer sous le ruban jaune et noir.

Ils l'entraînèrent vers une table de pique-nique à proximité. Miles sortit son calepin pendant que Charlotte commençait à l'interroger.

— Quand avez-vous vu Stephen pour la dernière fois ? demanda-t-elle.

— Il y a une petite semaine. Je l'avais supplié de rester à la maison ce soir-là aussi. Mais il tenait à sortir avec ses amis.

— Savez-vous où ils avaient prévu d'aller ?

— Sans doute écumer les bars de Rush Street.

Miles leva les yeux de son carnet.

— Où se trouve cette rue ?

— Vous ne devez pas être d'ici, remarqua Phoebe.

— En effet, il ne l'est pas, répondit Charlotte avant de se tourner vers Miles. Rush Street est l'une des artères les plus fréquentées de River Valley. C'est là que se trouvent la plupart des bars et des boîtes de nuit de la ville.

— Et l'ambiance y est souvent surexcitée, ajouta Phoebe. Surtout un samedi soir.

— Alors Stephen est sorti avec ses amis, samedi dernier ?

— Oui. Il a quitté l'appartement vers 20 heures. Je l'ignorais, mais c'est la dernière fois que je le voyais…

Sa voix se brisa, et elle explosa en sanglots.

Miles se pencha vers Charlotte.

— Samedi dernier, c'était il y a cinq jours, murmura-t-il.

Elle hocha la tête. Ils étaient sur la même longueur d'onde. Le chiffre 4 gravé sur la joue de Stephen représentait le nombre de jours écoulés entre son enlèvement et son assassinat.

— Donc, il n'a fallu qu'un jour pour que son corps soit retrouvé après sa mort, chuchota-t-elle. Nous verrons ce que dira le Dr Peterson une fois les résultats de l'autopsie connus, s'ils confirment la date du décès.

Phoebe s'essuya les yeux d'un revers de main.

— Vous savez, chaque fois que Stephen et ses amis se retrouvaient pour faire la fête, ça dégénérait. Ils n'avaient pas de limites. Mais qui aurait pu se douter que cette soirée conduirait à sa mort ?

— Pourquoi n'avez-vous pas signalé sa disparition aux autorités ? demanda Miles. Ou à quelqu'un d'autre d'ailleurs ?

— Parce que Stephen était un fêtard. Tout le monde le savait, y compris sa famille. Il faisait la bringue pendant des jours sans nous contacter. Je pensais qu'il réapparaîtrait une fois dessoûlé et revenu sur terre, comme il l'a toujours fait. Mais pas cette fois... Parce qu'il... il était mort !

Charlotte lui tapota le dos.

— Je suis désolée, Phoebe.

— Ne soyez pas désolée. Capturez ce tueur !

— Nous y travaillons.

— Eh bien, travaillez davantage !

— Nous le ferons, répondit Charlotte. Je vous le promets. Maintenant, pouvez-vous nous donner les noms des amis avec qui il était cette nuit-là ?

Silencieuse, Phoebe observait quelque chose au loin. Charlotte suivit son regard. Le légiste avait commencé les prélèvements sous les ongles de Stephen.

— Je ne peux pas assister à ça, déclara Phoebe, en couvrant sa bouche de ses mains.

Livide, elle se laissa tomber sur le banc.

— Tu peux le faire. Tu peux le faire, s'ordonna-t-elle avant de se tourner vers Charlotte. Stephen était sorti avec son meilleur ami, Hunter Stout. Et avec Rob Lee, un autre ami proche. Et avec Josh. Josh...

Phoebe sortit son smartphone et fit défiler les contacts.

— Josh Tilman. Stephen traîne toujours avec ces trois-là. Ils ont probablement croisé d'autres personnes à un moment donné, mais vous devriez commencer par eux.

— Et les bars ? demanda Charlotte. Y en a-t-il un en particulier qu'ils fréquentaient ?

— Ils avaient leurs habitudes au Blue Lagoon, à Eden's Den et au Bottomless Bar. Mais Stephen et ses amis ont toujours aimé faire la tournée des bars. Donc, si j'étais vous, je consulterais les images des caméras de surveillance le long de Rush Street.

Une agitation près du corps de Stephen attira leur attention. Des hommes de la police scientifique le plaçaient dans un sac mortuaire.

— Attendez ! cria Phoebe en bondissant. Je veux le voir avant que vous ne l'emportiez !

Charlotte lui prit doucement le bras.

— Non, Phoebe. Croyez-moi, vous n'avez pas envie de le voir comme ça. Si vous voulez faire quelque chose pour Stephen, restez assise et répondez à nos questions.

La malheureuse se relaissa retomber sur le banc au moment où le chef Mitchell s'approchait.

— Sergent Bowman, inspecteur Love, puis-je vous parler un instant ? En privé ?

Charlotte tapota l'épaule de Phoebe.

— Nous revenons tout de suite.

Elle répondit par un hochement de tête.

— Écoutez, dit le chef lorsqu'ils furent hors de portée de voix, le Dr Peterson va pratiquer l'autopsie sur le corps de Stephen dès leur arrivée à la morgue. S'il a été tué avec une drogue qui se dissipe rapidement dans l'organisme, il aura peut-être une chance de la détecter.

— Bien, dit Charlotte. Êtes-vous satisfait des indices que les techniciens de la police scientifique ont recueillis ?

— Je le suis. Et vous ?

— Oui. Et Virgil a déjà contacté le labo pour leur demander de pratiquer nos analyses en priorité. J'espère donc que nous aurons bientôt des réponses.

— Ce serait formidable, grommela le chef Mitchell tout en grattant les taches rouges qui couvraient ses avant-bras.

Le stress lui donnait de l'urticaire. Charlotte, qui le savait, fouilla dans son sac, et lui tendit un flacon de sérum d'avoine.

— Badigeonnez-vous la peau avec ça.

— Ma femme vous a dit d'en avoir toujours pour moi ?

— Oui. Mme Mitchell sait à quel point vous êtes tendu sur les scènes de crime.

Il désigna Phoebe d'un mouvement de menton.

— Qui est cette jeune femme ?

— Phoebe Daniels, la petite amie de Stephen.

— A-t-elle été en mesure de fournir des informations pertinentes ?

— Oui, répondit Miles. La dernière fois qu'elle a vu Stephen, remonte à samedi soir dernier. Il s'apprêtait à sortir avec un groupe d'amis dans les bars de Rush Street.

— Hum. Intéressant...

— Miles et moi allons faire le tour des établissements où ils se sont arrêtés et visionner les images des caméras de surveillance, puis contacter ses amis pour les interroger.

Charlotte croisait les doigts. Jusqu'alors, si elle avait évidemment questionné les amis et les familles des autres victimes, ces interrogatoires n'avaient jamais permis de les mettre sur une piste. Mais peut-être en serait-il autrement cette fois-ci...

— Cela me semble prometteur, dit Mitchell.

Des pas résonnaient derrière eux. Miles et Charlotte jetèrent un coup d'œil par-dessus leurs épaules et soupirèrent à la vue de Walter.

— Désolé, je suis en retard, monsieur, dit-il tout en époussetant le sable de son pantalon bleu marine.

— Qui vous a demandé de venir ici, Kincaid ? lança le chef Mitchell. Je pensais vous avoir prié de rester au bureau pour gérer les affaires courantes.

— Eh bien, je, euh... je me suis dit qu'une aide supplémentaire vous serait bien utile. Quand le fils du procureur est assassiné, tout le monde est sur le pont, non ? Nous devons élucider cette affaire au plus vite. Or, il me semble que l'enquête traîne en longueur, alors j'ai pensé...

— Chef Mitchell, interrompit Charlotte, l'inspecteur Love et moi partons pour Rush Street, maintenant. Nous vous tiendrons au courant.

— Attendez, que se passe-t-il à Rush Street ? s'enquit Walter.

— C'est là-bas que mon amoureux a été vu pour la dernière fois avant d'être assassiné ! cria Phoebe depuis la table de pique-nique.

Walter se plaça devant Miles.

— Sergent Bowman, je connais bien cette rue et les établissements qui la jalonnent. Et je la connais même très bien. C'est mon terrain de jeu habituel. Pourquoi n'irais-je pas avec vous ? Nous pourrions interroger les propriétaires de bar et étudier ensemble les vidéos de surveillance, comme nous le faisions auparavant.

— J'ai une meilleure idée, intervint Miles en repassant devant lui. Pourquoi ne vous écarteriez-vous pas pour nous laisser...

— Du calme, intervint le chef Mitchell. Sergent Bowman, inspecteur Love, partez. Allez parler aux propriétaires des bars. Visionnez les images des caméras de surveillance. Recueillez les indices, les témoignages, tout ce que vous pouvez trouver. Caporal Kincaid, puisque vous êtes ici maintenant, pourquoi ne m'aideriez-vous pas à finir d'inspecter la scène du crime ?

— Mais ne devrais-je pas participer plus activement à cette enquête ? rétorqua Walter.

— C'est un ordre ! aboya le chef.

L'expression impatiente de Walter se transforma en un froncement de sourcils alors qu'il se dirigeait vers l'équipe médico-légale.

— Et Phoebe ? demanda Charlotte au chef Mitchell.

— Je m'occupe d'elle. Vous deux, allez me chercher des pistes.

7

Charlotte s'approcha de la vitrine du Blue Lagoon et y colla son nez pour jeter un coup d'œil à l'intérieur. Toutes les lampes étaient éteintes. Des chaises en bois étaient soigneusement poussées sous les tables. La lumière du jour reflétée dans l'immense miroir accroché derrière le bar mettait en valeur les verres poussiéreux et les bouteilles d'alcool.

— Apparemment, ils sont fermés, dit-elle à Miles. On frappe quand même ?

— Oui. Le gérant se trouve peut-être à l'arrière.

Elle cogna doucement la vitre sans obtenir de réponse. Elle recommença, un peu plus fort. Toujours en vain. Ils attendirent quelques instants avant de s'éloigner.

— Essayons le Bottomless Bar, suggéra Charlotte. Il est à deux pas.

Située au cœur de la vieille ville, Rush Street avait longtemps abrité des bistrots et des cafés de quartier ainsi que des petites boutiques artisanales. Mais l'arrivée du tourisme de masse les avait chassés. Ils avaient été remplacés par de grandes chaînes de restauration, des fast-foods pour la plupart, et des enseignes de marques. Au fil des ans, la charmante petite rue pittoresque s'était transformée en un mini-Strip de Las Vegas, les casinos en moins.

Les baies vitrées en verre fumé du Bottomless Bar empêchaient Charlotte de voir à l'intérieur. Comme Miles frappait du poing la porte métallique, elle croisa les doigts, en espérant que quelqu'un répondrait.

— C'est fermé ! lança une voix grave de l'intérieur.

— Ouvrez, s'il vous plaît. Je suis le sergent Bowman de la police de River Valley. Je dois vous poser quelques questions. Pourriez-vous nous laisser entrer ?

Le patron du bar leur ouvrit, et elle se figea en le voyant. Il mesurait au moins deux mètres, ses bras étaient épais comme des jambons et il grognait comme un pit-bull.

— Bonjour, sergent, tonna-t-il en passant sa main tatouée sur son crâne chauve. Que puis-je faire pour vous ?

— L'inspecteur Love et moi enquêtons sur un homicide et nous aimerions jeter un coup d'œil sur les images de vos caméras de surveillance de samedi dernier.

— Vous parlez du meurtre de Stephen, le fils du procureur, non ? D'après ce que j'ai entendu dire, il a été retrouvé flottant, les fesses à l'air, au milieu du Lake Tahoe, après avoir absorbé une forte dose de cocaïne, non ?

— Qui vous a raconté ça ? demanda Miles.

L'homme lui sourit d'un air narquois.

— Vous ne devez pas être du coin. Les nouvelles circulent vite dans cette ville.

— Sans doute trop vite, répliqua l'inspecteur. Rien de ce que vous venez de dire n'est vrai.

Charlotte s'avança.

— Quel est votre nom, monsieur ?

— Menace. Et avant que vous ne posiez la question, oui, c'est mon véritable prénom.

Il lui va comme un gant, pensa-t-elle.

— D'accord, Menace. Ravie de vous rencontrer. Pouvons-nous, s'il vous plaît, jeter un coup d'œil à vos vidéos de surveillance ?

Il recula pour les laisser entrer.

— Bien sûr, elles sont à votre disposition. Mais je peux déjà vous dire que vous n'y trouverez rien d'utile. Dès que j'ai appris l'assassinat de Stephen, je me suis rappelé l'avoir vu ici le week-end dernier et j'ai visionné moi-même les séquences. Avant de tenir ce bar, j'étais détective privé. Le travail d'enquête, j'ai ça dans le sang. Je n'ai donc pas pu m'empêcher d'étudier ces vidéos.

Charlotte et Miles pénétrèrent dans le bar. Des murs au plafond en passant par le sol dallé, tout était noir, à l'exception des tabourets en acier.

Le matériel de vidéosurveillance était installé derrière la cabine du DJ. Ils regardèrent Menace jouer sur la console, double-cliquer à l'aide de la souris jusqu'à ce que des images des clients du bar apparaissent sur l'écran.

— Stephen est donc bien venu ici samedi soir ? lança Charlotte.

— Ouais. Ses copains et lui sont arrivés peu avant minuit. Ils ne sont pas restés longtemps, mais cela ne les a pas empêchés de boire comme des trous. Et je ne parle pas de bière. Ils ont descendu un nombre incalculable de « silver bullets ».

— Des « silver bullets » ? répéta Miles. C'est quoi ?

— Des cocktails à base de gin et de scotch, répondit Charlotte. C'est du lourd.

— Même moi qui suis grand et baraqué, j'évite ce genre de mélanges, trop explosifs à mon goût. Pour tout vous dire, ils étaient tellement soûls que je me demande encore comment ils ont réussi à sortir d'ici.

Il s'interrompit.

— Stephen était le plus bourré de la bande. Il s'est d'ailleurs écrasé contre la porte en partant. J'étais inquiet, je lui ai proposé d'appeler une ambulance. Mais il m'a juré qu'il allait bien avant de s'éloigner, le nez en sang.

— Seigneur, murmura Charlotte, pensant à ce que le père de Stephen ressentirait quand il connaîtrait ces détails.

— Avez-vous aussi des caméras à l'extérieur du bar ? s'enquit Miles.

— Absolument. Quant à la nuit où Stephen était ici, c'est *après* leur départ que les images deviennent intéressantes. Regardez, dit Menace en pointant l'écran. Là, vous reconnaissez Stephen qui titube avec ses amis.

Charlotte étudia le groupe d'hommes.

— Je le vois. Il porte les mêmes vêtements que ceux qu'il avait sur le dos lorsque son corps a été retrouvé.

Dans la rue, Stephen et ses copains continuaient à boire, à siffler des passantes ou à les forcer à danser avec eux.

— Et pour info, poursuivit Menace, Stephen avait fait halte au Blue Lagoon avant de pousser ma porte. Il était donc déjà bien imbibé en arrivant. Et ce qu'il a ingurgité chez moi n'a évidemment rien arrangé...

Charlotte sortit une clé USB de son sac et la lui tendit.

— Accepteriez-vous de me donner une copie de cette vidéo ?

— Aucun problème, dit-il. Voilà, nous arrivons au passage crucial ! Stephen et ses amis sont sur le point de reprendre leur tournée, de partir vers d'autres bars.

— Vous avez raison, dit Miles. Stephen tient à peine sur ses jambes. Il se cogne à presque toutes les personnes qu'il croise.

— Et ses amis ne peuvent pas l'aider parce qu'ils sont dans le même état que lui, ajouta Charlotte.

Menace agrandit les images de l'extérieur de son établissement.

— Maintenant, regardez bien. Stephen et sa bande vont traverser la rue pour essayer d'entrer à Eden's Den. Josh s'approche et discute avec le videur. Il lui demande sans doute de les faire entrer avant tout le monde. Le gars accepte et Josh fait signe à ses potes.

— Et ils entrent tous à sa suite dans le bar... Non, attendez, rembobinez s'il vous plaît.

Menace revint sur la séquence précédente.

— Vous avez bien vu. Stephen n'est jamais entré à Eden's Den... Seuls Hunter et Rob ont rejoint Josh.

— Exact, dit Charlotte. Mais alors, où est-il allé ?

Menace interrompit la diffusion de la vidéo et se retourna.

— C'est la question à un million de dollars. Quand j'ai regardé les images un peu plus tôt, j'ai vu qu'il n'était jamais réapparu. Il a dû s'éloigner et croiser la route de son assassin...

— Et ses copains étaient tellement ivres qu'ils n'ont sans doute pas remarqué qu'il n'était plus avec eux, dit Miles.

— Nous devons parler au personnel d'Eden's Den, lança

Charlotte à Miles. Pour découvrir si quelqu'un a aperçu Stephen là-bas à un moment donné de la soirée.

— Attendez, dit Menace en griffonnant quelque chose sur une serviette en papier. Voici le numéro de Sacha, la propriétaire d'Eden's Den. Elle devrait pouvoir vous aider.

Charlotte se dressa sur la pointe des pieds pour regarder de l'autre côté de la rue.

— Je me demande si elle est là.

— Pas encore. Elle est allée à Las Vegas ce matin pour assister à une conférence sur la législation des bars et des discothèques. Elle ne rentrera pas à River Valley avant ce soir. Mais appelez-la quand même. Elle vous mettra en contact avec le gérant, Bronson. Il est là tous les samedis et il a peut-être remarqué quelque chose ce soir-là.

Miles serra la main de Menace.

— Merci infiniment. Votre aide a été précieuse.

— À votre service, dit-il en sortant la clé USB de l'ordinateur pour la tendre à Charlotte. Je tiens à ce que ce tueur soit arrêté.

— Nous nous rapprochons de lui, dit Charlotte. Je le sens.

— Bonne chance.

Lorsqu'ils sortirent du bar, la chaleur leur tomba dessus comme une chape de plomb. Ils frappèrent aux portes d'autres bars, mais personne ne leur répondit.

— Heureusement, Menace nous a fait avancer, dit Miles.

— Pourquoi ne pas retourner au poste de police ? Pour faire le point avec le chef Mitchell, nous assurer que les scellés ont bien été déposés au laboratoire criminel et appeler Sasha et les amis de Stephen.

— Allons-y. Le défi sera d'y arriver sans être assaillis de questions par Walter.

— Espérons-le…

Charlotte raccrocha le téléphone posé sur son bureau et regarda Miles.

— La piste Eden's Den est une impasse.

— Stephen n'apparaît sur aucune des images de leurs caméras de surveillance ?

— D'après Bronson, non.

— Nous y jetterons quand même un coup d'œil quand il nous aura envoyé les vidéos.

— Bien sûr. Je vais demander à l'officier Haney de contacter les autres restaurants, bars et commerces de Rush Street et de visionner systématiquement leurs vidéosurveillances. L'une de leurs caméras a peut-être capturé Stephen entrant dans leurs établissements ou passant devant.

Un petit coup à la porte les fit sursauter.

— Entrez ! cria Charlotte.

Virgil passa la tête à l'intérieur.

— Désolé de vous interrompre. Je viens seulement de voir votre texto. J'ai bien déposé les scellés au labo. Ils sont en cours de traitement.

— Excellent...

Charlotte s'interrompit en entendant des bruits de pas dans le couloir.

— Excusez-moi, dit Walter en regardant par-dessus l'épaule de Virgil.

— Avez-vous besoin d'autre chose de ma part, sergent ? s'enquit Virgil, ignorant l'interruption.

— Non. Mais merci pour tout ce que vous avez fait aujourd'hui. Super travail.

— Je vous en prie. Si j'ai des nouvelles du labo, je vous préviens.

Il eut du mal à quitter le bureau car Walter en bloquait la porte.

— C'est parti, marmonna Miles.

Walter n'attendit pas d'y être invité pour entrer.

— Quoi de neuf, sergent ?

— En quoi puis-je t'aider, caporal ?

— Je peux m'asseoir ? demanda-t-il avec raideur tout en attrapant une chaise.

Charlotte leva la main.

— En fait, l'inspecteur Love et moi sommes en train de contacter des témoins. As-tu besoin de quelque chose ?

— C'est plutôt moi qui devrais te poser la question. J'ai entendu le chef Mitchell parler à la petite amie de Stephen, Phoebe, qui se trouvait sur les lieux du crime. Elle a fait allusion aux amis de Stephen avec lesquels il était sorti la nuit où il a disparu. Hunter, Rob et Josh. Il se trouve que je joue régulièrement au basket avec eux. Je les connais très bien. Je peux obtenir d'eux toutes les informations que vous voulez. Si vous m'acceptez comme coéquipier sur cette enquête.

Une migraine lancinante vrillait le crâne de Charlotte. Elle ferma les yeux, en regrettant de ne pas avoir la capacité à faire disparaître Walter par enchantement.

— Écoutez, caporal Kincaid, intervint Miles. Le sergent Bowman a eu une dure journée. Pourquoi ne pas nous envoyer votre rapport une fois que vous aurez discuté avec les amis de Stephen…

— Excusez-moi, interrompit Walter, mais qui êtes-vous exactement ? Et de quel droit me donnez-vous des ordres ? Je parle au sergent de la police de River Valley. Vous n'avez absolument aucune compétence, aucun pouvoir au sein de ce poste de police, permettez-moi de vous le rappeler.

— Caporal Kincaid ! cria Charlotte en frappant son bureau du poing. Primo, un minimum de respect est la règle au sein des forces de l'ordre. Ensuite, en tant que policier, tu es tenu d'aider à l'enquête autant que tu le peux. Enfin, tenter de faire pression sur moi pour obtenir quoi que ce soit est insupportable. Continue comme ça et je porterai plainte contre toi. C'est compris ?

Walter serra les mâchoires.

— Quoi que tu en dises, marmonna-t-il, cette promotion t'a vraiment changée.

Alors qu'il se tournait pour s'éloigner, le chef Mitchell s'approcha.

— Mauvaise nouvelle, déclara-t-il. Je viens de recevoir un appel de Freelain & Associates. Les amis de Stephen ont pris un avocat et refusent de se soumettre à un interrogatoire. Il est temps de mettre au point une nouvelle stratégie.

Un sourire ironique passa sur les lèvres de Walter.

— Voilà qui change la donne, non, sergent Bowman ?

Préviens-moi si tu veux faire équipe avec moi quand j'aurai discuté avec les amis de Stephen.

— De quoi parlez-vous ? demanda le chef Mitchell. Le caporal Kincaid connaît personnellement les amis de Stephen, c'est cela ?

— Ça reste à prouver, monsieur, répliqua Charlotte. En attendant, je vais appeler Freelain & Associates pour tenter de convaincre les avocats de venir discuter avec leurs clients.

8

— Ouf ! C'est agréable de souffler un peu, dit Charlotte. J'en avais vraiment besoin.

Miles hocha la tête.

— Moi aussi. Je suis heureux que nous ayons décidé de faire une petite pause.

Assis sur sa terrasse, tous deux faisaient griller des filets de poisson et des épis de maïs. Charlotte avait failli craquer en apprenant que les amis de Stephen refusaient de se soumettre à un interrogatoire. Miles avait alors suggéré d'arrêter de travailler et proposé de préparer le dîner. Elle avait accepté sans hésiter.

Charlotte remplit leurs verres de vin.

— J'aurais aimé m'entretenir avec les amis de Stephen avant qu'ils ne prennent un avocat. Qu'ont-ils à cacher ?

— C'est toute la question. Nous le saurons peut-être s'ils acceptent un jour de répondre à nos questions...

— Tu crois que Walter est capable de les convaincre de témoigner ? S'il y parvient, nous n'avons pas fini d'en entendre parler.

Miles retourna le poisson, puis but une gorgée de vin.

— S'il réussit à obtenir des informations qui nous mèneront au tueur, nous arriverons sûrement à supporter ses vantardises.

— C'est vrai. Ma vraie crainte est qu'il ne gâche tout en voulant se donner le beau rôle. Et au cas où l'un de ses amis serait lié au tueur, sa déposition risquerait d'être rejetée devant un tribunal si Walter l'a interrogé sans son avocat.

Avec un soupir, elle joua avec son verre. Le soleil se couchait à l'horizon, embrasant le ciel d'or et de pourpre.

— Il fait un peu froid. Peut-être est-il temps d'allumer le brasero ?

— Bonne idée.

Maniant avec dextérité le briquet et l'amadou, elle mit le feu aux petites planchettes de bois. La brise plaquait sa robe d'été sur ses courbes, soulignant sa silhouette galbée.

Cesse de la regarder, s'ordonna Miles mais trop tard. Elle surprit son regard, et un petit sourire amusé passa sur ses lèvres.

Gêné, il se détourna et entreprit d'allumer les lampes chauffantes de la terrasse pour se donner une contenance.

— Voilà qui devrait aussi t'aider à te réchauffer, lâcha-t-il, d'une voix embarrassée.

— Sûrement. Merci.

Il se retourna au moment où elle réintégrait son transat. Ils se heurtèrent, et il la rattrapa avant qu'elle ne trébuche.

— Je suis vraiment désolé ! souffla-t-il, les bras enroulés autour de sa taille. Ça va ?

Elle hocha la tête.

— Très bien.

Comme elle promenait les yeux sur ses lèvres, son cou puis son torse, Miles se rapprocha. Il passa les mains sur son dos jusqu'à ses hanches. Quand elle se pressa contre lui, il lui releva le menton. Leurs lèvres se touchaient presque.

Incapable de résister plus longtemps à la tentation, il l'embrassa. Il n'avait pas fini de savourer ce baiser que la sonnette de la porte retentit.

Charlotte s'écarta d'un bond.

— Qui est-ce ? demanda-t-elle en réajustant sa robe. Je n'attends personne.

— J'ai une surprise pour toi.

— Tu as quoi ?

— Une surprise !

Miles se précipita à l'intérieur de la maison. Quelques instants plus tard, il revint sur la terrasse, accompagné d'une femme qui se jeta au cou de Charlotte.

— Ella ! cria-t-elle en serrant sa sœur dans ses bras. Depuis quand es-tu à River Valley ?

— Je viens d'arriver de Reno. Je suis venue directement à la fin de ma mission à l'hôpital Sainte-Mary. Leur service néonatal manquait d'infirmières depuis des semaines, mais ils se sont enfin décidés à recruter. J'ai donc un peu de temps libre. Pas trop tôt !

— Comme je suis heureuse de te voir. Tu n'imagines pas à quel point j'ai besoin de toi, en ce moment.

— Je sais. J'ai entendu dire qu'un petit remontant te ferait du bien.

— Je me demande bien qui a pu t'en parler, dit Charlotte avec un clin d'œil à Miles. Et d'ailleurs, comment as-tu réussi à contacter ma sœur sans que je le sache ?

— Facile. Je l'ai cherchée sur Facebook et je lui ai envoyé un message pour lui demander si elle pouvait venir te voir.

Charlotte lui serra légèrement le bras.

— Merci.

Elle se tourna vers Ella.

— Tu es rayonnante, ma chérie. Comment s'appelle-t-il ?

— Pourquoi faudrait-il qu'un homme explique ma grande forme ? Je ne peux pas être épanouie en étant célibataire ?

— Oh que si ! Et si j'étais sortie avec Nate, ton ex, je serais certainement une célibataire heureuse, moi aussi. J'étais tellement contente quand vous avez rompu.

— C'est reparti. D'abord, il ne s'appelait pas Nate. Mais Noël. Ensuite, il n'était pas si mal. Un peu dominateur peut-être. Et dépendant affectif.

— Et surtout, très manipulateur.

Ella se servit un verre de vin et s'assit dans un transat.

— Tout cela n'a plus la moindre importance. J'ai écouté ma grande sœur et j'ai rompu...

— Après avoir découvert qu'il la trompait, ajouta Charlotte à l'attention de Miles. Ella n'a pas un goût très sûr en matière d'hommes...

Miles gardait les yeux sur le poisson qui grillait sur le barbecue.

— Je refuse de prendre parti, dit-il. Je ne m'implique pas dans les désaccords entre frères et sœurs. Y compris les miens.

— Ma sœur dramatise, dit Ella. Quoi qu'il en soit, Noël et moi ne sommes pas sortis ensemble longtemps. Il ne m'a donc pas été très difficile de le quitter et de tourner la page. Maintenant que je l'ai congédié, je suis heureuse. J'aime mon travail d'infirmière et je profite des joies du célibat pour me refaire une santé.

— Et tout cela, grâce à moi, commenta Charlotte, insensible aux signes de Miles qui l'exhortait par des mimiques appuyées à laisser sa sœur tranquille.

Il mit les filets de poisson grillés sur une grande assiette.

— Je propose de passer à table et de parler d'autre chose.

— Bonne idée, dit Ella.

Alors qu'ils se servaient, elle changea de sujet de conversation et mit Charlotte sur la sellette.

— Assez parlé de moi, commença-t-elle. Raconte-moi plutôt ce qui se passe exactement entre vous deux ?

Charlotte en avala de travers.

— Que veux-tu dire ? Miles et moi travaillons ensemble sur cette enquête, voilà tout.

— C'est le seul sujet qui vous occupe ?

— Mais oui, assura-t-elle en la fusillant du regard. Maintenant laisse tomber, veux-tu ?

— OK, OK. Pas besoin de monter sur tes grands chevaux. Et à propos de l'enquête, où en êtes-vous alors ?

— Nous progressons, répondit Miles. Lentement mais sûrement.

— J'ai entendu parler du meurtre du fils du procureur. Cela a dû être un choc.

Charlotte posa sa fourchette, toute sa joie des retrouvailles envolée.

— Pour toute la ville, oui. Mais nous avons récupéré des indices sur la scène de crime et espérons qu'il en sortira quelque chose. En attendant, nous essayons de rester optimistes.

— Et le clown avec qui tu sortais à une époque ? Il est toujours là, à rouler des mécaniques ? Comment s'appelait-il déjà ?

— Walter.

— Ah oui, Walter. Son côté faux cul m'insupportait. Tu vois, ma chérie, que je ne suis pas la seule de la famille à avoir des goûts douteux en matière d'hommes...

— Vous n'allez tout de même pas me reprocher éternellement une relation qui n'a pas fonctionné.

— Pourquoi dis-tu « vous » ? Pourquoi mêles-tu Miles à cette histoire ? demanda Ella. Il n'a rien à voir là-dedans.

— Et je refuse d'y être impliqué ajouta Miles, l'air innocent. Je suis à des années-lumière des complications que vous avez connues, l'une et l'autre, dans le domaine sentimental.

— Je t'en prie, répliqua Charlotte. Tu as peut-être la mémoire courte, mais je me souviens des catastrophes amoureuses dont tu m'as parlé lors de notre première rencontre. As-tu oublié cette femme qui a essayé de te convaincre de faire un plan à trois avec son mari ? Alors que tu ne savais même pas qu'elle était mariée ? Ou celle qui...

— D'accord, d'accord, j'abandonne ! s'écria Miles. Revenons-en à Walter.

Ella se mit rire.

— Il me plaît, ce Miles, Charlotte.

— Oui, dit cette dernière en le regardant. Et à moi aussi...

Sa réponse troubla Miles. Mille questions lui traversèrent l'esprit. L'avait-il bien entendue ? Venait-elle d'avouer ses sentiments pour lui ? Était-ce une réflexion amicale ou y avait-il quelque chose d'autre derrière ?

Elle ne me considère pas seulement comme un ami. Elle vient de m'embrasser...

Miles attendit qu'elle en dise davantage. Mais non.

Elle reporta son attention sur Ella.

— Quant à Walter, il est toujours aussi odieux. Il veut être associé à l'enquête, prendre le contrôle.

— Et il me déteste, ajouta Miles. Il essaye de reconquérir Charlotte et il me perçoit comme un rival...

— Il n'a aucune chance, plaisanta Charlotte. Et pour ne rien arranger, nous avons découvert qu'il traînait avec des amis de Stephen Seymour. Ce qui est bizarre.

— Très bizarre et même malsain, approuva Ella. Ils ont au moins dix ans de moins que lui. Je te le dis, Charlotte, cet homme ne va pas bien depuis que tu as rompu avec lui. J'ai toujours pensé qu'il était à l'origine des menaces dont tu faisais l'objet. Et apprendre qu'il est lié à Stephen et ses amis le rend encore plus suspect à mes yeux.

— Alors, quoi ? demanda Miles. Tu soupçonnes Walter d'être impliqué dans le meurtre de Stephen ?

— Oui, affirma Ella tout en étalant du beurre sur sa tranche de pain. J'en suis persuadée. Ce type est un pervers narcissique et un psychopathe.

— Tu n'y vas pas de main morte, Ella, dit Charlotte. Pour ma part, je ne serais pas étonnée qu'il soit à l'origine des manœuvres de harcèlement contre moi. Mais l'accuser des meurtres ? Non, je n'irais pas jusque-là.

— Attendez, dit Miles. Vous croyez que Walter pourrait être le Numeric Serial Killer ?

— Oui, répondirent-elles à l'unisson.

— Eh bien, dans ce cas, peut-être devrions-nous réétudier la vidéo de surveillance de Rush Street, la nuit où Stephen a disparu. Pour voir si Walter y apparaît. Il a dit lui-même que ce quartier était son aire de jeu.

— Faisons plus simple, dit Ella. Allez-y et arrêtez-le maintenant !

— J'aimerais bien, déclara Charlotte. Je l'enfermerais avec plaisir.

Le téléphone portable d'Ella bipa.

— Oh ! non, gémit-elle en regardant l'écran.

— Qu'est-ce qui ne va pas ?

— Ma vieille amie Elijah m'envoie un texto. Je lui avais dit que je serais de retour à River Valley aujourd'hui. Nous avions convenu de prendre un verre ce soir avec d'autres copines, mais j'étais tellement contente de venir te voir que je les ai complètement oubliées.

— Oh ! ça veut dire que tu dois partir ?

— Ça vaut mieux, oui. Je ne vais pas leur poser un lapin.

— Eh bien, j'ai été heureuse de te voir, dit Charlotte. Et j'espère que la prochaine fois, ce sera plus long.

— Promis.

Miles suivit les deux sœurs jusqu'à la voiture d'Ella. Lorsqu'elles s'embrassèrent avec chaleur, il pensa à ses frère et sœur, Lena et Jake, et mesura soudain à quel point ils lui manquaient.

Ella le serra contre elle.

— J'ai été ravie de faire ta connaissance, Miles. Merci d'être là et de prendre soin de ma grande sœur.

— Je suis heureux de le faire. Merci d'être venue et à bientôt.

Ella démarra sa jeep couleur bleu pétrole et s'éloigna. Miles et Charlotte retournèrent à l'intérieur, bras dessus bras dessous.

— Que dirais-tu de faire un sort à cette délicieuse bouteille de pinot ? demanda-t-elle.

— Tout à fait d'accord, répliqua-t-il en l'entraînant vers la terrasse.

Le téléphone de Charlotte bipa.

— Le chef Mitchell m'envoie un texto. Peut-être a-t-il du nouveau.

— Espérons-le, répondit Miles en regardant par-dessus son épaule.

Tous deux avaient décidé de terminer la soirée dans le salon et, confortablement installés sur son canapé, ils finissaient la bouteille de vin.

Quand elle ouvrit le SMS, elle poussa un cri de joie.

— Le chef a reçu un mail de Freelain & Associates. Les amis de Stephen acceptent finalement d'être interrogés avec leurs avocats. Je dois appeler ces derniers pour convenir d'un rendez-vous

— Yes ! s'exclama Miles en lui tapant dans la main.

Comme il gardait leurs doigts enlacés, elle se pencha vers lui pour l'embrasser sur la joue.

Le geste, inattendu, le troubla et il eut bien du mal à lui cacher l'allégresse qui l'envahit.

— Tu vois ? fit-il. Qu'est-ce que je t'avais dit ? Je savais que nous finirions par obtenir un entretien avec eux, même s'ils avaient pris un avocat.

— C'est vrai, tu étais confiant et je te remercie de m'avoir rassurée. Je perdais mon sang-froid et ton soutien m'a fait du bien.

Charlotte posa son téléphone sur la table basse et se cala plus confortablement contre les coussins du canapé.

— Cette journée a pris une bonne tournure d'un seul coup. Grâce à toi. Je ne cesse de te le répéter, je sais, mais j'apprécie ta présence, Miles. Sans toi, je me demande si j'aurais été capable de continuer cette enquête.

— Bien sûr que tu en aurais été capable. Mais comme je te l'ai déjà dit, je suis très heureux de travailler avec toi. Et encore plus heureux que nous ayons renoué.

Au moment où Charlotte appuyait la tête contre son torse, son smartphone se remit à biper.

— C'est probablement encore le chef. Hum, non, ce n'est pas lui, ajouta-t-elle en regardant l'écran. Ça vient d'un numéro inconnu.

— Et ça dit quoi ?

Charlotte ne répondit pas. Son visage s'assombrit et elle fronça les sourcils.

— Qu'est-ce qui ne va pas ? s'enquit Miles.

Elle lui tendit le téléphone.

Pour info, tu as eu de la chance d'échapper à cette course-poursuite sur Peak Avenue. Mais tu ne perds rien pour attendre.

La prochaine fois, je réussirai à t'envoyer dans le décor, à t'enlever et à te torturer pendant douze jours d'affilée. Je graverai alors le chiffre 12 sur ta joue avant de déposer ton cadavre sur les rives de la rivière Creosote.

Tes jours sont comptés, sergent Bowman…

Charlotte se blottit contre Miles, comme si elle avait soudain besoin de se sentir protégée.

— Par hasard, accepterais-tu de rester avec moi ici jusqu'à ce que nous attrapions le tueur ?

— Tu connais déjà ma réponse à cette question.

9

Tout en tapotant son stylo contre son calepin, Charlotte observait Josh, l'ami de Stephen, assis en face d'elle. Ses yeux étaient rouges et gonflés, comme s'il avait pleuré. Mais visiblement, il n'avait aucune envie d'être là.

Au-dessus de leurs têtes, le ventilateur brassait beaucoup d'air mais ne rafraîchissait pas l'atmosphère de la petite pièce qui restait étouffante.

Une canalisation avait éclaté dans la salle d'interrogatoire, tôt ce matin, obligeant Charlotte à interroger Josh dans son minuscule bureau. Les bacs en plastique remplis de scellés et les dossiers empilés un peu partout réduisaient encore l'espace. L'endroit n'était pas équipé pour accueillir cinq personnes. Mais elle avait voulu que Miles et le chef Mitchell soient là pour suivre sa confrontation avec Josh et son avocat.

Elle fit pivoter son ordinateur portable pour leur montrer l'écran.

— C'est bien vous, là, sur la vidéo ? demanda-t-elle à Josh.

Il écarta ses boucles blondes de son visage.

— C'est l'Eden's Den qu'on voit derrière ?

— Oui.

— Alors, oui, c'est moi.

— Stephen, Hunter, Rob et vous étiez donc ensemble quand vous êtes arrivés au bar, n'est-ce pas ?

— Euh, laissez-moi réfléchir. Hum...

Josh fit courir ses mains sur ses bras brûlés par le soleil. Avec son bermuda, son débardeur et ses tongs, il ressemblait à un surfeur prêt à affronter les vagues. Charlotte s'étonna que son avocat ne lui ait pas conseillé de s'habiller convenablement. Comme il était le fils d'un magnat de l'immobilier qui possédait la moitié de River Valley, il estimait sans doute avoir tous les droits.

— Quand nous sommes arrivés à Eden's Den, reprit Josh, oui, Stephen était avec nous. Je suis allé parler au videur, Darryl, parce que je le connais. Il travaille à la sécurité dans l'un des centres commerciaux de mon père. Il nous a dit que nous pouvions doubler la file d'attente et nous l'avons fait.

— Qui « nous » ? demanda Miles.

— Moi, Hunter, Rob et...

— Et ? insista Charlotte.

Josh se mit à se ronger les ongles.

— Je ne sais plus trop. Quand nous sommes entrés, l'endroit était plein à craquer et enfumé. On ne voyait pas grand-chose. Nous sommes allés directement au bar pour commander quelques verres. Nous les avons bus puis nous nous sommes dispersés dans la foule. Pour tout vous dire, je ne sais même pas comment je suis rentré chez moi, ce soir-là.

— Attendez, lança le chef Mitchell, les sourcils froncés. Cela signifie que vous ne vous rappelez pas si Stephen est entré ou non avec vous dans le bar ? Ou s'il vous y a rejoints plus tard ?

— Oui. Je n'en sais vraiment rien, monsieur.

Avec un soupir, le chef retira ses lunettes et se frotta les yeux. Charlotte tendit sa main ouverte vers Josh.

— M'autorisez-vous à jeter un œil à votre smartphone ?

— Pourquoi avez-vous besoin d'examiner son appareil ? intervint l'avocat.

— Au cas où il y aurait quelque chose dessus qui pourrait nous mettre sur une piste. Un détail qui aurait échappé à Josh.

— Il n'y en a pas, assura ce dernier.

— Laissez-nous en juger, rétorqua Charlotte. Stephen a peut-être mentionné quelque chose dans un texto, fait allusion à l'endroit où il se trouvait, ou celui où il se rendait, ou même laissé un message vocal contenant des informations capitales.

Josh frappa le bureau du poing.

— Je ne suis pas suspect dans cette affaire, je ne suis pas le meurtrier ! Je n'ai pas à vous remettre quoi que ce soit…

Son avocat posa une main apaisante sur son épaule.

— Ne vous serait-il pas possible de recueillir les informations dont vous avez besoin sur l'appareil de Stephen, sergent Bowman ?

— Il n'a pas été retrouvé, maître.

Il se tourna vers Josh.

— Ne m'aviez-vous pas indiqué que d'après le caporal Kincaid, le smartphone de Stephen avait été mis sous scellés ?

— Qui est le caporal Kincaid ? demanda Josh.

— Le caporal Walter Kincaid.

Miles et Charlotte échangèrent un regard. Josh, bouche bée, semblait plongé dans un abîme de perplexité.

Me Brown paraissait, lui aussi, un peu perdu.

— Josh, vous m'avez dit que vous jouiez régulièrement au basket avec le caporal Kincaid. Vous l'avez oublié ?

— Oh ! Vous parlez de Big Walt ! Oui, bien sûr, je vois à qui vous faites allusion, maintenant. C'est mon ami. Il fait souvent la fête avec nous.

Un silence tendu parcourut le bureau. Le chef Mitchell se mit à se griffer les avant-bras.

Charlotte ouvrit son tiroir et lui tendit discrètement un flacon de sérum.

— Merci, dit-il. Josh, le caporal Kincaid était-il avec vous lorsque vous avez fait la tournée des bars, le soir où Stephen a disparu ?

— Laissez-moi réfléchir… euh… je ne m'en souviens pas. Peut-être. J'étais… vous savez… ivre mort…

— Inutile d'entrer dans les détails, Josh, coupa son avocat.

— Revenons à votre smartphone, dit Charlotte. Vos données personnelles ne nous intéressent pas. Vos photos et vos contacts, non plus. Nous ne regarderons que les éléments susceptibles de nous aider à découvrir ce qu'il est arrivé à Stephen.

Josh se tourna vers son avocat.

— Je dois le faire ? J'ai des photos de filles à poil sur mon téléphone, ajouta-t-il en chuchotant.

— Vous n'allez pas regarder des photos ou quoi que ce soit sans rapport avec l'affaire, n'est-ce pas ? demanda Me Brown.

— Non, bien sûr que non, répondit Charlotte.

— Attendez, insista Josh, ils n'ont pas besoin d'un mandat pour fouiller mon portable ?

— Si vous leur confiez votre appareil volontairement, ils n'en ont pas besoin. Si vous refusez, ils l'obtiendront et ils vous prendront votre téléphone, de toute façon.

Josh se balança d'avant en arrière sur sa chaise pour réfléchir. Me Brown se pencha vers lui et chuchota :

— Ils veulent seulement jeter un coup d'œil aux derniers échanges que vous avez eus avec Stephen avant que votre ami ne croise son meurtrier. Puisque vous n'avez rien à cacher, je vous conseille de leur donner votre téléphone pour prouver votre bonne foi. Ils n'utiliseront rien de ce qu'ils y trouveront pour vous incriminer.

Après un moment, Josh sortit son smartphone de sa poche et le jeta sur le bureau.

— D'accord, prenez-le. Ne regardez pas les photos des filles qui s'y trouvent. Et si vous ne pouvez pas résister à la tentation, ne les montrez à personne. Ma mère me tuerait si elle savait que je fais circuler ce genre de trucs.

— Croyez-moi, dit Charlotte, nous n'en avons aucune envie.

Elle appela l'enquêteur en criminalistique numérique pour lui remettre l'appareil et lui demander de télécharger les données pendant que Miles poursuivait l'interrogatoire.

— Josh, y a-t-il autre chose que vous pourriez nous dire sur la nuit où Stephen a disparu ? Vous souvenez-vous d'avoir croisé quelqu'un d'étrange, par exemple ? Quelqu'un qui vous aurait suivis depuis le Bottomless Bar jusqu'à Eden's Den ?

— Non, pas vraiment. Et je regrette d'avoir bu autant. Parce que j'étais dans un état second et que je n'ai pas été capable de protéger mon pote.

— Je comprends, dit Miles. Mais inutile de vous faire des reproches. Aidez-nous plutôt à mener l'enquête.

— J'essaye. J'essaye…

L'air préoccupé, il triturait son lobe d'oreille et Charlotte lui demanda :

— Qu'est-ce qui vous inquiète ? Il y a quelque chose que vous ne nous dites pas ?

Il haussa les épaules.

— Quelque chose m'a frappé, cette nuit-là. Mais ce n'est probablement pas important, alors...

— Tout ce que vous pourrez nous dire sur cette nuit est important, répliqua Miles. Alors, allez-y. Nous vous écoutons.

— Je me souviens que Stephen avait du mal à marcher en quittant le Bottomless Bar. Nous étions tous ivres morts. Mais Stephen semblait le plus atteint, alors qu'il avait bu moins que les autres. Ça m'a fait réfléchir, après coup. Et si quelqu'un l'avait drogué ? Pensez-vous que cela pourrait être une possibilité ?

— Certainement, répondit Charlotte.

Au même moment, elle aperçut Walter qui approchait de son bureau.

Non, je t'en prie, n'entre pas...

Le chef Mitchell parut également remarquer sa présence. Et, lorsque Walter jeta un coup d'œil par la lucarne, il se leva et se dirigea vers la porte.

— Sergent Bowman, inspecteur Love, je vous laisse conclure. J'ai un mot à dire à quelqu'un.

— Très bien, monsieur, dit Charlotte qui tentait de cacher sa joie. Nous reviendrons vers vous une fois que nous aurons terminé.

Sans répondre, le chef sortit dans le couloir en criant :

— Caporal Kincaid ! Dans mon bureau. Tout de suite.

— Avez-vous d'autres questions pour mon client ? s'enquit Me Brown.

— Si Josh n'a rien d'autre à ajouter, déclara Charlotte, je pense que ce sera tout. Notre informaticien doit avoir fini de télécharger les données de votre smartphone. Nous vous le rendrons avant que vous ne partiez.

— Alors c'est tout ? s'exclama Josh en levant les mains au-dessus de sa tête. Vous n'allez pas m'arrêter ?

— Aurions-nous des raisons de le faire ? lança Miles.

L'avocat saisit le bras de Josh et le tira de la chaise.

— Allons-y. Je prie pour que votre père ne demande pas à voir une copie de cette vidéo d'interrogatoire.

Déçue, Charlotte les reconduisit à la porte.

Retour à la case départ, pensa-t-elle.

Josh n'était manifestement pas leur tueur.

10

— La qualité de nos dîners ne cesse de s'améliorer, dit Charlotte à Miles attablé en face d'elle dans la salle à manger. Je ne regrette pas d'avoir pris le temps de cuisiner. Mais tu dois tenir notre engagement. Interdiction de faire la moindre allusion à l'enquête pendant le repas.

— Ne t'inquiète pas. Les coquilles Saint-Jacques aux asperges que tu nous as préparées sont un délice et je n'ai aucune envie de discuter. Mais de savourer ! Tu es un vrai cordon-bleu.

— Merci. Si j'ai mis les petits plats dans les grands, c'est d'abord pour te remercier de ton aide qui m'est si précieuse. Je souhaitais aussi profiter d'une soirée de repos pour parler d'autre chose que du travail.

— J'en suis ravi, dit Miles en ouvrant une bouteille d'un vin italien.

Il remplit le verre de Charlotte et le lui tendit.

Dans le mouvement, leurs doigts se frôlèrent.

— Puis-je te poser une question personnelle, Charlotte ?

— Bien sûr. Je t'écoute.

— Pourquoi ton ex-mari et toi vous êtes-vous séparés ?

Charlotte se figea et faillit en avaler de travers.

— Waouh, dit-elle en reposant son verre. Je ne l'avais pas vue venir, celle-là.

— Je suis désolé. Ça va ? Tu m'en veux de t'avoir interrogée à ce sujet ?

Elle secoua la tête mais ne répondit pas à la question.

Aussi poursuivit-il :

— Quand nous nous sommes rencontrés pour la première fois à ce séminaire, tu as refusé de discuter de ton divorce. J'en ai conclu que votre séparation s'était mal passée, qu'elle avait été douloureuse. Et si tu veux tout savoir, lorsque tu m'as jeté comme un kleenex après deux jours de sexe torride, je me suis dit que tu avais sans doute des comptes à régler avec la gent masculine...

— N'exagérons rien ! répliqua Charlotte. Et si ma mémoire est bonne, tu avais passé un très bon week-end en ma compagnie, même si je n'avais pas envie de parler de moi et de mon passé.

— C'est vrai, répondit-il avec un petit sourire craquant. Et voilà pourquoi j'ai été tellement déçu que tu mettes fin à cette histoire.

Charlotte but une longue gorgée de vin avant de pousser un profond soupir.

Il est temps de tout lui raconter. Il mérite de savoir...

— J'ai été mariée deux ans à un avocat. Un pénaliste très doué dans son domaine mais dont le cabinet était basé à Las Vegas.

— Je commence à entrevoir le problème.

— Il était sans doute prévisible. Mon ex et moi étions donc dans une relation à distance. Il passait la semaine à Las Vegas tandis que moi, je travaillais ici à River Valley. Tout a bien fonctionné pendant un certain temps mais, après quelques mois, il a acheté un studio à Las Vegas et peu à peu ses visites se sont espacées. Il avait toujours un prétexte professionnel pour le justifier, mais nous ne partagions plus grand-chose. Et surtout, il est vite tombé dans tous les pièges de la Sin City, la ville du péché. L'alcool, la drogue, le jeu, les filles...

Miles tendit la main par-dessus la table pour mêler leurs doigts.

— Je suis désolé. Tu as dû vivre l'enfer. Comme je te l'ai dit, je me doutais que la situation avait été difficile. Mais je ne m'attendais pas à ce qu'elle l'ait été à ce point.

— Merci, Miles. Mais par la suite, j'ai découvert pire encore. Il était corrompu jusqu'à la moelle. Il s'était acoquiné avec des juges véreux. Ils se faisaient payer par des personnes mises en examen pour les condamner à des peines plus légères ou pour leur éviter la prison. Et comme si cela ne suffisait pas, selon certaines rumeurs, il était à la solde de la mafia.

— Seigneur !

— J'ai alors compris qu'il fallait mettre un terme à notre union et couper les ponts. Pour réussir à surmonter cet échec, je me suis fait aider par un thérapeute.

— Tu as bien fait. Mais toute cette période n'a pas dû être simple à vivre. Et je comprends pourquoi tu n'avais pas envie de me raconter ton histoire. À l'époque, nous nous connaissions à peine.

— De plus, quand nous nous sommes rencontrés, tout était encore à vif. Je n'étais pas prête à en parler.

— Et par la suite, tu es sortie avec un clown comme Walter, remarqua Miles en riant.

— Ce n'était sans doute pas un hasard. Quand le divorce a enfin été prononcé, j'étais lessivée, démoralisée. J'avais perdu mes illusions sur l'amour et surtout, ma joie de vivre. J'avais tellement hâte de tourner la page que j'ai commis l'erreur de sortir avec Walter. J'étais vulnérable et il en a bien profité.

— Qu'est-ce qui t'a attirée chez lui ? C'est un pauvre type.

Derrière la question, Charlotte perçut la douleur de Miles. Il se demandait pourquoi elle ne l'avait pas rappelé, lui, après le séminaire. Sans doute aurait-elle dû lui dire qu'elle n'était pas prête pour le véritable amour, à ce moment-là. Elle avait toujours su que Walter n'était qu'une passade. Elle ne s'était pas tournée vers lui parce qu'il l'attirait. Mais dans l'espoir d'oublier son ex-mari.

— Je ne sais plus, répondit-elle. Mais crois-moi, si je pouvais remonter le temps et m'abstenir, je le ferais.

— Alors avec le recul, tu as des regrets ?

Elle le regarda droit dans les yeux.

— Oui.

Ils restèrent silencieux pendant plusieurs instants avant que Miles ne reprenne finalement la parole.

— Je comprends ce que tu as ressenti.

— C'est gentil de dire ça. Mais assez parlé de moi et de ma vie amoureuse. Pourquoi ne me raconterais-tu pas tes amours plutôt ?

— Oh ! non...

— Pas d'histoire, répliqua-t-elle. Allez. Dis-moi pourquoi tu es célibataire et ce qui n'a pas fonctionné dans ta dernière relation.

Il laissa échapper un gémissement.

— Je déteste être sur la sellette.

— Eh bien, tu m'as fait parler assez longtemps, maintenant c'est à ton tour. Et je suis sûre que ton histoire n'est pas pire que la mienne.

— Peut-être pas, mais j'en ai eu le cœur brisé.

Devant son expression accablée, Charlotte sentit son ventre se nouer.

— Je suis désolée, Miles. Écoute, rien ne t'oblige à m'en parler si tu n'en as pas envie.

— Non, non, pas de problème. Je t'ai un peu forcée à m'expliquer les dessous de ton divorce. C'est justice de te raconter à mon tour cet échec. En deux mots comme en cent, elle me trompait.

Il piqua un morceau d'asperge comme si le sujet était déjà clos.

— Attends. Tu ne veux pas me donner les détails ?

— Tu y tiens vraiment ?

— Bien sûr ! Je viens de t'ouvrir mon cœur. Tu es obligé de tout me raconter maintenant.

— C'est seulement que… je déteste ressasser mes souvenirs. Mais bon, d'accord. Alors voilà, à une époque, je me rendais souvent à Los Angeles pour voir ma sœur quand elle vivait là-bas. J'y ai fait la connaissance d'une serveuse de bar.

— Une serveuse ? Je parie qu'elle était jolie, non ?

Il haussa les épaules.

— Oui, elle était séduisante. Comme tu peux l'imaginer, sortir avec une femme qui travaille dans un bar n'était pas simple. Non seulement elle buvait beaucoup – trop –, mais elle se faisait constamment draguer. J'avais d'ailleurs été surpris qu'elle s'intéresse à moi. Après tout, je n'étais qu'un jeune flic qui n'avait pas encore fait ses preuves.

— Au départ, c'est donc elle qui t'a fait des avances ?

— Oui. Sans doute était-elle fatiguée de sortir avec ses clients habituels. Beaucoup d'entre eux la traitaient comme une fille facile et se servaient d'elle. Mais finalement, elle a eu le même comportement avec moi.

— Que veux-tu dire ?

— Un soir, elle avait tellement bu qu'elle a oublié que je devais venir la voir pour le week-end. Le matin, quand je suis arrivé chez elle, j'ai sonné sans obtenir de réponse. La porte n'était pas complètement fermée, alors je suis entré. Et j'ai gagné sa chambre. Et là, le choc. Elle était au lit avec un autre homme.

— Quoi ? Ça a dû être horrible.

— Horrible, c'est le mot. Après cette malheureuse histoire, j'ai enchaîné les aventures d'un soir. Mais ça ne me convenait vraiment pas. Je me suis donc engagé à rester célibataire jusqu'à ce que je rencontre la bonne personne.

La déclaration flotta dans l'air. Charlotte demeura silencieuse, incapable de le quitter des yeux.

À ce moment-là, elle prit conscience que quelque chose avait changé en elle. Si Miles l'avait attirée au premier regard, à présent, il la touchait au cœur.

Peut-être était-elle émue par ce qu'il venait de lui confier. En tout cas, elle comprit que le feu qui les avait jetés dans les bras l'un de l'autre, deux ans plus tôt, ne demandait qu'à renaître de ses cendres. Jusqu'alors, elle avait refusé de le reconnaître parce qu'elle voulait se consacrer exclusivement à l'enquête.

— Écoute, dit Miles en prenant leurs assiettes. Assez parlé de tromperies, de ruptures et de déceptions amoureuses. La vie est courte, essayons d'en voir les bons aspects. N'ai-je pas vu un gâteau au fromage de Beatrice's Bakery quelque part ?

Elle le suivit dans la cuisine.

— Il est là.

— Mais attends, tu n'as pas fini ton assiette. Je ne sais pas si tu as le droit à un dessert...

Elle esquissa une petite moue sensuelle.

— Je ne peux pas avoir un tout petit morceau ? lança-t-elle, en flirtant avec lui ouvertement. J'aimerais au moins goûter au meilleur de la vie dont tu parles si bien.

— Je meurs d'envie de t'en donner un avant-goût, répondit-il en riant.

Il ouvrit le carton, lui montra le cheese-cake, trempa le doigt dans la crème fouettée et le lécha.

— Et moi ? protesta Charlotte.

Il replongea le doigt dans le gâteau et le lui tendit.

Elle le prit entre ses lèvres.

— C'est un délice, dit-elle. Maintenant, j'en veux encore. C'est l'ennui avec ce qui est bon. Je ne vais plus pouvoir m'arrêter.

Il se pencha vers elle et l'embrassa. En une fraction de seconde, Charlotte se demanda si elle ne commettait pas une erreur, si elle ne devait pas faire marche arrière. Mais son cœur lui soufflait de foncer, et elle lui céda.

Enlacés, ils quittèrent la cuisine et montèrent l'escalier en trébuchant à chaque marche. Lorsqu'ils atteignirent la chambre, Miles s'arrêta et la dévisagea intensément comme s'il lui demandait la permission d'entrer.

Pour toute réponse, elle le poussa à l'intérieur et se laissa tomber avec lui sur le lit.

11

Miles s'éveilla, le nez enfoui dans les cheveux de Charlotte. Blottie dans ses bras, leurs deux corps emboîtés, elle dormait profondément.

Un sourire s'attarda sur ses lèvres malgré la sourde migraine qui commençait à poindre. Le manque de sommeil peut-être. Ou l'excès d'alcool. De toute façon, il n'avait pas l'intention de se lever pour aller chercher de l'aspirine. Il rêvait de ces retrouvailles intimes depuis tellement longtemps qu'il n'était pas question de rompre le charme.

Charlotte remua légèrement et il lui embrassa la nuque, en espérant qu'elle aurait envie de refaire l'amour avec lui. Mais elle continua de dormir.

Il saisit avec précaution son smartphone pour regarder l'heure. Il était presque 6 heures. L'alarme se déclencherait dans une demi-heure. Avec un soupir, il l'enlaça de nouveau en savourant leurs derniers instants tranquilles.

Il n'avait presque pas fermé l'œil de la nuit. Faire l'amour avec Charlotte avait provoqué chez lui une décharge d'adrénaline dont les effets l'avaient empêché de trouver le sommeil. Mais leur soirée explosive n'était pas la seule cause de son insomnie. S'ils s'étaient interdit de discuter de l'enquête pendant quelques heures, il restait conscient que le temps passait et que l'affaire était loin d'être résolue. Sans parler des menaces dont Charlotte faisait l'objet. Peut-être étaient-elles liées aux meurtres, peut-être pas. Quel que soit leur auteur, il fallait y mettre fin.

L'écran du smartphone de Charlotte s'éclaira sur la table de chevet. Refusant de s'y intéresser, il l'étreignit plus fort et, le nez dans sa nuque, referma les paupières.

Son doux parfum l'enivrait.

Mais comme il parsemait son épaule de tendres baisers, son téléphone s'alluma à nouveau. Encore. Et encore.

Il se redressa et la secoua avec douceur.

— Quelqu'un cherche à te joindre. Peut-être devrais-tu voir ce qui se passe.

— Oh là là, gémit-elle, en se frottant les tempes. Quelle migraine. J'ai trop bu hier, non ? Attends, que s'est-il passé cette nuit, d'ailleurs ?

— Tu ne t'en souviens pas ? murmura-t-il, une pointe d'inquiétude dans la voix.

— Oh si ! répondit-elle avec un rire de gorge en attrapant l'appareil. Tout me revient à présent.

Il promena les lèvres dans son dos alors qu'elle consultait son smartphone.

— Oh non ! cria-t-elle en bondissant du lit. Le chef Mitchell essaye de me joindre depuis plus de deux heures ! Un autre cadavre a été retrouvé. Cette fois à Angler Canyon Reservoir. Une femme. Nous devons nous dépêcher d'aller sur la scène du crime !

Merde, pensa-t-il.

— J'espère qu'ils n'ont pas encore transporté le corps à l'institut médico-légal, poursuivit-elle avant de se précipiter dans la salle de bains et de claquer la porte.

Miles roula hors du lit et enfila son boxer.

— Je te retrouve en bas dans dix minutes ! lança-t-il.

Elle ne répondit pas.

Ce n'était pas ainsi qu'il avait espéré commencer leur journée.

Miles s'arrêta sur le parking de l'institut médico-légal du comté d'Eagle.

— C'est la partie de notre travail que je déteste le plus.

— Quelle partie ? demanda Charlotte. Découvrir que nous

avons un autre meurtre sur les bras ? Ou devoir examiner le cadavre avec le médecin légiste ?

— Les deux.

Ils venaient de quitter Angler Canyon Reservoir.

La victime avait été identifiée. Nalah Coldon, vingt-neuf ans, avait été vue pour la dernière fois, deux semaines plus tôt, après avoir passé la soirée dans un bar du centre-ville de River Valley.

— Nalah correspond parfaitement au profil des victimes de notre tueur, dit Charlotte en entrant dans le bâtiment. Jeune, active, brillante et séduisante.

— Et comme les autres, elle a disparu lors d'une soirée entre amis.

Depuis qu'ils avaient quitté la maison, Charlotte était repassée en mode strictement professionnelle comme si leur nuit d'amour n'avait jamais existé.

Qu'espérais-tu ? Elle doit enquêter sur un autre homicide.

Néanmoins, qu'elle soit si vite passée à autre chose blessait Miles.

— Elle venait de prendre des parts dans son cabinet d'avocats, poursuivit Charlotte. Je préfère ne pas imaginer ce que cette pauvre femme a subi dans les jours qui ont précédé sa mort.

— La même chose que les autres victimes. D'ailleurs, il sera intéressant d'entendre ce que le légiste a déjà découvert .

Charlotte montra son badge à la réceptionniste avant de remonter un long couloir avec Miles jusqu'à l'ascenseur. Lorsque les portes s'ouvrirent au niveau inférieur, la fraîcheur des lieux les saisit.

Les températures polaires ne parvenaient pas à masquer l'odeur des corps en décomposition. Une vague de nausées souleva l'estomac de Miles, et il plaqua ses mains contre son nez et sa bouche. Mais l'odeur nauséabonde parvenait à s'infiltrer entre ses doigts.

— Je demanderai des masques au légiste, lui dit Charlotte.

Elle poussa la lourde porte métallique qui menait aux chambres mortuaires et à la salle d'autopsie.

— Bonjour, docteur Peterson.

— Sergent Bowman. Content de vous voir.

Le médecin légiste se tenait derrière une table en acier recouverte d'un sac mortuaire. Miles l'avait à peine entrevu sur la scène de crime chaotique de Stephen. Le Dr Peterson ne devait pas mesurer plus d'un mètre cinquante. Avec ses cheveux blancs filiformes, son gros ventre, ses bajoues et son sourire éblouissant, il ressemblait davantage à un acteur comique qu'à un scientifique.

Son assistant leur désigna un petit placard en bois.

— Vous trouverez ici des blouses, des gants et des masques.

Il salua Miles d'un hochement de tête.

— Inspecteur Love, n'est-ce pas ? Nous nous sommes rencontrés sur les rives de Hoptree River, près du cadavre de Stephen Seymour.

— Content de vous revoir, docteur, mais j'aurais aimé que ce soit dans des circonstances plus agréables.

— J'en suis certain, dit-il alors qu'il dézippait le sac. J'espère vraiment que vous aiderez la police de River Valley à attraper le tueur, comme vous l'avez fait en Californie. Ces meurtres en série sont un vrai problème.

— Nous faisons le maximum pour procéder à une arrestation, dit Miles qui devinait à son expression que Charlotte n'appréciait pas la déclaration du Dr Peterson.

Ils enfilèrent leurs équipements de protection et s'approchèrent du corps.

— Notre tueur a signé son crime, dit Charlotte en désignant le 8 gravé sur la joue gauche de la victime.

Une odeur d'œufs pourris s'échappait du cadavre. Sa peau avait déjà pris une teinte grise. Du sang séché tachait son visage, son cou et sa clavicule.

— Vous soupçonnez un autre empoisonnement ? demanda Miles.

— Oui. J'ai déjà prélevé des échantillons et les ai envoyés au labo. Ils ont promis de les analyser en priorité. Peut-être aurons-nous de la chance, cette fois, et en sortira-t-il quelque chose.

— Attendez, dit Charlotte en désignant le cou de la victime. Qu'en est-il de ces ecchymoses qui ornent sa gorge ? C'est la première fois que je vois ce type de marques sur l'un des corps. La cause de la mort pourrait-elle être l'asphyxie, cette fois ?

— Je ne le crois pas, répondit le Dr Peterson, faisant courir son doigt le long du décolleté de la jeune femme. Les ecchymoses sont assez légères. Il n'y a pas eu de saignement autour de la gorge et l'os hyoïde à la base de sa langue n'a pas été fracturé.

— Y avait-il des taches dans ses yeux ou sur ses poumons ? s'enquit Miles.

— Non. Et son cœur n'a pas non plus changé de volume. Une preuve supplémentaire que l'asphyxie n'était probablement pas la cause du décès. Mais j'en saurai plus lorsque j'aurai effectué l'autopsie complète.

Charlotte étudiait le corps de la tête aux pieds.

— J'espère vraiment que le rapport de toxicologie sera concluant, cette fois. Nous avons besoin d'avancer. À tout prix. Merci, docteur Peterson, appelez-moi si vous avez du nouveau.

— Je n'y manquerai pas.

Tout en arrachant son masque, Charlotte quitta la salle d'autopsie. Miles se précipita derrière elle. Elle ne desserra pas les dents alors qu'elle marchait deux pas devant lui jusqu'au parking.

— Hey, tout va bien ? haleta-t-il.

— Oui, oui.

— Écoute, cette enquête semble aller de mal en pis. Mais tu fais tout ce que tu peux pour la mener à bien.

Elle s'arrêta net pour lui lancer avec colère :

— Tu as vraiment cette impression ? Parce que de mon côté, la dernière fois que j'ai vérifié, j'étais profondément endormie au fond de mon lit pendant que tous mes collègues étaient sur ma scène de crime. Et quand je suis arrivée sur place, Walter avait pris la direction des opérations et le chef Mitchell me demandait ce que je fabriquais. Voilà plus de deux heures qu'il tentait en vain de me joindre ! Tu sais à quel point c'était humiliant ? J'ai eu l'impression qu'il savait que toi et moi avions passé la nuit ensemble.

— Mais non. Il n'a aucun moyen de l'apprendre. Sans oublier que tu es un être humain. Je suis sûr que tu ne t'étais pas rendu compte que tu avais éteint ton réveil.

— C'est faux. Je l'avais fait exprès.

— Pourquoi ?

— Parce que, pour la première fois depuis longtemps, j'avais envie de profiter d'une soirée, d'un bon repas, d'un bon vin et d'une bonne compagnie.

— Et je comprends, dit-il doucement en posant les mains sur ses épaules. Tout le monde a le droit de souffler. C'est normal. Et bon pour la santé.

Charlotte s'éloigna.

— Pas quand tu es aux trousses d'un tueur en série. Je n'ai pas été à la hauteur, je me sens nulle.

Elle s'arrêta et secoua la tête tout en le regardant.

— Je suis désolée, Miles, mais je pense que nous devrions...

— S'il te plaît, l'interrompit-il en reculant. Ne finis pas ta phrase. Nous en reparlerons plus tard, au calme.

— Je ne veux pas jouer avec toi. Je ne m'attendais même pas à ce que les choses aillent aussi loin, hier soir. Je dois rester concentrée sur l'enquête. Aucune distraction.

— Compris, lui dit-il, la gorge serrée.

*Elle t'a mené deux fois en bateau... Que te faut-*il de plus ? Une troisième ? Tu es le dernier des imbéciles...

— Où allons-nous maintenant ? demanda-t-il. Angler Canyon Reservoir ?

— Oui.

Charlotte s'immobilisa en entendant son smartphone bourdonner. Elle regarda l'écran et grimaça.

— Changement de programme. Le chef Mitchell vient de m'envoyer un texto. Il veut que nous le retrouvions dans les locaux de la police.

— Et qu'en est-il de la scène de crime ? Ne devrions-nous pas aller là-bas pour la traiter ?

Elle ouvrit la portière du passager et s'effondra sur le siège.

— Walter s'en occupe.

12

— Que vous est-il arrivé ce matin ? demanda le chef Mitchell à Charlotte, assise en face de lui.

— Je suis vraiment désolée, monsieur. Quand je me suis endormie, hier soir, je n'avais pas vu que mon appareil était en silencieux. Je n'ai pas entendu votre appel.

— Votre réveil aussi était désactivé ?

Charlotte aurait voulu disparaître sous terre.

— Oui, monsieur.

— Sergent Bowman, je vous rappelle que vous enquêtez sur l'une des affaires criminelles les plus graves que cette ville n'ait jamais connues. Vous devez être joignable en permanence. C'est compris ?

— Absolument. Cette erreur ne se reproduira plus. Jamais.

Le chef Mitchell avala plusieurs gorgées de café. Malgré l'atmosphère étouffante qui régnait à l'intérieur de son bureau, il le buvait toujours brûlant.

— Que vous arrive-t-il, Bowman ? Tout va bien ?

— Oui, oui. Tout va bien. Je travaille à fond sur cette enquête. L'inspecteur Love et moi étudions les images de surveillance que nous avons collectées, nous nous replongeons dans les dossiers en permanence et revisitons encore et encore les scènes de crime. Nous quittions l'institut médico-légal et le légiste pour retourner à Angler Canyon Reservoir quand vous m'avez appelée pour me prier de revenir ici.

— À propos de l'inspecteur Love… sa présence est-elle vraiment nécessaire ? Judicieuse ? J'ai l'impression qu'il est plus devenu une distraction pour vous qu'autre chose, non ?

Je le savais !

Charlotte s'éclaircit la gorge et choisit soigneusement ses mots avant de prendre la parole.

— L'inspecteur Love est un atout pour cette enquête, n'en doutez pas, monsieur. Son expérience et ses compétences sont précieuses. Et je me sens beaucoup plus en sécurité en sachant qu'il assure mes arrières, ce qui est loin d'être le cas avec mes collègues. La moitié d'entre eux ne semblent même pas croire que je suis réellement la cible d'un harceleur. J'en arrive à me demander s'ils ne sont pas derrière ces menaces.

— Ce sont de terribles soupçons, sergent Bowman.

— Peut-être, mais c'est la réalité.

Un lourd silence tomba.

Suis-je allée trop loin ? se dit-elle alors que les sourcils broussailleux du chef s'arquaient.

— Monsieur, puis-je vous demander ce qui a déclenché ces questions ? Est-ce le fait que je sois arrivée en retard sur la scène de crime, ce matin ? Ou s'agit-il d'autre chose ?

— Eh bien, puisque vous évoquiez vos collègues, autant jouer cartes sur table. Certains d'entre eux pensent, en effet, que cette enquête est trop compliquée pour vous et vous dépasse. Votre arrivée sur la scène de crime, énervée et échevelée, avec plus de deux heures de retard, n'a fait qu'apporter de l'eau à leur moulin. Vous êtes sergent maintenant, et comme vous le savez, tout le service attend beaucoup de vous.

— Chef, soyez assuré que je suis capable de gérer cette enquête. Je suis convaincue que cette dernière victime nous mènera au tueur. Pendant que nous étions à l'institut médico-légal avec le médecin légiste, j'ai examiné de près le corps de Nalah Coldon. Le mode opératoire du meurtre semble un peu différent des autres, à commencer par le fait qu'elle portait des marques de strangulations sur le cou. Notre suspect a peut-être commis une erreur. Je n'ai pas encore analysé la scène de crime moi-même.

Une fois que j'aurais également interrogé les amis de la victime et reçu les rapports d'autopsie et de toxicologie, j'aurai des réponses.

Le chef Mitchell rattrapa des dossiers qui menaçaient de s'écrouler et les rempila soigneusement sur sa table de travail.

— J'ai confiance en vous, Bowman. Et je suis convaincu que vous réussirez à élucider cette affaire. C'est pourquoi vous avez été promue sergent et affectée à ce poste...

Il sursauta quand Walter fit irruption dans le bureau en haletant comme un chien enragé.

— Chef ! cria-t-il. Désolé pour l'interruption, mais j'ai besoin de vous parler. Immédiatement.

Charlotte bondit de sa chaise.

— Caporal Kincaid. Le chef Mitchell et moi sommes en pleine réunion.

Walter sourit avec arrogance.

— C'est très bien que tu sois là. J'avais l'intention de t'en informer, toi aussi.

Les mains dans ses poches, il s'avança, visiblement en terrain conquis.

— J'ai trouvé une seringue sur la scène de crime, annonça-t-il d'un ton triomphant.

— Tu as quoi ?

— J'ai trouvé une seringue sur la scène de crime, répéta Walter, beaucoup plus fort cette fois. Non loin du cadavre. Je vais l'envoyer au laboratoire pour qu'elle soit analysée dès cet après-midi.

Si Charlotte était heureuse de la découverte, elle aurait voulu gifler le visage suffisant de son collègue.

Le chef Mitchell applaudit lentement.

— Bon travail, caporal. Cette seringue est peut-être le premier élément valable recueilli sur l'une des scènes de crime depuis le début de ce cauchemar.

— Je ne vous le fais pas dire ! S'associer avec moi n'aurait peut-être pas été une mauvaise idée, ajouta-t-il à l'attention de Charlotte. Je parie que tu regrettes de m'avoir mis à l'écart !

— Que dirais-tu d'attendre les résultats des analyses pour sabler le champagne ? suggéra-t-elle.

— Sergent, intervint le chef Mitchell. Je ne veux rien vous imposer, mais le caporal Kincaid a peut-être raison. Peut-être devriez-vous faire équipe avec lui dans cette enquête.

Au moment où Charlotte ouvrait la bouche pour protester, Miles apparut dans l'embrasure de la porte.

— Désolé de vous interrompre. La gérante du Tipping Point vient d'appeler. Elle tient à notre disposition les images captées par ses caméras de surveillance la nuit où Nalah était là-bas.

Charlotte se tourna vers le chef Mitchell.

— Monsieur, en avons-nous fini ici ? Je dois reprendre mon enquête.

— *Notre* enquête, tu veux dire, plaisanta Walter. Miles, avez-vous entendu la nouvelle ? J'ai découvert une seringue sur la scène de crime. Je l'ai déjà envoyée au laboratoire pour analyses.

Miles hocha la tête, le visage impassible.

— Excellent travail, caporal Kincaid. J'espère que cela nous mènera directement au tueur.

— Nous ? Vous voulez dire moi, non ? Parce qu'à ce stade, j'ai l'impression de porter cette enquête tout seul.

Charlotte leva les yeux au ciel tandis que le chef Mitchell se mettait debout.

— Sergent Bowman, je sais que vous avez hâte de visionner cette séquence du Tipping Point. Pourquoi ne pas vous y rendre avec l'inspecteur Love maintenant, puis passer par Angler Canyon une fois que vous aurez terminé ?

— Oui, monsieur...

— Attendez, dit Walter en se plaçant devant Charlotte alors qu'elle tentait de sortir. Pourquoi n'irais-je pas plutôt au Tipping Point avec le sergent Bowman puisque je tiens, moi aussi, à visionner ces images ? Je pourrais l'escorter ensuite à Angler Canyon Reservoir ? Après tout, c'est moi qui ai examiné la scène de crime, ce matin.

Charlotte retint son souffle, en priant pour que le chef Mitch n'accepte pas.

— Eh bien..., fit le chef.

Une petite sonnerie la prévint alors qu'elle avait reçu une notification d'agenda. Elle la consulta puis sourit.

— Cela ne va malheureusement pas être possible, Walter, dit-elle en pointant l'écran vers lui. Ta session de formation continue sur le contrôle de la circulation et du stationnement commence dans dix minutes. As-tu préparé la salle de conférences et envoyé un rappel aux policiers qui doivent y assister ?

— Merde, marmonna-t-il. Tu ne peux pas demander à quelqu'un d'autre de s'en charger ?

— Certainement pas. En tant que caporal de la police de River Valley, il est de ta responsabilité de diriger ces séances.

Walter dépassa Miles en sortant.

— Je veux voir ces images de vidéo de surveillance dès que tu les auras récupérées !

— Bien sûr !

Elle réprima un ricanement.

— Sergent Bowman ? dit le chef. Je ne tolérerai plus de panne de réveil à l'avenir.

— Cela ne se reproduira plus, monsieur. Je vous en donne ma parole.

À l'heure de l'apéritif, le Tipping Point était très animé. Tous les jeunes actifs du centre-ville se bousculaient pour y entrer.

Avant de s'y rendre, Miles avait insisté pour consulter les relevés téléphoniques de Charlotte dans l'espoir de retracer les appels menaçants qu'elle avait reçus. Il n'avait rien trouvé d'utile.

En pénétrant dans le bar, Miles la prit par la taille pour la guider dans la salle bondée. Ils se frayèrent un chemin dans la foule, en se faufilant entre les tables où amis et collègues buvaient des cocktails au son d'une musique techno.

Des grandes voiles colorées pendaient du plafond et des planches de surf ornaient les murs. Les serveurs portaient des chapeaux de capitaine et des pantalons blancs, les serveuses, des débardeurs et des minijupes.

— Regarde, dit-elle. Je vois la gérante à l'arrière.

— Allons-y.

Alors qu'ils se dirigeaient vers la petite blonde, Miles resserra sa prise sur sa taille. Le souvenir de la nuit, de ses mains agrippant ses hanches pendant leurs ébats, traversa l'esprit de Charlotte.

Ressaisis-toi, s'ordonna-t-elle.La femme, aux yeux verts et à la musculature surprenante, les accueillit avec le sourire.

— Je suis Piper. Vous êtes le sergent Bowman, j'imagine ?

— Oui, c'est moi, dit-elle en lui serrant la main.

— Je viens de recevoir un appel de votre coéquipier, le caporal Kincaid.

— Intéressant. Vous a-t-il posé des questions sur les vidéos de surveillance que vous avez de Nalah Coldon ?

— Tout à fait. Il m'a demandé de les lui envoyer par mail. Mais notre Internet est en panne, c'est pourquoi je n'ai pas pu le faire.

Elle sortit une clé USB de la poche de son short.

— Je les ai enregistrées sur cette clé. Vous la lui remettrez. Par ailleurs, les deux amies avec qui Nalah était venue le soir où elle a disparu sont là.

— Vraiment ? Où sont-elles ?

— Au bar. Vous voyez la rousse avec la queue-de-cheval et la blonde avec une frange ? Ce sont elles.

— Nous irons leur parler, suggéra Charlotte à Miles.

— Et pendant que vous y êtes, ajouta Piper, vous devriez peut-être interroger aussi l'ex-petit ami de Nalah. Il est malheureusement ici, lui aussi.

— Où est-il ? s'enquit Charlotte.

— C'est le crétin en T-shirt orange qui fait son numéro là-bas devant deux femmes sans se rendre compte qu'il les ennuie profondément. Il s'appelle Thomas Thompson, Tommy pour les intimes. Il était ici la nuit où Nalah a été enlevée. Il n'a pas cessé de la harceler depuis l'instant où elle a franchi la porte jusqu'à celui où elle est partie. Vous verrez tout sur les images de vidéosurveillance. Quand Nalah a quitté mon établissement, il l'a suivie.

— Et est-il revenu ensuite ? lança Miles.

— Non.

Charlotte serra la main de Piper.

— Merci beaucoup pour ces précieux renseignements. Si nous avons besoin d'autre chose, nous vous contacterons.

Puis tous deux se dirigèrent vers les tables.

— À qui allons-nous parler en premier ? demanda Charlotte. Aux amies de Nalah ou à l'ex-petit ami ?

— Interroger l'ex me semble prioritaire, dit Miles. Mais je ne veux pas que les amies s'en aillent avant que nous ayons eu la possibilité de les interroger.

Charlotte sortit quelques cartes de visite de son sac à main.

— Pourquoi n'irais-tu pas te présenter à ces deux femmes, leur expliquer la raison de notre présence et leur donner ma carte ? Essaye de les sonder pour savoir ce qu'elles accepteraient de nous raconter. Pendant ce temps-là, je vais parler à l'ex-petit ami.

— Ça marche.

Comme il s'éloignait vers le bar, elle l'observa du coin de l'œil. Il se déplaçait avec aisance et la foule s'écartait spontanément sur son passage. Les femmes détaillaient du regard son beau visage et son physique d'athlète, mais il les ignorait, focalisé sur les amies de Nalah.

Ce comportement détaché l'avait attirée lorsqu'ils s'étaient rencontrés et lui avait donné envie de refaire l'amour avec lui, la veille au soir. Durant un bref instant, elle culpabilisa en comprenant qu'elle avait été trop dure avec lui, ce matin. Mais très vite les paroles du chef Mitchell lui revinrent en mémoire.

Je ne tolérerai plus de panne de réveil à l'avenir…

Secouée, elle alla de l'autre côté du bar, vers le fameux Tommy.

Une bière dans chaque main, l'ex de Nalah se déhanchait entre deux jeunes femmes.

— Alors, mesdames ! Un petit plan à trois vous tenterait-il ? Je…

— Pour la dixième fois, coupa l'une d'elles, c'est non ! Nous avons envie d'une soirée tranquille.

— Attendez, j'ai une meilleure idée. Que diriez-vous de me sucer la…

— Excusez-moi, intervint Charlotte. Thomas Thompson, je

suis le sergent Bowman de la police de River Valley. J'aimerais vous parler de votre ex-petite amie, Nalah Coldon.

Il examina Charlotte de la tête aux pieds.

— Sergent, toi ? Je n'en crois rien. Chérie, tu es trop bien gaulée pour travailler dans la police.

— Vraiment ? fit Charlotte en ouvrant nonchalamment son blazer pour lui montrer son insigne et son Glock 22.

Tommy tressaillit et changea de couleur.

— Je... Je ne...

— Je vous conseille de faire preuve de respect, jeune homme, poursuivit-elle. Maintenant, j'aimerais vous poser quelques questions. Sauf si vous préférez que je vous passe les menottes et que je vous conduise au poste pour y être interrogé ?

Les deux femmes que Tommy importunaient depuis un moment s'éloignèrent en ricanant.

Il prit un air ennuyé.

— Je ne veux pas que tout le monde me voie parler aux flics.

— Très bien. Alors, sortons, je vous suis.

En passant, elle fit signe à Miles et tous deux emboîtèrent le pas à Tommy jusqu'à un jardin fermé au public pour cause de travaux.

Il s'appuya contre une rambarde métallique et croisa les bras.

— Si vous vous demandez si j'ai tué Nalah, la réponse est non.

Charlotte sortit son téléphone de son sac à main, ouvrit l'application qui permettait d'enregistrer les échanges vocaux et pressa le bouton pour la démarrer.

— Si j'en crois les images de vidéosurveillance de cet établissement, vous êtes la dernière personne à avoir été vue avec elle avant qu'elle ne disparaisse. Vous ne l'avez pas suivie dehors, ce soir-là ?

— Je l'ai effectivement suivie. Parce que j'étais énervé contre elle. Elle était partie alors que je lui parlais, sans même me laisser finir ma phrase. Ça ne se fait pas, n'est-ce pas ?

— D'après des témoins, vous vous disputiez tous les deux, intervint Miles. Est-il exact que vous avez essayé de la retenir avant qu'elle ne puisse s'enfuir ?

Tommy gloussa d'un air condescendant.

— Je vois que vous avez gobé les bobards de ses copines. Je vous ai vu bavarder avec elles au bar.

— Bavarder ? dit Charlotte. L'inspecteur Love et moi ne sommes pas venus « bavarder » mais recueillir des témoignages dans l'espoir de procéder à une arrestation.

— Que se passe-t-il, mec ? lança Tommy à Miles. Tu laisses une gonzesse parler à ta place ?

Comme Charlotte, exaspérée, sortait une paire de menottes de sa poche, il leva les mains en signe de reddition.

— OK, OK ! Je me calme. Écoutez, j'étais bourré ce soir-là. Vraiment ivre. Nalah et moi venions de rompre. Alors la voir danser avec un autre m'avait mis hors de moi. J'ai voulu m'expliquer avec elle. Et ça... a dégénéré.

— Que s'est-il passé ? s'enquit Miles.

— Nous nous sommes disputés dans la rue.

— Pendant combien de temps ?

Tommy haussa les épaules.

— Je ne sais pas. Dix, quinze minutes ?

— Comment la scène s'est-elle terminée ?

— Nalah a demandé au voiturier d'aller lui chercher sa bagnole et elle est partie.

— Vous rappelez-vous quelle direction elle a prise ?

— Silver Street. Sans doute pour rentrer chez elle.

— Et où êtes-vous allé, vous ? poursuivit Miles.

— Je suis retourné dans le bar. J'ai fait la fête jusqu'à la fermeture à 3 heures du matin puis j'ai ramené une fille chez moi.

— Les images des caméras de surveillance confirmeront ou infirmeront ses dires, dit Charlotte à Miles avant de reporter son attention sur Tommy. Qui était cette fille avec qui vous avez passé la nuit ?

— Je... euh... j'ai oublié son nom.

Miles secoua la tête.

— Dites-moi si j'ai bien compris. Vous étiez en colère contre Nalah parce qu'elle avait dansé avec quelqu'un d'autre mais vous, vous avez passé la nuit avec une inconnue dont vous avez oublié le nom ? C'est bien cela ?

— Présenté comme ça, cela semble sordide. Mais oui, c'est ce qui est arrivé.

— Je ne porte pas de jugement, mais je vous conseille de vous souvenir de son nom. Nous devrons la contacter pour confirmer votre alibi.

Tommy joua avec les perles en bois de ses bracelets, son sourire confiant virant à la grimace.

— Je vais essayer.

— Voici mes coordonnées, déclara Charlotte en lui tendant une carte pendant que Miles notait son numéro. Si quelque chose vous revenait, appelez-moi. Quoi qu'il en soit, l'inspecteur Love et moi vous recontacterons bientôt.

Tommy glissa la carte dans sa poche.

— Écoutez, j'ai peut-être fait beaucoup de conneries dans ma vie mais comme je l'ai dit, je n'ai pas tué Nalah.

Une bouffée d'air frais souffla sur le jardin lorsque la porte s'ouvrit. Plusieurs clients arrivèrent dans le patio.

— Hé ! cria Piper de l'intérieur. Vous n'êtes pas censés être là !

Charlotte se tourna vers Miles.

— As-tu d'autres questions à poser à Tommy ?

— Non, c'est tout. Pour l'instant.

— Nous partons, lui dit-elle. Mais je tenais à vous signaler que votre comportement dans ce bar risque de vous causer des ennuis s'il se reproduit. La consommation excessive d'alcool, le harcèlement, sans parler de tout ce que nous n'avons pas vu… La prochaine fois, je n'hésiterai pas à vous enfermer pour ivresse sur la voie publique.

— Oui, m'dame.

Sur le chemin du retour vers la voiture, Charlotte écouta ses enregistrements.

— Alors, qu'ont dit les amies de Nalah ? demanda Miles.

— Elles ont confirmé le témoignage de Piper. Aucune d'elles n'approuvait la relation de Nalah avec Tommy. Il la contrôlait depuis le début et finissait par devenir violent. Elles ont encouragé Nalah à porter plainte à de nombreuses reprises. Mais pour une raison inconnue, elle a toujours refusé.

— C'est souvent le cas dans les situations d'emprise.

— Mais le plus intéressant c'est que ces deux femmes sont persuadées qu'il ne l'a pas tuée.

Charlotte marqua une pause.

— Nous visionnerons les images des caméras de surveillance. Si elles ne corroborent pas la version de Tommy, nous le convoquerons au poste de police pour l'interroger et recueillir son ADN.

Miles hocha la tête. Comme elle tentait de capter son regard alors qu'il lui ouvrait la portière du passager, il se détourna, l'air sombre. Elle savait qu'il voulait lui parler de leur soirée. Ils en avaient besoin.

Mais ce n'était pas le moment. Le chef lui avait déjà reproché son manque de concentration. L'heure n'était pas à la romance ou au plaisir.

L'enquête était sa priorité.

13

Assis à côté de Charlotte dans son bureau, Miles visionnait avec elle les images filmées par les caméras de surveillance du Tipping Point. Il passait sans cesse de l'écran de l'ordinateur à son profil parfait.

Il ne se lassait pas de la regarder. Et, à la vue de son ravissant visage, il ne pouvait s'empêcher de se remémorer leurs ébats de la nuit précédente. Lorsqu'ils avaient touché le ciel ensemble, il s'était senti heureux, pleinement heureux.

Tu recommences !

Il s'obligea à se concentrer sur les images. Il avait hâte de reprendre la discussion sur eux deux. Mais il ne devait pas y compter avant plusieurs heures. Ils étaient passés en mode « enquêteurs ». De plus, Charlotte avait déjà clarifié sa position. Dans l'immédiat, ses priorités étaient ailleurs. Il se demanda si elle regrettait ce qui s'était passé entre eux. Tôt ou tard, il finirait par le découvrir. Mais pas maintenant.

Elle s'éclaircit la gorge.

— Voici Nalah, dit-elle en pointant le moniteur. Tu la vois, assise au bar entre ses deux amies ?

— Et Tommy est là aussi. Regarde. Il se lève et s'avance lentement vers elles.

— Quand il arrive à leur hauteur, il lui tape sur l'épaule. Mais elle lui fait signe de partir. Elle semble agacée. Manifestement, elle n'a aucune envie de lui parler.

— Pourtant, il reste là, à la harceler, dit Miles.

Ils virent Tommy saisir la taille de Nalah et l'obliger à se lever.

— Et maintenant, il la force à danser avec lui ! s'écria Charlotte.

— On dirait bien, en effet.

Ils observèrent Nalah posant les mains sur le torse de Tommy pour le repousser avant de se tordre sur elle-même dans l'espoir d'échapper à son emprise. Ses amies voulurent s'interposer et essayèrent de l'écarter, mais il les repoussa avec tant de violence que la rouquine s'effondra contre le bar. Manifestement à bout, Nalah finit par gifler Tommy.

— Waouh ! s'exclama Charlotte. La situation s'envenime. La police aurait dû être appelée, à ce stade. Je me demande si Piper a remarqué ce qui se passait.

Sur la vidéo, Tommy attrapait Nalah par les épaules et la tirait hors du champ de la caméra.

— D'après ses copines, dit Miles, ils fréquentaient régulièrement le Tipping Point et avaient l'habitude de se disputer et d'en venir aux mains en public. C'était devenu normal. Voilà sans doute pourquoi les clients et les serveurs se contentent de détourner la tête pour regarder ailleurs.

Quelques instants plus tard, Nalah réapparut dans le cadre et rejoignit ses amies comme si de rien n'était.

— Elle non plus ne semble pas particulièrement choquée par le comportement de Tommy, poursuivit Charlotte en tapotant l'écran. Maintenant elle parle à un autre homme.

— Tommy a dit qu'il s'était énervé parce qu'elle avait dansé avec un autre. Peut-être s'agissait-il de ce grand brun.

À peine finissait-il sa phrase qu'ils virent Nalah nouer les bras autour du cou de l'inconnu. Ses mains glissèrent sur ses larges épaules, ses pectoraux et ses biceps, mis en valeur par un T-shirt blanc ajusté. Un sourire aux lèvres, il écarta la frange de son visage et tous deux commencèrent à se trémousser au rythme de la musique. Puis Tommy réapparut.

Il s'approcha de l'homme. Comme Nalah essayait de l'écarter, il la poussa, obligeant le grand brun à réagir. Ce dernier se retourna et le frappa. Tommy tomba sur le sol.

Mais très vite, la scène qui se déroulait sous leurs yeux devint incompréhensible.

— Pourquoi Nalah accourt-elle pour aider Tommy ? Cela n'a aucun sens.

Perplexe, Miles la regarda aider Tommy à se relever. Comme il serrait les poings, prêt manifestement en découdre avec le brun, elle le retint. Ses amies s'éloignèrent en secouant la tête.

— Quel spectacle affligeant, grogna Charlotte. Les copines de Nalah ne semblent pas vouloir s'impliquer. Sans doute ont-elles souvent été témoins de ce genre de scènes et en ont-elles assez de s'en mêler.

— Comment le leur reprocher ? Beaucoup de femmes ont payé le prix fort pour avoir voulu défendre une de leurs semblables contre des hommes violents.

Le brun avec qui Nalah avait dansé s'en alla, lui aussi. Elle ne parut pas s'en apercevoir. Son attention restait focalisée sur Tommy, qui agitait maintenant les mains devant son visage.

— Regarde, dit Charlotte, sidérée. Nalah vient de l'aider à se remettre sur pied et il s'en prend de nouveau à elle.

— C'est surréaliste. Et savoir que tout se termine par la mort de Nalah est effrayant. J'ai envie de sauter à travers l'écran pour la prévenir du danger. J'aimerais faire quelque chose, n'importe quoi, pour la sauver.

— Moi aussi.

Ils virent ensuite Tommy attraper Nalah par le bras pour la tirer vers le fond du bar. Ils restèrent hors du cadre pendant quelques instants avant de revenir. Il l'avait empoignée par le cou pour lui bloquer la tête et l'immobiliser. Mais elle se tortilla et parvint à se libérer de sa prise.

— La scène est violente, choquante ! Je n'arrive pas à croire que les clients du bar les regardent faire sans réagir, dit Charlotte.

— Le barman aussi a l'air de s'en moquer. Il flirte avec les serveuses et continue à servir des boissons comme si de rien n'était. C'est quand même terrible à notre époque qu'une femme se fasse agresser dans l'indifférence générale !

— Comme nous le disions, peut-être étaient-ils tous tellement habitués par ce comportement qu'il finissait par leur paraître normal.

Miles gardait les yeux rivés sur les images.

— À en juger par cette vidéo, Tommy est bien plus violent que je ne m'y attendais. Je suis curieux de voir si l'histoire qu'il nous a racontée, sur le fait que Nalah était partie sans lui, tient la route.

À peine avait-il prononcé ces mots qu'ils virent Nalah courir vers la sortie.

— Regarde, elle quitte le bar. Et Tommy la suit. Peux-tu zoomer ? Nous devrions réussir à voir ce qui se passe dehors par les baies vitrées.

Charlotte agrandit l'image. Le voiturier était bien en vue. Nalah se jeta sur lui, lui colla son ticket contre le torse. Elle pointa d'un doigt frénétique le bas de la rue et poussa l'homme dans cette direction. Tommy se rapprocha et se mit derrière elle pour lui parler à l'oreille.

— Il s'efforce d'être discret maintenant qu'ils sont dehors, dit Charlotte. Mais il est évident qu'il continue de la harceler. Tu as vu, elle tente de s'éloigner, mais il lui saisit le bras pour lui interdire de bouger. Elle grimace de douleur, essaye de l'écarter. En vain. Elle ne peut pas échapper à son emprise.

— Cette scène est insupportable.

Une décapotable arriva et se gara devant le bar.

Nalah s'écarta brusquement de Tommy et courut jusqu'au cabriolet. Elle fouilla dans son sac à main, en sortit plusieurs billets et les jeta presque au voiturier avant de s'installer au volant.

Abasourdis, ils virent alors Tommy s'approcher de la portière du passager. Et, au moment où Nalah démarrait, il sauta à l'intérieur.

— Attends ! explosa Charlotte. Qu'est-ce qui vient de se passer ?

— Tommy nous a menti. Voilà ce qui s'est passé.

— Pas s'il réapparaît très vite sur les images et retourne à l'intérieur du bar, pour finir par quitter l'établissement en compagnie d'une autre femme.

— J'en serais surpris.

La vidéo durait encore une trentaine de minutes. La voiture de Nalah ne réapparut pas. Tommy non plus.

Charlotte referma d'un geste l'ordinateur portable.

— Il est temps de convoquer Tommy au poste pour un interrogatoire en règle et un prélèvement d'ADN.

14

La minuscule salle d'interrogatoire de la police de River Valley avait été réparée et sentait encore la peinture fraîche. Assis en face d'eux, de l'autre côté de la table métallique, Tommy, tête baissée, regardait ses mains qui tremblaient. Charlotte l'observait avec attention, le menton appuyé sur son poing. Miles avait pris place à côté d'elle.

Dès que Haney, le policier venu recueillir l'ADN de Tommy, quitta la pièce, elle attaqua :

— Pourquoi nous avez-vous menti, Tommy ?

— Je n'ai pas menti. Mais je... je ne vous ai pas raconté toute l'histoire.

Elle jeta un coup d'œil à son magnétophone pour s'assurer que le voyant rouge était allumé.

— Et quelle était donc toute l'histoire ?

Avec un gémissement, il s'effondra sur sa chaise.

— Nalah et moi avions commencé à nous disputer dans le bar. Et à un moment, elle en est sortie alors que nous étions en plein milieu de notre discussion. Je l'ai suivie pour continuer à m'expliquer avec elle. Et quand le voiturier est arrivé avec sa décapotable, j'avais encore beaucoup de choses à lui dire. Alors je suis monté dans son cabriolet.

— Cette version des faits est très différente de celle que vous nous avez donnée tout à l'heure au Tipping Point, remarqua Miles. Ce qui, encore une fois, signifie que vous avez menti.

— Pas vraiment, dit Tommy. Nalah a fait plusieurs fois le tour du pâté de maisons pendant que je finissais de lui parler. Elle m'a ensuite déposé au bar.

— Plusieurs témoins vous ont vu quitter le bar avec Nalah mais, d'après eux, ni elle ni vous n'y êtes revenus, ce soir-là.

— Des témoins ? Quels témoins ? Vous parlez des copines de Nalah qui sont bêtes comme leurs pieds ? Ou de Piper, la gérante du Tipping Point, qu'on surnomme « Piper la Camée » ? Ne vous fiez pas à cette femme. Si elle n'est pas ivre, elle est défoncée. Ou les deux. La moitié du temps, elle serait incapable de dire son nom ou le temps qu'il fait.

— Elle ne m'a pas paru dans un état second, répliqua Charlotte. Contrairement à vous, elle m'a raconté ce qui s'était passé cette nuit-là de façon claire et son témoignage corroborait ceux des clients que nous avons interrogés.

Miles fit tourner l'ordinateur portable et repassa la séquence de Tommy se disputant avec Nalah.

— Sans oublier les images de vidéosurveillance. Elles ne mentent pas. Les caméras vous ont filmé quand vous partiez avec Nalah… mais pas quand vous reveniez.

Un grand silence tomba. De plus en plus nerveux, Tommy considérait le sol en se mordillant les lèvres.

Il est en train de craquer Continue de lui mettre la pression. Il va avouer…

— Ça vous ennuierait de me regarder quand je vous parle ?

Il se redressa et planta les yeux dans les siens.

— Écoutez, Nalah était avocate. Je connais mes droits. Rien ne m'obligeait à venir vous parler si je n'en avais pas envie. J'aurais pu également exiger la présence d'un avocat. Mais je ne l'ai pas fait. Parce que je suis innocent.

Miles se rapprocha de Tommy.

— Alors dites-nous ce qui s'est vraiment passé cette nuit-là. Que nous cachez-vous ?

— Rien !

Une larme coula sur sa joue.

— Écoutez, je n'étais pas toujours correct avec Nalah, c'est vrai. Mais je ne l'ai pas tuée. Je l'aimais. J'ai seulement…

— Vous avez seulement quoi ? s'enquit Charlotte d'un ton adouci.

— Des remords. Je me reproche ce qui s'est passé.

— Pourquoi culpabilisez-vous ?

— Parce que si je ne m'étais pas soûlé et si je ne m'étais pas comporté comme un imbécile, cette nuit-là, elle... elle n'aurait jamais quitté le bar, grommela Tommy d'une voix voilée de larmes. Et rien ne lui serait arrivé. Le salaud qui l'a tuée n'aurait pas eu la possibilité de l'approcher parce qu'elle aurait été avec moi.

— D'accord, dit Miles. Encore une fois, au lieu de vous faire des reproches, dites-nous plutôt ce qui s'est réellement passé. Parce que si vous n'êtes pas le meurtrier, alors le sergent Bowman et moi devrons retourner là-bas et poursuivre nos investigations pour démasquer l'assassin.

Tommy prit une profonde inspiration.

— La raison pour laquelle vous ne me voyez pas revenir sur cette vidéo est simple. Nalah m'a déposé à l'arrière du Tipping Point. Pas devant.

— Vous voulez dire devant le patio, là où nous vous avons interrogé ? demanda Charlotte.

— Oui, exactement. Elle m'a laissé là-bas. Et alors que je m'apprêtais à retourner dans la salle, une nana m'a arrêté. Elle était dehors, à fumer un joint. Elle m'a fait des avances. Elle était mignonne et semblait avoir envie de sexe. Et Nalah m'avait bien énervé. Alors j'ai fumé un peu d'herbe avec elle et me suis calmé.

— C'est cette femme dont vous nous avez parlé ? Celle que vous avez ramenée chez vous et dont vous avez oublié le nom ?

— Oui.

Miles feuilleta son calepin.

— Vous vous en souvenez maintenant ?

— Oui. Candy.

— Candy comment ? intervint Charlotte. Quel est son nom de famille ?

— Cain. Candy Cain.

— Candy Cain ?

— Oui. C'est ainsi qu'elle s'est présentée. Maintenant, s'agit-il de sa véritable identité ? Je n'en sais rien. C'est peut-être un pseudo. Il faudra lui poser la question.

— Faites-nous confiance, déclara Miles, nous l'interrogerons à ce sujet. Avez-vous été en contact avec elle depuis le meurtre de Nalah ?

— Nous sommes, euh… nous sortons ensemble maintenant.

— Je vois, vous ne perdez pas de temps.

Charlotte lui montra son téléphone portable.

— Pouvez-vous nous donner son numéro de téléphone pour que nous puissions la contacter et lui demander de confirmer votre alibi ?

— Je vais faire mieux. J'avais décidé de me rendre à l'endroit où elle travaille en partant d'ici. Pourquoi ne pas y aller ensemble ? Ainsi vous pourrez lui parler en personne directement. Et vous comprendrez très vite que je suis innocent…

Miles se tourna vers Charlotte.

— Qu'en penses-tu ?

— Formidable. Voilà qui va faire avancer cette enquête.

— Cool, dit Tommy en se levant. Je vais conduire.

— Non, *je* conduis, répliqua Miles en les entraînant hors des locaux de la police.

15

Miles leva le pied de l'accélérateur.

— Nous y sommes, dit Tommy en désignant un petit bâtiment à moitié en ruine sur le côté de la route. Voici le bureau de Candy.

— Son bureau ? répéta Miles, incrédule. Cela ressemble plutôt à un cabanon de jardin. Où diable sommes-nous, d'ailleurs ?

— En périphérie de River Valley, à Gunderson, lui dit Charlotte. Une petite ville qui compte moins d'un millier d'habitants. Et il ne s'agit évidemment pas d'un bureau. Mais d'un club de strip-tease, le Razzle Dazzle[1]. L'endroit est très apprécié des clients parce qu'il est situé à l'écart, loin des regards. Malgré son nom, il n'attire pas l'attention.

Le parking était bondé. Miles finit par trouver une place tout au fond.

— Il est presque 15 heures, un après-midi de semaine... Pourquoi y a-t-il tant de monde ? s'étonna-t-il.

— Normal, répondit Tommy en sortant de la voiture et en les entraînant vers l'entrée. La musique est bonne, le poulet-frites succulent. Quant aux strip-teaseuses... Elles sont extra ! Le top du top !

— Je suppose que Candy Cain travaille ici comme strip-teaseuse ? dit Charlotte.

— Et c'est la plus douée de la boîte.

Miles leva les yeux au ciel et suivit Tommy à l'intérieur. Une

1. Le Tape-à-l'œil.

épaisse fumée flottait dans la salle. Tommy s'approcha d'un vieil homme torse nu et trop bronzé accoudé au bar. Avec ses bras frêles et son gilet en cuir noir, il ressemblait à une rock star vieillissante.

Il tapa dans la main de Tommy en guise de salut et désigna la scène d'un geste du menton. Une blonde oxygénée vêtue d'un string rouge glissait le long d'une barre verticale et levait les jambes au rythme d'une grosse caisse. Le public – des types en costume-cravate, des cow-boys et quelques touristes égarés – l'encourageait en sifflant et en lançant des billets en l'air.

Tommy envoya un baiser à l'artiste, puis invita d'un geste Miles et Charlotte à le suivre.

Sur leur passage, le vieux rocker inclina son stetson vers eux.

— Tommy essaye manifestement de transformer cet interrogatoire en show, marmonna Charlotte à l'oreille de Miles.

— Il aime attirer l'attention sur lui. Ne t'inquiète pas. Je vais le recadrer.

Sous les lumières multicolores qui tourbillonnaient au-dessus de leurs têtes, le visage pâle de Tommy se teignait de jaune, de violet et de bleu. Il pivota sur lui-même plusieurs fois et considéra d'un air enthousiaste le minuscule club avant de pointer du doigt une table vide.

— Vous voulez vous asseoir près de la scène ? Ou vous préférez rester au bar jusqu'à la fin du numéro de Candy ?

— Nous l'attendrons près du bar, répondit Miles en se détournant des femmes court vêtues, éparpillées partout.

— Très bien, j'irai chercher Candy dès qu'elle aura fini son numéro.

Miles repéra deux tabourets à l'extrémité du bar. Il y entraîna Charlotte tout en gardant les yeux fixés sur la moquette.

Il s'aperçut qu'elle riait sous cape.

— Qu'y a-t-il de si drôle ? s'enquit-il.

— Toi ! Tu sembles si mal à l'aise, c'est trop mignon. Tu n'es vraiment pas du genre à fréquenter les clubs de strip-tease, n'est-ce pas ?

— Non, en effet. Je ne m'y rends que si les circonstances l'exigent.

— Dans quelles circonstances, ta présence dans un club de strip-tease est-elle indispensable ?

— Pour une enquête, comme maintenant. Ou pour fêter l'enterrement de vie de garçon d'un ami, ou un anniversaire. Certains hommes adorent ce genre d'endroits et tous les prétextes sont bons pour s'y rendre. Mais pas moi.

— Eh bien, tu m'en vois ravie.

Miles faillit lui demander pourquoi elle s'en souciait, de toute façon. Manifestement, elle ne s'intéressait à lui que pour des raisons professionnelles.

Mais il n'insista pas.

Les sentiments n'ont pas leur place ici. Elle n'est pas d'humeur amoureuse et tu ne devrais pas l'être non plus.

Reste concentré sur l'enquête…

Tommy revint, Candy à ses côtés.

— Sergent Bowman, inspecteur Love, permettez-moi de vous présenter ma future épouse, Mlle Candy Cain qui sera bientôt Mme Thompson.

— Ravie de faire votre connaissance, minauda-t-elle en leur tendant la main.

Elle s'écarta rapidement sans établir de contact visuel.

Miles s'éclaircit la gorge.

— Y a-t-il un endroit plus calme où nous pourrions parler ? lança-t-il. Le sergent Bowman et moi ne voulons pas abuser de votre temps, mais nous avons quelques questions à vous poser.

— En tout cas, dit-elle en passant les doigts dans sa perruque blond platine, je peux déjà vous assurer que Tommy n'a pas tué cette fille. Il était avec moi cette nuit-là. Et quelle nuit fantastique ! Tu t'en souviens, chéri ?

Miles tressaillit en la voyant mordre la joue de Tommy.

Ce dernier poussa un cri de douleur.

— Calme-toi, ma puce. C'est une affaire sérieuse. Nous nous amuserons plus tard.

— Désolé, mon chou. Tu es tellement irrésistible…

— Écoutez, dit Charlotte. L'inspecteur Love et moi avons besoin de votre déclaration officielle attestant que Tommy était avec vous, cette nuit-là. Toute la nuit. Pour le laver de tout soupçon. Vous comprenez ?

— Voici ma déclaration officielle. Thomas Thompson était avec moi la nuit où la fille, Nalah, a disparu. Toute la nuit. Je le jure. Il ne l'a pas tuée… Attendez !

Candy s'interrompit pour donner un coup de coude à Tommy.

— Chéri, tu n'as pas besoin de mon témoignage pour leur prouver que tu étais chez toi ! Tu as installé un système de vidéosurveillance dans ta maison, non ?

— Et alors ?

— Tes caméras ont dû nous filmer quand nous sommes arrivés chez toi, la nuit où ton ex a disparu et quand nous sommes repartis, le lendemain.

Tommy applaudit à tout rompre.

— Brillant, ma puce ! Je n'y avais pas pensé, mais tu as raison ! Tu es vraiment intelligente.

Miles regarda Tommy qui jouait tendrement avec la boucle d'oreille de Candy.

— Vous voulez dire que vous disposez d'un enregistrement qui prouve où vous étiez cette nuit-là et que vous n'en parliez pas ?

— Désolé, je n'y pensais plus. Candy m'affole, et depuis que je l'ai rencontrée je n'ai plus toute ma tête.

— Tommy, vous êtes conscient que vous faites partie des suspects dans l'enquête sur le meurtre de Nalah, n'est-ce pas ? demanda Charlotte.

Il haussa les épaules.

— J'étais sûr que vous seriez vite convaincus de mon innocence.

— Pour être convaincus de votre innocence, nous avons besoin de preuves. Combien de temps vous faut-il pour nous faire parvenir ces images ?

— Je vous les enverrai ce soir, dès que je serai rentré chez moi.

Il se tourna vers Candy.

— Dès que ma chérie aura fini de travailler, nous retournerons à la maison.

— Nous attendons cette vidéo avec impatience, dit Miles. Vous avez nos adresses mail. N'oubliez pas. Sinon nous aurons une autre conversation dans les locaux de la police qui risque d'être moins agréable.

Tommy lui fit un salut militaire.

— Bien, chef !

Charlotte secoua la tête d'un air dégoûtée.

— Il prend manifestement les soupçons qui pèsent sur lui pour une vaste plaisanterie.

Comme ils s'apprêtaient à s'en aller, des bruits de voix montèrent de l'entrée. Trois jeunes hommes qui avaient l'air d'étudiants éméchés se dirigeaient vers la scène comme s'ils étaient en terrain conquis.

— Pourquoi ai-je l'impression de les avoir déjà vus quelque part, ces trois-là ? s'exclama Charlotte.

Candy leva les yeux au ciel et se cacha derrière Tommy.

— Nous les surnommons les fils à papa de River Valley. Ils font partie des réguliers et laissent beaucoup d'argent au club. Ils aiment se soûler et coucher avec les filles.

— Vous ne les reconnaissez pas ? s'étonna Tommy. Ce sont les amis de Stephen Seymour. Hunter en jogging Gucci, Josh en jean et Rob en pantalon kaki. Ils étaient avec lui la nuit où Steph a disparu.

— Comment le savez-vous ? demanda Miles.

— Parce que je me trouvais, moi aussi, à Rush Street, ce soir-là. D'ailleurs, ils étaient également passés au Tipping Point, la nuit où Nalah a disparu.

Tommy se figea, puis se balança d'avant en arrière comme un robot.

— Attendez… vous ne trouvez pas ça curieux ? Pour ne pas dire louche ?

— Quoi ? s'enquit Charlotte.

— Ces types étaient là où étaient Stephen et Nalah les nuits où ils ont disparu.

— Oui. Et vous aussi.

Tommy en eut le souffle coupé.

— C'est vrai. Je n'y avais même pas pensé…

Ils regardèrent les trois amis de Stephen tirer sur leurs cigarettes.

— Hé ! cria Candy dans leur direction. Vous n'êtes pas censés fumer ici !

Le rocker vieillissant qui gérait les entrées posa un doigt sur ses lèvres pour lui intimer le silence. Avec une grimace agacée, Candy se détourna.

— Ils ont tort de les laisser entrer. Ces gars sont complètement tordus.

— Tordus comment ?

— Ils se croient tout permis parce qu'ils ont de l'argent et qu'ils savent que leurs pères les protégeront, quoi qu'il arrive. Du coup, ils font ce qu'ils veulent, c'est-à-dire n'importe quoi. Surtout avec les femmes. Les parents de Hunter possèdent une résidence secondaire qu'il utilise pour organiser de grandes fêtes. J'ai entendu dire qu'il s'y passait des choses très bizarres.

Tommy donna un coup de coude à Candy.

— Chérie, tu parles peut-être un peu trop.

— Non, laissez-la faire, répliqua Charlotte.

— Je ne voudrais pas qu'elle ait des problèmes. Ces gars-là sont capables de tout.

— Avec la police, il n'y a jamais à craindre d'en dire trop. Au contraire. Alors, Candy, à quelles « choses bizarres » faites-vous allusion ?

Elle hésita et se balança sur ses talons aiguilles, en se demandant visiblement si elle devait répondre.

— Eh bien… je n'ai personnellement assisté à aucune de ces fêtes. Mais certaines des filles du club y sont allées. Ces trois vauriens les avaient embauchées pour amuser leurs amis. Elles étaient censées faire leur spectacle et c'est tout. Mais une fois sur place, ils ont exigé bien davantage. Bien sûr, l'alcool et la drogue n'étaient pas pour rien dans le changement de programme. Et croyez-moi, quand une bande de richards arrogants se soûle et se défonce, le show change vite de nature.

— Que voulez-vous dire ? s'enquit Charlotte.

— Je veux dire que tout est alors permis. Ils n'ont plus de limites. Et l'ambiance dégénère. Les choses deviennent dangereuses. Violentes, même.

— Ça suffit, interrompit Tommy, en la prenant fermement par le bras. Tu en as assez dit, ma puce. Ce sont juste des suppositions. Pour ma part, je me suis déjà rendu à des soirées chez Hunter et, si l'alcool coulait à flots, je n'y ai rien vu d'illégal. Il ne faut pas accuser les gens en se basant sur de simples rumeurs, Candy chérie. Surtout lorsqu'il s'agit de types comme eux. Ils sont tous issus de familles riches et puissantes. Médire sur leur compte peut être dangereux. Et je ne veux pas que tu aies des ennuis, ma puce.

— Où se trouve exactement la résidence secondaire des Stout ? demanda Miles, ignorant son avertissement.

Tommy tapota son index contre son menton.

— C'est bête, je ne m'en souviens plus...

— Il me sera facile de trouver l'adresse, intervint Candy avant de remarquer l'expression de Tommy. Désolée, ajouta-t-elle. En fait, non, peut-être pas si facile.

Charlotte sortit une carte de visite de son sac et la tendit à Candy avec un regard complice.

— Si l'adresse vous revient en mémoire, appelez-moi. Tommy, êtes-vous sûr de ne pas vouloir que nous vous raccompagnions ?

— Non, répondit Candy à sa place. Il reste avec moi.

— Les désirs de ma chérie sont des ordres. Je ne la quitte pas.

Miles jeta un regard sévère à Tommy.

— Nous attendons ces images enregistrées par vos caméras de surveillance. Ne nous forcez pas à revenir.

Comme un cri perçant retentissait par-dessus la musique, ils se tournèrent vers la scène. Hunter se tenait près du bord et tirait sur la jambe d'une des strip-teaseuses.

— Vous savez quoi ? dit Candy. Je sais peut-être où trouver l'adresse de cette maison après tout.

— Tais-toi donc, ma puce, cria Tommy en resserrant sa prise sur sa taille. Moins on en dit, mieux on se porte !

Candy regarda la scène.

— Il me semble pourtant que Darlene ne se porte plus très bien depuis l'arrivée de Hunter. Et qu'elle apprécierait peut-être un peu de solidarité féminine...

— Candy chérie, marmonna Tommy à son oreille, est-ce que je ne t'ai pas dit de ne jamais me contredire ? Et encore moins devant des tiers ?

— Candy ! hurla le rocker vieillissant de l'autre côté du bar. Tu te crois en vacances ? Ta pause est terminée. Remonte sur scène ! Darlene ne peut pas gérer la salle toute seule.

Candy s'éloigna de Tommy et se tourna vers Charlotte, les larmes aux yeux.

— Je ferais mieux d'y aller. Désolée de ne pas pouvoir vous être plus utile.

— Merci de votre témoignage. Si quelque chose d'autre vous revenait, n'hésitez pas à me joindre. Vous avez mon numéro.

— Merci pour la balade, lança Tommy avant que Candy ne puisse ajouter un mot. À plus tard.

Appuyé contre le bar, Miles regarda le couple s'éloigner.

— Je ne comprends pas ce qu'une femme comme Candy peut bien trouver à un homme comme Tommy. C'est un tyran, il la laisse à peine parler.

— Je suis d'accord. Mais j'ai quand même l'impression que nous n'avons pas fini de l'entendre.

16

— Tu es sûr de devoir y aller ? demanda Charlotte à Miles.

— J'aimerais ne pas y être obligé. Mais oui, je dois retourner en Californie.

Il roula sa valise vers la porte d'entrée.

Dans la matinée, il avait reçu un appel de son frère, l'informant qu'un meurtre à Clemmington ravivait un *cold case*, une affaire classée. Leur père demandait à Miles de revenir les aider à analyser les derniers développements de l'enquête.

Alors qu'ils se disaient au revoir, Charlotte était la proie d'un mélange diffus d'angoisse et de tristesse. Elle s'était habituée à la présence de Miles. L'idée qu'il parte, même pour quelques jours, la déstabilisait.

— Tout ira bien pour toi pendant mon absence, dit-il, comme s'il devinait sa détresse. Le chef Mitchell veillera à ce que tu puisses enquêter dans de bonnes conditions. Et l'officier Haney a promis de garder un œil sur toi. Tout ira bien, répéta-t-il.

— Ce ne sera pas pareil. Mais merci…

Miles vit le taxi qui s'arrêtait devant la maison.

— Bon, j'y vais. Je dois me rendre à l'aéroport sans tarder pour ne pas rater mon avion.

Une vague de panique souleva soudain Charlotte. En vérité, elle ne s'inquiétait pas à propos de l'enquête. Mais Miles lui manquait déjà.

Ressaisis-toi ! lui ordonna une petite voix intérieure. *Ce n'est pas le moment de sombrer dans la sensiblerie.*

— Je reviens dès que possible, ajouta-t-il.

— Ne laisse pas ta famille te convaincre de rester là-bas. Du moins pas avant que les meurtres ne soient élucidés ici.

— Ne t'en fais pas. Je ne m'absente que quelques jours. J'y vais uniquement parce que ce *cold case* signifie beaucoup pour mon père.

— De quoi s'agit-il ? s'enquit Charlotte par curiosité et peut-être aussi dans l'espoir de gagner du temps.

Elle n'était pas prête à ce qu'il s'en aille.

— De l'assassinat de M. Vincent, le propriétaire d'un domaine viticole situé en périphérie de Clemmington. Vincent était un grand ami de mon père. Mais à l'époque du drame, la police n'avait pas réussi à identifier le tueur.

— Oh ! je suis vraiment désolée. Quand est-ce arrivé ?

— Il y a un peu plus d'un an. Il a été poignardé à mort dans ses vignes. Or, un couteau vient d'être retrouvé dans le champ. Nous allons interroger à nouveau les membres de sa famille, et en attendant ma sœur analyse ce qui est peut-être l'arme du crime.

Le klaxon de la voiture retentit si fort qu'ils sursautèrent.

— Il faut que j'y aille, dit Miles.

Charlotte le tira par le bras pour planter un baiser sur la joue. Comme il tournait la tête, leurs lèvres se rejoignirent.

Un silence stupéfait s'ensuivit que Miles finit par rompre avec un sourire étonné.

— Waouh ! Ce baiser signifie-t-il quelque chose ?

Elle haussa les épaules.

— Je ne sais pas. Tu vas me manquer, en tout cas. Même si tu ne pars que quelques jours. Quand tu reviendras, nous, euh… nous reparlerons de ce qui s'est passé entre nous, l'autre soir.

— Avec plaisir.

Ils s'étreignirent encore, aucun d'eux ne voulant s'éloigner.

— Je t'appellerai dès que j'arriverai à Clemmington.

— Merci. Bon voyage.

Elle resta sur le pas de la porte pour le regarder s'engouffrer dans le taxi et s'en aller.

Le bourdonnement de son smartphone la ramena à l'intérieur

de la maison. Il vibrait sur la cheminée. Quand elle s'en saisit, elle découvrit sur l'écran un texto provenant d'un numéro inconnu.

Hunter, l'ami de Stephen, organise une fête ce soir, au 8421 Ace Lane. Certaines des filles du club de strip-tease y seront.

Je ne vous ai rien dit.

Candy.

Charlotte se mit à arpenter son salon.

Que devait-elle faire ?

Miles était parti. Mais il était hors de question pour elle de ne pas se rendre à cette fête. Là-bas, elle pourrait sans doute en apprendre davantage sur le meurtre de Stephen. Et peut-être aussi sur celui de Nalah.

Elle écrivit à Candy.

Cela restera entre nous, comptez sur moi. Y serez-vous ?

La réponse arriva aussitôt :

Pas sûre. Ça dépend combien Hunter est prêt à débourser pour mon show. Et si j'arrive à filer sans que Tommy s'en aperçoive. Et vous ?

Charlotte préférait ne pas trop en dire à Candy et tapa juste ces quelques mots :

Je n'en suis pas certaine, moi non plus…

Elle entra dans sa chambre et ouvrit son placard pour y chercher la perruque blonde qu'elle avait portée à Halloween.

— Tu vas vraiment y aller ? se demanda-t-elle à haute voix.

Miles n'approuverait pas sa démarche. Le chef Mitchell non plus. Mais elle n'avait pas envie de rater l'occasion de voir les amis de Stephen en action. De plus, si elle s'y rendait déguisée, elle avait peu de chances d'être démasquée.

Elle se coiffa de la perruque, en veillant à bien dissimuler ses cheveux dessous. Devant le miroir de sa coiffeuse, elle ajusta la frange.

— Personne ne te reconnaîtra, murmura-t-elle. Tu dois y aller.

Charlotte rétrograda et s'engagea sur Ace Lane. Elle avait passé la journée à suivre des fausses pistes, à contacter des amis des victimes dans l'espoir de mettre le doigt sur quelque chose qui leur aurait échappé. En vain. Elle les avait déjà interrogés pour la plupart et ils n'avaient rien à lui apprendre de nouveau. Puis elle avait reçu un coup de fil de Miles. Il était arrivé à Clemmington pour apprendre qu'il y avait eu une avancée majeure dans l'enquête. Il espérait conclure le plus tôt possible.

Le quartier n'était pas très éclairé, à l'exception d'une immense demeure. Celle des parents de Hunter, sans doute. Une musique assourdissante s'échappait par les fenêtres. Plusieurs voitures de luxe étaient garées le long des trottoirs. Les propriétés du voisinage étaient somptueuses, avec de vastes pelouses et des maisons aux architectures uniques et originales.

— Vous serez arrivée à destination dans cinq cents mètres, annonça la voix suave du GPS.

Un rugissement de moteur alerta Charlotte, et elle regarda dans le rétroviseur. Des phares fonçaient vers elle. Elle se rabattit sur le bas-côté au moment où une Lamborghini vert fluo passait à toute vitesse.

— Espèce d'abruti, marmonna-t-elle.

Elle appuya sur l'accélérateur et se rapprocha du lieu des festivités. Des jeunes femmes en minijupe et débardeur franchissaient les grilles en fer forgé de la résidence de Hunter. Des hommes, torse nu, des bouteilles d'alcool à la main, les accompagnaient.

Ennuyée, elle comprit qu'avec sa robe longue noire elle n'avait pas la tenue requise pour la soirée et qu'elle risquait de ne pas passer inaperçue dans cette foule.

Une Rolls-Royce s'arrêta à côté de sa voiture et quatre jeunes hommes se penchèrent vers elle par les vitres ouvertes.

— Salut, beauté ! cria l'un d'eux. Tu vas à la fête ?

Elle colla rapidement une paire de lunettes noires sur son nez.

— C'est possible.

— Retrouvons-nous au bord de la piscine... J'ai de l'herbe et de la bonne, ajouta-t-il avec un clin d'œil.

Elle attendit qu'ils s'éloignent pour se garer. Avant d'ouvrir sa portière, elle prit sa pochette dans laquelle elle avait glissé son Glock.

La demeure de Hunter était magnifique et entourée d'arbres majestueux. Toutes les fenêtres étaient éclairées et des stroboscopes ornaient les balcons. Des haut-parleurs déversaient une musique hip-hop qui devait s'entendre à des kilomètres à la ronde.

Charlotte traversa la propriété en s'efforçant de ne pas se faire remarquer.

La piscine à débordement et le jacuzzi à l'arrière étaient remplis de femmes aux seins nus et d'hommes déjà bien éméchés. Dans un petit kiosque, elle reconnut quatre danseuses du Razzle Dazzle qui offraient des boissons à des types avachis dans des fauteuils en osier. Candy n'était pas parmi elles.

— Hunter, arrête ! Je t'en prie !

Le cri venait d'un balcon du premier étage de la maison. Hunter se tenait debout sur la balustrade, une femme en équilibre sur ses épaules. Terrifiée, la pauvre lui agrippait la tête alors qu'il se balançait d'avant en arrière, manifestement ivre et inconscient du danger.

— Repose-moi ! hurlait-elle. Tout de suite !

— N'aie pas peur !

Au moment où il s'apprêtait à se pencher en avant, Rob, l'ami de Hunter, se précipita par-derrière et attrapa la malheureuse. Elle s'effondra dans ses bras.

— Arrête ton cirque, Hunter ! lança Rob en l'agrippant par l'épaule. Tu es fou ou quoi ?

Mais son ami l'écarta d'un geste brusque.

— Laisse-moi ! cria-t-il en grimpant de nouveau sur la balustrade. Chaud devant !

— Tu vas te tuer !

Avant que Rob ne puisse l'en empêcher, il sauta du balcon. Lorsqu'il termina sa chute dans la piscine, tout le monde applaudit.

Ces gens sont fous..., songea Charlotte.

Elle traversa le parc et s'arrêta soudain à la vue de deux femmes qu'elle avait l'impression de connaître.

Où les ai-je déjà vues ?

La mémoire lui revint brutalement. Il s'agissait des amies de Nalah qui étaient avec elle au Tipping Point le soir de sa disparition. Elle se demanda si Nalah avait déjà assisté à l'une des fêtes de Hunter et si tous deux se connaissaient bien.

Elle saisit son téléphone. Elle avait envie de parler à Miles de la présence des amies de Nalah chez Hunter pour avoir son avis sur leur proximité.

Mais elle s'interrompit avant de composer son numéro.

Je ne suis pas censée être ici.

La seule personne à savoir qu'elle s'était rendue à cette soirée était Cindy, l'opératrice du 911.

Comme elle s'apprêtait à glisser son smartphone dans sa pochette, elle se ravisa soudain.

Prends des photos. Tu les étudieras plus tard.

Elle photographia discrètement plusieurs groupes, puis pivota lentement sur elle-même pour enregistrer une vidéo de la fête.

Elle s'arrêta sur un jeune homme qui grimpait sur le tronc d'un palmier de plusieurs mètres de hauteur. Elle reconnut Josh, l'ami de Stephen.

Sorti de nulle part, Hunter le rejoignit en courant.

— Premier arrivé en haut ! cria-t-il.

Alors qu'elle continuait de filmer, une paire de mains inconnues se posa sur ses hanches.

— Chérie, murmura une voix douce à son oreille. Au lieu de rester dans ton coin toute seule avec ton téléphone, pourquoi ne pas venir danser ?

Elle balança un violent coup de coude en arrière et se retourna.

— Et si tu me laissais tranquille ? lança-t-elle à un rouquin âgé de quinze ou seize ans, plié en *deux de douleur.*

— Pourquoi tu m'as frappé ? s'exclama-t-il. Je ne t'ai rien fait !

Charlotte se sentait presque désolée pour lui. Presque...

— Tu as besoin d'apprendre le respect, voilà pourquoi, répondit-elle en s'éloignant.

Un hurlement animal résonna soudain dans la cour.

Charlotte recula en voyant Hunter et Josh glisser le long du palmier, leurs bras nus et leurs cuisses frottant contre l'écorce. Ils parvinrent par miracle à s'arrêter à mi-course.

— Aidez-moi, les copains ! cria Josh. Je n'arriverai pas à descendre seul ! Hunter non plus !

Comme il promenait les yeux dans la foule, il l'aperçut. Aussitôt, elle baissa la tête et tira sur sa frange. Mais il tapota l'épaule de Hunter avant de la désigner du doigt.

— Regarde ! C'est la fille qui m'a interrogé chez les flics ! Elle a mis une perruque, mais je la reconnais.

— Où ça ? demanda Hunter en jetant un coup d'œil dans sa direction. Et qu'est-ce qu'elle fait chez moi ? Aidez-moi à descendre, ajouta-t-il à l'adresse de ses amis.

Rob revenait en courant, armé d'une échelle.

Charlotte en profita pour s'éclipser. Comme elle se hâtait vers les grilles, elle serra sa pochette contre elle. Sentir son arme à portée de main la rassurait. Alors qu'elle contournait la maison, elle se retourna pour vérifier qu'elle n'était pas suivie. Avec ses lunettes noires et sa perruque blonde, elle avait cru pouvoir passer incognito. Manifestement, elle s'était trompée.

Le cœur battant, elle sortit en vitesse de la propriété.

Retourne à la voiture. Retourne à la voiture...

— Hé ! cria quelqu'un. Attends !

Charlotte accéléra. Mais, comme les bruits de pas derrière elle se rapprochaient, elle fouilla dans sa pochette, saisit son pistolet, puis se retourna.

— Que voulez-vous ? cria-t-elle.

Le rouquin qu'elle avait rencontré au bord de la piscine blêmit et leva les mains en l'air, à la vue de l'arme.

— Je voulais juste te dire au revoir. J'espère que tu ne pars pas à cause de moi. Tu veux bien me donner... ton numéro ?

Il ne manque pas d'air, se dit-elle en réprimant un éclat de rire.

— Je pars parce que je dois rentrer, dit-elle. Et tu es trop jeune pour moi. Je suis sûre qu'il y a beaucoup de filles de ton âge à cette fête. Va donc leur parler.

— Romain ! cria quelqu'un depuis la pelouse.

— Delilah ? lança le rouquin. J'arrive !

— Tu vois ! dit Charlotte. Bonne soirée. Je dois y aller, conclut-elle en voyant Hunter et Josh traverser la pelouse.

Elle courut jusqu'à sa voiture, bondit à l'intérieur et fila.

Pendant tout le trajet du retour, elle craignit d'être suivie. Elle surveillait ses rétroviseurs à chaque feu rouge, le ventre noué. L'idée d'être à nouveau attaquée la terrifiait.

Tu n'aurais pas dû venir ici seule, sans Miles.

Elle avait l'impression d'être épiée.

En arrivant, elle hésita à se garer devant chez elle, de peur que quelqu'un, caché derrière les buissons, ne se jette sur elle. Il était tard et les maisons du voisinage étaient plongées dans le noir. Tout était calme. Finalement, elle se résolut à s'engager dans son allée. Comme ses phares se promenaient sur les haies, elle ne remarqua rien de suspect dans les lauriers-roses.

L'arme au poing, elle sortit de sa voiture et se précipita chez elle.

Tu vois, tu es juste paranoïaque...

Elle verrouilla la porte avec soin, retira ses chaussures et se dirigea vers la cuisine.

Après s'être servi un verre de vin, elle s'installa dans le salon pour examiner les photos qu'elle avait prises lors de la fête.

Comment vais-je bien pouvoir parler de tout ça à Miles ?

Elle alluma son ordinateur portable pour y télécharger les clichés via un câble USB. Pendant l'opération, elle ajouta quelques notes sur les événements de la soirée.

Lorsqu'elle eut terminé le transfert, elle double-cliqua sur le dossier qui contenait des photos de la scène du crime de Nalah. Elle passa en revue celles du cadavre mais aussi celles du médecin légiste effectuant des prélèvements sur le corps de Nalah, de l'équipe de police scientifique scellant les indices recueillis sur la scène ou encore celles du chef Mitchell, occupé à donner des directives à ses hommes.

Walter avait réussi à apparaître sur presque toutes les photos. Un vrai tour de force.

— Rien de surprenant...

Comme elle tapotait sur un portrait du chef Mitchell parlant à quelqu'un dans la foule, un homme debout non loin de lui attira son attention. Elle zooma sur l'image.

Son verre de vin faillit lui échapper des mains.

Ce visage ne lui était pas inconnu. C'était celui de Hunter.

— Qu'est-ce qu'il faisait là ?

Elle s'empara de son téléphone, tentée d'appeler Miles et de tout lui raconter. Mais il était tard. Et elle ne voulait pas le perturber pendant qu'il travaillait sur l'assassinat de l'ami de son père.

Sois patiente, se dit-elle en posant son smartphone et en reportant son attention sur l'ordinateur.

Au moment où le téléchargement se terminait, le courant fut coupé et les lumières s'éteignirent.

— Oh ! non !

Elle regarda autour d'elle. L'écran de son ordinateur jetait une lueur effrayante dans le salon. Tout le rez-de-chaussée semblait sorti tout droit d'une scène d'un film d'horreur.

Où était la lampe de poche ? Et les fusibles ?

— Miles a choisi le mauvais moment pour me laisser seule ici...

Elle se leva et actionna la lampe torche de son smartphone. Le faisceau lumineux n'était pas très efficace dans l'obscurité, et très vite elle l'éteignit pour ne pas gaspiller la batterie qui avait besoin d'être rechargée. Puis elle se dirigea à tâtons vers la cuisine.

Comme elle passait devant la fenêtre du salon, elle se pétrifia soudain à la vue d'une silhouette sombre à l'extérieur. Elle retint son souffle. Et en aperçut une autre.

Où est mon arme ?

Idiote, tu l'as laissée dans la cuisine !

— Hé, Linda ! lança soudain un homme depuis la rue. Le courant est coupé chez toi aussi ?

— Oui ! répondit sa voisine.

Charlotte se dirigea vers la fenêtre sur la pointe des pieds et jeta un coup d'œil à travers les stores. Linda, qui vivait deux maisons plus bas, descendait le trottoir pour rejoindre Randall, un autre voisin.

Tous deux se retrouvèrent devant chez elle.

— Plusieurs lumières du quartier sont éteintes également, dit-il.

Avec un soupir de soulagement, Charlotte sortit à son tour.

— Que se passe-t-il ? demanda-t-elle. Une panne de secteur ?

— Ça y ressemble, dit Linda. Mais nos trois maisons sont apparemment les seules à être touchées.

— C'est bizarre. Quelqu'un a déjà appelé la compagnie d'électricité ?

— Ma femme vient de le faire, indiqua Randall. Avez-vous des lampes de poche ? Ou des bougies ?

— J'ai les deux. Tu veux ma lampe, Charlotte ? proposa Linda. Prends-la pour retourner à l'intérieur et récupérer la tienne.

— Ça ira, merci. Si je ne trouve pas celle que je garde dans ma cuisine, je prendrai celle que j'ai dans le coffre de ma voiture.

— Randall ! cria sa femme depuis leur pelouse. Je viens de recevoir un appel de la compagnie d'électricité. Ils sont en route. Ils devraient être en mesure de rétablir le courant en un rien de temps.

— Super. Merci, chérie !

— Je respire mieux, dit Charlotte sans réfléchir. Je suis soulagée qu'il s'agisse seulement d'une panne…

Elle s'interrompit en remarquant les regards inquiets de ses voisins.

— Je veux dire, on ne sait jamais. Comme je travaille dans la police, des gens pourraient avoir quelque chose contre moi…

Linda recula lentement.

— Je rentre à la maison pour m'assurer que les enfants vont bien.

— Moi aussi, ajouta Randall. J'espère que le technicien va vite arriver.

Charlotte les salua d'un geste de la main, consciente qu'elle en avait trop dit.

— Soyez prudents ! leur enjoignit-elle alors qu'ils s'éloignaient.

De mieux en mieux…

Elle rentra chez elle et plissa les paupières pendant que ses yeux s'habituaient à l'obscurité.

J'aurais dû accepter l'offre de Linda et lui emprunter sa lampe de poche.

Comme elle traversait le salon sur la pointe des pieds, un bruit derrière elle la pétrifia.

— Miles ? lâcha-t-elle. C'est toi ?

Silence.

De nouveau terrifiée, elle songea à son arme dans la cuisine.

Merde !

En entendant des pas dans le couloir, elle se dirigea à tâtons vers le canapé et s'accroupit derrière. La gorge serrée, elle distingua alors une silhouette sombre près de l'entrée. Quand l'intrus leva lentement la main, elle faillit crier. Il tenait une arme à feu.

— Charlotte, lança une voix glaçante. Sors de ta cachette.

Elle étouffa un gémissement. Elle hésita à ramper jusqu'à la console du vestibule, mais elle craignait de faire trop de bruit. Alors elle se recroquevilla dans un coin, en priant pour que le courant ne revienne pas. La panne d'électricité lui permettait de rester en vie.

Lorsque l'homme entra dans le salon, elle retint son souffle.

Malgré la pénombre, elle remarqua qu'il portait une cagoule, des vêtements sombres et des bottes de combat. Et une lampe de poche dans sa main gauche. Un éclair argenté dans l'autre lui confirma qu'il tenait bien une arme à feu.

— J'ai trouvé ton Glock dans ton sac, dit-il. Comme tu le sais, je ne suis pas du genre à utiliser un flingue. Tirer sur les victimes n'est pas dans mes habitudes. Mais pour ne rien te cacher, j'adorerais te faire sauter la cervelle avec ton arme de service. Ça resterait un bon souvenir.

Adossé au mur, il éteignit sa lampe, plongeant la pièce dans le noir complet.

— Alors, que préfères-tu, Charlotte ? Une balle dans la tête et on n'en parle plus ? Ou as-tu envie de découvrir d'abord comment j'ai tué mes victimes ? Toi et ta bande d'abrutis, vous aimeriez bien savoir comment je les ai assassinées, non ?

Tout en l'écoutant, elle cherchait frénétiquement un moyen de lui échapper. Si elle essayait de s'enfuir, il l'abattrait avant qu'elle n'ait le temps d'atteindre la porte.

— Hé ! cria-t-il. Tu m'écoutes ?

Incapable de se retenir plus longtemps, elle hurla.

— Ah, tu es là. J'ai enfin entendu la voix du nouveau sergent Charlotte Bowman. Où est ton garde du corps, ce soir ? Il en a eu marre de ton incapacité à m'attraper et il a décidé de se retirer de l'enquête ? C'est ça ? Qui pourrait lui en vouloir ? La police de River Valley est pathétique. Surtout toi.

Alors qu'il continuait à monologuer, Charlotte regarda la petite ballerine en bronze posée sur l'étagère.

Elle envisagea de s'en servir pour fracasser la tête de l'intrus.

Mais il ferait feu si elle bougeait.

Comment vais-je m'en sortir ? se dit-elle.

— C'est drôle ! poursuivit-il. Quand j'ai coupé les câbles électriques, je n'imaginais pas à quel point te narguer me ferait du bien.

— Vous êtes malade ! répliqua-t-elle. Pourquoi faites-vous ça ?

— Pourquoi ? Parce que je veux que tu souffres, comme moi !

Dans le noir, il heurta la table basse avec un juron. Profitant de son inattention, Charlotte bondit et tenta de fuir. Mais il la rattrapa et la jeta au sol.

Elle entendait sa respiration sifflante dans son dos. Il la plaqua contre le plancher, en l'immobilisant de tout son poids.

— Tu vois ce que tu m'obliges à faire ? Je ne voulais pas t'attaquer tout de suite ! J'avais envie de profiter, de savourer ta peur.

Elle attendit qu'il se redresse pour sauter sur ses pieds, s'emparer de la statuette et le frapper à la tête.

— Aïe ! hurla-t-il en s'écroulant sur le canapé.

Elle s'élança vers la porte. Mais d'un croc-en-jambe, il la fit trébucher avant qu'elle ne puisse l'atteindre.

Tous deux roulèrent à terre.

— Rien ne se passe pas comme prévu, grogna-t-il. Maintenant, je vais devoir te tuer !

Terrifiée, elle sentit la pointe métallique du pistolet lui effleurer la tempe. Il fit glisser le canon de son arme le long de sa mâchoire, de son cou, puis de sa poitrine

— Comment veux-tu mourir, Charlotte ? se moqua-t-il avec un ricanement sadique. D'une balle en plein cœur ? Dans le ventre ?

Ou peut-être devrais-je t'étrangler à mains nues ? Oui, voilà qui me plairait. Voir tes yeux gonfler, ton corps se convulser...

Comme il lui saisissait le cou, elle se rendit compte qu'il portait des gants en latex.

Il va me tuer et il ne laissera aucun indice, aucune empreinte, aucun ADN...

Il serrait sa gorge de plus en plus fort, en enfonçant les ongles dans sa chair.

— Combien de temps te faudra-t-il pour mourir, une fois que j'aurai commencé à t'extirper la vie ? Deux minutes ? Trois minutes ? Mais tu es résistante... Alors quoi... Cinq minutes ?

Alors qu'il accentuait la pression, elle sentait l'oxygène commencer à lui manquer. Ses forces la quittaient, ses paupières se fermaient.

Mais elle refusait de renoncer, de le laisser gagner.

Accroche-toi. Accroche-toi...

Au moment où elle allait s'évanouir, une paire de phares passa devant la fenêtre.

Surpris, son agresseur desserra son emprise. Après quelques instants, la porte d'entrée s'ouvrit légèrement.

— Merci, Linda ! cria une voix masculine. Je préviens Charlotte que votre courant est rétabli et que le nôtre ne devrait pas tarder à l'être aussi.

Miles !

Le tueur bondit, si brusquement que son arme lui échappa des mains et glissa sous le canapé. Il s'élança vers l'arrière de la maison.

— Miles ! hurla Charlotte aussi fort qu'elle le pouvait.

Il se précipita vers elle.

— Charlotte ! Que t'est-il arrivé ?

Elle prit une profonde inspiration et cria :

— Le tueur ! Il était là !

— Il était là ? répéta Miles en l'aidant à se lever. Mais quand ?

— Il y a quelques secondes ! Il vient de filer par l'arrière de la maison.

Il sortit son arme. La porte arrière était grande ouverte et ils se ruèrent sur la terrasse. Elle était déserte, et la porte en bois qui menait à la ruelle claquait au vent.

— Il est parti. Je l'ai laissé partir !

Accablée, Charlotte explosa en larmes en s'effondrant contre Miles.

— Ce n'est pas ta faute, murmura-t-il. Je me demande bien où est le policier qui devait monter la garde devant chez toi. On va appeler le poste de police pour tirer cette histoire au clair…

— Attends, Miles. Je dois te dire quelque chose. L'agent Haney devait bien venir ici ce soir. Mais… c'est moi qui lui ai dit que ce n'était pas nécessaire.

— Pourquoi as-tu fait ça ?

Charlotte agrippa son bras et le ramena à l'intérieur.

— Je vais t'expliquer. Il faut qu'on parle. J'ai beaucoup de choses à te raconter. Et j'ai une nouvelle piste sur un de nos suspects.

17

Miles tendit une tasse de thé à Charlotte et s'assit à côté d'elle sur le canapé.

— Merci, marmonna-t-elle.

Elle gardait les yeux rivés sur le breuvage. Après avoir admis s'être rendue seule à la fête de Hunter, sans doute était-elle trop gênée pour le regarder en face. Il avait tellement envie de revenir vers elle que dès son travail à Clemmington terminé, il avait sauté dans le premier avion en partance pour le Nevada. Dans sa précipitation, il avait oublié de la prévenir.

— Tu sais à quel point je suis en colère contre toi, n'est-ce pas ? demanda-t-il.

— Oui, mais garde tes reproches pour toi. Je ne suis pas en état de les entendre, en ce moment...

— Charlotte, tu dois cesser de t'embarquer seule dans des missions suicidaires. Je parle sérieusement.

— Je sais. Je ne le ferai plus, promis.

— J'aimerais quand même te conduire à l'hôpital. Il vaudrait mieux que tu te fasses examiner par un médecin pour t'assurer que tout va bien, non ?

— Non, c'est inutile. Je vais très bien. Et si tu veux tout savoir, je préférerais être avec le reste de l'équipe, à rechercher le tueur.

— Le *chef Mitchell t'a ordonné* de te reposer, ce soir pendant qu'ils se chargent du gros du travail.

— Je regrette de ne pas avoir pu voir mon agresseur. Malheureusement, il était couvert de la tête aux pieds et masquait sa voix. En plus, il faisait nuit noire dans la maison. Je ne m'attendais pas à cette intrusion, j'étais totalement désarçonnée.

Il se rassit et sirota son rhum-Coca.

— Cette affaire a vraiment pris une nouvelle tournure depuis cette nuit que nous avons passée...

— Ensemble, termina-t-elle pour lui. Je suis d'accord. Et à présent, je suis à la fois épuisée, bouleversée mais totalement concentrée sur l'enquête. Je devrais peut-être appeler le chef Mitchell pour lui dire que je vais bien et que j'ai envie de rejoindre mes collègues dans la rue pour les aider à chercher...

— Non, ne fais pas ça, répliqua Miles, luttant pour garder son calme malgré son regain de colère. Écoute, tu as eu une journée longue et difficile. Il est tard et tu es fatiguée. N'essaye pas de passer en mode « enquêtrice » après ce que tu as vécu ce soir.

Elle soupira.

— Tu as raison.

— Tu le crois vraiment ? s'exclama-t-il, surpris.

— Oui. D'ailleurs, tu as souvent raison.

Il la regarda jouer avec la fermeture Éclair de son sweat. Une telle nervosité ne lui ressemblait pas.

Quelque chose la préoccupait.

— Qu'est-ce qui t'ennuie ? Que ne me dis-tu pas ? lança-t-il.

Elle dévisagea avec étonnement

— Comment se fait-il que tu me devines si bien ?

— Je te côtoie depuis assez longtemps pour sentir quand quelque chose te travaille. Alors ? Qu'y a-t-il, Charlotte ? Je t'écoute.

Elle se redressa et passa les mains sur ses jambes.

— Ce que je vais te dire va sans doute te surprendre, mais autant tout t'avouer. Quand tu es parti pour Clemmington, j'ai ressenti quelque chose que je ne m'attendais pas à ressentir. Quelque chose de personnel, quelque chose de fort. J'ai pris soudain conscience que tu me manquais, que j'avais sans cesse envie de te parler, de te demander ton avis, de discuter avec toi... Et j'ai compris que sans m'en rendre compte, j'avais noué des liens forts avec toi.

— Vraiment ? Je... je suis en effet très étonné de te l'entendre dire. Surtout après la conversation que nous avons eue devant l'institut médico-légal, après avoir vu le légiste. Qu'est-ce qui a provoqué cette prise de conscience, d'après toi ?

— T'avoir ici à River Valley m'a donné la possibilité de te voir sous un jour différent. Tu cherches toujours à me protéger et à t'assurer que je vais bien. C'est un trait de caractère séduisant chez un homme. En tout cas, j'y suis très sensible.

— Je n'ai pas à me forcer. J'ai envie que tu sois bien parce que je tiens vraiment à toi.

— Et moi aussi, je tiens vraiment à toi, Miles. Mais j'ai pourtant décidé de réprimer mes sentiments. Cette fois-ci, ce n'est pas un divorce qui fait obstacle à notre amour. Mais cette série de meurtres. Mener l'enquête doit être ma seule priorité, capturer l'assassin, mon unique objectif. Je dois laisser le reste de côté pour le moment. De plus, et si nous allions plus loin, mes collègues finiraient par s'en apercevoir. Ces derniers ne me trouvent déjà pas à la hauteur et le chef Mitchell estime que je ne suis pas assez impliquée dans cette affaire. Nous afficher ensemble ne ferait qu'accréditer ces thèses et me ferait perdre toute crédibilité. Et même si nous tentions de garder notre histoire secrète, être obligés de nous cacher rajouterait une pression supplémentaire qui nuirait aux investigations. Comprends-tu ?

— Mon cœur me dit le contraire mais, oui, je comprends ton point de vue. Je suis venu ici pour t'aider à élucider cette affaire et là-dessus, rien n'a changé. Je suis toujours animé de la même détermination. Maintenant, ai-je envie d'aller plus loin avec toi ? Bien sûr. Mes sentiments pour toi sont toujours là. Mais en même temps, je suis conscient que nous devons rester concentrés sur l'enquête.

Charlotte se pencha pour déposer un baiser sur sa joue.

— Merci d'avoir compris Et dès que le tueur sera derrière les barreaux, nous en reparlerons.

— Ne fais aucune promesse que tu n'es pas sûre de tenir.

Elle lui sourit.

— Ce n'était pas une promesse. Mais une déclaration.

Il passa doucement les doigts le long de son cou.

— As-tu toujours mal ?

— Un peu. Mais la douleur s'atténue.

Miles vida son verre et se leva.

— Bien. J'en ai besoin d'un autre. Aimerais-tu une autre tasse de thé ?

— Non merci. Mais je prendrais bien un rhum-Coca.

— Ça marche.

La sonnerie du smartphone de Charlotte retentit.

— Peux-tu prendre mon appareil en passant ? lança-t-elle.

— Bien sûr. Ensuite, nous devrions sans doute faire le point avec le chef Mitchell. Voir si des policiers ont réussi à localiser Hunter ou à repérer quelqu'un qui pourrait être ton agresseur.

— Bonne idée.

Miles s'empara du smartphone de Charlotte, posé sur la cheminée, et passa un doigt sur l'écran. Un texto apparut.

Je reviendrai, sergent Charlotte Bowman, compte sur moi. La prochaine fois sera la bonne. Chaud devant ! Feu à volonté !

La bouche sèche, Miles eut soudain du mal à déglutir.

— Qu'y a-t-il ? s'enquit Charlotte. Tu es tout pâle.

Il lui tendit l'appareil.

— Une autre menace.

Elle lut le texto, puis bondit.

— Chaud devant, chaud devant... Où ai-je entendu cette expression, il n'y a pas longtemps ? Je sais ! Attends !

Elle chercha la vidéo qu'elle avait filmée à la fête de Hunter.

— Regarde.

— Qu'est-ce que c'est ? demanda Miles.

— Regarde, répéta-t-elle. Tu vas comprendre.

Il découvrit des images de Hunter debout sur la rambarde d'un balcon.

« Chaud devant ! », cria-t-il avant de sauter dans la piscine.

D'un doigt tremblant, Charlotte arrêta la vidéo et composa le numéro du chef Mitchell.

— Nous devons convoquer Hunter Stout pour un nouvel interrogatoire. Immédiatement.

18

L'officier Haney escorta Hunter à l'intérieur de la salle d'interrogatoire.

— Je l'ai trouvé sans connaissance, manifestement en train de cuver sur sa pelouse, dit le policier. Je l'ai conduit directement ici.

Charlotte leva les yeux au ciel en voyant la tenue de Hunter. Il était juste vêtu d'un caleçon de bain et de tongs. Son torse nu et musclé était complètement brûlé par le soleil, tout comme son visage qui pelait. Comme il fallait s'y attendre, ses cuisses, son ventre et ses bras étaient couverts d'éraflures rouges.

Vous n'auriez pas dû grimper sur ce palmier…

Il avait un œil au beurre noir et sa lèvre était fendue.

Avec une grimace, il se dirigea vers eux.

— Asseyez-vous, monsieur Stout, dit Miles.

Il se laissa tomber sur la chaise avec un gémissement.

— La nuit a été difficile, on dirait ? lança Charlotte, surprise que son avocat ne soit pas avec lui.

— Et elle n'est pas terminée, répondit Hunter en plissant les yeux pour ne pas être ébloui par les néons du plafond. Serait-il possible de baisser l'intensité de la lumière ?

— Nous sommes dans un poste de police, dit Miles. Pas dans un spa.

— Qu'est-ce que je fais ici, de toute façon ? S'agit-il encore du meurtre de Stephen ? J'ai déjà raconté au chef Mitchell tout ce dont je me souvenais de la nuit où il a disparu…

— Il ne s'agit pas du meurtre de Stephen, coupa Charlotte. Du moins, pas encore. Reconnaissez-vous cette femme ? ajouta-t-elle en faisant glisser une photo de Nalah sur la table.

Hunter se pencha pour l'examiner.

— Euh… sa tête me dit vaguement quelque chose. Mais ne me demandez pas son nom. J'organise beaucoup de fêtes chez moi. Peut-être est-elle venue à l'une d'elles.

Sans en avoir l'air, Charlotte observait ses larges épaules et écoutait avec attention le ton de sa voix, se demandant s'il était l'homme qui l'avait attaquée la veille au soir.

— Et maintenant ? continua-t-elle en posant une photo où on le voyait sur la scène du crime de Nalah. Vous rappelez-vous l'avoir vue à Angler Canyon Reservoir, le jour où elle est morte ?

Il en resta bouche bée.

— Que faisiez-vous là-bas ? poursuivit Miles.

Hunter passa ses mains sur sa barbe hirsute.

— Je, euh… Attendez. Ça commence à me revenir.

— Qu'est-ce qui commence à vous revenir ?

— Comment je la connais.

Un long silence s'ensuivit.

— Auriez-vous l'amabilité de nous l'expliquer ? s'enquit Charlotte.

Hunter croisa les bras sur son torse.

— Oui. Elle sortait avec l'un de mes amis.

Charlotte jeta un coup d'œil à Miles, en se demandant si Hunter faisait référence à Josh ou à Rob.

— Quel ami ?

Un autre long silence.

— Répondez aux questions, Hunter, insista Miles.

— Avec Tommy, marmonna-t-il dans sa barbe. Thomas Thompson, si vous préférez.

— Vous êtes donc ami avec Tommy, dit Charlotte. C'est drôle, il ne nous a jamais parlé de vous ni de votre prétendue amitié.

— Et pourtant, il avait l'occasion de le faire le jour où nous étions avec lui au Razzle Dazzle et que nous vous y avons vu, ajouta Miles.

— Vous étiez au club de strip-tease ?

— C'est nous qui posons les questions. Où étiez-vous, vous, hier soir et cette nuit ?

Hunter se redressa et la regarda dans les yeux.

— J'étais dans la résidence secondaire de mes parents, j'y avais organisé une fête. Et vous savez ce qui est drôle ? J'y ai vu une femme non invitée qui vous ressemblait.

— Vraiment ? C'est intéressant. Vous devez me confondre avec quelqu'un d'autre. Mais vous savez ce qui est encore plus drôle ? J'ai été agressée hier soir par un homme qui vous ressemblait beaucoup ! rétorqua-t-elle, sachant qu'elle exagérait mais désireuse de voir sa réaction.

— Vous avez été quoi ? cria Hunter en sautant sur ses pieds. Écoutez, je ne vous ai pas attaquée. Je n'ai pas quitté la maison de mes parents de la nuit. Pas avant qu'un policier à la noix m'interpelle et me conduise ici.

— Pouvez-vous le prouver ? demanda Charlotte.

— Des centaines de témoins se porteront garants de moi. Tous mes invités.

— Et les caméras de surveillance ? Les vôtres, celles de vos voisins et celles du quartier ? Leurs images confirmeront vos dires ou nous raconteront-elles une histoire différente ?

Hunter ne répondit pas.

Miles porta la main à son oreille et se pencha vers lui.

— Je suis désolé, monsieur Stout. Je n'ai pas entendu. Pourriez-vous répéter ce que vous venez de dire ?

Il s'avança sur sa chaise.

— Je n'ai rien dit…

— Et pourquoi ?

— Parce que vous essayez de me coller sur le dos un crime que je n'ai pas commis ! J'ai peut-être quitté la fête pendant un petit moment. Mais la raison pour laquelle je me suis absenté ne vous regarde pas.

— Détrompez-vous, répliqua Charlotte. La raison pour laquelle vous vous êtes absenté nous regarde et pourrait vous coûter une peine de vingt ans de prison pour tentative de meurtre.

— Ou à perpétuité si vous êtes également l'auteur des assassinats perpétrés ces dernières semaines dans la région, ajouta Miles.

— Attendez ! rugit Hunter. Vous m'accusez d'être tueur en série ? C'est une blague ?

Charlotte sortit son smartphone de sa poche et ouvrit la vidéo de Hunter sautant dans la piscine.

— Est-ce bien vous ?

— Vous voyez ! s'exclama-t-il en bondissant de son siège. Je savais bien que c'était vous. Vous vous êtes incrustée à ma fête sans y avoir été invitée !

— Répondez à la question ! Est-ce vous ?

Hunter se laissa tomber en arrière si fort que sa chaise faillit basculer.

— Oui ! C'est moi. Et vous le savez. Alors pourquoi poser la question ?

— L'expression que vous avez lancée avant de sauter dans la piscine : « Chaud devant ! »... l'utilisez-vous souvent ?

— Je ne sais pas. Sans doute. Pourquoi ? C'est interdit ?

Charlotte lui tendit le texto que lui avait envoyé le tueur.

— Avez-vous rédigé ce SMS ?

Hunter écarquilla les yeux pendant qu'il lisait le message.

— Non, jamais. « Chaud devant » est une expression fréquemment employée. Les gens l'utilisent tout le temps. Arrêtez ! Vous perdez votre temps. Je ne suis pas le cinglé que vous recherchez.

— Mais vous admettez qu'il y a eu un moment au cours de la fête où vous avez disparu, répéta Charlotte. Où êtes-vous allé ?

— Acheter de l'herbe, d'accord ? Vous êtes contents maintenant ? Et ne vous embêtez pas à découvrir qui est mon dealer. Je ne le dirai pas.

— Accepteriez-vous de nous laisser jeter un œil à votre téléphone ? demanda Miles.

— Oui. De toute façon, je viens de vous dire mon plus grand secret. Je fume des joints. Vous ne trouverez rien d'autre de répréhensible sur cet appareil ni dans ma vie. Pouvez-vous m'arrêter pour ça ?

— En avez-vous sur vous ?

— Non.

— Alors, concentrons-nous sur ce smartphone. Vous avez tort de vous droguer, mais ce n'est pas notre problème pour le moment.

Hunter le sortit de sa poche et le fit glisser sur la table.

— Fouillez-le, mais à vos risques et périls. Il y a peut-être une sextape ou deux là-dedans.

— Croyez-moi, marmonna Charlotte en faisant défiler ses textos, nous ne sommes pas intéressés.

Rien dans son téléphone ne semblait suspect. Il échangeait essentiellement des SMS avec ses amis et sa famille. Charlotte se leva et lui rendit son appareil.

— Veuillez nous excuser un instant. Nous revenons tout de suite.

Elle fit signe à Miles de la suivre. Dès que la porte se referma derrière eux, elle poussa un soupir de frustration.

— Je ne pense pas que ce soit lui, dit-elle.

— En es-tu sûre ?

— Pas totalement. Mais mon instinct me dit que ce n'est pas lui.

— L'écarter trop vite de la liste des suspects serait sans doute une erreur.

— Nous ne pouvons pas le retenir. Nous n'avons rien sur lui.

— C'est vrai. Alors recontactons Tommy pour voir s'il reconnaît avoir vendu de la drogue à Hunter.

— D'ailleurs, il ne nous a jamais envoyé les images enregistrées par ses caméras de surveillance. Raison de plus pour y retourner.

Miles hocha la tête et remit en place une boucle échappée du chignon de Charlotte.

— Et comment te sens-tu ? Ça va ?

— Très bien.

— Heureux de l'entendre. Et que fait-on de Hunter ? Il est libre de partir ?

— Oui, il le faut. Miles, je sais que je te l'ai déjà dit et que je me répète mais encore une fois, merci d'être ici. Sans toi, je ne serais même pas en vie en ce moment.

— Cesse de me remercier. Il n'y a nulle part ailleurs où je préférerais être.

Lorsque l'officier Haney passa, Charlotte lui demanda de prélever l'ADN de Hunter, puis de le reconduire chez lui.

En sortant de la salle d'interrogatoire, Hunter s'approcha d'eux.

— Vous devriez parler à Tommy. C'est lui qui m'a poussé à me rendre sur cette scène de crime. Avant même que vous n'y arriviez tous les deux.

— Comment le savez-vous ? s'enquit Charlotte.

— Parce que je vous ai vus courir dans le canyon, passer sous le ruban jaune et noir qui protégeait le périmètre. J'étais dans la foule des badauds.

Comment, à ce stade, Tommy avait-il su que Nalah avait été tuée et où se trouvait son cadavre ?

Charlotte resta silencieuse pendant quelques instants, puis ordonna à l'officier Haney de l'emmener.

— Que fait-on ? lança Miles en la suivant dans le couloir.

— Il est temps de rendre visite à Tommy.

— Je suis d'accord. S'il ne nous présente pas la vidéo prise par ses caméras de surveillance, nous l'arrêterons sur-le-champ. Nous avons suffisamment de raisons de le réinterroger, d'autant qu'il est la dernière personne à avoir été vue avec Nalah la nuit où elle a disparu.

— Et je ne prendrai même pas la peine de demander un mandat à un juge. Nous le mettrons directement en garde à vue.

19

Comme Miles s'engageait sur Buckhorn Lane, il donna un brusque coup de volant pour éviter un énorme *tumbleweed* en travers de la route. Ces boules végétales sèches, touffues mais légères, issues de certaines plantes du désert, étaient partout au Nevada. Elles roulaient sur le sol, entraînées par le vent.

— On se croirait vraiment en plein western, marmonna Charlotte.

Après avoir quitté le poste de police, tous deux étaient d'abord allés chez Tommy. Il n'était pas chez lui, aussi avaient-ils mis le cap sur l'appartement de Candy. Ni l'un ni l'autre ne s'y trouvaient. En pensant qu'ils étaient sans doute au Razzle Dazzle, ils s'y rendaient.

Comme d'habitude, le parking de la boîte de strip-tease était bondé. Alors que Miles se garait, ils remarquèrent une certaine agitation devant le club. Ils virent Tommy bousculer le vieux rocker qui tenait l'entrée et le pousser sans ménagement contre une balustrade en bois. Candy tenta de s'interposer, mais Tommy la jeta au sol avec violence.

— Hé ! cria Charlotte en sautant de la voiture pour courir vers eux. Que se passe-t-il ?

— Buster essaye de me faire payer trente dollars pour entrer ! indiqua Tommy avant de le pousser à nouveau. C'est un scandale !

— Je vous avais prévenu ! répliqua l'autre de sa voix rocailleuse. La maison ne fait plus crédit ! Votre ardoise dépasse déjà les mille dollars !

— Allez vous faire...

Sans le laisser finir sa phrase, Buster l'attrapa par les épaules et, avec une force inattendue, le plaqua contre la porte d'entrée.

— Assez ! dit Miles en séparant les deux hommes.

Comme Buster époussetait son jean, Tommy se jeta sur lui pour lui lancer son poing en pleine figure. Mais le vieux rockeur esquiva le coup à temps. Déséquilibré, Tommy trébucha et s'étala de tout son long sur le sable. Dans sa chute, un petit sac en plastique glissa de sa poche.

Charlotte s'en saisit et l'ouvrit pour goûter la substance blanche et poudreuse à l'intérieur.

— C'est quoi, ça, Tommy ?

Il roula sur le côté sans répondre.

— Tommy ? répéta Charlotte. Qu'est-ce que c'est ?

— Du bicarbonate de soude.

— Ben voyons ! Combien veux-tu parier que Tommy est le dealer qui fournit Hunter ? ajouta-t-elle en tendant le sachet à Miles.

— Pas un cent, je déteste perdre.

Candy s'accroupit et prit la tête de Tommy entre ses mains.

— Ça va, chéri ?

— Non. Je crois que je suis en train de mourir !

Buster enjamba son corps pour ouvrir la porte.

— Je retourne à l'intérieur pour appeler la police.

— Nous sommes la police, lui dit Miles.

— Alors arrêtez ce type pour tentative de meurtre !

— Je ne pense pas pouvoir aller aussi loin, déclara Charlotte. Mais il vient avec nous. Debout, Tommy. Nous partons.

— Nous partons ? Pour aller où ?

— Dans les locaux de la police.

— Je ne peux pas, j'ai besoin d'une ambulance. Conduisez-moi à l'hôpital !

Miles l'attrapa par le bras et le mit sur pied.

— Attention ! brailla Tommy. J'ai sûrement le bras cassé. Et plusieurs côtes aussi.

— Candy ! tonna Buster. Tu ferais mieux de te dépêcher si tu ne veux pas perdre ton boulot. Le DJ t'appelle sur scène !

Elle couvrit le visage de Tommy de baisers.

— Je dois y aller. Reviens quand tu auras fini avec les flics.

— Attends, gémit-il. Tu ne m'accompagnes pas ?

— Je ne peux pas, bébé. Ce soir, je fais mon grand numéro avec Nikki Nonstop. De plus, la plupart de mes habitués sont là et je dois...

— Je me fous de savoir qui est là ! J'ai besoin de toi.

— Cela suffit, dit Miles. Allons-y.

— Au revoir, chéri ! lui cria Candy en lui envoyant des baisers. Je t'aime !

— Si tu m'aimais, tu ne m'abandonnerais pas maintenant.

Charlotte arrêta Buster avant qu'il ne retourne à l'intérieur.

— Ça va, monsieur ?

— Oui, merci. Mais j'irai encore mieux quand ce junkie aura payé son ardoise. Vous ! lança-t-il en direction de Tommy. Au cas où vous ne l'auriez pas compris, vous êtes interdit d'entrée au Razzle Dazzle jusqu'à ce que vous ayez payé vos dettes !Charlotte rattrapa Miles alors qu'il installait Tommy à l'arrière de la voiture.

— Alors, demanda-t-il, qu'est-il arrivé à cette vidéosurveillance que vous étiez censé nous remettre ?

Tommy ne répondit pas.

— Croyez-moi, poursuivit Miles, ce n'est pas le moment de garder le silence. Vous avez beaucoup d'explications à donner. Et vous aurez tout le temps de le faire dès que nous arriverons dans la salle d'interrogatoire.

— Je vous en prie, inspecteur Love, supplia Tommy. Je vous en prie. Arrêtez-vous chez moi avant de me conduire au poste. Je vous montrerai les images prises par mes caméras de surveillance.

Miles le regarda dans le rétroviseur.

— Désolé, nous n'avons pas le temps. Nous avons déjà fait preuve de beaucoup de patience à votre égard. Cela suffit.

Comme Tommy fondait en larmes, Charlotte se retourna sur son siège.

— Combien de temps nous vous avions donné pour nous faire parvenir cette séquence ? questionna-t-elle.

Sans dire un mot, il se tourna vers la vitre.

— Plusieurs jours, répondit-elle pour lui. Alors que vous aviez promis de nous l'envoyer le soir même. J'imagine que vous ne l'avez pas. Sinon vous nous auriez déjà remis ces images. Apparemment, il est plus important pour vous de vous battre dans un club de strip-tease avec de la drogue dans votre poche que de prouver votre innocence dans une enquête pour meurtre.

— Et voilà pourquoi nous allons vous interroger dans les locaux de la police, dit Miles.

De colère, Tommy jura et se cogna la tête contre la vitre.

— Voulez-vous que je vous fasse interner ? menaça Miles.

— Non ! Je suis seulement… frustré. Parce que j'ai merdé et que j'ai oublié de vous envoyer cette foutue vidéo. Mais je suis amoureux ! Vous pouvez comprendre ça ? Depuis que Candy est dans ma vie, je perds la tête.

— Candy ? répliqua Miles. Ou la cocaïne ?

— Non, inspecteur, je ne prends pas de coke. Je vous en prie, donnez-moi une chance de prouver que ce que je dis est vrai. Conduisez-moi chez moi et laissez-moi vous montrer les images de mes caméras de surveillance. Elles vous prouveront que je ne suis pas mêlé au meurtre de Nalah, je vous le promets.

— Vous ne cessez pas de clamer votre innocence. Si vous l'étiez, pourquoi saviez-vous avant tout le monde que Nalah était morte, que son cadavre avait été retrouvé et où il était ?

— De quoi parlez-vous ? s'exclama Tommy.

— Hunter nous a dit que vous lui aviez appris que Nalah avait été tuée et que vous l'aviez envoyé sur les lieux du crime.

— Quel sale mouchard, marmonna-t-il. Écoutez, je vais tout vous expliquer. J'ai des copains cibistes qui ont découvert le canal CB de la police de River Valley. Hunter et moi l'écoutons en permanence. Chaque fois qu'un appel arrive au 911 pour signaler un crime, l'un d'entre nous se précipite sur les lieux pour tout filmer. Nous mettons ensuite les images sur notre chaîne YouTube.

— Votre chaîne YouTube ? répéta Miles. Vous avez vraiment du temps à perdre !

— Ne vous moquez pas ! Nous avons plus de cent mille abonnés et nous gagnons beaucoup d'argent grâce à nos sponsors et publicités. Mais de toute façon, le jour où le corps de Nalah a été retrouvé, je n'ai pas pu me rendre sur les lieux parce que j'étais, euh… occupé avec Candy. Alors j'ai demandé à Hunter d'y aller à ma place. À l'époque, j'ignorais qu'il s'agissait de Nalah. Nous savions seulement qu'un cadavre avait été découvert. Et nous connaissions aussi, évidemment, l'emplacement de la scène de crime transmis via le canal CB des flics.

— Cette affaire devient de plus en plus étrange, déclara Charlotte. Alors, cette chaîne YouTube ? Comment s'appelle-t-elle ?

— Hunter & Huntered[1]. Nous jouons sur le sens du mot « Hunter ». C'est pensé, hein ? Nous filmons les scènes de crime avant d'encourager nos followers à traquer les criminels. Vous comprenez ?

— Revenons à Hunter, dit Miles. Pourquoi ne pas nous avoir dit que vous le connaissiez, le jour où il s'est présenté au Razzle ?

— Pour vivre heureux, vivons cachés, telle est ma devise. Je vous en prie, conduisez-moi chez moi, répéta-t-il. Finissons-en. Vous verrez cette vidéo et vous aurez la preuve que je ne suis pour rien dans ces meurtres. Vous aurez alors la possibilité de poursuivre le véritable assassin.

Miles tapota le volant de la main.

— Qu'en penses-tu ? demanda-t-il à Charlotte. On fait un petit détour pour nous arrêter chez lui ?

— Oui ! cria Tommy. Faisons-le !

— C'est peut-être une bonne idée, oui, dit Charlotte. Pour une fois, Tommy n'a pas tort. S'il peut prouver qu'il est bien rentré chez lui, ce soir-là et qu'il y est resté toute la nuit, nous…

— Et c'est le cas, l'interrompit-il.

— … nous pourrons alors le retirer de notre liste de suspects.

— C'est vrai. À ce stade, qu'avons-nous à perdre ?

1. Le Chasseur et le Chassé.

Miles jeta un coup d'œil dans son rétroviseur et ajouta :

— Tommy, j'espère pour vous que vous ne nous faites pas perdre notre temps.

Il opéra un demi-tour et repartit vers Beaumont Street.

— S'il est coupable, chuchota Charlotte, il le cache bien et c'est un excellent acteur. Il semble très sûr de lui.

— Voyons s'il le restera une fois qu'il sera derrière l'ordinateur et qu'il devra récupérer ces images.

Quand ils arrivèrent devant chez lui, Tommy sauta à terre et remonta l'allée d'un pas léger comme s'il n'avait aucun souci à se faire. Dès qu'il ouvrit la porte, une odeur de moisi mêlée à des relents de marijuana les prit à la gorge. Des rideaux noirs étaient tirés, plongeant le salon dans la pénombre. Mais le désordre était bien visible. Des cartons de pizza vides et de la vaisselle sale traînaient un peu partout. Les seuls meubles étaient un futon, une chaise pliante et une caisse qui faisait office de table basse.

— Êtes-vous en train de déménager ? s'enquit Miles.

— Pas vraiment. Asseyez-vous. Je vais chercher mon ordinateur portable. Puis-je vous apporter quelque chose à boire ? J'ai de la bière, du Red Bull et du Perrier. Et de l'eau du robinet.

— Non, merci, répondit Charlotte en se pinçant le nez. Montrez-nous les images prises par votre caméra de surveillance et finissons-en.

Comme il quittait la pièce, elle échangea un regard dégoûté avec Miles avant de s'asseoir.

Tommy revint avec son ordinateur. Il se laissa tomber entre Miles et Charlotte, et se connecta sur son iCloud pour accéder aux images enregistrées.

Mais, quand il cliqua sur l'onglet « Historique », rien n'apparut à l'écran.

— Je ne comprends pas, marmonna-t-il en pressant plusieurs fois le bouton « Entrée » en vain. Que se passe-t-il ?

— Où sont vos vidéos enregistrées ? demanda Miles.

— Je ne sais pas. J'ai dû commettre une erreur de manipulation. Il faut vous dire que je ne consulte jamais mes images d'archives. J'ai installé des caméras pour surveiller ma maison depuis mon smartphone. Mais jusqu'ici, je n'avais pas vu l'intérêt de visionner mes séquences archivées.

— Attendez, dit Charlotte. Si vous n'avez pas programmé vos caméras de vidéosurveillance pour qu'elles sauvegardent vos vidéos, elles ne les ont pas conservées. Votre système ne stocke rien et se contente de filmer en direct.

— Ah bon. Pourquoi personne ne me l'a dit dans ce cas ?

Exaspérée, Charlotte se dirigea vers la porte.

— Miles, menotte-le ! On va l'embarquer au poste pour poursuivre l'interrogatoire. Je veux aussi faire analyser la poudre qu'il avait sur lui. Je ne serais pas étonnée qu'il s'agisse de cocaïne ou d'héroïne ou peut-être de...

— Non, non, répondit Tommy. Vous n'y êtes pas du tout. Ce n'est rien de tout cela ! Et je peux le prouver !

— Vous savez quoi ? s'écria Miles. J'en ai assez. Votre temps est écoulé. Allons-y, dit-il en tirant une paire de menottes de sa poche.

— Attendez ! dit Tommy en agitant un flacon de comprimés devant le visage de Miles. Ce que contient ce flacon n'est pas une drogue illégale. Mais de l'OxyContin. J'ai une ordonnance. Mon nom est dessus, regardez !

Dérivé de l'xycodone, l'OxyContin était en effet délivré sur ordonnance. Il s'agissait d'un analgésique similaire à la morphine mais deux fois plus puissant. En principe, il était prescrit pour combattre les douleurs intenses et rebelles, cancéreuses le plus souvent. Mais son usage thérapeutique avait été vite détourné par les toxicomanes. En effet, si les cachets étaient écrasés ou injectés, l'oxycodone était libéré et absorbé plus rapidement, produisant un effet d'euphorie comparable à celui de l'héroïne. La dépendance et l'addiction qu'entraînait cette substance étaient semblables à celles de l'héroïne, extrêmement fortes.

Ignorant ses protestations, ils emmenèrent Tommy jusqu'à la voiture.

— *Je vous prouverai que vous avez tort*, grommela-t-il.

— C'est ça. Mais en attendant, vous allez en garde à vue.

Une femme âgée se tenait sur le trottoir d'en face et ouvrait sa boîte aux lettres.

— Bonjour, Tommy, dit-elle. Merci encore d'avoir tondu ma pelouse, ce matin.

— De rien, répondit Tommy en la regardant à peine.

Mais, alors qu'il s'apprêtait à monter dans la voiture, il fit brusquement demi-tour.

— Que faites-vous ? cria Miles.

— Donnez-moi un instant. Hé ! madame Milton ? Vous n'auriez pas un système de vidéosurveillance chez vous, par hasard ?

— Si. Pourquoi ?

— Votre installation a-t-elle été conçue pour conserver les images prises par vos caméras ?

— Oui. Je pense que oui.

— Où voulez-vous en venir ? lança Charlotte de plus en plus exaspérée.

— Mme Milton habite en face de chez moi. La caméra posée sur sa fenêtre m'a peut-être filmé la nuit où Nalah a disparu.

Miles appuya sur la tête de Tommy et le poussa vers la banquette arrière.

— Nous avons assez perdu de temps. Vous n'aviez qu'à nous envoyer les images quand nous vous les avions demandées.

Mais Tommy le repoussa, en résistant aux efforts de Miles pour le faire entrer dans la voiture.

— Madame Milton ! Si vous pouvez récupérer des images de moi d'il y a deux semaines, appelez le poste de police et dites-le-leur !

— D'il y a deux semaines ? Je vais voir ce que je peux faire. Tout va bien ?

— Tout va bien, madame, répondit Charlotte. Allez. Dépêchons-nous de le conduire au poste.

20

Après une nouvelle journée aussi longue qu'épuisante dans les locaux de la police, Miles et Charlotte rentraient enfin chez elle. Il avait pris le volant.

Près de trois semaines s'étaient écoulées depuis le meurtre de Nalah, et ils étaient encore loin d'identifier l'assassin. Ils avaient perdu beaucoup de temps avec les nombreuses fausses pistes qui avaient émaillé l'enquête. Les familles, les médias comme la mairie mettaient une pression maximum sur la police. Mais Charlotte la subissait plus profondément que quiconque. Son impuissance, ses doutes et sa colère provoquaient des tensions entre Miles et elle.

— Je t'en ai déjà parlé mais là, j'insiste, dit-elle d'une voix tremblante de frustration. Nous devons absolument aller trouver le chef Mitchell pour lui faire part de nos soupçons concernant Walter.

Choisis judicieusement tes mots, s'ordonna Miles.

— Charlotte, je comprends ta hâte de dire au chef ce que tu crois savoir à propos de l'implication de Walter dans...

— Ce que je crois savoir ? Non, Miles. Il ne s'agit pas juste d'une intuition. Walter est mêlé à ces meurtres, c'est évident. Depuis le départ, l'enquête piétine, nous accumulons les fausses pistes et les impasses. Pourquoi ? Parce que nous n'avons pas encore cuisiné le vrai coupable. Tous les autres suspects que nous avions répertoriés ont été innocentés. Il n'en reste qu'un : Walter, et tous les chemins mènent à lui. Il devient urgent de préparer un rapport sur le sujet et de le présenter au chef Mitchell dès demain matin.

Miles ralentit alors qu'il s'approchait du quartier de Charlotte.

— Je continue de penser que tu vas un peu vite en besogne. Nous n'avons pas droit à l'erreur. Accuser le caporal de la police de River Valley d'être un tueur en série n'est pas anodin. Si nous en sommes là, il faut présenter un dossier solide, basé sur des faits indéniables, avec des preuves en béton.

— Et ce sera le cas. Maintenant, rentrons et mettons-nous au travail !

— Non, répliqua-t-il. Je suis désolé, mais à ce stade nous n'avons pas assez d'éléments pour prouver la culpabilité de Walter.

Alors qu'il se garait devant la maison, Charlotte saisit la poignée de sa portière. Elle l'ouvrit et sauta sur le trottoir alors qu'il n'avait pas encore arrêté complètement la voiture.

— Tu préfères partir en claquant la porte plutôt que de discuter ? demanda Miles avec un soupir.

— Oui ! Cette conversation est terminée, répliqua-t-elle avant de se précipiter dans l'allée.

Miles resta assis un moment sur son siège.

— Je regrette, marmonna-t-il avant de partir. Mais je refuse d'accuser un collègue sans preuves.

Une demi-heure plus tard, il s'engagea sur le parking d'Angler Canyon Reservoir. Lorsqu'il posa le pied par terre pour sortir de la voiture, une crampe le traversa et les muscles de ses mollets se contractèrent douloureusement. Depuis le début de l'enquête, il passait beaucoup plus de temps derrière un bureau qu'au gymnase et son corps lui présentait la facture.

Le soir tombait, mais l'atmosphère du canyon était encore chaude. Il retroussa les manches de sa chemise et, tout en marchant, s'enivra du parfum des fleurs blanches des frênes. Il était heureux d'être seul, même sur une scène de crime. Il avait besoin de souffler, de se ressourcer.

Malgré ses excès, Charlotte avait raison sur un point : leur enquête multipliait les fausses pistes et les impasses.

Tous les rapports d'autopsie et de toxicologie des victimes s'étaient révélés négatifs. Aucune substance étrangère n'avait été décelée dans les organismes des victimes. Aucun des ADN de Tommy ou de Hunter ne correspondait à celui trouvé sur les rares indices collectés sur les scènes de crime. Miles et Charlotte avaient consulté leur chaîne YouTube qui correspondait bel et bien à ce qu'en avait dit Tommy. Le travail de la police scientifique dans la rue et dans la maison de Charlotte, le soir où elle avait été attaquée, n'avait rien donné.

Ils avaient pu récupérer des images de vidéosurveillance prises pendant la fête de Hunter. Elles le montraient quittant la propriété de ses parents pour y revenir un peu plus tard. Mais il ne s'était pas absenté assez longtemps pour avoir pu agresser Charlotte. Ironie du sort, son dealer l'avait innocenté en reconnaissant lui avoir vendu de la marijuana à l'heure signalée.

La poudre blanche qu'ils avaient confisquée à Tommy était bien de l'oxycodone, comme il l'avait prétendu. Sa voisine Mme Milton avait remis à la police les images captées par sa caméra de surveillance, la nuit où Nalah avait disparu. Tout comme il l'avait dit et répété, elles montraient Tommy et Candy entrant chez lui ce soir-là et réapparaissant le lendemain.

Une fois Hunter et Tommy innocentés, Charlotte et Miles avaient demandé à Walter s'il avait effectivement appris à Josh que le téléphone portable de Stephen était sous scellés. Il l'avait nié et le chef Mitchell l'avait cru. Charlotte avait alors interrogé Walter sur les informations qu'il avait obtenues des amis de Stephen. Après tout, il s'était vanté de bien connaître ces derniers. Mais la petite bande s'était méfiée de Walter. Persuadés qu'il essayait de les piéger, Hunter et Josh n'avaient rien voulu lui raconter. Néanmoins, le chef avait refusé de remettre en question l'intégrité de Walter.

Tous ces échecs et ces questionnements m'ont sans doute amené ici, pensa Miles. À ce stade, il était prêt à faire tout ce qu'il fallait pour en finir, pour élucider l'affaire et retourner à Clemmington. Ratisser seul les scènes de crime dans l'espoir de découvrir un élément nouveau ne l'amusait pas. Mais les prises de bec continuelles avec la femme qu'il aimait devenaient trop lourdes à supporter.

Il parcourut le terrain rocheux vers un groupe d'arbustes nichés à flanc de colline, vers l'endroit où le corps de Nalah avait été retrouvé. Le vent avait soufflé depuis sur le canyon et effacé les traces du drame. Des oiseaux chantaient dans les feuillages et le point d'eau créait un environnement serein. La plupart des pêcheurs, des plaisanciers et des baigneurs avaient déjà quitté le site.

L'atmosphère paisible des lieux contrastait avec la violence du crime odieux qui s'y était déroulé, quelques semaines plus tôt.

Le rapport initial de Walter indiquait que, tout comme les autres victimes, le corps de Nalah ne portait aucun signe de traumatisme. Mais sa robe à bretelles avait été relevée jusqu'aux épaules. D'après le médecin légiste, elle n'avait pas subi d'agression sexuelle. Charlotte croyait que le tueur l'avait laissée dans cette position pour narguer la police de River Valley. S'ils ne le capturaient pas rapidement, ses attaques allaient sans doute s'accélérer et devenir plus violentes. En tout cas, Miles le craignait.

Il sortit son smartphone et prit plusieurs photos. Au moment où il zoomait sur les arbustes, l'appareil se mit à vibrer. Surpris, il le laissa lui échapper et le téléphone tomba dans un enchevêtrement de broussailles.

— Merde, grommela-t-il en plongeant les mains dans les ronces pour le récupérer.

Le nom de Charlotte apparut sur l'écran. Il prit l'appel.

— Que se passe-t-il ? demanda-t-il sans chercher à dissimuler son irritation.

— Aide-moi...

— Charlotte ? Il y a un problème ? Qu'est-ce qui ne va pas ?

Il l'entendit haleter puis ce fut le silence.

— Charlotte ! Charlotte ? cria-t-il en revenant vers le parking. Tu m'entends ? Réponds-moi ! Que se passe-t-il ?

La communication fut coupée.

Miles repartit en courant vers la voiture pour foncer jusque chez elle.

Pourquoi n'as—tu pas appelé le 911 ?

Il était trop tard maintenant. Au pas de course, Miles franchit la porte d'entrée de Charlotte et parcourut les pièces.

— Charlotte ! Où es-tu ?

Silence.

— Charlotte !

Une odeur de viande brûlée flottait dans la maison. Miles se précipita dans la cuisine. Elle était remplie de fumée, mais Charlotte n'était pas là. La porte-fenêtre était ouverte. Il s'élança dehors.

Une épaisse fumée noire s'échappait du barbecue sur lequel des bouts de viande calcinés continuaient de brûler.

— Charlotte !

Il fut pris d'une quinte de toux. Ses yeux le piquaient. Il saisit un sac de sable sous la terrasse et en répandit le contenu sur le barbecue pour éteindre le feu.

À travers la fumée, il finit par apercevoir Charlotte étendue sur le sol, sans connaissance.

Il se rua vers elle.

— Charlotte, réveille-toi, supplia-t-il en l'attirant contre lui. Je t'en prie, réveille-toi !

Elle ne bougeait pas. Une sourde panique s'empara de lui. Il prit son pouls. Il était faible.

Mais au moins était-elle en vie...

— Qui t'a fait cela ? se lamenta Miles.

Il la souleva dans ses bras pour la conduire à l'hôpital.

21

— Alors, tu n'as pas été attaquée ? demanda Miles à Charlotte.

Allongée dans son lit d'hôpital, une perfusion plantée dans le bras, elle semblait pâle et vulnérable.

— Non. En tout cas, je ne le pense pas.

Il lui prit la main.

— Tu ne te souviens pas de ce qui s'est passé ? Ni comment tu as perdu connaissance ?

— Pas vraiment. Je me rappelle avoir voulu te surprendre avec un bon petit dîner pour te faire oublier les tensions des derniers jours. Je me revois en train d'allumer le barbecue, d'y poser les tranches de viande… et soudain, je me suis sentie partir et j'ai eu le réflexe de t'appeler. Mais avant d'avoir le temps de t'expliquer quoi que ce soit, un voile noir est tombé sur mes yeux, je me suis écroulée. Et je me suis réveillée à l'hôpital.

— Eh bien, tout d'abord, merci pour le dîner. J'apprécie vraiment que tu aies eu envie de nous confectionner un bon repas, de détendre l'atmosphère. Mais je ne comprends pas. Quelqu'un est entré sans que tu t'en aperçoives et t'a frappée par-derrière ? Si c'était le cas, le choc aurait été si violent que tu n'en aurais pas gardé le moindre souvenir. Mais peut-être t'es-tu asphyxiée avec la fumée ?

Charlotte pressa la main contre son front moite.

— Je ne sais pas… Je me sens migraineuse et j'ai des nausées.

— Le stress lié à cette enquête est peut-être à l'origine de ce malaise. Nous verrons ce que le médecin dira une fois que tes résultats d'analyses seront revenus.

L'angoisse de Miles était palpable. Charlotte regarda ses yeux injectés de sang.

Il avait la tête d'un homme qui n'avait pas dormi depuis des jours.

— Je suis désolée, murmura-t-elle.

— Pourquoi ?

— Pour la façon dont je t'ai traité. Cette enquête m'a mise sur les nerfs. Je sais que j'ai été injuste avec toi, alors je te présente mes excuses.

Le poids qui pesait sur les épaules de Miles s'allégea un peu.

— Merci. Et je comprends ta frustration et ta colère. Tu as hâte d'attraper le tueur avant qu'il ne commette un autre meurtre. Tu as été attaquée. Et tu es menacée. Nos pistes se refroidissent avant même d'avoir été creusées à fond. Cela suffirait à décourager n'importe qui et à impacter son comportement.

— Tu sais trouver les mots pour m'apaiser, dit-elle en mêlant leurs doigts. Je suis heureuse que tu comprennes.

La sonnerie du smartphone de Charlotte les interrompit.

— Dis-moi qui m'appelle. J'ai des tuyaux partout.

— Charlotte, pourquoi ne te reposes-tu pas au lieu de t'inquiéter de savoir qui téléphone ? Tu es suffisamment stressée. Je ne veux pas que tu...

— Miles, interrompit-elle. La dernière fois que j'ai ignoré un appel, je l'ai regretté. Maintenant, s'il te plaît, dis-moi qui cherche à me joindre.

Avec un soupir, il attrapa l'appareil posé sur la table de chevet. Un texto du chef Mitchell apparut sur l'écran.

Quand il le lui dit, elle sourit.

— Tu vois ! Il se passe peut-être quelque chose d'important.

Elle prit le smartphone qu'il lui tendait et ouvrit le message.

— Il vient de recevoir un coup de fil du laboratoire criminel, dit-elle. Ils ont les résultats des analyses pratiquées sur la seringue que Walter a découverte sur la scène du crime de Nalah.

— Et ?

— Ils ont trouvé des traces d'héroïne à l'intérieur. Les empreintes digitales ont été comparées à celles du CODIS et une correspondance est apparue. Ce sont celles d'un certain Otis Fielding.

— Ce nom te dit quelque chose ? demanda Miles.

— Oui. Otis est un toxicomane bien connu des services de police de River Valley. Son casier judiciaire est long comme le bras, mais il ne s'est jamais rendu coupable que de délits mineurs. Rien de sérieux.

— Jusqu'à maintenant, peut-être. Quelle est la prochaine étape ? Il va subir un interrogatoire ?

— Non. Parce qu'il a un alibi en béton. Il est en prison depuis trois mois pour vol à main armée. Il n'a pas eu la possibilité de tuer Nalah. Angler Canyon Reservoir est un lieu de rencontre pour les toxicomanes qui viennent y faire leurs petits trafics. Nous essayons de les en empêcher, mais ils savent se cacher.

— En d'autres termes, la seringue découverte par Walter n'est pas liée au meurtre de Nalah.

— Non. Je ne le pense pas. Otis Fielding l'avait laissée tomber il y a des mois, c'est évident.

Miles lui donna un coup de coude.

— Pourquoi ai-je l'impression que tu es contente de cette nouvelle qui devrait te décevoir ?

Elle le repoussa en riant.

— Arrête. J'ai envie que cette affaire soit résolue.

— Et tu restes convaincue que Walter est le tueur.

— Exactement.

Le médecin entra dans la chambre.

— Comment vous sentez-vous, madame Bowman ?

— Un peu mieux. J'ai encore des nausées et des vertiges mais moins qu'à mon arrivée. Peut-être avais-je seulement besoin de souffler un peu et d'être hydratée.

— Peut-être...

Le médecin, âgé d'une soixantaine d'années, se gratta la tête en examinant le moniteur.

— Votre tension artérielle a remonté depuis votre arrivée, ce qui est bon signe.

— Et si j'en crois ce grand sourire sur votre visage, les résultats de Charlotte sont bons, eux aussi, non ? demanda Miles.

— Oui, oui. Les résultats de laboratoire de Mme Bowman semblent bons.

— Alors qu'est-ce qui ne va pas chez moi ? s'enquit-elle. Pourquoi suis-je tombée ?

Le médecin tint son dossier contre son torse et se balança d'avant en arrière.

— Vous avez perdu connaissance à cause d'une chute brutale de votre tension artérielle, elle-même provoquée par un bouleversement hormonal.

— Un bouleversement hormonal, répéta lentement Charlotte. Qu'est-ce que ça signifie ? J'entre en préménopause ?

— Bien au contraire. Vous êtes enceinte.

— Quoi ?

La pièce se mit à tourner. Charlotte avait du mal à en croire ses oreilles et luttait contre la sensation de vertige qui l'envahissait. Elle se tourna vers Miles. Aussi surpris qu'elle, il ouvrait de grands yeux et son sourire éclatant trahissait sa joie.

Les doigts mêlés aux siens, elle restait muette, trop sidérée pour interroger le médecin et lui demander des précisions sur sa grossesse...

Miles s'en chargea.

— À quel terme en est-elle ?

— À un stade précoce, mais le gynécologue lui en parlera. Il va passer l'examiner. Vous pourrez lui poser toutes les questions que vous voudrez.

Miles s'approcha du lit. Les yeux brillant de larmes, il prit Charlotte dans ses bras et la serra avec force.

— C'est... c'est irréel ! s'exclama-t-il.

— Tout à fait.

Le médecin tapota l'épaule de Charlotte.

— Félicitations à vous deux. Je vais vous laisser un moment pour que vous puissiez digérer la nouvelle. En attendant, si vous avez besoin de quoi que ce soit, appelez l'infirmière.

— Merci, docteur.

Au moment où la porte se refermait derrière lui, Charlotte fondit en larmes. Miles la tenait si fort qu'il ne sembla pas s'en apercevoir.

— S'il te plaît, gémit-elle. Je n'arrive plus à respirer !

— Oh ! Désolé.

Il s'éloigna lentement.

— Tu n'es pas contente de la nouvelle ? demanda-t-il.

— Je suis surtout… stupéfaite. Je ne m'y attendais pas du tout. Un bébé ? Je ne suis pas prête à avoir un bébé. Je viens d'être promue sergent. Je suis au milieu de la plus grande enquête de ma carrière. Toi et moi, nous ne sommes pas mariés. Nous ne sortons même pas ensemble, pas vraiment…

— Charlotte, interrompit Miles. Écoute-moi. C'est une grosse surprise pour nous deux. Et je comprends ce que tu ressens. Un bébé n'était pas prévu dans ton plan de carrière. Mais tu sais quoi ? Je vois cet enfant comme une chance, un cadeau du ciel. Une lumière pour éclairer les ténèbres qui nous entourent. Nous allons apporter une nouvelle vie au monde. J'espère que cela ne semble pas égoïste, mais j'ai toujours voulu être père. Et je ne vois personne d'autre que toi pour vivre cette aventure et partager avec moi ce grand bonheur.

Des larmes coulaient sur les joues de Charlotte. La peur s'emparait d'elle. Et le doute.

— Je t'entends, Miles. Mais tu vas devoir me donner du temps pour digérer la nouvelle. Elle est énorme…

— Je sais. Et il va sans dire que je serai là avec toi à chaque étape du chemin.

Incapable de répondre, elle hocha la tête. Il se pencha et l'embrassa sur le front. Submergée par trop d'émotions contradictoires, elle posa la tête sur son torse.

Elle pensa soudain au chef Mitchell. S'il apprenait qu'elle attendait un enfant, il lui retirerait l'enquête.

— Personne au poste ne doit être au courant, dit-elle à Miles.

— Pas même le chef ?

— Surtout pas le chef. Du moins pas maintenant. Je le lui annoncerai plus tard.

— Il le faudra. Parce que évidemment cette grossesse va affecter ton implication dans l'affaire.

Charlotte se redressa, se dégagea de son étreinte.

— Que veux-tu dire ?

— Les longues heures de travail, les investigations exténuantes sur les scènes de crime, les visites à la morgue, les interrogatoires de suspects et tout le reste nuiraient à ton bien-être mental et physique. Sans parler de ton niveau de stress. N'oublie pas ce qu'il t'est arrivé aujourd'hui. Je sais que tu ne veux pas l'entendre, mais tu vas devoir te retirer de cette enquête, Charlotte.

Elle retomba sur un oreiller et pressa ses tempes du bout des doigts.

— Non, il n'en est pas question. Je ne suis pas prête à tout arrêter. Ce n'est pas le moment d'abandonner, Miles. Enceinte ou pas, j'ai bien l'intention d'aller au bout de mes investigations et d'élucider ces meurtres.

— Eh bien, désolé de te contrarier, mais ça ne va pas être possible. Je ne te laisserai pas risquer ta vie ou celle de notre enfant. Parmi tes collègues, il y a beaucoup d'officiers de police compétents susceptibles d'intervenir et d'aider à l'enquête.

Charlotte ferma les yeux, compta jusqu'à dix tout en prenant de profondes inspirations. La douleur au creux de son ventre commençait à s'estomper alors qu'elle songeait aux paroles de Miles.

Il avait raison. Cet enfant était un cadeau de la vie. Mais il n'aurait pas pu arriver à un pire moment.

22

Charlotte frappa à la porte du chef Mitchell et passa la tête à l'intérieur.

— Auriez-vous un instant à m'accorder ? s'enquit-elle.

Pourvu que tout se passe bien...

— Oui, mais faites vite. J'attends les hommes de la police scientifique qui ont besoin de nouveaux logiciels et de matériel informatique. Je les évite depuis des semaines parce que je n'ai pas encore trouvé comment intégrer ces dépenses au budget.

— Ne vous inquiétez pas. Cela ne sera pas long.

En proie à une brusque nausée, Charlotte s'écroula presque sur une chaise. Elle ignorait si son malaise provenait de sa grossesse ou de l'odeur âcre de vieux café qui flottait dans la pièce. À moins que ce ne soit l'idée de devoir annoncer la nouvelle au chef.

Peut-être une combinaison des trois, pensa-t-elle en regardant les gobelets en carton éparpillés sur le bureau.

— Du nouveau dans l'enquête ? lança-t-il.

— Rien que je n'aie déjà signalé. En fait, je suis venue pour tout autre chose Mais avant de vous en parler, j'aimerais vous demander de garder pour vous ce que je m'apprête à vous apprendre. Du moins pour le moment.

— Comptez sur moi, je sais garder un secret. Que se passe-t-il ?

Dis-le simplement. En espérant qu'il ne te bombardera pas de questions. Sur l'identité du père, par exemple.

— Chef, je, euh... voilà... je suis enceinte...

Boum !

Charlotte s'interrompit en entendant un bruit de porcelaine brisée venu du couloir. Elle sauta sur ses pieds pour ouvrir brusquement la porte.

Et découvrit Walter, à genoux sur le sol, qui ramassait des morceaux d'une tasse de café.

— Que fais-tu ici ? siffla-t-elle.

Il la regarda avec colère.

— Je me rendais à mon bureau. J'ai dû glisser sur quelque chose et ma tasse m'a échappé des mains.

— Pile devant le bureau du chef Mitchell ! Et au moment précis où je me trouvais avec lui pour une conversation privée. Quelle coïncidence !

Elle croisa les bras sur sa poitrine et s'appuya contre le chambranle.

— Peut-être as-tu perdu l'équilibre après avoir entendu ce que je disais au chef. Tu écoutes aux portes ?

— Pourquoi écouterais-je aux portes ? Je me moque bien de ce que tu racontes au chef !

— Je t'en prie. Depuis ma promotion, tu t'intéresses à chacun de mes faits et gestes, à chacune de mes paroles… Sans parler de notre…

— Sans parler de notre quoi ? s'exclama Walter en se redressant alors que plusieurs de leurs collègues s'approchaient. De notre rupture ? Tu me parais friser la paranoïa, Bowman. Peut-être as-tu besoin de te faire aider. Que se passe-t-il ? Les menaces dont tu prétends être la cible te perturbent-elles à ce point ? Ou ton incapacité à mener à bien cette enquête est-elle la cause de ta nervosité excessive ? Les meurtres ne sont toujours pas résolus…

Aux murmures qui parcoururent le couloir, Charlotte comprit que leurs collègues approuvaient ce commentaire. Mais elle les ignora pour se concentrer sur Walter. Elle luttait contre l'envie de le frapper au visage.

— Va-t'en, dit-elle entre ses dents.

Au lieu d'obtempérer, il s'approcha.

— Peut-être mesures-tu enfin que tu n'es pas à la hauteur du poste et que cette promotion était prématurée, sergent.

— Va au diable, Walter…

Elle fut interrompue par l'équipe de la police scientifique qui arrivait.

— Êtes-vous prêt à nous recevoir, chef ?

— Oui, oui, entrez. Sergent Bowman, retrouvons-nous plus tard dans l'après-midi. Quant à vous, caporal Kincaid, mesurez vos propos. Vous vous adressez à une supérieure, ne l'oubliez pas.

— Oui, monsieur, répondit Walter d'un ton obséquieux.

Charlotte passa devant tout le monde pour rejoindre à grands pas son bureau. Comme elle s'apprêtait à en claquer la porte avec colère, une main saisit la sienne.

Elle se retourna et tomba presque sur Miles.

— Ça va ? demanda-t-il.

— Pas vraiment. J'étais dans le bureau du chef Mitchell, je venais de lui annoncer ma grossesse quand je me suis aperçue que Walter était derrière la porte. Je suis persuadée qu'il écoutait et qu'il a entendu la nouvelle.

— Attends, je suis arrivé cinq minutes après toi et j'ai raté ça ? Pour commencer, laisse-moi aller dire deux mots à Walter…

— Non ! coupa Charlotte, en le ramenant à l'intérieur du bureau. Il remet déjà en question mes capacités professionnelles et prétend que ma nomination de sergent était prématurée. Je ne veux pas qu'il pense en plus que je suis incapable de me défendre toute seule. Mais merci de le proposer, j'apprécie le geste.

— Je suis là pour te protéger, n'hésite jamais à faire appel à moi. Et ne t'inquiète pas. Ce bouffon n'a aucune importance. Maintenant, tu as des choses bien plus importantes à gérer, non ? Alors, comment le chef Mitchell a-t-il réagi à la nouvelle ?

— Il n'a pas eu l'occasion de le faire. Je finissais à peine ma phrase quand Walter a brisé une tasse dans le couloir, derrière la porte fermée du bureau. Je l'ai ouverte et me suis expliquée avec lui. Ensuite, les gars de la police scientifique sont arrivés. Ils avaient rendez-vous. Le chef et moi allons nous revoir plus tard cet après-midi.

— D'accord. Au moins il est désormais au courant de ce qui se passe. Maintenant, prends ton sac. J'ai une surprise pour toi.

— Une surprise ? Quel genre de surprise ?

— Le genre que tu découvriras dans un quart d'heure. Allons-y !

— Ça m'ennuie de te décevoir, dit Charlotte alors que Miles s'arrêtait devant le café Drip & Sip. Mais venir ici n'a rien d'une surprise.

— Sors de la voiture et suis-moi.

Une délicieuse odeur de brioches à la cannelle leur chatouilla les narines bien avant qu'ils n'entrent dans l'établissement. Charlotte sentit son ventre gargouiller.

— À la réflexion, ce petit café est peut-être exactement ce dont j'ai besoin.

— Crois-moi, dit Miles en lui tenant la porte ouverte. Il l'est.

— Charlotte ! cria quelqu'un au moment où ils franchissaient le seuil du Drip & Sip.

Elle se retourna et faillit s'étaler par terre à la vue d'Ella qui se hâtait vers elle.

— Ella ! Que fais-tu ici ?

— On vient de me confier une autre mission temporaire à Reno. Alors bien sûr, j'en ai profité pour faire halte à River Valley et voir ma grande sœur.

Les larmes aux yeux, Charlotte l'étreignit avec force et l'embrassa.

— Je suis si heureuse que tu sois là. Miles avait raison. J'avais besoin de cette surprise et il semble toujours savoir où te trouver. Il s'est passé tellement de choses depuis ta dernière visite. Cette enquête envahit ma vie.

— Ne la laisse pas faire. Tu dois penser à ma future petite nièce ou à mon futur neveu, insista Ella.

Ils avaient évidemment annoncé la grande nouvelle à leurs familles respectives.

— C'est exactement ce que je lui ai dit, renchérit Miles.

Charlotte promena un œil dans le café. Avec ses longues tables rustiques, ses bibliothèques anciennes et ses couvertures d'albums de BD accrochées aux murs, il était pittoresque et chaleureux.

— J'adore cet endroit, déclara Ella. Bon choix, Miles. J'ai trouvé une table libre au fond de la salle, près de la fenêtre.

— Parfait, dit-il. Allez vous asseoir toutes les deux pendant que je vais passer la commande. Charlotte, je te prends comme d'habitude un macchiato décaféiné au caramel et une brioche à la cannelle ?

— Deux brioches à la cannelle. Ne me juge pas.

— Jamais. Ella, que veux-tu ?

— Un moka latte et un bagel, s'il te plaît.

— Je m'en occupe. Je reviens tout de suite.

Ella prit la main de Charlotte et la conduisit à leur table.

— Miles est un homme merveilleux, non ?

— Oui. Il est formidable.

— Oh ! oh. Je connais ce ton. C'est celui que tu avais quand tu l'as rencontré pour la première fois avant de le larguer après trois jours de pur bonheur !

— N'exagère pas. Ça ne s'est pas du tout passé comme ça.

— Ça s'est passé exactement comme ça. Et maintenant, je sais ce que tu t'apprêtes à dire. Je connais ton discours par cœur : « Je suis trop occupée pour penser à une relation amoureuse, j'ai d'autres priorités. » Et je devine la variante : l'excuse pour rompre avec lui ne sera pas ton divorce, cette fois. Mais cette enquête. Je me trompe ?

Charlotte baissa les yeux sur la table et fit courir ses ongles le long de ses rainures.

— Écoute, ce n'est pas si simple. En effet, j'ai déjà expliqué à Miles que cette enquête était ma priorité. Il n'est pas question qu'une relation amoureuse me détourne de mon travail.

— Tu n'en es plus là, ma chérie ! protesta Ella en lui montrant son ventre. Tu as un bébé en route ! Miles et toi vivez ensemble, maintenant. Il a abandonné sa vie en Californie pour toi. Ce n'est pas rien. Et il est très heureux à l'idée de devenir père. J'aimerais rencontrer un homme aussi merveilleux.

Des bruits de pas dans son dos empêchèrent Charlotte de répondre.

— Tais-toi, il revient. Nous en reparlerons plus tard. Ou mieux, laissons tomber le sujet.

— Comme tu voudras…

Miles s'approcha, chargé d'un plateau sur lequel il avait également posé son smartphone.

— Tu as l'air en forme, frérot, disait-il à l'écran. Tu t'es lancé dans un entraînement sportif intensif en secret ?

— C'est sûr, répondit le frère de Miles, Jake, en montrant ses biceps.

Charlotte le débarrassa de son fardeau et en profita pour se pencher sur le téléphone.

— Salut, Jake. Comment vas-tu ?

— Pas mal et toi ? Comment ça se passe dans le désert du Nevada ? De nouvelles pistes ?

— Nous en avons, oui, nous travaillons dessus.

— Qui est-ce ? murmura Ella.

— Mon frère, lui dit Miles.

— Qui est-ce ? demanda Jake.

— Ma sœur, Ella, répondit Charlotte.

Miles tourna l'appareil dans la direction d'Ella.

— Canon ! s'exclama Jake. Oh ! désolé. Je n'aurais pas dû dire ça… mais j'étais… euh…

— Déstabilisé par la beauté d'Ella ? conclut Charlotte à sa place.

— Oui, c'est exactement cela. Laisse-moi consulter mon agenda et voir quand je peux faire un saut à River Valley. Pour donner un coup de main à mon petit frère. Je crois qu'il a besoin de mon expertise en matière d'enquête policière.

— Si je comprends bien, tu travailles toi aussi dans les forces de l'ordre ? lança Ella.

— Tout à fait. Je suis inspecteur au sein de la police de Clemmington.

— Intéressant. Il se trouve que je suis sensible au charme de l'uniforme.

Charlotte tapota le bras de Miles.

— Désolée. Ma sœur monopolise le micro et t'empêche de parler à ton frère.

— Pas de souci. C'est agréable de voir Jake vibrer pour quelqu'un. Sa vie amoureuse n'a jamais été des plus simples, c'est le moins qu'on puisse dire.

— Écoutez, dit Jake, je dois vous laisser. Le devoir m'appelle. Miles et Charlotte, dites-moi si je peux faire quelque chose pour vous à propos de l'enquête ou du futur bébé.

— Merci, vieux, dit Miles. C'est sympa de ta part de proposer ton aide.

— Ella, continua Jake, sa voix baissant de plusieurs octaves, j'ai été ravi de faire ta connaissance. J'espère que la prochaine fois, nous pourrons nous rencontrer pour de bon.

Ella passa la main dans ses cheveux et arbora un sourire éclatant.

— Ce serait super.

— Au revoir, Jake, intervint Charlotte.

Miles déconnecta et prit une gorgée de thé.

— Alors, de quoi parliez-vous ? Je vous voyais toutes les deux en grande conversation pendant que j'étais au comptoir.

— Nous ? balbutia Charlotte. Eh bien, nous...

— En fait, coupa Ella, je lui disais à quel point je te trouve merveilleux et comme j'avais hâte de devenir tante.

— Merci. J'ai encore plus hâte d'être papa.

Une ligne d'inquiétude se dessina soudain sur le front d'Ella.

— En parlant de parentalité, Charlotte, je suppose que tu vas abandonner cette enquête et te concentrer sur ta grossesse maintenant, n'est-ce pas ?

Charlotte prit une serviette et s'éventa. Elle se sentait mal, soudain. Elle sentait le regard de Miles sur elle, attendant sa réponse.

— Écoutez, tous les deux, commença-t-elle, je sais à quel point vous vous souciez de moi. Et j'apprécie votre sollicitude, vraiment. Mais je suis déterminée à aller au bout de cette enquête. Rien de ce que vous direz n'y changera rien. De plus, je suis en bonne santé, le bébé va bien. Alors ne vous en faites pas. Ça ira. Tout ira très bien.

— Tu n'as rien à prouver, tu sais ? dit Miles.

— Je le sais. Lorsque le chef Mitchell m'a promue sergent,

il a reconnu mes qualités et mes capacités professionnelles. Maintenant, c'est vrai, ne pas avoir encore résolu cette enquête m'ennuie, je ne vais pas le cacher. Quant à la pression médiatique, elle m'atteint, indéniablement.

— Tu vois, dit Ella en secouant la tête. Je n'aime pas ça. Tu te stresses, Charlotte. Écoute-moi. Je suis infirmière. Si tu continues à tirer sur la corde, tu risques de mettre ta santé ou celle du bébé en danger. Les tensions ont des effets sur le corps d'une femme enceinte. Il y a des risques de diabète gestationnel, de pré-éclampsie et d'accouchement prématuré, pour n'en nommer que quelques-uns.

La serviette-éventail ne fonctionnait plus et à présent, Charlotte transpirait à grosses gouttes.

— Imagine maintenant les tensions mille fois plus intenses que je subirai si je laisse tomber cette affaire, répliqua-t-elle. Certains de mes collègues n'attendent que ça. Me voir échouer ou abandonner. À tel point que l'un d'eux m'a même menacée et a tenté de m'éliminer.

— Nous n'en avons pas la certitude, intervint Miles.

— En tout cas, certains d'entre eux m'en veulent et ça, c'est une certitude.

— Et par « certains d'entre eux », dit Ella, tu veux dire Walter ?

— Pas seulement Walter. Mais il est en haut de la liste.

Ella écarta quelques mèches rebelles des yeux de Charlotte.

— J'ai l'impression que tu es en colère.

— C'est plus qu'une impression, je le suis. Et j'aimerais changer de sujet. Une visite surprise de ma sœur est censée être agréable. Je n'apprécie pas cet interrogatoire.

— Tu as raison, excuse-moi, dit Ella.

Sur ces entrefaites, la clochette au-dessus de la porte de la brasserie tinta et un homme cria depuis la porte :

— Stephanie ! Comment va la propriétaire de mon café préféré ?

En reconnaissant cette voix, Charlotte poussa un gémissement.

— Que fait Walter ici ? Pensez-vous qu'il nous a suivis ?

— J'espère bien que non, répondit Miles. Mais cela ne me

surprendrait pas. Dans tous les cas, ne t'en soucie pas. Détends-toi, profite de ton café et de tes brioches à la cannelle.

— J'ai perdu l'appétit.

— Oh ! non, je t'en prie ! protesta Ella. Ne laisse pas ce type t'atteindre. Tu lui ferais trop d'honneur. Ne t'intéresse pas à lui et passe un bon moment.

Charlotte regarda les brioches.

— Tu as raison.

Au moment où elle savourait sa pâtisserie, Walter s'approcha

— Hello, ça va tout le monde ?

— Bonjour, dit Ella poliment.

Miles et Charlotte ne prirent même pas la peine de répondre.

— Je passais devant le café en voiture et je vous ai vus tous les trois assis là. Alors j'ai pensé que j'allais entrer vous dire bonjour. Surtout à toi, Ella. Ça fait longtemps. Comment vas-tu ?

Ella soupira, contrariée qu'il insiste pour lui parler alors qu'elle n'avait aucune envie de bavarder avec lui.

— Très bien, dit-elle. Surtout maintenant que Charlotte et Miles m'ont annoncé la grande nouvelle…

Charlotte lui donna un coup de pied sous la table. Mais trop tard.

— Comment ça ? demanda Walter. De quelle grande nouvelle parles-tu ?

Une sonnerie de smartphone les interrompit.

Ella prit son appareil et s'éloigna pour répondre.

— Alors, à quelle nouvelle ta sœur faisait-elle référence ? insista Walter.

— Charlotte et moi avons décidé de nous rendre à Reno dès qu'Ella s'y sera installée pour son prochain travail, dit Miles.

— Vraiment ? questionna Walter d'un air sceptique.

— Oui, affirma Charlotte. Ça va être génial.

Ella revint et attrapa ses affaires, en interrompant leur échange.

— Désolée de vous laisser. C'était l'administrateur de l'hôpital. Je dois me rendre à Reno tout de suite. Non, ne vous levez pas. J'ai été trop contente de vous voir, Charlotte et Miles, dit-elle en les embrassant. Je file mais on se rappelle plus tard.

Comme Ella se précipitait vers la sortie, Walter courut derrière elle.

— Attends. Je te raccompagne jusqu'à ta voiture !

— Quel gentleman, dit Miles.

— Tu parles, il va essayer de lui tirer les vers du nez.

— Bien sûr. Tu l'as interrompue à temps.

Charlotte vida sa tasse et enveloppa une brioche à la cannelle à moitié mangée dans une serviette.

— Miles, j'apprécie vraiment que tu aies organisé cette rencontre. Voir Ella m'a fait plaisir. Merci. Pourquoi ne retournerions-nous pas au poste de police, maintenant ? J'aimerais revoir les images de surveillance du Bottomless Bar. Pour tenter de comprendre où Stephen aurait pu aller. Nous rendre ensuite à Rush Street et tenter de retracer son parcours nous serait peut-être utile.

Miles restait silencieux.

— Tu sais, continua Charlotte, j'aimerais traîner dans cette ruelle près d'Eden's Den, pour voir ce que nous pourrions y trouver.

Toujours rien.

Elle étudia son expression sombre alors qu'il se levait, pour la suivre hors du café.

Quand ils arrivèrent à la voiture, il l'arrêta.

— Puis-je faire une suggestion ? s'enquit-il.

— Bien sûr.

— Pourquoi ne pas revoir les images de surveillance dans les locaux de la police et demander à l'officier Haney de retourner sillonner la zone ?

— Je sais ce que tu essayes de faire, rétorqua Charlotte. Et ça ne marchera pas.

— Réfléchis. Si tu commences à transmettre une partie de la charge de travail à d'autres, celui qui te menace en sera déstabilisé. Il fera peut-être marche arrière et…

Elle ouvrit la portière de la voiture et monta à l'intérieur.

— Il n'en est pas question. Alors laisse tomber.

Il se tenait là, agrippant le cadre de la portière.

Charlotte regarda droit devant elle, l'expression inébranlable.

— D'accord, alors. Je laisse tomber.

23

Charlotte frappa doucement à la porte de la chambre d'amis. Comme elle n'obtint pas de réponse, elle l'ouvrit et passa la tête à l'intérieur. Allongé en travers du lit, Miles était profondément endormi, la télécommande à la main.

Elle jeta un coup d'œil à sa montre. Il était un peu plus de 21 heures.

Ne te réveille pas dans l'heure qui suit, lui ordonna-t-elle en pensée avant de saisir son sac et de quitter la maison sur la pointe des pieds.

Elle monta dans la voiture et prit la direction de Rush Street. Plus tôt dans l'après-midi, Miles avait refusé de l'y conduire en prétextant qu'y retourner ne servirait à rien et qu'elle devait se reposer. S'il avait emporté la partie tout à l'heure, il n'avait pas gagné la guerre. Car Charlotte était déterminée à poursuivre son objectif et à chercher de nouveaux indices, avec ou sans lui.

Elle s'engagea sur Cottonwood Lane, une longue route qui traversait une réserve naturelle. La nuit tombait et elle alluma ses phares.

Impatiente d'arriver, elle écrasa du pied l'accélérateur. Elle n'avait pas conduit seule depuis un certain temps, ce qui la plongeait dans un étrange sentiment de vulnérabilité. Des souvenirs de la course-poursuite en voiture sur Peak Avenue lui revinrent en mémoire.

Rentre à la maison. D'ailleurs, tu as promis à Miles de ne plus te lancer seule dans des missions dangereuses...

Mais, après leur confrontation devant le café, elle n'avait pas envie de renoncer. Quoi qu'il en pense, elle était capable de travailler pendant sa grossesse. Faire marche arrière n'était pas une option.

Tu devrais au moins l'appeler, se dit-elle. *Ainsi, quelqu'un saura où tu es, c'est plus prudent.*

Elle passa le doigt sur l'écran tactile de la voiture, chercha le nom de Miles parmi les contacts.

Alors qu'elle s'apprêtait à lancer l'appel, sa voiture fut percutée avec violence par l'arrière, si fort qu'elle bascula dans le fossé.

Elle n'avait pas vu venir le chauffard et, sous le choc, sa tête heurta le volant. À moitié assommée, elle s'efforça pourtant de garder les yeux ouverts. Elle aperçut des phares à travers la vitre arrière.

Cela n'est pas possible...

— Madame ! cria une voix aiguë. Je suis désolée ! Tout va bien ?

Un intense soulagement la submergea quand elle se rendit compte que c'était une femme et non le tueur qui l'avait emboutie.

Elle baissa sa vitre.

— Ça va. Je suis un peu sonnée mais rien d'alarmant.

— Je suis vraiment désolée, répéta la conductrice. J'ai eu tort de reprendre le volant si vite. J'ai récemment subi une opération sur la rétine et mon médecin m'a recommandé d'attendre un peu avant de conduire. J'aurais dû l'écouter...

Charlotte descendit de voiture, mais ses jambes se dérobèrent sous elle et elle s'effondra contre la portière.

Son interlocutrice se précipita vers elle.

— Oh non ! Vous ne vous sentez pas bien ?

— Si, si, ça va aller, répondit-elle en se traînant à l'arrière de la voiture pour constater les dégâts. Oh là là, mon pare-chocs est par terre.

La femme qui avait provoqué l'accident se couvrit la bouche de ses mains en gémissant.

— Je m'en veux ! Si vous saviez comme je m'en veux ! Laissez-moi appeler mon assurance. Je suis abonnée à un service de dépannage. Ils s'occuperont de tout.

Charlotte la regarda courir vers sa voiture. Sa vision était encore floue mais, petit à petit, elle recouvrait ses esprits.

Un long moment s'écoula avant que la femme ne revienne. Elle avait éteint les phares de son véhicule et s'approchait lentement. Charlotte s'efforçait de voir son visage, mais l'obscurité l'empêchait de distinguer ses traits.

— Et voilà, dit la conductrice en lui tendant une feuille de papier.

Elle portait des gants de moto.

Et sa voix était plus grave, à présent.

Un frisson glacé parcourut Charlotte. Quelque chose n'allait pas.

— Merci, dit-elle en lui prenant le papier d'une main tout en portant l'autre à sa ceinture.

Mais son arme n'était plus là. Elle avait dû tomber au moment de la collision.

— De rien, sergent Bowman.

Cours, fuis !

Charlotte s'élança vers sa voiture. Mais l'homme la rattrapa et la jeta au sol.

— Il est grand temps de finir ce que j'ai commencé.

Sa voix ressemblait maintenant à celle de l'agresseur qui était entré par effraction chez elle, l'autre soir.

— Non ! hurla-t-elle en se débattant alors qu'il la traînait vers les bois. Lâchez-moi !

Il l'envoya valser contre un tronc d'arbre. Avec un gémissement, elle glissa au sol alors que l'écorce déchirait sa chemise.

Elle aperçut soudain des phares au loin qui venaient dans leur direction.

— Au secours ! cria-t-elle en priant pour que quelqu'un l'entende. Au secours !

La voiture se rapprochait. Des faisceaux de lumière scintillaient à travers les arbres. Charlotte reprenait espoir quand elle surprit son agresseur sortant de sa poche une seringue.

Elle tenta de l'écarter d'un coup de pied, mais l'homme lui attrapa la jambe et tira dessus pour la faire tomber par terre.

Quand sa tête heurta le sol, elle sentit un goût de sang dans sa bouche.

Défends-toi. Relève-toi et bats-toi !

Elle se redressa.

Elle vit alors avec horreur son assaillant lancer son pied vers elle. Une lourde botte allait s'écraser sur son ventre.

Mon bébé ! hurla une voix affolée dans sa tête.

Mais, au dernier moment, son agresseur se cogna le front contre une branche basse. Avec un cri de douleur, il perdit l'équilibre et trébucha en arrière. Charlotte le frappa alors dans l'entrejambe. Son hurlement animal résonna dans la réserve alors qu'il s'effondrait.

— Espèce de salope !

Elle s'élança vers la voiture.

Ne le laisse pas s'enfuir cette fois ! se dit-elle en ouvrant la portière pour y chercher son arme d'une main frénétique.

Elle retourna dans le bois et se fraya un chemin à travers les branches. Elle devait à tout prix retrouver son agresseur.

Elle aperçut alors une ombre noire qui filait au loin.

Elle tira quelques coups de feu, mais les balles se perdirent dans l'obscurité.

Catastrophée, elle courut à gauche, à droite, mais il semblait s'être évaporé dans la nature.

Un moteur rugit à ce moment depuis la route. Charlotte se précipita. Mais, lorsqu'elle atteignit l'endroit où les voitures s'étaient heurtées, seule la sienne était encore là.

— Il est parti, gémit-elle, les larmes aux yeux.

Elle regarda Cottonwood Lane. Des feux arrière brillaient au loin.

Elle sauta au volant de son auto et fonça vers le véhicule. Cependant, après trois kilomètres, elle se rendit compte qu'elle ne le rattraperait pas. Il l'avait semée. Il s'était enfui, une fois de plus.

— Non ! cria-t-elle en frappant le tableau de bord du poing.

D'un doigt tremblant, elle alluma le téléphone sur l'écran tactile et pressa le nom de Miles.

Il décrocha à la première sonnerie.

— Où es-tu ? demanda-t-il. Je ne savais pas que tu avais quitté la maison. Je t'ai appelée…

— J'ai fait une bêtise, Miles. Je suis nulle, archi-nulle.

— Que veux-tu dire ? Que s'est-il passé ?

— J'ai été agressée !

— Quoi ? Quand ?

— Il y a quelques instants à peine. Je me dirigeais vers Rush Street et j'ai été heurtée à l'arrière sur Cottonwood Lane. Quand je suis sortie pour vérifier les dégâts sur ma voiture, le conducteur m'a attaquée. C'était le tueur. J'ai cru mourir !

— Quoi ? J'arrive ! Tu es toujours au même endroit ?

— Oui. Mais je suis en route pour le poste de police. Retrouve-moi là-bas.

— Non ! Va directement à l'hôpital. Il faut que tu te fasses examiner et que tu saches si le bébé n'a rien.

— C'est inutile, Miles. Je vais bien, le bébé aussi.

— Ce n'est pas négociable, Charlotte. Tu dois voir un médecin. Tu n'es pas invincible, contrairement à ce que tu sembles croire. Il y a peut-être un problème et tu ne le sais pas encore.

Les yeux de Charlotte se remplirent de larmes.

— D'accord, d'accord. Je me dirige vers River Valley Memorial.

— De mon côté, je vais appeler le chef Mitchell et lui raconter ce qui s'est passé. As-tu pu jeter un coup d'œil au suspect ou à son véhicule cette fois ?

— Non, pas vraiment. Il faisait sombre lorsqu'il m'a percutée. De plus, en toute honnêteté, il m'a prise par surprise. Au début, j'ai cru que c'était une femme…

Charlotte s'interrompit.

— Allô ? dit Miles.

— Quelque chose me revient à l'esprit. Quand il m'a attaquée, il a essayé de me frapper au ventre. Pourquoi a-t-il fait ça ? De toutes les zones de mon corps, pourquoi s'est-il concentré sur celle-là ?

— Je vois où tu veux en venir. Walter t'a entendue dire au chef Mitchell que tu étais enceinte et c'est lui qui serait donc derrière l'agression ?

— Exactement !

— Mais si Walter t'avait attaquée, tu l'aurais reconnu, non ?

— Ma voiture venait d'être emboutie, Miles. J'étais complètement désorientée et je ne voyais rien dans l'obscurité.

Le soupir de Miles retentit dans les haut-parleurs de la voiture.

— Peut-être est-il temps pour toi de parler de tes soupçons au chef Mitchell.

— Je suis entièrement d'accord. Il devient urgent de le faire...

Elle venait d'échapper de justesse à la mort. Une fois de plus. Et elle était certaine que le tueur n'était pas un inconnu. Mais quelqu'un dont elle était proche.

— Cela t'ennuie de rester au téléphone avec moi jusqu'à ce que j'arrive à l'hôpital ?

— Bien sûr que non.

24

Assise sur le canapé d'Ella, Charlotte s'efforçait de calmer sa sœur qui sanglotait dans ses bras.

L'attaque dont elle-même avait été victime remontait à trois jours. Non sans mal, Miles et le chef Mitchell avaient réussi à la convaincre de faire une pause. Le chef avait insisté pour qu'elle s'arrête pour une courte période à cause de sa grossesse. Sa femme lui avait même passé un coup de fil pour lui dire son inquiétude.

Être obligée de se tenir à distance de l'enquête blessait Charlotte plus profondément que ne l'avait fait l'agression proprement dite. Mais elle en profitait pour récupérer en attendant la réponse du chef Mitchell concernant Walter. Elle lui avait fait part de ses soupçons.

Quelques heures plus tôt, alors qu'elle profitait de la soirée estivale sur la terrasse avec Miles, Ella avait téléphoné. Au départ, Charlotte avait cru que sa sœur l'appelait pour prendre de ses nouvelles.

Mais la terreur qui teintait la voix d'Ella l'avait vite alarmée.

— Quelqu'un a essayé de me tuer ! avait-elle crié dans l'appareil. Il a failli m'étrangler !

Charlotte et Miles avaient aussitôt sauté dans la voiture pour prendre la direction de Reno. Et maintenant, alors que Miles parlait à voix basse avec la police près de la porte, elle s'efforçait de réconforter Ella.

— Je n'arrive pas croire que cela me soit arrivé, à moi, gémissait-elle.

En proie à une profonde colère, Charlotte serrait les mâchoires.

— Moi non plus. J'aurais dû faire enfermer cet homme depuis longtemps. Je suis désolée, Ella.

Elle observa les marques rouges qui ornaient la gorge de sa sœur et la petite cicatrice sur sa joue.

— Heureusement que tu as réussi à lui échapper avant qu'il ne te fasse davantage de mal. Mais j'aurais préféré te conduire à l'hôpital. Tu es vraiment trop têtue.

— Pour la dixième fois, expliqua Ella, je me sens beaucoup plus en sécurité ici, dans cet appartement, que dans un lieu public. Je serais plus vulnérable dans un hôpital, ouvert aux quatre vents, où n'importe qui pourrait entrer et m'attaquer.

— Dans les films, peut-être. Mais pas dans la vraie vie.

L'un des policiers s'approcha.

— Nous allons rejoindre nos collègues sur le parking pour fouiller avec eux la scène de crime. Si Ella se souvient de quelque chose qui n'est pas déjà dans le rapport, dites-le-nous surtout.

— Comptez sur nous, déclara Miles. Merci.

Il referma la porte et s'assit sur l'accoudoir du canapé.

— Comment te sens-tu, Ella ?

— Secouée, endolorie. Et sur les nerfs. Mais ça va.

Miles hocha la tête.

— Charlotte mise part, tu es la première à avoir réussi à échapper au tueur.

— Je me suis battue comme si ma vie en dépendait. Quand il m'a frappée au visage, j'ai vu une seringue tomber de sa poche. Dieu seul sait ce qu'elle contenait.

— C'est ce que nous essayons de comprendre, dit Charlotte. Quel produit utilise-t-il pour tuer ses victimes ?

Miles sortit son carnet.

— Ella, je sais que tu es encore sous le choc. Mais te sens-tu capable de nous raconter ce qui s'est passé, depuis le moment où tu as quitté ton travail jusqu'à celui où tu as été agressée ?

— Oui, bien sûr, répondit Ella en se redressant. Je veux tout faire pour vous aider à mettre fin à ce cauchemar.

— Je t'écoute.

Ella aspira une grande bouffée d'air.

— J'ai quitté mon travail peu après 19 heures. Sur le chemin de retour, je me suis arrêtée chez Dickerson pour acheter une salade. Lorsque je suis entrée dans la résidence, il devait être 20 heures. J'ai garé ma voiture et, au moment où j'allais atteindre la cage d'escalier, quelqu'un m'a attrapée par-derrière et m'a traînée dans le sous-bois, derrière l'immeuble.

— Serais-tu capable de décrire ce type ? demanda Miles.

— Pas vraiment. Il était vêtu de noir et son visage était dissimulé sous une cagoule.

— Te souviens-tu de sa taille et de sa stature ?

Ella s'essuya les yeux, en étalant sans le vouloir son eye-liner sur ses joues.

— Tout est flou dans ma mémoire. J'étais tellement affolée. Et bien sûr, terrifiée. D'après ce que j'ai pu deviner, il était assez grand. Il portait des vêtements amples, mais j'avais l'impression qu'il était plutôt mince.

Miles jeta un coup d'œil à Charlotte.

— Cela ressemble à la description que tu as donnée de ton agresseur.

— Il s'agit sûrement de la même personne.

Sa voix se brisa. Elle voulait être forte pour Miles, et surtout pour Ella. Mais elle se sentait prête à craquer.

— D'accord, reprit Miles. Ton agresseur était grand, mince, vêtu de noir et d'une cagoule. As-tu vu ses yeux ?

— Pas vraiment. Je me souviens seulement de deux fentes sombres.

Ella toussa, puis recula en se tenant la gorge.

— Tu as besoin d'un bon thé chaud, lui dit Charlotte.

— D'un thé chaud ? Non, j'ai besoin d'un calmant efficace. Peux-tu sortir le flacon d'oxycodone de mon sac ?

— Tu en as pris un cachet, il y a moins d'une demi-heure ! C'est quand même un stupéfiant et les risques d'overdose sont importants !

— Écoute, dit Ella en se mettant debout. As-tu oublié que je suis infirmière ? Je sais ce que je fais.

Charlotte leva les yeux au ciel. Contrariée, elle se dirigea vers la fenêtre.

— Il y a plusieurs voitures de patrouille sur le parking. Et des dizaines de policiers sillonnent le petit bois.

— Voulez-vous voir le rapport de police, tous les deux ? demanda l'un des policiers.

— Certainement, dit Miles pendant que Charlotte le rejoignait.

Alors qu'ils parcouraient le rapport, Ella prit son smartphone et poussa un gémissement.

Charlotte bondit du canapé.

— Que se passe-t-il ?

— J'ai manqué trois appels de ma supérieure. Elle a entendu parler de l'attaque et elle panique à mon sujet. Que je ne prenne pas ses appels n'a rien arrangé. Je dois la rappeler. Acceptez-vous de m'accorder quelques minutes ?

— Bien sûr. Prends ton temps.

Dès qu'elle sortit de la pièce, Charlotte s'effondra sur l'épaule de Miles.

— Je ne peux pas croire ce que je lis, gémit-elle, le rapport de police entre les mains. Ma sœur a été sauvagement agressée, traînée, frappée, étranglée…

Comme elle explosait en sanglots, Miles l'enlaça.

— Mais tu sais quoi ? Ella a survécu. Elle est du genre coriace. Et toi aussi. Nous sommes allés trop loin dans cette enquête pour baisser les bras maintenant.

Le smartphone de Charlotte bipa à ce moment pour lui signaler la réception d'un texto. Il venait du chef Mitchell :

Le caporal Kincaid est introuvable depuis ce matin. Si quelqu'un sait où il se trouve, dites-le-moi !

— Miles ! dit-elle en lui tendant le téléphone. Lis ça.

Il parcourut le message.

— Bon sang…

— Ce psychopathe a sans doute passé la journée à Reno à traquer Ella avant de l'attaquer ! Mais ne dis rien à ma sœur pour l'instant. Elle est déjà…

Elle s'interrompit brusquement quand Ella rentra.

— Ma patronne est vraiment adorable. Elle a proposé de venir passer la nuit avec moi pour que je ne sois pas seule.

— Mais je comptais rester là, lui dit Charlotte.

— Inutile. Ça ira. De plus, tu dois retourner à River Valley. Tu es sergent, après tout. Et Miles et toi avez une autre priorité, infiniment plus importante : vous devez arrêter le monstre qui m'a fait ça !

— Absolument, dit Miles. C'est notre priorité numéro un.

Quand Ella se rassit sur le canapé, Charlotte regarda le sparadrap sur sa joue.

— Je dois une fière chandelle au groupe d'adolescents qui a débarqué sur le parking en faisant de la musique, au bon moment, dit Ella. Sans le vouloir, ils ont mis en fuite mon agresseur. Il ne m'avait pas traînée assez loin dans les bois pour qu'on passe totalement inaperçus, et je me débattais.

— Je te reconnais bien là, dit Charlotte en lui serrant la main.

Ella sursauta quand la sonnette retentit.

— Tout va bien, lui dit Miles. C'est sans doute ta patronne.

Alors que sa sœur se dirigeait vers la porte, Charlotte se pencha vers Miles et chuchota :

— Je suis en train d'envoyer un texto au chef Mitchell pour lui dire que Walter est sans doute derrière l'attaque d'Ella. Mais j'attendrai que nous soyons sur la route pour l'appeler. Je ne veux pas qu'elle entende la conversation et s'angoisse davantage.

— Bien. Pendant ce temps, je vais scanner le rapport de police pour que nous en ayons une copie.

Ella revint en compagnie d'une petite rousse d'une soixantaine d'années.

— Vous n'étiez pas obligée de venir, lui disait-elle.

— Ne soyez pas ridicule, ma chère. Je devais m'assurer que vous alliez bien. De plus, grâce à vous, je vais passer une nuit au calme, loin de mon mari qui ronfle. Et j'en ai profité pour acheter en route tout ce que mon médecin m'interdit de manger, continua-t-elle en lui tendant un sachet en papier. Des bonbons, du chocolat, des brioches...

Charlotte et Miles se levèrent quand Ella les présenta à sa supérieure hiérarchique.

— Voici ma sœur, le sergent Charlotte Bowman, et son coéquipier, l'inspecteur Miles Love. Ils enquêtent sur l'affaire du Numeric Serial Killer.

— Ravie de vous rencontrer tous les deux, dit Patricia, en leur serrant la main. Et ne vous inquiétez pas. Je veillerai sur Ella et je garderai un œil sur les alentours. Je suis armée, ajouta-t-elle en tapotant son sac. On ne sait jamais, ça peut servir.

— D'accord, coupa Ella. Charlotte, Miles, pourquoi ne rentreriez-vous pas tous les deux ? Je sais que beaucoup de travail vous attend.

— Es-tu sûre que tu iras bien sans nous ? s'enquit Charlotte.

— J'ai Patricia avec moi et des policiers vont rester une grande partie de la nuit à fouiller la zone. Tout ira bien.

Charlotte ne se sentait qu'à moitié tranquille.

— Écoute, si tu t'inquiètes ou si tu as besoin de quoi que ce soit, appelle-moi et nous reviendrons aussitôt. D'accord ?

— Compris. Et merci d'être venus si vite et de m'avoir réconfortée. Parce que j'étais vraiment mal quand vous êtes arrivés tous les deux.

— C'est compréhensible, lui dit Miles. Et encore une fois, n'hésite pas à faire appel à nous.

— Promis. Faites bien attention. Et tenez-moi au courant des avancées de l'enquête.

Charlotte attendit que la porte se referme derrière elle pour se mettre à pleurer. Elle balaya ses larmes d'un revers de main pour que Miles ne la voie pas pleurer.

Lorsqu'ils atteignirent le parking, elle s'approcha du responsable de l'équipe des policiers et lui laissa sa carte de visite en lui demandant de l'appeler pour la tenir informée de la suite.

— Allons-nous au poste de police, à présent ? lança Miles.

Elle jeta un œil à son téléphone.

— Certainement. Le chef Mitchell ne m'a pas répondu. Je vais essayer de l'appeler…

« Messagerie vocale », dit-elle avant de laisser un message :

— Chef, c'est le sergent Bowman, pourriez-vous me rappeler dès que possible ? Il faut localiser et appréhender le caporal Kincaid immédiatement. Nous sommes convaincus qu'il est derrière ces attaques.

Elle fourra son smartphone dans son sac et regarda Miles.

— Nous devons nous rendre à River Valley sans tarder et participer aux recherches.

— Je vais conduire aussi vite que possible.

Au moment d'ouvrir la portière passager, Charlotte remarqua un éclair métallique sur l'asphalte un peu plus loin.

— Attends, dit-elle en désignant le sol. Qu'est-ce que c'est ?

Elle entraîna Miles vers un cabriolet.

— Je viens de voir briller quelque chose près du pneu arrière gauche de cette voiture.

Il alluma la lampe torche de son téléphone pendant qu'elle sortait une paire de gants en latex de son sac.

— Cela ressemble à un bijou.

Charlotte ramassa l'objet et le tint sous la lumière pour l'examiner avec attention.

— C'est une montre. Et quelque chose est gravé au dos du cadran, ajouta-t-elle en soufflant dessus.

— Qu'est-ce que tu lis ?

Elle plissa les yeux pour décrypter la petite inscription.

— Laisse-moi gratter la poussière... Voilà... W, J... WJK.

— WJK, répéta Miles. Ça pourrait être n'importe qui. Envoyons-la au labo, ils pourront peut-être y trouver des empreintes digitales.

— Attends ! Ces initiales ne sont pas celles de n'importe qui, dit Charlotte d'une voix glacée. Ce sont celles de Walter. Walter Jacob Kincaid.

25

Alors qu'ils roulaient sur l'autoroute qui traverse le désert, Charlotte regardait par sa vitre les plaines rocailleuses qui s'étendaient à perte de vue.

— Je me sens complètement épuisée. Mentalement, physiquement, sur le plan émotionnel...

Miles lui prit tendrement la main.

— Accroche-toi. La ligne d'arrivée n'est plus très loin.

— Je me demande bien pourquoi le chef Mitchell ne nous a pas encore rappelés.

— Pourquoi ne pas tenter de nouveau de le joindre ? Et lui suggérer de désigner officiellement Walter comme principal suspect dans cette affaire.

— L'idée me plaît beaucoup...

Une douleur aiguë tordit soudain le ventre de Charlotte alors qu'elle fouillait son sac. Elle inspira à fond et expira lentement plusieurs fois pour se calmer.

Miles se tourna vers elle :

— Ça va ?

— Oui, oui, prétendit-elle pour ne pas l'inquiéter. J'essaye seulement de remettre la main sur mon smartphone. Le voilà.

Comme elle déverrouillait l'écran, elle poussa un cri.

— J'ai raté trois appels du chef ! Je n'ai même pas entendu sonner mon appareil.

Au moment où elle s'apprêtait à le rappeler, une notification apparut.

— Il m'a également envoyé un texto.

Retrouvez-moi au plus vite à Creosote River ! Le corps de Walter a été découvert sur le rivage. Il a été assassiné.

Charlotte lâcha son téléphone.

— Charlotte ? Que se passe-t-il ?

— Changement de programme. Cap sur Creosote River. Walter a été tué...

— Quoi ?

Comme Miles appuyait sur l'accélérateur, Charlotte prit une profonde inspiration. Au bord du malaise, elle s'efforça de réprimer la bile qui montait à sa gorge, tout en cherchant son smartphone tombé sous le siège.

Dès qu'elle l'eut récupéré, elle appela le chef Mitchell. Il décrocha à la première sonnerie.

— Dites-moi que vous êtes en route ! s'exclama-t-il.

Sa voix rauque trahissait sa profonde culpabilité, un sentiment qu'elle-même partageait. Elle était si certaine que Walter était le tueur qu'elle était passée à côté du véritable assassin. Et non seulement elle avait accusé un collègue à tort, mais il était mort à présent. Sans parler de toutes les autres victimes innocentes qui attendaient que justice leur soit rendue.

— Oui, chef. Nous sommes sur l'autoroute. Et je suis profondément désolée. Pour cette nouvelle tragédie.

— Vous n'y êtes pour rien. Vous avez effectué votre travail, mais malheureusement cela ne suffit pas toujours.

Elle activa le haut-parleur pour permettre à Miles de participer à l'échange.

— Dans quel état était le corps de Walter lorsqu'il a été retrouvé ?

Le chef Mitchell resta silencieux, et pendant un moment ils n'entendirent que le chaos de la scène de crime en arrière-plan.

— Vous êtes toujours là ? demanda-t-elle.

— Le cadavre est en bon état, tout comme ceux des autres victimes. Et le chiffre 1 est gravé sur sa joue.

Accablée, Charlotte se plia en deux.

— Le chiffre 1, répéta Miles tout en lui frottant le dos. Cela signifie qu'il a été tué aujourd'hui.

— Et… ce n'est pas tout, poursuivit le chef.

Charlotte se redressa lentement et baissa sa vitre.

— Quoi d'autre ?

— Il portait un symbole en forme de cœur gravé sur le torse.

— Mon Dieu, gémit-elle, au bord de la nausée.

— Je dois vous laisser, reprit le chef Mitchell. Le légiste cherche à me joindre. Je suis soulagé qu'Ella ait échappé au tueur et aille bien. Vous deux, rejoignez-moi au plus vite.

— Nous arrivons, chef.

Elle jeta un coup d'œil à Miles. Il était très pâle.

— Le tueur a gravé un cœur sur le torse de Walter, répéta-t-il comme s'il avait du mal à y croire. Il fait tout pour nous briser.

— Mais il n'y parviendra pas, répliqua-t-elle alors qu'elle retrouvait un second souffle.

Comme Miles fonçait sur l'autoroute quasi déserte, elle s'agrippa au tableau de bord. Des frissons la parcouraient alors qu'elle promenait les yeux sur le paysage désolé. Ils étaient entourés de sable et de rocailles. À l'exception d'une paire de phares loin derrière eux, il n'y avait pas d'autre véhicule en vue.

— Cette autoroute n'est pas considérée comme la voie la plus déserte d'Amérique pour rien.

— L'atmosphère y est vraiment étrange.

Ils se turent un moment avant que Charlotte ne prenne la parole en se massant les tempes.

— Je n'arrive pas à croire que Walter soit mort. Pourquoi le tueur s'en est-il pris à lui ? Cela n'a aucun sens… Attends. Qu'est-ce que je raconte ? Évidemment, ce meurtre a un sens. Je sais très bien pourquoi il l'a tué. En assassinant mes proches, il m'envoie un message.

— Et quelle serait la teneur de ce message, d'après toi ?

— Il m'annonce que je suis la prochaine sur la liste, répondit-elle en frissonnant. Depuis le début de cette enquête, les fausses pistes se sont multipliées et nous sommes revenus maintes et maintes fois à la case départ. Mais cette fois nous sommes près du but.

Son smartphone bipa et une notification émanant d'un numéro inconnu apparut sur l'écran.

— Nous y voilà. Je reçois un texto d'un émetteur anonyme.
Son pouce tremblait lorsqu'elle l'ouvrit.

Es-tu prête à mourir, sergent Bowman ? Parce que c'est ton tour, maintenant !

Elle étouffa un cri en découvrant une vidéo du cadavre de Walter sur l'écran. Il gisait, torse nu, sur un tas de rocailles. La cicatrice gravée sur sa joue saignait. Le cœur gravé sur son torse était zébré comme pour symboliser un cœur brisé. On entendait en arrière-plan des ricanements sinistres qui renforçaient l'aspect glauque de la scène.

Charlotte tendit l'appareil à Miles.

— Je vais être malade !

Il jeta un bref coup d'œil à l'écran avant de se détourner.

— Regarder ces images ne nous apporte rien. Arrête cette vidéo. Nous examinerons la scène du crime une fois sur place.

Derrière eux, la paire de phares se rapprochait, et Charlotte sursauta lorsqu'un klaxon retentit.

— Pourquoi cet imbécile nous colle-t-il comme ça ? s'exclama Miles. Il est beaucoup trop près !

Elle se retourna sur son siège pour regarder à travers la vitre arrière.

— Je ne sais pas. On dirait un semi-remorque. J'ai bien envie de lui montrer mon badge et de lui faire signe de s'arrêter.

— C'est ce qu'on ferait dans des circonstances normales. Mais nous avons une situation plus importante à gérer.

Le routier klaxonna encore plusieurs fois et, exaspéré, Miles se rabattit sur le bas-côté.

— Il va finir par nous crever les tympans !

— Laisse-le nous doubler. Il est pressé. Peut-être est-il en retard pour une livraison.

Miles leva le pied mais, au lieu de les dépasser, le camion ralentit, lui aussi, et continua à coller leur pare-chocs.

— Mais à quoi joue-t-il à la fin ? s'écria Miles. Je ne lui ai pas laissé assez de place pour passer ?

— Plus qu'assez. Laisse tomber, tant pis pour lui. Qu'il reste derrière nous, si ça l'amuse.

Miles reprit la route. Mais, alors qu'il mettait une bonne distance entre eux, le routier accéléra et fonça vers eux. Cette fois, il ne se contenta pas de coller le pare-chocs, il le heurta avec force.

Sous l'impact, leur voiture dérapa vers la voie opposée.

— Je rêve ou il nous a emboutis exprès ? s'exclama Charlotte.

— Tu ne rêves pas. C'est exactement ce qu'il a fait !

Comme le semi-remorque revenait à l'attaque pour les percuter une nouvelle fois, Charlotte fut projetée en avant et sa tête cogna le tableau de bord. Miles s'efforçait de rester sur la route. Par chance, les airbags ne s'étaient pas déployés.

Elle se redressa lentement, le nez en sang.

— Charlotte !

Sans lâcher le volant, Miles sortit un paquet de mouchoirs en papier de la boîte à gants et le lui tendit.

Elle en prit un qu'elle pressa contre son nez en gémissant.

— Ce type doit être ivre.

— Ou il nous attaque. Quoi qu'il en soit, nous avons deux options. L'appréhender ou prendre le large.

De sa main libre, Charlotte sortit son arme de son holster. Alors qu'elle se tournait sur son siège, une balle frappa leur vitre arrière.

Le doute n'était plus permis.

— Allonge-toi ! cria Miles alors qu'un deuxième projectile frôlait son propre appuie-tête.

Surpris, il perdit le contrôle de son véhicule et sortit de la route. Des graviers mitraillèrent la carrosserie tandis qu'un nuage de sable enveloppait la voiture.

Terrifiée, Charlotte s'agrippa à la poignée de la portière, alors qu'ils filaient dans le désert.

Ils slalomèrent entre des rochers et des cactus en soulevant des tourbillons de poussière sur leur passage. Charlotte se retourna. Leur agresseur les avait suivis hors de la route.

— Tire-lui dessus ! rugit Miles.

Elle se redressa, baissa sa vitre et fit feu.

Sa première balle ricocha sur le rétroviseur du semi-remorque, la seconde atteignit le pare-brise.

Le camion dérapa sur le sable et s'arrêta dans un nuage de sable tandis que, déséquilibrée, sa remorque basculait sur le côté.

Miles fit demi-tour pour se placer face au poids lourd et éclairer l'intérieur de la cabine, plongée dans la pénombre.

Charlotte s'efforçait d'apercevoir le conducteur. Il était tout de noir vêtu et avait dissimulé son visage sous une cagoule.

— Police ! hurla-t-elle par sa vitre ouverte. Sortez de votre véhicule, les mains en l'air !

L'homme ne bougea pas.

Miles ouvrit sa portière.

— Sortez du véhicule ! répéta-t-il.

Seul le silence lui répondit.

Charlotte serra plus fort son arme.

— Allons-y, dit-elle.

Il l'attrapa par le bras pour l'arrêter et posa une main sur son ventre.

— Fais attention. Je préférerais que tu me laisses gérer ça tout seul.

— Il n'en est pas question.

— Je craignais cette réponse. Alors sois prudente. N'oublie pas qu'il est armé.

Ils descendirent de la voiture en veillant à rester accroupis et se dirigèrent vers le camion, leurs armes pointées sur le conducteur.

En les voyant approcher, ce dernier s'enfuit en courant. Miles et Charlotte s'élancèrent à sa poursuite mais, au fur et à mesure qu'ils s'éloignaient des véhicules et de la lumière des phares, l'obscurité s'intensifiait.

Se guidant aux bruits de pas du fuyard, Charlotte fit feu. L'homme continua de courir.

— Merde ! pesta-t-elle, furieuse d'avoir raté son coup.

Miles tira à son tour, et cette fois leur agresseur tomba au sol.

— Reste en arrière ! dit-il à Charlotte. J'y vais !

Elle activa la lampe torche de son smartphone et orienta le faisceau lumineux sur le fuyard alors que Miles se précipitait sur lui. L'homme se débattit et une bagarre s'ensuivit. Leur rixe provoqua un nuage de poussière, empêchant Charlotte de les distinguer l'un de l'autre.

— Miles ! brailla-t-elle.

Il ne répondit pas.

Traversée par une sourde terreur, elle courut vers eux. Au moment où elle arrivait à leur hauteur, elle entendit un cliquetis métallique.

— Vous êtes en état d'arrestation, lança Miles en crachant une bouchée de sable.

Mais, au moment où il lui passait les bracelets, l'autre se redressa et le frappa à la mâchoire.

Charlotte s'avança, son arme pointée sur lui.

— Non ! cria Miles. Ne tire pas !

Il voulait arrêter leur tueur pour l'interroger et leur donner une chance de comprendre enfin son mobile. Pas le voir emporté dans un sac mortuaire. Alors elle recula.

Sous son regard impuissant, les deux hommes roulèrent de nouveau dans le sable. Elle mourait d'envie de sauter dans le tas et d'aider Miles à neutraliser l'assaillant.

Mais elle ne pouvait pas. Elle avait un bébé à protéger.

Enfin, elle entendit le claquement des menottes.

— Je l'ai eu ! annonça Miles.

Lorsqu'il se releva et mit leur suspect sur pied, elle se précipita pour lui arracha sa cagoule.

Comme elle braquait le jet lumineux sur son visage, le type lui sourit.

— Surpriiiise ! s'exclama-t-il en ricanant. Contente de me voir, Charlotte ?

Stupéfaite, elle bondit en arrière.

Miles se tourna vers elle.

— Tu le connais ?

— Oui, répondit-elle, choquée. C'est Noël. Noël Reid. L'ex-petit ami d'Ella.

Miles écrasa la pédale d'accélérateur. Revenu sur l'autoroute, il fonçait en direction du poste de police de River Valley.

Il avait installé Noël sur la banquette arrière, les mains menottées derrière le dos.

Charlotte activa l'enregistreur de son smartphone. Elle tenait à interroger Noël sans attendre et, évidemment, elle voulait que cet échange soit enregistré.

— Pourquoi as-tu fait ça ? demanda-t-elle. Pourquoi avoir tué tous ces innocents ?

La tête penchée sur le côté, il la dévisagea, un sourire ironique aux lèvres.

— La réponse à cette question est très simple. Je les ai tués à cause de toi.

— À cause de moi ? Je ne comprends pas. Pourquoi ?

— Pourquoi ? Tu n'as vraiment aucune idée de ce que tu as à voir là-dedans ? Allons, Charlotte ! Fais un effort !

Miles jeta un coup d'œil dans le rétroviseur.

— Cessez de tourner autour du pot et répondez.

Noël la regarda droit dans les yeux.

— J'ai tué toutes ces personnes pour me venger. De toi ! De toi qui as poussé la seule femme que je n'aie jamais aimée à me quitter.

Charlotte sentit son cœur s'affoler dans sa poitrine.

— Tu as décidé de devenir tueur en série parce que Ella a mis fin à une relation qui n'avait duré que trois mois ?

— N'en parle pas comme si notre amour ne signifiait rien !

— Hé ! cria Miles. Un ton en dessous, je vous prie.

— Tu as eu tort de te mêler de mes affaires de cœur, Charlotte. Ella et moi étions heureux, très heureux. Mais voilà. Sa grande sœur, une vieille fille aigrie, uniquement préoccupée par son métier, était jalouse de cet amour. Tu as tout fait pour la convaincre de me larguer. Et tu as réussi. J'ai donc réagi comme toute personne sensée l'aurait fait à ma place. Je me suis vengé. Comme tu n'avais aucune relation amoureuse, aucune vie personnelle, je ne pouvais pas te faire subir ce que j'endurais. Seule ta carrière comptait à tes yeux. Alors je me suis attaqué au sergent Bowman, à tes enquêtes. Te voir te ridiculiser professionnellement m'a fait du bien. Cela dit, j'ai appris que tout avait changé depuis peu et que tu attendais un enfant. Félicitations à vous deux !

— Comment le sais-tu ?

— Tu me prends vraiment pour un imbécile, Charlotte ! Pirater le courrier électronique de ma bien-aimée est un jeu d'enfant pour moi et me permet de me tenir au courant de tout ce qui la concerne.

— Tu es un psychopathe, Noël.

— Non, je suis un homme qui sait ce qu'il veut et qui se donne les moyens de l'obtenir. Et qui n'hésite pas à se défendre quand il est attaqué.

— Tu es l'incarnation du mal à l'état pur.

— Pour vous résumer, intervint Miles. Vous avez kidnappé et tué des innocents pour vous venger du sergent Bowman qui avait poussé sa sœur à rompre avec vous ? C'est bien cela ?

— Je voulais qu'elle paye pour avoir ruiné ma vie. Et comme ça n'a pas marché et qu'Ella n'est pas revenue à moi, j'ai dû m'attaquer à elle aussi...

— J'ai envie de te massacrer, Noël !

— Pourquoi ? Je lui ai laissé la vie sauve ! Tu devrais me remercier pour ma magnanimité.

— Pourquoi avoir tué le caporal Kincaid ? lança Miles.

— Pour tout vous dire, j'ai hésité. Par Ella, je savais que Charlotte ne le supportait pas et je n'avais aucune envie de lui faire plaisir. Je me suis d'abord servi de lui pour embrouiller Charlotte. Laisser sa montre près de l'immeuble d'Ella pour qu'elle le croie coupable était génial, non ?

— Pourquoi l'as-tu tué ? répéta-t-elle.

— Parce que je l'ai surpris en train de draguer ma chérie !

— De quoi parles-tu ? demanda Charlotte.

— Ne fais pas comme si tu avais oublié. Ce jour-là, vous étiez tous réunis dans un café. J'y avais suivi Ella. J'ai vu le caporal Kincaid flirter avec elle, lui faire son numéro d'animal en rut. Je ne l'ai pas supporté.

— Tu n'y es pas du tout, répliqua Charlotte. Ils se disputaient, en fait. Il l'exaspérait.

Noël regarda par la vitre et soupira.

— Rien de ce que j'ai fait n'a fonctionné. Ella ne m'a pas appelé après avoir été agressée. Elle a contacté la police. Ça m'a tellement énervé que j'avais besoin de me défouler. Voilà pourquoi j'ai tué Walter. Mais il ne manquera pas à grand monde. C'était un pauvre type. N'est-ce pas, Charlotte ?

Catastrophée, écœurée, elle ne répondit pas.

— J'ai tout fait pour t'humilier professionnellement, pour montrer à ton patron, à tes collègues, à la ville entière, l'étendue de ton incompétence. Mais cela n'a pas marché, tu as conservé ton poste. J'aurais dû te tuer quand j'en avais l'occasion. Je ne l'avais pas fait... à cause d'Ella. Maintenant, je vais probablement finir ma vie derrière les barreaux.

— Probablement ? s'écria Miles. C'est *certain*, oui. Après six assassinats et deux tentatives de meurtre, vous serez condamné à la prison à vie.

— Et comment as-tu tué tes victimes ? s'enquit Charlotte

Noël rejeta la tête en arrière et gloussa.

— Tu préfères ne pas le savoir, crois-moi.

— C'est faux. Je veux comprendre.

— Disons que je me suis inspiré de certains des plus grands. Comme Charles Cullen, alias l'Ange de la Mort, l'infirmier qui abrégeait la vie des patients dont il avait la charge en leur injectant des doses massives d'insuline ou de dobutamine. Graver un chiffre sur la joue de mes victimes était ma signature, comme Roger Flender, alias la Divinité, dans *Le Crime dans la peau*.

— Quoi ? Tu t'es inspiré d'un personnage de série télévisée ?

— Et pourquoi pas ? Le mode opératoire de Roger Flender était brillant, non ? Pour Walter, j'ai gravé un cœur sur son torse, un clin d'œil à la famille Love puisqu'ils ont arrêté un tueur en série qui signait ainsi ses crimes. J'espère que vous avez apprécié cette petite attention, inspecteur Love. Elle venait du cœur, sans mauvais jeu de mots.

Accablée de remords, Charlotte se reprochait son attitude envers Walter. Certes, ils n'étaient pas en bons termes et il s'était souvent montré arrogant au cours de l'enquête. Mais ses intentions étaient bonnes. Il voulait seulement aider à élucider l'affaire. Son erreur de jugement lui avait coûté la vie.

— Vous ne voulez pas savoir comment j'ai fait passer tous ces braves gens de vie à trépas ? reprit Noël d'un ton joyeux.

— C'était ma prochaine question, dit Miles.

— Après les avoir retenus dans mon sous-sol jusqu'à ce que je sois fatigué de les regarder, je leur ai injecté... roulement de tambour, s'il vous plaît, ta, ta, ta, ta... du chlorure de potassium ! Un produit difficile à détecter, qui ne reste pas longtemps dans l'organisme et qui est surtout mortel. J'ai appris ses effets grâce à une infirmière de grand talent, Ella Bowman.

— Si je comprends bien, pour tuer toutes ces personnes, tu as utilisé des produits volés à Ella ?

— Non ! Bien sûr que non. Je suis peut-être un tueur mais pas un voleur. Comme je l'ai dit, je l'ai appris grâce à elle. Un jour, alors que je fouillais sa trousse de médicaments pour y chercher un antalgique, j'ai cru tomber sur un flacon d'oxycodone. C'est ma came. Mais ta sœur m'a dit qu'il s'agissait de KCl, du chlorure de potassium injectable, utilisé pour traiter les patients souffrant d'hypokaliémie. Elle m'a recommandé de ne pas y toucher parce que en cas de surdosage il provoquait des arrêts cardiaques. Une information qui n'est pas tombée dans l'oreille d'un sourd, tu t'en doutes. Quand je cherchais le moyen d'assassiner mes cibles, proprement et efficacement, j'ai su m'en souvenir...

— Si tu n'as pas volé le chlorure de potassium d'Ella, où as-tu trouvé ces doses ?

Noël éclata de rire.

— Sur le dark web, bien sûr. Tu peux y acheter pratiquement tout. Tu tapes KCl – chlorure de potassium injectable – et chaud devant !

Chaud devant ! Charlotte reconnut les mots qu'il avait glissés dans un SMS. Quelle ironie que l'utilisation de cette expression ait failli faire accuser Hunter.

— Le dark web, hein, dit-elle. C'est bien noté. Nous fouillerons ton ordinateur et ton smartphone pour retrouver la trace de ton fournisseur. Il sera accusé de complicité de meurtres. Quant à toi, Noël, tu vas finir ta vie en prison. Tout ce cauchemar est terminé.

Épilogue

Deux mois plus tard

— Tu es heureuse à Clemmington, Charlotte ? demanda Miles.

— Très heureuse. Cette ville me change agréablement de River Valley. Et après tout ce que j'ai vécu, ou plutôt, tout ce que *nous* avons vécu, là-bas, j'avais vraiment besoin de changer de décor.

— Je suis d'accord.

Assis dans un transat, il promena les yeux dans le jardin familial. Il était magnifique. Les philodendrons, les orchidées sauvages, les rosiers et les lilas avaient fleuri pendant qu'il enquêtait dans le Nevada. Le gainier du Canada se dressait fièrement au milieu de la pelouse. Ses fleurs magenta se balançaient doucement sous la brise et embaumaient l'atmosphère.

Ses parents avaient réuni toute la famille Love et quelques amis proches pour célébrer le retour de leur fils et souhaiter la bienvenue à Charlotte, qui avait démissionné. Le cœur de Miles débordait de joie d'être revenu la maison avec elle à ses côtés.

Il lui embrassa le dos de la main et se leva.

— Puis-je avoir l'attention de tout le monde, s'il vous plaît ? lança-t-il à la cantonade. Tout d'abord, je tiens à vous remercier d'être ici aujourd'hui. J'ignore comment ma mère a réussi à organiser ce comité d'accueil en si peu de temps mais j'apprécie.

— Je suis prête à tout et plus encore pour mon fils ! déclara Betty.

— Comme vous le savez, mon séjour à River Valley a été

bénéfique et Charlotte et moi avons réussi à capturer le Numeric Serial Killer. Il n'empêche que je suis bien content d'être rentré.

Sa sœur, Lena, leva son verre.

— Te retrouver en un seul morceau nous a fait encore plus plaisir !

— Merci, sœurette.

Il se tourna vers Charlotte.

— Et merci à toi, surtout. Tu es la femme de ma vie. La première fois que je t'ai vue, je suis tombé amoureux de toi au premier regard et je n'ai jamais cessé de t'aimer depuis. Qu'une enquête sur des meurtres en série nous ait permis de nous retrouver pour de bon peut sembler étrange. Mais qu'importe que le destin ait choisi cette sombre affaire pour nous réunir. L'essentiel est que nous sommes ensemble désormais. Quand je pense à notre amour, à l'avenir qui nous attend, à notre bébé à naître, à cette petite Zoe que je chéris déjà, mon cœur déborde d'allégresse. Merci d'avoir demandé mon aide. Et surtout, merci de ne pas m'avoir envoyé promener, une fois l'enquête élucidée.

— Avais-je le choix ? répliqua Charlotte en riant, une main sur son ventre légèrement arrondi. Quand le tueur a été arrêté, nous étions déjà de futurs parents. J'étais un peu coincée.

Tout le monde éclata de rire.

— Sérieusement, reprit-elle, c'est toi qui mérites ma gratitude éternelle. Non seulement pour m'avoir aidée à résoudre la plus grande enquête de ma carrière, mais pour m'avoir montré que l'essentiel était l'amour, le véritable amour. Tu m'as attendue, montré le chemin vers toi et vers le bonheur. Et je t'en suis profondément reconnaissante.

L'assistance applaudit alors qu'ils échangeaient un baiser.

— Je t'aime, lui murmura Miles à l'oreille.

— Je t'aime aussi.

Le père de Miles, Kennedy, le chef de la police de Clemmington, agita alors la main.

— Merci pour ces mots merveilleux, vous deux. Maintenant que nous avons porté un toast en l'honneur de nos deux amoureux, j'aimerais à mon tour vous annoncer une grande nouvelle. Si je peux…

— Bien sûr, papa, dit Miles. Je te laisse la parole.

Les yeux brillants de larmes, Betty se rapprocha de son mari.

— Après avoir travaillé pour la police de Clemmington pendant plus de quarante ans, j'ai décidé de… rendre mon badge…

— Quoi ! s'écria Jake. Tu prends ta retraite, papa ? Quand l'as-tu décidé ?

— Ta mère et moi en discutons depuis un moment. Il est temps de passer la main, fiston. De plus, ta mère et moi avons envie de voyager et de profiter de la vie, loin du stress permanent des enquêtes pour homicides.

Il désigna Miles et Charlotte.

— Sans oublier que notre premier petit-enfant est en route. J'aimerais me consacrer pleinement aux joies d'être grand-père.

Comme ses fils et sa fille s'approchaient pour l'embrasser, Kennedy ne put retenir quelques larmes.

Betty l'étreignit avec force.

— Je suis si fière de toi, mon chéri, lui dit-elle.

Jake s'écarta brusquement.

— Mais qui va reprendre le flambeau ? Qui va assurer la relève à la tête de la police de Clemmington ?

— Bonne question, intervint Miles.

— Tant que ce n'est pas mon ennemi juré, plus connu sous le nom de Russ Campbell, inspecteur de son état, intervint Lena, j'accepte de travailler avec ton successeur, quel qu'il soit.

Kennedy attrapa une bouteille de champagne.

— La personne que j'ai choisie pour diriger la police de Clemmington à ma suite, c'est toi, commença-t-il en remplissant la flûte de Jake.

— Moi ? balbutia Jake.

— Oui, toi. Le maire de la ville m'a déjà donné son accord.

— Félicitations, mon chéri, lui dit Betty.

Toute l'assistance applaudit. Miles, Lena et Jake se tapèrent dans les mains, comme ils le faisaient depuis l'enfance pour fêter les événements majeurs de la famille Love.

Charlotte les prit tous en photo.

— Félicitations pour votre retraite, chef Love. Je ne peux qu'imaginer à quoi ressemblait la vie chez vous, à l'époque où ces trois-là étaient plus jeunes.

— Oh ! nous n'avons jamais eu le temps de nous ennuyer, je vous prie de le croire.

— Charlotte ! cria Ella qui arrivait en courant. Pardonne-moi, je suis vraiment désolée d'être en retard.

— Hey, murmura Jake en tirant Miles par le bras. Qui est-ce ?

— Tu ne la reconnais pas ? C'est Ella. la sœur de Charlotte.

Jake en resta un instant bouche bée.

— Oui ! Tout me revient à présent. Elle est encore plus jolie en chair et en os. Est-elle célibataire ?

— Je ne sais pas. Pourquoi n'irais-tu pas lui poser la question ?

— Idiot…, marmonna Jake.

Charlotte eut à peine le temps d'embrasser sa sœur que Jake lui tendait déjà une flûte de champagne et lui proposait de la présenter à tout le monde.

— Pendant qu'ils apprennent à se connaître, je pense que le bébé et moi aimerions une seconde portion de brochette, dit Charlotte.

— Suis-moi, dit Miles en lui offrant le bras pour la conduire dans la cuisine. Allons nous resservir et profiter d'un peu de calme. J'adore ma famille, mais elle peut être un peu épuisante. Es-tu sûre d'être capable de gérer la folie que la famille Love apporte partout où elle passe ?

— Absolument. En fait, rien ne me rendrait plus heureuse.

Il lui sourit, le cœur battant d'allégresse.

— J'ai encore envie de me pincer, dit-il avec émotion. Je n'ai jamais osé espérer que nous aurions une seconde chance. Pourtant nous l'avons eue et maintenant nous sommes ensemble à Clemmington. Après avoir élucidé l'enquête d'une vie. Et nous allons avoir un bébé. Je suis si… si heureux. J'ai tout. L'amour, la joie, la seule femme que j'aie jamais aimée et un bébé à naître.

Un sourire aux lèvres, Charlotte noua les bras à son cou. Il la saisit par les hanches, et ils se mirent à danser au rythme d'un air de jazz qui venait de la terrasse.

— Moi aussi, j'ai tout. Tu m'as ouvert les portes de l'amour et du bonheur, dit Charlotte en l'embrassant avec passion. Je t'aime, Miles.

CASSIE MILES

Danger glacé

Traduction française de
FLORENCE BERTRAND

BLACK ROSE

HARLEQUIN

Titre original :
ESCAPE FROM ICE MOUNTAIN

1

Le compte à rebours avait commencé. Dans moins de cinquante-cinq minutes, Jordan Reese Waltham serait en route vers la liberté avec ses jumeaux.

Elle se trouvait dans la cuisine de la somptueuse villa où elle avait vécu durant près de cinq ans avec son ex-mari, Hugh Waltham, aux abords de Flagstaff, en Arizona. Elle connaissait la propriété par cœur – et chaque détail serait vital pour le succès de sa mission.

À 19 h 34, Jordan essuya la lame du couteau en acier qu'elle venait d'affûter, et le glissa dans l'étui en cuir qu'elle portait à la taille. De l'autre côté de sa ceinture se trouvait une autre arme : un bâton en titane extensible qui pouvait se révéler fatal lorsqu'il était utilisé par un spécialiste des arts martiaux, et Jordan en était une.

De plus, elle était une cuisinière talentueuse – ce qui lui avait permis de se faire engager ce soir-là.

Elle sortit de la cuisine et se dirigea vers la salle de bal, un plateau de hors-d'œuvre dans les mains. Son uniforme – pantalon noir et chemisier blanc – incluait une toque qui dissimulait ses boucles châtains, un tablier à rayures grises et le masque noir de rigueur exigé pour les serveurs. Un déguisement adéquat. Non qu'elle risque d'être reconnue dans cette soirée huppée. Lors de ce genre de réception, il était rare que les invités prêtent la moindre attention au petit personnel.

Il était 19 h 36, ce qui signifiait qu'elle avait dix minutes pour évaluer les menaces potentielles dans la salle de bal, le vestibule et l'escalier. Elle déposa son plateau sur une des tables recouvertes de nappes, ajusta ses épais bracelets en cuir et feignit de s'affairer avec d'autres plats. Pour autant qu'elle puisse en juger, le décor n'avait pas changé depuis son départ. Tout dans cette demeure – des lustres en cristal aux appliques à dorures en passant par les carrelages en marbre – la mettait mal à l'aise.

La soirée visait à lever des fonds afin de lancer la campagne électorale de Hugh, qui briguait un siège au Sénat. Le décor ostentatoire plaisait aux hommes en complet sur mesure et aux poches bien remplies, et aux femmes embijoutées vêtues de robes de grand couturier.

Elle avait fait partie de ce monde-là.

Jordan se plaça de manière à voir le vestibule où Hugh, debout aux côtés de sa fiancée, Helena, accueillait ses invités. Le chef du service de sécurité, Ray Gruber, observait tous ceux qui entraient. Gruber le gorille avait de longs bras, des épaules massives et un front protubérant qui faisait penser à un homme de Neandertal. Il avait l'air relativement civilisé dans son costume, mais Jordan savait que c'était un monstre. Trois mois et six jours plus tôt, il avait failli la tuer. Son agression avait été qualifiée de tentative de suicide et avait valu à Jordan d'être enfermée dans un hôpital psychiatrique. Un jour, elle réglerait ses comptes avec Gruber.

Mais pas ce soir.

Pour ses enfants, elle devait respecter son plan à la minute près. Il était 19 h 39. Ainsi qu'elle s'y attendait, l'élégant escalier incurvé à gauche de la porte était surveillé, et son accès interdit par un cordon en velours. D'autres agents de sécurité étaient visibles dans la salle de bal.

Au bout d'une des tables se tenaient trois ravissantes femmes, très élégantes. Leur regard furtif et leur sourire forcé suggéra à Jordan qu'elles parlaient d'elle. Ayant ajusté son masque, elle s'approcha discrètement pour écouter ses anciennes connaissances – des épouses de politiciens.

La plus grande était un ex-mannequin, Sierra, qui n'aurait jamais admis avoir plus de trente ans.

— J'imagine qu'aucune de nous n'a eu de nouvelles de Jordan, lâcha-t-elle en repoussant en arrière ses longs cheveux bruns. Elle est à l'institut Gateway depuis trois mois, non ? J'avoue ne pas comprendre pourquoi une femme qui, en apparence, avait tout pour être heureuse – un mari séduisant, une maison superbe, de l'argent et deux enfants en bonne santé – aurait voulu se suicider.

— Je n'ai jamais cru à cette histoire, rétorqua Abigail aussitôt. Jordan est forte et courageuse. Quand elle travaillait à plein temps, avant la naissance des jumeaux, c'était une journaliste respectée, qui a suivi les troupes de combat dans diverses zones du Moyen-Orient. Et qui couvrait toutes les affaires politiques au Congrès.

— C'est là qu'elle a rencontré Hugh, intervint Sierra.

— Mais il n'est pas député, objecta la troisième épouse. Pas comme mon mari.

— Réveillez-vous, ma chère, lança le mannequin sur un ton moqueur. Hugh est employé comme consultant par nos maris. Il les fait élire, et il est plus puissant qu'aucun d'entre eux.

— C'est pour ça qu'il s'est débarrassé de Jordan ? Il voulait une femme plus jeune ?

— C'est elle qui est partie, déclara Abigail. Jordan a déménagé voilà plus d'un an avec les enfants. J'ai toujours pensé qu'elle aurait dû épouser un homme dont elle était proche autrefois, quand elle était reporter. Un homme bien supérieur à Hugh Waltham. Un membre des marines.

Debout à côté d'une panière de petits pains sortant du four, Jordan se raidit. *Tais-toi, Abigail*, supplia-t-elle intérieurement. Elle ne voulait pas que son amie mentionne Blake Delaney. Il jouait un rôle essentiel dans son plan d'évasion, et elle tenait à ce que leur lien reste dans l'ombre.

— Je ne l'ai rencontré qu'une seule fois, poursuivit Abigail, et je n'ai jamais oublié la manière dont il la regardait. S'il savait que Jordan était à l'hôpital, il serait à son chevet.

— Elle est à l'institut depuis des mois, observa la troisième épouse. De quoi souffre-t-elle au juste ?

— J'ai entendu dire qu'il s'agissait de troubles mentaux, répondit Sierra.

Jordan détourna les yeux et tordit machinalement ses bracelets. Hugh était maître en l'art de la manipulation. Il avait tout tourné à son avantage, basant sa campagne sur la défense des victimes de troubles mentaux, et se servant de l'exemple de Jordan pour démontrer l'échec du système en place.

Son ami proche, le Dr Stephen Merchant, dirigeait l'institut où elle avait été incarcérée, droguée, et diagnostiquée à tort. Dès qu'elle aurait arraché ses enfants aux griffes de Hugh, elle ferait en sorte de dénoncer les agissements des deux hommes et de leurs complices.

Après un ultime regard autour d'elle, Jordan regagna la cuisine et consulta sa montre. 19 h 46. Il était temps de passer à l'étape suivante. Puisque l'escalier principal était bloqué, elle devait trouver un autre moyen d'accéder à la chambre de ses enfants, située au premier étage. La porte de l'escalier de service, dans la cuisine, était fermée à clé. Impossible de crocheter la serrure sans éveiller les soupçons, mais Jordan avait une solution de secours.

D'un signe de la main, elle indiqua à son employeur qu'elle sortait fumer une cigarette. Une fois au-dehors, elle retira son masque et inspira l'air d'octobre, frais et imprégné de la senteur des pins. Pendant les années où elle avait vécu là, elle avait exploré la résidence et les jardins de fond en comble, et l'endroit n'avait pas de secret pour elle. Il était peu probable que son mari ait changé quoi que ce soit. Pourquoi l'aurait-il fait ? Cette villa lui allait comme un gant.

Elle fit le tour de la piscine turquoise et courut jusqu'à l'abri de jardin caché dans les arbres à l'orée du bois. Là, elle se débarrassa de sa tenue de serveuse, trop blanche et trop visible. Dessous, elle portait un caleçon noir et un sweat-shirt à capuche ajusté, noir aussi. Elle fourra le tablier, la toque et le chemisier dans un sac à dos qu'elle emporterait de manière à ne pas causer d'ennuis à l'ami qui l'avait engagée pour ce soir. Enfin, elle attrapa un autre sac à dos qu'elle avait placé là plus tôt, mit une paire de gants et fila telle une flèche dans la nuit.

Au coin de la maison, elle grimpa le long d'un treillis, comme elle l'avait souvent fait par le passé. Une fois à hauteur de la salle de bains attenante à la chambre des jumeaux, elle tendit la main vers la fenêtre, priant pour que les agents de sécurité n'aient pas remarqué que le verrou ne fermait pas correctement. La chance lui sourit. La fenêtre s'ouvrit. Elle se rétablit sur le rebord et se faufila à l'intérieur.

Sa montre indiquait 19 h 58. Parfait. Lorsque Hugh et elle avaient des invités, ils veillaient à venir souhaiter bonne nuit aux enfants à 20 heures pile. Certes, elle n'était plus là, mais elle supposait que son ex avait tenu à garder la même routine.

Sans faire de bruit, elle entrouvrit la porte de la salle de bains afin d'entendre ce qui se passait dans la chambre. Les garçons parlaient super-héros. La dernière fois qu'elle les avait vus – lorsque leur père les avait amenés à l'institut pour leur montrer combien les lieux étaient jolis –, Jordan avait été droguée et tenait à peine debout.

À présent, elle était redevenue elle-même, vive et alerte. Le son des voix de ses enfants résonnait dans ses oreilles en parfaite harmonie, bien qu'ils soient en désaccord.

— C'est mieux d'être super fort, arguait Alex. Si quelqu'un t'embête, tu peux lui donner un coup de poing dans le nez.

— Je préférerais être invisible, rétorqua Cooper, qui était fan de Harry Potter. Et jeter des sorts.

— T'es bête.

— Si j'avais une baguette magique, je te transformerais en grenouille.

— Je serais un homme-grenouille, riposta Alex. Je nagerais plus vite qu'un requin.

La poitrine de Jordan se gonfla de fierté. Ses enfants étaient non seulement intelligents, mais drôles. Elle avait hâte de les serrer dans ses bras. Quand la porte de la chambre s'ouvrit avec un déclic, elle se raidit, se préparant à entendre la voix de Hugh.

Au lieu de quoi, la voix était féminine et haut perchée.

— Comment vont mes deux hommes préférés ?

— Ça va, Helena, répondit Alex d'une voix bourrue. Tu portes le collier de maman.

— Oh ! non, je ne crois pas, protesta la fiancée de Hugh avec un rire. Il va bien avec ma robe, non ?

— Qu'est-ce que j'en sais ? grommela Alex.

— Tu peux m'aider ? demanda Cooper, plus aimable. Tu peux donner une lettre de ma part à quelqu'un ? En personne ?

— Bien sûr, mon chou.

— C'est important, insista Cooper. C'est pour maman. Je lui ai écrit plein de lettres et elle ne répond jamais. Je crois qu'elle ne les reçoit pas.

Jordan n'avait pas reçu une seule lettre émanant des jumeaux. Il était évident que son courrier avait été intercepté par le Dr Merchant. Elle n'avait eu ni visite, ni téléphone, ni même accès à un ordinateur. On avait veillé à la tenir isolée. Malgré tout, elle était parvenue à contourner les mesures de sécurité et à se connecter au système Internet de l'institut, ce qui lui avait permis d'entrer en contact avec le réseau clandestin qu'elle utilisait en tant que journaliste.

— Je la lui donnerai, promit Helena. Vous avez pris vos comprimés ?

— Pourquoi est-ce que maman ne répond pas ? Elle nous a oubliés ?

Jordan entendait la douleur dans la voix de son fils.

— Votre maman est très malade, déclara Helena. Il ne faut pas penser à elle, d'accord ?

— Où est papa ? s'enquit Alex.

— Il est occupé et il m'a demandé de vous embrasser pour lui. Au lit, maintenant.

— Je veux une histoire, lança Cooper. Tu peux nous en lire une ?

— Désolée, les garçons. Il faut que j'y aille.

— Moi, je veux bien lire une histoire, intervint une autre voix.

Abigail ! Que diable faisait-elle là ? Jordan retint son souffle. Elle n'avait pas prévu cette interruption. Elle n'avait pas le temps de s'attarder. Les minutes passaient, et il fallait qu'elle soit sortie de la maison avec les enfants avant 20 h 30 et la ronde du service de sécurité. Il était déjà 20 h 9. Il ne lui restait que vingt et une minutes.

— Merci, Abigail, dit Helena sur un ton sec. Mais je n'ai pas besoin de votre aide.

— Ce n'est pas pour vous que je suis là, rétorqua Abigail, avec l'autorité que lui conférait son âge. Approchez, les garçons.

Jordan entendit ses enfants sauter à bas du lit et se ruer vers Abigail. Des rires fusèrent, des exclamations de plaisir. Jordan aurait donné cher pour être dans cette pièce, prendre les jumeaux dans ses bras et les couvrir de baisers.

— Ça suffit, décréta Helena. Il est temps que je redescende.

— Désolée de vous avoir dérangée, répondit Abigail. Je me suis souvenue que Hugh et Jordan montaient toujours dire bonne nuit aux garçons à 20 heures et j'ai eu envie de les voir.

— C'est chose faite. Allons-y.

— Bien sûr. Je voudrais juste faire un saut à la salle de bains.

Jordan eut tout juste le temps de se glisser derrière le rideau de douche avant que son amie entre et allume la lumière. Abigail referma la porte derrière elle.

— Jordan, tu es là ? souffla-t-elle.

Jordan écarta le rideau, stupéfaite.

— Comment as-tu su... ?

— Croyais-tu vraiment que je n'allais pas te reconnaître malgré ton déguisement ?

Elle étreignit Abigail avec affection.

— Nous n'avons pas le temps de parler. Dis-moi ce que je peux faire pour t'aider.

— Je ne veux pas t'impliquer dans cette histoire, déclara Jordan fermement. Hugh et Gruber sont dangereux. Le mieux est que tu restes en dehors de tout cela.

Abigail actionna la chasse d'eau et ouvrit le robinet.

— J'ai été en contact avec Blake. Il est rentré du Moyen-Orient.

— Pourquoi ? demanda Jordan, abasourdie.

— Tu as dû entendre ce que je disais à son sujet, non ? Il a essayé de te contacter et s'est inquiété que tu ne répondes pas. En fin de compte, il m'a appelée.

— Vas-y. Lis une histoire aux garçons. Je vous rejoins dans une minute.

Dès la porte refermée, Jordan se laissa tomber sur le siège des toilettes. Blake s'était inquiété pour elle. Au fil des années, elle avait souvent pensé à lui. Si elle avait cru aux âmes sœurs, il serait son mari. Mais leur relation n'avait pas marché sept ans plus tôt. Ils étaient l'un et l'autre trop absorbés par leur carrière.

Elle tendit l'oreille pour écouter les conversations dans la chambre. Helena redescendit pendant qu'Abigail entamait la lecture du *Hobbit*. Il était 20 h 13. Jordan devait s'en aller maintenant. Tout de suite.

Elle hésita.

Blake était de retour aux États-Unis. Son arrivée inattendue risquait de tout gâcher. Elle avait prévu d'emmener les jumeaux au chalet de Blake, dans le Colorado, un endroit isolé où elle avait autrefois passé cinq jours merveilleux avec lui. Puisqu'il était censé être à l'étranger, le chalet était vacant. Et personne ne songerait à la chercher là-bas. Mais maintenant...

L'angoisse déferla dans ses veines. Pour la première fois, elle douta de sa capacité à mener son plan à bien. Tant de choses pouvaient mal tourner. Si un employé de l'institut remarquait qu'elle n'était plus dans sa chambre, par exemple. Ou si la voiture qu'elle avait dissimulée près de la villa avait été découverte et mise en fourrière. S'ils étaient capturés par les agents de sécurité de Hugh, emmenés par Gruber le gorille ?

Cependant, elle ne pouvait laisser ses enfants ici. Elle ne pouvait plus reculer.

Elle se faufila hors de la salle de bains et sortit dans la chambre plongée dans la semi-pénombre. Ses enfants étaient couchés et écoutaient Abigail. Celle-ci interrompit sa lecture alors que Jordan posait un doigt sur ses lèvres.

— Surtout, ne faites pas de bruit, dit-elle calmement. Personne ne doit nous entendre.

Elle s'agenouilla et ouvrit les bras. Alex rejeta ses couvertures et se rua vers elle, l'étreignant avec une force étonnante. Cooper fut plus mesuré mais se blottit étroitement contre elle.

— Je savais que tu ne nous avais pas oubliés, chuchota-t-il. Je savais que tu reviendrais.

Après les avoir embrassés, elle leur donna des instructions.

— Enfilez vos chaussures et une veste par-dessus votre pyjama. Mettez des jeans et des T-shirts dans vos sacs à dos. Vite.

Les garçons se jetèrent dans l'action sans discuter. Jordan se tourna vers Abigail.

— Quelqu'un surveille la chambre ?

— Un seul garde. Je vais détourner son attention.

— D'accord. Ensuite, oublie que tu m'as vue. Je parle sérieusement. Je ne veux pas que tu aies des problèmes.

— Si je n'étais pas là, que ferais-tu ?

— Je suis armée. Mais je préfère ne pas user de violence devant les enfants.

Abigail sortit de la chambre et alla droit au garde. Jordan ne saisit que quelques bribes de conversation, mais devina que son amie feignait d'être souffrante et demandait de l'aide pour descendre l'escalier. Le garde l'accompagna sans discuter.20 h 21. Plus que neuf minutes avant la ronde du service de sécurité.

Elle serra les enfants dans ses bras.

— Nous allons descendre au sous-sol, et puis sortir. Ça va ?

— Je suis fatigué, murmura Cooper en se frottant les yeux.

— Vous avez pris les comprimés que Helena vous a donnés ?

Cooper acquiesça tandis qu'Alex secouait la tête.

— Sûrement pas. Je n'aime pas être tout endormi.

— Essayez de me suivre, d'accord ? Pas un bruit, comme des ninjas.

Ils traversèrent le palier, puis s'engagèrent dans l'escalier qui descendait à la cuisine et à l'étage inférieur. Le couloir du sous-sol était éclairé par une unique ampoule. Des années plus tôt, Jordan avait inspecté les lieux et s'en souvenait parfaitement. La cave à vin se trouvait à leur droite. Elle prit à gauche, traversant des pièces plongées dans l'obscurité, qui servaient de débarras. Cooper la suivait de son mieux, trébuchant ici et là. Alex le talonnait, vif et plein d'énergie.

Elle poussa la porte qui débouchait sur le jardin et regarda sa montre à la faveur de la lune. 20 h 27. Dans trois minutes, il serait trop tard.

Elle souleva Cooper dans ses bras.

— Reste tout près de moi, Alex.

Ensemble, ils coururent à l'abri de jardin. Au moment où ils s'engouffraient à l'intérieur, les lampes extérieures s'allumèrent, révélant les parterres manucurés avec soin.

Avaient-ils réussi ?

Du coin de l'œil, elle aperçut un homme qui émergeait des bois, comme surgi de nulle part. Un homme de haute taille, séduisant, vêtu de son uniforme de marine.

Blake Delaney.

Il la rejoignit dans l'abri et referma la porte. L'obscurité les entoura. Pour la première fois depuis des mois, elle se sentit en sécurité.

2

Blake ne lui demanda pas pourquoi elle se cachait dans l'abri de jardin avec ses fils. Il ne l'interrogea pas sur le plan qu'elle avait préparé ni sur les armes qu'elle portait. Au lieu de quoi, il referma la porte derrière et lui et prit la situation en main. Le premier objectif consistait à échapper à la vigilance des agents de sécurité qui se déployaient autour de la villa. Avant de pénétrer dans la cabane, il en avait dénombré cinq, ce qui était insuffisant pour une inspection minutieuse des lieux. Des renforts étaient sans aucun doute disponibles le cas échéant.

À l'intérieur de l'abri, le rayon de lune qui filtrait par une fenêtre haut placée lui donnait assez de lumière pour voir les deux enfants et Jordan, encore plus magnifique que dans ses souvenirs – sexy et farouche dans son rôle de maman protectrice. Elle repoussa la capuche de son sweat, libérant une cascade de boucles couleur chocolat. Ses grands yeux bleus le fixaient. Ses lèvres pulpeuses esquissèrent un sourire tandis qu'elle pointait le doigt vers les boutons rutilants sur sa poitrine.

— Très impressionnant, commenta-t-elle.

— C'était l'idée d'Abigail, expliqua-t-il. Je n'avais pas d'invitation, mais un uniforme de gradé vous ouvre presque toutes les portes.

— Il me plaît. Mais nous n'avons pas le temps de bavarder. Il faut qu'on...

— Je sais, coupa-t-il en lui faisant signe de se taire. J'ai compris.

Il guida le petit groupe dans un coin de la cabane, derrière un tracteur-tondeuse, et disposa du mobilier de jardin devant eux. Baissés, ils ne pouvaient être vus de la fenêtre ni de la porte. D'une voix presque inaudible, il ordonna :

— Restez ici. Ne faites pas de bruit.

Le petit garçon que Jordan avait porté le regardait, les yeux écarquillés.

— Il fait trop noir.

Blake sortit son trousseau et en détacha une minuscule torche LED.

— Tiens-la de manière que personne ne puisse la voir de l'extérieur.

— Vous êtes dans l'armée ? s'enquit le second jumeau.

— Pas exactement, répondit Blake en redressant le menton. Je suis un marine.

— Vous sentez bizarre.

— C'est mon cigare.

Fumer un havane roulé à la main, au délicieux arôme, lui avait fourni une bonne excuse pour flâner dans le jardin. Dès qu'il était entré dans la propriété de Waltham, son instinct s'était mis en alerte. Cette luxueuse demeure ne ressemblait peut-être pas à un fort ennemi, mais il avait senti le danger dans l'air. Ses soupçons avaient été confirmés quelques instants plus tôt lorsqu'il avait reçu un texto d'Abigail : « Situation grave. J dans le jardin. »

Le jumeau rétorqua :

— C'est mal de fumer.

Un jour, l'enfant comprendrait la différence entre un cigare symbolique au début d'une mission et une mauvaise habitude. Cependant, c'était une conversation à garder pour plus tard.

— Peu importe ce que vous voyez ou entendez, restez cachés, d'accord ?

— D'accord.

Avant de partir, Blake caressa du dos de la main la joue douce et pâle de Jordan, et lui tapota l'épaule. Dans ses yeux bleus, il lut la force, le courage et… l'espoir ? À l'évidence, elle était vraiment convaincue de pouvoir mener à bien ce plan insensé pour sauver ses enfants. Et il allait faire de son mieux pour l'y aider.

Ils étaient bien cachés derrière le tracteur-tondeuse, mais il avait besoin de créer une diversion supplémentaire en attirant l'attention sur lui. Il ajusta sa casquette d'un blanc étincelant, ouvrit la porte sans bruit et quitta l'abri. Puis il resta dans l'ombre jusqu'à la rocaille où il avait laissé son cigare à demi fumé.

Il avait beau ne pas être armé, il était préparé à un affrontement. Quelques semaines plus tôt, lorsqu'il avait appris que Jordan était hospitalisée à l'institut Gateway, l'inquiétude l'avait gagné. Certes, il avait perdu le contact avec elle et elle avait épousé un autre homme, mais il n'avait jamais cessé de penser à elle, de rêver à ce qui aurait pu se passer s'ils n'avaient pas l'un et l'autre été si attachés à leur carrière. Ce n'était plus le cas, du moins pour lui. Blake était à deux doigts de prendre sa retraite, ce qui était une raison de plus pour revoir Jordan. Il devait découvrir s'ils avaient une chance de bâtir un avenir ensemble.

Il avait tenté de l'appeler, en vain. Puis il était venu à Flagstaff, mais avait été refoulé à chaque porte jusqu'au moment où il avait contacté l'amie de Jordan, Abigail. Elle lui avait révélé que Jordan était retenue à l'institut, sans pouvoir communiquer avec quiconque. Elle avait suggéré qu'ils se rencontrent lors de cette réception, où il pourrait peut-être s'entretenir avec Hugh Waltham, l'ex-mari de Jordan, et obtenir l'autorisation de la voir.

Il fit jaillir la flamme de son briquet et alluma le havane parfumé. À quelques mètres de l'abri, il emprunta le sentier pavé qui serpentait autour de la piscine et menait à un kiosque de jardin. Il ne fallut que deux minutes aux gardes pour s'approcher.

Arborant complet noir, chemise blanche et nœud papillon, les deux hommes étaient bien bâtis, et portaient chacun une oreillette afin de communiquer avec leurs collègues. Ils s'avancèrent vers lui avec assurance. À la posture du plus grand – qui devait mesurer près d'un mètre quatre-vingt-dix, comme lui –, Blake devina qu'il s'agissait d'un ancien militaire. L'autre homme possédait un torse puissant, des épaules larges et de longs bras qui faisaient penser à un gorille. Il émanait de lui un air d'autorité. C'était lui le chef.

Il parla le premier.

— Qu'est-ce que vous fabriquez ici ?

— Bonsoir, messieurs, répondit Blake en touchant le bord de sa casquette. Je savoure mon cigare. J'aimerais pouvoir vous en offrir un, mais celui-ci est mon dernier havane.

— Vous étiez cantonné à Cuba, capitaine ? demanda le second garde, manifestement respectueux de l'uniforme.

Un militaire, pas de doute. Il avait reconnu le grade de Blake en voyant les rayures sur ses manches et les deux barres argentées sur sa veste.

— J'ai passé les dix dernières années au Moyen-Orient.

— Au combat ?

— Oui.

La réponse confirmait qu'il était un vrai marine, un soldat digne de respect. Néanmoins, le gorille avait adopté une pose agressive, dont il pensait sans doute qu'elle le faisait paraître plus impressionnant. Blake, lui, ne voyait qu'une cible plus large.

— Éteignez votre cigare et rentrez. L'accès au jardin est interdit.

Blake se demanda pourquoi. Waltham avait-il reçu des menaces ? Quelqu'un avait-il eu vent du plan de Jordan ? Il prit une profonde inspiration et expira un nuage de fumée en se tournant vers le grand.

— Où étiez-vous cantonné ?

— À bord d'un porte-avions dans le Pacifique. J'ai quitté la marine il y a longtemps. Elle me manque parfois.

— Je le sens.

Il pivota vers le gorille.

— Et vous ?

— Non que ça vous regarde, mais je ne me suis jamais engagé. J'ai appris mon métier dans la rue. J'étais policier à Chicago.

— Un endroit dangereux, j'imagine.

— Plutôt.

Le gorille avait redressé le menton. Ses yeux plissés lui lançaient un défi. Ce type était un tyran… et un imbécile s'il pensait pouvoir triompher d'un marine dans un combat au corps à corps. Blake était sérieusement tenté de lui décocher un coup de poing dans la figure, un coup de genou entre les cuisses et de faire un nœud avec ses bras. Mais ce soir, il ne s'agissait pas de lui. Il devait maîtriser son instinct, penser à Jordan et aux jumeaux.

— Cela vous ennuie que je fasse quelques pas avec vous ?

— Pas du tout, répondit le grand. Les choses ont changé au Moyen-Orient. Qu'en pensez-vous ?

— Je ne suis pas un homme politique. J'obéis aux ordres et j'essaye de ne pas m'attirer d'ennuis. Tout ce que je peux dire, c'est que les gens là-bas sont chaleureux, intelligents et pleins d'humour. Et j'adore la cuisine, surtout l'houmous et le chawarma.

Ils continuèrent à marcher, passèrent devant l'abri de jardin sans y accorder un regard. La diversion avait été plus efficace que Blake n'avait osé l'espérer. Ils approchaient du sentier qui menait au kiosque quand le gorille se ravisa.

— Retourne à cet abri et jette un coup d'œil dedans.

— Tout de suite.

Du coin de l'œil, Blake vit le garde dégingandé trotter jusqu'à la cabane, ouvrir la porte et scruter l'intérieur. Le parcours d'obstacles que Blake avait mis en place devait dissuader une éventuelle exploration, mais il ne pourrait se détendre avant que l'homme revienne.

Il expira un nouveau nuage de fumée et s'adressa au gorille.

— Combien d'hommes utilisez-vous pour une soirée de ce genre ?

— Plus d'une douzaine.

— Pourquoi autant ? Y a-t-il eu des menaces ?

— Vous ne comprendriez pas, rétorqua le gorille. Comme vous l'avez fait remarquer, vous n'êtes pas un homme politique. Ces gens-là ont beaucoup d'ennemis.

— Il y a longtemps que vous travaillez pour Hugh Waltham ?

— Depuis des années.

Il plissa les yeux, toisant Blake d'un regard dur et sombre.

— Vous posez beaucoup de questions.

— Je suis curieux, c'est tout.

Blake regarda le grand dégingandé refermer la porte de l'abri et revenir vers eux. Il n'avait pas repéré Jordan et les enfants. Ils étaient en sécurité.

— Si vous avez un peu de bon sens, occupez-vous de ce qui vous regarde.

Blake éteignit son cigare et se détourna.

— Passez une bonne soirée, messieurs. Nous nous reverrons à l'intérieur.

Tout en se dirigeant vers la maison, il se demanda ce qui s'était passé pour que Hugh Waltham estime avoir besoin d'une protection aussi étroite. S'était-il fait des ennemis ? Ou était-il simplement paranoïaque ?

Au bout du chemin, il se glissa entre les arbres et les buissons qui bordaient la pelouse et regagna l'abri de jardin. Accroupi derrière un rocher, il observa la patrouille qui terminait sa ronde. Le dernier homme à rentrer dans la maison fut le chef. Les sourcils froncés, il jeta un ultime regard autour de lui, puis hocha la tête d'un air satisfait. Il ne se doutait de rien.

Ce type était aveuglé par sa suffisance, et à l'évidence moins intelligent qu'il ne pensait l'être. Il n'avait pas palpé Blake, n'avait même pas demandé son nom pour le comparer à la liste d'invités. Non, ce n'était pas un génie. Mais cela ne signifiait pas qu'il était inoffensif.

Il se faufila dans l'abri et s'avança vers le coin où Jordan et les garçons se cachaient. Les jumeaux ne s'étaient pas endormis.

— Tout va bien, assura-t-il en levant les pouces. Les gardes sont partis.

Jordan serra les enfants contre elle, ne les lâchant qu'à regret.

— Il faut qu'on s'en aille.

Blake était d'accord. Il était impératif qu'ils aient quitté la propriété avant qu'on découvre la disparition des garçons.

— Où veux-tu aller ?

— J'ai laissé une voiture de l'autre côté du terrain de golf, expliqua-t-elle. Suis-moi.

Blake regarda les enfants. Cooper semblait avoir recouvré ses forces – sans doute grâce à un mélange de peur et d'adrénaline. Alex débordait d'énergie et pouvait courir. Si nécessaire, Blake pourrait porter l'un ou l'autre ou les deux avec leurs sacs.

Il déboutonna sa veste et fourra sa casquette à l'intérieur. Elle serait sûrement fichue, mais il ne pouvait pas être invisible en portant une casquette blanche.

Jordan sortit, suivie des jumeaux. Blake ferma la marche. Elle prit Cooper par la main et s'engouffra dans la zone boisée derrière la villa, zigzaguant entre les bouquets de pins, les trembles dorés et les rochers plats qui évoquaient les plateaux du désert. Cette partie de l'Arizona lui rappelait le Colorado, où il possédait un chalet.

Jordan marqua une pause à l'extrémité du terrain de golf, dont la verdure tranchait avec le feuillage automnal. À l'évidence, les garçons et elle connaissaient bien ce chemin. Progressant d'un pas sûr, ils couvraient le terrain en un minimum de temps.

Sa voiture, une Prius, était garée dans une rue résidentielle voisine. À chaque pas qu'il faisait, Blake se posait de nouvelles questions. Comment s'était-elle enfuie de l'institut ? Où avait-elle trouvé les fonds nécessaires pour financer cette fuite ? À qui appartenait ce véhicule ?

Pendant qu'elle aidait les garçons à s'installer à l'arrière, il se glissa au volant et ajusta le siège pour ses longues jambes. Jordan se campa devant sa portière, les mains sur les hanches.

— Tu ne vas pas conduire, Blake.

— Si. Pour commencer, il faut que je fasse un crochet par mon motel pour me changer. J'adore mon uniforme, mais je ne peux pas passer inaperçu avec.

— Pourquoi penses-tu que tu viens avec nous ?

— Tu as besoin de moi.

Elle ne prit pas la peine de nier. Au lieu de quoi elle contourna le capot et s'assit côté passager.

— Tu as dix minutes pour prendre tes affaires. Après, c'est moi qui conduis, ce qui est logique parce que je sais où nous allons.

Il démarra et s'engagea sur la route, agréablement surpris par la capacité d'accélération de la petite voiture.

— Et où diable allons-nous, justement ?

Jordan n'avait pas envie de répondre. Avoir Blake comme équipier renforçait sa confiance en elle, sans parler du fait qu'elle aimait le regarder, contempler ses pommettes hautes et son menton décidé. Quand il l'avait touchée, elle avait été ramenée en un éclair à l'époque où, jeune journaliste, elle avait eu le coup de foudre pour un séduisant marine.

Cependant, son apparition ne résolvait pas tout.

Première question : pouvait-elle lui faire confiance ? Il se sentirait peut-être obligé de la livrer aux autorités. Si justifié que soit l'enlèvement de ses enfants, cela restait un délit, d'autant plus qu'elle avait l'intention de les emmener dans un autre État. Blake n'était pas homme à enfreindre la loi.

Contrairement à son ex-mari, qui serait dans son droit en alertant le FBI. Elle doutait fort qu'il en arrive là. Hugh jouait à cache-cache avec la loi depuis de nombreuses années et ne pouvait guère se permettre qu'elle révèle tout ce qu'elle savait aux agents fédéraux. Du moins, elle l'espérait. S'il faisait bel et bien appel au FBI, elle risquait fort d'être capturée. En revanche, elle parviendrait peut-être à déjouer les efforts de la compagnie de sécurité privée qu'il employait.

Elle inclina la tête de côté et regarda Blake.

— Je suppose que je te dois une explication.

— Je suppose, oui.

— C'est compliqué.

Son objectif principal en enlevant les jumeaux était bien sûr de les arracher à une vie avec Hugh et Helena. Une vie qui incluait des comprimés à l'heure du coucher et un contrôle étroit de chaque aspect de leur existence jusqu'au jour où on les jugerait assez grands pour être expédiés en pension. À sa manière, Hugh aimait ses enfants, surtout parce qu'ils étaient photogéniques sur ses affiches électorales. Mais jamais il ne jouait avec eux ni ne les écoutait.

Pour Jordan, c'était le contraire. Les garçons étaient ce qu'il y avait de plus important à ses yeux. En seconde place venait son travail en tant que journaliste d'investigation. Pendant sa fuite, elle comptait compléter son dossier concernant Hugh. Son ex était un escroc, peut-être même un meurtrier, et elle ne pouvait le laisser échapper à la justice.

Consciente de ne pas avoir répondu à la question de Blake, elle se retourna vers les garçons.

— Comment ça va, à l'arrière ?

— Bien, affirma Cooper.

— Tu n'as pas répondu au monsieur, observa Alex. Où est-ce qu'on va ?

— On part… pour une aventure.

Blake s'éclaircit la voix.

— Il va me falloir un peu plus de détails.

— Ne t'inquiète pas. J'ai préparé ce voyage à l'avance. Rien n'a été laissé au hasard.

— Chaque mission que j'ai entreprise m'a appris à m'attendre à l'inattendu. Par exemple, tu n'avais pas envisagé que je me joigne à vous.

— C'est un problème, en effet, et il va nécessiter quelques adaptations. Je savais qu'il serait difficile de voyager discrètement avec deux adorables jumeaux. Et maintenant, voilà que j'ai Thor au volant de la Prius.

Il lui décocha un regard qui était sans doute censé être assassin. Au lieu de quoi, l'éclat intense qui brillait dans ses yeux bleus éveilla en elle une passion qu'elle n'avait pas éprouvée depuis des années.

— Tu ne m'as toujours pas dit où nous allons, fit-il remarquer de sa voix grave.

Autant avouer tout de suite.

— Quand j'ai préparé cette fuite, je voulais aller dans un endroit isolé, et j'ai pensé à ton chalet au Colorado. Comme tu étais cantonné à l'étranger, je me suis dit que tu ne saurais jamais que nous y avions passé quelque temps.

— Tu t'es souvenue de notre voyage sur Ice Mountain.

— J'y songe souvent.

— Excellent choix, Jordan. Mon chalet est équipé d'un système de sécurité ultra-sophistiqué et il est aussi extrêmement bien isolé contre le froid, ce qui tombe bien puisqu'il ne va sûrement pas tarder à neiger.

— Cela ne t'ennuie pas ? demanda-t-elle après une légère hésitation.

— C'est un honneur pour moi.

— Par conséquent, après avoir fait un crochet par ton motel, nous partirons vers l'ouest par l'I-40.

Il haussa les épaules.

— Le plus rapide serait de filer vers le nord sur la 191 et de rattraper l'I-40 après.

— Mais je ne veux pas y aller directement. Nous pourrions être suivis d'une manière ou d'une autre. Notre premier arrêt doit être une diversion.

— Je suis d'accord avec ta logique, mais ne complique pas trop les choses. Qu'avais-tu en tête ?

— Las Vegas.

3

— Las Vegas est à l'opposé de notre véritable destination, reprit-elle. C'est pourquoi nous allons là-bas.

— Continue.

— Nous établissons une fausse piste, et Vegas est l'endroit idéal pour suggérer que nous nous dirigeons vers la côte. C'est une des villes les plus surveillées du pays.

Blake sourit et entra sur le parking du motel tandis que Jordan tournait la tête de gauche et de droite pour s'assurer qu'ils n'avaient pas été suivis. Rien à signaler. Blake se gara devant la chambre numéro 12, située à l'extrémité d'un bâtiment rectangulaire sans étage. L'endroit n'avait rien de luxueux, mais il présentait l'avantage d'être anonyme. Il était 21 h 24, seules quelques voitures se trouvaient sur le parking et personne n'était en vue.

Parfait.

— Tu as dix minutes, lui rappela-t-elle alors qu'il descendait du véhicule. Nous allons te chronométrer.

— Tu es sérieuse, là ?

— J'ai un plan.

D'après ses calculs, il faudrait près de quatre heures pour atteindre Las Vegas. Ils arriveraient vers 1 h 30 du matin, et elle avait beaucoup à faire entre le moment de leur arrivée et celui de leur départ.

— J'ai un rendez-vous à 3 heures du matin, et je ne peux en aucun cas être en retard.

Il esquissa un bref salut et se dirigea d'un pas rapide vers sa chambre. Elle n'avait pas compté sur sa présence pour cette expédition, mais elle était contente que les choses se soient déroulées ainsi. Blake serait un protecteur efficace contre des brutes telles que Gruber le gorille.

Elle descendit de voiture, contourna le capot et ajusta le siège à sa taille, puis se tourna vers les jumeaux qui observaient chacun de ses gestes. La perplexité se lisait dans leur regard innocent. Ils devaient avoir une foule de questions mais ne disaient rien. Bien que fière de leur courage, Jordan éprouva un pincement de regret à la pensée que, une fois de plus, elle avait semé le chaos dans leur vie. Ses enfants chéris méritaient une explication.

Elle tendit sa montre à Cooper, qui savait lire l'heure sur un cadran analogue et aimait tout chronométrer.

— Dix minutes, d'accord ? Dis-moi quand elles seront passées.

— D'accord, maman.

— Vous vous rappelez ce qui s'est passé voilà environ un an ? demanda-t-elle d'une voix calme en dépit de l'anxiété qui lui nouait la gorge. C'était par une nuit comme celle-ci, le ciel était constellé d'étoiles.

— Une aventure, répondit Cooper. Papa était à Washington et tu nous as emmenés dans la petite maison bleue avec la balançoire.

— Je me plaisais bien, là-bas, intervint Alex.

Jordan aussi. Dans ce quartier familial, les jumeaux avaient quantité de camarades de jeu. Leur vie sans Hugh était délicieusement normale. Elle lui tapota le genou.

— Nous allons vivre ailleurs pendant quelque temps.

— On va pouvoir retourner à l'école ? s'enquit Cooper.

Jordan n'avait pas su qu'ils n'y allaient plus.

— Vous suivez des leçons à la maison ?

— On a un tuteur, expliqua Alex. Il est nul.

— Je promets de vous renvoyer à l'école dès que ce sera possible.

— Papa sera dans notre nouvelle maison ?

— Non, admit Jordan, l'estomac noué.

Elle n'avait pas prévu de se trouver un jour dans cette situation, seule à la tête d'une famille, mais elle était entièrement responsable. Comment avait-elle pu être assez stupide pour tomber amoureuse de Hugh Waltham et l'épouser ? Elle n'avait aucune excuse. Et elle n'allait pas mentir à ses enfants quant à la possibilité d'une réconciliation.

— Vous êtes divorcés ? insista Alex.

— Oui.

Elle avait parlé aux garçons du divorce avant sa séparation d'avec Hugh et les avait même emmenés chez un psychologue spécialiste de l'enfance pour les aider à accepter le processus.

— Votre papa et moi ne vivrons plus jamais ensemble, mais cela ne change rien à ses sentiments envers vous. Il vous aime et vous pourrez le voir quand vous voudrez.

— Je n'aime pas Helena, lâcha Alex. Elle veut que je l'appelle « maman », mais je l'ai envoyée promener.

Tu as eu raison, songea Jordan.

— C'est la fiancée de votre papa, dit-elle néanmoins, soucieuse de ne pas encourager son hostilité. Vous devez essayer de bien vous entendre avec elle.

— Il reste six minutes, déclara Cooper. Qu'est-ce que tu vas faire si Blake n'arrive pas à temps ?

— Qu'est-ce que je devrais faire, à votre avis ?

— Lui donner une fessée, suggéra Alex. Ou un coup de poing dans le nez.

— C'est un peu excessif, non ?

Blake serait peut-être ravi d'être fessé, mais ce n'était évidemment pas une option. En tout cas, pas devant les enfants.

— Vous avez encore regardé ces jeux vidéo violents ?

— Papa a dit que je pouvais.

— Votre père et moi ne sommes pas d'accord sur ce point. En fait, sur de nombreux points, avoua-t-elle. S'il y a quelque chose dont vous voulez me parler, je vous écoute.

Les questions affluèrent. Cooper voulait retarder leur coucher d'une heure. Alex estimait qu'ils devraient avoir de l'argent de poche. *Vraiment ? Ne sont*-ils pas trop jeunes ? s'interrogea Jordan. Tous les deux réclamaient un téléphone portable.

Avant qu'elle ait eu le temps d'entrer dans une discussion à ce sujet, Cooper lâcha :

— Blake n'a plus qu'une minute.

— Fais un compte à rebours, suggéra Alex. Maman ne va pas le laisser s'en tirer comme ça. S'il est en retard, il va avoir de gros ennuis.

Bien que flattée que les garçons considèrent ses règles comme des lois, Jordan voyait mal comment elle pourrait discipliner Blake. Cependant, alors que les jumeaux entamaient leur compte à rebours, la porte de la chambre s'ouvrit et Blake sortit, vêtu d'un pantalon en toile et d'un T-shirt noir sous une veste en jean. L'uniforme avait disparu, mais il était toujours aussi masculin, aussi impressionnant. Il portait un sac de voyage qu'il alla ranger dans le coffre.

— Trois… deux… un, chantèrent les jumeaux alors qu'il s'engouffrait dans le véhicule et ajustait le siège passager.

— J'ai réussi, conclut-il.

— Heureusement pour toi, observa Cooper.

— Ouais, intervint Alex. Maman allait te donner une fessée.

Blake arqua un sourcil.

— Ah bon ?

— Les règles sont les règles, commenta Jordan en remettant sa montre.

Il était 21 h 37, et un peu plus de deux heures s'étaient écoulées depuis qu'elle avait démarré son plan. Les jumeaux avaient disparu depuis une heure vingt-quatre. Si la routine n'avait pas changé, leur nourrice viendrait vérifier que tout allait bien à 23 heures, dans une heure et demie. Jordan avait besoin de s'éloigner le plus possible de Flagstaff d'ici là. À 23 h 30, elle appellerait le téléphone portable d'Abigail à l'aide d'un appareil encrypté. Elle demanderait à son amie de lui donner les dernières nouvelles et lui recommanderait de ne dire à personne qu'elle les avait vus, Blake et elle.

Quelques minutes plus tard, ils étaient sur l'autoroute, le régulateur de vitesse fixé juste au-dessus de la vitesse maximale autorisée, une station de jazz en sourdine. Jordan avait espéré que la musique allait bercer les enfants, mais ils étaient excités par l'aventure et bavardaient comme des pies.

Jordan se concentrait sur la route, les écoutant à demi. N'allaient-ils donc pas s'endormir ? Elle lança un coup d'œil à Blake, quêtant son aide du regard.

Il sourit et se tourna vers les jumeaux.

— Je sais que vous êtes trop grands pour écouter des contes de fées, dit-il, mais j'ai une histoire qui va peut-être vous intéresser. Vous savez ce qu'est une escouade ?

Alex lança une réponse qui avait quelque chose à voir avec le football et n'avait guère de sens, ce que Cooper comprit parfaitement.

— Tu n'en sais rien !

— Si.

— Non.

— Blake va nous expliquer.

— Une escouade est un groupe de soldats qui peut avoir diverses missions, comme la reconnaissance, les premiers secours ou les opérations de recherche. Mon histoire est à propos de l'escouade du Tigre.

— C'est une histoire vraie ?

— À vous de me le dire.

Blake avait capturé leur attention. Il continua à parler de sa voix grave, calme, et les jumeaux l'écoutaient. Avec un peu de chance, ils n'allaient pas tarder à fermer les yeux, et Jordan avait hâte que ce moment arrive. Elle avait besoin de parler à Blake sans qu'ils l'entendent. Jusqu'à maintenant, il avait été fantastique, mais elle ne pouvait s'attendre à ce qu'il poursuive ce voyage sans savoir à quoi il s'exposait.

— Ce que vous devez savoir, c'est que Tigre était un animal féroce. Un chat sauvage à rayures orangées, qui avait une oreille déchirée et la queue de travers. Il vivait avec moi dans le Colorado.

— Un petit chat ? s'esclaffa Alex.

— Tu as déjà vu des chats se battre ? Tigre aurait pu triompher d'un ours brun. Il n'avait peur de rien. Il a mené cette escouade à la gloire. Une fois, son équipe et lui ont sauvé un garçon de cinq ans, le même âge que vous, qui avait découvert un coffre rempli de lingots d'or caché par des hors-la-loi dans une caverne.

— Raconte-nous ! pria Cooper.

La voix de Blake devint plus basse encore, adoptant un rythme hypnotisant.

— D'abord, laissez-moi vous décrire les Rocheuses. Des montagnes couronnées de neige, des lacs à l'eau cristalline, des torrents glacés, des blocs de granit aussi gros que des voitures. On peut y faire du ski, du snowboard, de la randonnée, de l'escalade. Ou bien on peut s'asseoir au soleil sous le ciel bleu et lire un livre.

Sa voix apaisante faisait à Jordan l'effet d'un baume. C'était comme si rien de mal ne pouvait arriver tant qu'il racontait son histoire. Il savait s'y prendre avec les enfants, ce qui n'aurait pas dû l'étonner. Blake faisait presque toujours bonne impression sur les gens qu'il rencontrait. Cela dit, les garçons de cinq ans pouvaient être difficiles – turbulents et têtus.

Elle vérifia l'heure à sa montre : 22 h 56. Dans quelques minutes, la nourrice allait découvrir que les jumeaux s'étaient volatilisés. Que se passerait-il alors ? Ils avaient bien roulé, laissé derrière eux les collines qui entouraient Flagstaff et progressaient à vive allure sur l'autoroute qui filait vers l'ouest à travers le désert.

Blake se tut, et elle jeta un coup d'œil vers lui.

— Ils dorment ?

— Oui.

— Merci de t'être occupé d'eux.

— De rien, c'était un plaisir. Un de mes jobs préférés a été d'enseigner dans une école que nous avions reconstruite au Qatar. Être avec les enfants m'a rappelé les raisons de notre présence là-bas. Ils sont l'avenir. Les petites filles, surtout.

Jordan aimait cette facette de sa personnalité. Bien sûr, Blake pouvait être un dur, mais c'était aussi un homme de cœur, qui aimait aider les autres.

— Pendant que les garçons dorment, je veux t'expliquer certaines choses, et notamment comment j'ai été amenée à enlever mes propres enfants.

— Je t'écoute.

— En deux mots, j'ai découvert que Hugh était mêlé à des

affaires de corruption, d'extorsion, de blanchiment d'argent et peut-être pire.

Ils avaient eu plusieurs querelles à ce sujet, sans jamais parvenir à un accord. Il avait refusé tout net de prendre ses distances avec ces agissements et de dénoncer les criminels qui étaient ses partenaires. Il avait dit qu'il était allé trop loin pour faire marche arrière. Qu'il serait ruiné.

— Nous avons eu de multiples conversations, et il a fini par me persuader qu'il était en train de revenir sur le droit chemin. En réalité, c'était le contraire. Il a commis des délits de plus en plus graves. Si bien que, voilà un an environ, je suis partie en emmenant les jumeaux et j'ai acheté une jolie petite maison en ville.

— J'ai une question, coupa Blake. Où as-tu trouvé l'argent ?

— J'ai toujours gardé mon indépendance financière. Mes économies, mes placements, mes comptes en banque. Hugh ne pouvait pas mettre la main dessus. Et après avoir travaillé des années comme journaliste et correspondante, j'avais amassé un pécule correct.

— Je savais que tu étais une survivante.

— Et comment, acquiesça-t-elle. Mais pour en revenir à mon histoire... elle n'est pas aussi satisfaisante que celle de Tigre. Il y a trois mois, Hugh m'a fixé rendez-vous pour la signature des papiers du divorce. J'ai fait en sorte que les jumeaux soient invités à une fête, par conséquent j'étais seule à la maison. Quand il est arrivé, j'ai aussitôt eu des soupçons.

— Pourquoi ?

— Il était accompagné de son chef de sécurité, Ray Gruber. Pour quelle raison l'aurait-il emmené hormis qu'il s'attendait à des ennuis ?

Elle s'était raidie au souvenir de cet après-midi-là. Ses doigts étaient crispés sur le volant.

— Nous avions discuté des termes du divorce, mais Hugh voulait les changer, et insistait pour avoir la garde exclusive des enfants.

— Tu as refusé de signer, devina Blake.

— Bien sûr que oui.

Elle avait explosé de colère.

— Je leur ai dit de ficher le camp. J'avais mon téléphone à la main et j'ai appelé police secours. Je n'ai eu que le temps de hurler mon adresse à la standardiste. Gruber s'est approché et m'a piquée avec un pistolet paralysant. Je me suis effondrée.

La suite avait été pire.

— Quand j'ai repris connaissance brièvement, on me mettait sur une civière. Il y avait du sang partout. Mes poignets avaient été sectionnés.

— Les bracelets, murmura-t-il. Je me demandais pourquoi tu les portais.

— Hugh a expliqué aux secouristes que j'avais tenté de me suicider. Quelques heures plus tard, je me suis réveillée à l'institut Gateway, des sangles autour des bras et des jambes.

— Tu crois que Hugh avait l'intention de te tuer ?

— Je devine que c'était son plan, oui, mais que mon appel au 911 a déclenché l'envoi des secours.

Il tendit la main vers elle et lui massa doucement la nuque.

— Ce Gruber, c'est un type massif, aux épaules larges et aux bras de singe ?

— Je l'ai surnommé Gruber le gorille.

— Je l'ai rencontré près de l'abri de jardin. Si j'avais su qu'il t'avait fait ça, je t'aurais vengée.

Il aurait été impitoyable avec le gorille, Jordan le savait.

— Tu lui as parlé ? Il sait qui tu es ?

— Il ne m'a pas demandé mon nom. On ne peut pas l'accuser d'avoir l'esprit vif. Et je ne suis pas entré dans la villa, je n'ai pas serré la main de ton ex.

Malgré tout, si Hugh entamait des recherches sur les amis de Jordan, le nom de Blake risquait d'être mentionné.

— Si Hugh et ses sbires t'ont identifié, il faut peut-être que je change d'avis à propos de ton chalet.

— La propriété n'est pas à mon nom. Je l'ai achetée avec un ami qui est mort au combat. C'est son nom qui figure sur l'acte de vente.

Elle détourna les yeux de la route un instant et le dévisagea.

— C'est un refuge pour toi ?

— C'est un endroit où je peux aller quand j'ai besoin d'être seul et de panser mes plaies. Mais j'ai des amis qui vivent à proximité et qui gardent l'œil sur mes affaires.

Il avait des amis partout. La plupart étaient d'anciens membres des marines avec qui il avait servi et forgé des liens indestructibles. Curieusement, Jordan possédait un réseau similaire. Dans le cadre de son travail comme journaliste d'investigation, elle s'était liée d'amitié avec nombre d'individus brillants qui pouvaient l'aider dans sa quête de la vérité. Une de ces personnes – une ex-danseuse qui dirigeait désormais une agence de transport par hélicoptère – l'attendait justement à Las Vegas.

— Quelqu'un d'autre sait que tu étais à Flagstaff ?

— Je suis allé à l'institut Gateway. Je suppose que certaines des infirmières pourraient se souvenir de moi. Et, bien sûr, j'ai contacté Abigail.

— À propos d'Abigail, il est 23 h 22. Je vais l'appeler pour lui dire que tout va bien.

Ils décidèrent de ne pas utiliser le haut-parleur de peur de réveiller les enfants. Blake composa le numéro et tint l'appareil contre l'oreille de Jordan pour qu'elle puisse parler.

Abigail répondit aussitôt.

— Je n'ai qu'une minute. Si je ne savais pas que c'est toi qui as emmené les enfants, je ne l'aurais pas deviné. Hugh n'a rien dit. Il n'a averti ni la police ni le FBI.

Exactement comme Jordan l'avait pressenti. Gruber était un imbécile, mais son mari, lui, avait toujours plusieurs longueurs d'avance sur les autres. Il savait que Jordan détenait des informations compromettantes à son sujet et ne voulait pas qu'elle soit interrogée.

— Comment explique-t-il qu'ils ne soient plus là ?

— Il a parlé de vacances.

Abigail marqua une pause.

— Il a envoyé Gruber à ta recherche.

— Comment diable sais-tu cela ?

— Quand on arrive à mon âge avancé, il est facile de se fondre dans le décor, ce qui signifie que je suis douée pour écouter les conversations.

Jordan n'avait jamais eu l'intention de mettre son amie dans cette situation. Trahir Hugh était un jeu dangereux, elle était bien placée pour le savoir.

— Sois prudente. Ne sous-estime pas Hugh ni ses amis.

— Je vais garder mes distances avec lui. Helena, en revanche, est ma nouvelle meilleure amie, et elle a hâte de tout me raconter.

Jordan remercia Abigail, mit fin à la communication et reporta son attention sur la route.

— Qu'en penses-tu ? demanda-t-elle à Blake.

— C'est tout bon, déclara-t-il. Si les fédéraux avaient lancé un avis de recherche, tu ne pourrais pas leur échapper. Tu serais arrêtée, inculpée d'enlèvement et envoyée en prison. Le gorille sera plus facile à mener en bateau.

Ce n'était pas la plus grande différence entre les forces de l'ordre légales et la firme de sécurité privée de Hugh.

— Si Gruber me trouve, je n'irai pas en prison. Il me tuera.

4

— Je comprends pourquoi tu as enlevé les enfants, lâcha Blake, révolté par la manière dont elle avait été traitée. Tu ne peux pas discuter avec ton ex ni lui faire confiance. C'est un homme déraisonnable et malhonnête. Et très dangereux.

Elle jeta un coup d'œil vers la banquette arrière.

— Parle moins fort. Je ne veux pas que les garçons sachent…

— … que leur cher papa a tenté de te tuer ?

— J'essaye de ne pas dire du mal de lui devant eux. Que cela me plaise ou non, ils méritent d'avoir l'opportunité d'une relation avec leur père.

Bien que d'accord avec elle sur le principe, il pensait qu'elle devait se défaire de l'illusion que son ex puisse redevenir un homme honnête. Son titre de consultant politique masquait une activité qui ne visait qu'à promouvoir son intérêt personnel. Apparemment, Blake n'était pas le seul à être de cet avis. Sa brève conversation avec le gorille lui avait appris que Waltham avait engagé une équipe de gardes du corps, signe qu'il avait des ennemis.

Les menaces qui pesaient sur lui étaient-elles liées aux raisons qui avaient poussé Jordan à se séparer de lui ? À la faible lueur du tableau de bord, il étudia son menton résolu, son regard fixé sur la route qui s'étendait devant eux. Sept ans plus tôt, quand elle était reporter au sein de son bataillon, il avait été impressionné par son courage et son endurance. Elle n'avait reculé devant aucun défi. N'avait cédé devant aucun danger. Elle s'était jetée corps et âme dans chaque action, y compris lorsqu'elle avait fait l'amour avec lui à la belle étoile.

Avant d'apprendre les détails de l'agression de son ex, Blake avait espéré la persuader de se raviser quant à l'enlèvement. Elle avait enfreint la loi et cet acte désespéré pourrait détruire sa vie. Quant à lui, sa complicité aurait des conséquences aussi. Cependant, ce n'était pas cela qui l'inquiétait. Dès l'instant où il avait vu Jordan et ses enfants, il avait su au tréfonds de lui-même qu'il devait les protéger.

Il avait confiance en elle. Sa propre échelle de valeurs incluait une foi solide en la justice. Parfois, cependant, le système judiciaire échouait. Avoir retiré les jumeaux à leur mère en était un exemple criant. Les avoir confiés à leur père était dix fois pire.

— Tu ne m'as pas tout dit, lui fit-il remarquer.

Elle haussa les épaules.

— Que veux-tu savoir ?

Quand il était arrivé à Flagstaff, il s'était rendu directement à l'institut Gateway. Le vaste complexe occupait un site bien entretenu en bordure de la ville. Les jardins soigneusement manucurés étaient traversés de chemins plaisants qui invitaient les patients et visiteurs à flâner.

Un voiturier s'était chargé de son véhicule à l'entrée, et Blake s'était attendu à ce que le personnel soit coopératif. En réalité, il n'avait pas dépassé la réception. L'atmosphère impersonnelle évoquait plus un hôtel de luxe qu'un établissement médical.

— Que sais-tu de l'institut Gateway ? D'après ce que j'ai vu, c'est un endroit plutôt classieux.

— La plupart des patients seraient d'accord avec toi. Il y a des espaces communs agréables, un gymnase, des restaurants où on sert une cuisine de premier ordre. Le niveau de soins est personnalisé. Si j'avais vraiment eu besoin d'un traitement médical, j'aurais peut-être choisi d'y aller. Mais je n'étais pas malade.

— Comment t'ont-ils gardée là-bas ?

— Les avocats de Hugh ont établi un dossier pour me faire enfermer, arguant que je représentais un danger pour moi-même et pour les autres. D'après eux, mes enfants ne pouvaient pas m'être rendus.

— Et le personnel de l'institut a gobé ça ?

— La demande de Hugh a été acceptée parce que le directeur de Gateway, le Dr Stephen Merchant, est à sa solde. Une fois sous son contrôle, je n'avais aucune chance. Dès que j'ai repris connaissance, on m'a droguée constamment.

— Pourquoi n'as-tu pas contacté quelqu'un qui aurait pu t'aider à sortir ?

— C'était impossible. Je n'avais droit à aucune communication avec l'extérieur.

Ses lèvres esquissèrent une moue amère.

— Si je parlais de mes droits ou que je manifestais des signes de désobéissance, on m'enfermait dans une cellule capitonnée, sans fenêtre, parfois dans une camisole de force.

Blake avait vu des exemples abominables de torture dans des prisons militaires, mais jamais il ne s'était attendu à ce que de tels sévices puissent avoir cours dans une luxueuse clinique nichée au cœur des montagnes d'Arizona.

— Comment as-tu pu t'échapper ?

— Heureusement pour moi, je connaissais un membre du personnel, une femme qui m'avait fourni beaucoup d'informations pour un article que j'ai écrit sur les recherches effectuées à l'institut sur la maladie d'Alzheimer. Elle m'a reconnue et m'a donné l'accès à un ordinateur, ce qui m'a permis de contacter mon réseau. Il m'a fallu un certain temps, mais j'ai pu me débrouiller pour acheter cette Prius sous une fausse identité et me faire engager par un ami traiteur pour m'introduire chez Hugh. Enfin, une infirmière qui hait le Dr Merchant presque autant que moi m'a aidée à sortir de l'établissement.

Sa voix était calme et dépourvue d'émotion, mais Blake devinait que ces trois mois d'enfermement avaient été une épreuve brutale. Il n'allait pas demander trop de détails.

— Quand tu as contacté ton réseau, pourquoi n'as-tu pas fait appel à un avocat pour être libérée ? Tu avais matière à faire inculper ton ex-mari.

— Je n'ai pas osé défier Hugh, avoua-t-elle. C'est un homme puissant, qui a toute une équipe d'avocats à sa disposition. Moi ? Il n'est que trop facile de me considérer comme une ex-épouse déprimée au point de tenter de se suicider.

Ses traits se durcirent.

— Je ne pouvais pas courir le risque de perdre.

Il se refusait à croire que le système juridique puisse être corrompu aussi aisément, mais il comprenait qu'elle se sente démunie.

— Une fois que tout sera résolu, j'espère que tu écriras un livre pour tout révéler sur ton expérience.

— Ne t'inquiète pas. J'aurai ma revanche quand mon ex-mari sera en prison.

— Vous êtes bel et bien divorcés ? Tu as signé les papiers ?

— Je n'ai pas eu le choix. C'était la seule solution pour qu'il m'autorise à voir les enfants.

— Que comptes-tu faire maintenant ?

— Dès que nous serons installés au chalet et que j'aurai accès à Internet, je reprendrai mon enquête. J'ai un témoin important que je cherche à retrouver. Sitôt mon dossier complet et inattaquable, je le remettrai au procureur de l'État et aux autorités fédérales afin que Hugh et ses copains criminels soient arrêtés.

— Tu es certaine d'avoir des preuves solides ?

— Explosives, affirma-t-elle avec un mélange de tristesse et de satisfaction. Entre-temps, je vais établir une fausse piste à Las Vegas. Des dizaines de caméras de surveillance pourront attester de ma présence, et j'ai rencontré le propriétaire du Magic Lamp Casino, Caspar Khaled, lors d'une visite l'an dernier. Caspar est une vraie commère et va forcément signaler ma venue à Hugh.

Blake n'aimait guère ce plan.

— Que je comprenne bien. Tu projettes de contacter ce Khaled.

— J'irai avec les jumeaux, répondit-elle après une brève hésitation. Il vaut sans doute mieux que tu ne viennes pas. Peux-tu trouver un autre moyen de nous rejoindre dans l'Utah demain matin ?

— Je connais un type à Henderson qui a une dette envers

moi et pourrait me prêter un véhicule. Je présume que tu as déjà arrangé ton transport et celui des jumeaux.

— Tu te souviens de la pilote sexy dans le film de James Bond ?

Blake sourit.

— Tu parles de Pussy Galore ?

— Je connais une version d'elle dans la vraie vie. Elle s'appelle Emily Finnegan. Elle était danseuse, mais son véritable talent est le poker. Elle a gagné un hélicoptère au jeu et elle a constitué sa propre flotte. J'ai écrit quelques articles à son sujet, et la publicité qui en a résulté l'a aidée à développer sa compagnie.

— Je vois.

Jordan sourit en retour.

— Eh bien, qu'en penses-tu ?

— Je ne suis pas expert en la matière, admit-il, mais il me semble qu'il y a des points faibles dans ce plan.

— Tels que ?

— Quand tu seras au casino, Khaled aura l'avantage du terrain.

Elle acquiesça.

— Je ferai vite. Et je compte sur l'élément de surprise.

— Si tu as des ennuis, comment pourras-tu garantir la sécurité des jumeaux ?

— C'est un point qui m'inquiète, c'est vrai. Il faudra qu'on s'enfuie. Les enfants sont rapides.

— Assez rapides pour échapper à des adultes qui connaissent la ville comme leur poche ?

Elle fronça les sourcils.

— Ce plan ne va pas fonctionner, n'est-ce pas ? Mais je n'ai guère le choix. Je ne peux pas tout bonnement laisser les enfants dans la voiture.

— Les choses ont changé, lui fit-il remarquer. Je suis là.

— C'est vrai.

— Je peux te servir de renfort.

— C'est vrai aussi.

Il sortit son téléphone et fit défiler sa liste impressionnante de contacts jusqu'à ce qu'il ait trouvé son ami.

— Je vais appeler Harvey à Henderson. Quand nous arriverons

à Vegas, tu pourras aller au Magic Lamp, et nous garderons les enfants en sécurité.

Ils avaient atteint la jonction entre leur autoroute et la 93, qui menait à Las Vegas. Elle focalisa son attention sur le trafic plus dense, en dépit du fait qu'on était en pleine nuit.

— Nous avons fait plus de la moitié du chemin, déclara-t-elle. Nous serons là-bas entre 1 h 30 et 2 heures. J'ai rendez-vous avec Emily à 3 heures.

— Appelle-la et dis-lui que je prends ta place. Les enfants et moi irons droit à l'aérodrome. Ça te va ?

— Je suis soulagée. Au moins, les jumeaux ne seront pas exposés au danger.

— Tu veux que je t'accompagne au casino ?

Elle serra les dents.

— Je sais me défendre.

Dans une ruelle située à l'arrière de Fremont Street, au cœur du vieux Las Vegas désormais rénové où les artistes de rue évoluaient entre spectacles de laser et tyroliennes, Jordan ferma les yeux et se prépara intérieurement à entrer au Magic Lamp, le casino de Caspar Khaled.

Elle cilla et rouvrit les yeux. 2 h 13.

Leur petit groupe avait effectué deux arrêts. Le premier à Henderson, où Harvey les avait rejoints dans son 4x4. Ils s'étaient suivis jusqu'à une station-service où les garçons s'étaient installés à bord du 4x4 avec Blake tandis que Harvey prenait le volant de la Prius, Jordan devenant la passagère.

— Ça va ? demanda-t-il.

— Je crois.

Elle s'était changée et arborait désormais une tenue noire et une veste en satin vert fluo, conçue pour attirer l'attention, dont elle pouvait aisément se débarrasser pour n'être plus qu'en noir. Dans la poche de son jean était dissimulé un couteau à cran d'arrêt qu'elle espérait ne pas utiliser. Son bâton en titane était rangé dans un étui à sa ceinture.

— Le capitaine Delaney semble aller mieux, commenta Harvey. Je me faisais du souci pour lui.

Elle observa son profil rugueux, dominé par un nez qui avait à l'évidence été cassé plus d'une fois. Ses cheveux lui arrivaient aux épaules et il portait une barbe de plusieurs jours, mais sa posture était restée celle d'un soldat.

— Pourquoi vous inquiétiez-vous ?

— Les blessures qu'il a subies auraient tué la plupart des hommes. Pas le capitaine. Quand les médecins lui ont dit qu'il ne marcherait plus jamais, il a commencé à s'entraîner pour faire un marathon.

Jordan ignorait tout de ses blessures. Toute son attention avait été focalisée sur ses enfants et sur elle-même, ne laissant aucune place à personne d'autre. Blake et elle avaient roulé des heures durant. Il aurait pu dire quelque chose. Mais elle ne lui avait rien demandé et s'en voulait de ne pas l'avoir fait.

— Il est complètement rétabli maintenant, n'est-ce pas ?

— Comment se fait-il que vous ne soyez pas au courant ?

— J'ai été… injoignable ces trois derniers mois.

— Je vois.

Même dans la ruelle, le reflet des enseignes en néon multicolores illuminait son visage.

— Le capitaine n'aime pas parler de lui-même. Il ne se plaint jamais. Mais ça ne signifie pas qu'il ne souffre pas. Les chefs lui ont suggéré de quitter les opérations sur le terrain et de prendre un poste de commandement. Impossible, non ? Le capitaine Delaney n'est pas fait pour travailler dans un bureau.

— Dites-moi qu'il va bien, je vous en prie.

— Tout dépend de la définition qu'on a, lui fit remarquer Harvey. Je vais vous dire une chose. Vous et les jumeaux lui faites du bien. Je ne l'ai jamais vu aussi souriant.

Dès que Blake et elle seraient réunis, elle aurait une conversation avec lui au sujet de sa blessure et d'une éventuelle retraite de l'armée. Dans l'immédiat, elle devait concentrer toute son énergie sur sa mission. Elle prit une inspiration, ferma les yeux et répéta intérieurement ses objectifs : *Montrer mon visage au casino. Laisser une fausse piste que Khaled rapportera à Hugh.*

Ses paupières se relevèrent. Il était 2 h 17. Elle ouvrit la portière.

— Un instant. Où dois-je vous attendre ?

— C'est inutile. Je prendrai un taxi.

— À tout hasard, je vais rester dans les parages. Je serai dans Fourth Street.

— Merci, Harvey.

Elle lui souffla un baiser, referma la portière et descendit la ruelle. La température au mois d'octobre approchait des vingt degrés et les rues étaient pleines de gens qui chantaient, dansaient, passaient du bon temps. Les jumeaux auraient été fascinés par les jeux de lumière et la musique assourdissante qui s'échappait des haut-parleurs. Le néon créait une atmosphère artificielle, hypnotique. Ses contacts à Vegas lui avaient assuré qu'elle serait immédiatement capturée par des caméras de surveillance, mais elle avait du mal à voir comment quiconque aurait pu la repérer au milieu d'une telle foule.

Elle se glissa à l'intérieur du Magic Lamp Casino, veillant à éviter les détecteurs de métal placés à l'entrée. Elle fit mine de flâner entre les machines à sous pour se diriger vers les tables de jeu. Les trois mois qu'elle venait de passer à la clinique ne l'avaient pas préparée à pareil assaut sur ses sens. Le thème des *Mille et Une Nuits* dominait : vêtues de pantalons bouffants transparents et de boléros scintillants, les serveuses circulaient entre les joueurs, portant des plateaux de boissons. Des danseuses du ventre ondulaient sur quatre scènes circulaires. Des hommes au torse nu exécutaient des danses du sabre sophistiquées qui lui rappelèrent le kendo et les arts martiaux philippins qu'elle avait appris.

Le décor exotique, le bruit des pièces tombant dans les machines, le son des voix mécaniques exhortant les visiteurs à jouer se combinaient en une harmonie discordante. Elle avait hâte de voir Khaled et de s'enfuir avec les garçons.

Elle avisa un homme élégant, vêtu d'un costume noir et violet, qui se tenait au centre de plusieurs tables de roulette et de poker. Le superviseur, sans aucun doute.

Levant la tête pour être bien vue des caméras, elle l'aborda.

— Excusez-moi, je voudrais laisser un message à l'intention de Caspar Khaled.

— Adressez-vous à la réception, madame, répliqua-t-il sans l'ombre d'un sourire.

Du point de vue de Jordan, elle avait de meilleures chances de s'échapper dans un casino bondé. Elle fixa son regard sur l'homme et parla plus fort.

— Vous pouvez l'appeler. Je le connais très bien. En fait, mon mari est un associé de M. Khaled.

— Je ne peux pas vous aider.

— Mon mari, Hugh Waltham, a des relations au plus haut niveau politique. Et M. Khaled et lui ont des affaires en commun.

Bien qu'elle ne dispose pas de preuves irréfutables, elle soupçonnait Khaled d'être impliqué dans des activités de blanchiment d'argent.

— Des affaires financières, précisa-t-elle avec un clin d'œil exagéré. Vous voyez ce que je veux dire ?

— Un politicien, vous dites ?

— Je désire seulement laisser un message. Dites à Caspar que Jordan Reese-Waltham est en ville, au Flamingo Hotel. Et que dans quelques jours, je serai au Ritz-Carlton à San Francisco.

— De quoi s'agit-il ?

— D'un projet commun.

Elle lui décocha un sourire éblouissant.

— Voudriez-vous prendre des notes ?

— Rappelez-moi votre nom.

— Jordan. Reese. Waltham.

Il le répéta, porta la main à son oreillette, sans doute pour mieux saisir les propos d'un interlocuteur, puis attrapa Jordan par le bras. Fermement. Ses doigts s'enfoncèrent dans la chair.

— Restez ici.

Sa réaction la surprit. Elle s'était attendue à être ignorée. Dans le meilleur des cas, son message serait relayé à Khaled, qui répéterait à Hugh qu'elle était en route pour San Francisco. Au pire, Khaled n'aurait pas le message et elle aurait perdu son temps.

Elle tenta de se dégager.

— Lâchez-moi.

— M. Khaled veut vous voir.

Jamais elle n'avait imaginé que le propriétaire du casino puisse être dans son bureau à 2 heures du matin, occupé à visionner ses caméras de surveillance.

Elle devait échapper à cette brute et gagner l'aérodrome.

Tandis que l'homme la tirait derrière lui parmi la foule, elle tendit la main vers l'étui noir, assorti à sa tenue et apparemment innocent, qui était fixé à sa ceinture sous la veste vert fluo. Elle en sortit son bâton. D'une secousse du poignet, elle étendit la tige en titane à sa longueur maximum, soixante centimètres.

Sa technique empruntait largement au kendo, mais les principes de base venaient des arts martiaux philippins. Le calme l'envahit, renforçant son assurance. D'une torsion du corps, elle abattit le bâton sur le coude de l'homme. Avec un cri de douleur, il la lâcha.

Et elle se mit à courir.

Zigzaguant à travers la foule du samedi soir, elle fonça vers la sortie principale, mais un autre type en costume et deux danseurs à la mine féroce lui barraient déjà le chemin. Jordan battit en retraite et fila dans la direction opposée.

Elle courut aussi vite que possible dans le casino, esquivant les serveuses, jusqu'à ce qu'elle aperçoive une autre sortie. Un escalier de trois marches recouvertes d'un tapis conduisait à la rue. Devant s'était posté un homme imposant, au crâne rasé et aux épais sourcils.

Caspar Khaled.

5

Lorsque Jordan avait rencontré Khaled, deux ans plus tôt, elle avait saisi un certain intérêt dans son regard sombre, en dépit de la présence de Hugh à ses côtés. Khaled n'avait pas flirté ouvertement avec elle, mais il lui avait baisé la main au lieu de la serrer, lui avait ouvert les portes et tenu sa chaise lors d'un fabuleux dîner. Quand il s'adressait à elle, sa voix prenait un ton rauque, séducteur. Plus d'une fois, il lui avait suggéré d'essayer un costume de danseuse du ventre.

Plus maintenant. Tel un gardien de but, il se tenait les bras en croix devant les trois marches qui débouchaient sur Fremont Street. Le tissu de sa chemise marron, ornée de pans en dentelle blanche sur les côtés, était tendu sur sa poitrine. Les manches courtes révélaient des bras puissants. Malgré ses vêtements modernes, il ressemblait à un ogre – pas un gentil monstre, mais une créature féroce connue pour dévorer les bébés. Se confronter à lui serait stupide. Elle devait détourner l'attention et s'enfuir.

— Ravie de vous revoir, lança-t-elle en retirant sa veste verte, qu'elle noua lâchement autour de sa main gauche, laissant sa main droite libre de manier le bâton. Hugh vous dit bonjour.

— Qu'en sauriez-vous ? Il a divorcé d'avec vous.

— Que les choses soient claires. C'est moi qui ai divorcé d'avec lui.

Peut-être son ex était-il plus proche de Khaled qu'elle ne l'avait cru.

Il fit un pas en avant.

— Je viens d'avoir une conversation avec lui au téléphone.

Mauvaise nouvelle pour elle. Hugh avait-il mentionné l'enlèvement ? Sans doute. Peut-être était-ce la seule raison pour laquelle Khaled et ses hommes ne l'avaient pas encore assommée. Ils avaient besoin qu'elle soit consciente pour les emmener jusqu'aux jumeaux.

Du coin de l'œil, elle vit deux individus s'approcher, leurs pantalons bouffants flottant autour de leurs cuisses musclées. Son expertise en arts martiaux n'était peut-être pas suffisante pour venir à bout de trois hommes costauds, mais personne ne l'avait jamais accusée de manquer de confiance en elle. Jordan n'allait pas céder à la panique. Elle devait se concentrer, se convaincre qu'elle pouvait surmonter n'importe quel obstacle.

Je peux leur échapper. Il le faut. Pour mes fils.

Autour d'elle, étonnamment, les joueurs devant les machines paraissaient trop absorbés par leur activité pour remarquer qu'une lutte à la vie à la mort se préparait. Cette indifférence devait cesser. Elle comptait sur la réaction de la foule pour l'aider dans son affrontement avec les deux géants. Elle allait donc lui offrir un spectacle.

Tournoyant sur elle-même tout en brandissant son bâton, elle se lança dans une série de coups de pied en l'air, dont certains firent mouche, et accompagna ses actions de cris sonores.

Son défi fonctionna. Les gens l'observaient maintenant. Certains s'étaient même détournés des machines. Deux femmes se cramponnaient à leur sac à main d'un air inquiet.

Jordan se rua vers Khaled, vit qu'il était campé sur ses jambes et prêt à contrer l'attaque. Elle l'esquiva et abattit le bâton sur ses mains tendues. Instinctivement, il recula.

Les joueurs s'étaient joints à elle dans ses cris.

Un superviseur apparut, se plaçant entre elle et les colosses au torse nu.

— Ne vous inquiétez pas, mesdames et messieurs. Cette lutte fait partie des spectacles proposés au Magic Lamp.

Jordan ne protesta pas, laissant le public croire à ce scénario pendant quelques instants alors qu'elle continuait ses mouvements. Telle une artiste chevronnée, elle grimpa et descendit les marches, puis fit une petite révérence. Enfin, elle tournoya devant Khaled, lui jeta sa veste à la figure et pivota pour emprunter la sortie qui débouchait sur Fremont Street.

Sous les néons étincelants, elle rangea son bâton et se précipita vers la station de taxis au coin de la rue. Devinant la présence de caméras, elle rabattit sa capuche sur sa tête. Tout de noir vêtue, elle se sentait aussi insaisissable qu'une ombre et filait parmi la foule, laquelle était un peu moins dense qu'avant. Malheureusement, elle n'était pas invisible. Un coup d'œil par-dessus son épaule lui révéla que plusieurs hommes s'étaient lancés à sa poursuite.

Comme elle atteignait un hôtel, elle avisa une file de taxis alignés le long du trottoir. Cependant, marquer une pause pour s'engouffrer dans un de ces véhicules semblait trop risqué, si bien qu'elle continua à marcher. Elle avait l'esprit confus. Elle ne s'était pas attendue à ce que les choses se déroulent ainsi, n'avait pas prévu que Khaled réagirait d'une manière aussi agressive. Elle avait encore du mal à croire qu'il avait aussitôt téléphoné à Hugh. Quel désastre ! Enfin, peut-être pas. Peut-être avait-elle tout de même réussi à les persuader qu'elle se rendait à San Francisco.

Elle pénétra dans l'hôtel, décoré sur le thème du western. Le décor incongru mêlait lustres étincelants et clôtures en bois style ranch. Pas de danseuses du ventre ici mais des jeunes femmes arborant bottes et veste en cuir, coiffées de stetson. Les employés avaient l'air de sortir droit d'un rodéo, et tous portaient des revolvers à la ceinture... des répliques, espéra-t-elle.

À sa gauche se trouvait la réception, et au-delà, un long comptoir en bois évoquant un saloon d'autrefois. À sa droite une entrée en forme d'arche menait au casino. Elle fit volte-face et s'engagea dans l'escalier qui conduisait à la mezzanine. Dissimulée derrière un énorme cactus en pot, elle pouvait garder l'œil sur l'entrée. Le gang du Magic Lamp ne tarda pas à s'engouffrer à l'intérieur. Les hommes se concertèrent brièvement avant de se déployer, sans doute pour la retrouver.

Si elle avait eu plus de temps, Jordan se serait cachée dans un endroit plus sûr et aurait attendu que la voie soit libre. Mais son départ avec Emily était prévu pour 3 heures, elle ne voulait pas être en retard et il était déjà 2 h 42.

Dès que ses poursuivants se furent dispersés, elle dévala l'escalier, sortit dans la nuit et se mit à courir vers Fourth Street. Harvey avait dit qu'il resterait dans les parages, et elle espérait tomber sur lui.

La chance lui sourit. La Prius venait de s'arrêter à un feu. Jordan ouvrit la portière passager à la volée.

— Filons !

L'ancien soldat écrasa la pédale d'accélérateur, donna un coup de volant et fit demi-tour dans la rue. Du coin de l'œil, Jordan repéra les hommes en pantalon bouffant, déjà loin derrière eux.

— Je crois qu'on a réussi, dit-elle, soulagée.

— Juste au cas où, je vais faire quelques détours, répondit Harvey tranquillement. Histoire qu'on ne soit pas suivis.

Il se frayait un chemin dans la circulation avec aisance comme s'il connaissait Las Vegas par cœur. Bientôt, il quitta le centre et s'engagea dans un quartier résidentiel, réduisant son allure.

— Je ne voudrais pas être indiscret, mais ces types qui ressemblaient au génie dans *Aladin* étaient à vos trousses ?

— Oui, acquiesça-t-elle, encore stupéfaite d'avoir réussi à leur échapper.

— Comment avez-vous fait ?

Elle lui montra son bâton, puis le remit dans son étui.

— J'ai mes méthodes.

— Bon sang, Jordan. Vous ne plaisantiez pas.

— Pas quand il s'agit de mes enfants.

Harvey conduisait avec l'assurance d'un homme qui sait ce qu'il fait. Personne n'allait suivre cette voiture. Par chance, ils ne se rendaient pas à l'aéroport international, mais sur un petit aérodrome privé. De plus, Jordan avait lâché en passant au superviseur qu'elle séjournait au Flamingo, ce qui les enverrait sur une mauvaise piste. Cette phase de son évasion était terminée.

Du moins, elle l'espérait.

Après l'avoir déposée, Harvey changerait les plaques d'immatriculation de la Prius et confierait celle-ci à quelqu'un d'autre pendant qu'il reprendrait le volant de son 4x4 pour regagner Henderson. Les minutes s'égrenaient à sa montre. Elle était en retard, mais ce ne serait pas un problème. Son ami dans l'Utah l'attendrait.

À t3 h 23, Harvey emprunta une longue route droite qui menait à l'aérodrome. Au loin, elle repéra un hélicoptère bleu et or devant un hangar. Surtout, elle vit Blake debout à côté de l'engin, ses cheveux blonds coupés court éclairés par les projecteurs. Ses larges épaules semblaient assez puissantes pour porter tout ce dont elle le chargeait. Une fois de plus, elle éprouva un pincement de culpabilité. De quel droit lui imposait-elle son fardeau ?

Elle n'avait pas pris la peine de l'interroger sur sa vie. Harvey avait évoqué une explosion, des blessures graves. *Je devrais le laisser en paix*. Il était injuste de lui demander de s'exposer au danger de nouveau.

Il était 3 h 27 quand Blake aperçut la Prius. Jordan avait près d'une demi-heure de retard. Vingt-sept minutes durant lesquelles il avait été rongé par l'anxiété. D'après son fichu plan, elle était censée laisser un message à Caspar Khaled au casino et décamper aussitôt. *Bien sûr.* Dans quel univers peut-on asticoter un ours et espérer ne pas susciter de réaction ? Elle aurait pu être abattue, ou capturée.

Pourquoi diable s'était-il plié à ce plan ? Blake savait ce qu'il en était de s'engager dans des situations périlleuses. Il avait été formé pour le combat. Non que son expérience lui ait été utile lors du dernier incident en date, quand il s'était trouvé tout près d'une explosion. Maintenant, il doutait de lui-même.

Comme elle descendait de la Prius et s'avançait vers lui, il décela un changement subtil en elle. Ses boucles châtains dansaient toujours sur ses épaules. Sa démarche athlétique dénotait une excellente condition physique. Ses lèvres esquissaient un sourire assuré, mais ses yeux bleus s'étaient assombris, emprunts d'une gravité nouvelle, et ses poings étaient crispés. Ce qui s'était passé au Magic Lamp avait provoqué une altération dans son attitude.

Avec un peu de chance, cela l'encouragerait à mieux réfléchir aux conséquences de ses actions avant de sauter à pieds joints dans le danger.

— Alors ? lança-t-il quand elle ne fut plus qu'à quelques pas de lui.

Jordan se hissa sur la pointe des pieds, noua les bras autour de son cou et blottit son corps mince contre lui. Il sentit les battements rapides de son cœur alors qu'elle poussait un long soupir.

— Je n'aurais pas dû prendre ce risque, admit-elle dans un murmure, la voix hachée. J'ai failli faire capoter toute l'évasion et me faire capturer.

— Tu n'es pas blessée, au moins ?

— Non.

— Et Khaled ne t'a pas suivie jusqu'ici ?

— Non. Harvey est un as du volant.

— Et comment ! lâcha l'intéressé, qui approchait à son tour. Elle n'a pas tort sur ce point.

— En un sens, mon plan a fonctionné, dit-elle. Khaled a déjà contacté Hugh et va sans doute lui dire que je suis en route pour San Francisco. Mais les choses auraient facilement pu mal tourner. J'ai mal évalué le danger.

C'était autant sa faute que celle de Jordan, songea Blake. Il aurait dû la dissuader d'y aller. Comme s'il en était capable…

— Tu ne dois pas baisser ta garde maintenant. Moi non plus. Mieux vaut supposer que Khaled est sur nos talons.

— Et partir d'ici au plus vite.

Il garda un bras autour des épaules de Jordan et se pencha vers elle, inspirant le parfum de son shampoing au jasmin et à la noix de coco.

— À l'avenir, tu envisageras peut-être de revoir ton approche.

— Tu as raison. Il faut que je sois plus prudente.

Depuis qu'il la connaissait, elle avait toujours pris des risques. Reporter, elle avait choisi d'accompagner des troupes de combat. Journaliste d'investigation, elle avait fait arrêter un tueur en série en se faisant passer pour une prostituée. Désormais maman, elle avait enlevé ses enfants et était en cavale.

— Ne change pas trop, Jordan. Je t'aime telle que tu es.

— Mais il faut que je change un peu quand même. Et j'en ai l'intention.

Elle le dévisagea.

— Il y a autre chose dont nous devons parler. Mais pas devant les enfants.

Comme sur un signal, les jumeaux sortirent en courant du hangar. Excités et hilares, ils se ruèrent vers Jordan tandis qu'elle leur ouvrait les bras. Elle les serra étroitement contre elle et les couvrit de baisers.

— Vous vous êtes changés, constata-t-elle avant de les embrasser de nouveau.

— On ne voulait pas rester en pyjama, expliqua Alex. Emily nous a montré les hélicoptères. C'était génial. Je veux être pilote quand je serai grand.

— Moi aussi, déclara Cooper en pointant le doigt vers l'appareil bleu et or. Celui-ci, c'est un ECO-Star, il est fabriqué par Airbus.

— Tout ce que je sais, coupa Alex, c'est qu'il va super vite.

— Vous êtes prêts à décoller, les enfants ? demanda Blake.

Ils répondirent par des exclamations enthousiastes, trépignant d'impatience. Apparemment, les heures passées à dormir dans la voiture avaient rechargé leurs batteries.

Blake termina de mettre leurs bagages dans la soute. Il avait hâte de partir. Selon Emily, il faudrait environ deux heures de vol pour rallier Fillmore, dans l'Utah. Là-bas, ils devaient rencontrer une vieille connaissance de Jordan, un ancien présentateur de télévision à la retraite qui dirigeait désormais un petit journal local et passait son temps libre sur les pistes de ski voisines. Un mode de vie que Blake trouvait plutôt tentant.

Durant ses missions avec les marines, il avait passé pas mal de temps dans des hélicoptères en tout genre. Aucun n'avait été aussi luxueux ni aussi confortable que celui d'Emily. L'appareil était doté de vitres panoramiques et de sièges en cuir, quatre à l'avant y compris celui du pilote, et quatre derrière les premiers. Les garçons auraient voulu s'asseoir devant, sans doute même sur les genoux d'Emily pour être aux premières loges, mais elle avait prévu des sièges pour enfants, rehaussés spécialement et équipés de harnais de sécurité.

Pendant qu'Emily prenait place et effectuait une série de vérifications, Jordan s'installa à côté des garçons et leur montra comment mettre les casques.

— Quand Emily les active, on peut entendre tout ce que vous dites, donc ne criez pas dans le micro, d'accord ?

— OK, maman.

Blake se tourna vers Emily.

— Je peux faire quelque chose pour vous aider ?

— Promettez-moi de veiller sur Jordan et les enfants, répondit-elle tout bas. C'est quelqu'un de bien.

Blake n'avait jamais articulé cet engagement à voix haute, mais il s'était déjà fait cette promesse à lui-même. Dès le moment où il les avait vus dans le jardin, il s'était considéré comme leur garde du corps. Non qu'il ait été très efficace jusqu'à maintenant. Pourquoi diable ne l'avait-il pas accompagnée au casino ?

— Je vous le promets.

— Ce ne sera pas chose facile. Jordan peut être têtue comme une mule et un peu effrayante. Mais je ferais n'importe quoi pour elle, ajouta Emily. Et les jumeaux sont de vraies boules d'énergie. Je ne sais pas comment elle tient le rythme.

— Moi non plus, avoua-t-il.

Elle jeta un coup d'œil à l'arrière.

— Tout le monde est prêt ? Je vais démarrer.

Jordan vérifia que tout était en ordre, puis passa devant pour s'asseoir entre Blake et Emily. Il avait instinctivement choisi la place à côté de la portière, celle qu'il avait occupée durant la plupart de ses missions, lorsqu'il devait être le premier à débarquer pour prendre la tête de son escouade. Bien qu'il se soit préparé au décollage, le vrombissement du moteur réveilla des souvenirs douloureux d'autres vols, d'autres missions. À l'arrière, les garçons poussaient des cris ravis.

Blake serra les dents, luttant contre un flash-back. Il sentait la puanteur de la poudre lui picoter les narines. Ses oreilles bourdonnaient, l'écho de déflagrations passées et les plaintes des blessés résonnaient dans ses tympans. Il ferma les yeux, refoulant des visions de cauchemar : l'éclair des armes à feu, la chair déchiquetée, les flots de sang. L'estomac retourné, il bataillа contre la nausée. *Reprends-toi, bon sang.* Il se força à se rappeler qu'il décollait de Las Vegas, à bord d'un hélicoptère piloté par une ravissante jeune femme rousse. Il ouvrit les yeux, regarda le sol et aperçut les néons chatoyants de la cité.

Par l'intermédiaire du casque, Emily les informa qu'elle allait éteindre toutes les lampes intérieures afin qu'ils aient une meilleure vue. En dépit de la fraîcheur qui régnait dans la cabine, Blake sentait des perles de sueur couler sur son front. Les garçons avaient cessé de hurler et babillaient. Ils n'avaient pas peur, pas du tout.

— Nous sommes à trois cents mètres d'altitude. Je vais faire un tour au-dessus de Las Vegas, et puis nous serons en route pour l'Utah.

Las Vegas s'étendait au-dessous d'eux. Il reconnut une réplique de la Tour Eiffel, des immeubles de Manhattan et d'une grande pyramide. Il n'y avait rien là de nature à l'effrayer, et pourtant le ronronnement régulier des pales et la vibration de la cabine éveillaient en lui une sensation proche de la panique. Son pouls était rapide, un étau lui comprimait la poitrine et il avait du mal à respirer. Un instant, il se sentit suffoquer.

Et puis, il remarqua la caresse des doigts de Jordan sur son poing crispé.

Il ouvrit la main, et elle la prit doucement dans la sienne. Quand il baissa les yeux sur elle, le soulagement déferla dans ses veines. Sa présence apaisait la tension qui le tourmentait. Les images du passé refluèrent. Il avait la conviction d'être à sa place, là avec elle. *Tout ira bien.*

Il la protégerait, et il protégerait ses enfants… ou il mourrait en essayant.

6

Une heure et demie plus tard, Blake étudiait le profil de Jordan, s'efforçant de déterminer ce qui avait changé en elle depuis leur première rencontre. À l'époque, ses épais cheveux bouclés étaient rassemblés en une longue tresse. Elle les avait fait couper et les portait plus courts maintenant. De minuscules rides au coin de ses yeux magnifiques trahissaient le passage du temps. Il percevait une maturité indéfinissable dans ses expressions : elle riait moins volontiers qu'autrefois.

Il regrettait de ne pas voir ses traits plus clairement. La seule lumière dans la cabine provenait du tableau de bord. Les rayons de la pleine lune faisaient le reste.

Sous l'hélicoptère se déployait un vaste paysage sauvage. Des sommets enneigés au loin rappelaient à Blake leur destination finale, les montagnes Rocheuses du Colorado.

À côté de lui, Jordan se pencha vers Emily.

— Peux-tu éteindre les écouteurs des enfants pour qu'ils ne puissent pas nous entendre ?

— Pas de problème. Et je vais régler mon casque sur une autre fréquence pour que Blake et toi ayez quelques minutes d'intimité.

— Merci.

Jordan se tourna vers lui, et ses yeux lui semblèrent plus grands encore.

— Je ne voulais pas que les choses se déroulent de cette manière.

— Elles pourraient être pires, observa-t-il en passant une main dans ses cheveux.

— Je voudrais m'excuser d'avoir été si focalisée sur moi-même. Pas une seule fois durant tout notre trajet je ne t'ai posé de questions sur ta vie. J'étais complètement accaparée par mes problèmes. Comme si tout tournait autour de moi.

Blake avait un mauvais pressentiment à propos de cette conversation et tenta de prendre les devants.

— J'accepte tes excuses.

— Harvey m'a dit que tu avais failli mourir.

Certains vétérans aimaient partager le récit de leurs exploits. Il n'en faisait pas partie. Il ne se jugeait ni particulièrement intelligent ni éloquent et certainement pas apte à trouver les mots appropriés pour décrire la douleur, la terreur et le désarroi qu'il avait éprouvés.

— C'est bon, Jordan. N'en parlons plus.

— Je sais écouter, insista-t-elle. Mes talents de reporter sont un peu rouillés, mais ils reviendront. Tu te souviens, non ? Il y a sept ans, quand nous nous sommes rencontrés, tu te souviens qu'on parlait tout le temps ?

— Tu m'interviewais, tu voulais écrire un article sur la vie d'un marine...

Il regarda le panorama de canyons et de plateaux au-dessous d'eux. Sept ans plus tôt. Ils étaient si jeunes. Tant de choses avaient changé.

— Tout est différent à présent.

— Explique-moi comment tu as été blessé.

— Je ne sais pas, répondit-il avec un haussement d'épaules. Il y a un trou dans ma mémoire.

— C'est arrivé quand ?

— Il y a quatre mois.

— Où étais-tu ?

Il reconnut sa tactique. Elle allait stimuler ses souvenirs jusqu'au moment où un détail lui reviendrait, comme la couleur des chaussettes qu'il portait ce jour-là, ou ce qu'il avait mangé au petit déjeuner.

— Tu ne vas pas lâcher prise, hein ?

— Je ne lâche jamais prise. Recommençons depuis le début. Où étais-tu ?

— Sur un chemin de terre creusé d'ornières, à bord d'une Land Rover à la capote baissée. On aurait dû prendre un véhicule blindé, mais on pensait que ce serait un aller-retour rapide.

Il marqua une pause, laissant les images s'imposer à son esprit. Et comprit que ce trajet dans la Land Rover pour aller acheter de la bière et de la vodka présentait d'horribles similarités avec celui de Jordan à Las Vegas pour communiquer un message à Khaled. L'objectif initial était clair et simple, mais ni l'un ni l'autre n'avaient envisagé tout ce qui pouvait mal tourner. Dans le cas de Jordan, elle avait évité de peu le désastre. Dans le sien, la catastrophe avait eu lieu.

— Quel temps faisait-il ?

— Le ciel était dégagé, le soleil cognait sur le désert. On était quatre, et j'étais sur le siège passager. Deux des types voulaient qu'on parte tout de suite pour retrouver notre contact. Je voulais attendre que la Hummer soit libre, mais j'ai cédé. Et j'ai payé chèrement mon erreur.

— Tu ne peux pas t'accabler.

— Que si ! Je suis capitaine. C'était moi le chef. Ces marines étaient sous ma responsabilité et je n'ai pas été à la hauteur. Quand la Rover a roulé sur l'engin explosif, il n'y a pas eu d'avertissement, pas de temps pour se préparer. En un éclair, on a été projetés dans les airs. Personne n'est mort, mais le caporal Hodges a été amputé au-dessus du genou gauche. Nous avons tous été gravement blessés.

Étrangement, la main de Jordan sur la sienne lui communiquait son empathie, et il devinait que sa compassion était sincère. Jordan avait fait l'expérience du combat et elle avait traversé ses propres tragédies.

— Que s'est-il passé ensuite ? souffla-t-elle.

— Franchement, je ne m'en souviens pas.

Il fit une grimace.

— On m'a dit que j'avais passé un appel sur mon téléphone satellite pour appeler des renforts, ce qui est stupéfiant parce que je ne sais pas comment le téléphone pouvait encore fonctionner après une explosion pareille. Que j'avais éloigné les autres du véhicule. Et que j'avais tiré, de la main gauche parce que la droite était dans un sale état, sur un ennemi invisible avec mon M16 et mon pistolet.

— Et tu ne te souviens de rien ?

— Rien du tout. Mon premier souvenir est de m'être réveillé sur une table d'opération, une équipe de médecins autour de moi qui déchiraient mes vêtements et brandissaient leur scalpel. J'ai essayé de parler, de demander comment allaient les autres, mais rien n'est sorti. J'ai regardé mon corps, j'ai vu du sang et des entrailles, des hématomes, des lacérations. Bon sang, j'étais une loque.

Elle lui caressa la joue, puis l'encouragea doucement à se tourner vers elle. Son regard calme le rassura, lui donna l'impression que tout allait s'arranger, même si les choses ne seraient plus jamais pareilles.

— Tu as eu des fractures ? s'enquit-elle.

— Deux côtes et le poignet droit.

Il abaissa sa manche pour dissimuler la cicatrice.

— Je ne récupérerai sans doute jamais toute ma dextérité. Je suis en train d'apprendre à tirer de la main gauche.

— Tu as d'autres séquelles ?

— J'ai perdu un rein et une partie du poumon droit. J'ai des lésions dans les muscles et les nerfs des deux jambes. La kinésithérapie aide, mais il est possible que je ne recouvre jamais ma forme d'avant.

Et là était le problème. D'après les médecins, il n'était pas suffisamment rétabli pour reprendre un rôle actif. Blake aurait voulu affirmer qu'ils se trompaient, mais il savait qu'ils avaient raison. Il était moins bon tireur, ne pouvait pas courir aussi vite et ses capacités d'endurance avaient été sévèrement affectées. Auparavant expert en arts martiaux, il sentait que ses gestes n'étaient plus aussi rapides ni aussi précis. Jordan pourrait sans doute le vaincre à plate couture au kendo et au karaté. Lui qui avait été son premier professeur !

— Que vas-tu faire ? demanda-t-elle.

Il pourrait rester dans l'armée, mais se verrait sans doute confier un poste dans l'administration ou la formation de nouvelles recrues. Cette perspective lui paraissait aussi sombre et aussi vide que le ciel nocturne autour de l'hélicoptère. Après être sorti de l'hôpital, il avait décidé de s'octroyer un congé pour réfléchir à l'avenir.

— Je vais peut-être prendre ma retraite.

Elle prit une vive inspiration, qu'il ne saisit que grâce à l'excellente qualité des écouteurs. Il l'avait surprise. Dès le jour où ils étaient tombés amoureux l'un de l'autre, leur carrière respective avait été l'obstacle principal à leur relation. Lorsqu'ils s'étaient rencontrés, elle avait de grandes ambitions en tant que journaliste, et ne voulait pas y renoncer pour devenir une épouse de soldat. Quant à lui, il adorait son travail et ne vivait que pour ses missions.

Elle se laissa aller contre lui.

— Je sais combien ton travail compte pour toi, murmura-t-elle. Que penses-tu faire ?

— Demain, je ne sais pas, mais dans l'immédiat, je vais veiller à vous garder en sécurité, les jumeaux et toi. C'est ma mission.

— Elle me plaît.

Jordan lui caressa le menton, puis l'attira contre elle et lui donna un baiser sur la joue.

— Elle me plaît beaucoup.

— N'en sois pas si sûre.

Il était hors de question que l'expédition insensée de ce soir à Las Vegas se répète.

— Si je dois être responsable de toi, il faut que ce soit moi qui prenne les décisions. Ce qui veut dire que tu vas obéir à mes instructions ou me donner une sacrément bonne raison de refuser.

Elle fronça les sourcils.

— Je ne suis pas douée pour obéir aux ordres.

Cependant, elle avait déjà admis avoir commis une erreur – la confrontation avec Khaled avait été dangereuse.

— Permets-moi de te rappeler que ton plan initial à Las Vegas avait été d'emmener les jumeaux. C'est moi qui t'ai persuadée qu'il n'était pas sage de le faire.

— Et il n'a pas été difficile de me convaincre.

Elle résistait, exactement comme il s'y était attendu. Jordan n'était pas le genre de femme à renoncer au contrôle de ses actions.

— Je ne vais pas obéir aveuglément, mais je suis toujours prête à écouter la raison.

— Nous partageons le même but. Rester en sécurité, ce qui signifie minimiser les risques.

— Le second but est de rassembler assez de preuves pour faire inculper Hugh pour corruption, extorsion, fraude, blanchiment d'argent et peut-être même meurtre.

Meurtre ? Elle n'avait pas fait allusion à cela jusqu'alors.

— Dès que nous serons au chalet, nous aviserons quant à la manière de progresser. En attendant, pas d'action sur un coup de tête.

— D'accord, dit-elle en prenant sa main dans la sienne.

— Qu'est-ce que c'est que cette histoire de meurtre ?

— Ce serait trop long à expliquer maintenant.

Elle détourna la tête et scruta l'obscurité à travers la vitre. Blake tendit la main vers elle et lui tint le menton afin qu'elle se tourne vers lui. Quelques instants plus tôt, elle l'avait embrassé sur la joue, un geste intime qui l'avait laissé sur sa faim. Il planta un baiser ferme sur ses lèvres sensuelles. Elles avaient un goût de cerise, et le parfum de Jordan le transporta.

Fermant les yeux, il se laissa aller contre le dossier du siège.

Après avoir fait signe à Emily que sa conversation avec Blake était terminée et qu'elle pouvait rétablir le contact avec leurs écouteurs, Jordan se tourna vers l'homme assoupi à côté d'elle. Ses lèvres la picotaient encore après leur baiser, un écho de la passion inextinguible qu'ils avaient partagée sept ans plus tôt. Si elle n'était pas tombée enceinte des jumeaux, elle n'aurait pas épousé Hugh et serait sans doute retournée à Blake. Ou peut-être que non. À l'époque, elle était ambitieuse et voulait laisser sa marque sur le monde.

La poitrine de Blake se soulevait et s'abaissait régulièrement. Impossible ! songea-t-elle. Comment avait-il pu s'endormir après ce baiser alors qu'elle sentait ses hormones danser la lambada ?

— Nous arrivons dans combien de temps, Emily ? demanda-t-elle dans l'écouteur.

— Environ quarante-cinq minutes.

La pilote lui décocha un sourire affectueux.

— J'ai de bonnes nouvelles.

— Dis-les-moi. J'ai bien besoin d'en entendre.

— Je viens de parler à mon associé au hangar. Apparemment, personne n'est venu poser de questions. Personne ne me cherche. Je crois que tu es en sécurité, pour le moment du moins. Tu as réussi à fuir Vegas sans que personne ne sache où tu vas.

Jordan lâcha un soupir de soulagement, se libérant d'une partie de sa tension.

— Très bonne nouvelle, en effet. À l'heure qu'il est, Khaled sait que je ne suis pas descendue à l'hôtel Flamingo. Il l'a sans doute dit à Hugh.

— Par mesure de précaution, déclara Emily, je vais rentrer immédiatement après vous avoir déposés. Personne ne sait que je suis sortie ce soir sauf mon associé, et j'ai confiance en lui.

— Je ne sais pas comment te remercier.

— Ne dis pas de bêtises. Sans toi et ton article, je n'aurais jamais pu développer mon entreprise. Le seul remerciement que je veux, c'est une invitation à ton mariage.

— Hé, doucement. Je n'ai pas l'intention de me remarier. J'ai essayé une fois, et ça n'a pas été un franc succès.

— Ne laisse pas un pauvre type gâcher toute ta vie. Blake et toi êtes faits l'un pour l'autre.

Elle marqua une pause.

— En attendant, tu devrais suivre son exemple et te reposer un peu. Tu as une longue journée de route demain, de Filmore jusqu'à votre destination dans le Colorado.

Jordan avait à dessein évité de dire précisément où ils se rendaient. Moins de gens étaient au courant, mieux cela valait.

— Tu as raison. J'ai besoin de dormir.

Elle ferma les yeux, s'efforça de ne plus songer à rien pour trouver le sommeil. Aussitôt, les pensées se bousculèrent dans son esprit. Elle avait une foule de choses à faire, à commencer par appeler Abigail afin de s'assurer qu'elle allait bien. À Filmore, son vieil ami et mentor, Michael Hornsby, leur fournirait un véhicule et elle avait un autre service à lui demander.

Les rouages de son cerveau refusaient de cesser de tourner. Les détails se télescopaient dans sa tête. Elle entendit les jumeaux marmonner dans leur sommeil et se tourna pour les regarder. Tout semblait bien aller, mais pour combien de temps ? Elle devrait avoir une longue conversation avec eux au sujet de leur séparation d'avec leur père et de leur nouvelle vie. Comment leur expliquerait-elle son enquête ? Les enfants ne comprendraient pas qu'elle rassemble des preuves contre Hugh.

Si elle avait eu le choix, elle aurait peut-être préféré prendre ses distances et ne pas chercher à poursuivre son ex pour ses méfaits. *Non. C'était faux.* Sa dernière confrontation avec Hugh lui avait prouvé qu'il était capable du pire. Son sbire avait été à deux doigts de la tuer.

— Nerveuse ? s'enquit Emily.

— Un peu.

À dire vrai, elle avait les nerfs tendus à craquer. Elle avait peur de ce qu'elle avait décidé d'entreprendre et des conséquences éventuelles.

— Je n'arrive pas à dormir. Parle-moi de ton entreprise. Je peux peut-être écrire un autre article sur toi et tes hélicoptères.

Emily parla, Jordan l'écouta, prenant mentalement des notes pour plus tard. Elle redoutait d'avoir perdu ses compétences de journaliste, mais sa capacité à se concentrer et à poser les bonnes questions était profondément ancrée en elle. Et elle avait besoin de se changer les idées. Songer à l'histoire de quelqu'un d'autre était une manière d'oublier ses soucis.

Derrière la vitre, la nuit commençait à s'éclaircir. Le lever du soleil allait apporter une nouvelle série de défis. D'autres aventures. D'autres dangers. Hugh ne la laisserait pas disparaître dans la nature. Sa ruse à Las Vegas ne le tromperait pas longtemps. La menace de sa vengeance rôdait dans les recoins sombres de l'esprit de Jordan, toujours plus proche, inévitable.

Sans ouvrir les yeux, Blake captura sa main dans la sienne. Elle avait beau se refuser à l'admettre, elle avait besoin de sa protection.

7

La ville de Fillmore, dans l'Utah, avait été un temps la capitale de l'État. Son heure de gloire passée, elle était désormais une paisible bourgade, dotée d'un petit aéroport municipal.

Il était 6 h 55 quand l'hélicoptère atterrit devant un hangar situé à l'extrémité de la piste. Les pales cessèrent peu à peu de tourner, Jordan retira son casque et, l'espace d'un instant, savoura le silence. Puis elle jeta un coup d'œil derrière elle.

— Ça va, les enfants ?

Ils retirèrent leur casque à leur tour, se tortillèrent dans leur harnais et commencèrent à bavarder. Ils avaient tous les deux envie d'aller aux toilettes et ils avaient faim. Vraiment faim.

— Moi aussi, déclara-t-elle.

— Un petit déjeuner s'impose, conclut Blake en se penchant pour défaire les ceintures de sécurité des jumeaux. Je songeais à des gaufres.

Jordan descendit de la cabine et souleva les garçons pour les déposer sur le macadam.

Elle repéra Michael Hornsby adossé au mur préfabriqué du hangar, à côté des énormes portes ouvertes. Grand, élancé, d'épais cheveux gris peignés en arrière sur son front hâlé, Hornsby avait été son mentor alors qu'elle débutait dans le journalisme et l'était resté jusqu'à ce qu'elle prenne un congé sabbatique après la naissance de ses enfants. Elle lui faisait implicitement confiance et fut troublée par son expression. Il fronçait les sourcils d'un air désapprobateur. Quelque chose clochait.

Elle s'approcha de lui à pas lents. Les mains sur les épaules des enfants, elle s'arrêta devant le présentateur à la retraite.

— Alex et Cooper, vous avez déjà rencontré M. Hornsby mais vous étiez trop jeunes pour vous en souvenir. Il m'a appris presque tout ce que je sais.

Les jumeaux serrèrent poliment la main à son mentor.

— Enchanté, monsieur, dirent-ils à l'unisson.

La mauvaise humeur de Hornsby s'évapora telle la rosée au soleil du matin. Les adorables garçons aux cheveux châtains ébouriffés et aux grands yeux bleus produisaient cet effet-là sur les gens. Hornsby enfonça les mains dans les poches de son pantalon et en tira une poignée de pièces qu'il distribua aux enfants.

— Dans le hangar, il y a un distributeur de sucreries. Si votre maman est d'accord, servez-vous.

— Une seule chacun, d'accord ? leur rappela Jordan.

Comme ils s'éloignaient, Blake s'avança et se présenta.

— Jordan m'a beaucoup parlé de vous.

— Elle a fait votre connaissance quand elle accompagnait des troupes de combat, c'est ça ?

— Oui, monsieur.

— J'étais éditeur du journal, à l'époque. Qu'avez-vous pensé du portrait que Jordan avait fait de vous ?

— Au nom de tous les membres de notre régiment, je peux vous dire qu'elle a fait un travail excellent. Elle nous a compris comme peu de civils parviennent à le faire.

Ils continuèrent à discuter quelques instants, et Jordan constata avec plaisir que les deux hommes semblaient s'apprécier et se respecter mutuellement. Elle s'en réjouit car ils comptaient parmi les personnes les plus importantes de sa vie.

— Je suis content que vous soyez là, déclara Hornsby, parce que Jordan va avoir besoin de toute l'aide qu'elle peut avoir. J'ai reçu un appel de son ex-mari sur mon portable il y a environ une heure. Il m'a dit que Jordan avait fait une crise de dépression et qu'il devait la retrouver avant qu'elle se fasse du mal ou fasse du mal à autrui.

La joie de Jordan se dissipa en un éclair.

— Vous ne l'avez pas cru, au moins ?

— Bien sûr que non.

— Il a dû trouver votre numéro dans un mes vieux carnets d'adresses ou sur mon ordinateur.

— Il a votre ordinateur ? s'inquiéta Hornsby.

Elle hocha la tête. Quand Hugh et Gruber le gorille l'avaient attaquée et fait admettre à l'institut, ils en avaient profité pour dérober son ordinateur portable. Bien que ses dossiers soient cryptés, elle soupçonnait que Hugh y avait eu accès et qu'il était au courant de certaines de ses recherches le concernant. Par chance, elle avait été assez intelligente pour stocker les informations les plus sensibles sur un petit ordinateur qu'elle avait mis dans un coffre-fort.

— Je suis désolée de vous avoir entraîné dans ce gâchis.

— Ce n'est pas un problème pour moi, mais pour vous. Il essaye de vous suivre.

Hornsby lança un coup d'œil vers Blake.

— S'il a la liste des contacts de Jordan, il va sans doute tenter de vous joindre aussi.

— Que lui avez-vous dit ? demanda-t-elle.

— Hé, je suis un vieux reporter. Je sais ne rien dire d'une manière qui ne va pas éveiller les soupçons. Et j'ai joué l'atout du vieux schnock.

— Que voulez-vous dire ? s'enquit Blake, amusé.

— J'ai grommelé des réponses semi-cohérentes, par conséquent il a dû penser que j'étais trop sénile pour savoir ce qui se passait, et sûrement pas assez vif pour aider Jordan dans son évasion. Il m'a appelé juste après 4 heures du matin. Ce qui fait que j'étais naturellement assez bougon.

Jordan le serra dans ses bras.

— Merci. Je savais que vous seriez là pour moi.

— Et je vous ai dégoté un 4x4 Chevrolet pour quelques semaines, ajouta-t-il, l'étreignant en retour. Maintenant, je veux parler aux jumeaux et faire la connaissance de votre ravissante pilote.

— Nous ne pouvons pas rester longtemps, intervint Jordan.

— Vous avez besoin de manger quelque chose, lui fit-il remarquer. Et je connais une cafétéria qui sert des gaufres délicieuses.

Elle glissa son bras sous le sien.

— Il y a autre chose dont je voulais vous parler.

— Je reconnais ce ton. Vous travaillez sur une affaire.

— C'est ça, confirma-t-elle.

Et le projet en question représentait le travail le plus crucial qu'elle ait jamais fait en tant que reporter. L'enjeu n'aurait pas pu être plus important. Sa survie et l'avenir de ses enfants dépendaient des preuves qu'elle allait réunir. Si elle avait eu plus de temps à sa disposition, elle n'aurait pas sollicité l'aide de Hornsby : le danger n'était que trop réel.

Elle jeta un coup d'œil derrière son épaule et vit que Blake la regardait. Il lui vint à l'esprit qu'elle devrait discuter de son plan avec lui avant de foncer tête baissée. Ne venait-elle pas de lui promettre de le laisser prendre la direction des opérations ? Cela dit, une discussion semblait superflue. Jordan n'avait pas pour habitude de collaborer avec un partenaire. Ses reportages avaient toujours été le fruit de son seul travail. À l'évidence, elle devait changer d'approche.

Et parler à Blake avant de se confier à Hornsby.

Quand les enfants les rejoignirent, exhibant leur choix de sucrerie, Jordan profita de l'interruption.

— Je suis sûre que M. Hornsby aimerait écouter vos impressions du voyage en hélicoptère.

— J'apprécie toujours les histoires intéressantes, affirma son ancien mentor, montrant à ses enfants autant d'attention qu'il lui en avait témoigné lorsqu'elle était une novice. La dame qui pilotait vous a laissé prendre le manche ?

— Elle aurait dû, déclara Alex, sûr de lui.

— Tu es nul ! lança Cooper.

— Pourquoi ? Parce que je veux piloter des hélicoptères et pas des balais ?

Cooper leva les yeux vers Hornsby.

— Vous croyez aux magiciens ?

— Certains de mes meilleurs amis en sont. Comme votre mère.

Cooper le prit par la main et le guida vers une table de pique-nique devant le hangar pendant qu'Alex déchirait l'emballage de sa barre de Granola. Jordan les observa avec affection, se demandant si Cooper – qui adorait inventer des histoires – deviendrait reporter un jour. Ou Alex ? Il avait la curiosité et l'assurance nécessaires, aucun doute là-dessus. Elle se frotta les yeux, regrettant de ne pas avoir réussi à dormir durant le vol. Une heure et demie de sommeil lui aurait fait du bien.

Blake s'approcha.

— Ce projet dont tu voulais parler à Hornsby, ça concerne ton enquête sur ton ex ?

— Oui, et ce n'est pas sans danger.

— Dis-m'en davantage.

Partager ses informations avec Blake lui paraissait naturel. Elle plongea la main dans sa poche et en tira un trousseau auquel étaient attachés deux clés et un petit pingouin en plastique.

— Il s'appelle Tux, et c'est une clé USB.

— Waouh, s'exclama-t-il, réprimant un sourire. On dirait que tu appartiens à la CIA.

— Toutes les preuves que j'ai contre Hugh sont enregistrées là-dessus.

— Pas sur l'ordinateur portable qu'il t'a volé ?

— J'ai caché les dossiers sensibles, contenant les noms de témoins potentiels, sur un minuscule appareil que j'ai mis dans un coffre-fort. Ces informations sont cryptées. Dès que j'ai eu accès à un ordinateur à l'institut, j'ai contacté un génie de l'informatique qui a récupéré mes données à distance.

— Impressionnant, commenta Blake, l'air sincère.

En tant que journaliste, elle avait développé un vaste réseau de spécialistes de l'informatique. Programmeurs, pirates, espions du cyberespace, qui figuraient parmi ses meilleurs amis.

— Et j'ai une copie de Tux dissimulée dans mes affaires.

— Un autre pingouin ?

— Un flamant rose, rectifia-t-elle avec un sourire.

— Quel rapport avec Hornsby ?

— Je voulais lui confier Tux au cas où il m'arriverait quoi que ce soit. Je trouverai le moyen de lui communiquer plus de détails au fur et à mesure que je les rassemble.

Blake acquiesça.

— Un plan de secours. Quelqu'un à qui tu fais confiance pour poursuivre Hugh si, pour une raison ou pour une autre, tu en es empêchée.

— Exactement.

Formulé ainsi, son plan paraissait encore plus dangereux.

— Saura-t-il quoi faire de ces informations ?

Bonne question. S'il s'était agi de rédiger un article de fond, elle aurait été sûre que Hornsby disposait des meilleures ressources disponibles. Son dossier, cependant, visait à fournir aux procureurs fédéraux les données dont ils avaient besoin pour mettre Hugh hors d'état de nuire et l'envoyer en prison.

— J'ai inclus les noms de mes contacts sur Tux. Mon problème est le suivant : je ne veux pas exposer Hornsby au danger. Est-il juste de lui demander de faire cela ?

— C'est un type intelligent, lui fit remarquer Blake. Il sait évaluer les risques. Explique-lui ce dont tu as besoin, y compris que tu soupçonnes Hugh de complicité de meurtre, et laisse-le décider lui-même.

— C'est un ordre, capitaine ?

— Plutôt une suggestion, répliqua-t-il avec un demi-sourire. Merci de m'avoir confié ton plan.

Elle hocha la tête, satisfaite. Elle n'était pas ravie d'avoir besoin d'un plan B, mais son arrangement avec Blake avait l'air de fonctionner.

— Nous avons le temps de prendre le petit déjeuner ?

— J'aimerais me mettre en route le plus tôt possible, déclara-t-il, en lui montrant son téléphone. Pendant que tu conduiras, je répondrai à mes textos.

— Tu ne devrais pas te servir de ton téléphone. Il peut trahir notre localisation, n'est-ce pas ?

— J'ai désactivé les services de localisation avant de quitter l'Arizona.

Il fronça les sourcils.

— Non que j'aie complètement confiance en la technologie. Tu as d'autres appareils prépayés intraçables ?

— Il ne m'en reste que quatre hormis celui-ci, qui est mon super téléphone, programmé par mon copain génie de l'informatique.

Elle le sortit de sa poche.

— Cet appareil apparemment innocent est crypté et le signal est renvoyé de centaines d'endroits. Tu parlais de la CIA ? Ceci est le genre de gadget qu'elle utilise. Donne-moi ton téléphone et je vais transférer tes contacts sur le mien.

Il s'exécuta. Elle effectua l'opération rapidement et le lui rendit. Blake le laissa tomber sur le sol du hangar et l'écrasa d'un coup de talon.

— Voilà. Maintenant, ce n'est qu'un peu de plastique.

— Un tantinet violent, mais efficace.

Elle tapota le sien.

— Tu pourras te servir de celui-ci dès que j'aurai fini de parler à Abigail.

— Que vas-tu lui dire ?

— Aussi peu de choses que possible. Si elle a des informations pour moi, ce sera génial. Mais je vais l'encourager à prendre du recul. Elle croit que c'est un jeu, elle ne comprend pas à quel point Hugh et Gruber sont dangereux.

Blake partit rejoindre Hornsby et les enfants à la table de pique-nique pendant que Jordan appelait son amie. Il n'était que six heures et demie du matin à Flagstaff, mais Abigail se levait toujours à l'aube pour aller faire du jogging sur les sentiers près de chez elle.

Le téléphone sonna six fois, sept… dormait-elle encore ? Jordan baissa les yeux sur son appareil. Son nom n'apparaîtrait pas sur l'écran d'Abigail puisque le téléphone était intraçable, mais elle avait déjà appelé par deux fois et son amie avait répondu sans hésiter.

Allons, Abigail, décroche !

La voix qui s'éleva dans l'écouteur était celle d'une inconnue.

— Ceci est le téléphone d'Abigail Preston.

— Puis-je lui parler, s'il vous plaît ? demanda Jordan.

— Qui est à l'appareil ?

Le ton autoritaire n'était pas celui d'un employé de maison. Jordan eut soudain le pressentiment qu'une tragédie s'était produite.

— Que se passe-t-il ? rétorqua-t-elle, l'estomac noué. Laissez-moi parler à Abigail. Qui êtes-vous ?

— Ici l'agent Rita McNally, police de Flagstaff.

Jordan se détourna pour que les enfants, Blake et Hornsby ne puissent pas lire l'horreur sur ses traits. Son pouls cessa de battre. Elle se sentit blêmir. *Non, c'est impossible.*

— Je ne comprends pas, murmura-t-elle d'une voix étranglée.

— J'ai besoin de savoir votre nom, madame.

Jordan prit une inspiration et se secoua.

— Abigail est blessée ?

— Un accident s'est produit. Sa voiture a quitté la route.

— Comment va-t-elle ? À quel hôpital a-t-elle été transportée ?

— Je suis navrée, je ne peux rien vous dire de plus.

— Il faut que je sache, supplia-t-elle d'une voix rauque. Dites-le-moi, je vous en prie.

— Vous devrez appeler son mari.

Pas question. Stanley Preston travaillait pour son ex et l'idolâtrait. Il était même possible qu'il ait joué un rôle dans l'accident d'Abigail. Sûrement pas. Ils semblaient former le plus uni des couples. Et pourtant… les apparences étaient parfois trompeuses. Il y avait eu un temps où elle s'était crue amoureuse de Hugh.

— Madame, reprit la policière, dites-moi votre nom.

Jordan coupa la communication. Son instinct lui soufflait qu'Abigail était morte. Si ce n'était pas le cas, l'agent lui aurait indiqué le nom de l'hôpital. Enfin, elle n'en était pas certaine. Elle avait besoin d'une confirmation. Son ami expert en informatique, Spike Mauritius, pouvait pirater les communications et documents internes de la police de Flagstaff. Si douloureux que ce soit, Jordan devait découvrir la vérité.

Elle n'était sûre que de deux choses. Abigail n'avait pas été victime d'un accident. Et elle, Jordan Reese-Waltham, était responsable.

8

De nouveau sur la route, Blake étendit ses longues jambes devant le siège passager, appréciant l'espace. La Prius et l'hélico avaient été raisonnablement confortables, mais la Chevy lui donnait la place de s'étaler – le luxe à l'état pur.

Il regardait Jordan à la dérobée alors qu'elle roulait vers le nord. Elle n'avait pas fermé l'œil de la nuit, mais le chagrin, l'horreur et un terrible sentiment de culpabilité avaient pris le pas sur son épuisement. Sa mâchoire était crispée, ses lèvres formaient un trait mince et dur. Comme le soleil apparaissait à l'horizon, elle éteignit les phares et mit une paire de lunettes de soleil qui dissimulaient les cernes sous ses yeux.

Après lui avoir parlé en termes brefs de « l'accident » d'Abigail, elle avait plaqué sur son visage une expression qu'il avait appris à identifier comme son masque de mère. Quoi qu'il arrive, même si le ciel leur tombait sur la tête, elle dissimulerait ses émotions parce qu'elle devait protéger ses enfants, parce qu'elle ne voulait pas les effrayer.

Blake savait pertinemment que son stoïcisme de surface cachait une profonde détresse et il ne l'admirait que davantage pour cette capacité à cloisonner ses sentiments. Il avait lui-même souvent eu recours à cette technique par le passé lorsqu'il préparait une mission ou était confronté aux conséquences d'un échec. Après l'explosion, quand les médecins lui avaient annoncé qu'il ne marcherait peut-être plus jamais, il avait triplé les heures de rééducation, les dents serrées contre la douleur. Au lieu d'en vouloir au destin ou de fondre en larmes, il s'était focalisé sur le possible. Faire plus d'exercice ne pouvait que renforcer ses chances de se rétablir. Il ne s'était pas autorisé à s'appesantir sur la probabilité d'un travail de bureau. Au lieu de quoi, il avait envisagé d'autres possibilités – voire un avenir dont Jordan faisait partie. Il avait toujours tenu à paraître fort devant les autres.

Le psychiatre lui avait affirmé que cloisonner ses émotions était un facteur supplémentaire de stress. Il avait conseillé à Blake d'affronter ses traumatismes plutôt que les éviter, parce qu'ils ne s'en iraient pas d'eux-mêmes. Jusqu'à quand pourrait-il refouler la douleur ? Enfouir sa colère ? Le psy avait peut-être raison. Un jour, Blake ouvrirait le compartiment et donnerait libre cours à son chagrin. Mais pas aujourd'hui.

Les garçons bavardaient bruyamment sur la banquette arrière, et Blake se demanda s'ils sentaient que quelque chose n'allait pas. Sans doute n'étaient-ils pas plus convaincus que lui par le calme farouche de leur mère. Blake devait intervenir. Si les enfants ne se calmaient pas, ce trajet de huit à dix heures serait d'autant plus interminable.

— Les oursons ont besoin d'être nourris, dit-il tout bas. On peut s'arrêter prendre le petit déjeuner dans un drive-in.

Alex, qui n'avait pourtant pas paru prêter attention, saisit aussitôt la perche au vol.

— Oui, maman, on meurt de faim.

— Je voudrais un muffin, renchérit Cooper. Deux muffins et du bacon.

— On ne mange pas dans la voiture, rétorqua Jordan machinalement. Vous connaissez les règles.

— C'est pas juste, geignit Alex. On a faim !

— Nous nous arrêterons dès que nous aurons atteint Salina, promit-elle. Regardez les panneaux, vous pouvez faire un compte à rebours de la distance.

— Salina est dans l'Utah, expliqua Blake. C'est là que nous rejoignons l'autoroute 70. Après, c'est tout droit.

Il avait emprunté cette route de nombreuses fois par le passé, restant sur la 70 après Grand Junction pour traverser les Rocheuses.

Si le pire se produisait et que Hugh avait vent de leur destination, Blake savait comment échapper à d'éventuels poursuivants.

Derrière lui s'éleva un barrage de questions.

— On est bientôt arrivés ? C'est encore loin ?

— Combien de kilomètres ?

Blake fit un calcul approximatif.

— On y sera dans trente-trois minutes.

Sa réponse suscita un concert de plaintes et de récriminations. À les entendre, les jumeaux étaient sur le point de tomber d'inanition. Blake songea qu'ils n'étaient pas si différents des nouvelles recrues qu'il formait. Le meilleur moyen d'obtenir leur coopération était de les distraire. Avec les recrues, il pouvait agiter une canette de bière fraîche sous leurs yeux. Et avec des enfants de cinq ans... Blake alluma les écrans des consoles installées à l'arrière et leur tendit des écouteurs.

— Des dessins animés ! jubila Cooper.

— Super ! ajouta Alex.

Le silence se fit sur la banquette. Blake jeta un coup d'œil à Jordan.

— Je suis sûr que tu préférerais qu'ils ne soient pas scotchés à la chaîne de dessins animés, mais une pause nous fera du bien.

— Pas de problème, assura-t-elle. Tu penses qu'ils peuvent entendre notre conversation ?

Blake lança un regard rapide à l'arrière. Les yeux rivés sur un dalmatien coiffé d'une casquette de pompier, les garçons semblaient totalement absorbés.

— Je t'ai dit que mon plat préféré était le calamar cru ? demanda-t-il à Jordan en guise de test.

Aucune réaction.

— Rien à craindre.

— C'est à propos d'Abigail.

En dépit de l'affirmation de Blake, elle parlait bas, d'une voix teintée par l'inquiétude.

— Sa maison est située dans les collines au-dessus de Flagstaff, il faut emprunter des routes étroites et très sinueuses pour y accéder. Il est possible qu'elle ait eu un accident après la soirée.

— Possible, répéta-t-il.

— Mais elle prenait cette route chaque jour.

— Quand auras-tu des nouvelles de ton copain informaticien ?

— Il ne m'a rien dit de précis.

— Tu ne vas pas me dire son nom ?

— Il en utilise plusieurs. C'est un hacker légendaire qui a des contacts à toutes sortes de niveaux. Il vit pour ainsi dire dans le web caché et il n'aime pas que les gens le connaissent. Je le surnomme Spike.

Blake ne fut pas étonné d'apprendre qu'elle s'était liée d'amitié avec un tel personnage. Avec ses boucles brunes et ses grands yeux bleus, Jordan avait le don d'attirer et d'apprivoiser des individus qui sortaient de l'ordinaire.

— Attendons qu'il nous contacte, mais je pense qu'il est raisonnable de présumer le pire et d'agir en conséquence.

— Tu veux dire que nous devons présumer que...

Sa voix s'étrangla, devint un murmure.

— ... qu'elle est morte.

— Assassinée par ton ex-mari et le chef de son service de sécurité, compléta Blake. Supposons aussi qu'ils l'ont questionnée. Qu'a-t-elle pu leur dire avant ce prétendu accident ? Que savait-elle au juste ?

Une larme se forma au coin de l'œil de Jordan, mais elle maintint son attention sur la route.

— Chaque fois que je l'ai appelée, je l'ai avertie qu'il ne s'agissait pas d'un jeu. Bon sang, je lui ai répété d'être prudente. Et comme je ne voulais pas qu'elle soit forcée à mentir, je ne lui ai jamais révélé notre destination ni la route que nous allions prendre.

— Tu lui as parlé des vacances que nous avions passées ensemble dans le Colorado ?

— Je ne crois pas. La seule fois où nous avons parlé de toi, c'est quand tu étais venu nous voir. Les garçons avaient à peine deux ans et portaient des couches.

Ce long week-end à Flagstaff avait failli briser le cœur de Blake. Jordan irradiait le bonheur et les enfants étaient tout son portrait.

Son mari était en déplacement, et Blake avait désespérément voulu endosser ce rôle.

— C'est là que j'ai fait la connaissance d'Abigail, et qu'elle a insisté pour me donner son numéro.

— Tu lui as parlé hier, quand tu me cherchais. Lui as-tu dit quoi que ce soit de compromettant ?

— Je ne savais rien. Avant de te rejoindre dans l'abri de jardin, je ne soupçonnais pas que nous allions nous retrouver en cavale.

Il haussa les épaules.

— Je n'avais aucune information à donner à Abigail. Je me suis peut-être plaint un peu.

Elle émit un petit bruit amusé et essuya une larme.

— Tu es mignon quand tu te plains.

— Aucun homme ne veut s'entendre dire qu'il est mignon.

— Eh bien, tu l'es. Avec tes fossettes et ton pli sur le front.

— Arrête.

Elle poussa un profond soupir et esquissa un semblant de sourire en jetant un coup d'œil derrière eux.

— Je suis contente qu'ils ne fassent pas de bruit, mais je ne vais pas les laisser regarder des dessins animés toute la journée.

Blake était toujours focalisé sur Abigail.

— Présumons qu'elle a été interrogée. Tu ne lui as rien dit et moi non plus. Je ne pense pas que nous ayons un problème.

— Elle a été assassinée. Pour moi c'est un gros problème.

Son sourire s'effaça et son visage s'assombrit.

— C'est ma faute.

Les années que Blake avait passées au combat lui avaient appris que s'accabler de reproches pour la mort de quelqu'un d'autre n'avait pas de sens. Le seul coupable était l'individu qui avait appuyé sur la gâchette. Malgré tout, il comprenait la détresse de Jordan. Perdre un ami n'était jamais facile.

Il tendit la main et lui caressa le bras tandis qu'ils roulaient vers Salina. Les premières lueurs de l'aube se répandaient sur les hauts plateaux déjà teintés des couleurs de l'automne. La météo annonçait un hiver précoce, et Blake espérait que la neige attendrait que Jordan ait fini son enquête sur son ex-mari.

Il lui pressa le bras une dernière fois avant de reprendre la parole.

— Il faut que je réponde à deux personnes qui m'ont contacté pour m'avertir que Hugh avait cherché à se renseigner à mon sujet.

— Comment se fait-il qu'il les connaisse ?

— Ils ne sont pas particulièrement difficiles à trouver.

— Vas-y. Mieux vaut le faire pendant que les enfants sont occupés.

Il se servit du téléphone crypté de Jordan pour informer ses supérieurs hiérarchiques qu'il avait reçu leur message mais que son appareil était hors service. Il ajouta qu'il était en vacances mais demeurerait joignable jusqu'à son retour le mois suivant. Il lui restait une dernière personne à qui répondre : Hugh Waltham lui-même.

Une fois à Salina, Jordan se gara dans le parking d'une cafétéria située près d'un petit terrain de jeux bordé de pins rabougris. À peine descendus de la voiture, les enfants se précipitèrent vers les toboggans. Par contraste, Jordan se déplaça à pas lents et lourds, comme si ses baskets étaient en béton.

Elle s'assit sur le banc d'une table de pique-nique jonchée de feuilles mortes afin de surveiller les enfants pendant que Blake entrait et commandait des petits déjeuners à emporter, y compris un grand café pour lui et un décaféiné pour Jordan. Que cela lui plaise ou non, elle avait besoin de dormir.

Il déposa les sachets remplis de muffins et de sandwichs à la saucisse et le jus d'orange sur la table que Jordan avait sommairement balayée. L'air était encore frais, mais le soleil dardait ses rayons sur l'aire de jeux et réchauffait le petit groupe. Les jumeaux se jetèrent sur la nourriture telles des créatures affamées tandis que Jordan retirait ses lunettes de soleil et le regardait. Elle était encore bouleversée par la tragédie, mais il lisait la candeur et la confiance dans ses yeux. Elle partageait sa tristesse avec lui, et Blake sentit l'émotion le gagner. C'était un privilège que d'être inclus dans cette petite famille.

Il ferait tout pour la protéger.

Y compris téléphoner à Hugh. Il empocha l'appareil et s'éloigna.

— Je reviens tout de suite. J'ai un dernier appel à passer.

Il emprunta le trottoir, longea des magasins toujours plongés dans la pénombre. La station-service montrait des signes de vie, et la lumière était allumée dans la pharmacie, les seuls commerces ouverts hormis la cafétéria.

Blake fixa l'écran du téléphone. Avant de composer le numéro, il se rappela la nécessité de garder la maîtrise de lui-même. Cet appel était censé être une simple politesse, mais son objectif était double. Premièrement, il espérait faire en sorte que Hugh cesse de s'intéresser à lui. Ensuite, il voulait savoir ce que Hugh avait appris concernant la fuite de Jordan.

Bien que Blake n'ait jamais rencontré l'ex-mari de Jordan, il reconnut sa voix pour avoir vu ce dernier à la télévision. Il se présenta.

— Ici le capitaine Blake Delaney. Vous avez essayé de me joindre ?

— Vous êtes le marine.

— Oui.

— Pourquoi avez-vous mis si longtemps à me rappeler ?

— Mon téléphone est hors service.

— Le chef de mon service de sécurité, Ray Gruber, vous a croisé dans ma propriété hier soir, mais je ne vous ai pas vu à l'intérieur.

— J'ai changé d'avis et décidé de ne pas assister à la réception.

— Vous aviez une raison particulière de ne pas le faire ?

— Je n'ai pas l'habitude de ce genre de soirée. Elles m'effrayent plus que les fusillades, à vrai dire.

Ce n'était pas tout à fait un mensonge.

— J'ai marché un peu, puis j'ai appelé un taxi et j'ai regagné mon hôtel.

Il parlait trop et s'en rendit compte. Il se contraignit à se taire.

— Vous connaissez mon ex-femme, déclara Hugh. Vous étiez venu dans l'intention de la voir ?

— Je l'espérais, oui.

— Je vois.

Le ton de Waltham trahissait un mélange d'incrédulité et de dégoût.

— Vous l'avez trouvée ?

— Non.

Un mensonge alambiqué vint à l'esprit de Blake à propos d'avoir essayé de rendre visite à Jordan à l'institut, mais il ne dit rien. Il revit intérieurement le visage de son interlocuteur. Les cheveux blonds, le teint hâlé, les yeux verts et les traits réguliers, Waltham était plus séduisant que la plupart des hommes. Ses dents remarquablement blanches étincelaient comme celles d'un requin.

Hugh Waltham s'éclaircit la gorge.

— Vous connaissiez Abigail Preston ?

Le recours au temps passé glaça Blake.

— Je l'ai rencontrée il y a quelques années.

— Et vous lui avez parlé récemment.

— C'est elle qui a mentionné la réception et qui a suggéré que Jordan y assisterait pour montrer son soutien à votre campagne. J'avais envie de la voir.

— Abigail ne vous aurait rien dit de tel, affirma Hugh, sans prendre la peine de dissimuler son dédain, cette fois. Mon ex-femme ne me soutient pas. Elle me met des bâtons dans les roues, au contraire.

Blake serra les dents si fort qu'il en eut mal à la mâchoire. À ce stade de la conversation, il aurait sans doute dû abonder dans le sens de son interlocuteur et confirmer que Jordan était une femme difficile. Cependant, il en était incapable.

— Pourquoi m'avez-vous contacté ?

— Je sais que vous étiez amoureux d'elle autrefois. Le fait que vous vous soyez présenté chez moi le soir même où elle s'est enfuie de l'institut me paraît être une coïncidence impossible à ignorer.

Il n'avait pas fait allusion à l'enlèvement – une étrange omission.

— Enfuie ? À vous entendre, on croirait qu'elle était prisonnière.

— Cela fait partie des histoires qu'elle se raconte, répliqua Hugh sans s'émouvoir. C'est une femme très malade, à l'esprit dérangé.

Sa voix de politicien chevronné était censée communiquer une profonde inquiétude. Menteur accompli, il parlait avec l'accent de la sincérité, de la vérité... et une parfaite maîtrise de lui-même. Hugh Waltham n'était pas homme à cracher le morceau facilement. Il se mouvait avec l'agilité d'un escrimeur classique, faisait mouche puis reculait aussitôt.

Pas mon style. Blake, lui, chargeait au coupe-coupe, nettoyant le terrain sur son passage. Il brûlait de demander des informations sur le prétendu accident d'Abigail et l'incarcération de Jordan à l'institut. Ce lâche de Waltham avait regardé froidement son homme de main sectionner les poignets de Jordan. Il méritait qu'on lui lance ses méfaits à la figure, mais Blake savait que sa satisfaction serait de courte durée.

— Je ne peux pas vous aider, dit-il.

— Ne vous sous-estimez pas, répondit Hugh. Venez chez moi. Nous parlerons.

— Navré, mais j'ai déjà quitté la ville. Je suis en route pour le Texas où je dois rendre visite à quelqu'un.

— Je voudrais rester en contact avec vous, capitaine. Comment s'appelle ce quelqu'un ?

— Il ne serait pas approprié de vous le dire… ou de le dire à quiconque. Ce quelqu'un est une dame.

Hugh s'esclaffa.

— Une femme mariée, n'est-ce pas ? Eh bien, capitaine Delaney, vous n'êtes pas aussi innocent que vous le prétendez. Croyez-moi, capitaine, nous avons plus de points communs que le fait d'être tous les deux tombés amoureux de Jordan. Elle vous fera souffrir comme elle m'a fait souffrir. Vous seriez bien avisé de rester en contact.

Blake aurait préféré s'asseoir sur un nid de serpents à sonnette. Il redressa les épaules et retourna vers la cafétéria.

— Ne comptez pas là-dessus.

— Pourquoi pas ? Vous vous êtes déjà engagé dans l'équipe Jordan ?

— Je suis dans l'équipe des États-Unis, rétorqua Blake. Engagé dans le combat pour la démocratie, la justice et les droits humains. Il me semble que vous et moi n'avons absolument rien en commun.

Sur quoi il coupa la communication, espérant sincèrement ne plus jamais devoir entendre la voix lisse, sournoise, de Hugh Waltham.

9

— Maman, réveille-toi !

— Allez, maman, ouvre les yeux !

Jordan passa du sommeil profond à un état d'alarme maximal – le mécanisme de survie de toutes les mères qui sentent que leur progéniture a besoin d'eux. L'instant d'avant, elle était pelotonnée sur le siège passager, une parka soigneusement drapée autour de ses épaules, et maintenant elle était complètement réveillée, les poings serrés, prête à en découdre. Elle se redressa, planta les pieds sur le sol. La voiture était garée au bord de la route, les phares braqués sur un mur de pins et de rochers.

Elle cilla. À l'horizon, le ciel était strié de traînées mauves et roses. La nuit tombait. Comment était-ce possible ? Elle avait dû dormir des heures durant. La dernière chose dont elle se souvenait était d'avoir mangé des tacos à l'heure du déjeuner, près de Grand Junction.

La lumière se fit dans l'habitacle. Elle vit Blake assis au volant, puis scruta l'arrière où les jumeaux roulaient les yeux comme des adolescents. Elle s'éclaircit la voix.

— Où sommes-nous ?

— Au Colorado, crièrent les garçons à l'unisson. Dans une forêt. Sur une montagne.

— Ice Mountain, précisa Cooper, toujours soucieux des détails.

Plissant les yeux, elle regarda Blake.

— Pourquoi nous sommes-nous arrêtés ?

— Nous sommes presque arrivés. Le chalet est à un peu plus d'un kilomètre d'ici.

Un chœur d'exclamations enthousiastes s'éleva de l'arrière.

— Il faut que tu voies ça, maman. Blake l'a construit tout seul.

— Ah bon ? répondit-elle, sachant pertinemment qu'il n'avait rien fait de tel.

L'intéressé devança les garçons.

— J'ai appelé Chester, mon ami qui vit de l'autre côté de lui. Tu te souviens de lui ?

— Bien sûr que oui.

Un ami de la famille de Blake, Chester l'avait encouragé à entrer dans les marines et, plus tard, à acheter ce chalet. Il avait en quelque sorte remplacé son père biologique, lequel avait abandonné sa famille alors que Blake n'avait que cinq ans.

Les pères absents semblaient être un thème récurrent dans sa vie, songea Jordan, éprouvant un pincement de culpabilité à l'idée qu'elle allait causer à ses jumeaux la peine qu'elle avait ressentie à onze ans, à la mort de son propre père.

Elle redressa les épaules. Elle ne voulait pas penser à la mort des membres de sa famille… ou de ses amis.

— Pourquoi l'as-tu appelé ?

— Pour qu'il prépare le chalet pour notre arrivée. Je ne voulais pas avoir de mauvaise surprise.

Le cerveau de Jordan se mit en branle, et elle comprit qu'il faisait allusion à une éventuelle embuscade. Ils avaient déjà discuté du lien que Blake avait avec cet endroit. Onze ans plus tôt, juste après son premier déploiement à l'étranger, Blake avait acheté le chalet avec un ami. C'était le nom de ce dernier qui figurait sur l'acte de vente. Cet ami avait péri lors d'une mission au début de l'année en cours. Il avait légué sa part du chalet à Blake, qui avait réglé les impôts et parvenait à entretenir les lieux avec l'aide de Chester, mais n'avait pas encore eu le temps de faire modifier l'acte de propriété, ce qui signifiait que, sur le plan officiel, il n'existait aucune trace de ce changement. À l'exception de quelques amis très proches de Blake, personne ne savait qu'il possédait ce chalet sur Ice Mountain.

— Que t'a-t-il dit ?

— Qu'il avait ouvert le chalet et que tout allait bien. Il a mis le chauffage et il a rempli le frigo de produits de première nécessité.

Elle se tourna vers le siège arrière, un sourire sincère aux lèvres.

— Qu'en dites-vous, les garçons ? On va voir ce chalet ?

Les jumeaux répondirent par des cris enthousiastes, et Blake s'engagea sur la route étroite qui serpentait à travers la forêt. L'excitation des enfants gagna Jordan. Ils étaient presque en sécurité. Elle avait réussi la première étape de son évasion, et ce n'était pas la seule raison pour laquelle elle était heureuse d'être de retour. Sept ans plus tôt, elle avait passé cinq jours idylliques en ce lieu avec Blake. Ils avaient fait l'amour chaque nuit, s'étaient confié leurs rêves, avaient ri et marché dans la forêt jusqu'à l'épuisement.

Elle avait sérieusement envisagé de l'épouser.

Quand la Chevy déboucha du dernier virage, apparut une bâtisse en bois à un étage, dotée d'un toit en bardeaux rouges qui descendait en pente douce. La lampe de l'entrée projetait un éclat doré sur la terrasse couverte qui faisait tout le tour du rez-de-chaussée. Des mangeoires à colibri étaient accrochées à la rambarde, et un carillon dansait dans la brise.

Blake se gara dans l'allée gravillonnée à droite de l'entrée. Les garçons détachèrent leur ceinture mais restèrent assis.

— Maman, maman, on peut descendre ?

— On peut y aller ?

— Attendez-nous devant la porte, mais oui, d'accord, vous pouvez descendre.

Les portières arrière s'ouvrirent à la volée, et les garçons se ruèrent au-dehors.

— Pourquoi leur as-tu dit d'attendre ? s'enquit Blake.

— Il me semble me souvenir de certaines mesures de sécurité dans ce chalet, et je voulais être sûre que la porte d'entrée n'allait pas exploser au contact de petits doigts imprudents.

— Ce n'est pas bête.

— Il y a d'autres choses dont je me souviens, murmura-t-elle. De bonnes choses.

— Moi aussi.

Il sourit.

— Au cours des cinq nuits et quatre jours que nous avons passés ici, je t'ai demandée en mariage trois fois. Pourquoi as-tu refusé, Jordan ?

— Comme tu le sais, les hommes sont différents des femmes.

— D'accord.

— Quand les hommes tombent amoureux, ils sont plus romantiques et moins réalistes que les femmes. La plupart des histoires d'amour non réciproques sont au sujet d'hommes qui se languissent de la première femme qu'ils ont embrassée ou d'une beauté qu'ils adorent de loin. Les femmes, elles, ont la tête sur les épaules et elles sont pragmatiques. Elles aiment voir des relevés de compte et des preuves d'un emploi stable.

— Tu as l'air d'avoir creusé la question, observa-t-il. Tu as écrit un article là-dessus ?

Elle acquiesça.

— J'ai interviewé deux thérapeutes. Un homme et une femme. J'ai été d'accord avec la femme.

— Cela ne m'étonne pas.

— Comme elle, je suis pragmatique. J'ai considéré notre relation et je l'ai évaluée. Le sexe était fantastique, la camaraderie aussi. C'était génial d'être avec quelqu'un qui pouvait toujours me faire rire. D'un autre côté, nous étions tous les deux définis par notre carrière. Je ne pouvais pas te demander de ne plus être un marine. Et tu ne pouvais pas me demander de renoncer au journalisme.

Il ouvrit sa portière.

— Les choses ont changé.

Qu'est-ce que cela voulait dire ? Malheureusement, le moment était mal choisi pour une discussion plus poussée. Les enfants trépignaient sur la terrasse.

— Faisons entrer ces diablotins avant qu'ils défoncent la porte. À propos, il n'y a pas d'explosif, mais il va falloir un instant pour que je leur apprenne le code qui désactive l'alarme. S'ils se trompent, on va avoir mal aux oreilles.

Elle lui emboîta le pas.

— Ils t'ont rendu dingue pendant que je dormais ?

— Non, tout s'est bien passé. Je leur ai donné une leçon d'histoire sur les Indiens et les pionniers.

Il déverrouilla la porte et désactiva l'alarme, puis la réactiva dès qu'ils furent à l'intérieur. La première fois qu'elle était venue, elle lui avait demandé pourquoi il avait besoin de ces mesures de sécurité et il avait expliqué que, le chalet étant vacant pendant de longues périodes, il tenait à dissuader d'éventuels cambrioleurs. À la moindre effraction Chester était alerté par téléphone et pouvait être sur place en dix minutes. Si elle était venue sans lui, l'alarme lui aurait posé un problème, mais maintenant ces précautions la rassuraient. Toute protection supplémentaire était la bienvenue.

Blake traversa le séjour doté d'une cheminée en pierre, devant laquelle étaient disposés un canapé et des fauteuils confortables. Il y avait également une table à manger en noyer assez grande pour huit personnes.

— La cuisine est au fond, expliqua-t-il aux enfants. Mon bureau se trouve de l'autre côté de l'escalier, et la salle de bains aussi. Au premier, il y a deux chambres.

Jordan mit quelques secondes à assimiler ces informations. Deux chambres signifiaient qu'il y en avait une pour les garçons et une pour Blake et elle. Dans son souvenir, le lit de la chambre principale était vaste et très douillet. Lorsqu'elle avait envisagé ce plan, Blake n'était pas inclus.

Maintenant, il l'était.

Ils n'avaient pas abordé la question de savoir où ils allaient dormir et elle ne sut que dire ni comment réagir. Était-il trop tôt pour qu'ils partagent un lit ? Attendait-elle trop de lui, allait-elle plus vite en besogne qu'il ne le souhaitait ? D'un autre côté, s'ils ne couchaient pas ensemble très vite, elle n'allait pas tarder à être submergée de fantasmes romantiques. *Ça m'apprendra à me vanter de garder la tête froide*. Elle avait parlé avec tant de désinvolture de sa nature pragmatique. En réalité, l'idée de partager le grand lit de Blake allumait un brasier en elle.

Il fallait qu'elle se reprenne. Et vite.

Blake se sentait à sa place dans ce chalet sur Ice Mountain. Là était son vrai foyer.

Il adorait sa mère et ses deux demi-sœurs, mais les voyait rarement et n'avait pas vécu avec sa famille depuis son départ pour l'université.

Flanqué des jumeaux, il leur fit visiter la cuisine, puis regagna l'escalier près de la porte d'entrée où leur mère se tenait toujours immobile, absorbée par ses pensées. Son inertie inquiétait Blake, et il fut soulagé de la voir se diriger lentement vers la cuisine.

— Votre chambre est en haut, dit-il aux garçons.

— On peut aller voir ?

— Bien sûr, allez-y.

— J'adore cet endroit, annonça Alex alors qu'ils grimpaient bruyamment l'escalier.

— Moi aussi.

Bien qu'il n'ait pas construit le chalet, en dépit de l'affirmation de Cooper, il avait ajouté un garage et effectué de gros travaux d'assainissement. Le fait que la propriété disposait d'un puits et d'une fosse septique avait été un des facteurs qui avaient poussé Chester à lui recommander de l'acheter. À l'époque, Blake n'avait pas compris l'importance d'avoir un approvisionnement privé en eau. Il avait grandi dans l'Illinois, dans des villes où avoir de l'eau allait de soi.

Il poursuivit fièrement la visite avec les enfants, qui le rejoignirent dans la salle de bains qui faisait aussi office de buanderie.

— Pourquoi est-ce qu'il n'y a pas de baignoire ? s'enquit Cooper.

— Les vrais hommes préfèrent les douches, déclara Alex.

La voix de Jordan s'éleva dans la pièce voisine.

— Moi aussi, j'aime les douches.

Blake se lança dans un discours sur la nécessité de ne pas consommer trop d'eau, expliquant qu'il ne fallait pas laisser le robinet ouvert quand on se brosse les dents ni même forcément prendre une douche chaque jour.

— À moins d'être vraiment sale, bien sûr.

— Compris. Vraiment sale, acquiesça Alex. Je sens que je vais aimer vivre ici.

Jordan apparut sur le seuil.

— Au cas où quelqu'un aurait faim, Chester nous a laissé un assortiment de sandwichs au jambon et au fromage. Et des chips.

Les jumeaux coururent dans la cuisine tandis que Blake rejoignait Jordan dans l'étroit couloir.

— Le chalet est tel que dans tes souvenirs ?

Elle l'étreignit brièvement puis fit un pas en arrière, mettant un peu de distance entre eux.

— Je pensais que tu voulais abattre le mur entre la cuisine et la salle à manger pour en faire un plan de travail.

— C'est toujours en projet.

Il y avait toujours quelque chose à faire.

— Je vais décharger la voiture et la mettre dans le garage pendant que les enfants mangent.

— Ensuite, il faudra qu'on parle.

Il devina qu'elle voulait discuter de ses investigations au sujet de son ex-mari.

— Tu vas commencer à dresser des listes, n'est-ce pas ?

— Je ne peux pas m'en empêcher. J'ai besoin de listes et d'objectifs pour rester focalisée.

— Quel est le premier objectif ?

— Après le dîner et l'installation, il n'y a qu'une seule tâche pour ce soir.

Elle détourna les yeux et fit mine d'étudier une aquarelle qui représentait un lac de montagne.

— Nous en parlerons plus tard.

À l'évidence, elle tournait autour du pot et sa réticence à aborder un sujet difficile le troubla.

— Dis-le-moi maintenant.

— C'est... à propos des chambres, admit-elle, refusant de rencontrer son regard. Il n'y a qu'un grand lit dans la chambre principale, n'est-ce pas ?

— En effet.

Il avait du mal à croire que cela posait un tel problème à Jordan. S'imaginait-elle qu'il allait lui sauter dessus ? L'obliger à coucher avec lui en échange de son hospitalité ?

Il poussa la porte de son bureau et désigna le canapé-lit adossé au mur.

— Je coucherai ici.

Le soulagement se lut sur le visage de Jordan. Apparemment, l'idée de coucher avec lui la terrifiait.

— Ça ne me paraît pas très juste. Je devrais prendre le canapé. Tes jambes vont dépasser.

— Je me débrouillerai.

Le téléphone de Jordan émit un signal, et elle le sortit de sa poche.

— Un texto de Spike.

Le génie avait pris son temps pour lui répondre. L'espace d'un instant, Blake espéra qu'il venait lui annoncer de bonnes nouvelles concernant Abigail.

Le visage de Jordan se défit alors qu'elle fixait l'écran de son téléphone. Une larme coula sur sa joue.

— Elle est morte.

Ne pleure pas. Bon sang, ne pleure pas. D'autres larmes jaillirent, brisant des barrages qu'il n'avait pas conscience d'avoir érigés, l'emplissant d'un sentiment d'impuissance. Il lui était insupportable de voir Jordan – ou quelqu'un d'autre – pleurer.

La voix des jumeaux l'arracha à son désarroi. Soulagé, il fit un pas dans leur direction.

— Tu veux que j'aille m'occuper d'eux ?

— Reste avec moi, murmura-t-elle en lui tendant l'appareil. Je vois flou. Lis-moi le reste du message.

Les caractères minuscules emplissaient tout l'écran et débordaient sur une autre page. Les détails précis fournis par Spike quant aux blessures d'Abigail – hématomes, traumatisme crânien, hémorragie interne – semblaient sortis tout droit d'un rapport de médecin légiste. Comment avait-il réussi à avoir accès à ces informations ?

Blake sauta les passages les plus douloureux et résuma les conclusions du rapport de police.

— Sa BMW a percuté une barrière de sécurité et quitté la route. Comme elle ne portait pas sa ceinture, elle a été éjectée de la voiture et est morte sur le coup. Il semble qu'elle ait consommé de l'alcool.

Jordan étouffa un sanglot.

— La police de Flagstaff mène l'enquête. Jusqu'à présent, on considère que sa mort a été accidentelle, voire qu'elle a résulté d'une conduite en état d'ivresse.

— Quoi ? se récria Jordan en s'essuyant les yeux. Abigail buvait très peu d'alcool. Comment ont-ils pu se tromper à ce point ?

Blake soupçonnait la police d'avoir été influencée par Waltham et ses nombreux contacts. Il entendait presque le politicien évoquer la tragédie en se lamentant sur le penchant prononcé d'Abigail pour l'alcool.

— Spike a deux informations supplémentaires. Je ne sais pas comment il a fait pour se les procurer, mais c'est impressionnant.

— Que dit-il ?

— La première, c'est que le service de sécurité de Hugh, emmené par Gruber, travaille de concert avec Khaled. Ils cherchent la Prius à Vegas, mais ils ne l'ont pas trouvée.

— Rien au sujet de Harvey ? Ou d'Emily et l'hélicoptère ?

— Rien.

— C'est bien. Ils ne savent pas comment nous avons quitté la ville.

Elle se tamponna les yeux de nouveau. Les larmes s'étaient taries.

— Parlent-ils de San Francisco ?

— Spike dit que non.

— Et l'autre information ?

— Je ne sais pas ce que ça veut dire.

Il leva le téléphone et lui cita le texte :

— « Un écureuil retraité fait son nid à Aspen dans une propriété de plusieurs millions de dollars – beaucoup d'argent pour un Rockwell venu de Flagstaff. »

— Je t'expliquerai plus tard, dit-elle.

Son expression avait changé du tout au tout. Ses traits s'étaient durcis. Elle ressemblait à une féroce chasseresse qui avait aperçu sa proie.

Il en éprouva presque de la pitié pour ce Rockwell… qui qu'il soit.

10

Après avoir été séparée des enfants pendant trois longs mois, Jordan savoura les moments de normalité relative de ce soir-là : préparer des sandwichs, défaire leurs quelques bagages, surveiller leur toilette.

Elle remarqua de minuscules différences dans leur taille et leur corpulence, examina chaque coupure ou égratignure récente et se demanda si Alex s'était coupé les cheveux tout seul. Cooper semblait plisser les yeux souvent, comme s'il avait besoin de lunettes. Alex avait appris à lever les yeux au ciel et à redresser le menton d'un air de défi.

Elle recouvrit chacun des enfants d'une couette douillette, alluma leurs lampes de chevet et s'installa dans un fauteuil à bascule pour leur lire un passage du *Hobbit*, l'unique objet que Cooper avait désiré emporter. Les mains de Jordan tremblaient légèrement autour du petit volume aux pages usées. Avant qu'ils fuient la villa, Abigail avait lu un extrait de ce livre aux jumeaux, en utilisant une voix différente et un accent anglais épouvantable pour chaque personnage. Ça avait été une vraie amie, une femme loyale. Si seulement elle avait prêté attention aux mises en garde de Jordan, les choses se seraient déroulées autrement.

— Page soixante-trois, dit Cooper. C'est là qu'Abigail s'est arrêtée.

Il s'en souvenait, bien sûr. Tolkien était un de ses auteurs préférés.

— Maman, intervint Alex, est-ce que les nains existent vraiment ? Ils vivent dans des grottes ? Il y en a peut-être par ici.

— On cherchera.

Jordan se mit à lire, mais sans tenter d'imiter le style théâtral d'Abigail. Au lieu de quoi, elle dédia intérieurement chaque mot à la mémoire de son amie.

Oh ! Abigail, je garderai le souvenir de tes yeux espiègles et de ta coupe Pixie. Tu vas me manquer.

En quelques minutes, les jumeaux succombèrent au sommeil. Jordan laissa les veilleuses allumées au cas où ils auraient besoin de descendre à la salle de bains durant la nuit.

Mentalement, elle se prépara à une confrontation avec Blake. Il avait été insulté par son attitude à propos du partage d'un lit, et elle était certaine qu'il allait galamment insister pour coucher sur le canapé alors que celui-ci était trop court pour ses longues jambes.

Elle jeta un coup d'œil dans la chambre principale, où il s'était effondré sur le lit, les bras en croix, encore habillé.

Il devait être épuisé.

Elle s'assit sur le lit et le contempla. Une barbe naissante recouvrait son menton. Ses cheveux blonds comme les blés étaient un peu ébouriffés. Il respirait fort, les lèvres entrouvertes, et elle eut envie de se pencher et de l'embrasser jusqu'à ce qu'il se réveille. Mais que se passerait-il alors ? Il lui rendrait ses baisers et ils feraient l'amour, en dépit de la présence des enfants de l'autre côté du palier.

Jordan se leva sans bruit, disposa la couette sur Blake puis éteignit la lumière. En sortant de la pièce elle attrapa son sac et descendit dans le bureau. Après avoir déplié le canapé et pris une douche, elle enfila son pyjama en coton et s'étendit sur le lit, bien assez grand pour elle, et s'ordonna de se détendre. Si elle avait été femme à prier, elle l'aurait fait, exprimant un mélange de gratitude et de chagrin. Des remerciements pour son évasion de Flagstaff, de la tristesse pour la mort d'Abigail.

Ses paupières refusèrent de se fermer. Elle se tourna sur le côté et s'efforça de relâcher ses muscles, mais en vain. Ses doigts pianotaient sur l'oreiller, rédigeant une liste invisible, et ses pieds trépignaient d'envie d'aller courir. *Calme-toi. Tu as besoin de repos.* Malgré tout, les rouages de son cerveau continuaient à tourner à toute allure. Si elle ne chassait pas ces pensées de sa tête, elle ne trouverait jamais le sommeil.

Tant de choses à faire. Si peu de temps pour les faire.

Elle se redressa, enfila des chaussettes confortables et sa doudoune puis s'assit sur la chaise pivotante de Blake. Comme elle avait encore un peu froid, elle rabattit la capuche de sa veste sur sa tête et frotta sa joue contre le bord en fausse fourrure. Mains à plat sur le bureau, elle baissa les yeux sur l'espace vide. Par où commencer ? Blake avait un ordinateur portable qu'elle pouvait utiliser, et elle avait sa clé USB en forme de flamant dans son sac. Elle la sortit et la posa devant elle, revoyant le moment où elle avait confié le pingouin à Hornsby. Elle avait de la chance d'avoir autant d'amis fidèles.

Devait-elle passer ses données en revue ? Pas encore. Ce serait trop compliqué.

— Des listes, décida-t-elle tout haut. Je dois fixer mon emploi du temps.

Dans le tiroir du milieu, elle dénicha un bloc-notes jauni. Un bocal contenait un assortiment de stylos de couleurs différentes. Parfait ! Choisir une couleur en fonction de la difficulté de la tâche était un bon système. Pour les plus faciles, elle opta pour une encre turquoise. D'abord, elle devait aller faire des emplettes. Acheter des vêtements d'hiver aux enfants, des provisions en tout genre.

La page se remplit vite.

Elle passa à la deuxième et choisit un stylo rouge, symbolisant l'urgence. Tout en haut, en lettres majuscules, elle écrivit :

Comptable de Flagstaff.

Tim Rockwell, surnommé Rocky l'écureuil volant, s'était volatilisé quelques mois plus tôt. D'après Spike, il avait refait surface à Aspen. Elle avait besoin de le voir, de le persuader de témoigner contre Hugh ou, au moins, de lui fournir des documents étayant ses accusations de fraude et de blanchiment d'argent.

Elle avait laissé la porte du bureau entrebâillée au cas où les enfants la chercheraient, mais ce fut Blake qui toqua.

— Jordan ?

— Entre, dit-elle doucement.

Le regard de Blake alla de sa doudoune mauve à ses chaussettes roses en passant par son pyjama à motif de rennes.

— Tu essayes de m'exciter ?

Elle leva un pied emmitouflé en l'air.

— Ça te plaît ?

— Au moins, tu dois avoir chaud. Trop, peut-être ?

— Tu veux toucher ?

— Je vais courir le risque de me brûler.

Il s'humecta les lèvres.

— Où ? Quelle partie a besoin d'être embrassée ?

C'était la première fois qu'ils avaient un moment d'intimité depuis qu'ils s'étaient rencontrés derrière la villa. Les enfants n'étaient pas loin, endormis au premier étage, mais si Blake fermait la porte, ils seraient seuls. Elle sourit.

— Tu étouffes ta passion depuis tout ce temps ?

— J'essaye de me conduire comme il faut.

Il prit le bloc-notes et regarda la première page.

— Comment comptes-tu faire toutes ces courses ?

— En allant dans un supermarché ?

— Je parle sérieusement.

Il se laissa tomber sur le lit, lequel était, ainsi qu'elle l'avait soupçonné, bien trop petit pour lui.

— Il faut qu'on prenne des précautions. La première est de garder les jumeaux hors de vue. Quiconque les voit se souviendra d'eux. Autant envoyer un signal à Hugh et à ses sbires. *Jolie maman et ses deux garçons faisant du shopping près d'Aspen.*

Il avait raison. Il ne lui serait pas difficile de se déguiser. Durant les années où elle avait travaillé sous une couverture, elle avait appris à changer d'apparence au moyen d'une nouvelle coiffure et d'une couche de maquillage. Elle pourrait aisément se faire passer pour une montagnarde, mais ses adorables jumeaux attiraient trop l'attention. Elle soupçonnait que Blake, avec son physique de super-héros, avait un problème similaire, sans compter qu'il connaissait un certain nombre de gens dans la région. S'ils sortaient ensemble, il ne pourrait pas la présenter.

— Je peux aller faire des courses toute seule, suggéra-t-elle.

— Si on partageait la liste en deux ? Je ferai la première moitié le matin, et tu termineras l'après-midi.

— D'accord.

D'autres tâches entraient dans la catégorie des affaires urgentes. Se connecter à Internet et pénétrer dans le dark web, par exemple, mais elle avait besoin d'instructions précises de la part de Spike pour ce faire. Elle devait exploiter ses contacts existants et en créer d'autres : l'enquête qu'elle avait entreprise couvrait un territoire bien plus vaste que ses articles habituels.

— Rockwell à Aspen, lut Blake sur la seconde liste. C'est l'écureuil dont parle Spike ?

— Chut, dit-elle aussitôt. Parle moins fort. Moins les jumeaux savent de choses, mieux c'est.

— Entendu, mais je veux que tu me parles de ton plan.

N'étant pas habituée à travailler avec un équipier, Jordan se sentait réticente à partager ses informations.

— On pourrait peut-être trouver un moment demain pour ça.

Il s'étendit sur le côté, posa la tête sur son poing et plissa les yeux.

— Tu ne me fais pas confiance.

— Bien deviné.

— Je ne devine pas. Je te connais mieux que tu ne le crois, Jordan. Tu ne peux pas me cacher tes sentiments.

— Tu crois ? Qu'est-ce qui te fait penser que je ne te dis pas tout ?

Personne ne pouvait lire en elle aussi bien que Blake.

— Quand tu mens, le côté droit de ta bouche frémit un peu. Si tu me caches quelque chose, tes paupières se ferment un soupçon.

— Tu parles comme un spécialiste de l'interrogation. Ou un profileur.

— J'ai appris quelques techniques de survie, répondit-il avec un sourire. Voici ce qui se passe quand tu changes d'avis et que tu décides de te laisser aller : tes yeux s'écarquillent d'un seul coup. J'aime cette expression.

— Nous devrions nous coucher, marmonna-t-elle. Chacun dans sa chambre.

— Pas avant que tu me dises ce qui se passe.

— Je ne peux pas, soupira Jordan. C'est trop compliqué. Hugh a commis des dizaines de délits et il a une foule de complices éparpillés dans trois ou quatre États dans l'Ouest. Je ne sais même pas par où commencer.

— Par le début, rétorqua Blake tranquillement.

Apparemment, il n'allait pas lâcher prise avant d'avoir des réponses.

— N'insiste pas, Blake. Tu comprendras mieux quand j'aurai tout mis sur ordinateur.

Il se leva, traversa la pièce et vint se tenir en face du bureau.

— Jordan, tu es une journaliste hors pair. Tu sais mieux que personne expliquer un problème complexe. Je veux que tu me dises à quoi nous avons affaire. Parle-moi.

— Pas ici. Je sais que les garçons ont l'air de dormir, mais ils ont l'ouïe aussi fine que des chauves-souris.

— Et tu ne veux pas qu'ils nous entendent et qu'ils pensent que tu dis du mal de leur papa.

— Exactement.

Si Hugh était aussi coupable qu'elle le pensait, les jumeaux auraient déjà bien assez de mal à l'accepter. Elle voulait les protéger de son mieux.

Blake contourna le bureau et fit pivoter le fauteuil pour qu'elle soit face à lui. Il lui prit la main.

— Viens avec moi. Allons parler dehors.

— Tu veux laisser les enfants ici ? Sans surveillance ?

— Si quelqu'un essaye d'entrer, ça déclenchera un signal d'alarme assourdissant.

— Et s'ils ouvrent la porte ?

— Pareil.

Il tira doucement sur sa main.

— Allez, viens. Tu portes déjà ta parka.

Elle enfila ses baskets, remarquant qu'il avait mis ses chaussures. Il attrapa son blouson.

— Tu avais tout préparé, observa-t-elle. Tu avais prévu de m'emmener dehors dès le début ?

— L'idée m'avait traversé l'esprit.

À la porte d'entrée, il désactiva l'alarme et la régla pour qu'elle se réactive au bout d'une minute, dès qu'ils auraient quitté la terrasse. La forêt était silencieuse, l'éclat de la pleine lune illuminait la cime des arbres et les rochers déchiquetés. Jordan ne voyait aucune autre lumière. Pas de voisin à proximité. Pas de voiture sur le chemin de terre qui grimpait jusqu'au chalet.

Elle prit une profonde inspiration et exhala un soupir. La brise fraîche embaumait la résine de pin. Un froid agréable s'immisça sous sa parka, et elle remonta la fermeture.

À droite du chalet, Blake emprunta un sentier qui montait à une clairière – elle s'en souvenait avec affection. Lors de sa visite sept ans plus tôt, ils avaient fait l'amour dans ce lieu idyllique, et la vie avait paru parfaite. À l'époque, elle s'était crue capable d'affronter n'importe quoi. Comme elle avait été naïve !

La maternité l'avait changée. L'amour farouche qu'elle vouait à ses enfants ne ressemblait à aucun sentiment qu'elle avait éprouvé auparavant. Elle avait mûri. La menace que présentait son ex-mari, le danger auquel elle était confrontée actuellement l'y avaient obligée.

Elle s'approcha de l'orée de la forêt. Les feuilles des arbustes arboraient leurs couleurs d'automne, jaune et ocre.

— Je ne suis pas la même femme qu'autrefois, souffla-t-elle en pivotant vers Blake. Les choses ont changé.

— Je sais.

Il s'avança lentement vers elle, et Jordan remarqua une gêne dans ses mouvements.

— J'ai passé le plus clair de ma vie d'adulte dans des zones de guerre, déclara-t-il, et je m'étais quand même imaginé que j'allais vivre éternellement. Quand j'étais à l'hôpital, j'ai frôlé la mort. Et ça m'a changé.

Elle regarda derrière lui la silhouette du chalet qui se détachait sur l'ombre, les faibles lueurs derrière les rideaux tirés. L'idée de s'éloigner davantage des jumeaux la rendait nerveuse. Ils étaient assez loin comme cela. Au centre de la clairière, un assemblage de pierres formait un foyer circulaire, et un long banc en bois flanqué de deux souches offrait un siège. Jordan s'assit face au chalet.

— C'est si paisible ici.

— Nous ne devons pas être trop sûrs de nous, observa Blake, scrutant l'obscurité. Nous avons échappé à Hugh jusqu'à maintenant, mais il serait dangereux de le sous-estimer.

— Je sais.

Il avait tout à fait raison. Bien que temporairement soulagée, elle devait préparer un plan au cas où il leur faudrait s'enfuir de nouveau, trouver un lieu sûr où cacher les jumeaux. Elle n'osait pas imaginer que Hugh puisse faire du mal à ses enfants, néanmoins elle ne pouvait ignorer cette possibilité. S'il devait choisir entre eux et sauver sa peau, elle savait pertinemment qu'il n'hésiterait pas à les sacrifier.

Un frisson lui parcourut l'échine. Oui, échafauder un plan d'évasion devait figurer tout en haut de sa liste. Elle aurait besoin des conseils de Blake. Il connaissait cette région sur le bout des doigts.

Il s'assit à côté d'elle sur le banc et lui caressa tendrement la joue.

— J'aimerais pouvoir rester ici toute la nuit, à t'embrasser et à refaire connaissance avec la femme que tu es devenue. Mais je crois qu'on ne devrait pas s'absenter trop longtemps.

— Exactement.

— Nous allons rassembler assez de preuves pour faire en sorte que Hugh ne puisse plus jamais te faire de mal ou faire du mal aux enfants.

Elle acquiesça. Ce n'était pas la première fois qu'elle menait l'enquête et assemblait les pièces d'un puzzle. Les techniques de recherche et d'investigation lui étaient familières. Elle possédait l'énergie et la motivation nécessaires.

Elle le regarda et se décida.

— Je vais commencer par le début. Par le premier délit que j'ai découvert. Un trafic d'armes et de contrebande.

C'était le sommet de l'iceberg.

11

Blake faisait de son mieux pour ne pas se laisser distraire par le reflet de la lune sur les pommettes de Jordan, sur son menton résolu. Il avait du mal à se concentrer quand elle dardait sur lui ses grands yeux bleus bordés d'épais cils noirs. Comment ne pas être hypnotisé par sa beauté ? Il se secoua intérieurement. *Allons, mon vieux. Tu es un marine ! Reprends-toi.*

— Tu m'écoutes ? demanda-t-elle, soupçonneuse.

— Bien sûr.

— Je veux que tu comprennes bien à quoi nous avons affaire, et je vais parler vite pour qu'on puisse rentrer dormir. D'accord ?

— Je suis prêt à me coucher.

Ce n'était pas un mensonge. Aller se coucher était une excellente idée. Qui n'incluait pas forcément le sommeil.

— Je commence.

Elle lui livra un flot d'informations – y compris des noms, des dates, des sommes d'argent versées en espèces – qui montraient que Waltham avait négocié avec des policiers et des douaniers l'ouverture d'un couloir pour un cartel mexicain. Si les chiffres évoqués par Jordan étaient corrects, la quantité de pistolets semi-automatiques, grenades et lance-roquettes qu'il avait amassée était suffisante pour approvisionner une petite armée.

— Attends.

Il leva une main en l'air pour l'interrompre.

— Tu as déjà une foule de preuves. Tu as informé un procureur ?

— Il y a quelques problèmes avec ça.

— Tels que ?

— Premièrement, je n'ai rien qui prouve clairement que Hugh soit impliqué. Il veille à ce que son nom ne figure sur aucun document. Deuxièmement, beaucoup de ces informations émanent de conversations que j'aie eues. Je n'ai jamais vu les armes de mes propres yeux. Et mes informateurs ne vont certainement pas accepter de témoigner au tribunal.

Il hocha la tête. Trahir le cartel revenait à signer son arrêt de mort.

— Je vois.

— Ce n'est pas tout, ajouta-t-elle, les sourcils froncés. Je voulais contacter le procureur de l'Arizona, mais trop de membres de son personnel sont aux ordres de Hugh. Mon ex connaît tout le monde et beaucoup lui doivent des faveurs. Y compris des policiers. Je ne peux pas le livrer à des gens qui sont à sa solde.

— Es-tu en train de me dire que tout le système est corrompu ?

— Bien sûr que non. Quoi qu'en disent Hugh et ses copains en blouse blanche, je ne suis pas complètement parano. Cela dit...

Elle marqua une pause.

— Il est parfois difficile de distinguer les bons des méchants. Je ne veux pas provoquer une guerre totale entre les deux.

Les pièces du puzzle s'imbriquèrent soudain les unes dans les autres, et le cerveau de Blake se mit enfin en branle. Il avait rencontré des obstacles similaires dans les zones de combat. Il avait été confronté à des traîtres au sein de l'armée, et à des chefs de guerre qui pouvaient se montrer imprévisibles et déloyaux.

— C'est pareil partout, commenta-t-il. Tu ne peux pas contacter le FBI ?

— C'est un trop gros risque. Si j'avais la malchance de dénoncer Hugh à un type qu'il soudoie, j'aurais de gros ennuis.

— Quand as-tu découvert cette fraude ?

— Il y a environ un an et demi.

Elle se leva et s'éloigna d'un pas.

— Avant, j'avais des soupçons, mais pas de preuve. Dénoncer mon mari aurait été une mesure extrême. J'ai hésité. Je ne voulais pas détruire ma famille.

— Qu'est-ce qui t'a fait changer d'avis ?

— Hugh a renforcé son service de sécurité.

Elle se mit à marcher de long en large, les yeux rivés sur le chalet.

— Avoir tous ces gardes armés autour de la maison m'a rendue nerveuse.

— Hugh devait penser qu'il était menacé.

— Pendant un moment, j'ai cru que le mari d'Abigail, Stanley Preston, était l'ennemi de Hugh parce que, en tant qu'avocat, il travaillait sur les questions liées à la frontière et protestait contre le traitement des immigrants. J'avais tout faux. En réalité, il faisait partie d'une équipe qui représentait un membre haut placé du cartel.

— Hugh et lui collaboraient.

— Je le pense, oui.

Elle avança d'un pas vers lui, puis fit volte-face et se retourna vers le chalet.

— Quand tu as commencé à enquêter, qu'est-ce que tu as découvert ?

— J'ai d'abord perdu un temps fou à examiner les relevés de compte de Hugh. J'étais sur le point de renoncer. Je veux dire, j'avais découvert une foule de délits, y compris le lien avec le blanchiment d'argent par l'intermédiaire des casinos à Las Vegas, mais mes efforts me paraissaient futiles. Même si j'avais pu produire des preuves suffisantes pour le faire condamner pour fraude et extorsion, il n'aurait écopé que d'une amende et cinq ans de prison.

— Il aurait perdu son influence en tant que consultant politique.

— Et il n'aurait pas pu se présenter aux élections sénatoriales.

Elle balaya cette remarque d'un geste.

— Peu lui aurait importé, surtout s'il avait une petite fortune accumulée dans des paradis fiscaux. Bref, j'ai failli tout laisser tomber.

— Qu'est-ce qui t'en a empêchée ?

— Il est allé encore plus loin. Il fallait que je trouve un moyen de l'arrêter. Pour moi… pour les enfants… pour les autres.

Elle semblait de plus en plus agitée, et Blake la regarda avec sollicitude.

— Ça va ?

— Si j'avais agi plus tôt... si j'avais été plus courageuse...

Elle se tut et s'immobilisa.

— Je ne saurai jamais si c'est lui qui l'a tuée de ses propres mains, mais Hugh est responsable du meurtre de sang-froid d'une jeune femme. Elle s'appelait Bianca Hernandez. Elle avait seize ans et elle était enceinte de jumeaux.

Les genoux de Jordan se dérobèrent. Secouée de frissons, elle se laissa tomber sur le banc à côté de lui et baissa la tête, s'entourant la taille de ses bras. L'indignation qu'elle avait manifestée lorsqu'elle avait évoqué les méfaits financiers de Hugh avait cédé la place à un fardeau plus lourd.

Blake mourait d'envie de la réconforter, de la toucher, de lui chuchoter des mots apaisants. Cependant, comme il faisait mine de tendre la main vers elle, Jordan eut un mouvement de recul.

Elle parla si bas que le murmure du vent dans les pins faillit étouffer ses paroles.

— Il faut que je l'empêche de tuer de nouveau.

— Comment as-tu appris ce qui était arrivé à Bianca ?

— Au cours de mon enquête sur le trafic d'armes, j'ai entendu des rumeurs concernant des jeunes femmes qu'on faisait entrer clandestinement dans le pays en leur promettant un emploi. En réalité, lorsqu'elles arrivaient, elles étaient des esclaves.

— C'est exactement le genre de sujet qui t'a toujours passionnée, observa-t-il. Je me souviens que tu adorais faire des recherches, interroger les victimes, aider des gens qui n'avaient pas de porte-parole.

Il avait été fier du journalisme qu'elle représentait. Certes, Jordan écrivait aussi des articles plus superficiels, mais elle avait une conscience et un sens aigu du bien et du mal. Et quand elle était fixée sur un sujet, elle tenait bon jusqu'au bout.

— Inutile de te dire que Hugh n'a pas été ravi quand je lui ai appris que j'avais l'intention d'écrire sur la mort de Bianca. Il me connaissait assez bien pour savoir qu'il aurait perdu son temps en m'ordonnant de lâcher l'affaire. Au lieu de quoi, il m'a manipulée en me mettant en contact avec le médecin légiste et le shérif qu'il avait choisi pour diriger l'équipe d'enquêteurs.

Elle secoua la tête d'un air dégoûté.

— J'ai dû supplier le médecin légiste pour qu'il me donne les photos de l'autopsie. Il a quand même réussi à me cacher certaines informations. Le shérif et lui ont tout fait pour m'aiguiller sur une fausse piste. Ils ont aussi fait de leur mieux pour laisser entendre à tous les individus concernés que j'étais une épouse de politicien qui jouait à la journaliste parce qu'elle s'ennuyait à la maison.

— Une potiche, lâcha-t-il, amusé.

Elle sourit.

— Et je comprends qu'on ne me prenne pas au sérieux. Je me pointe avec un enregistreur, un sourire et une liste de questions. Ensuite, je retourne à ma petite vie tranquille. Je ne donne pas l'impression d'être impliquée. Dénoncer des crimes n'est pas la même chose qu'être victime.

Ses récentes expériences – l'attaque de Gruber qui avait failli lui coûter la vie et son incarcération à l'institut – avaient dû lui apporter une perspective différente. Cette fois, elle était la victime. Assez désespérée pour enfreindre la loi.

— Quelqu'un a été arrêté pour le meurtre de Bianca ?

— Non. L'affaire n'a pas été résolue.

Elle frissonna, comme si l'air frais de la nuit était brusquement devenu glacé.

— J'ai rencontré sa sœur, qui avait aussi été victime du trafic, et je lui ai promis que justice serait faite pour Bianca et ses jumeaux. Je ne fais jamais ce genre de promesse, mais là, je n'ai pas pu m'en empêcher. Je m'identifiais avec cette jeune femme enceinte. Je me souvenais du bonheur que m'avait apporté ma grossesse. Elle ne méritait pas d'être privée de tout cela.

Son regard était résolu maintenant. Cependant, elle ne cessait de se tourner vers le chalet.

— Tu veux qu'on rentre ?

— Oui, mais je ne t'ai pas tout dit.

— Ça attendra, décida-t-il. Pour demain, notre plan consiste à aller chercher des provisions et à établir des itinéraires de fuite en cas d'urgence.

— Oui.

Elle s'approcha, agrippa les pans de la parka de Blake et se hissa sur la pointe des pieds pour l'embrasser sur la bouche. Son baiser était exigeant. Elle voulait davantage et pourtant elle le repoussa, laissant Blake à la fois stupéfait et déconcerté... mais en bien.

Quand Blake eut fait déjeuner les jumeaux et écouté les nombreuses raisons pour lesquelles les crêpes de leur mère étaient meilleures que les siennes, il décréta qu'il était temps de préparer leurs itinéraires d'évasion. Les garçons devaient apprendre des rudiments en matière de sécurité.

Il leur montra le clavier du système d'alarme, tout juste à leur portée.

— Si quelqu'un brise une vitre ou tape fort sur la fenêtre, par exemple, l'alarme se met à sonner.

— Cool, commenta Alex. Je peux essayer ?

— Certainement pas, rétorqua Blake. Votre mère dort encore.

Les jumeaux échangèrent un regard complice.

— Justement. C'est pour lui faire une blague. Elle est trop grognon au réveil, avant son café.

Ignorant la suggestion, Blake reprit ses explications.

— Dans les soixante secondes qui suivent l'ouverture ou la fermeture de la porte, il faut composer le code, expliqua-t-il. Sinon, l'alarme se déclenche et mon ami Chester, qui peut arriver ici en dix minutes, reçoit un appel d'urgence.

— Pourquoi ? demanda Alex. Pourquoi viendrait-il ici ?

— Pour protéger la maison ou m'aider à refouler des intrus.

— Il y a beaucoup de cambrioleurs ? s'inquiéta Cooper.

— Non. Le chalet est isolé. Mais mieux vaut être préparé à toute attaque éventuelle.

— Pourquoi est-ce qu'on t'attaquerait ?

— Tu sais bien, répondit Cooper à la place de Blake. C'est pour ça que papa a tous ces gardes. Il a des ennemis. Toi aussi, Blake ? Il y a des méchants qui te veulent du mal ?

Plutôt que d'expliquer aux enfants que leur père faisait partie des méchants en question, il éluda la question.

— Revenons à la procédure pour l'alarme.

Il les envoya sur la terrasse, avec pour mission d'ouvrir la porte et de désactiver l'alarme. Les garçons eurent tôt fait de comprendre le système.

— Bien. Je pense que c'est bon.

— Je vais le faire une dernière fois, suggéra Alex. Pour être bien sûr.

— Moi, ça va, affirma Cooper en se dirigeant vers la cuisine.

Blake eut la soudaine impression qu'on le menait en bateau, mais fit un pas en arrière.

— Vas-y.

Alex ouvrit la porte et se mit devant le clavier, puis se balança d'un pied sur l'autre.

— Combien de temps il faut pour que l'alarme se déclenche, déjà ?

— Soixante secondes, cria Cooper dans la cuisine.

Alex hocha la tête, haussa longuement les épaules.

— Oh-oh, je crois que j'ai oublié le code.

— Encore dix secondes, l'avertit Cooper en revenant dans le salon. Neuf, huit, sept…

Alex étendit les bras tel un gardien de but, empêchant Blake d'avoir accès au clavier. Leur plan était évident. *Très bien, que les petits monstres s'amusent.*

Une sirène stridente s'éleva, lui transperçant les tympans. Alex se couvrit les oreilles en gloussant, imité par son frère. Blake s'avança, éteignit l'alarme et se prépara intérieurement. Le désastre avait eu lieu.

Vêtue de son pyjama à motif de rennes, les cheveux tout ébouriffés, Jordan fit irruption dans la pièce, cillant furieusement et adoptant la position dite du chat en karaté. Elle lança des coups de pied dans toutes les directions, ponctuant chaque mouvement d'un cri féroce.

— Hai, hai, hai !

Les enfants réagirent. Alex et Cooper lui indiquèrent une chaise devant la table en noyer. Dès qu'elle fut assise, Cooper mit une tasse de café devant elle.

— Excuse-nous, maman, dit Alex en lui tapotant l'épaule. Blake nous a obligés à le faire. Il pensait que ce serait drôle de te réveiller.

Blake leva les yeux au ciel. Il avait appris une leçon.

Ne pas sous-estimer des jumeaux. La menace était double.

12

Jordan détestait qu'on lui joue des tours. Elle était partagée entre l'envie de féliciter Blake de s'entendre aussi bien avec les garçons et celle de le traiter comme un troisième enfant. Avant qu'elle ait pu se décider, il fit un pas en avant.

— Les jumeaux se sont familiarisés avec le système de sécurité, annonça-t-il, de la voix grave qui seyait à un séduisant marine. J'ai d'autres projets pour ce matin.

— Je t'écoute.

— Nous allons explorer les environs, y compris les grottes et cachettes possibles.

— On va chercher des nains, expliqua Alex.

— D'accord, dit-elle aussitôt.

Elle était encore un peu étourdie par ce réveil brutal, mais résolue à prendre part aux activités. Elle avala une gorgée de café. Le liquide odorant lui réchauffa la gorge.

— Donnez-moi une minute.

Elle but une nouvelle gorgée.

— Si vous faites ce qu'on vous dit, les garçons, je vous pardonnerai peut-être.

— D'accord, répondit Cooper. On est prêts.

— Doucement.

Ils s'écartèrent un peu, lui accordant l'espace et le temps de terminer son café. Elle n'avait pas assez dormi. Après leur retour au chalet la veille au soir, elle avait installé l'ordinateur de Blake, branché sa clé USB en forme de flamant et relu ses notes.

L'effort en avait valu la peine. Elle était sûre d'être sur la piste du meurtrier de Bianca.

Elle but une nouvelle gorgée de café, Bianca toujours au centre de ses réflexions. Elle n'allait pas prendre le risque de contacter sa sœur dans l'immédiat. Pas après ce qui était arrivé à Abigail. Elle ne voulait pas être responsable d'un meurtre supplémentaire.

L'idée lui vint de contacter la police de Flagstaff, mais aucun de ses membres ne l'avait aidée lorsqu'elle avait été enfermée à l'institut. Aucun agent n'avait voulu l'écouter.

Elle avait besoin de l'avis de Blake. D'un geste maladroit, elle lui fit signe d'approcher.

— Viens avec moi, s'il te plaît.

Les jumeaux s'esclaffèrent, persuadés qu'il avait de gros ennuis. Un regard sévère de Jordan leur imposa silence.

— Vous deux, ne sortez pas d'ici. Ne faites pas de bêtises.

— D'accord, maman.

— Je parle sérieusement.

Elle jeta un coup d'œil vers la cuisine.

— Je vois des assiettes sur le plan de travail. Allez faire la vaisselle. Tout de suite.

Pendant qu'ils se hâtaient d'obéir, elle entraîna Blake dans le bureau, lui fit signe de s'asseoir et ferma la porte.

— Je ne veux pas laisser les enfants sans surveillance longtemps, alors écoute-moi.

— À vos ordres, chef.

Blake mit la main devant sa bouche, dissimulant un sourire. À l'évidence, Jordan n'était pas d'humeur à tolérer d'autres plaisanteries. Il devait sans doute s'estimer heureux qu'elle n'ait pas sorti son bâton en titane pour lui flanquer une rossée.

— Il faut que je te montre quelque chose, commença-t-elle avant de boire une nouvelle gorgée de café. C'est une pièce à conviction cruciale concernant le meurtre de Bianca, mais je ne sais pas comment l'exploiter au mieux.

— Tu es sûre de ne pas pouvoir t'adresser à la police ?

— Certaine.

Elle alluma l'ordinateur et cliqua sur une icône intitulée *Légiste*.

— Ce sont des informations émanant du médecin légiste de Flagstaff à propos de l'autopsie de Bianca.

— Tu peux lui faire confiance ?

Elle émit un petit bruit méprisant.

— Hugh lui a donné l'ordre de collaborer avec moi sur mon prétendu article et il l'a fait... jusqu'à un certain point. Voici un exemple de sa coopération : il a testé l'ADN des jumeaux dans l'utérus et m'a affirmé qu'il n'y avait pas de concordance dans la banque de données.

— Tu ne le crois pas.

— Non. La question de la paternité pourrait être le mobile du meurtre. Je ne sais pas si l'ADN de Hugh a été relevé, mais je pourrais sûrement fournir une brosse à dents ou un échantillon de ses cheveux.

Il acquiesça.

— Si Hugh était le père, il aurait voulu se débarrasser de Bianca.

— Ou ça aurait pu être un de ses acolytes, à qui Hugh aurait fait une faveur en éliminant cette jeune femme encombrante.

Elle haussa les épaules.

— Mes meilleurs contacts dans les forces de l'ordre font partie de la police de la réserve navajo. Malheureusement, le meurtre de Bianca n'a pas eu lieu dans leur juridiction et, de plus, ils sont débordés. Ils n'ont ni le temps ni les ressources nécessaires pour enquêter sur une affaire qui remonte à deux ans.

Des bruits de course et des éclats de voix leur parvinrent du salon.

— Si j'allais jeter un coup d'œil ? suggéra Blake.

— Bonne idée. Et rapporte-moi du café.

Quand il entra dans le salon, les deux têtes bouclées étudiaient le clavier de l'alarme avec attention. Blake prit les devants.

— N'y pensez même pas. Vous ne sortez pas d'ici, compris ?

Ils ne parurent guère impressionnés, mais s'avancèrent vers lui avec enthousiasme.

— Maman est prête ?

Un instant, il fut tenté de recourir à la voix tonitruante dont il usait parfois avec les nouvelles recrues. Puis il se souvint qu'il avait affaire à deux petits de cinq ans et se ravisa.

— Pas tout à fait, mais ça ne va pas tarder.

Il entra dans la cuisine et remplit la tasse de Jordan, puis retourna dans le séjour et ouvrit un tiroir.

— Voici des cartes, déclara-t-il en les sortant. Faites-y attention. Ne les déchirez pas et n'écrivez pas dessus. Je veux que vous les regardiez et que vous me disiez laquelle s'applique à notre position.

Les enfants momentanément occupés, il regagna le bureau. Jordan s'était installée dans le fauteuil et fixait l'écran de son ordinateur.

— Il m'a fallu une éternité et une bonne dose de chance pour rassembler ces preuves, dit-elle sans tourner la tête. J'espère qu'elles feront une différence.

— Que dirais-tu de contacter le FBI ? suggéra-t-il en posant la tasse à côté de la souris. Tu ne m'as pas dit que Bianca avait été victime d'un trafic ? Ce genre de délit relève de leur compétence. Son meurtre pourrait les aider à démanteler tout le réseau.

— C'est une possibilité, mais nous devons savoir à qui nous adresser. D'après mes recherches, cette opération n'est pas une affaire d'amateurs. La documentation est quasi inexistante, ce qui rend presque impossible l'identification des gens comme Hugh, qui prélèvent un pourcentage des profits.

— Comment est-ce que ça fonctionne ?

— Quand j'étais à Flagstaff et que je jouais le rôle de la gentille épouse, j'ai entendu parler d'une « agence d'emploi » par une autre épouse, Sierra, qui a une armée de domestiques et deux nounous pour trois enfants. Elle m'a décrit le système : on paye une somme globale à l'agence, et une partie de cet argent est censée être reversée aux employés. Au bout de six mois, si on est satisfait, on paye de nouveau. En espèces.

— Comment s'appelle cette agence ?

— Elle a changé de nom plusieurs fois, répondit Jordan avec un sourire amer. Je ne me souviens plus de celui qui est utilisé en ce moment, mais ça va me revenir.

— Chester a des liens au FBI, d'anciens marines. Des hommes en qui on peut avoir confiance.

Il espérait qu'elle accepterait de faire appel à des enquêteurs officiels, ce qui signifierait qu'elle courrait moins de risques. Sinon pour elle-même, dans l'intérêt de ses enfants.

— Montre-moi tes preuves, ajouta-t-il.

Elle tourna l'écran vers lui.

— Ce sont des photos de l'autopsie. J'ai demandé au médecin légiste si je pouvais en prendre moi-même, mais il a refusé. Il a fallu que je le supplie pour avoir ces copies.

Blake avait beau être un soldat endurci, il eut l'estomac noué à la vue de Bianca, si jeune et si vulnérable. Avant de pratiquer une incision au centre de la poitrine, le médecin avait photographié les lacérations sur le corps, une en travers des seins, l'autre sur l'abdomen. Un X dessiné à la naissance de la gorge, telle une signature.

— Selon le rapport, le meurtrier s'est servi d'une machette. Un choix curieux pour quelqu'un qui vit à Flagstaff.

— Pas s'il est originaire d'un cartel basé dans la jungle.

— Les traces sur la gorge paraissent trop fines pour avoir été faites par une machette, reprit-elle. Et regarde.

Elle zooma sur les photos des blessures infligées aux poignets de la victime. Des lacérations horizontales traversant les veines et les artères.

Blake plissa les yeux.

— Ce n'est pas une méthode très efficace pour tuer quelqu'un. Sectionner la carotide ou l'artère fémorale aurait causé une hémorragie beaucoup plus rapide. En tailladant les poignets, il faut jusqu'à quinze minutes pour que la mort soit assurée.

— Cela ressemble-t-il à une blessure causée par une machette, à ton avis ?

— Je ne suis pas un expert, mais la largeur de la lame me paraît plus fine. Et puis, il y a ça.

Il désignait un point sur l'écran.

— Au bout de la coupure, on dirait une sorte de dent. Comme si on avait utilisé un couteau de chasse.

Jordan posa son coude sur le bureau et retira lentement le bracelet tissé qui dissimulait en partie son poignet. Sa peau nue révélait une cicatrice identique à celle qui figurait sur le bras de Bianca. La cicatrice que Jordan avait sur l'autre bras aussi.

Des lacérations que lui avait infligées Ray Gruber après l'avoir assommée.

Blake doutait fort qu'il s'agisse d'une coïncidence, mais opta pour la prudence.

— Ce genre de couteau n'est pas particulièrement rare. Le coupable n'est pas forcément le même individu.

Le regard de Jordan se souda au sien. Elle défit le bouton supérieur de son pyjama, révélant un X sous son omoplate. La signature de Gruber.

— Il y a peu de chances, non ?

— Tu as des preuves solides, conclut Blake. Raison de plus pour que Hugh et Gruber fassent tout pour te retrouver.

Les deux hommes étaient sans doute résolus à l'éliminer. Jordan et lui devaient réfléchir sérieusement à emmener les enfants en lieu sûr. Il voulait croire qu'ils pouvaient les protéger, mais se berçait-il d'illusions ?

Dans la salle de bains, Jordan s'aspergea le visage, passa une brosse dans ses cheveux et inspecta son reflet dans la glace. En dépit du danger permanent, elle n'avait pas trop mauvaise mine. Ses yeux n'étaient pas injectés de sang, elle avait un peu de couleur aux joues. Elle fronça les sourcils, s'efforçant de fouiller sa mémoire. Comment s'appelait cette prétendue agence d'emploi ? La sœur de Bianca le lui avait dit, mais le nom lui échappait.

Elle se retira dans le bureau pour s'habiller. Aujourd'hui, elle enverrait des informations à Spike au sujet du trafic dont Bianca avait été victime. Peut-être pourrait-il l'aider. Il était aussi censé la contacter pour lui communiquer des renseignements supplémentaires concernant Rockwell. Localiser ce misérable était une priorité.

Soudain, le nom de l'agence s'imposa à elle, clair et net. Agence M&P. Elle avait aussitôt pensé à « mal » et « pire ».

Elle enfila un jean, des baskets, et un pull col roulé couleur crème, puis un anorak kaki assez léger – tout à fait approprié à une promenade à pied ce matin et à une sortie shopping cet après-midi. Quand elle sortit de la pièce, Blake et les jumeaux étaient assis à la table de salle à manger, une carte topographique devant eux.

— Viens voir, maman. C'est trop démodé.

Pour une fois, Cooper était d'accord avec lui.

— Pourquoi est-ce qu'on se servirait de ça plutôt que d'un GPS ?

— Harry Potter utilise des cartes, répondit-elle, sur la défensive. Et les hobbits.

— Mais ce n'est pas la vraie vie, objecta Alex, sûr de lui.

— Les cartes sont un bon moyen d'avoir une vue d'ensemble, fit remarquer Blake. Vous vous souvenez de l'escouade du Tigre dont je vous ai parlé ? Une fois, les hommes ont sauté en parachute en territoire ennemi, et il a fallu qu'ils trouvent le moyen d'en sortir. Imaginez que vous atterrissiez au beau milieu de la forêt ici, ajouta-t-il. Comment feriez-vous pour rentrer au chalet ?

— Je me servirais de mon portable, rétorqua Alex. Si maman voulait m'en acheter un.

— Ce chalet n'apparaîtrait pas sur ton GPS. Tu n'as que cette carte.

Il se laissa aller contre le dossier de sa chaise.

— Voyons si vous pouvez localiser le chalet sur la carte, en vous basant sur les routes, les villes, les repères géographiques.

— C'est génial, comme exercice, déclara Jordan, avant de se rendre compte qu'elle était aussi perdue que les jumeaux. Il va falloir que tu nous donnes d'autres indices.

— Quand nous sommes arrivés ici, nous avons tourné vers le sud en quittant l'autoroute, puis nous avons pris vers l'ouest, et de nouveau vers le sud.

— Voilà l'autoroute, déclara Alex, traçant la ligne du bout du doigt.

— Oui. Donc, nous avons pris la 82 vers le sud, puis nous sommes allés vers l'ouest.

— Jusqu'à cette ville qui commence par un C, continua l'enfant. Cette route-là tourne beaucoup. Si on avait un ordinateur, on pourrait zoomer et voir plus de détails.

— Tu te débrouilles bien, commenta Jordan, impressionnée. Tu as déjà fait ce genre de chose ? Sur Internet ?

Il haussa les épaules, mais Cooper intervint.

— Alex joue sans arrêt à un jeu idiot sur l'ordinateur. Un truc où il y a des cartes et des tableaux.

— C'est de la cartographie, corrigea son jumeau.

En fin de compte, ils parvinrent à trouver le chalet en suivant la rivière. Elle jeta un coup d'œil à sa montre. Il était 8 h 45. Blake avait prévu de partir faire des courses à 10 h 30. Pour sa part, elle irait entre 14 et 16 heures.

Le chalet était plus proche d'Aspen qu'elle ne l'avait soupçonné. Faire des courses dans la station de ski huppée serait sans doute plus coûteux, mais la proximité de Rockwell la tentait.

Peut-être y ferait-elle un saut d'abord, histoire d'avoir une idée de l'endroit où il vivait et des mesures de sécurité qu'il avait prises.

Son enquête progressait.

13

Blake précéda le petit groupe sur le chemin qui menait à la clairière où ils étaient allés la veille. Sitôt arrivés, les jumeaux se ruèrent vers le foyer.

— On peut allumer un feu ?

— Et faire cuire des saucisses ?

Blake ignora leurs questions, restant focalisé sur les priorités.

— Bon, à l'aide de vos boussoles, je veux que vous trouviez un chemin qui va vers le nord-est.

Après deux faux départs, ils s'engagèrent sur un sentier bordé de trembles dorés qui s'enfonçait plus loin dans les bois. Jordan marchait à côté de Blake, réconfortée par l'odeur humide de la terre. Après son incarcération à l'institut, elle se sentait libre, le cœur léger. Le soleil réchauffait ses joues. Le magnifique ciel bleu de l'automne lui faisait oublier les dangers qui pesaient sur eux.

— J'aime ta manière de t'y prendre avec eux, dit-elle en regardant Blake. Tu leur apprends à s'enfuir sans leur faire peur.

— Nous suivrons cette route chaque matin jusqu'à ce qu'elle soit gravée dans leur mémoire. Tes enfants sont sympas. Et intelligents.

— Et si tu devais les défendre en cas d'attaque, es-tu préparé ?

— Si tu veux savoir si j'ai des armes ici, la réponse est oui, bien sûr.

— Je ne suis pas surprise.

— Quatre carabines, deux pistolets. Ils sont tous dans l'armurerie fermée à clé, sauf mon Glock qui a passé la nuit sous mon oreiller.

Jordan avait des sentiments ambivalents concernant les armes à feu. Elle avait du mal à oublier les statistiques concernant les fusillades et morts accidentelles. Dans bien des situations, les armes étaient une nécessité, mais cela ne lui plaisait guère.

— Je préférerais que tu ne les montres pas aux enfants.

Il acquiesça.

— Je n'avais pas prévu de les entraîner au tir.

— Ils seraient partants.

Devant eux sur le chemin, les jumeaux étaient arrivés à une fourche. Ils vérifièrent leur boussole et prirent à droite, vers le sommet de la colline.

— Je ne peux pas les laisser cinq minutes.

— Je vois ce que tu veux dire.

Elle savait aussi que Blake était conscient des risques. Malgré tout, elle ne put s'empêcher de demander :

— Et si les garçons tombaient sur ton Glock pendant que tu as le dos tourné ?

— Je n'ai jamais le dos tourné.

— Vraiment ? Où est ton arme en ce moment ?

— Dans un holster discret attaché à ma ceinture. Si Gruber passait à l'attaque sur ce chemin, une arme enfermée dans un placard à la maison ne me servirait pas à grand-chose. Pour info, je porte aussi un couteau de chasseur et un cran d'arrêt sur moi.

Elle émit un soupir.

— Je ne cesse d'oublier que tu es habitué à la violence.

— Je suis un marine. Je serai toujours prêt à me battre.

— C'est exactement ce dont j'ai besoin.

Sa voix se fit plus douce, plus intime.

— Et surtout, tu es exactement ce que je veux.

Devant, les garçons les appelaient en gesticulant.

— Nous ferions mieux de les rattraper avant qu'ils mettent la montagne à feu et à sang, plaisanta Blake.

Sur une crête au-dessus du chemin, ils avaient repéré l'entrée d'une mine dont l'accès était interdit par des planches en bois brut. L'endroit n'était qu'à peine visible, mais Jordan eut l'intuition que c'était justement la destination que Blake avait eue en tête. Une impression qui se confirma lorsqu'il ouvrit le petit sac à dos qu'il portait sur l'épaule et en tira quatre lampes frontales munies d'une sangle élastique.

Il lui en tendit une.

— Tu vas en avoir besoin.

Tout sauf ravie, Jordan la prit du bout des doigts.

— Tu te rappelles comment je suis dans les lieux sombres et fermés ?

— Claustrophobe. Désolé, Jordan, mais tu as le choix. Soit tu t'en remets, soit tu expliques ça aux enfants.

Il rejoignit les jumeaux devant la mine, leur donna les lampes et leur montra comment les mettre et ajuster la sangle à leur taille.

— Tu as eu ça où ? s'enquit Alex.

— C'est un cadeau de mon copain Chester. Il aime explorer les grottes. On appelle ça faire de la spéléologie.

— Drôle de mot, gloussa Cooper.

— Les lampes frontales sont pratiques aussi pour pouvoir regarder où on va la nuit et qu'on veut garder les mains libres, quand on va à la pêche ou à la chasse, par exemple.

Ni la spéléologie ni la chasse de nuit n'attiraient Jordan, mais ses fils fixaient Blake avec une admiration manifeste. À leurs yeux, c'était un héros. Il avait des boussoles et des lampes frontales, sans parler du Glock et du cran d'arrêt qu'il ne leur avait pas montrés. Elle ne voulait pas être la peureuse qui n'ose pas pénétrer dans la mine, mais ne put ignorer la bouffée involontaire de chaleur qui l'avait submergée. Elle transpirait sous son anorak, pourtant léger.

Blake désigna les planches rudes qui bloquaient l'entrée du trou.

— Si vous voyez une autre mine fermée comme celle-ci, ne vous aventurez pas à l'intérieur. Compris ? C'est dangereux. Cet endroit est spécial. Chester et moi l'avons inspecté et sécurisé.

— Et les nains ? demanda Cooper. Ils travaillent dans les mines. C'est une mine d'or ?

— Je ne sais pas. Le minerai qui était là a été retiré.

— Alors... il n'y a pas de nains ?

— Pas que je sache.

Il gagna le côté de l'entrée et écarta des buissons de sauge et de genièvre, révélant le bord d'une longue planche dissimulée derrière. Il tira sur celle-ci et la déplaça de manière à laisser un espace suffisant pour qu'un adulte de taille moyenne puisse s'y glisser.

— Blake est trop costaud, commenta Cooper. Il ne va pas pouvoir entrer.

Jordan eut un petit rire nerveux.

— Tu as peut-être bien raison.

— Je vais essayer, déclara l'intéressé. Je passe le premier.

Il alluma sa lampe, s'accroupit et se faufila dans le trou sans difficulté. L'instant d'après, sa voix résonna à l'intérieur.

— À qui le tour ?

Jordan hésita. Elle préférait attendre les garçons dehors et les féliciter lorsqu'ils ressortiraient. C'était à elle de les protéger, pas le contraire. Elle les serra contre elle.

— Allez-y. À tout à l'heure.

Dès qu'ils eurent disparu, elle repoussa les buissons contre l'entrée pour que celle-ci soit moins visible. Elle entendit l'écho de la voix de Blake.

— Par ici. Restez du côté droit.

Jordan fit quelques pas, trouva un rocher confortable et rejeta la tête en arrière. Les rayons du soleil lui firent l'effet d'un baume apaisant. La brise caressait sa peau, elle était enveloppée des sons de la forêt. La température s'était rafraîchie. Elle sentait l'approche de l'hiver et de la neige.

Cette fois-ci, la claustrophobie l'avait emporté. Tant pis.

À quoi bon prendre des risques inutiles ?

Juste avant l'heure du déjeuner, Blake revint du supermarché, rapportant diverses provisions y compris un poulet rôti. Le repas terminé, ce fut au tour de Jordan de partir faire des courses. Elle voulait s'assurer que les enfants avaient des vêtements appropriés – bottes, mitaines, bonnets, anoraks – aux chutes de neige imminentes. Durant le bref séjour qu'elle avait fait au Colorado, elle avait constaté par elle-même que le temps était susceptible de changer brutalement, et d'ailleurs Blake lui avait affirmé qu'il pouvait y avoir des tempêtes de neige en octobre. Pendant qu'il avait fait les courses, les jumeaux et elle avaient profité du beau temps pour suivre le cours de la rivière Chipmunk, qui serpentait à travers la forêt pour se jeter dans le lac Paddington, nommé d'après un des premiers pionniers à s'être installés dans la région.

Les jumeaux avaient aussitôt repéré un ponton auquel quelques barques étaient amarrées. En temps normal, elle aurait volontiers accepté de les emmener faire une promenade sur l'eau, mais le danger était présent et elle ne pouvait baisser sa garde.

Elle avait reçu un texto de Spike concernant Khaled. Le propriétaire du casino rendait Hugh responsable de l'enquête menée par Jordan et avait décidé de se lancer lui-même à sa recherche. Par certains côtés, c'était une bonne chose que la zizanie règne parmi les méchants. S'ils se disputaient, l'un d'eux finirait peut-être même par décider de témoigner contre ses anciens associés en échange d'une condamnation plus légère.

D'un autre côté, elle redoutait que les investigations de Khaled le conduisent à Emily. Serait-il plus prudent de l'aiguiller sur une fausse piste ?

Jordan arrêta la voiture au bord de la route et envoya un texto à Spike pour lui poser la question. Sa réponse fut immédiate. Il avait deux nouvelles. Premièrement, Khaled et certains de ses hommes avaient embarqué à bord d'un jet privé à l'aube, pour une destination inconnue. Jordan poussa un soupir de soulagement. Si le gang du casino avait quitté Las Vegas, cela signifiait qu'Emily avait échappé à leur radar. Ensuite, Spike lui donnait l'adresse de Tim Rockwell à Aspen.

Si elle faisait ses courses rapidement, elle aurait peut-être le temps d'aller jeter un coup d'œil à sa maison avant de retourner au chalet…

Elle se remit en route, se remémorant la carte topographique de Blake. Devant elle se trouvait une bifurcation. Si elle tournait à gauche, vers le nord, elle atteindrait Glenwood Springs. À droite, elle irait vers Aspen, distante d'une cinquantaine de kilomètres.

Tentant.

Elle fit un rapide calcul de tête. Un détour pour passer devant chez Rocky ajouterait environ une heure et demie à sa sortie. C'était trop. De plus, elle voulait que Blake soit là en renfort au cas où.

D'un autre côté, si elle prenait le risque de se confronter à Rocky, elle parviendrait peut-être à conclure son enquête rapidement et de manière positive. En tant que comptable de Hugh, Tim Rockwell avait eu accès à tous les documents financiers de ce dernier. Avant son brusque départ six mois plus tôt, elle l'avait vu un jour dans le bureau de Hugh à la villa, un endroit où il travaillait rarement. Après s'être assurée qu'aucun garde ne rôdait dans les parages, elle s'était faufilée dans la pièce et avait refermé la porte derrière elle.

— Bonjour. Je suis étonnée de vous voir ici.

— J'ai besoin de consulter certains papiers pour les impôts, avait-il expliqué, debout derrière l'énorme bureau sculpté de Hugh. Je n'en ai que pour quelques minutes.

— Prenez votre temps, avait-elle répondu en s'avançant dans la pièce lumineuse, éclairée par une série de fenêtres en forme d'arche. C'est agréable de voir quelqu'un qui ne porte pas d'arme et qui ne parle pas politique. J'ai toujours pensé que nous avions beaucoup de points communs, vous et moi.

Jordan ne mentait pas. Avec son penchant pour les plans et les listes, elle était de ceux qui aimaient que tout soit parfaitement organisé.

— Je le crois aussi.

Quand Rocky souriait, il révélait deux dents de devant proéminentes. Ses yeux foncés – élargis par des lunettes rondes – accentuaient encore la ressemblance avec un écureuil.

— Je sais que vous êtes perfectionniste. Moi aussi. Et vous êtes prudente avec l'argent, n'est-ce pas ?

Rocky et elle avaient déjà eu ce genre de conversation auparavant. Depuis des années, il insistait pour qu'elle combine ses comptes, économies et placements avec ceux de Hugh. Dieu merci, elle avait résisté.

— Je ne vais pas changer d'avis. Pas avant d'avoir libre accès à tout ce que possède Hugh. Et nous savons l'un et l'autre qu'il n'en est pas question.

— Je crains que non.

— J'aime tenir mes propres comptes. C'est une activité d'adulte, et j'ai parfois besoin de m'éloigner un peu des enfants.

Elle s'était assise en face du bureau, et lui avait fait signe de s'asseoir aussi. Elle avait souri, espérant l'inciter à parler.

— Vous vous occupez des salaires du personnel, n'est-ce pas ?

— Oui.

— Avons-nous jamais employé une jeune femme qui s'appelait Bianca ?

— Oh ! non.

Il plissa le nez et cilla nerveusement.

— Vous faites allusion à la Bianca qui a été assassinée ?

Elle ne tenta pas de dissimuler son intérêt. Rocky l'aurait percée à jour.

— Je veux écrire un article sur sa mort. Vous savez que je suis journaliste. Vous pouvez m'aider ?

— Je la connaissais. C'était une très jolie fille, aux longs cheveux bruns. Elle était si jeune. Sa mort a été une tragédie.

Jordan se mordit la lèvre, réprimant la tentation de lui demander si la mort d'une jolie fille était plus tragique que celle d'une autre, moins séduisante. À ses yeux, tout meurtre était une abomination, mais le moment était mal choisi pour en discuter. À en juger par le regard triste de Rocky, la disparition de Bianca l'avait sincèrement peiné. Savait-il qui l'avait tuée ?

— Lui avez-vous jamais parlé ?

— Je l'ai entendue chanter une berceuse en espagnol. Je parle cette langue couramment, vous savez. Bianca s'est confiée à moi, elle m'a dit qu'elle attendait des jumeaux. J'avais du mal à y croire. Elle était si jeune !

— Si jeune.

Elle se pencha en avant, les avant-bras sur le bureau.

— A-t-elle parlé du père ?

— Du père des enfants ? Oui. Oui, en effet. Elle était tombée amoureuse de lui. Il était plus âgé qu'elle, il avait de l'influence.

— Vous désapprouviez, observa-t-elle.

— Bien sûr que oui. Il était évident qu'il avait profité de la naïveté de cette charmante jeune fille.

Son nom, dites-moi son nom. Elle était sur le point de faire une découverte cruciale. Alors qu'elle s'apprêtait à pousser son avantage, la porte du bureau s'ouvrit et Ray Gruber apparut sur le seuil.

— Vous n'avez rien à faire ici, Jordan, avait-il aboyé.

— Eh bien, je n'habite plus ici mais c'est encore ma maison, Gruber. Je peux aller et venir à mon gré.

— Ne jouez pas les idiotes. Allez-vous-en.

Elle se leva et sourit à Rocky.

— J'ai pris plaisir à notre conversation. J'espère que nous aurons l'occasion de parler de nouveau.

Il n'en fut rien. Moins d'une semaine plus tard, Rocky avait démissionné, ce qui avait incité Jordan à se demander si leur échange avait joué un rôle dans sa disparition.

Elle fixa le pare-brise et fit un brusque demi-tour vers le chalet. Si elle pouvait parler à Rocky – de vive voix –, il lui révélerait peut-être qui était le père de Bianca et qui l'avait assassinée. Cependant, elle n'allait pas prendre le risque d'aller chez lui seule. Elle demanderait à Blake de l'accompagner.

Pour une fois, elle serait prudente.

14

Blake avait choisi sa position avec soin. À mi-hauteur d'une pente rocheuse, il était assis sur un amas de rochers couleur ocre, les jambes dans le vide. De là, il pouvait surveiller les enfants sur le lac et l'allée qui conduisait au garage situé derrière le chalet.

Jordan était en retard, de dix minutes seulement, pas assez pour qu'il soit sérieusement inquiet, mais l'anxiété le gagnait à mesure que s'égrenaient les secondes. Il avait éprouvé le même malaise à l'aérodrome, à Las Vegas. Jordan avait tendance à s'attirer des ennuis quand elle sortait seule.

Elle avait beau mourir d'envie de parler à Rocky, il avait besoin qu'elle soit prudente, qu'elle domine ses instincts et réfléchisse. Surtout, il voulait qu'elle mette fin à son enquête et qu'elle recommence à vivre normalement avec les jumeaux – une normalité qui l'inclurait, lui.

Quand il tournait la tête vers la droite, il voyait Paddington Lake où les garçons, vêtus de gilets de sauvetage orange, filaient sur l'eau étincelante à bord du yacht de Chester Prynne. Conformément à son approche un peu démodée mais cool quand même, Blake avait voulu leur apprendre à faire de la barque, mais lorsque Chester avait accosté dans son petit hors-bord rouge, les jumeaux avaient trépigné d'excitation. Ils adoraient la vitesse, et Blake comprenait. À vrai dire, c'était une sensation qu'il partageait.

Il regarda de nouveau vers le chalet. Où était-elle donc ? Plus tôt dans la journée, quand ils avaient évoqué cette sortie, il avait souligné les avantages d'aller aux magasins les plus proches. Il n'y avait rien à gagner en allant à Aspen. Tout y serait plus cher, on avait un mal de chien à trouver une place de stationnement et elle courait le risque de croiser des gens fortunés qu'elle avait connus en Arizona.

Il reporta son attention sur le lac où Chester avait laissé Alex prendre la barre. Le petit garçon émit un cri perçant – si perçant que Blake l'entendit par-dessus le grondement du moteur – et fit tanguer le bateau de droite à gauche. Pour autant que Blake puisse en juger, il n'y avait personne d'autre sur le lac. La température avait baissé, dissuadant d'éventuels pêcheurs de rester assis au bord de l'eau à attendre une touche.

Il était plus ou moins dans la même situation : il ne pouvait pas forcer Jordan à être prudente. Il n'y avait rien à faire hormis patienter.

Ce fut bientôt le tour de Cooper de conduire, et il se révéla non moins intrépide que son frère. Blake le félicita intérieurement. Cooper était plus calme et plus réfléchi qu'Alex, il ressemblait davantage à leur mère. C'était bien de le voir se comporter en enfant.

Enfin, Blake aperçut la voiture de Jordan. Debout sur le promontoire, il agita les bras pour attirer son attention. Elle dépassa l'entrée de l'allée, puis se gara au bord de la route, directement au-dessous de l'endroit où il se trouvait. Comme il dévalait la pente, elle courut à sa rencontre.

— Qu'y a-t-il ? Où sont les enfants ?

— Tout va bien. Tu as fait tes courses ?

Au vrombissement du hors-bord sur le lac, Jordan pivota et eut un haut-le-corps.

— C'est mon fils qui est à la barre ?

— Je crois que c'est Cooper, oui.

— Oh ! Mon Dieu, s'écria-t-elle en faisant mine de se ruer vers le ponton. Comment as-tu pu les autoriser à faire une chose pareille ?

— Arrête, dit-il sur un ton apaisant. Chester est avec eux. Ils portent un gilet de sauvetage. Ils vont bien.

— L'eau doit être glaciale ! Je veux qu'ils reviennent, protesta-t-elle en se dégageant. Tu n'aurais pas dû prendre cette décision sans me consulter, Blake.

Il était surpris par sa réaction. Jordan n'hésitait jamais à mettre sa propre sécurité en péril. Et, bien qu'elle n'ait pas délibérément exposé ses fils au danger, elle les avait tout de même enlevés en pleine nuit pour leur faire traverser la moitié du pays.

— Je ne t'aurais jamais prise pour une mère poule.

— Quoi ?

— Une femme qui couve ses enfants sans arrêt, qui observe tous leurs gestes et est protectrice à l'excès.

— Je ne suis pas comme ça ! Du moins, je ne me suis jamais considérée comme telle.

— N'empêche pas tes enfants de s'amuser.

À cet instant, Chester reprit le contrôle du hors-bord et le pointa vers le ponton. Les deux garçons leur firent de grands signes. Elle leva la main faiblement et se força à sourire.

— Je ne veux pas les couver mais je me fais du souci pour eux, surtout en ce moment. Je ne cesse de penser que j'ai fait une terrible erreur, et qu'ils vont souffrir.

Blake passa un bras autour des épaules de Jordan et la serra doucement contre lui. Quoi qu'il n'ait pas d'enfants, il avait conscience de l'équilibre délicat à trouver entre protéger ceux qu'on aime et leur accorder assez de liberté. Quelques instants plus tôt, il avait craint qu'elle ne soit allée à Aspen toute seule pour se confronter à son témoin potentiel. Mais elle était là. Et tout allait bien. Du moins, il l'espérait.

— Où as-tu fait les courses ? s'enquit-il, s'efforçant de parler d'un ton neutre.

— Es-tu en train de me demander si je suis allée à Aspen traquer Rocky l'écureuil ?

— J'essayais de ne pas te poser la question.

— J'y ai songé, admit-elle. J'ai eu une conversation avec lui au début de l'année, avant qu'il se volatilise. Il était au courant de la grossesse de Bianca. Il pourrait peut-être nous révéler qui était le père. Si je pouvais avoir quelques minutes en tête à tête avec lui, je suis sûre qu'il me le dirait.

Mauvaise idée, songea Blake.

— Ce serait un gros risque, déclara-t-il. Tu trahirais ta position. Rien ne dit qu'il serait de ton côté.

— C'est frustrant. Je n'avance pas, je fais du surplace.

Baissant les yeux sur le ponton, elle se laissa aller contre lui. Il sentit le parfum de son shampoing au jasmin lui chatouiller les narines et la serra dans ses bras.

— Je t'ai dit que Chester était là ?

Il ne voulait pas lui donner l'impression que son vieil ami avait traversé le lac pour empêcher les jumeaux de mourir d'ennui, tel un super-héros à la cape volant au vent, mais il ne pouvait s'empêcher de penser que Chester détenait toutes les solutions, y compris celle de l'enquête qui piétinait. Au fil des années, il s'était fait de nombreux amis, du président des États-Unis au barbu responsable du service des chasse-neige dans la région. Chester était fermement convaincu que, si on s'adressait à la bonne personne, on pouvait accomplir quasiment n'importe quoi.

Lorsque Blake lui avait résumé les soupçons de Jordan, Chester lui avait suggéré le nom d'un fonctionnaire haut placé du FBI, un homme de confiance qui pourrait poursuivre l'enquête. Cela dégagerait Jordan de toute responsabilité et la mettrait hors de danger.

Chester gravit la pente derrière les garçons, qui avaient déjà jeté l'ancre et rangé leur gilet de sauvetage. Avec sa démarche d'athlète, ses traits burinés et son épaisse crinière de cheveux blancs, il semblait l'incarnation de l'expérience et de la sagesse. Blake ne pouvait qu'espérer que Jordan veuille bien l'écouter.

Cooper les atteignit le premier et jeta les bras autour de la taille de sa mère, déchiffrant les nuances de son expression.

— Tu m'as vu, maman ? J'ai conduit le bateau. Tout seul !

— Tu n'as pas eu peur ?

— Un petit peu.

Les lèvres pincées de Jordan se détendirent, et elle ravala sa réprimande pour se focaliser sur le positif.

— C'est bien, Coop. Tu as surmonté ta peur, mais tu as été prudent. Et tu t'es bien amusé.

— C'était super.

— Moi je n'ai pas eu peur du tout, lança Alex en se joignant à son frère pour l'étreindre. Peut-être que je serai capitaine de bateau au lieu de devenir pilote d'hélicoptère.

— Tu pourrais faire les deux, dit-elle.

Ayant obtenu l'approbation de leur mère, les enfants se tournèrent vers Blake pour lui raconter combien c'était fantastique de foncer sur l'eau, le visage fouetté par le vent et les embruns.

— C'était mieux que de prendre une malheureuse barque, commenta Alex.

— N'en sois pas si sûr, intervint Chester. Un bateau à moteur peut tomber en panne d'essence. Et là, on est coincé.

Il salua Jordan, qui l'étreignit et l'embrassa sur la joue.

— Merci de vous être occupé de ces petits singes.

— Ils sont adorables, répondit-il. Je suis prêt à les garder quand vous voudrez.

Jordan lui rendit son sourire.

— Voilà une offre que je ne manquerai pas de vous rappeler.

— Parfait, dit-il. D'après ce que m'a dit Blake, vous avez plus qu'assez de pain sur la planche.

De retour au chalet, Jordan envoya les garçons dans leur chambre avec pour mission de ranger leurs vêtements d'hiver tout neufs et d'essayer leurs après-ski. Dès qu'ils se furent rués dans l'escalier, elle versa du café et mit sur la table une assiette de cookies que Blake avait achetés à la boulangerie ce matin-là.

— Que vous a dit Blake ? demanda-t-elle à Chester.

— Je vais diviser son récit en trois sections, répondit-il. La première, c'est que votre ex-mari – qui est un vrai salaud – vous a attaquée et fait incarcérer dans une institution. La preuve en est votre propre témoignage.

— Et la raison pour laquelle on ne me croira pas, c'est que Hugh et le Dr Merchant affirment que je suis un danger pour moi-même et pour autrui.

— Deuxièmement, poursuivit Chester, vous avez rassemblé un dossier de preuves – documents et récits de témoins – incriminant votre ex-mari pour fraude, extorsion, trafic de contrebande et blanchiment d'argent. Ce qui me pousse à me demander pourquoi vous n'avez pas fait appel aux forces de l'ordre.

— Hugh a le bras long. Chaque fois que j'ai tenté de contacter des procureurs ou des policiers, mon enquête a été mise au placard. Je veux être sûre, à cent pour cent, que Hugh sera jugé et condamné.

— Vous avez accompli un travail remarquable en obtenant la coopération de tous ces témoins.

— Jordan est très convaincante, intervint Blake.

Elle ne protesta pas.

— Mon meilleur témoin est Tim Rockwell, l'ancien comptable de mon mari, qui vit maintenant à Aspen. Je ne sais pas s'il va accepter ou non de parler aux autorités.

— Si on lui propose un marché, il parlera, déclara Chester. Blake pourra vous le confirmer. Quand les méchants ont des ennuis, leur langue se délie.

— J'espère que vous avez raison.

Si Chester Prynne parvenait à la libérer du fardeau de l'enquête, elle serait plus que soulagée. Certes, elle aimait effectuer ses recherches elle-même, mais l'affaire était devenue trop vaste pour qu'elle continue toute seule.

— J'en viens au troisième point : le meurtre de Bianca Hernandez. Vous croyez que le médecin légiste vous a dissimulé des informations importantes quant à l'arme du crime et l'ADN des jumeaux qu'elle portait. Et que, de plus, la police de Flagstaff n'a pas enquêté sérieusement.

— C'est cela, acquiesça-t-elle, appréciant sa concision. Qu'en dites-vous, Chester ? Pouvez-vous m'aider ?

— Je suis à la retraite, expliqua-t-il en prenant un cookie. Et je n'ai jamais fait partie des forces de l'ordre proprement dites, mais j'ai travaillé avec un certain nombre d'agents fédéraux quand j'étais dans les marines.

— Chester était colonel, expliqua Blake.

Elle se laissa aller sur sa chaise et but une gorgée de café.

— Chester, vous voulez parler du FBI ? Ou de l'agence nationale de contrôle des drogues ? Ou du fisc ?

— Des trois, affirma-t-il. Je suggère que l'enquête soit coordonnée par un agent spécial du FBI basé à Denver, Ferris Taggart.

— Taggart a une excellente réputation, murmura-t-elle, impressionnée. Vous pensez qu'il serait intéressé ? Pourquoi ?

— Pourquoi ne le serait-il pas ? rétorqua Chester en se redressant. D'après votre dossier, votre ex-mari a enfreint une multitude de lois, et probablement commis un meurtre. C'est le devoir du FBI d'enquêter sur lui. Non seulement Taggart peut continuer à rassembler des informations et faire peur à ces imbéciles à Flagstaff qui vous ont caché ce qu'ils savent, mais il peut aussi vous installer en lieu sûr, les jumeaux et vous.

Le soulagement déferla en Jordan, pareil à une vague chaude et bienfaisante. Elle sentit ses muscles se détendre et comprit combien le stress avait été intense, presque insupportable. Elle osait à peine s'avouer à quel point elle avait eu peur pour ses enfants. Si ses actions les avaient exposés au danger, elle ne se le serait jamais pardonné.

Une maison en lieu sûr serait une solution idéale.

Pour les jumeaux… mais pas pour elle.

Jordan n'était pas prête à renoncer. Elle avait consacré des mois entiers à passer au crible des documents dans le bureau de son ex-mari, à prendre des photos de dangereux individus, à chercher les victimes du trafic d'esclaves dont Bianca et sa sœur avaient été victimes. En collaboration avec Spike, elle avait épluché des pages et des pages d'archives informatiques de divers casinos, dont celui de Khaled, qui avaient participé au blanchiment d'argent.

— Quand puis-je rencontrer l'agent Taggart ? demanda-t-elle.

Chester sortit son téléphone de sa poche.

— Je vais l'appeler tout de suite.

— Il n'est pas trop tard ?

— Il n'est que 7 heures. Je suis sûr qu'il travaille encore.

— Merci, dit-elle, sincère.

Chester quitta la table et se dirigea vers le bureau de Blake pendant qu'elle terminait son café en contemplant ce dernier.

Bien qu'elle possède des dizaines de contacts précieux, y compris Hornsby et Spike, l'ami de Chester détenait la clé de la conclusion de son enquête.

Elle se pencha vers Blake.

— Merci à toi aussi, lui souffla-t-elle à l'oreille. Je n'aurais pas pu faire ça sans toi.

— Tu aurais trouvé un autre moyen d'y arriver, répondit-il en souriant. Quand tu es sur une piste, tu es aussi tenace qu'un bouledogue.

— Un chien féroce.

Elle lui caressa la joue, savourant la sensation de la barbe naissante sous ses doigts. Maintenant qu'elle était plus détendue, elle se sentait plus libre d'exprimer ses sentiments.

— Qui a aussi la réputation d'être loyal et affectueux.

— Comme toi, murmura-t-il en capturant la main de Jordan pour la porter à ses lèvres. Féroce mais loyale. Nous avons été séparés trop longtemps, Jordan. Tu m'as manqué.

Elle éprouvait la même chose. Le son de sa voix lui avait manqué, l'expression de son regard, son odeur, le goût de son corps. Elle avait pensé si souvent aux baisers, aux caresses, aux étreintes qu'ils avaient partagés. Plus que tout, elle avait savouré leur complicité. Blake semblait toujours deviner ce qu'elle pensait. Leur relation n'avait pas été uniquement basée sur le désir. Il la soutenait dans ses besoins, ses envies. Il savait la faire rire.

Durant les années de son mariage avec Hugh, son affection pour Blake avait toujours été une source de réconfort. Dans les moments de bonheur, elle avait regretté de ne pas pouvoir lui ouvrir son cœur… lorsque les jumeaux étaient nés, par exemple. Elle avait accouché seule car Hugh avait été accaparé par son travail au Sénat. Du moins, c'était ce qu'il lui avait dit. Et elle avait été si absorbée par la perspective de la naissance imminente des enfants qu'elle n'avait ni le temps ni l'envie de se demander s'il disait la vérité. Quand elle avait tenu ses nouveau-nés dans ses bras, ce n'était pas à Hugh qu'elle avait pensé. Elle avait songé au sourire de Blake, imaginé qu'il lui donnait un baiser sur le front en la félicitant d'avoir fait du beau travail.

Avec un soupir, elle revint au présent.

— Je suis contente que nous soyons ensemble maintenant.

Elle n'eut pas le temps d'en dire davantage, car Chester revenait.

— Taggart veut vous voir aussi vite que possible, annonça-t-il en se rasseyant.

Elle leva les poings en signe de victoire.

— Génial !

— J'ai un héliport sur mon ranch, de l'autre côté du lac, reprit Chester. Taggart et deux de ses meilleurs agents viendront demain, à supposer qu'on n'ait pas de tempête de neige.

Demain ? Cela signifiait qu'elle avait encore ce soir pour faire une différence.

— Chester, pourriez-vous garder les enfants pendant deux heures ?

— Bien sûr. Qu'avez-vous en tête ?

Elle jeta un coup d'œil vers Blake.

— Je voudrais aller voir Rocky, à Aspen. Tu veux bien venir avec moi ?

— Et comment ! Il est hors de question que tu y ailles seule.

Il se leva, dominant la table tel un géant.

— Je vais conduire.

Jordan ne protesta pas et ne fit pas de commentaire. Blake pensait qu'il dirigeait la mission.

Inutile de détruire ses illusions.

15

Installée dans le siège passager, Jordan réfléchissait. Elle se rendait compte que son plan avait peu de chances de réussir. Il était très peu probable que Rocky accepte de lui parler, et elle avait promis à Blake de ne pas insister.

— Voici ce que j'envisage, annonça-t-elle. Nous allons nous garer à proximité de son luxueux chalet et je vais l'appeler en utilisant mon téléphone crypté. Rocky ne saura pas où je suis, et je veillerai à ne pas trahir ma position.

— Ne t'attends pas à une villa de luxe, l'avertit Blake. À Aspen, même des millions n'achètent pas grand-chose. Je ne sais pas où il habite précisément, mais son adresse est dans un quartier connu pour des maisons simples sur de vastes terrains. Ton écureuil a payé pour être au calme.

— Logique.

Tim Rockwell n'était pas le genre d'homme à engager des gardes du corps pour le protéger.

— Nous devons supposer que l'endroit est équipé d'un système de surveillance ultra-sophistiqué.

Blake hocha la tête.

— Pourquoi aller jusque devant chez lui si tu veux seulement lui téléphoner ?

— Il va peut-être m'inviter à aller le voir.

— J'en doute.

— Et s'il prend la fuite, nous pourrons le suivre.

— Je n'aime guère ta stratégie, mais bon, je suppose qu'il n'y a pas de mal à la considérer.

Quoi qu'il en soit, elle appréciait sa compagnie. Elle contempla le ciel nocturne où des nuages légers obscurcissaient la lune descendante et se cala avec un soupir de bien-être dans le siège baquet chauffé.

— Qu'est-ce que tu aimes, Blake ?

— Pardon ?

— Tu as dit que tu n'aimais pas mon plan. Dis-moi ce que tu aimes.

Il mit longtemps à répondre. Elle étudia son profil résolu, éclairé par les lumières du tableau de bord. Parfois elle oubliait à quel point il était séduisant. Ses yeux, si bleus au soleil, regardaient droit devant lui. Elle savait qu'il réfléchissait, qu'il choisissait ses mots avec soin.

— Ça.

— Tu peux être un brin plus précis ? demanda Jordan, un peu déçue.

— À cet instant, je suis presque parfaitement heureux. Nous sommes en mission. Ensemble. J'adore cette sensation d'avoir un but, même si le plan n'est pas génial.

Curieusement, elle comprenait ce qu'il voulait dire. Ils n'avaient jamais été le genre de couple qui aimait se prélasser des heures durant devant un feu de cheminée.

— Quoi d'autre ?

— J'adore être au Colorado, conduire sur des routes de montagne pendant que les rayons de lune jouent à cache-cache sur les collines et au fond des vallées. Sentir la neige dans l'air. Et j'adore savoir que les jumeaux sont en sécurité avec Chester pour les garder.

Jusque-là, ses paroles reflétaient les pensées de Jordan, à l'exception d'une seule. Il avait parlé d'elle comme d'une équipière, une partenaire partageant le même but que lui. Il n'avait rien dit de ses sentiments à son égard en tant que femme, n'avait pas mentionné d'attirance pour elle, ne lui avait pas fait de compliments sur son apparence.

Et, bien que cela paraisse superficiel de s'inquiéter pour ces choses-là, elle tenait à savoir. Ils étaient ensemble presque vingt-quatre heures sur vingt-quatre depuis samedi soir, et on était lundi. Ils avaient échangé quelques baisers, mais rien d'approchant une véritable intimité. Elle voulait savoir… s'il la désirait… autant qu'elle le désirait.

D'une voix basse, timide – qui ne lui ressemblait pas du tout –, elle demanda :

— Qu'est-ce que tu ressens pour moi ?

— Tu veux savoir si je t'aime ?

— Bien sûr que non, s'esclaffa-t-elle. Je ne te poserais pas une question aussi directe.

— Tant mieux, parce que je n'oserais pas répondre. Trop dangereux.

— Ne me dis pas qu'un marine comme toi a peur de tomber amoureux.

Il sourit.

— La météo annonce de fortes chutes de neige demain.

— Quoi ?

— Dans le doute, c'est toujours bon de parler du temps qu'il fait. Ou du sport. Que dis-tu de la performance des Broncos ?

Il n'avait pas vraiment répondu à sa question, mais son évidente nervosité rassura Jordan.

— À vrai dire, je ne connais pas leurs derniers résultats, mais ça m'intéresse.

— Trois victoires, deux défaites. Ils jouent contre Kansas City dimanche.

— Vraiment ?

Elle étrécit les yeux.

— Je ne t'ai pas vu lire un journal ni écouter la radio et nous n'avons pas accès à Internet. Comment sais-tu tout ça ?

— Les vrais fans ont des puces implantées dans le cerveau qui leur donnent constamment les dernières statistiques et infos.

Il arqua les sourcils.

— À propos de puces, je croyais que Spike allait nous dégoter une connexion Internet ultra-cryptée impossible à tracer ?

Elle plongea la main dans sa vieille sacoche et en tira une tablette dont elle se servait en temps ordinaire pour lire des romans.

— J'espère que ce sera fait ce soir.

— Que veux-tu faire avec cette tablette ?

— Rocky a toujours été un passionné d'informatique. Je parie qu'il a des caméras de surveillance et même des micros à l'intérieur de sa maison. Spike va peut-être pouvoir pirater son système et nous permettre de voir ce qui s'y passe.

— Voilà une idée qui me plaît. Une bonne manière d'obtenir des informations sans nous exposer au danger.

Blake n'avait pas pris la peine de consulter le GPS, mais conduisait avec assurance le long de la Roaring Fork River.

— Comment sais-tu où nous allons ? demanda-t-elle, soupçonneuse.

— Je suis venu faire du ski dans le coin par le passé. La prochaine fois, tu pourrais peut-être m'accompagner.

Si elle restait au Colorado, elle serait ravie de skier avec lui. Cependant, il ne servait à rien de faire des projets. Elle risquait de se retrouver en cavale, d'être séquestrée dans une maison sûre, ou même en prison, condamnée pour enlèvement.

Organisée de nature, elle détestait ne pas avoir la moindre idée de ce que lui réservait l'avenir. Comment pouvait-elle envisager une relation avec Blake alors que le lendemain pouvait apporter tant de complications imprévues ?

Elle secoua la tête, s'efforçant de refouler ces pensées déprimantes.

— Les jumeaux devraient apprendre à faire du ski, dit-elle, d'une voix claire qui ne trahissait rien de son désarroi.

— Les enfants apprennent vite. Quand ils tombent dans la neige, ils se relèvent tout de suite. Les tiens seront des as de la piste en un rien de temps.

— Tu n'as pas grandi au Colorado, observa-t-elle, se remémorant les conversations qu'ils avaient eues au sujet de leur enfance. C'était dans l'Illinois, non ?

— À Peoria, précisa-t-il. Je suis allé à l'université du Texas et c'est là que j'ai commencé à passer mes vacances dans le Colorado et que j'ai rencontré Chester. Il m'a pris sous son aile et est devenu un père de substitution pour moi.

— Si tu n'avais pas croisé son chemin, aurais-tu suivi une voie différente dans la vie ?

— Je serais peut-être devenu prof.

Il jeta un coup d'œil vers elle.

— Et toi ? As-tu jamais considéré une autre carrière que celle de journaliste ?

— Pas que je m'en souvienne. Et je n'avais jamais imaginé être mère.

C'était bon d'être avec lui et de bavarder tranquillement, d'évoquer le passé. Elle contempla le ciel nocturne alors qu'ils roulaient vers Aspen, s'approchant du témoin qui pourrait apporter une conclusion à son enquête. Si seulement elle pouvait le persuader de parler au FBI...

— La maison est juste de l'autre côté de cette colline, déclara Blake alors qu'ils s'arrêtaient à une intersection. Je vais passer devant et chercher un endroit d'où nous pourrons l'observer.

Ils repartirent, et elle scruta par la fenêtre la longue allée pavée qui menait à une villa d'un étage, dotée d'une impressionnante façade en granit. Sur les autres murs, des bardeaux de cèdre alternaient avec de vastes fenêtres donnant sur une spacieuse terrasse en bois. Un bosquet de trembles séparait la maison de la propriété voisine. Il y avait aussi un garage pouvant abriter trois voitures, mais un 4x4 noir et une berline foncée – aux vitres teintées – étaient garés devant.

— On dirait qu'il a de la visite, commenta Jordan avant de consulter sa montre. Presque 22 heures.

— Une invitation à dîner ?

— J'en doute. Rocky n'est pas du genre sociable.

— Aspen l'a peut-être transformé. Il a une petite amie ?

— Je ne sais pas.

Elle n'avait jamais pris la peine de lui poser la question, ce qui était une erreur de jugement. D'ordinaire, quand elle effectuait des recherches sur un sujet, elle rassemblait autant d'informations que possible, en commençant par ce qu'il y avait de plus important dans leur vie.

Blake décrivit un cercle dans le quartier, passant devant des demeures de plus en plus espacées, finit par trouver un lieu qui surplombait la villa de Rocky et se gara au bord de la route. De là, Jordan voyait l'allée et la porte d'entrée. La lumière était allumée, tout semblait parfaitement innocent.

— Il y a des jumelles dans la boîte à gants.

— Tu es génial.

Jordan s'en empara, puis se hâta de les braquer sur la maison.

— Il ne se passe rien. On penserait qu'avec toutes ces grandes fenêtres, je verrais quelqu'un marcher, mais non.

Blake tendit la main vers la banquette arrière et attrapa le sac qu'il avait apporté.

— J'ai aussi une torche électrique, un téléphone prépayé, des barres de céréales et des bouteilles d'eau. Bref, tout ce dont nous avons besoin pour une surveillance en règle.

— Tu as ton Glock ? demanda-t-elle, sans cesser d'observer la propriété.

— Oui.

— Tu as pris une arme pour moi ?

— C'était inutile, rétorqua-t-il fermement. Tu ne vas te confronter à personne directement.

Sa réponse agaça Jordan, mais elle savait qu'il avait raison. Elle ne s'inquiétait pas pour sa propre sécurité, mais elle ne voulait pas exposer les jumeaux au danger en révélant sa présence.

— Je ferai attention, promit-elle, mais je veux m'approcher et trouver un meilleur poste d'observation.

— Vas-y, je te suis. Si je te tape sur l'épaule, arrête-toi.

— Pourquoi ?

— Il ne faut pas qu'on soit repérés. Fais-moi confiance. Je sais comment m'approcher d'une cible sans être vu par l'ennemi.

Jordan acquiesça, puis s'enfonça dans la forêt. Les aiguilles et pommes de pin crissaient doucement sous ses pieds, la brise froide qui tourbillonnait entre les arbres lui piquait les joues. Elle remonta la capuche de son anorak et fouilla dans ses poches à la recherche de ses gants. Derrière elle, Blake aurait été quasi-invisible dans sa parka noire n'eût été sa carrure imposante.

Enfin, ils trouvèrent une cachette derrière un taillis et un gros rocher, d'où ils jouissaient d'une vue dégagée sur la villa. Jordan n'avait encore aperçu personne à l'intérieur. Elle se pencha vers Blake.

— Qu'allons-nous faire s'il se passe quelque chose ? chuchota-t-elle.

— Nous ne pouvons arrêter personne, lui rappela-t-il de sa voix grave, caressante. Nous ne sommes pas policiers. Tu pourrais peut-être filmer la scène sur ton téléphone.

Elle avait presque oublié son appareil ultra-sophistiqué. Ce serait le moment idéal pour que Spike pirate le système de sécurité de Rocky. Elle retira ses gants pour envoyer un texto, et Blake ouvrit sa parka, lui offrant un refuge douillet où cacher la lumière de son écran.

Elle venait de recevoir une réponse de Spike disant qu'il pourrait en effet pirater le système mais qu'il avait besoin d'un peu de temps quand Blake murmura :

— Ça bouge.

Jordan éteignit l'écran et reprit les jumelles. La porte d'entrée s'était ouverte. Un homme corpulent apparut sur le seuil. Deux fois plus large d'épaules que Rocky, le géant leva son gros visage rond vers le ciel nocturne. Il était impossible de se méprendre sur son identité.

C'était Caspar Khaled.

Jordan étouffa une exclamation de surprise. Deux autres hommes sortirent à leur tour de la maison, qu'elle reconnut. Ils faisaient partie du groupe qui l'avait poursuivie à Las Vegas.

Spike avait dit que Khaled était embarqué à bord d'un avion privé. Apparemment, sa destination était Aspen.

L'explication était-elle toute simple ? Rocky travaillait-il pour lui ? Il était possible que le lien de Khaled avec le comptable n'ait aucun rapport avec les crimes de son ex-mari. Malgré tout, Jordan en doutait. Sa visite avait dû lui faire prendre conscience de problèmes éventuels dans l'opération de blanchiment et il était venu s'assurer que Rocky ne lui causerait pas d'ennuis.

Un autre homme apparut. Son crâne rasé était coiffé d'une chapka en fourrure. Vêtu d'une élégante veste en cuir, confectionnée sur mesure, il se dirigea vers la berline d'un pas sûr de lui. À sa vue, Jordan se sentit bouillonner de rage.

— Le Dr Stephen Merchant.

C'était son diagnostic qui l'avait maintenue incarcérée à l'institut des mois durant. C'était lui qui avait ordonné qu'elle soit droguée et ligotée dans son lit. Elle avait subi la cellule d'isolement, les électrochocs, la camisole de force. Merchant était pire que Gruber. Sa conduite était indigne d'un médecin.

Sa présence chez Rocky était la preuve indéniable que Hugh était concerné par cette réunion. D'une voix basse, mais résolue, elle murmura :

— Je veux y aller.

— Laisse le FBI les arrêter.

— Ils sont trop riches, objecta-t-elle. Ils ne seront pas punis pour leurs crimes.

— Cette fois, si.

Ce soir, Blake et elle allaient venger Bianca. Et Abigail. Et tous ceux que Hugh et ses complices avaient escroqués et maltraités.

Et, quand tous ces monstres seraient derrière les barreaux, ses enfants et elle seraient enfin en sécurité.

16

— Ne vous inquiétez pas, Jordan Reese-Waltham ne sera pas inculpée d'enlèvement, affirma Taggart. Vous avez ma parole.

Bien que soulagé, Blake demanda :

— Pourquoi pas ?

— La version fournie par son ex-mari est qu'elle a emmené les enfants en vacances pour quelque temps. Je choisis de croire qu'elle a bel et bien sa permission. Je devine qu'il veut à tout prix éviter le contact avec le FBI.

— C'est clair.

Taggart et trois autres agents avaient atterri sur l'héliport de Chester moins d'une heure plus tôt et réquisitionné la vieille Land Rover de ce dernier pour leur visite, lui laissant la Silverado. Leur premier objectif consistait à interroger Tim Rockwell à son domicile à Aspen. La chance leur avait souri sur le plan météorologique. Il ne neigeait pas, du moins pas encore. Le ciel s'était néanmoins couvert, la tempête approchait.

Jordan et les enfants étaient restés au chalet pendant que Blake se rendait chez Chester. Taggart et ce dernier s'étaient salués avec affection. Grands et minces tous les deux, ils se ressemblaient à d'autres égards : ils avaient les cheveux blancs, coupés court, et étaient imberbes.

Jordan avait envoyé la clé USB en forme de flamant contenant les documents, photos et preuves qu'elle avait rassemblés au cours de son enquête sur Hugh. Ses explications auraient peut-être été plus claires et plus précises que celles que Blake pouvait fournir, mais elle avait préféré qu'il établisse le premier contact. En partie parce que ses recherches avaient parfois été menées avec des méthodes illégales, surtout quand elle faisait appel aux services de Spike.

Avant que Blake quitte le chalet, Jordan lui avait fait promettre de ne pas révéler la surveillance secrète que Spike avait mise au point sur la maison de Rocky. À l'aide de sa tablette, elle avait accès aux images capturées par les caméras de la porte d'entrée et celle du jardin, ainsi que celles du vestibule et du bureau, où ils avaient vu Rocky ouvrir un coffre-fort dissimulé derrière un tableau.

— J'ai hâte de rencontrer Jordan, déclara Taggart.

Blake étrécit les yeux.

— Mais pas pour l'arrêter ?

— Au contraire. Je voudrais la recruter. Elle ferait un agent exceptionnel. Vous avez vu la vidéo qu'un touriste a postée sur YouTube après son passage au Magic Lamp ?

— Non, admit Blake, qui sentait venir un mal à la tête.

Lorsqu'elle était partie seule à Las Vegas, il n'avait pas été emballé par son plan. Après avoir vu Khaled chez Rocky, il se reprochait d'autant plus de l'avoir laissée faire.

Taggart fit signe à un des autres agents et lui demanda son téléphone. Il fit défiler quelques pages et le tendit à Blake.

— Regardez ce qu'elle fait avec son bâton en titane. Elle vient à bout de trois types, y compris Khaled, qui est un géant.

Sur l'écran, Jordan esquivait brillamment les attaques de ses adversaires. Elle était rapide, gracieuse et dangereuse. Blake avait beau regretter qu'elle ait pris ces risques, il ne pouvait s'empêcher d'être fier d'elle.

— Fantastique, non ? Où a-t-elle appris à faire ça ?

— Avec moi, soupira Blake.

— J'aurais déjà essayé de vous recruter si Chester ne m'avait pas affirmé que vous étiez un marine jusqu'au bout des ongles.

Il se dirigea vers la Land Rover.

— Allons-y. Je ne veux pas être coincé par la neige.

Blake se retourna vers Chester et lui demanda d'aller au chalet.

— Je ne m'attends pas à ce qu'il y ait des problèmes, mais je me sentirais mieux si tu étais là-bas avec Jordan et les enfants.

— Bien sûr, mais ne t'inquiète pas, répondit son ami sur un ton apaisant. Tout va bien se passer.

Blake aurait aimé en être aussi sûr.

Jordan ne pouvait plus retarder le moment d'avoir une conversation avec ses enfants. Elle leur devait une explication pour les avoir arrachés à leur chambre en pleine nuit, sans leur permettre de dire au revoir à leur père, et emmenés à des centaines de kilomètres de là.

Après qu'ils eurent allumé du feu dans la cheminée, elle les fit asseoir sur le canapé, Alex à sa gauche, Cooper à sa droite, et les entoura de ses bras. Elle se promit de leur dire la vérité autant que cela était possible. Les serrant contre sa poitrine, elle déposa un baiser sur la tête de chacun.

— Tout ce que j'ai fait, je l'ai fait par amour, commença-t-elle. Toutes mes décisions viennent de là.

— Quelles décisions ? demanda Cooper.

— J'avais de bonnes raisons de vous enlever à votre papa.

Il lui était impossible d'expliquer les méfaits complexes qu'avait commis son ex-mari. Elle n'allait surtout pas évoquer le meurtre épouvantable de Bianca. Ni même la violence dont Hugh avait usé envers elle.

Elle ne voulait pas empoisonner à jamais leur relation avec leur père.

— L'important, c'est que votre papa vous aime. Et que je vous aime. Rien de ce qui est arrivé n'est de votre faute.

— D'accord, acquiesça Alex. On peut aller jouer dehors ? Je veux mettre mes après-ski.

— Mais il n'y a pas de neige. Pas encore.

— On devrait descendre au lac voir le bateau de Chester, intervint Cooper. Il l'a laissé là.

— Je veux que vous sachiez que… la situation va peut-être devenir dangereuse.

Alex se redressa, noua les bras autour de son cou et lui embrassa la joue.

— Ne t'inquiète pas, maman. On te protégera.

— Tu nous as déjà dit des trucs comme ça, lui rappela Cooper. Quand on est allés vivre dans la petite maison bleue avec la balançoire. J'aimais bien habiter là.

Cette conversation-là remontait à plus d'un an, et les jumeaux n'avaient que quatre ans à l'époque. Elle était surprise que Cooper s'en souvienne.

— C'est un peu différent cette fois-ci. Chester et Blake ont parlé à un de leurs amis. Il s'appelle Ferris Taggart. C'est un agent du FBI qui va nous aider.

— Du FBI ?

Alex écarquillait les yeux.

— Un agent du FBI. Trop cool.

— Ce dont il faut vous souvenir, c'est que Ferris Taggart est un gentil.

Elle les regarda tour à tour.

— Il va peut-être vouloir vous emmener dans une maison sûre. Vous comprenez ?

— Une maison faite en acier où personne ne peut entrer ? devina Cooper.

— Ou en fer, suggéra Alex. Le fer est plus solide.

— C'est une maison d'apparence normale, mais équipée de toutes sortes de systèmes de sécurité. Il y aura d'autres agents du FBI là pour vous surveiller et vous protéger. Je sais que ça paraît un peu effrayant, mais ce sera peut-être nécessaire.

Si Hugh ou Gruber ou même Merchant tentait de s'en prendre à elle, Jordan ne voulait pas que les enfants soient blessés accidentellement. Elle espérait que Hugh n'irait pas jusqu'à mettre ses fils en danger, mais elle ne pouvait être totalement sûre de lui ni des autres.

— Si vous avez des questions, posez-les. Je vous dirai la vérité, conclut-elle.

— Moi, j'en ai une, répondit Cooper, la main levée comme s'il était à l'école. Blake est ton petit copain ?

Jordan sourit malgré elle.

— Et où est le rapport avec les maisons sûres ?

— Tu as promis de nous dire la vérité, lui rappela Alex. C'est ton chéri ?

— Je l'aime bien.

— Tu vas te marier avec lui ? insista Cooper.

Jordan eut un geste d'impuissance.

— Il ne me l'a pas demandé.

Quelqu'un toqua à la porte. Au même moment, la voix de Chester s'éleva.

— Salut, vous trois ! Ouvrez-moi, d'accord ?

Les garçons se ruèrent dans l'entrée. Pendant que Cooper composait le code de l'alarme, Alex attendit que le verrou se débloque et tira le battant.

— Tu es copain avec un agent du FBI, clama-t-il en l'étreignant.

— Tu sais tout ! Un agent spécial.

— Qu'est-ce qu'il a de spécial ?

Chester haussa les épaules.

— Tous les agents sont des agents spéciaux. Je ne sais pas pourquoi.

Jordan écoutait en souriant. Elle avait perdu le contrôle de la conversation avec les jumeaux, mais espérait qu'ils avaient compris certaines choses malgré tout. Côté positif, ils n'avaient pas l'air effrayés du tout.

— Vous avez lancé tous ces agents spéciaux dans la bonne direction ? plaisanta-t-elle.

— Oui, et Blake est allé avec eux.

Elle s'excusa et gagna le bureau pour jeter un coup d'œil aux images que Spike avait réussi à capturer. Les caméras de Rocky n'étaient pas équipées de micro, si bien qu'elle ne pouvait qu'imaginer ce que disait l'agent élancé qui levait le bras, exhibant sa plaque. Sans doute quelque chose comme :

« Ouvrez, nous avons un mandat de perquisition. »

Face à Blake et aux trois agents, Rocky n'en menait pas large. Derrière ses lunettes rondes, il cilla plusieurs fois, comme pour essayer de chasser la vision de ces visiteurs. L'arrivée des fédéraux signifiait la fin de sa vie de malfaiteur. Il pouvait dire adieu à sa propriété de multimillionnaire dans une des plus belles stations de ski du monde. Adieu à sa liberté. L'écureuil volant avait perdu ses ailes.

La maison de Rocky n'était pas un château, mais il était évident qu'on n'avait pas lésiné sur la qualité de l'ameublement. Des tableaux originaux étaient accrochés aux murs, des sculptures uniques au monde occupaient tous les coins. Le vrai trésor, cependant, était le panorama sur les sommets enneigés, en partie obscurcis par des nuages gris. Blake aperçut une famille d'élans, y compris un mâle doté de bois impressionnants, venue boire au bord d'une rivière avant de s'enfoncer de nouveau dans la forêt. Un aigle royal planait non loin.

Bien que les deux agents accompagnant Taggart aient déjà entamé la perquisition, Rocky s'efforçait de traiter l'apparition du FBI comme une visite de politesse. Il se rendit à la cuisine et prépara du café qu'il rapporta avec une assiette de fromage, charcuterie et gâteaux salés.

— Ce n'est pas tout à fait l'heure du déjeuner, dit-il, mais vous devez avoir faim, messieurs. Servez-vous, je vous en prie.

Taggart avait apparemment décidé de se prêter au jeu. Il s'installa à la tête de la table et indiqua à Rocky le siège à sa droite.

— Vous êtes un homme occupé, monsieur Rockwell, observa-t-il en mettant une tranche de fromage sur un biscuit. Vous aviez des invités hier soir.

— Caspar Khaled et certains de ses employés m'ont rendu visite.

Il sourit, révélant ses dents proéminentes, s'efforçant d'avoir l'air amical.

— J'ai travaillé pour lui par le passé.

— Au casino appelé Magic Lamp à Las Vegas.

— Un endroit très sympathique. Cela dit, j'étais basé à Flagstaff et je n'y allais pas souvent. Nos échanges se déroulaient pour l'essentiel en ligne.

— Vous étiez son comptable.

— Un parmi d'autres.

— C'est Hugh Waltham qui vous avait présentés ?

— Il me semble que oui. Mon travail auprès de Khaled consistait surtout à le conseiller en matière d'investissement et de fiscalité.

Sans y avoir été invité, il se lança dans un long discours sur la nécessité d'équilibrer les pertes et profits, et les problèmes spécifiques aux casinos. À mesure qu'il parlait, il devenait plus calme. Ses paroles agissaient comme une soupape, évacuant la tension qu'il devait éprouver.

Taggart interrompit son monologue.

— Vous avez dit que vous aviez travaillé pour Khaled par le passé. Comment votre relation s'est-elle terminée ?

— Nous sommes toujours amis. C'est évident. C'est pourquoi il prend plaisir à venir me voir.

Il se leva.

— J'ai pris ma retraite. C'est la raison pour laquelle je ne travaille plus pour lui.

— J'aimerais consulter vos archives concernant le Magic Lamp, déclara Taggart. Histoire de vérifier la paperasse.

— Très bien, répliqua Rocky sur un ton sec. Regardez tant que vous voulez. Vous ne trouverez rien de suspect.

Soit Rocky tenait un faux registre en plus du vrai, soit il avait une foi inébranlable en son talent, songea Blake.

Taggart sourit tranquillement et passa une main sur son menton rasé de près. Puis il acquiesça, haussant les sourcils.

— Vous avez raison, monsieur Rockwell.

— À quel propos ?

— Je ne trouverai rien de suspect dans vos livres de comptes. Je ne suis pas un expert en comptabilité. Les comptables employés par le FBI, en revanche, figurent parmi les meilleurs du monde pour ce qui est de repérer des anomalies. Si vos chiffres ne collent pas tout à fait, ils s'en apercevront.

Rocky pâlit et se laissa retomber sur sa chaise.

Blake regrettait l'absence de Jordan. Elle connaissait Rocky et ses tactiques, et pourrait leur fournir des informations précieuses. Malheureusement, les images piratées sur les caméras de Rocky n'incluaient pas la salle à manger, ce qui signifiait qu'elle ne voyait pas ce qu'ils faisaient.

Une idée lui vint. Il s'excusa et se rendit dans le bureau que les deux agents étaient en train de fouiller. Là, il fit signe à la caméra dans l'espoir que Jordan était devant son écran, puis emprunta le téléphone portable d'un des agents et s'en servit pour l'appeler.

— Que fais-tu ? demanda-t-elle, perplexe.

— Je te mets sur silencieux, mais je laisse cet appareil allumé. Quand j'irai dans les autres pièces, tu pourras entendre ce que nous disons. Jusqu'à présent, Rocky ne nous a rien appris, mais il est très nerveux.

— Merci, chuchota-t-elle. Sois prudent.

Blake glissa le téléphone dans une poche de sa polaire et retourna dans la salle à manger où Rocky était assis, tassé sur lui-même. On aurait dit qu'il était sur le point de vomir.

— Vous aviez un autre invité hier soir. Le Dr Stephen Merchant. Avez-vous aussi été son comptable ?

— C'est mon médecin.

— Le Dr Merchant est psychiatre.

— J'ai fait une dépression nerveuse il y a quelque temps. Hugh a fait en sorte que je sois admis à l'institut du Dr Merchant.

— À quand cela remonte-t-il ? s'enquit Blake.

Il avait à peine ouvert la bouche jusqu'alors, et Rocky ne s'était pas attendu à sa question. Taggart la répéta.

— Il y a environ un an et demi.

Autrement dit, à peu près l'époque où Jordan avait pris conscience de la malhonnêteté de son ex-mari et commencé à fouiner. L'époque où Hugh avait renforcé son personnel de protection.

Rocky retira ses lunettes et essuya les larmes qui roulaient sur ses joues.

— Le Dr Merchant m'a sauvé la vie. Je ferais tout pour lui.

— Qu'est-ce qui a déclenché votre dépression nerveuse ? demanda Blake.

Rocky remit ses lunettes et le foudroya du regard.

— Vous êtes le petit ami, n'est-ce pas ? Celui dont Jordan était amoureuse.

— Nous parlons de vous, rétorqua Blake. Qu'est-ce qui a provoqué votre dépression ?

— Non, non, le contredit Rocky. C'est de vous que nous parlons. Vous habitez près d'ici. Sur Ice Mountain. Près de Chester Prynne. C'est là que Jordan se cache ? Elle a emmené ses enfants là-bas ?

Blake sentait presque le téléphone vibrer dans sa poche. Il imaginait Jordan furieuse contre Rocky, lui criant que rien de tout cela ne le regardait.

— Ce n'est pas vous qui posez les questions, intervint Taggart. Ce que vous devez faire, c'est répondre à celles qu'on vous pose.

— Laissons tomber cette comédie, riposta Rocky en se redressant de toute sa hauteur. Je n'ai rien à ajouter. Il est temps que j'appelle mon avocat.

— Je vous conseille d'appeler un avocat spécialisé en droit criminel, quelqu'un qui sait comment s'y prendre face à un jury.

— Oh ! je vous en prie. J'ai peut-être maquillé quelques chiffres, mais si j'ai commis un délit, il reste mineur. Je ne peux écoper que d'une amende. Rien de grave.

— Réfléchissez bien, monsieur Rockwell, répliqua Taggart en le toisant froidement pendant qu'il se balançait d'un pied sur l'autre. J'ai l'intention de vous inculper de meurtre.

Un sanglot soudain s'échappa des lèvres du comptable.

Puis il murmura son nom :

— Bianca.

17

Au chalet, Jordan écouta, atterrée, Tim Rockwell raconter qu'il n'avait pas vu l'assassin de Bianca. En revanche, il admit avoir vu le résultat des blessures atroces qu'on lui avait infligées.

Rocky avait découvert le corps.

Sorti faire un jogging dans un parc non loin de chez lui, il l'avait trouvée gisant au bord du chemin, baignant dans une flaque de sang. D'une voix hachée, il raconta aux enquêteurs qu'il l'avait reconnue. Il se souvenait de sa beauté, de la douceur de son sourire.

— J'ai su tout de suite qu'elle était morte. Il y avait tant de sang... Ses yeux étaient grands ouverts, levés vers le ciel.

Ne voulant pas être mêlé à l'affaire, il avait téléphoné à la police sans révéler son nom et était rentré chez lui.

Sa lâcheté révolta Jordan. Trop effrayé pour rester avec Bianca, il l'avait laissée seule dans la nuit.

— Quelle heure était-il ? demanda Taggart. Avez-vous remarqué quelqu'un d'autre ? Que faisait Bianca dans ce quartier ? Qui l'a tuée ?

— Je ne sais pas.

Jordan imaginait Rocky se tordre les mains.

— Je ne la connaissais pas vraiment, je ne savais rien d'elle sauf que...

— Poursuivez, ordonna Taggart.

— Elle avait une voix magnifique. On aurait cru entendre un ange.

— Où l'avez-vous entendue ?

— Elle travaillait parfois à la villa de Hugh Waltham, dans la cuisine. Elle ne faisait pas partie des employés permanents, mais elle venait comme extra quand c'était nécessaire. Waltham organisait beaucoup de soirées.

Taggart reprit son interrogatoire, obligeant Rocky à répéter son témoignage plusieurs fois. Chaque récit était plus détaillé que le précédent. Rocky évoqua la stridulation des grillons, l'odeur étrangement métallique du sang qui l'avait frappé lorsqu'il s'était approché du corps. Malgré tout, il continuait à affirmer qu'il n'avait pas vu le tueur.

Jordan s'interrogeait : Bianca avait-elle été tuée ailleurs et transportée au parc ? La description que la police avait donnée de la scène de crime était trop vague pour en tirer des conclusions, mais les enquêteurs ne pourraient ignorer la similarité entre les cicatrices qu'elle avait aux poignets et les photos des plaies de Bianca prises par le médecin légiste. Avec l'ajout du témoignage de Rocky, Jordan pourrait forcer la police de Flagstaff à rouvrir le dossier.

Dans l'immédiat, elle avait un autre souci. Rocky avait reconnu Blake et était au courant de l'existence du chalet. Elle soupçonnait que d'autres que lui avaient deviné où elle se cachait. Son refuge n'en était plus un. Le moment était venu de mettre les enfants en lieu sûr.

Elle désactiva l'alarme de la porte d'entrée, sortit et se dirigea vers Paddington Lake, où Chester avait emmené les garçons. Debout sur le ponton, ils s'amusaient à faire des ricochets dans l'eau.

Le téléphone toujours à la main, elle écouta Taggart et Blake questionner Rocky sur ses autres clients. Ses employeurs formaient un vaste réseau dont Hugh était le centre.

Elle fit signe à Chester et aux jumeaux de revenir. Dès qu'ils seraient là, elle les ferait monter en voiture et les emmènerait chez Chester. Ce serait plus prudent.

Dans l'écouteur, elle entendit une porte claquer. Quelqu'un d'autre s'était joint au groupe chez Rocky. La voix de son ex-mari s'éleva dans son oreille, résonnant dans sa mémoire tel un cauchemar.

— Vous devez être le capitaine Blake Delaney, lança Hugh Waltham. Nous nous rencontrons enfin.

Blake le jaugea du regard, songeant qu'il paraissait moins raffiné qu'à la télévision. Hugh portait une tenue appropriée à la montagne : jean et chemise en flanelle, veste de pêche à poches multiples. Sûr de lui, il parlait d'une voix onctueuse de politicien, prêt à mentir sans hésiter. En dépit de son après-rasage de marque, il émanait de lui une odeur rance. Sa poignée de main était molle, froide.

Blake se détourna et s'éloigna de lui.

Taggart se montra plus cordial.

— Qu'est-ce qui vous amène au Colorado ?

— Je suis venu rendre visite à mon vieil ami Rocky.

Blake lut la terreur dans les yeux du comptable. Ce dernier s'efforça de sourire, mais ses lèvres tremblaient. Il dut faire appel à toute sa maîtrise de lui-même pour parler.

— Du café ? proposa-t-il.

— Avec plaisir, répondit Hugh en s'asseyant. Eh bien, messieurs, de quoi parlons-nous ?

— De meurtre, lâcha Blake.

Hugh acquiesça. Ses cheveux blonds soigneusement coiffés effleurèrent son front bronzé. Chaque détail chez lui, de ses dents parfaites à ses ongles soigneusement polis, suggérait un individu pour qui l'apparence passait avant tout. Il émit un petit rire condescendant.

— De meurtre ? Voilà une vaste question. Vous aimez aller droit au but, on dirait ?

— Je ne perds pas de temps, rétorqua Blake.

— Eh bien, capitaine Delaney, qui Rocky a-t-il tué, d'après vous ?

— Ce n'est pas drôle, protesta le comptable, qui venait de rentrer dans la pièce.

Il servit un café à son ancien employeur, puis remplit les tasses des autres.

— Servez-vous, ajouta-t-il, désignant les plats de fromage et de charcuterie.

— J'adore la charcuterie, déclara Hugh.

— Je sais, répondit Rocky.

Blake se demanda s'il s'était attendu à la visite de Hugh, ou s'il gardait des provisions au cas où. La tension autour de la table aurait dû suffire à donner une indigestion à n'importe qui, mais Hugh et Taggart mangeaient comme si de rien n'était.

— La victime s'appelait Bianca Hernandez, dit Taggart.

— Oh ! je me souviens d'elle.

Hugh empila des tranches de fromage suisse sur des rondelles de salami.

— C'était il y a un certain temps. Elle a travaillé chez moi, Rocky ?

— Je crois que oui. En cuisine.

La désinvolture de Hugh exaspéra Blake. Bianca méritait plus de respect.

— Elle avait seize ans et elle était enceinte de jumeaux.

— Tragique, commenta Hugh. Mais je ne vois pas le rapport avec Rocky. Ou avec moi.

— L'assassin n'a jamais été arrêté. Le dossier a été classé, comme tant d'autres, expliqua Taggart avec une pointe d'amertume qui suggéra à Blake qu'il s'était déjà trouvé dans ce genre de situation. L'enquête menée par la police à l'époque a été bâclée. Mais maintenant, quelle surprise, nous disposons de nouveaux éléments.

— Bravo, commenta Hugh. Je suis étonné que le FBI ait le temps de s'intéresser à cette affaire. Quelque chose m'échappe ? L'assassin est un tueur en série ?

— Une mort brutale suffit, répliqua Taggart.

— Je ne voulais pas suggérer le contraire, affirma Hugh sans s'émouvoir. Il me semble que cette jeune femme travaillait pour Stanley et Abigail Preston, qui vient d'avoir un tragique accident.

Hugh venait habilement d'impliquer son collaborateur, Stanley. Une tentative de manipulation à laquelle Blake répondit en le toisant d'un regard froid et dur. Y avait-il un soupçon d'humanité chez Hugh Waltham ?

Sous les yeux de Blake, Hugh plongea la main dans sa poche et en sortit un canif à manche en corne de bison. Tout en évoquant la regrettable augmentation du nombre de crimes violents, il ouvrit la lame, qui devait mesurer dix bons centimètres. En acier de Damas, dotée de dents près du manche. Il coupa du chorizo et leva les yeux vers Blake, soutenant son regard.

Brandir ce couteau qui avait peut-être servi à taillader les veines de Jordan était un défi manifeste. Ce salaud s'imaginait qu'il était invulnérable, que personne ne pouvait l'arrêter.

Blake avait bien l'intention d'y réussir.

— Votre ex-femme a essayé d'enquêter sur le meurtre de Bianca Hernandez, intervint-il. Elle a déclaré que vous l'aviez aidée à rassembler des preuves.

— Encore une de ses bonnes causes, lança Hugh en coupant une nouvelle rondelle de saucisse. Jordan a toujours eu tendance à défendre la veuve et l'orphelin. Vous lui avez parlé dernièrement ?

Blake demeura impassible.

— Et vous ?

— Elle a emmené les garçons en vacances, mais nous n'avons pas vraiment eu de conversation.

Blake tendit le bras et prit une tranche de chorizo sur l'assiette de Hugh.

— Savez-vous où elle est allée ?

— Pas précisément.

— J'ai mon idée, lâcha Taggart en sortant son téléphone pour montrer à Hugh la vidéo de Jordan au casino. C'est elle à Las Vegas avec votre copain, Caspar Khaled. Elle le bat à plate couture.

Hugh détourna les yeux.

— Jordan a toujours eu un curieux sens de l'humour.

— Je n'ai pas l'impression qu'il s'agisse d'une plaisanterie, rétorqua Taggart. Khaled est venu rendre visite à Rocky hier soir. Et maintenant, vous voilà. Pouvez-vous expliquer cette coïncidence ?

— Les faits et gestes de mon ex ne me concernent pas, riposta Waltham en pointant son couteau vers Blake. C'est à lui que vous devriez demander où elle est.

— Le capitaine Blake ne peut en rien être impliqué dans le meurtre de Bianca Hernandez. Il était cantonné à l'étranger.

— Au Moyen-Orient ? s'enquit Hugh.

— Je pourrais vous le dire, mais ensuite il faudrait que je vous tue, déclara Blake avec un lent sourire suggérant qu'il n'en serait pas fâché, au contraire. La plupart de mes missions sont top secret.

Hugh rangea son couteau.

— J'ai entendu dire que vous alliez prendre votre retraite bientôt. Que vous n'étiez plus apte au service. C'est dommage.

Blake songea qu'il pourrait venir à bout de Hugh les yeux bandés et les mains attachées dans le dos. Il n'était pas surpris que l'homme ait des informations aussi précises sur lui.

— Je serai peut-être basé au Pentagone où je garderai l'œil sur les gens comme vous.

— Si vous avez de la chance, vous finirez peut-être comme garde devant le bureau du Président.

— Un autre poste que vous convoitez, commenta Blake. Et pour lequel vous seriez prêt à éliminer tout ce qui vous fait obstacle.

Au lieu de battre en retraite, Hugh se pencha vers lui. Blake soutint son regard, mais il ne s'agissait pas que de savoir lequel des deux allait baisser les yeux le premier. Waltham lui lançait une mise en garde.

— Je gagne toujours, dit-il avant de s'adresser à Rocky par-dessus son épaule. N'est-ce pas, Rocky ?

— Oui, monsieur, s'empressa de confirmer le comptable.

— Tout individu, homme ou femme, qui essaye de me mettre des bâtons dans les roues le regrettera, reprit Waltham. Il ou elle perdra tout. Peut-être même la vie.

Blake serra les poings, réprimant l'envie de l'étrangler sur-le-champ. Il avait reçu le message.

Hugh Waltham était prêt à tuer pour atteindre son but. Le meurtre de Bianca n'avait été qu'un début. Abigail avait suivi. Désormais, c'était le tour de Jordan.

Blake se leva.

— Excusez-moi. Agent spécial Taggart, j'aimerais vous parler en privé.

Taggart lui emboîta le pas. Après avoir fait un crochet par le bureau pour demander à un autre agent de surveiller Rocky et Hugh, Blake entraîna Taggart dans la luxueuse salle de bains dotée d'une baignoire en marbre et de robinets en or. Il fit couler l'eau de la douche afin de couvrir leurs voix, et parla bas au cas où toute la maison était sur écoute.

— Vous l'avez entendu. Hugh va s'en prendre à Jordan. Il est temps que les enfants et elle soient transférés en lieu sûr.

— Entendu, acquiesça Taggart. Je vais parler à Chester.

Blake tira le téléphone de sa poche.

— Jordan, tu m'entends ?

— Nous sommes sur le point de quitter le chalet pour aller chez Chester.

Son visage apparut sur l'écran. Son sourire était nerveux.

— Les garçons viennent de se rendre compte que c'est Halloween aujourd'hui. Ils se moquent des déguisements, mais ils veulent des bonbons.

— Tu as entendu ma conversation avec Hugh ?

— Oui, pour l'essentiel. J'aurais bien aimé voir ce qui se passait.

Blake se remémora le moment où Hugh avait brandi le couteau qui avait sans doute été utilisé pour lui sectionner les veines et peut-être aussi pour assassiner Bianca. Il frissonna malgré lui, soulagé que Jordan n'ait pu assister à la scène.

— Ton ex-mari est dangereux et nous ne devons pas le sous-estimer. Il risque d'envoyer Khaled ou Gruber s'en prendre à toi. Il est temps que les enfants et toi alliez dans une maison sûre.

— Nous sommes d'accord, assura-t-elle en hochant la tête. Chester et moi en avons déjà parlé. Il va rester avec les jumeaux. Tu peux donner le téléphone à Taggart pour qu'il puisse discuter des détails avec lui ?

— Attends une minute. Et toi ?

— Je ne peux pas terminer mon enquête si je vais me terrer dans un coin, Blake.

Il comprenait qu'elle ait du mal à lâcher prise après des années passées à rassembler des preuves, mais il le fallait.

— Je t'en prie, Jordan. Pars avec les garçons. Laisse le FBI prendre la relève.

— Je ne peux pas renoncer maintenant.

Elle n'allait pas changer d'avis, il le sentait. Malgré tout, il fit une ultime tentative.

— Personne ne te retire le dossier. Tu seras tenue au courant à chaque étape.

— Je sais comment ça fonctionne, rétorqua-t-elle avec l'autorité d'une journaliste expérimentée. Je serai prudente.

Le mieux qu'il puisse faire était de rester à ses côtés et de veiller sur elle.

— Attends-moi, Jordan, plaida-t-il avant de donner l'appareil à Taggart.

Les médecins qui l'avaient soigné étaient peut-être d'avis qu'il n'était plus apte au service actif, mais Blake devait trouver la force d'accomplir cette mission. Il devait protéger Jordan, la défendre contre tous ceux qui lui voulaient du mal.

18

Assise à la table en formica de la kitchenette dans sa chambre de motel anonyme, Jordan fixait sa tasse blanche, regrettant de ne rien avoir de plus fort que du café à boire. Elle aurait bien eu besoin d'un remontant. Quand Chester et les jumeaux s'étaient envolés dans l'hélicoptère du FBI, elle avait feint la gaieté et leur avait adressé des signes jusqu'à ce que l'appareil disparaisse dans les nuages, mais elle sanglotait intérieurement. Quitter ses enfants était un déchirement.

Cependant, ils avaient besoin d'être mis en sécurité.

Et elle devait rester.

Elle avait fait le choix de s'exposer au danger. Et elle l'assumait. Après que le FBI l'avait conduite au motel, un des agents lui avait proposé de rester jusqu'à l'arrivée de Blake, mais elle avait refusé.

Elle était capable de se débrouiller seule.

Elle se leva, gagna la fenêtre et scruta les environs sans soulever les rideaux. L'agent lui avait recommandé de ne pas être trop visible, et elle avait promis à Blake d'être prudente.

Dès qu'elle était entrée dans le motel, elle avait repéré les sorties possibles. De ce côté de la chambre, une porte donnait sur une allée cimentée. De l'autre, elle avait accès à un couloir intérieur, recouvert de moquette. Jordan avait ajouté des verrous amovibles aux serrures existantes, tout en sachant que ces précautions n'allaient pas transformer la chambre en forteresse. Les brutes qui la traquaient pouvaient aisément fracasser une vitre ou faire sauter une serrure d'un coup de feu.

S'ils voulaient la capturer, ils y parviendraient. Mais dans quel but ? Elle avait déjà communiqué toutes ses informations au FBI. Et la preuve la plus solide viendrait forcément des archives comptables de Rockwell.

Au terme de tant d'efforts, elle ne pouvait s'empêcher de se demander si son enquête en avait valu la peine. Une équipe d'avocats de haut vol réussirait peut-être à éviter à Hugh d'être envoyé en prison. Peut-être se tirerait-il d'affaire avec une simple tape sur les doigts. L'inculpation de meurtre, en revanche, était une tout autre question. Et c'était pourquoi Jordan tenait à aller jusqu'au bout.

C'était aussi pourquoi son ex-mari était prêt à tout pour se débarrasser d'elle.

L'imminence du danger pesait lourdement sur Jordan, l'obligeant à se remettre en question. Qui était-elle, au fond ? Plus jeune, elle avait été entièrement dévouée à sa carrière. Elle avait choisi son minuscule appartement à New York à cause de sa proximité avec les journaux et magazines qui lui achetaient des articles. Ses projets de voyage étaient dictés par les actualités du moment. Ses amis étaient des journalistes, des éditeurs ou des détectives qu'elle avait rencontrés dans le cadre de son travail.

Même sa relation avec Blake était née d'un reportage. Où était-il, d'ailleurs ? Jordan tressaillit en entendant une portière claquer sur le parking. Elle se pencha pour voir qui descendait de la berline inconnue qui venait de se garer.

L'occupant de cette voiture était-il Gruber ou un de ses sbires ? Un employé du Magic Lamp ? Avec un peu de chance, ce serait Blake...

C'était bien lui.

Elle reconnut son bonnet portant le logo de la marine américaine, ses épaules larges, ses longues foulées, et le suivit des yeux pendant qu'il gravissait les marches de l'escalier. Il portait un carton à pizza, ce qui la ravit presque autant que sa simple présence.

Elle déverrouilla la porte. Une seconde après qu'il eut toqué, elle l'ouvrit à la volée et attira Blake à l'intérieur, puis referma le battant d'un coup sec.

— Tu as pris ton temps, lança-t-elle en s'emparant de la pizza pour la poser sur le bureau.

Elle revint et tenta de se coller à lui, mais un obstacle l'en empêcha.

— Qu'est-ce que tu as là ?

— Un pack de bières.

Il défit la fermeture de sa parka, sortit le carton et le posa à côté de la pizza.

— On ne peut pas manger une pizza sans boire une bière.

Jordan lui donna un long baiser passionné qui lui coupa le souffle. Hors d'haleine, elle resta entre les bras de Blake, savourant le sentiment de plénitude et de bien-être qu'elle éprouvait. Elle était à sa place.

Inclinant la tête en arrière, elle plongea son regard dans le sien.

— Tu as changé ma vie, Blake. J'ai réfléchi, et c'est la vérité. Avant de te rencontrer, j'étais complètement focalisée sur mon travail de journaliste.

Il replaça une boucle vagabonde derrière l'oreille de Jordan.

— Avant de parler, il faut qu'on ferme la porte à clé.

— Et après, on mange. C'est quel genre de pizza ?

— Une complète. Il y a tout dessus sauf des anchois.

Le bonheur pétilla en elle comme des bulles de champagne. À cet instant, elle n'éprouvait ni peur, ni tristesse, ni colère. Elle n'éprouvait qu'une joie intense. Le reste du monde s'était évanoui, et elle s'abandonna au plaisir d'être enlacée par un homme fort et séduisant. Incapable de s'en empêcher, elle l'embrassa de nouveau.

Elle le regarda mettre le verrou, admirant ses gestes précis. Que ce soit au volant d'une voiture ou une arme entre les mains, il était toujours habile – c'était le genre d'homme sur qui on pouvait compter pour résoudre un problème.

Quand il se retourna vers elle en souriant, elle eut une envie folle de lui caresser le menton, de déposer des baisers sur ses adorables fossettes.

— Comment vont les enfants ?

Elle ne voulait pas retourner à la réalité, ne voulait pas que ses illusions disparaissent. Pas encore. Elle voulait s'accrocher au rêve d'être avec lui…

Que diable lui arrivait-il ? Comment avait-elle pu, ne fût-ce qu'un instant, oublier Alex et Cooper ?

Elle se détourna, fit quelques pas et se laissa tomber sur le bord du lit.

— Je ne suis pas censée leur téléphoner, lâcha-t-elle d'une voix monocorde. Les agents du FBI ne pensent pas que mon téléphone soit tracé, mais ils ne voulaient pas prendre de risque.

— Qu'y a-t-il ? demanda Blake en s'asseyant à côté d'elle. Tu as l'air abattu, tout d'un coup.

Il mit la main sur la nuque de Jordan et la massa doucement.

— Comme je te l'ai dit, j'ai réfléchi à ma vie. Avant de te rencontrer, j'étais journaliste avant tout. Quand je t'ai connu, j'ai goûté à une relation romantique et j'ai eu envie de davantage.

Blake eut l'air fier de lui.

— C'est moi qui ai fait ça ?

— Nous, rectifia-t-elle. Il faut être deux. Je ne sais pas si c'est une question d'hormones ou de destin, mais mon univers a cessé d'être noir et blanc pour se teinter de rose.

Ils échangèrent un nouveau baiser, différent des précédents. Blake prit son temps et la pression de ses lèvres sur celles de Jordan lui rappela le passé et lui fit entrevoir un avenir possible. Le voile de peur et de colère qui l'enveloppait se dissipa un peu. Malgré tout, elle se dégagea.

— Dis-moi ce qui ne va pas, plaida Blake.

— Ma vie a basculé de nouveau quand notre relation s'est terminée. Je suis devenue maman. J'ai découvert un autre but. Les deux premières années, quand les jumeaux étaient bébés, j'étais épuisée, débordée, terrifiée à l'idée que je faisais tout mal. En même temps, je n'avais jamais été aussi heureuse.

Il lui caressa le dos.

— Et qui es-tu maintenant, Jordan ?

— J'essaye de trouver un équilibre entre mon instinct de journaliste et mon rôle de maman à temps plein. Et maintenant, tu es là. Je jongle avec toutes ces balles et je ne peux pas me permettre d'en laisser tomber une seule.

Elle tourna la tête vers lui.

— Je dramatise, tu crois ?

— Un peu, admit-il avec un sourire. Mais j'aime ta ténacité.

— Tu m'as conseillé de renoncer à l'enquête et d'aller en lieu sûr.

— J'ai peut-être parlé trop vite.

— Toi ?

— Ça arrive.

Il haussa les épaules.

— Il me semble que tu peux être les trois. Tu ne peux pas cesser d'être maman. Tu es une journaliste talentueuse et expérimentée. Pourquoi renoncer à cela ? Reste le côté romantique. Je crois que tu peux trouver une place pour moi.

— Ça me plaît que tu fasses des listes, avoua-t-elle en respirant à fond. Mes petites manies déteignent sur toi.

— Je commence à comprendre comment fonctionne l'univers de Jordan. Et je suis heureux de me charger du côté romantique.

Il se leva, prit la main de Jordan et l'encouragea à se lever.

— Mais la pizza d'abord.

Tout en dînant, il lui parla des progrès que Taggart avait faits concernant l'enquête. L'agent spécial avait réprimandé la police de Flagstaff et exigé la réouverture du dossier de Bianca.

— Il a réclamé toutes sortes d'informations et ordonné au médecin légiste de chercher une concordance d'ADN pour les jumeaux de Bianca.

Jordan but une gorgée de bière.

— C'est bien d'avoir ce genre d'autorité. Que va-t-il se passer pour Khaled ?

— Son sort dépend de Rocky. Le comptable nie toute participation à des agissements illégaux, notamment le blanchiment d'argent, mais il est à deux doigts d'accepter de témoigner contre ses anciens employeurs.

Elle grignota la croûte de la pizza, sa partie préférée. Si l'enquête arrivait à son terme sans elle, peut-être devait-elle envisager de rejoindre les jumeaux dans la maison sûre.

— J'ai un numéro d'urgence pour contacter Taggart.

— Moi aussi, déclara Blake.

Il la regarda.

— Il y a autre chose dont je voulais te parler. Toi et moi nous sommes connus il y a sept ans. Tu n'es pas la seule à songer à cette époque-là. Quand je t'ai vue marcher dans la forêt, le vent dans tes cheveux et les joues rosies par l'air frais, j'ai eu l'impression d'avoir remonté le temps. J'étais jeune alors, et j'avais toute ma vie devant moi.

— C'est toujours le cas.

— Je veux redevenir l'homme que j'étais, dans la fleur de l'âge. Tu mérites le meilleur.

Jordan n'était pas sûre de comprendre.

— Tu t'es regardé dans la glace récemment ? Tu n'es pas exactement décrépit, tu sais.

Au lieu de répondre, il se leva, retira le holster qu'il portait à la ceinture et mit son Glock sur la table de nuit. Puis il déboutonna sa chemise.

Elle ravala sa salive.

— Qu'est-ce que tu fais ?

Il retira sa chemise. Seul le tissu mince d'un T-shirt dissimulait son torse.

— Prête ?

Prête à quoi ?

Elle joua le jeu.

Il ôta son T-shirt. Et elle vit les cicatrices. Certaines étaient sombres et formaient de petits bourrelets, des arêtes qui traversaient ses muscles. D'autres n'étaient que des traces plus foncées sur la peau, qui disparaîtraient sans doute avec le temps. Jordan avait été inquiète d'apprendre qu'il avait été grièvement blessé, mais la vue des conséquences rendait l'accident infiniment plus réel. Elle sentait presque sa souffrance. D'après Harvey, les médecins avaient pensé qu'il ne marcherait plus. Cependant, Blake s'était rétabli.

— Je suis si fière de toi, souffla-t-elle.

— Pourquoi ?

— La survie exige plus de force et de courage que le combat.

Elle se leva et s'approcha de lui. Ses doigts suivirent le contour de la plus épaisse des cicatrices, en travers de la partie supérieure du torse. La peau de Blake était brûlante. Il frémit sous les caresses de Jordan, sa respiration devint hachée. Elle savoura sa réaction, qui reflétait le plaisir qu'elle éprouvait.

Elle le poussa sur le lit et fit mine de s'installer à califourchon sur lui, mais il la retint par le bras.

— Pas comme ça. Enlève ton chemisier.

Comme lui, elle dut d'abord retirer son arme, le bâton en titane accroché à sa taille. Les vêtements suivirent. Enfin, nue au-dessus de la taille, elle l'enfourcha, arqua le dos et écarta les bras.

— J'ai changé, moi aussi. Avoir des enfants et les allaiter malmène le corps d'une femme.

— Tu es belle. Vraiment belle.

Le compliment de Blake, émis d'une voix rauque, lui fit l'effet d'une caresse. Elle se pencha vers lui, pressa les seins contre son torse et sentit le bien-être l'envahir.

— Tu m'as manqué.

Il laissa remonter ses doigts sur la colonne vertébrale de Jordan, pianotant sur ses vertèbres.

— J'ai rêvé de toi tout le temps, pensé à toi tout le temps. Surtout sous la douche.

Ils avaient pris tant de douches merveilleuses ensemble.

— Pourquoi ne m'as-tu pas appelée ?

— Tu étais occupée, enceinte d'un autre homme. Et puis tu l'as épousé.

— Le mariage n'a eu lieu qu'après la naissance des jumeaux.

Elle avait repoussé cet engagement définitif aussi longtemps qu'elle l'avait pu. Lorsque les bébés étaient nés, elle avait voulu qu'ils soient inclus dans la vie de leur père.

C'était la pire erreur qu'elle avait jamais commise.

— Ne parlons pas de lui, Blake.

Cette fois, quand leurs lèvres se rencontrèrent, elle goûta la bière et la pizza. Le baiser de Blake se fit plus profond, éveillant en elle un tourbillon de sensations. Les oreilles bourdonnantes, elle s'abandonna à lui. Cependant, quand il tendit la main pour appuyer sur l'interrupteur, elle l'en empêcha.

— Je veux te voir.

— La lumière est trop vive.

Il avait raison.

— Je vais m'en occuper.

Elle se leva et éteignit toutes les lampes à l'exception de celle du bureau. Ensuite, elle mit du jazz en sourdine, car la plainte d'un saxophone et le rythme d'une batterie étaient les meilleurs accompagnements à l'amour. Quand elle retourna au lit, elle vit que Blake avait achevé de se déshabiller et s'empressa de l'imiter.

Puis elle se blottit contre lui, leurs jambes s'entremêlèrent, et elle renonça à prendre le contrôle de leurs ébats. Elle laissa les mains habiles de Blake caresser ses seins, et la chair délicate entre ses cuisses. De baisers en mordillements, il taquina ses sens comme aucun homme ne l'avait jamais fait à part lui.

Quand il la pénétra, elle était prête. Elle avait éprouvé des sensations similaires sept ans plus tôt, lorsqu'ils avaient fait l'amour pour la première fois, mais cette fois le plaisir fut plus intense encore.

Secouée de vagues d'extase, elle ferma les yeux, savourant le présent. En marge de son esprit, une petite voix s'éleva. *Qui suis-je ?*

— Je suis à toi.

Ce n'était pas une remarque féministe, mais c'était la vérité. Blake possédait une part d'elle que personne d'autre ne connaîtrait jamais.

— Tu as dit quelque chose ?

— Je ne veux pas le répéter.

Elle l'observa alors qu'il se levait et s'approchait de la fenêtre. Un instant, elle admira son dos, en dépit des cicatrices qui le zébraient.

— Que fais-tu ?

Il écarta le rideau, révélant une épaisse couche de neige blanche qui se détachait sur le ciel nocturne.

La tempête était arrivée.

19

— J'ai changé d'avis, déclara Jordan. Je ne peux rien faire de plus pour cette enquête. Il est temps que je rejoigne les enfants en lieu sûr.

Soucieux de leur sécurité, Blake referma le rideau et revint vers le lit où elle était étendue, adossée aux oreillers, le drap autour des hanches. Il la rejoignit et contempla son ravissant visage avant de souder son regard au sien.

— Je suis désolé, dit-il.

— À propos de quoi ?

— Tu ne peux pas aller dans la maison sûre du FBI maintenant. Pas avant que Hugh ait été arrêté. Les enfants sont plus en sécurité sans toi.

Elle inclina la tête de côté et le fixa.

— Je ne comprends pas.

Et il ne voulait pas s'expliquer. Il aurait de loin préféré lui faire l'amour de nouveau, jusqu'à ce qu'ils soient l'un et l'autre trop épuisés pour bouger.

Il enroula un bras autour de sa taille.

— Peut-être qu'on devrait attendre. On pourra parler demain matin.

Elle repoussa sa main sans ménagement.

— Non, nous allons parler tout de suite. Tu ne m'as pas tout dit, c'est ça ? Pourquoi ne puis-je pas voir mes enfants ?

— Quand tu écoutais la conversation chez Rocky, tu ne voyais pas ce qui se passait.

— Non, admit-elle, perplexe. Hugh a sorti un pistolet ? Quoi ?

Son ex-mari avait donné l'apparence de la civilité. En tant que politicien, il avait appris à masquer sa conduite sous des paroles trompeuses.

— Rocky avait mis des plats de fromage et de charcuterie sur la table.

— Je sais. Hugh l'a complimenté.

Elle fronça les sourcils.

— Dis-moi ce qui s'est passé.

— Hugh a sorti un couteau de la poche de sa veste. La lame était en acier de Damas, elle devait mesurer dix bons centimètres. Et elle était dentelée du côté du manche.

Il prit tendrement sa main entre les siennes et caressa la cicatrice qu'elle avait au poignet.

— L'arme du crime.

Elle cilla, comme pour chasser les images de la scène qu'il évoquait, mais elle ne pouvait échapper aux faits. Le couteau qui avait tué Bianca appartenait à Hugh. C'était lui l'assassin… et cela signifiait aussi que c'était lui qui l'avait attaquée. Comme Blake observait Jordan, il vit le moment où cette évidence s'imposa à elle. Jusqu'alors, elle n'avait pas envisagé que son mari ait été son agresseur.

Elle se souvenait que Gruber l'avait endormie à l'aide d'un pistolet paralysant, et avait présumé que c'était lui qui lui avait tailladé les poignets.

— Incroyable, souffla-t-elle. Comment a-t-il pu faire une chose pareille ? Nous avons été mariés. Je suis la mère de ses enfants.

Aucune parole ne pourrait combler la profondeur de sa déception, de sa douleur. Son ex-mari était un monstre. Jordan lâcha un gémissement et se laissa aller contre le torse de Blake. Ses épaules tremblaient, sa respiration était saccadée. Tout au fond de son être, elle avait dû encore chérir les souvenirs des moments où Hugh, les *jumeaux et elle* formaient une famille. Et elle n'avait pu s'empêcher d'espérer qu'Alex et Cooper finiraient par avoir une relation affectueuse avec leur père.

Blake la tint contre lui, espérant absorber un peu de sa peine, attendant qu'elle surmonte son choc. Quand elle leva enfin la tête vers lui, ses yeux étaient secs.

Plus de larmes pour Hugh.

Bien.

— Il ne peut pas se permettre de te laisser parler aux forces de l'ordre, murmura-t-il. L'attaque qu'il t'a fait subir voici trois mois est la preuve de sa culpabilité. Tes cicatrices en sont la preuve.

— Elles sont identiques à celles de Bianca. Causées par la même arme. Une arme qui appartient à mon ex-mari.

Un frisson la parcourut.

— Et s'il la jetait ? Ou qu'il la donnait à Gruber ?

— Taggart et moi l'avons vue tous les deux. Je pense qu'il y a d'autres témoins. Et des photos ici ou là.

— Taggart aurait quand même dû la confisquer comme pièce à conviction.

— Il ne voulait pas que Hugh se doute de quoi que ce soit.

— Cette stratégie ne me plaît pas, soupira-t-elle. Hugh est doué pour jouer au chat et à la souris.

— Je mise sur Taggart. Hugh ne va pas s'en tirer cette fois.

Elle se leva et alla droit au bureau afin de prendre un bloc-notes et un feutre dans son sac.

— On a besoin d'un plan.

Sa réaction ne surprit pas Blake le moins du monde. Il savait que Jordan contiendrait sa colère et sa frustration aussi longtemps que c'était nécessaire. Elle voulait se mettre au travail, conclure son enquête en dépit de Hugh et de ses sbires, et de la tempête de neige qui faisait rage.

— Je suis fier de toi, dit-il.

Elle enfila la chemise à carreaux qu'il portait plus tôt et qui était assez large pour faire trois fois le tour de sa taille.

— Premièrement, on définit l'objectif.

Par chance, il avait été attentif lors de son expédition avec Taggart. Il se laissa aller contre les oreillers et croisa les bras derrière la tête.

— Les enquêteurs du FBI, dirigés par Taggart, ont été en contact avec les procureurs de Denver.

— Le fait que certains éléments aient été obtenus par des moyens illégaux ne pose pas de problème ?

— Dans une certaine mesure, si. Mais la plupart de ces juristes pensent que tu es géniale.

Les lèvres de Jordan dessinèrent un lent sourire.

— C'est parce que je le suis.

— Ils sont en train de construire un dossier inattaquable sur Hugh et ses associés. Ils t'attendent. Tu es la dernière pièce à conviction. Dès que tu auras donné ta déposition, tous les membres du gang seront inculpés et détenus dans l'attente du procès.

— Mais ils pourront quand même être libérés sous caution, objecta-t-elle. Nous ne serons pas en sécurité si Hugh est en liberté. Les enfants et moi serons peut-être coincés dans une maison sûre des mois durant.

— C'est vrai, admit Blake.

Il n'était pas un expert juriste, mais Taggart avait répondu à cette question pour lui.

— La libération sous caution serait possible pour les délits de fraude, extorsion et blanchiment d'argent. Mais pas pour le meurtre d'une mineure enceinte. Surtout si on tient compte de l'agression dont tu as été victime.

— Et du prétendu accident d'Abigail, ajouta-t-elle.

— Un juge honnête ne le libérera pas. Qu'il soit un ami du président ou non.

— Et le Dr Merchant ? Ce charlatan va-t-il aller en prison ?

— Taggart pense que oui.

Le psychiatre avait d'ores et déjà regagné Aspen, mais Khaled et ses hommes étaient encore dans les parages.

— Ils vont tous payer.

— Comprends-moi bien. Il ne s'agit pas de vengeance, expliqua-t-elle en se pelotonnant contre lui. Enfin, peut-être un peu. Mais surtout, c'est une question de justice. Ces hommes ont fait des choses terribles et ils doivent être punis.

Il déposa un baiser sur la tête de Jordan, inspirant le parfum de son shampooing au jasmin.

— Demain, nous irons à Denver voir le procureur.

— Demain ? Pourquoi pas maintenant ?

— Je pourrais te dire que c'est parce que Hugh et Gruber sillonnent les routes à notre recherche. Sans parler de Khaled et de ses hommes. Il y a un certain nombre de gens qui ont intérêt à t'empêcher de parler au procureur.

— Tu veux dire que tu ne te sens pas de taille à risquer une course-poursuite en montagne ?

— Pas dans la Malibu de Chester. Je veux dire, c'est une bonne petite voiture, mais elle n'est pas conçue pour rouler à ces vitesses-là.

— Comment se fait-il que tu aies cette voiture ?

— Taggart et ses hommes ont pris la Land Rover et la Silverado. Je n'ai pas eu le choix.

— Et notre Chevy ?

— Elle est au chalet.

Il se leva, enfila son jean et retourna à la fenêtre. Cette fois, quand il tira le rideau, la neige tombait presque à l'horizontale.

— C'est un vrai blizzard maintenant.

Elle vint le rejoindre.

— Je n'ai pas fait tout ce chemin pour être vaincue par la météo.

— On prévoit des vents forts et des chutes de neige de dix à vingt centimètres d'épaisseur, déclara-t-il, mais la tempête n'est pas censée durer très longtemps. D'ici à demain midi, elle devrait s'apaiser.

— Dans ce cas, je suppose que nous sommes bloqués ici jusque-là.

— Désolé.

Il ferma le rideau, prit la main de Jordan et la guida vers le lit.

— Côté positif, on a le temps de terminer la pizza et la bière.

— Ne te fais pas d'illusions, Blake. J'ai encore une foule de choses à organiser.

— Je n'en doute pas, soupira-t-il, résigné.

— Il faut qu'on prépare notre itinéraire, décréta-t-elle. Si tous ces gens sont à notre recherche, nous devons prévoir un autre moyen de quitter Ice Mountain.

Blake fit la moue.

— Beaucoup de routes ne figurent pas sur la carte, et la plupart rejoignent des axes principaux. Par chance, j'ai passé pas mal de temps ici.

— Tu connais la montagne comme ta poche.

— Oui, mais je te préviens. Les petites routes ne seront pas dégagées. Nous n'allons pas avancer très vite.

— Par où commençons-nous ? demanda-t-elle, prête à prendre des notes.

— On retourne au chalet.

— C'est la direction opposée à celle de Denver.

Cela paraissait illogique, mais prenait son sens si on considérait le tableau d'ensemble.

— Il y a un chemin gravillonné qui zigzague jusqu'au col. Il n'est pas facile même par temps normal. Personne ne va nous suivre.

— Et ensuite ?

— Dès que je saurai que nous sommes hors de danger, j'appellerai Taggart. Le FBI nous emmènera à Denver.

— C'est sensé, jugea-t-elle.

— Tu trouves ?

Elle remit le capuchon sur son feutre et le posa.

— Disons que c'est notre première option.

Il était surpris qu'elle accepte sa proposition aussi volontiers.

— Ça te fait drôle de laisser quelqu'un prendre la direction des opérations ?

— Pas du tout. Je ne me considère pas comme une super-héroïne.

— Ah non ?

— Non, dit-elle en faisant glisser la chemise sur son épaule, révélant sa peau lisse et crémeuse.

— J'aime le tour que prend cette conversation, murmura-t-il en découvrant son autre épaule.

Pour toute réponse, Jordan se hissa sur la pointe des pieds et lui offrit ses lèvres.

Le lendemain matin, quand Jordan sortit du motel dans la lumière grisâtre de l'aube, elle eut l'impression d'avoir pénétré dans une boule à neige. La bise glacée faisait tournoyer les gros flocons blancs, un profond silence régnait sur le parking sommairement déblayé. Les branches des sapins, lourdes de neige, touchaient presque le tapis blanc, épais d'une vingtaine de centimètres, tombé au cours de la nuit.

Elle portait des gants et un bonnet, mais ne s'était pas acheté d'après-ski lorsqu'elle avait fait des courses pour les enfants. Une omission qu'elle regrettait à chaque pas.

Blake avait déjà approché la Malibu et laissé le moteur en marche pour réchauffer l'habitacle. Elle monta dans la voiture, boucla sa ceinture et s'autorisa à se détendre un peu. La présence de Blake lui faisait un bien fou.

— Taggart nous a donné rendez-vous dans une crêperie à côté de son hôtel, annonça-t-il.

Jordan se sentit soulagée. Cette enquête cauchemardesque était presque à son terme. À partir de maintenant, elle n'avait plus qu'à parler au procureur et lui dire la vérité. Elle n'avait plus de raison d'être nerveuse. Et pourtant, quand son téléphone crypté vibra dans la poche de sa veste, son cœur manqua un battement. Elle était stupéfaite. Un appel ! C'était curieux. Spike avait l'habitude de communiquer exclusivement par texto.

Le numéro qui s'affichait à l'écran lui était inconnu.

— Qui est à l'appareil ? demanda-t-elle, méfiante.

— Ne raccrochez pas. C'est Caspar Khaled.

Elle scruta le pare-brise, puis sa gauche et sa droite, comme si elle allait d'une seconde à l'autre apercevoir le géant du Magic Lamp debout dans la rue.

— Comment avez-vous eu ce numéro ?

— Votre copain, Taggart. Il a une taupe dans son équipe.

— Je ne vous crois pas.

Khaled était un des proches de Hugh. Elle ne pouvait lui faire confiance.

— Écoutez, Jordan, je suis un homme d'affaires. Dans mon casino, il m'arrive de contourner un peu la loi pour ne pas payer trop d'impôts, mais je ne suis pas un criminel.

— Pourquoi voudriez-vous m'aider ?

— Je crois au karma, répondit-il. Je ne suis pas un meurtrier. Je ne suis pas comme Hugh.

— Continuez, murmura-t-elle à regret.

— Vous allez droit dans un piège.

Il coupa la communication. Le téléphone encore à la main, Jordan hésita. La voix avait ressemblé à celle de Khaled et sa remarque sur le karma concordait avec le personnage. S'il avait dit vrai, Blake et elle devaient éviter le rendez-vous et s'enfuir seuls, comme ils l'avaient prévu la veille. Puisqu'ils ignoraient qui, dans l'équipe de Taggart, les avait trahis, tout contact était risqué.

Dramatisait-elle ? Cet appel était-il une ruse ?

Déjà, le néon tape-à-l'œil de Pancake Pete se détachait sur le ciel pâle. De l'autre côté de l'intersection, les phares de deux 4x4 noirs étaient braqués sur leur petite Malibu. Le genre de véhicule que Hugh affectionnait.

Elle se tourna vers Blake.

— Changement de plan.

20

Sur les instructions de Jordan, Blake fit un brusque demi-tour et prit une route à gauche, en direction de l'ouest. Les pneus arrière de la berline – qui n'était pas un véhicule idéal pour circuler dans la neige – dérapèrent sur la chaussée glacée alors qu'ils passaient devant Pancake Pete sans s'arrêter. Dans le parking, il vit la Land Rover que Taggart avait empruntée, et la Silverado qu'il aurait aimé conduire.

— Il y a eu une fuite dans l'équipe de Taggart, expliqua Jordan en se tortillant sur son siège pour scruter la vitre arrière. Ces deux 4x4 nous poursuivent. Nous avons failli tomber dans une embuscade.

— Qui t'a avertie ?

— Khaled.

Avant qu'il puisse exprimer son incrédulité, elle reprit :

— Je sais ce que tu penses. Mais quelqu'un a assez confiance en lui pour lui avoir donné mon numéro secret. Je vais envoyer un texto à Spike.

Pour sa part, Blake se méfiait comme du diable du propriétaire du Magic Lamp. Cela dit, il ne pouvait nier la présence de deux 4x4 aux vitres teintées derrière eux.

— Qu'est-ce qu'on fait ?

— Tu te souviens du plan qu'on avait avant de décider de retrouver Taggart ?

Blake acquiesça. Il avait encore en tête la carte des petites routes qui sillonnaient Ice Mountain. Jordan et lui formaient une bonne équipe. Elle gérait la stratégie et lui l'action. Il appuya sur la pédale d'accélérateur et accéléra, dépassant de loin la vitesse maximum autorisée en ville, surtout en pleine tempête de neige.

— Accroche-toi.

Elle émit un petit bruit nerveux.

— Ne nous tue pas, d'accord ?

— Ne t'inquiète pas. Je sais ce que je fais.

À la sortie de la ville, le trafic était presque inexistant. Sans l'épaisse couche de neige fraîchement tombée, Blake aurait filé comme une flèche. Un gros camion équipé d'un chasse-neige à l'avant lui donna une idée. Il fit un tête-à-queue, tournant la Malibu de manière à se retrouver immédiatement derrière le chasse-neige, sur la chaussée dégagée.

Il jeta un coup d'œil à Jordan, qui se cramponnait à son téléphone et fixait le pare-brise d'un air terrifié.

— On est encore vivants ?

— Nous allons retourner à la crêperie.

— Sûrement pas ! Taggart a un traître dans son équipe. On a plus de chances de s'en sortir tout seuls.

— Pas pour nous joindre au FBI.

Il se baissa et fit tinter les clés de contact. Chester gardait toutes ses clés de voiture sur chacun de ses trousseaux.

— On va voler la Silverado de Chester.

— Pourquoi ?

— Cette Malibu ne fera pas l'affaire sur les petites routes. Il nous faut un 4x4. Et un moteur plus puissant. Je vais me garer à côté de la Silverado, ajouta-t-il, et tu vas sauter à l'intérieur.

Dès qu'il sortit de la voie dégagée, la Malibu ralentit, gênée par la neige accumulée sur la chaussée, confirmant à Blake qu'il avait pris la bonne décision. Au centre d'une intersection, il braqua d'un coup sec et fit demi-tour.

Jordan hurla.

— C'est bon, assura-t-il.

— Laisse-moi descendre !

— Je ne peux pas faire ça.

— Pourquoi pas ?

Un coup de feu éclata dans l'air glacé.

— Voilà pourquoi, répondit-il.

Pied au plancher, il s'engouffra dans le parking de la crêperie, puis écrasa la pédale de freins et dérapa sur le côté, ce qu'il trouva assez cool. Jordan hurla de nouveau.

Ils étaient à côté de la Silverado. Il manœuvra de façon que la portière de Jordan soit directement alignée à celle du 4x4. Elle n'aurait qu'à esquisser trois pas pour grimper dans la cabine.

Il attrapa son sac sur la banquette arrière, ouvrit sa portière à la volée et s'abrita derrière tout en ripostant. L'endroit n'était pas idéal pour une fusillade. Il se rua à l'arrière de la Malibu et courut de l'autre côté de la Silverado pour déverrouiller les portières, puis s'accroupit et commença à tirer pour détourner l'attention de leurs poursuivants.

C'était le moment. Jordan devait changer de voiture.

— Vas-y ! cria-t-il.

— J'essaye ! rétorqua-t-elle.

Les secours vinrent d'une direction inattendue. Blake vit Taggart et deux de ses agents faire irruption sur le parking et s'avancer en triangle, tirant sur les 4x4 noirs. Le conducteur de l'un d'eux démarra en trombe et fila.

— C'est bon ! cria Jordan.

Blake se jeta sur le siège conducteur et tourna la clé de contact. Le moteur émit un rugissement féroce. Oui, c'était exactement le genre de véhicule dont il avait besoin.

— Ça va, Jordan ?

— Je ne suis pas blessée, je ne saigne pas. Vas-y !

Il enclencha la marche arrière et sortit du parking en direction de l'ouest. Les pneus cloutés adhéraient à la chaussée en dépit de la neige. Le 4x4 n'était pas des plus confortables, mais il était adapté au temps.

Blake jeta un coup d'œil dans le rétroviseur.

— Personne derrière nous.

— C'était dingue, dit-elle d'une voix qui tremblait un peu. Promets-moi de ne jamais refaire un truc pareil.

— Tu as froid ?

— Mes baskets sont trempées, et mes pieds sont de vrais glaçons.

— Attache ta ceinture. Je vais monter Ice Mountain aussi vite que possible. Et je suis assez sûr que la route n'a pas été déblayée.

Il esquiva un camion arrêté à un carrefour, marmonnant des excuses que l'autre conducteur n'entendrait jamais. Blake n'aurait pas la possibilité d'expliquer qu'il n'était pas un chauffard, mais que, au contraire, il avait été très bien entraîné dans l'art de la conduite et qu'il avait servi de chauffeur à des diplomates du plus haut niveau à Beyrouth, Damas, Abu Dhabi et Moscou.

Il soupçonnait que Jordan ne serait guère impressionnée par cette explication. Elle semblait se focaliser sur son téléphone pour éviter de regarder dehors.

— Ça va ? demanda-t-il.

— Mieux vaut que je ne regarde pas. Comme ça, je ne peux pas voir cette Volkswagen que tu es sur le point de percuter. Ou les trois types sur le trottoir. Et le bus ! Blake, fais attention au bus !

— Il serait peut-être utile que tu ouvres l'œil au cas où les 4x4 réapparaîtraient.

— J'en ai assez vu.

Elle ferma les yeux un instant, puis les rouvrit.

— J'en ai trop vu. C'était Ray Gruber au volant d'une de ces voitures. Je l'ai reconnu.

Jordan fixait l'écran de son téléphone comme si c'était une boule de cristal capable de prédire l'avenir. Elle avait beau savoir que Gruber ne lui avait pas tailladé les veines, elle avait peur de lui quand même. Lui et les autres membres du service de sécurité de Hugh étaient une force maléfique, prête à obéir aux ordres de son ex-mari sans se poser de questions.

— Gruber le gorille, répéta Blake.

Il venait de s'engager sur la voie express. Quand elle osa relever la tête, elle vit un long ruban d'asphalte se dérouler devant eux. Aucune autre voiture n'était visible. Blake roulait vite, sans doute trop vite, mais elle n'allait pas se plaindre. Plus vite ils s'éloignaient de Gruber et de son gang, mieux cela vaudrait. Au bout d'une demi-heure, elle commença à se réchauffer un peu. Ses pieds étaient encore froids, mais plus tout à fait gelés.

Elle se redressa et jeta un coup d'œil vers Blake.

— Je t'ai remercié de m'avoir sauvé la vie ?

— Je crois. Juste après m'avoir accusé d'essayer de te tuer.

Le téléphone de Jordan sonna. Encore un numéro inconnu.

— Qui est à l'appareil ?

— Ton geek préféré, lâcha Spike. Et dis-moi merci quand tu veux.

Il parlait avec un accent curieux, qui aurait pu être français ou swahili. Jordan avait depuis longtemps renoncé à essayer de deviner d'où il était originaire. Elle mit le haut-parleur.

— De quoi devrais-je te remercier ?

— Caspar Khaled. J'avoue que nous l'avons mal jugé. Il travaille pour le FBI.

— Je ne comprends pas.

Quand Khaled avait-il changé de camp ? Comment Taggart pouvait-il avoir un traître dans son équipe ? Et surtout, qui était-ce ?

— Quel agent nous a trahis ?

— Je ne sais pas. Gardez vos distances avec eux tous.

— Y compris Taggart ? demanda-t-elle en regardant Blake, qui conduisait la voiture d'une main, même dans les virages en épingle. On peut lui faire confiance ?

— Sans vouloir ergoter sur les détails, ma chère Jordan, il ne s'agit pas de confiance. Tu as une mission. Un plan. Un seul.

— Aller à Denver et parler au procureur, Orville Peterson.

— Exactement. Donne-moi votre position.

Blake intervint.

— Nous sommes à environ un kilomètre et demi du chalet, ce qui signifie que nous sommes à cinq kilomètres de la vieille route qui longe la crête nord d'Ice Mountain.

Jordan étouffa un gémissement. Ils étaient déjà passés par là. C'était un chemin coincé entre la falaise d'un côté et le précipice de l'autre.

— Il n'y a pas d'autre route ?

— Vous feriez mieux d'en trouver une, déclara Spike. Si vous suivez la crête, vous allez vous trouver nez à nez avec un des 4x4.

— Comment le savez-vous ?

— J'ai piraté leur système GPS. Et ne pensez même pas à faire demi-tour. L'autre 4x4 est derrière vous. Et il se rapproche.

— Des suggestions ? lança Jordan, admirative mais de plus en plus angoissée.

— Faites le tour du lac. Il y a une autre route à partir de Chipmunk Creek. Elle va vous faire faire des kilomètres dans la mauvaise direction, mais je ne vois pas d'autre solution.

— Merci pour votre aide, répondit Blake. Tenez-nous au courant.

Jordan coupa la communication.

— J'ai un plan, annonça-t-elle aussitôt.

— Pourquoi est-ce que je ne suis pas surpris ?

— Il n'est peut-être pas brillant, mais c'est mieux que de conduire sans but autour du lac en espérant éviter Gruber et ses acolytes.

Elle se pencha vers lui, scrutant le pare-brise.

— Le temps est incroyable au Colorado. La tempête est finie et le soleil essaye déjà de percer. On devrait en tirer parti.

Blake lui décocha un regard intrigué.

— Comment ?

— En voyageant par la voie des airs.

Pour autant qu'elle le sache, il y avait toujours un hélicoptère chez Chester. Elle savait piloter et Blake aussi.

L'idée lui était venue juste à temps. Quand ils passèrent devant le chalet sans s'arrêter, elle aperçut le 4x4 noir derrière eux. Blake engagea leur véhicule dans l'étroit chemin qui descendait au lac. Apparemment, il avait son propre plan.

— Où allons-nous ?

— Avant de voler, nous allons nager. Enfin, presque. Nous pouvons échapper aux types qui nous suivent en prenant le hors-bord de Chester. Il est encore amarré au ponton.

Elle n'aurait pas fait ce choix, mais il était sensé. Quand Blake se gara, elle dut se faire violence pour quitter la chaleur de l'habitacle. La neige lui arrivait aux chevilles. Elle se fraya péniblement un passage en direction du petit ponton en bois. Derrière elle, Blake tendit la main et glissa les clés dans sa paume.

— C'est le rouge.

— Je sais.

Dans sa main gauche, il tenait un pistolet semi-automatique. Il attira Jordan à lui et lui donna un baiser passionné. Puis il leva son arme et visa le 4x4 qui venait de s'arrêter derrière leur véhicule.

Elle s'avança sur le ponton aussi vite qu'elle en était capable. Si elle parvenait à atteindre le bateau sans tomber, la partie serait à moitié gagnée. Sinon… il y avait de pires manières de mourir que de se noyer dans des eaux glacées.

22

Après l'explosion qui avait menacé de mettre un terme à sa carrière, Blake n'avait jamais envisagé de se retrouver un jour dans une situation de combat. Les fusillades ne faisaient pas partie du quotidien du commun des mortels. Cependant, à cet instant, sa formation et son expérience de tireur d'élite étaient un atout précieux, de même que le Remington semi-automatique, une arme remarquable, dotée d'une excellente portée.

Trois hommes descendirent du 4x4, pistolet au poing. Gruber se joignit à eux. De là où ils se tenaient, sur la pente tapissée de neige au-dessus du véhicule, ils pouvaient peut-être apercevoir Jordan qui se faufilait vers le bateau, mais leur vue n'était pas dégagée.

Blake tira en l'air en guise d'avertissement. Les hommes se dispersèrent aussitôt.

Tapi derrière le 4x4, Gruber cria :

— Cessez le feu ! On peut s'arranger, non ?

— Exact, rétorqua Blake. Vous êtes libres de vous en aller.

— Laissez tomber. Vous êtes seul contre quatre. Vous n'avez aucune chance.

— C'est ce qu'on va voir.

Un échange de coups de feu suffit pour que Blake blesse un homme et effraye les autres. Il évita les tirs mortels. Il n'y avait aucune raison que ces imbéciles meurent pour leur employeur. L'unique objectif de Blake était de les refouler assez longtemps pour que Jordan et lui puissent s'enfuir.

Jetant un coup d'œil par-dessus son épaule, il l'aperçut dans la cabine du petit hors-bord rouge. Le bateau était toujours amarré, mais elle démarra. Le moteur crachota deux fois, puis se tut. Blake émit une prière silencieuse. Chester était le genre d'homme qui veille à entretenir scrupuleusement tout son matériel. Le bateau allait forcément démarrer !

Si Gruber restait à l'abri, ses hommes, eux, n'hésitaient pas à prendre des risques. Blake en toucha un à la cuisse – la blessure ne serait pas fatale, mais elle fut suffisante pour le faire chuter.

Le ronronnement rassurant du moteur s'éleva au bout du ponton. Après quelques derniers coups de feu, Blake commença à descendre la pente. Zigzaguant entre les arbres, il s'arrêta tous les trois ou quatre mètres pour viser et tirer de nouveau.

— Vite ! cria Jordan.

— Baisse-toi !

La neige sur le ponton fondait déjà, et la surface était glissante. Il mit une éternité à atteindre le hors-bord. Enfin, il détacha l'amarre et sauta sur le pont arrière, restant face à la colline où les véhicules étaient garés pour maintenir Gruber et ses sbires à distance.

Jordan tenait la barre, et le petit bateau rouge filait sur l'eau calme. La tempête s'était apaisée, et les nuages se dissipaient à l'est, cédant la place à un ciel bleu, porteur d'espoir.

Blake se glissa sur le siège à côté de Jordan.

— Tu veux que je te remplace ?

— S'il te plaît.

Avec un frisson, elle s'éloigna du bord.

— Je n'ai jamais eu aussi froid.

Pour sa part, Blake transpirait sous sa parka. Un effet de la poussée d'adrénaline, mais il savait qu'il n'allait pas tarder à grelotter aussi.

— Ce soir, nous dormirons à l'hôtel et nous prendrons un bain bien chaud.

— Le rêve.

Elle s'entoura de ses bras.

— Je vais retirer mes baskets dès que nous serons à bord de l'hélico. Elles sont complètement glacées.

— On arrive bientôt.

— Déjà ?

— C'est la maison de Chester là-bas. J'en suis sûr parce qu'il n'y a pas beaucoup de gens qui ont un hélico devant chez eux.

Par chance, la neige tombée sur l'appareil avait été déblayée. Le pilote avait dû faire une sortie ce matin-là.

— Il va falloir une bonne demi-heure à Gruber et à ses copains pour faire le tour du lac. Cela dit, on devrait se dépêcher quand même. Je me méfie du temps.

— Et du FBI, ajouta-t-elle.

Il guida le bateau vers le ponton, l'amarra et tendit la main à Jordan pour l'aider à descendre.

— Je viens de me rendre compte que je ne t'ai jamais demandé si tu savais conduire un bateau.

— J'ai appris au lycée, à Boston. Et n'oublie pas que je sais aussi piloter un hélicoptère. Emily m'a appris les bases.

Elle se cramponna à son bras alors qu'ils empruntaient le ponton en bois pour gagner la rive, et cela plut à Blake. Il aimait ce rôle de protecteur.

— Je vais monter jusqu'au chalet et trouver le pilote. Inutile que tu grimpes jusque là-haut. Attends-moi à côté de l'hélico.

Avant qu'il s'éloigne d'elle, Jordan lui captura le bras et l'attira vers elle. Sur l'autre rive, il lui avait donné un baiser pour lui porter chance. Maintenant, c'était son tour. Ses lèvres étaient douces. En dépit de ce qu'elle avait dit à propos du froid, il sentait la chaleur de son corps. Bien que tenté de s'attarder, il recula d'un pas et pivota.

— Je reviens avec le pilote.

Par-dessus son épaule, il la vit sortir son téléphone de sa poche et répondre à un appel. À mi-chemin du chalet de Chester – deux fois plus grand que le sien –, il l'entendit l'appeler. Quand il se retourna, elle agitait frénétiquement les bras, lui faisant signe de revenir.

— Qu'y a-t-il ?

— N'entre pas !

C'était absurde.

— Pourquoi pas ?

— C'est Spike au téléphone. Il dit que la maison est piégée !

Spike avait été une source d'information fiable jusqu'à maintenant. Mais si le chalet était piégé, où se trouvait le pilote ? Blake remarqua soudain plusieurs empreintes de pas entre la maison et l'héliport. Que diable se passait-il ?

L'air autour de lui semblait lourd, intense, comme si une chape sombre avait englouti le ciel bleu. Le souffle de l'explosion le percuta, le projetant à terre avant même qu'il ait entendu le vacarme assourdissant. Il tenta désespérément de se relever mais en fut incapable. Des flammes orangées, des tourbillons de fumée noire s'élevaient autour de lui. Au lieu de la neige, du ciel et des arbres, il revit ses hommes, ses amis, qui avaient failli mourir avec lui sur une route isolée au Moyen-Orient. Revit leurs corps abîmés, couverts de sang.

Il ferma les yeux, paralysé par le souvenir de la souffrance.

Dans sa tête, il identifia les symptômes. Des hallucinations, des sensations qui obscurcissaient la réalité, l'incapacité de bouger. Il était en proie à un flash-back et ne pouvait rien faire pour l'empêcher.

Jordan fixait le chalet en feu, atterrée. La porte d'entrée était béante, la terrasse détruite, le toit s'était à demi effondré. Elle ne pensait pas que Blake avait été assez proche pour être blessé, mais il était étendu dans la neige, immobile.

Elle se précipita dans la pente, luttant pour se frayer un chemin dans la neige glacée. Le téléphone sonna de nouveau dans sa main, et elle le porta à ses oreilles.

— Jordan ? Tu vas bien ?

La voix de Spike.

— C'est Blake. Il ne bouge pas.

— Il faut que tu le sortes de là. Tout dépend de toi.

— Et le pilote ? Il était dans le chalet ?

— C'est lui le traître.

La réponse de Spike la percuta avec la violence d'un coup de poing dans le ventre. Le pilote avait transporté les enfants jusqu'à la maison sûre. Chester lui avait téléphoné la veille pour lui dire qu'ils allaient bien, mais le pilote savait où ils étaient.

— Il a piégé la maison ?

— Sans doute. Tu pourras enquêter plus tard. Dans l'immédiat, aide Blake à monder dans l'hélico et filez.

— J'ai une dette envers toi, Spike.

— Exact.

Sur quoi il raccrocha. Jordan fit les derniers pas qui la séparaient de Blake et s'agenouilla à côté de lui. Il s'était tourné sur le côté et se couvrait le visage d'une main.

— Blake, ça va ? demanda-t-elle en lui effleurant le dos.

En un éclair, il se redressa et la prit à la gorge. Les pupilles dilatées, il la regardait sans la voir. L'explosion avait réveillé son traumatisme.

— Blake, dit-elle d'une voix étranglée. C'est moi, Jordan.

Il cilla et la lâcha aussitôt.

— Qu'est-ce que j'ai fait ?

— Il faut qu'on s'en aille avant que Gruber nous rattrape, dit-elle en l'aidant à se lever. Viens avec moi. On va à l'hélico.

— Le pilote. Il n'était pas dans le chalet, si ?

— C'est lui le traître. Il faut qu'on avertisse Taggart.

Blake se remit debout et fit quelques pas. Bien qu'apparemment indemne, il marchait en boitant et tenait son bras gauche bizarrement. Son corps semblait revivre les blessures qu'il avait subies lors de l'explosion.

Il s'appuyait sur elle, mais Jordan n'était pas assez forte pour le soutenir. Blake pesait deux fois plus qu'elle. Comme il marquait une pause pour reprendre haleine, elle l'encouragea à avancer.

— On y est presque.

— Pars sans moi. Il faut que tu ailles à Denver.

— Ne dis pas de bêtises.

— Quoi ?

— Je ne vais pas te laisser ici, riposta-t-elle.

Ce n'était pas le moment d'être chevaleresque. Ils devaient survivre.

— Tu me donnes espoir. C'est toi qui me donnes envie d'aller de l'avant.

— Moi et les jumeaux.

— Oui, acquiesça-t-elle en le traînant vers l'hélicoptère.

— Épouse-moi, Jordan.

La demande en mariage aurait eu plus d'impact s'il n'avait pas été à demi-inconscient. Elle le hissa à bord de l'appareil, où il s'effondra sur le siège arrière. Le tableau de bord avait l'air passablement plus compliqué que celui de l'hélico de tourisme d'Emily, mais Jordan se dit qu'elle allait s'en tirer. De toute façon, elle n'avait pas le choix.

Un bruit s'éleva derrière son épaule. Elle se retourna et vit une silhouette se détacher des ombres à l'arrière du fuselage.

Son ex-mari venait vers elle.

Jordan eut un geste de recul.

— J'aurais dû prendre le fusil, marmonna-t-elle.

— Tu aurais dû, oui.

Il arborait son habituel sourire éclatant – un contraste horrible avec l'incendie qui faisait rage derrière eux.

— Il y a une foule de choses que tu aurais dû faire autrement.

— À commencer par notre mariage.

— Je suis d'accord. Mais permets-moi de te rappeler combien tu étais heureuse quand les jumeaux sont nés. Deux garçons adorables, beaux et intelligents. Quand je serai candidat, ils feront bonne impression à mes côtés. Mes pauvres enfants orphelins de mère.

— Tu ne t'en sortiras pas comme ça. Les pompiers vont arriver.

— Gruber sera ici avant. Nous partirons. Tout est fini. Mon problème sera éliminé.

Il plongea la main dans sa poche et en sortit son couteau.

— J'aurais dû te tuer la première fois que l'occasion s'est présentée.

Elle dégaina son bâton en titane et, d'un coup de poignet, l'ouvrit au maximum. L'espace restreint de l'hélicoptère était un avantage pour Jordan. Elle était petite, et agile. Hugh était gauche. Il avait toujours été gauche.

— J'ai une question, dit-elle. C'est toi qui as tué Abigail ?

— Curieuse comme une pie, hein ?

Il décrivit un arc avec la lame du couteau.

— J'ai expliqué à son mari qu'elle me posait un problème. Ce bon vieux Stanley a organisé l'accident. Il le planifiait depuis des mois.

— Tous tes amis tuent leur femme ?

— Seulement la première.

Elle mania son bâton et l'abattit sur le bras de Hugh. Ce dernier tenta de l'attraper, en vain. Elle se remit en position.

— Oh ! Tu vas avoir un bleu. Tu devrais peut-être appeler des renforts ? Où est le pilote ?

— Il devenait encombrant… il réclamait trop d'argent. Je présume qu'il est mort dans l'explosion.

— Tu n'as vraiment aucun scrupule.

— C'est peut-être le plus beau compliment que tu m'aies jamais fait.

Il se rua sur elle. Jordan n'avait qu'une seule solution : se jeter sur le sol de la cabine, mais la place manquait.

Derrière elle, Blake se leva et ouvrit sa parka.

— C'est terminé, Hugh.

Le politicien lâcha un rire méprisant.

— Vous tenez à peine debout. Elle est plus dangereuse que vous.

— Sauf que j'ai un pistolet.

À la vue du Glock, Jordan réprima un cri de joie. Blake était fidèle à lui-même : toujours préparé à toute éventualité.

— Lâchez le couteau.

Dès que Hugh se fut exécuté, Jordan s'empara de la pièce à conviction. L'arme du crime.

— Vous avez le choix, Hugh, reprit Blake froidement. Vous pouvez sauter tout seul, ou je vous abats et je pousse votre cadavre dehors. Quel que soit votre choix, Jordan et moi décollons dans douze secondes pile.

Hugh sauta.

— Pourquoi douze ? demanda Jordan à Blake.

— Ça sonnait bien.

Il s'installa à la place du pilote et lui tendit le Glock.

— Si Hugh essaye de nous empêcher de décoller, tire.

— Pourquoi n'as-tu pas appuyé sur la gâchette ?

— C'est le boulot de Taggart. Je ne fais plus ce métier.

Un peu plus de douze secondes plus tard, ils étaient dans les airs. Au-dessus des nuages, le ciel était bleu et le soleil brillait.

— Tu te souviens de m'avoir demandée en mariage ? murmura-t-elle dans le casque.

— Je t'aime, Jordan.

— La réponse est oui.

Elle était sûre que les jumeaux approuveraient.

— Et moi aussi, je t'aime.

Enfin, le cauchemar était terminé. Elle avait hâte de planifier leurs noces. Surtout, elle était prête à être heureuse.

Six mois plus tard, Jordan apportait la dernière touche à ses préparatifs pour la petite cérémonie de mariage prévue dans le jardin de la maison que Blake et elle avaient achetée à Richmond, en Virginie, non loin du Pentagone où Blake avait accepté un poste. Il avait dû admettre qu'il prenait plaisir à travailler à un niveau de décision plus élevé, tout en continuant à veiller sur les hommes et femmes qui servaient dans les marines.

Hugh et ses complices, y compris Stanley Preston, étaient en détention dans l'attente de leur procès. La dernière pièce du puzzle s'était mise en place lorsque le médecin légiste avait « retrouvé » l'échantillon d'ADN des jumeaux de Bianca, et confirmé que Hugh était le père. Autrement dit, il avait un mobile pour le crime.

Jordan rentra dans le salon et resta un moment immobile, savourant la présence de ses parents, amis et relations. Emily Finnegan de Las Vegas, Harvey de Henderson, la sœur de Bianca, l'infirmière qui l'avait aidée à s'évader de l'institut et Spike, un Anglais aux allures d'aristocrate qui jouait *Bohemian Rhapsody* au piano pendant que les jumeaux chantaient en chœur des paroles incompréhensibles. Ils étaient encouragés par la mère de Jordan, venue de Boston, et par Chester. Ces deux-là formaient un très beau couple.

Comblée par toutes ces amitiés, Jordan sentait cependant un manque dans sa vie. Ce fut seulement lorsqu'elle reçut un appel de Hornsby qu'elle comprit ce dont il s'agissait. Son ancien mentor voulait lui confier un article à propos d'un tueur en série qui sévissait dans la contrée sauvage de l'Utah.

Elle mit moins de cinq secondes à se décider.

— J'accepte.

Comme elle raccrochait, elle vit Blake descendre l'escalier, superbe dans son uniforme de cérémonie. Quelques fils argentés se mêlaient à ses cheveux blonds et en accentuaient l'éclat. Ses yeux d'un bleu intense se soudèrent tendrement aux siens.

Maintenant, la vie était parfaite.

ROBIN PERINI

Une vérité à haut risque

Traduction française de
CHRISTINE MAZAUD

BLACK ROSE

HARLEQUIN

Titre original :
SAN ANTONIO SECRET

Ce roman a déjà été publié en 2018

Prologue

Denver, Colorado.

Des nuages noirs, menaçants, s'étaient amoncelés au-dessus de sa tête, occultant le ciel d'habitude bleu de Denver. Il faisait très froid. Les rafales de vent glacé qui lui fouettaient le visage ne perturbaient pas Rafe Vargas qui n'avait qu'une idée en tête : ne pas quitter des yeux la porte de l'entrepôt.

Il souffla, exhalant une bouffée de vapeur.

L'endroit était désert. Des cônes de plastique rayés orange et blanc posés à même le sol et un cordon également orange et blanc, signalant un danger, empêchaient tout passage. Pas une surprise pour Rafe qui savait que les bâtiments étaient bourrés de dynamite et d'un entrelacs de fils reliés à un détonateur.

Tout ce secteur de la ville, programmé depuis des mois pour être démoli, ne serait bientôt plus que poussière. Zane Westin, informaticien rompu aux Opérations Technologiques Confidentielles, OTC, avait intérêt à ne pas s'être trompé dans ses calculs.

Rafe rabattit les oreillettes de sa casquette pour dissimuler le plus possible son visage et baissa la tête pour éviter que la spectaculaire balafre qu'il avait sur la joue se voie sur la vidéo de surveillance. Il fallait que ce malade d'Archimède, monstrueux tueur en série, croie que l'homme qui tentait de s'introduire dans le bâtiment était un autre agent d'OTC, Noah Bradford, le meilleur ami de Rafe. Sinon, deux femmes — celle que Noah protégeait et dont il était tombé amoureux et celle que Rafe avait secourue à l'autre bout du pays, Sierra, la sœur de Noah — risquaient de perdre la vie,

Archimède tentait de se servir de Sierra pour faire pression sur Noah et le contraindre à abandonner son enquête. Pour Rafe, c'était absolument hors de question. Il fallait donc, s'il voulait avoir une chance de récupérer Sierra vivante, qu'il la localise au plus vite.

Et s'il la retrouvait à temps, il l'embrasserait jusqu'à ce que ni lui ni elle ne puissent plus respirer… Un rêve ! Le rêve qu'il faisait depuis qu'ils s'étaient rencontrés.

Le problème, c'est que les sœurs des meilleurs amis, c'était *pas touche*. Autre problème, beaucoup plus grave celui-là, Archimède aimait les jeux dangereux et se moquait pas mal des dégâts collatéraux. Il était capable de tuer Sierra pour le seul plaisir de prouver qu'il pouvait le faire.

Rafe empoigna son pistolet Kimber 1911, entrouvrit la porte en fer de l'entrepôt et se faufila à l'intérieur. Apercevant une caméra, il se glissa derrière un pilier en béton. Un instant plus tard, des picotements dans la nuque — il connaissait bien cette sensation — l'alertèrent. Quelque part, Archimède guettait. L'homme était un malade, un voyeur, et Rafe savait que s'il se découvrait ce sale individu le saurait tout de suite.

Non loin de lui, deux ouvriers procédaient à d'ultimes vérifications.

— On est bons, lança le plus jeune à son collègue.

— Alors, magne-toi. Cette baraque va s'aplatir comme une crêpe.

Les deux hommes sortirent en courant, claquant la porte derrière eux.

Assourdi par les vibrations du métal, Rafe consulta son GPS puis regarda autour de lui. C'était vide. Des trous avaient été percés dans les piliers et bourrés de dynamite… Mais personne ne savait que l'ordre de démolition avait été suspendu et ne serait pas redonné avant qu'il ait retrouvé Sierra.

Méfiant, il suivit l'un des câbles reliés au détonateur jusqu'au croisement avec un autre câble et là, il s'arrêta.

Bon sang de bonsoir !

Archimède était passé par là.

Les détonateurs étaient du matériel militaire, que l'on n'utilisait pas dans le BTP civil. Pas étonnant que le tueur en série l'ait nargué au téléphone. Il ne l'avait pas dit, mais il avait certainement pensé : « Cause toujours, mon chéri, tu m'intéresses ! ». Le tueur avait bidouillé le réseau des câbles pour en prendre le contrôle à distance. Même si le responsable de la démolition ne déclenchait pas la charge, Archimède pouvait le faire. Et il le ferait.

Mon Dieu ! Sierra !

L'estomac noué, Rafe regarda l'heure à sa montre.

Bon sang, non ! Cinq minutes !

S'il tirait dans les caméras, Archimède risquait de déclencher le détonateur plus tôt.

Il tapa sur son oreillette.

— Zane, tu es sûr de tes coordonnées ?

— À moins qu'Archimède n'ait trafiqué ça aussi, ce qui n'est pas impossible, c'est oui. Enfin… à cinquante pour cent.

— Je veux cent pour cent.

L'expert en surveillance d'OTC, le spécialiste le plus doué avec lequel Rafe ait jamais travaillé, était digne de confiance.

— Si ça ne saute pas comme prévu, Archimède va s'en charger. Il va faire exploser la dynamite. Tu peux brouiller le signal qui doit déclencher la détonation ?

— Pas le temps, vieux. Pas le temps de décrypter ses données.

Rafe l'entendit jurer.

— Il a encore un temps d'avance sur nous, l'abruti.

— Et les caméras ? reprit Rafe.

— Si je les débranche, il le verra tout de suite. Mais… Attends, j'ai peut-être une idée.

— Je ne peux pas attendre ! aboya Rafe.

Un son brouillé courut sur la ligne.

— Si je détourne l'alimentation de la caméra…

— … Il ne verra pas que je suis là. J'ai l'impression de tourner dans un thriller à Hollywood. T'es bon, tu sais.

— J'essaie ! Mais ce n'est quand même pas génial. S'il regarde de près, il s'en rendra compte.

— Vas-y quand même.

— Ça y est, c'est commencé. Encore trente secondes, annonça Zane.

Rafe commença à compter — Dieu que c'était long ! — tout en étudiant le trajet et le temps qu'il lui faudrait pour arriver jusqu'à Sierra.

— C'est bon, dit Zane. Vas-y !

Rafe bondit de sa cachette et traversa le bâtiment en courant. Une porte en fer l'arrêta. Fermée. Il jura tout bas.

— Sierra ! J'arrive ! cria-t-il.

Il recula pour prendre son élan et donna un violent coup de pied dans le battant. La porte vibra mais ne bougea pas. Il fit une nouvelle tentative. Rien. Puis une troisième, une quatrième, sans plus de succès.

Les secondes s'égrenaient dans sa tête. Les coups de pied restaient sans effet, et Archimède pouvait découvrir la supercherie à tout moment.

Près de lui, sur sa gauche, une grosse barre de fer rouillée dépassait d'un tas de gravats. Il l'empoigna et l'introduisit entre le montant de la porte et le battant que ses coups répétés avaient légèrement voilé. Arc-bouté sur la barre, ahanant, il réussit à tordre davantage la porte.

— Sierra ?

Il regarda par l'espace qu'il avait ménagé et découvrit une petite pièce au sol couvert de morceaux de câbles et de débris divers.

Mais il n'y avait personne.

— Zane, elle n'est pas là ! Tu es sûr que je suis dans le bon bâtiment ?

— Selon moi, oui. Cherche encore, elle doit être là.

Quatre-vingt-dix secondes.

D'habitude, plus l'opération était risquée, plus il restait calme. Là, c'était différent. Il s'agissait de Sierra.

Les mains de plus en plus moites — bon sang, il transpirait ! — il s'épongea le front.

Nom de nom ! Où était-elle ?

Longeant les murs, il arriva de l'autre côté. Devant une autre porte. En mauvais état, celle-ci. Plus ou moins dégondée. Une poussée avec la barre de fer qu'il avait pris soin d'emporter lui suffit pour l'ouvrir.

Sierra était là. Un petit tas. Recroquevillée sur elle-même, dans un placard minuscule, les pieds liés, du sparadrap sur la bouche. Son chemisier était ouvert, et du sang coulait du haut de son sein gauche.

Elle écarquilla les yeux.

— Je l'ai ! lança-t-il dans son micro.

S'agenouillant près d'elle, il referma son chemisier et coupa ses liens avec son Bowie.

— Pas facile de te trouver, dit-il.

Elle tremblait de tous ses membres.

En faisant très attention, il décolla le sparadrap de sa bouche.

— Aïe ! Doucement, gémit-elle.

Malgré les circonstances, le contact de ses doigts sur ses lèvres la fit frissonner.

— Tu peux marcher ?

— Je vais essayer, répondit-elle tout en frottant ses bras qui s'étaient couverts de chair de poule.

Sa voix se brisa. Elle s'essuya les yeux et tenta de s'asseoir.

— Pas le temps d'essayer, marmonna-t-il en la soulevant.

Tandis qu'elle passait les bras autour de son cou et s'accrochait à lui comme à une bouée de sauvetage, il se rua vers la sortie du bâtiment.

Alors qu'il y était presque, une explosion d'une violence inouïe secoua la bâtisse qui se remplit de fumée, de gros rouleaux de fumée qui très vite les enveloppèrent, les aveuglant complètement.

En tâtonnant, il trouva la poignée de la porte et ouvrit. Le sol tremblait sous ses pieds. Les jambes molles, il courut aussi loin qu'il put, Sierra serrée contre lui.

Ils n'allaient pas y arriver.

Derrière eux, le bâtiment commença à s'écrouler. Des pans entiers s'abattaient lourdement sur le sol. Il y eut un nouveau *boum* assourdissant et il décolla de plusieurs centimètres. Le souffle qui suivit les projeta tous les deux en avant, et il s'effondra. Clouée au sol, écrasée sous son poids, Sierra se mit à gémir. Une avalanche de débris dégringola alors sur eux. Un vrai bombardement. Au lieu de se relever, Rafe, que son gilet en kevlar protégeait un peu des objets qui chutaient, resta sur elle pour lui faire un rempart de son corps. De la poussière, des plâtras, du métal et du verre, une véritable pluie hostile les fouettait, comme s'ils avaient été pris dans une tornade.

C'était l'horreur. Un enfer. Jamais ils n'en sortiraient. Ils allaient mourir là tous les deux, enterrés vivants.

Archimède allait réussir ce qu'il avait voulu.

La chambre du motel était minable. Propre, mais minable quand même.

Rafe était allongé sur le lit bancal et fixait les taches au plafond, son Kimber 1911 à portée de main sur la table de nuit. La lueur pâlichonne du jour naissant filtrait à travers les volets déglingués, juste assez pour lui permettre d'étudier les marques marron laissées par les fuites d'eau sur le plâtre jauni. Une occupation comme une autre ! Il en avait bien besoin.

Il bouillait d'impatience, de désir. Son corps n'était que tension. Par moments, dans son sommeil, Sierra Bradford se collait contre lui et passait une jambe par-dessus les siennes. Elle avait la peau douce et tendre, et c'était délicieux.

Lovée contre lui comme une amoureuse, elle était la tentation même. Ses formes, rondeurs ou creux, étaient autant d'invites au péché.

Bon sang ! Comme il avait envie d'elle...

Elle respirait tranquillement ; son souffle régulier et tiède glissait sur sa poitrine, ses cheveux bruns lui chatouillaient l'épaule. Une odeur fraîche de lilas... Non, de jasmin plutôt, planait au-dessus d'elle. Son savon, sans doute.

À chaque mouvement de sa tête, elle caressait sa peau. C'était une torture qu'il n'allait pas pouvoir supporter longtemps encore.

Fermant les yeux, il empoigna le drap et le froissa pour détendre ses nerfs et ne pas céder à la tentation.

Zut, zut et zut ! Ce n'était pas possible de désirer une femme à ce point. Ça ne lui était jamais arrivé. Il brûlait d'envie de la serrer contre lui, de l'entendre gémir, de se perdre en elle. Il mourait d'envie de la toucher, de la tenir, de l'embrasser, de lui faire l'amour.

Oui, il voulait la prendre. Son désir était plus fort que tout et, même s'il essayait de le cacher, son corps, lui, ne mentait pas. Quand elle se réveillerait, elle s'en rendrait compte. Pour ne pas perdre la face, il n'aurait qu'à se dépêcher de sortir du lit.

Mais le pourrait-il ? Il n'en était pas sûr.

Il aurait pu cocher des milliers de raisons de ne pas succomber. Sierra méritait un homme fiable, un homme qui partagerait une vie entière avec elle, un homme qui lui donnerait tout son amour. Le genre d'amour que Noah avait trouvé avec Lyssa. Que son frère Mitch vivait avec sa femme, Emily.

Pas un homme abîmé intérieurement et extérieurement. Un type cassé comme lui.

Il inspira profondément. Elle sentait bon, elle était douce, des sensations qu'il se rappellerait dans quelque temps, quand il serait de nouveau seul, pendant les nuits froides et sans fin qui l'attendaient.

Jamais il n'aurait imaginé qu'un jour il serait aussi près d'elle. C'était pourtant la réalité. Ils étaient ensemble. Dans une petite chambre, dans un petit lit, avec nulle part où aller.

À chaque instant, au cours des dernières quarante-huit heures, il avait espéré entrevoir chez Sierra une faille, un défaut… Quelque chose qui le ramènerait sur terre et lui démontrerait que les rêves qu'elle lui avait inspirés dès l'instant où ils s'étaient rencontrés n'étaient que fantasmes. Irréels. Impossibles.

Son espoir était vain. Elle était exactement telle qu'il l'avait imaginée : brillante, énergique, courageuse, et elle nourrissait pour sa famille un amour sans limite.

Il y avait pourtant chez elle deux détails ennuyeux. Un, elle était la sœur de Noah. Deux, elle était la femme la plus têtue et tenace qu'il ait jamais connue. Quel mal il avait eu pour la décider à rester en sécurité dans cette chambre !

Dans l'impossibilité de l'emmener à l'hôpital de peur

qu'Archimède découvre qu'elle avait survécu, il l'avait soignée lui-même et avait repéré ce motel loin de tout où l'on ne payait qu'en espèces. Exactement ce qu'il lui fallait.

Cela faisait deux jours maintenant que l'explosion avait eu lieu, et leur impatience grandissait. Ils étaient coincés, condamnés à rester là jusqu'à ce que Noah mette la main sur Archimède. En ce qui le concernait, Rafe n'avait qu'un espoir : que son meilleur ami tue ce malade.

En attendant, il était piégé. Avec une femme qui l'attirait, l'intriguait. Une provocation, une épreuve comme il n'en avait pas connue depuis… D'un geste de la main, il chassa la comparaison. À quoi bon ressasser quelque chose qu'il ne pouvait pas changer ?

Sierra remua sur lui. Aussitôt, son corps réagit. Gêné, il s'arrangea pour cacher cette réaction intempestive. Si elle bougeait encore, il se précipiterait dans la salle de bains et prendrait une douche glacée avant qu'elle se rende compte de son…

Elle laissa échapper un petit gémissement, un murmure. Elle se mit à trembler et enfonça les ongles dans sa poitrine.

Pitié, Sierra ! Non !

Il la regarda. De longs cils bordaient ses paupières fermées, qui frémissaient sous les mouvements frénétiques de ses yeux. Il savait ce que cela voulait dire. Elle faisait un cauchemar.

Elle lui griffa presque la poitrine.

— S'il te plaît, non. Non, ne fais pas ça, chuchota-t-il.

Il referma ses bras sur elle.

— Chuuut, souffla-t-il lui caressant le dos doucement pour ne pas toucher sa blessure à l'épaule. Tout va bien, ma chérie. N'aie pas peur.

Elle hocha la tête et, d'un geste maladroit, endormi, lui donna un coup dans la poitrine.

— Rafe ! Au secours !

— Je suis là. Je ne pars pas.

Il lui caressa la joue. Sa peau était très douce.

— Réveille-toi, mon ange. Laisse-moi voir tes jolis yeux bleus.

Elle serra les paupières encore plus fort. Obstinée, même en plein cauchemar.

— Sierra, s'il te plaît…

Aux prises avec ses souvenirs, elle ne se réveillait pas. Il essaya de lui dire que ce n'était qu'un rêve.

— Il ne peut plus te faire de mal. Plus jamais il ne t'en fera.

Il lui caressa encore la joue. Sa peau était pâle et fine comme de la porcelaine. Elle finit par battre des paupières, puis ouvrit les yeux en grand. Elle semblait revenir d'une lointaine planète.

— Bonjour, dit-il d'une voix un peu rauque.

Elle cilla. En bougeant un peu la jambe, elle se frotta contre sa hanche et, les yeux écarquillés, rougit.

— Oh ! Pardon !

Il vit la petite veine bleue à la base de son cou se mettre à battre plus fort, ses pupilles se dilater.

Elle ne chercha pas à s'écarter. Au contraire, elle se serra davantage contre lui.

Le souffle court, tendu à craquer, il tenta de calmer le feu qui le consumait de l'intérieur.

Mais impossible de regarder ailleurs.

— Rafe…, murmura-t-elle, soutenant son regard.

Elle s'humecta les lèvres.

— Tu devrais te lever, dit-il.

Il se racla la gorge.

— Non, c'est moi qui vais le faire, reprit-il.

Elle leva la main qu'elle tenait plaquée sur sa poitrine et hocha la tête en signe d'approbation, ce qui le déçut.

Se résignant, il saisit le drap, prêt à se lever. C'était préférable. Le plus sage, pour l'instant, était de s'éloigner. D'aller prendre une douche ou, plus radical encore, de se plonger dans une baignoire pleine de glaçons.

— Je pense que je vais…, commença-t-il.

— Non, ne pense pas, murmura Sierra en le chevauchant. Moi, je ne veux pas penser. Je ne veux pas me rappeler. Je veux ce que tu me promets depuis deux jours.

Elle se pencha vers lui et prit sa bouche, avec l'espoir manifeste qu'il réponde avec ardeur à son baiser.

Ce n'était pas difficile. Il ne demandait que cela, et même

plus. La posséder. Le cœur battant, il ignora la petite voix qui lui disait de ne rien faire et succomba. En grognant il étreignit Sierra et s'abandonna à son rêve le plus fou. Autour de lui, tout se brouilla. Tous deux ne furent bientôt plus que chaleur, transpiration, impatience jusqu'à ce que, submergés par la déferlante du désir, ils se noient…

Quelque part dans sa tête, Rafe entendait sa petite voix qui lui disait en sourdine qu'il était en train de commettre la plus grosse erreur de sa vie.

Mais, à ce stade, il s'en moquait.

1

San Antonio, Texas, deux mois plus tard.

Les cauchemars n'étaient pas censés revenir… et surtout pas en plein jour.

Sierra Bradford avait mal à la tête, une douleur de type migraine qu'elle ne connaissait que trop bien. Elle ne voulait pas ouvrir les yeux, mais ignorer la réalité ne lui avait jamais réussi. Aussi, en grimaçant, souleva-t-elle les paupières en essayant de se rappeler.

Elle avait la joue contre une porte en fer très froide et à moitié rouillée. Elle tenta de lever la main pour calmer les coups de gong qui résonnaient dans son crâne, mais elle était comme paralysée. Des liens lui cisaillaient les poignets.

L'esprit confus, elle secoua la tête. Mais non ! Archimède était mort. Cela faisait deux mois qu'il était mort. Ce devait être un cauchemar. Ce n'était pas vrai. Ça ne pouvait pas être vrai.

— Qu'est-ce qu'elle faisait avec un fusil ? Mais qui est-ce, bon sang ?

Elle entendit vaguement les deux phrases et essaya de voir qui avait cette voix rugueuse. Elle distingua un ceinturon sur un uniforme bleu foncé. La peur la saisit. Elle plissa les yeux pour mieux voir et aperçut quelque chose comme un badge. Avant qu'elle puisse distinguer le visage, l'homme tourna les talons et sortit. Cheveux bruns, coupe militaire. Un mètre quatre-vingts environ, quatre-vingts kilos.

— S'il vous plaît, ne nous faites pas de mal !

Cette voix, elle la connaissait bien. Les deux journées précédentes repassèrent dans sa tête. Le coup de téléphone de sa meilleure amie qui appelait à l'aide. Des recherches dans son ordinateur qui avaient amené plus de questions que de réponses.

Ni Mallory ni elle ne s'attendaient à se faire arrêter par la police, et encore moins à tomber dans son guet-apens.

Le bruit d'un coup violent suivi d'un cri de douleur la fit sursauter. C'était Mallory qu'on frappait. Essayant frénétiquement de se défaire de ses liens, Sierra roula sur le dos. Elle vit alors le regard terrifié de son amie, enfermée avec elle dans une vieille fourgonnette toute rouillée. Mallory saignait de la bouche. Mais le pire c'était Chloé, agrippée à sa mère, défigurée par la terreur.

C'était impossible. Jamais elle ne laisserait quelqu'un se faire enlever, et surtout pas sa filleule et sa meilleure *amie*.

OK, Sierra, se dit-elle. *Réfléchis.*

Chloé geignit, la tête nichée contre la poitrine de sa mère. Bien que pieds et poings liés, Mallory la fit passer tant bien que mal derrière elle pour l'éloigner le plus possible de l'homme qui se penchait sur elles, le visage dissimulé par un bandana.

— S'il vous plaît, implora-t-elle. Laissez-nous partir. On ne dira rien. Chloé n'est qu'une petite fille.

— On laisse personne partir tant que le patron ne l'a pas dit.

Sierra bougea un peu. Juste assez pour ramener ses genoux vers sa poitrine puis détendre brusquement les jambes et projeter, en poussant un cri, ses pieds dans les côtes de l'homme. Sous l'effet du choc, elle glissa en arrière. L'individu se rua alors vers elle. En hurlant un juron, il la gifla si violemment que sa tête rebondit contre le plancher métallique de la fourgonnette.

— Tu te crois maligne, hein ? fit-il avec un sourire mauvais.

Elle voyait trente-six chandelles et avait mal, mais elle ravala ses larmes. Elle n'allait certainement pas lui donner le plaisir de la voir pleurer.

— Je vais t'apprendre ! gronda-t-il en se mettant à califourchon sur elle.

Son haleine fétide la fit grimacer.

Figée, elle le vit sortir un couteau de sa poche.

— Tu fais moins la mariole, on dirait, remarqua-t-il en glissant le tranchant de la lame sur son cou.

Il avait appuyé, et elle sentit du sang couler sur sa gorge.

Elle se raidit. Un brouillard cotonneux l'enveloppa. Engourdie, elle eut l'impression que ses sens l'abandonnaient. Elle ne voyait plus. N'entendait plus. Il ne se passait rien. Plus rien. Oh ! mon Dieu !

Elle s'efforça de réagir. Il fallait qu'elle tienne bon. Elle battit des paupières, secoua la tête pour chasser le souvenir terrifiant qui l'envahissait, l'anéantissait. L'effroi, l'horreur de l'enfermement. Le minuscule placard et l'angoisse liée à la claustrophobie. Pas d'issue. Pas de fuite possible. Le piège.

Pas question de lâcher prise. Mallory et Chloé avaient besoin d'elle. Elle ferma les yeux et, en silence, se récita à l'envers les dix dernières lettres de l'alphabet. Le brouillard se dissipa un peu.

L'homme vérifia ses liens et la traîna dans le fond de la fourgonnette.

— Le patron va vouloir te parler.

— Hé, Judson. Je n'ai pas signé pour kidnapper une gosse.

La voix mal assurée venait de la cabine à l'avant.

— La ferme, bougre d'imbécile !

Judson fit coulisser la porte latérale.

— On se met à l'aise, là-dedans. On part en virée tous les trois. Un aller simple. Ha ha ! lança-t-il en ricanant avant de descendre et de refermer la porte.

Pendant qu'il allait prendre place au côté du chauffeur, Sierra se contorsionna pour s'asseoir et se rapprocher de Mallory.

— C'est qui ? demanda-t-elle tout bas à son amie. Des copains de ton ex ? Il est capable de ça ?

Mallory avait les yeux pleins de larmes.

— Je ne sais pas, murmura-t-elle. Je pensais qu'il me préparait un mauvais coup... au bureau. Mais ça... ?

— On la boucle ! cria Judson.

Sierra reconnut un bruit derrière elle. Le *clac* d'un Glock qu'on charge ; elle l'aurait reconnu entre mille. C'était l'arme préférée de son frère. Judson venait de mettre une balle dans la chambre.

— Encore un mot et je n'attendrai pas le patron, menaça-t-il.

— Non, gémit Chloé.

— Chuuut, mon bébé, dit Mallory. Tout va bien.

— Tu la fais taire, la gosse, ou je vous descends toutes les trois.

Judson se tourna vers le chauffeur.

— Allez, on y va. Sors-nous de là. Et t'excite pas. T'appuieras sur le champignon quand on sera sortis de San Antonio. Pas besoin de se faire gauler avant par tout ce qu'il y a comme flics.

Le conducteur mit le contact. Sierra regarda Mallory par-dessus la tête de Chloé. Dans leur malheur, elles avaient une chance. Sierra avait les pieds libres. Il fallait à tout prix qu'elles s'échappent de cette fourgonnette. Si elles y restaient, elles n'en sortiraient pas vivantes.

Elle s'approcha des portes arrière.

— Appelle le patron. Dis-lui qu'on a un passager de plus. Il n'aime pas les surprises, ajouta Judson.

Le véhicule commençait à accélérer. Il n'y avait plus une seconde à perdre !

— Il faut sortir de là. Prépare-toi, chuchota Sierra à l'adresse de son amie.

Après un signe de tête de Mallory, Sierra se plaqua contre le flanc de la fourgonnette. Elle ne commettrait pas deux fois la même erreur. Il fallait qu'elle s'arc-boute pour prendre de l'élan, sinon c'était la mort assurée pour toutes les trois. Elle ne disposait que de quelques instants pour ouvrir la porte avant que Judson tire. Et la tue.

Ramenant une jambe sous elle, elle la déplia brutalement et donna un coup de talon dans la serrure. Une fois. Deux fois. Le fer grinça et la porte s'ouvrit.

— On y va !

Sierra sauta du véhicule en mouvement et roula au sol, s'écorchant les bras sur la chaussée en tombant.

Elle leva les yeux pour voir si Mallory avait suivi. Son amie essayait de pousser Chloé, mais la fillette, tétanisée, refusait de bouger.

— Saute, Chloé, saute ! suppliait Mallory, désespérée. Tu ne risques rien !

Paralysée par la peur, l'enfant secouait la tête.

Sierra se releva, courut vers la fourgonnette.

— Saute, Chloé !

Après avoir parcouru encore quelques dizaines de mètres, le véhicule freina et s'arrêta.

— Va-t'en, Sierra ! cria Mallory. Dépêche-toi ! Va-t'en !

Ah non, elle n'allait pas les laisser ! Elle devait les aider, mais les deux hommes étaient descendus de la fourgonnette. Leurs pas résonnaient dans la rue déserte, puis elle entendit les portières claquer. Mallory et Chloé étaient piégées.

Si elle ne s'enfuyait pas, elles seraient de nouveau toutes prisonnières. Un coup de feu retentit dans la nuit, et elle ressentit comme une brûlure à la cuisse. Elle n'avait plus le choix. Faisant demi-tour, elle reprit sa course pour s'éloigner de la fourgonnette, et de sa meilleure amie, priant le ciel que Mallory saisisse l'occasion de faire comme elle.

Le cœur battant, elle se dissimula derrière un arbre dont le tronc était protégé par un corset métallique un peu rouillé. Affolée, elle frotta frénétiquement ses poignets entravés contre l'une des barres de fer. Alors qu'elle commençait à désespérer, les phares d'un camion surgirent à l'autre bout de la rue, l'éblouirent. Comme la fourgonnette gênait le passage, le semi-remorque klaxonna et ralentit.

Tandis que Judson et son acolyte battaient en retraite et remontaient vivement dans la fourgonnette qui démarra dans un crissement de pneus, suivie par le camion, la ficelle céda enfin. Sierra sortit de sa cachette avec l'espoir de voir les plaques d'immatriculation, mais les deux véhicules étaient déjà trop loin.

Désespérée, elle se mit à courir le long de la rue en appelant à l'aide, priant pour qu'on l'entende, qu'on la voie. Un pick-up passa mais ne s'arrêta pas. Épuisée, elle tomba à genoux, la jambe droite en sang.

Elle entendit des freins grincer derrière elle. Un camion était en train de se garer le long du trottoir.

Un homme descendit de la cabine et s'approcha d'elle en courant.

— Mal-lory... Chlo-é, balbutia-t-elle.

Et elle s'évanouit.

Personne ne venait à Mertzon, au Texas. Personne ne connaissait ce trou perdu qu'un seul excentrique au monde devait aimer, Rafe Vargas. Et il l'aimait parce que, justement, Mertzon se trouvait au milieu de nulle part.

Il passa avec son pick-up devant les trois restaurants de la ville. Tous les trois étaient plongés dans l'obscurité avec, clignotant sur la porte, le panneau « FERMÉ ». Bien sûr... On était dimanche soir. Il aurait dû savoir qu'il ne trouverait rien d'ouvert pour se restaurer le jour du Seigneur.

Son estomac criait famine et gargouillait comme chaque fois qu'il avait faim. Après une journée d'entraînement pour rester à niveau en vue de futures missions en zones de combat, il aimait avaler un burger bien gras accompagné de beignets d'oignons. Rien de tel pour ça qu'un « routier » dans une petite ville.

Déçu, mais ce n'était pas la première fois, il continua en direction du Mertzon Inn, un motel dont l'emplacement, bien à l'écart de l'autoroute A 67, était idéal. Exactement ce qu'il lui fallait. Pas évident à trouver.

Il devait être à deux heures de route de Carder, au Texas, où était implanté le quartier général d'OTC, Opérations Technologiques Confidentielles. Il aimait travailler pour OTC. Rendre service aux gens qui avaient des problèmes et ne savaient vers qui se tourner. Il aimait mettre en pratique les techniques terriblement efficaces que l'oncle Sam lui avait apprises pour s'en servir à bon escient. Mais il aimait aussi garder ses distances pour ne pas avoir à trop fréquenter les personnels de l'état-major. Les mondanités n'étaient pas son fort. De plus, ces derniers temps, la plupart de ses collègues avaient trouvé leur âme sœur. Ils nageaient tous dans la béatitude. Bien sûr, il était heureux pour eux. Heureux, et un peu jaloux, peut-être... mais il préférait ne pas penser à ce que lui-même aurait pu, aurait dû connaître.

Évidemment il avait une autre bonne raison de vouloir rester loin d'un aéroport, que ce soit de la piste privée d'OTC ou de celle d'une quelconque entreprise commerciale. Il ne devait pas céder à un coup de tête et s'envoler pour Denver… pour la voir, elle, Sierra, la plus grosse bêtise de sa vie.

Sierra était quelqu'un à qui il ne devait pas penser. Ni aujourd'hui ni plus tard. Jamais.

Il se gara en face du motel et scruta le parking. S'il était toujours en vie, c'était parce qu'il était méfiant, qu'il ne faisait pas n'importe quoi, et surtout pas ce à quoi on pouvait s'attendre. C'était sa dernière nuit à Mertzon, décida-t-il. Il commençait à s'y sentir trop à l'aise. On allait finir par le remarquer. Il déménagerait demain, trouverait un autre endroit, un autre motel. Un autre gîte temporaire.

La première chose qu'il fit fut de vérifier que la petite languette de papier qu'il avait glissée entre la porte et le chambranle, plus tôt dans la journée, était toujours en place.

Sans doute aurait-il pu utiliser un de ces gadgets électroniques d'OTC, mais les méthodes moins sophistiquées étaient parfois plus efficaces. Et plus sûres. Personne ne pouvait brouiller le signal électronique d'un morceau de papier, puisqu'il n'en avait pas !

Le panneau « NE PAS DÉRANGER » était toujours là. Parfait.

Il fit le tour de la bâtisse. La réception du motel était déserte, le panneau « FERMÉ » bien en vue. Normal, office du soir à l'église… Séjourner à Mertzon, c'était comme faire un bond de cinquante ans en arrière. Rafe s'en fichait. Moins il y avait de monde, mieux il se portait.

Ses vérifications terminées et satisfait de voir qu'il n'avait pas été repéré, il entra dans sa chambre et prit une boîte de chili con carne parmi les provisions posées sur la commode. À l'aide de son couteau multifonctions il enleva le couvercle puis retourna à son pick-up. Il transféra le chili dans un chauffe repas qu'il brancha sur l'allume-cigare avant de le poser sur le capot du véhicule. Ce ne serait pas un dîner gastronomique mais, par ce soir de janvier anormalement chaud, cela lui remplirait l'estomac.

Pendant que le chili mijotait, il prit une bière dans la glacière dont il ne se séparait jamais et attendit que son dîner soit prêt. Il n'allait pas faire un festin digne d'un grand chef mais, au moins, il ne se gaverait pas de tablettes de chocolat. Ou pire.

Un mouvement du rideau de la chambre voisine attira son attention. Il posa sa bière et, sur le qui-vive, tâta son arme. Il était toujours en vie parce qu'il ne laissait jamais de place au hasard.

Trois secondes plus tard, la porte grinçait et une petite tête passait dans l'entrebâillement.

— Salut, Charlie.

Le gosse, sept ans environ, regarda la rangée de portes à droite puis à gauche et, les yeux écarquillés, avança sur la pointe des pieds vers la conserve qui commençait à fumer sur le capot.

— Tu fais quoi, monsieur Vargas ?

— Mon dîner. Le restaurant est fermé.

— Oui, je sais. Maman a fermé plus tôt pour aller faire le ménage chez le maire. Elle reviendra tard.

L'estomac du petit garçon gargouilla.

— Attends là, dit Rafe après avoir inspecté l'enfant des pieds à la tête. Ne t'approche pas du chili, ajouta-t-il. C'est chaud.

Sur cette recommandation, il disparut dans sa chambre. Le mobilier était vieux et le confort spartiate. Il fouilla dans son sac, prit deux cuillers et une gamelle creuse.

L'enfant, hissé sur la pointe des pieds, essayait de voir le chili qui mijotait. Son équilibre était instable, et il risquait de se brûler.

— Charlie, gronda Rafe sans crier pour ne pas l'effrayer. Qu'est-ce que je t'ai dit ?

Penaud, le gamin recula.

— Je ne savais pas qu'on pouvait cuire comme ça. Quand on a habité dans l'auto, l'été dernier, on mangeait toujours froid.

Il haussa les épaules.

— Les petits pois froids, ce n'est pas bon. Ça fait comme de la bouillie.

— C'est mieux qu'avoir faim, répondit Rafe.

Après avoir débranché le chauffe repas, il mit la moitié de son contenu dans la gamelle et la tendit à Charlie.

— C'est sûr, dit le gamin en y plongeant sa cuiller.

Tout en remuant les haricots, il observait Rafe de ses grands yeux interrogateurs.

— Pourquoi tu as une cicatrice sur la joue ?

Il avait posé sa question très vite, comme s'il regrettait son indiscrétion. Mais il n'avait pas pu se retenir.

Rafe souffla sur son chili et en avala une bouchée.

— Parce que j'étais pirate… sur un bateau… et…

Partagé entre admiration et stupeur, Charlie ne quittait plus le pirate des yeux.

— Non. Je blague. En vrai, j'ai fait la guerre et j'ai été blessé. Ça met du temps à guérir complètement.

C'était la version édulcorée. Quinze hommes étaient morts au cours de l'opération dans laquelle il avait failli perdre un œil. Failli seulement, heureusement. Et il s'estimait heureux. La balafre était peut-être vilaine, mais il était vivant. Pas ses camarades.

— T'es un héros, alors ?

— Non.

— Oh !

Le garçon regarda sa gamelle. Rafe savait qu'il l'avait déçu, mais que pouvait-il dire ? La vérité était beaucoup plus compliquée et trop difficile à entendre par un gosse de cet âge. Plutôt que de chercher à expliquer, il plongea sa cuiller dans les haricots rouges et avala une autre bouchée de chili. Tomates, steak haché, haricots rouges, épices, il avait toujours adoré ce plat. Ce soir, cependant, il n'y prenait pas le même plaisir.

Après avoir ajouté quelques gouttes de Tabasco, il en reprit une cuillerée. Voilà, plus épicé, ça allait mieux.

Il jeta un coup d'œil à Charlie qui faisait grise mine.

— Tu en veux ?

Sans hésiter, Charlie tendit sa gamelle avec sa cuiller.

— T'es sûr ?

— Oui.

Rafe fit tomber un tout petit peu de Tabasco dans la cuiller du garçon qui l'avala tout rond. Il se mit à tousser, devint tout rouge. Les yeux écarquillés, affolé, il posa vivement la gamelle sur le capot du pick-up et battit des bras. Amusé par la scène,

Rafe se mordit l'intérieur de la joue pour s'empêcher de rire. Finalement, il donna quelques tapes sur le dos de Charlie et lui tendit une bouteille d'eau froide.

— Tiens, bois.

Le gamin but goulûment.

— Je n'aime pas ce truc, pesta-t-il en poussant la gamelle vers Rafe.

— Il ne fallait pas avaler ça comme ça, répondit Rafe ignorant le geste du petit garçon. Allez, mange. Je te jure que c'est bon, maintenant. Tu as avalé le plus difficile.

Après un regard soupçonneux, Charlie reprit sa gamelle et goûta un peu de chili.

— Ah oui, ça va. J'aime bien la viande qu'il y a dedans.

— Finis, alors.

— Merci, monsieur Vargas.

Il avala la moitié de la gamelle et s'arrêta, l'air pénétré.

— Je garde le reste pour maman. Son patron ne l'a pas laissée ramener les restes à la maison, ce soir.

— Ah ? Tu sais quoi, Charlie ? Tu finis ce que tu as dans ton assiette. J'en ai assez pour ta maman.

Le jeune garçon sourit et s'exécuta sans discuter. Puis il partit en courant vers sa chambre. C'était un bon petit gars.

Rafe soupira. Il voulait croire que les années à venir seraient plus douces pour l'enfant et sa mère. Il était bien placé pour savoir que la vie ne faisait pas de cadeau et qu'il était facile de tomber très vite, très bas.

Charlie revint avec un gâteau au chocolat.

— On est le 31 janvier, aujourd'hui. C'est mon anniversaire. Sept ans. Maman nous a acheté à chacun un cupcake.

Il coupa le gâteau en deux et tendit une moitié à Rafe.

— C'est pour toi.

— Merci, Charlie.

Pas certain de pouvoir avaler la moitié du gâteau, Rafe hésita une seconde mais la mine rayonnante de fierté de l'enfant le décida.

— Tu commences par quoi, toi ? Le glaçage ou ce qu'il y a dessous ?

— Le dessous.

Charlie mordit dans la base du gâteau.

— Moi, je suis surtout glaçage, dit Rafe.

Deux bouchées plus tard, le cupcake n'existait plus.

— Alors comme ça, c'est ton anniversaire.

Rafe alla vers la portière côté passager et ouvrit la boîte à gants. Il en sortit un yo-yo et se retourna vers l'enfant.

— Joyeux anniversaire, Charlie.

Le garçon tendit la main en hésitant et toucha le jouet.

— C'est pour moi ?

— Oui. Prends-le. Quelqu'un m'en a donné un quand j'avais ton âge. Non, j'étais un petit peu plus âgé que toi.

Il exécuta quelques lancers.

— À toi, maintenant.

Charlie prit le jouet et, sous les directives de Rafe, s'essaya à lancer et ramener le yo-yo.

— C'est dur ! s'exclama-t-il.

— Continue, tu vas y arriver.

À cet instant, dans un bruit de ferraille, une vieille voiture entra dans le parking. Charlie leva les yeux et se mordit la lèvre.

— C'est maman. Je n'avais pas le droit de sortir de la chambre.

Une femme, visiblement fatiguée, descendit de la guimbarde.

— Charlie Ripkin, qu'est-ce que ça veut dire ?

— Regarde, maman. M. Vargas m'a donné un cadeau.

Elle approcha et ébouriffa les cheveux de l'enfant.

— Merci, monsieur Vargas. Allez, Charlie. Au lit. Tu as école, demain.

Charlie obéit. Avant de disparaître dans sa chambre, il se retourna.

— Merci pour le yo-yo. On pourra jouer encore demain ?

— Je ne suis pas sûr d'être encore là demain, mais ça ne t'empêchera pas de t'exercer. Tiens, viens prendre des ficelles supplémentaires, si jamais t'en casses.

Rafe glissa un billet de cent dollars dans le paquet avant de le donner à Charlie.

— Il vaudra mieux que tu changes la ficelle avant de jouer la prochaine fois.

Le visage de l'enfant s'illumina.

— Merci, monsieur Vargas. J'ai jamais eu d'anniversaire comme aujourd'hui !

Il se jeta dans les bras de Rafe et repartit en courant dans sa chambre.

— J'espère qu'il ne vous a pas dérangé, monsieur Vargas, dit Elena Ripkin de la voix lasse d'une femme épuisée.

Elle rejeta ses cheveux déjà grisonnants en arrière.

— J'ai un ami..., commença Rafe.

Il prit une carte de visite dans son portefeuille et inscrivit un numéro de téléphone au dos.

— ... Qui cherche quelqu'un pour l'aider. Je sais qu'il paie correctement. Appelez-le de ma part.

Il lui tendit sa carte professionnelle d'OTC avec le nom et le numéro de son patron. Elena, la main tremblante d'émotion, la prit.

— Mais... Vous ne me connaissez même pas.

— Non, mais j'en sais assez.

Et c'était vrai.

En se documentant sur ce motel, il avait appris que cette femme avait perdu son mari dans un accident sur une plateforme pétrolière. En l'espace de quelques mois, Charlie et elle avaient été expulsés de leur appartement ; ils avaient tout perdu.

Presque comme sa famille... Pour les Vargas, cela s'était mal terminé.

S'il pouvait donner un peu d'espoir à Charlie... Le gosse ne finirait pas comme...

Il soupira.

... comme son frère, Michael. Mort à dix-sept ans dans les rues de Houston, exécuté par une bande rivale.

Le vent qui soufflait fort faisait vibrer les tôles de la caravane. Tapie dans un coin de l'espèce de lit ménagé dans ce qui tenait lieu de chambre, Mallory serrait sa fille dans ses bras. Son cœur battait très fort. Il fallait qu'elle trouve un moyen de s'échapper, mais la fenêtre de la caravane était condamnée, bardée de planches, et la porte fermée à clé de l'extérieur. Ses doigts étaient en sang, après tous les efforts qu'elle avait faits pour tenter d'arracher les planches de leur prison.

Découragée, elle secoua la tête. C'était sans espoir.

Au moins le cow-boy les avait-il détachées, même si Judson avait hurlé en le voyant défaire leurs liens. De cette façon, ça allait un peu mieux.

Elle frotta ses poignets l'un contre l'autre. Les brûlures dues à la ficelle guériraient… si elles s'en sortaient vivantes.

Mallory n'avait pas la moindre idée de l'endroit où ils se trouvaient. Loin de San Antonio, sans doute. Ils avaient roulé longtemps, Judson passant de temps à autre un coup de fil. Elle ignorait qui son kidnappeur appelait, mais leurs échanges ne le mettaient pas de bonne humeur car, chaque fois, il jurait. Puis ils s'étaient arrêtés à côté de cette caravane dans laquelle on les avait aussitôt fait passer, Chloé et elle. Il lui semblait qu'elles étaient enfermées là depuis des heures.

— Maman, murmura Chloé en se blottissant contre sa mère. Je veux aller à la maison. Je veux mon minou. Princesse va avoir peur, si je suis pas là.

Mallory se pencha vers sa fille et lui embrassa les cheveux.

— Chut, mon bébé. Ça va aller.

La porte s'ouvrit au même moment et Judson entra, armé d'un fusil.

— C'est pas bien de mentir aux enfants !

Priant le ciel qu'il n'arrive pas malheur à sa fille, Mallory serra Chloé contre elle.

— Ce n'est qu'une enfant, dit-elle. S'il vous plaît, relâchez-la.

— C'est le patron qui décide. Il veut te voir. Toute seule.

Comme elle hésitait, l'homme visa Chloé.

— Je demanderai pas une deuxième fois.

Mallory embrassa Chloé sur le front et commença à se lever, mais sa fille s'accrocha à son bras.

— Maman, me laisse pas ! J'ai pas fait exprès de pas sauter !

Elle se mit à sangloter. Le cœur brisé, Mallory caressa les joues de sa fille, sécha ses larmes. Puis elle se leva et se força à lui sourire.

— N'aie pas peur, ma chérie, je reviens tout de suite.

— Maman… maman, répéta l'enfant entre deux hoquets.

— Sois courageuse, Chloé. Si jamais quelque chose arrive, tu sais que je t'aime. Rappelle-toi toujours, chérie, que maman t'aime.

Chloé continua de gémir et d'agripper sa mère.

Desserrant un à un les petits doigts qui se refermaient aussitôt sur son bras, et après un dernier baiser, Mallory s'écarta du lit.

— Je suis prête.

Son bourreau sourit. Un sourire froid, mortel.

— Ça, j'en suis pas sûr. Mais si tu dis au boss ce qu'il veut savoir, il sera peut-être plus coulant.

Après un dernier regard à Chloé, elle suivit son ravisseur dans la partie « salon ». Les rideaux entrouverts lui permirent de jeter un œil à l'extérieur. La nuit était tombée, mais une lumière violente éclairait la cour jonchée de cochonneries de toutes sortes et de carcasses de voitures rouillées. L'endroit semblait abandonné et, aussi loin qu'elle pouvait voir, c'était le noir complet. Aucun signe de vie. Et aucune idée de l'endroit où ils pouvaient être.

Une voiture de police approcha et s'immobilisa près de la caravane. La vitre côté passager s'ouvrit.

— Judson. Rapplique ! lança une voix.

— Bon Dieu, marmonna Judson.

Il fit un signe de tête à son compagnon et, son fusil sous le bras, ordonna :

— Surveille-la.

Judson sortit et descendit les marches. D'un pas hésitant, il alla vers la voiture.

Quel genre de monstre fallait-il être pour réussir à faire peur à un individu capable de kidnapper une enfant ?

Une seconde plus tard, une balle traversa le crâne de Judson qui s'effondra.

Glacée d'effroi, Mallory plaqua la main sur son cou et détourna la tête. Elle ne voulait pas voir.

— Pourquoi ?

Le visage défait, le cow-boy se tourna vers elle.

— Judson a laissé échapper ton amie.

Cela voulait-il dire que Sierra était vivante ?

S'il vous plaît, Seigneur, faites qu'elle soit en vie ! Et qu'elle nous trouve.

La portière de la voiture s'ouvrit. L'homme qui la gardait empoigna son arme ; ses mains tremblaient.

— Si tu veux rester en vie, ma belle, fais exactement ce qu'il te dit et dis-lui ce qu'il veut entendre. Sinon, ta gosse et toi vous ne partirez pas d'ici entières.

Le sifflement d'une locomotive quelque peu poussive résonna dans le silence de la nuit. Rafe tendit à Elena les deux dernières boîtes de chili et lui indiqua la route pour OTC avant que, à bout de forces, elle regagne sa chambre.

Il verrouilla sa porte et s'affala sur le lit sans prendre la peine d'enlever ses boots, but quelques gorgées de bière, puis alluma la télévision.

Charlie ne le savait pas, mais il avait fait un super cadeau à Rafe. Un break. Le break dont il avait besoin pour se changer les idées. Parce que, aujourd'hui, cela aurait été leur cinquième anniversaire. Si Gabriella n'était pas morte un mois avant leur mariage...

La mission avait dérapé. Tout était allé très vite, très mal. Gabriella avait été atteinte par une pluie de balles ; elle n'avait pas eu de chance. Parce que Rafe n'avait pas vu le coup venir. Une trahison. Il n'avait pas su la protéger. Il avait laissé ses émotions prendre le pas sur son jugement.

Cela ne se reproduirait pas. Jamais.

Il serra sa canette de bière tellement fort que ses articulations devinrent toutes blanches.

— Jamais ! s'entendit-il dire tout haut.

Les remords pour ce qui était arrivé ne le quitteraient jamais. Il avait appris la leçon. Une leçon qu'il aurait dû apprendre étant enfant, mais qu'il n'avait pas apprise. Une leçon que Charlie, du moins l'espérait-il, n'aurait jamais à apprendre : Ne laissez jamais vos sentiments prendre le dessus sur la raison. Vous perdrez tout.

Depuis, il vivait nuit et jour avec ces deux phrases. À l'exception d'une nuit. Celle qu'il avait partagée avec Sierra Bradford.

Il avait suffi d'un baiser pour qu'il oublie les enseignements du passé. Aujourd'hui, il avait toujours du mal à croire qu'il l'avait aimée, comme il en rêvait depuis l'instant où il l'avait vue.

Cette rencontre avec Sierra lui avait presque fait peur. Il ne pouvait pas s'inquiéter pour elle, c'était trop dangereux. Une nouvelle fois, ses sentiments pourraient prendre le pas sur la raison. Il était hors de question de courir un tel risque. Et Sierra avait droit à un homme qui lui donne tout. Son cœur, son esprit, son corps et son âme. Elle méritait cela, pas un type comme lui, incapable de se faire une place dans une famille, un type dont le cœur était complètement usé. Démoli.

Oui, Sierra méritait quelqu'un d'intact. Cette pensée ne l'empêchait pas de rêver, de revivre chaque baiser, chaque caresse, de repenser à la façon dont elle l'avait serré contre elle, très fort, comme si elle avait eu peur qu'il se sauve.

Il plongea la main dans la poche de son jean et en sortit une pochette en velours qui contenait la fine chaîne en or qui s'était détachée de son cou quand ils avaient fait l'amour. La chaîne glissa dans le creux de sa main. Il sourit. Quelle nuit ! Une nuit torride qu'il n'oublierait jamais.

Non, Rafe. Arrête ! se dit-il en remettant la chaîne dans la pochette.

Inutile de rêver d'elle cette nuit encore.

Tandis qu'il faisait défiler les chaînes sur son téléviseur à la recherche d'un programme qui le fasse penser à autre chose, son téléphone se mit à sonner. Numéro caché. Avec un peu de chance, une mission d'OTC. Personne d'autre ne l'appelait.

— Vargas. J'écoute.

— C'est Noah. J'ai besoin de toi.

Noah était l'une des rares personnes à qui il faisait confiance, et qui lui faisaient confiance, aussi. Enfin... Noah lui ferait confiance jusqu'à ce qu'il découvre qu'il avait couché avec sa sœur. Et, pire, qu'il l'avait laissée tomber ensuite. Même si c'était pour son bien.

S'armant de courage, Rafe commença par avaler une gorgée de bière.

— Quoi de neuf ? Je croyais que tu avais raccroché les gants !

Noah avait travaillé pour OTC. Espion hyper doué, le meilleur des meilleurs. Aujourd'hui consultant, il concevait des gadgets plus surprenants les uns que les autres pour aider les agents travaillant sous couverture. Prêt, par idéalisme, à prendre tous les risques il y a peu de temps encore, il s'était rangé depuis qu'il avait trouvé quelqu'un qui l'aimait, et donc une raison de ne plus s'exposer au danger.

— Sierra a disparu.

2

Une poussée d'adrénaline le fit se lever d'un bond. D'un geste machinal, il posa sa bière sur la table de chevet branlante. Non, ce n'était pas possible ! Pas de nouveau ! Il l'avait déjà recherchée, juste avant Thanksgiving, et l'avait retrouvée. Mal en point, mais vivante.

Refusant de se laisser gagner par la panique, il inspira profondément trois fois de suite. Ce n'était pas normal de réagir aussi violemment.

— Quand l'as-tu vue pour la dernière fois ?

— Il y a deux jours. Elle a laissé un message un peu étrange à propos du déjeuner de dimanche auquel elle ne pouvait pas venir. Depuis son agression, elle s'est renfermée alors on la laisse tranquille. Mais je suis quand même allé chez elle pour voir si tout allait bien. Elle était partie, avec une valise au moins. Le lit était défait, de la vaisselle sale traînait dans l'évier. Ça ne lui ressemble pas. Ça m'inquiète, Rafe. Elle n'est plus la même depuis...

— Archimède. Ah ! le salaud !

Il grinça des dents. Il valait mieux qu'Archimède soit mort. Sinon, il se serait fait un plaisir de tuer cette ordure pour ce qu'il avait fait à Sierra.

— Son mobile ? Il a borné où ? Tu as vérifié ?

— Elle sait comment bloquer le signal. Ou quelqu'un d'autre l'aura fait. Elle est bien plus douée que moi, ma sœur, pour tout ce qui est téléphonie et informatique... Même si elle prétend le contraire.

— Zane devrait pouvoir la localiser. C'est un crack.

— Il est au QG d'OTC. Je ne tiens pas à ce que le patron pense qu'elle a pété les plombs.

Noah hésita.

— Je sais qu'on ne veut plus d'elle à OTC, mais quand Ransom l'a mise en congé pour une durée indéterminée après l'affaire Archimède — sur notre insistance, si tu te rappelles —, elle a perdu le goût de vivre. On s'est loupé, sur ce coup-là.

Rafe passa la main sur sa balafre.

— Non. Le boulot est trop dangereux. Elle risquait de se faire blesser, ou pire.

S'il arrivait malheur à Sierra, il s'en voudrait éternellement. Elle avait déjà failli mourir une fois. Ça ne devait pas se reproduire.

Il prit son sac à dos en haut du placard.

— Je pars la chercher et je la ramènerai, parole de Vargas ! Ensuite, à toi de veiller à ce qu'elle reste tranquille.

— Assure-toi qu'elle va bien. Elle n'est pas dans son assiette, depuis quelque temps. Je sais qu'elle dort mal. Elle a les yeux cernés. Je ne veux pas perdre ma sœur. On est bien placés, toi et moi, pour savoir à quel point les cauchemars peuvent vous bousiller la vie.

Oui, Rafe savait. Il avait eu son lot de terreurs nocturnes. Il avait aussi vécu, de très près, celles de Sierra. Ses mauvais rêves lui avaient valu la plus belle — mais aussi la pire — nuit de sa vie. Il ne l'oublierait pas.

Passer des heures dans les bras de Sierra avait excité son impatience et déchaîné son désir. Quand il avait compris qu'il ne se satisferait pas de peu, il avait su qu'il était tombé amoureux. Éperdument amoureux. Elle l'avait ensorcelé à tout jamais. Et, maintenant, il était pétri de désir. De désir d'elle, de son âme, de son corps. Mais il savait aussi que l'amour peut détruire. Peu lui importait que lui soit détruit, ce qu'il s'interdisait c'était de la détruire, elle. Il avait déjà commencé…

Il était donc parti — pour le bien de Sierra —, bien décidé à veiller sur elle, mais de loin. À s'assurer qu'il ne lui arriverait rien.

À plusieurs reprises, il avait failli céder à son désir de la revoir, aussi avait-il supplié Ransom, le patron, de lui confier une nouvelle mission. Quelque chose qui l'occupe assez pour la sortir de ses pensées, car elle l'obsédait. Comme il l'avait décidé, il avait pris ses distances, mais il n'aurait pas dû cesser de la surveiller. S'il avait continué, il saurait précisément, aujourd'hui, où la trouver.

— Tu t'es renseigné dans les gares routières ? Les aéroports ?

— C'est ce que je fais.

— Je t'appelle dès que je la trouve.

Rafe rangea dans son sac son 1911, son couteau Bowie et son P-11 avec son holster de cheville, ainsi que les balles, un téléphone par satellite et quelques-uns des plus intéressants petits appareils de flicage de Noah.

Il ne lui restait plus maintenant qu'à trouver Sierra.

Il pianota sur le clavier d'un des gadgets pour commencer sa recherche. Sans trop savoir pourquoi, il avait un mauvais pressentiment. Mais peut-être était-ce l'idée de revoir Sierra qui le perturbait. Quand il la retrouverait, saurait-il résister ? Pourrait-il la quitter cette fois encore ? En fait, en aurait-il seulement envie ?

Bien que la nuit soit tombée, les rues de San Antonio étaient éclairées comme en plein jour. Le conducteur du camion ralentit, puis s'arrêta non loin de la maison de Mallory en laissant tourner le moteur. Sierra posa la main sur la poignée de la portière.

— Merci de m'avoir prise en stop, dit-elle en descendant de la cabine.

— Vous êtes sûre que vous ne voulez pas que je vous emmène à l'hôpital ? insista le chauffeur.

Quand son pied toucha le sol, un élancement lui vrilla la cuisse. Incapable de se retenir, elle grimaça.

— Ça va, merci.

Bien mieux que Mallory et Chloé, c'était sûr.

Et maintenant ? Première chose à faire, s'occuper de sa jambe. Comment ferait-elle pour les retrouver si elle perdait connaissance et se retrouvait aux urgences ? Des blessures par balle dans un hôpital, c'était l'appel à la police assuré. Et qui dit police, dit ennuis.

Elle se força à sourire et regarda l'homme qui lui avait sauvé la vie en s'arrêtant.

— Merci encore, dit-elle.

Le poids lourd repartit en klaxonnant. Sierra se dirigea vers sa voiture qu'elle avait laissée devant chez Mallory. Ses clés qu'elle avait glissées dans sa poche avaient disparu pendant leur enlèvement, mais elle s'aperçut qu'elle avait laissé la vitre côté conducteur entrebâillée. À l'aide d'une petite branche qu'elle arracha à une haie, elle parvint à appuyer sur la commande d'ouverture du coffre. Elle attrapa le sac qui contenait son ordinateur portable, un peu d'argent et sa carte bancaire. Elle avait mis tout cela dans le coffre avant de partir avec Mallory chercher Chloé.

Son sac à l'épaule, elle s'éloigna en boitant. Quelques centaines de mètres plus loin, elle traversa la quatre voies aussi rapidement qu'elle put. Même si l'on demandait au routier s'il l'avait vue, on ne la retrouverait pas si facilement.

Après un arrêt dans une supérette pour acheter des pansements, un téléphone nomade et quelques bricoles, elle continua pendant encore un bon kilomètre et demi avant de repérer le motel le plus neutre, le plus banal, le plus passe-partout que l'on puisse imaginer. Il lui en rappelait un autre. À un autre endroit. Deux mois plus tôt.

Elle avait appris des tas de choses de Rafe Vargas, cette semaine-là. Des choses qu'elle préférait oublier, pour la plupart. Mais disparaître en plein jour était un talent qui allait lui être utile, ce soir.

Sur le point de s'écrouler, elle poussa la porte de l'établissement. Une sonnette carillonna. En l'espace de quelques minutes, elle s'était délestée de ce qu'il lui restait d'argent en échange d'une clé. Une fois la porte de sa chambre refermée, elle s'y adossa.

Elle posa les produits pharmaceutiques sur la table branlante et déboutonna son jean qu'elle fit descendre sur ses hanches. Mais arrivée au niveau des cuisses, elle dut s'arrêter. Le sang avait séché et le tissu collait.

Lentement, les yeux fermés, elle essaya de décoller le jean de la plaie. Aïe, aïe, aïe ! Ça faisait mal, ça la brûlait. Elle ne put retenir un gémissement. Les larmes aux yeux, elle hésita à continuer. Dans le fond, songea-t-elle, il vaudrait peut-être mieux l'arracher brutalement, d'un coup, comme on fait pour décoller un sparadrap.

— Un, deux, trois…

Un coup sec, et le jean glissa jusqu'à ses chevilles. Ses genoux flageolèrent. Elle tomba par terre en se mordant la lèvre pour ne pas crier.

Comme elle avait mal !

Sa jambe tremblait, du sang coulait de la blessure qui s'était rouverte. Elle resta un moment assise par terre, se balançant d'avant en arrière comme un automate. Quand les petites mouches finirent de danser devant ses yeux, elle se releva et se dirigea en titubant presque vers la salle de bains.

Se tenant au mur, elle nettoya la plaie avec de l'eau chaude en ayant soin de retirer les fibres du tissu et la saleté qui y étaient accrochées. De temps à autre elle s'arrêtait, appuyée au lavabo, le temps de reprendre des forces et du courage avant de recommencer.

Un « toc toc » énergique fit vibrer la porte.

Elle boita jusqu'à la table et saisit la paire de ciseaux qu'elle avait achetée avec les pansements. Puisque les kidnappeurs lui avaient pris son arme, cela devrait faire l'affaire. Aussi vite qu'elle put elle retourna dans la salle de bains et se glissa derrière la porte, le cœur battant.

— Madame Jones ?

C'était la voix du réceptionniste du motel.

— Madame Jones ? appela-t-il plus fort en frappant encore.

Si elle ne répondait pas, il finirait bien par s'en aller…

Sa jambe blessée tremblait de plus belle. Un petit moment s'écoula sans qu'il se passe rien. Elle commençait à se détendre lorsqu'un bruit de clés dans la serrure la fit se raidir. Retenant son souffle, elle regarda par l'entrebâillement de la porte de la salle de bains. Quelques secondes plus tard, la silhouette massive du réceptionniste apparut sur le seuil de la chambre.

En voyant le jean taché de sang, l'homme fronça les sourcils.

— Elle n'est pas là, lança-t-il par-dessus son épaule. Faudra revenir.

— Je suis son mari.

Sierra eut l'impression que son cœur manquait plusieurs battements. Cette voix, elle l'aurait reconnue n'importe où, au milieu de centaines d'autres. Elle était grave, chaude, sensuelle. Une voix de velours de baryton. Mais elle rêvait. Ces quatre mots n'avaient pas pu être prononcés par *lui*. Pourtant, elle se hasarda.

— Rafe ?

Elle faillit retourner dans la chambre mais, se rappelant à temps qu'elle était en petite culotte, elle se contenta de passer la tête.

— Coucou, chérie ! fit Rafe. C'est moi.

Il souriait, apparemment joyeux.

— Me revoilà.

Avant qu'elle ait pu lui demander comment il avait fait pour la retrouver, il poussa poliment le réceptionniste dehors, ramassa le jean taché de sang qui traînait par terre et ouvrit la porte de la salle de bains en grand.

— Qu'est-ce que c'est que ça ? gronda-t-il en agitant le jean.

Au lieu de répondre, elle attrapa une serviette et l'enroula autour de ses hanches pour cacher ses jambes nues.

— Qu'est-ce que tu fais ici ?

— Ça, c'est une blessure par balle, dit-il, ignorant sa question.

Il enleva la serviette pour regarder la plaie de près et, sans lui laisser le temps de protester, la prit dans ses bras et la déposa sur le lit.

Il se redressa et lança son stetson sur la chaise près de la table.

Avec sa haute stature et sa balafre sur la joue, il avait tout d'un héros romantique tout droit sorti d'un roman sentimental. Et il avait nourri ses fantasmes… jusqu'au lendemain de leur formidable nuit d'amour. Elle avait baissé la garde, lui avait ouvert son cœur, et il avait tout piétiné.

— Je n'ai pas besoin d'aide. J'ai la situation bien en main.

Elle se releva sur les coudes avec l'intention de descendre du lit. La saisissant par le bras, il l'arrêta, l'air furieux, puis inspecta sa blessure sans dire un mot.

Surprise par son expression, elle garda le silence. Il hocha alors la tête et alla fourrager dans le sac de pansements. Il en sortit des compresses, un antiseptique, une crème antibiotique et du sparadrap.

Après avoir imprégné une compresse d'antiseptique, il lui maintint la jambe d'une main ferme pour qu'elle reste bien droite.

— Laisse-moi faire, j'ai l'entraînement, dit-il en commençant à nettoyer la peau autour de la plaie.

Elle serrait les dents. Malgré elle, sa jambe frémit lorsqu'il entreprit de désinfecter la plaie elle-même.

— Désolé de te faire mal, s'excusa-t-il.

— Doucement, supplia-t-elle.

Il se pencha sur sa cuisse et souffla pour apaiser la sensation de brûlure.

Le voyant approcher du haut de sa cuisse, Sierra regarda au loin, les joues en feu. Il n'y avait pourtant rien de trouble dans ses gestes. Ils étaient professionnels, et rien d'autre. Il se montrait même plutôt distant. En fait, il agissait comme un infirmier ou comme une personne dont c'était le métier.

Ils ne s'étaient pas revus après leur folle nuit, jusqu'à cet étrange dîner familial de Thanksgiving, auquel Noah l'avait invité, une semaine après qu'il l'avait secourue.

Un seul regard, et son cœur avait battu comme un fou au souvenir de ses mains sur elle, de sa voix, des mots qu'il avait murmurés pour chasser ses cauchemars. Du moins pour quelques heures. Jusqu'à ce qu'il se sauve et disparaisse au petit matin, comme il avait de nouveau disparu après la réunion familiale à laquelle il avait assisté dans le seul but de révéler à sa famille — à Noah en particulier —qu'elle travaillait pour OTC.

Les rêves de Sierra s'étaient métamorphosés en envie de vengeance. Rafe n'avait pas reparu. À deux reprises, elle avait cru l'apercevoir dans la foule, s'était imaginé qu'il la recherchait, qu'elle avait été pour lui plus qu'une simple nuit de passion. Elle avait voulu croire qu'il ne s'était pas simplement servi d'elle parce que c'était « commode ».

Quelle erreur !

L'image idéalisée s'était vite brouillée. Brisées, les lunettes roses !

Comment avait-elle pu se laisser ainsi abuser ? Comment avait-elle pu faire confiance à un homme qui l'avait si facilement laissée tomber ?

Une chose était sûre, il ne la tromperait pas une deuxième fois. Elle ne succomberait plus à son charme, au doux souvenir qu'elle avait de lui, ni à ses propres fantasmes. Elle ne pouvait pas se fier à lui. En matière de sentiments, en tout cas. En excellente élève qu'elle était, elle avait appris la leçon.

Il appliqua délicatement de la pommade sur la longue éraflure qui avait cessé de saigner puis la pansa. Après avoir mis un dernier morceau de sparadrap, il laissa la main sur sa cuisse. Elle frissonna jusqu'au plus secret d'elle-même.

Si son corps voulait bien, dorénavant, cesser de réagir aussi bêtement et écouter sa tête, il lui rendrait grand service !

Rafe la regardait avec insistance. Un muscle faisait frémir sa joue à intervalles réguliers. Tiens donc, nerveux ?

Malgré sa résolution, elle avait du mal à rester de glace alors qu'il était si près et la dévisageait avec ces yeux-là… Le fait d'être à moitié déshabillée et observée par cet homme dont elle avait tant rêvé supposait un sang-froid qu'elle n'avait pas. Bien qu'il l'ait laissée en plan, il la faisait toujours vibrer. Même quand, comme tout à l'heure, il était en colère.

Manque de chance, justement la colère lui allait bien !

Elle cligna des yeux, ce qui rompit le charme — si charme il y avait — et, d'un mouvement vif, se cacha les jambes avec le dessus-de-lit.

Il n'y avait pas d'autre moyen pour gérer ce type d'homme qu'attaquer et, surtout, ne pas mollir.

— Qu'est-ce que tu fais là ? Et tu te prends pour qui, pour te faire passer pour mon mari ?

Si le réceptionniste du motel n'avait pas été aussi réticent à lui communiquer le numéro de la chambre de Sierra, Rafe n'aurait pas été obligé de mentir. Quant à savoir pourquoi l'idée de dire qu'il était son mari lui était venue, mystère ! Qu'importe, il n'allait pas se creuser la tête pour trouver une explication. Ou plutôt une excuse. La vérité — qu'il n'osait pas s'avouer — c'est que, depuis deux mois, il rêvait d'avoir Sierra dans son lit. Et quoi de mieux pour avoir une femme dans son lit qu'être son mari ?

Il haussa les épaules et tapota le pansement qu'il lui avait fait à la cuisse.

Quand il était entré dans la chambre et avait vu le jean plein de sang par terre, il avait eu très peur. Quelques centimètres de plus, et la balle atteignait l'artère fémorale. C'était la mort assurée.

Cela faisait deux fois maintenant qu'elle frôlait la mort, mais elle était vivante. Et n'allait pas si mal, malgré ses yeux cernés et ses joues pâles.

Il examina chacune des blessures qu'il voyait — des écorchures, des bleus à la joue et à la mâchoire. Elle était bien amochée, et serait bientôt bleue et noire un peu partout.

Le salaud à qui elle devait ça paierait.

Alors qu'il se taisait, il vit un étrange éclat passer dans ses yeux. Il lui avait déjà vu ce regard, à la fois fiévreux et glaçant. C'était en général quand on la mettait en colère, mais il le lui avait vu, aussi, quand elle avait serré les jambes autour de ses hanches.

Il commença à manquer d'air. La chambre lui parut soudain minuscule, étouffante, comme si les murs se refermaient sur lui. Il fallait qu'il enterre le passé. Qu'il oublie qu'elle était là.

Mais comment ?

Elle l'obsédait. Il ne pensait qu'à la prendre dans ses bras, la respirer. C'était une fleur, un bouquet... S'il fermait les yeux, il la reconnaîtrait entre mille ; elle avait un parfum qui n'appartenait qu'à elle, une peau d'ange d'une douceur qu'aucune autre femme n'avait. Il ne pouvait rien oublier d'elle et surtout pas sa générosité quand elle s'était donnée à lui.

Et lui, idiot qu'il était — à moins que ce ne soit le contraire —, il avait tout envoyé promener alors qu'il ne rêvait que de rester avec elle. Fallait-il qu'il soit fou, dérangé !

Et puis non, il avait bien fait. Il avait fait ce qu'il fallait. Du moins préférait-il le croire. Autrement... Quoi, autrement ? Il n'y avait pas d'autrement.

Au lieu de céder à la pulsion qui l'empêchait presque de respirer, il afficha un air dégagé.

— Pourquoi je suis ici ? Mais pour rien... J'ai reçu un appel de ton frère, Noah, inquiet que tu aies disparu de Denver sans rien dire à personne, deux mois seulement après avoir été agressée par un tueur en série. Là-dessus, je découvre que tu as payé des courses avec ta carte de crédit et je te retrouve à deux kilomètres de la boutique où tu as fait ton petit marché, dans un motel miteux, blessée et, de toute évidence, victime d'un mauvais coup. Je ne sais pas, Sierra, mais à ta place je crois que je comprendrais ce que je fais ici. Je suis venu à ton secours.

— Deux kilomètres... Si seulement j'avais pu être plus loin de toi, marmonna-t-elle. Va-t'en, Rafe. Et dis à Noah que s'il veut à tout prix m'envoyer un baby-sitter, qu'il cherche quelqu'un d'autre.

Elle était dure. Sa réponse, même s'il s'y attendait, faisait mal. Aucune distance ne serait jamais trop grande pour lui si elle avait des ennuis.

— Pas très aimable, constata-t-il. Mais peu importe, je ne bougerai pas.

Il passa délicatement la main sur un bleu qu'elle avait à la joue.

— Qui t'a fait ça, Charmante ?

Elle chercha à fuir son regard.

— N'essaie pas d'être gentil. Ça ne marche pas.

— Je veux savoir dans quoi tu t'es fourrée.

Il se pencha et, lui prenant le menton pour lui tourner la tête, la força à le regarder.

— Dans une opération secrète ?

— Noah et toi, vous avez demandé qu'on me mette au vert, tu te rappelles ?

— Très bien. Mais je me rappelle aussi qu'un jour tu as trouvé le moyen de contourner l'interdit. Tu es allée dans des zones où tu n'aurais jamais dû mettre les pieds.

— Au Kazakhstan ? Oui, mais c'était différent. Zane avait besoin d'aide, mais il ne le savait pas encore, répliqua-t-elle. J'ai réussi à trouver le lien entre les terroristes et cette ONG, non ?

— Ce n'est pas le sujet. Je ne dis pas que tu ne fais pas bien ton travail. Bon sang, non, tu es la meilleure. Et on le sait tous.

Interdite, bouche bée, elle le regarda pendant quelques secondes puis, au lieu de se jeter dans ses bras comme il l'espérait, commença à tordre le drap nerveusement.

— Je suis peut-être bonne devant mon ordinateur mais sur le terrain je suis nulle. J'ai tout loupé. Tout. Ce qui s'est passé n'aurait jamais dû arriver. J'aurais dû pouvoir l'empêcher.

Elle détourna les yeux, hésita, cherchant ses mots. Finalement, elle jura.

— Et puis, zut ! Tu sais ce que je veux, en ce moment ? Que tu fiches le camp, tu comprends ? Va-t'en et dis donc à Noah de s'occuper de ses oignons. Et pareil pour toi !

— Sierra...

— Il n'y a pas de *Sierrrra*...

Elle releva le menton et planta son regard dans le sien, sans ciller.

— J'ai acheté un mobile nomade pour appeler Ransom. Il faut qu'OTC m'aide. On a enlevé ma meilleure amie et sa fille. Ma petite filleule.

Elle se tut, les traits tirés, triste.

— C'est dramatique. Je n'ai rien pu faire pour empêcher ça. Alors, aide-moi, Rafe. J'ai besoin de toi pour m'aider à les sauver.

Mallory n'arrivait pas à détacher les yeux du sang qui coulait du cadavre. Le spectacle était glaçant. Elle finit par s'en détourner et regarda la caravane. Il fallait absolument qu'elle sorte Chloé de là, mais comment ?

— Virez le corps de là, ordonna une voix provenant de la voiture de police aux deux hommes qui venaient d'en descendre. Et toi, amène la fille, ajouta-t-il à l'intention de l'acolyte de Judson.

— Oui, patron, répondit le cow-boy.

— Non, s'il vous plaît ! supplia-t-elle.

Elle aurait dit n'importe quoi, promis n'importe quoi pour qu'ils ne fassent pas de mal à sa fille.

Deux hommes empoignèrent Judson et le traînèrent près de

la caravane. Le ravisseur de Mallory disparut à l'intérieur, la laissant seule.

Elle pensait à s'enfuir quand un autre homme ouvrit la portière de la voiture et descendit. Un flic en uniforme. Tempes légèrement grisonnantes, regard dissimulé derrière des lunettes de soleil.

— Je ne te conseille pas de t'échapper, madame Harrigan. Ou ta fille…

La porte en aluminium claqua.

— Maman ! Me laisse plus. J'ai eu trop peur.

Chloé repoussa le bras du cow-boy.

— Laisse-la filer, ordonna le flic.

Chloé se précipita vers sa mère qui la prit dans ses bras et la serra contre elle.

— S'il vous plaît, laissez-la partir ! Elle n'a que cinq ans !

— Chloé, tu veux partir ? demanda le policier.

La fillette fit oui de la tête.

— Princesse a besoin de moi. Il faut qu'elle mange ses croquettes. Les petits chats peuvent pas manquer un repas. Ils ont besoin qu'on s'occupe d'eux.

L'homme sourit. Un sourire qui fit rager Mallory.

— Tu vas revoir ton chat, Chloé, mais il faut que tu me dises quelque chose, avant. Quelque chose d'important.

Chloé se mordit la lèvre.

— Je sais rien d'important.

— Je suis sûr que si. Regarde-moi bien.

Se tortillant dans les bras de sa mère, l'enfant regarda l'homme.

— Tu me serres, maman. Tu m'écrabouilles. Aïe !

Pointant le doigt vers la chemise du policier, elle gigota de plus belle.

— T'as un beau badge, il brille beaucoup, t'es pas un inconnu, alors. Tu sais si Sierra va bien ? Je l'ai vue tomber. Elle va pas bien ?

Les yeux fermés, Mallory soupira intérieurement. Le policier sourit.

— C'est un drôle de prénom, Sierra. Ta mère va peut-être nous dire le nom de famille de son amie.

Chloé fit oui de la tête.

— Maman le sait. Et moi aussi je le sais. Moi, mon nom c'est Chloé Harrigan. Sierra, c'est Sierra Bradford.

L'homme fit un signe de tête à son chauffeur.

— T'as entendu ?

— Oui, monsieur.

Là-dessus, le chauffeur prit son téléphone et composa un numéro. Mallory perdit alors tout espoir. Maintenant que sa fille venait, sans le vouloir, de trahir sa meilleure amie, personne ne les retrouverait jamais. Elles étaient fichues.

Désespérée, elle se mordit la lèvre. Elle était seule. Sans personne pour les aider. Comment allait-elle faire pour échapper à ce piège mortel ?

Le policier, ravi, bomba le torse. Puis, l'air vraiment satisfait, croisa les bras devant lui.

— Merci de l'information, Chloé. Tu me rends un grand service.

— On va aller voir Princesse ? Tu as promis.

— Je tiens toujours mes promesses, dit-il. En principe. Pour l'instant, Glenn va te ramener dans ta chambre. Ta maman et moi on a plein de choses à se dire.

Sa fille serrée contre elle, Mallory essayait de ne pas trembler.

Glenn prit la fillette par la main. Mallory ignorait encore pourquoi ils l'emmenaient, mais elle n'allait pas tarder à le savoir.

— J'ai quelques questions pour toi, Harrigan. Si j'entends ce que je veux, peut-être que ta fille ne sera pas forcée de te regarder mourir.

3

Le silence de mort qui régnait dans cette chambre de motel donna à Sierra envie de pleurer. Elle était assise au bord du lit, le dos raide. Elle avait raconté à Rafe tout ce qu'elle savait sur la fourgonnette, l'enlèvement. Sur tout.

Comment Mallory l'avait appelée quand elle avait découvert qu'il manquait de l'argent dans les caisses du Rodeo Club de San Antonio où elle travaillait.

Comment elle, Sierra, avait trouvé une piste en fouillant dans des dossiers et découvert des chiffres qui avaient été trafiqués après que Mallory eut contrôlé les comptes.

Comment elles s'étaient toutes les deux demandé si les menaces de son ex au sujet du droit de garde de l'enfant n'avaient pas quelque chose à voir dans l'affaire.

Comment le ravisseur avait profité d'un arrêt à un feu rouge dans une rue déserte alors qu'elles ramenaient Chloé de l'école. Comment elle était parvenue à leur échapper et comment on lui avait tiré dessus.

Elle ne lui avait rien caché.

Evidemment, selon son habitude, il n'avait pas dit un mot. Le muscle de sa joue se contractait nerveusement et il regardait devant lui, c'est tout. Silencieux. Le visage fermé.

Elle lui connaissait bien cet air impénétrable qui lui valait d'être qualifié de distant par certains. Pour d'autres, beaucoup plus nombreux, il était une énigme. Mais pas pour elle qui savait quelques petites choses à son sujet. Elle savait qu'il se dominait bien. Pas en toutes circonstances, mais presque. Elle l'avait vu complètement éperdu une fois : la nuit qu'ils avaient passée ensemble. Un égarement qu'il regrettait sûrement... Tout comme elle.

Elle ne comprenait toujours pas pourquoi Noah l'avait envoyé à sa recherche. C'était la dernière personne à laquelle elle aurait pensé. Enfin, peut-être pas... Rafe était l'une des rares personnes à qui Noah faisait confiance, si l'on exceptait les membres de sa famille. N'empêche, elle aurait préféré voir arriver n'importe quel autre agent d'OTC.

Cela dit, le fait qu'elle soit mal à l'aise importait peu. Il lui fallait de l'aide, et elle n'avait donc pas le choix. Mallory et Chloé ne pouvaient pas attendre. Il fallait leur porter secours.

Dans ce domaine, Rafe était le meilleur. OTC faisait toujours appel à lui dans les situations difficiles ou dangereuses qui exigeaient du sang-froid, des nerfs d'acier et beaucoup de courage.

Et, pour l'heure, elle avait besoin de lui.

D'une main tremblante, elle remit une mèche derrière son oreille en le regardant en douce. Il était très concentré, ce qui signifiait qu'il ne voulait ni parler ni être dérangé.

La lotion antiseptique qu'il lui avait appliquée sur la cuisse tout à l'heure piquait encore.

Elle plissa le nez ; elle détestait son odeur.

À douze ans, elle avait passé tous ses après-midi à l'hôpital au chevet de sa maman en phase terminale. Cette odeur lui rappelait des moments affreusement douloureux auxquels elle ne voulait plus penser. Elle avait été incapable d'empêcher sa maman de mourir. Pour se... racheter, elle devait faire quelque chose aujourd'hui. Pour Mallory et Chloé. Si elles étaient encore en vie...

Non et non ! Pas de défaitisme. Elles ne pouvaient qu'aller bien. Certainement effrayées, mais vivantes. Vi-vantes !

— Je trouve insensé que tu te sois fait enlever deux fois en deux mois, finit par dire Rafe.

— Les deux événements n'ont rien à voir, répondit-elle. Et si Chloé n'avait pas eu aussi peur...

— Vous seriez toutes mortes.

Il croisa les bras sur sa poitrine.

— Voilà ce qu'on va faire, poursuivit-il. Primo, j'appelle Noah. Il fera venir un avion pour te ramener à Denver…

— Sûrement pas ! l'interrompit-elle.

Il était hors de question qu'il la fasse partir. Elle allait mettre les choses au point avec lui tout de suite.

— Pas avant qu'on ait trouvé Mallory et Chloé.

— Sierra…

— Je suis un témoin. Je les connais. Tu as besoin de moi.

— Tu sais qui les a enlevées ?

— Ils portaient des cagoules, dit-elle en haussant les épaules.

— Tu penses à des suspects ?

Elle ne chercha pas longtemps.

— Mallory a des problèmes avec son ex parce qu'elle a demandé la garde exclusive de leur fille. Il est furieux et ne la lâche plus… Il la harcèle.

— Les enlèvements sont le plus souvent l'œuvre de proches qui connaissent la victime.

Rafe se gratta le menton.

— Ça peut être d'autres personnes, évidemment. Mais dans le cas d'inconnus, l'enquête est plus difficile.

— Si c'est son ex, je ne vois pas ce qu'il peut espérer. À quoi bon les garder prisonnières, ou pire ?

Une sensation de froid envahit Sierra qui frissonna.

— La seule autre piste est qu'elle a découvert des trous dans la comptabilité du club de rodéo où elle travaille. J'ai regardé des dossiers qu'elle avait rapportés chez elle. J'ai trouvé des trucs douteux, mais je ne peux rien affirmer. Il faudrait que je réexamine les comptes.

— Il faut un mandat de perquisition pour faire cette démarche. OTC a un contact dans la police de San Antonio…

Elle secoua la tête.

— Non merci, pas de flics, s'il te plaît. Je suis quasiment certaine qu'il y en avait un parmi les ravisseurs. Mais pour l'instant, je garde cette info pour moi.

OTC avait déjà eu affaire à des flics pourris, et négocié avec eux. C'était une des raisons de l'existence de cette organisation. Quand les forces de l'ordre classiques n'aboutissaient à rien, ou se faisaient prier pour collaborer, on faisait appel aux agents d'OTC. Son père, policier, n'avait jamais admis cette dérive de son métier. Il était en service quand une balle l'avait cloué à vie dans un fauteuil roulant. Mais le fait de ne plus être sur le terrain ne lui enlevait pas son flair de flic. Policier il avait été, policier il restait.

Rafe opina.

— Je te promets d'être discret…

Il ne la laissa pas répondre. Posant un doigt sur ses lèvres, il reprit :

— Je vais appeler Ransom et demander que Zane vienne me rejoindre ici. C'est un génie informatique. Il trouvera ton amie. Mais toi, tu retournes à Denver. On prendra l'affaire en main, lui et moi. Laisse-nous faire notre boulot.

— Laisse-moi faire le mien, répliqua-t-elle sèchement en reculant.

Elle se leva et fit le tour du lit. Elle ramassa son jean taché et le passa avec une grimace de dégoût, mais elle n'avait rien d'autre à se mettre.

— Je reste jusqu'à ce qu'on ait trouvé Mallory et Chloé. Maintenant, si ton intention est vraiment de me mettre des bâtons dans les roues, je préfère que tu rentres chez toi. Je peux appeler Ransom moi-même et demander à quelqu'un d'autre de m'aider.

Elle prit rageusement son mobile sur la table.

— Mallory et Chloé ne peuvent plus attendre. On a déjà perdu trop de temps à discutailler. Je n'ai pas besoin de toi pour me protéger, Rafe. J'ai besoin de toi pour m'aider.

Il se frotta les tempes.

— Ce que tu peux être têtue ! D'accord, j'accepte.

Sans ajouter un mot, il sortit de la chambre pour revenir un instant plus tard avec un sac à dos qu'il ouvrit pour en sortir un pantalon de jogging et un T-shirt qu'il jeta sur le lit.

— Enfile ça, dit-il. Au moins, c'est propre.

Elle prit le pantalon.

— Merci.

Finalement, il avait cédé plus facilement qu'elle l'aurait cru.

Elle disparut dans la salle de bains, heureuse de ne pas avoir à garder son jean plein de sang séché.

Le pantalon enfilé, elle serra le lien pour qu'il tienne sur ses hanches puis elle passa le T-shirt. Beaucoup trop grand pour elle, lui aussi. L'ensemble, dans lequel elle avait l'air d'une naine malgré son mètre soixante-quinze, présentait l'avantage d'être très confortable. Et l'idée de porter des affaires de Rafe ne lui était pas désagréable… tout compte fait.

Elle releva la tête pour se regarder dans le miroir.

— Tu es sûre de vouloir te lancer dans cette aventure ? Rafe et Noah ont peut-être raison, murmura-t-elle à son image qui la fixait dans la glace.

À y bien réfléchir, elle n'était plus aussi sûre d'elle malgré l'air bravache qu'elle affichait un peu plus tôt dans la chambre.

Que Rafe se soit montré sceptique n'avait rien d'étonnant. Il suffisait de la regarder. Des cernes sous les yeux, des écorchures sur le front, des bleus sur les joues et le menton… Où était passée la femme forte qu'elle pensait être ? Celle qui pouvait en remontrer à ses trois frères ?

Même si elle avait du mal à l'admettre, elle connaissait la réponse à cette question. Archimède l'avait détruite encore plus qu'elle l'imaginait.

En colère, elle tira sur l'encolure du T-shirt, découvrant la blessure qu'il lui avait faite et dont elle garderait la marque à vie. Une marque rouge, violente. C'était la preuve indélébile de sa faiblesse, de la vulnérabilité dont il avait profité quand elle s'était trouvée dans cette petite pièce. Totalement à sa merci.

Il avait eu l'avantage sur elle, ces jours-là. Comme ses ravisseurs aujourd'hui. Elle était peut-être très douée en informatique mais, comme agent, elle avait été très mauvaise. Deux mois plus tôt, elle avait réagi aussi mal qu'aujourd'hui.

Malgré tout, elle savait qu'elle pouvait être utile. Les comptes qu'elle avait eus sous les yeux lui avaient semblé suspects. Quelque chose clochait, elle l'avait senti.

— Comment se fait-il que tu n'aies pas flairé le danger, cette fois-ci ? continua-t-elle tout bas.

Elle remonta le tissu sur son cou pour cacher la marque et se pencha sur le lavabo pour se passer de l'eau sur le visage. Si Rafe sentait les choses, elle aussi.

— Tu t'es fiée à ton instinct des milliers de fois. Tu ne t'étais jamais trompée.

C'était vrai. La différence, cette fois, c'est que l'affaire la concernait personnellement.

— Allez, reprends-toi !

Pour Mallory et Chloé, elle ne pouvait pas, elle ne devait pas lâcher prise. Elles avaient besoin d'elle. Rafe aussi. Mais il avait besoin d'une partenaire sur laquelle il puisse compter.

Elle empoigna le rebord du lavabo et dit, tout haut :

— Tu dois tenir bon. Pour elles.

La porte de la salle de bains restant fermée vraiment longtemps Rafe se demanda ce que pouvait bien faire Sierra.

Il se passa les mains sur le visage. Qu'allait-il faire d'elle ? Elle avait affronté beaucoup d'épreuves et se battait comme une lionne pour voler au secours de Mallory, donnant là une preuve magnifique de fidélité en amitié. Il ne pouvait pas s'attendre à moins de la part de la sœur de Noah. Cependant, une indéniable lassitude couvait sous son courage, il l'avait senti. La personne la plus solide pouvait craquer sous la pression. Les sentiments très forts revenaient parfois en boomerang sur ceux qui les éprouvaient. Il en savait quelque chose.

Il prit son mobile dans sa poche et composa un numéro. Il voulait des faits, pas des impressions.

— Je n'ai pas de mission pour toi, Rafe, lui dit aussitôt Ransom Pas encore.

Rafe sortit de la chambre, son sac sur le dos.

— Ce n'est pas pour ça que je vous appelle. J'aurais besoin d'infos. La police de San Antonio les a sûrement. C'est urgent.

— Qu'est-ce qui se passe encore ?

— J'ai bien peur qu'on ait des pourris chez nous. Vous pensez quoi de Cade G. Foster ?

Il rangea ses affaires sous le siège de son pick-up.

— S'il quitte la police de San Antonio, je l'engage sur-le-champ.

— OK. Maintenant, il me faut des infos sur une certaine Mallory Harrigan. Une nouvelle affaire.

Après un rapide coup d'œil autour de lui, il déballa tout ce qu'il savait sur l'amie de Sierra sans toutefois mentionner Sierra. Pas encore.

— Je reviens vers toi dès que je sais quelque chose, répondit Ransom. Ça a quelque chose à voir avec la descente de Sierra Bradford à San Antonio il y a quelques jours ?

De stupeur, Rafe faillit laisser tomber son mobile.

— Vous êtes au courant ?

— Oui. Comme je suis au courant du fait que tu t'es planqué à Mertzon. C'est aussi mon boulot de m'inquiéter de mon équipe.

Sur ces mots, il raccrocha.

Parfois Ransom Grainger pouvait être effrayant. Cela faisait de lui quelqu'un pour qui il était selon les moments formidable ou détestable de travailler.

Rafe retourna dans la chambre. Sierra n'avait pas reparu. Après avoir arpenté la pièce deux ou trois fois, il regarda la porte de la salle de bains. Pas de bruit à l'intérieur. Comme il avait un autre coup de téléphone à passer, il en profita. Il composa un numéro qu'il connaissait par cœur, et laissa sonner.

Une fois. Deux fois. Zut, zut, zut ! Il n'allait pas décrocher, cet abruti ?

Si. Enfin !

— Tu l'as trouvée ? demanda Noah sans préambule.

— Elle va bien.

Ce n'était qu'à moitié vrai.

Silence sur la ligne.

Inquiet, Noah jura.

— Qu'est-ce que tu me racontes ? Qu'est-ce qui se passe ? C'est grave ?

Rafe se frotta le nez puis la cicatrice qu'il avait sur la joue.

— Comment sais-tu qu'il y a un problème ? Tu as un radar ou quoi ?

— Quand il s'agit de ma famille, je sens tout. Vas-y, Vargas. Dis-moi. Qu'est-ce qui se passe avec ma sœur ?

La voix de Noah était tendue.

— Elle va bien, j'espère ?

Comment était-il censé répondre ? Il ne pouvait pas raconter n'importe quoi à Noah.

— Je t'explique, dit Rafe.

Il raconta ce qu'il savait, en ayant cependant soin de garder certains détails pour lui. Le grand frère n'avait pas besoin de tout savoir.

— Tu te charges de l'affaire ? dit Noah. Parfait. Quand revient-elle ?

Rafe ne répondit pas.

— Tu la mets dans l'avion demain matin, première heure. Je compte sur toi.

Rafe se passa la main dans les cheveux.

— Elle dit qu'elle ne partira pas. Pas tant qu'on n'aura pas retrouvé Mallory et Chloé. Elle s'en veut.

Furieux contre sa sœur, Noah jura encore.

— T'es pas capable de la convaincre ?

— Explique-moi comment on peut faire changer d'avis une Bradford. Moi, je ne sais pas.

— Tu n'as pas faux !

— En plus, elle est très compétente, tu le sais.

Rafe pouvait éventuellement gérer l'ex, mais si Mallory avait été enlevée pour une question d'argent, ce que savait Sierra pourrait lui être utile pour retrouver la femme et sa fille.

— Bon, fit Noah après avoir laissé échapper un long soupir. Mais si tu vois qu'elle s'implique trop, calme-la. Tu la connais, elle se donne toujours à fond. Je ne vois personne de mieux que toi pour la freiner.

Rafe serra les dents. Noah ne croyait pas si bien dire. S'il savait.

— Je te la confie. Prends bien soin d'elle. On ne veut pas la perdre. Mon père a eu assez de malheurs comme ça ces dernières années.

— Je ferai tout ce que je peux, vieux. Promis.

Un « clic », et la communication prit fin.

Rafe recommença à marcher de long en large et finit par frapper à la porte de la salle de bains.

— Ça va, là-dedans ?

Un « bang » suivi d'un juron résonna à côté.

— J'irais mieux si tu n'étais pas aussi grand.

Amusé, Rafe sourit et allait répondre quand son téléphone sonna. Il jeta un coup d'œil à l'écran et s'éloigna de la salle de bains.

— Alors, patron ? Qu'est-ce que vous avez ? demanda-t-il à voix basse.

Ransom énuméra des faits qui surprirent Rafe. Qu'est-ce que cela voulait dire ?

— Vous êtes sûr de ce que vous avancez ?

Sierra n'allait pas être contente des nouvelles qu'il allait lui annoncer, ni de la façon dont son patron les avait apprises.

— Si j'en sais plus, je t'appelle. Cade est au taquet.

Rafe remettait son mobile dans sa poche quand Sierra sortit enfin de la salle de bains. Il dut faire un effort pour garder son sérieux.

— Il te va bien, mon survêt', même si tu nages dedans, ne put-il cependant se retenir de dire.

— J'ai réfléchi, dit-elle, ignorant sa remarque sur sa tenue. Bud, l'ex de Mallory, pouvait entrer chez elle comme il voulait. Il a pu voir les dossiers qu'elle avait ramenés à la maison. Il sait où Chloé va à l'école, et le chemin que Mallory prend pour y aller.

— Eh bien, voilà. Il a eu les moyens, l'occasion. Il n'y a que le mobile qui reste un peu flou. À ton avis, à part sa fille, qu'est-ce qu'il cherche ?

— Je ne sais pas.

Elle grommela.

— Ça me dégoûte. Je n'y comprends rien.

— Normal. On ne fait que commencer.

Voyant qu'elle tenait à peine debout, Rafe fouilla dans son sac et en sortit deux comprimés qu'il lui donna avec une bouteille d'eau.

— Tiens, tu vas en avoir besoin, dit-il.

Et pour plusieurs raisons, ajouta-t-il intérieurement.

Sierra avala sans discuter les comprimés avec de l'eau.

— Merci.

Il se lança alors.

— Je viens de parler avec Ransom. Il connaît des gens dans la police de San Antonio...

— Tu m'avais promis...

Elle passa devant lui et fourra rageusement ce qu'elle avait acheté dans un sac en plastique tout en poursuivant :

— Qu'est-ce que tu as fait ?

— Ce que je devais faire, répliqua Rafe en la prenant par les épaules pour l'obliger à se retourner. Ransom a confiance en Cade. Moi, je crois Ransom. La question est : nous fais-tu confiance ?

Elle ne répondit rien et baissa les yeux. Elle était furieuse.

Agacé, Rafe poussa un soupir.

— Je vois.

— Ce n'est pas Ransom et toi qui êtes en cause, expliqua-t-elle. Le ravisseur a laissé entendre qu'il n'y avait pas qu'un policier d'impliqué. Pourquoi as-tu pris ce risque ? Et si ça revient aux oreilles des kidnappeurs ?

— J'ai géré des opérations spéciales pendant plus de dix ans. Des infos exactes et complètes, c'est ce qui fait la différence entre un échec et un succès.

Il lui fit relever la tête, la força à le regarder.

— Oui ou non, Sierra, me fais-tu confiance ?

Elle repoussa sa main pour qu'il la lâche.

— Je n'ai aucune raison de ne pas te croire. Ransom compte sur toi, Noah te fait confiance.

Elle marqua un temps d'arrêt et reprit.

— Je te fais confiance... pour ce boulot.

Pour ce boulot. Pas pour autre chose, conclut-il intérieurement. Le message était clair. Ce n'était pas vraiment ce qu'il aurait aimé entendre mais, dans le fond, il ne pouvait pas lui reprocher sa méfiance.

— J'ai compris, dit-il, ravalant son amertume. Mais si nous devons collaborer, il va falloir que tu me fasses totalement confiance. Tout comme je vais devoir te faire confiance.

— C'est un point de départ, mais ce n'est pas suffisant, répliqua-t-elle. J'exige que tu me dises tout. Pas de secrets, pas de mensonges, pas d'omissions. Je compte sur ta franchise.

Elle se tenait à quelques centimètres de lui seulement, tête penchée sur le côté, solidement campée sur ses jambes, l'air déterminé. Elle ne recula pas ; elle ne reculait jamais. C'était une des qualités que Rafe admirait chez elle.

Il tendit la main.

— Promis.

Elle serra la main tendue.

— Nous sommes partenaires, alors. Donc, qu'a dit Ransom ? Et ne me regarde pas comme ça. Tu as la même tête que Noah quand il doit me dire quelque chose qu'il sait que je ne veux pas entendre.

— Assieds-toi et allonge ta jambe pour la reposer, dit Rafe. On a un problème.

Après l'avoir aidée à s'asseoir sur le lit, il approcha une chaise.

— Si je me fie à ce que tu m'as dit, le plus malin pour les kidnappeurs est de ne pas ébruiter l'enlèvement et de trouver et d'éliminer l'unique témoin… toi. Mais cet après-midi, avant l'enlèvement de Mallory et de sa fille, le patron de ton amie a appelé la police pour signaler qu'on lui avait volé de l'argent. Des dizaines de milliers de dollars.

Elle fronça les sourcils.

— Je ne comprends pas.

— La disparition de cet argent fait planer un doute sur Mallory. Quand ils ont perquisitionné chez elle, ils ont eu l'impression que les occupants s'étaient sauvés comme des voleurs. Ton amie apparaît comme la coupable. Ce que pense la police, c'est qu'après avoir piqué la caisse elle s'est dépêchée de quitter la ville en abandonnant sa voiture le long d'un trottoir.

Sierra secoua la tête.

— Ça n'a pas de sens.

— Ça en a un si c'était son projet au départ.

Rafe la laissa réfléchir.

— Non. C'est impossible. Elle n'est pas machiavélique. Elle n'aurait jamais fait un truc pareil.

— C'est astucieux, pourtant. Ça lui laisse le temps de disparaître.

— Non. Elle sait très bien que je la rechercherais jusqu'à ce que je la trouve. À moins que...

Elle laissa sa phrase en suspens puis poursuivit :

— À moins que je sois dans le coup.

— Dans ce cas, tu ne m'aurais pas demandé mon aide. J'ai confiance en toi, Sierra. Ça ne veut pas dire que je fais confiance à Mallory.

— Elle n'aurait jamais fait ça. Maintenant, si tu ne le crois pas...

— On doit envisager toutes les possibilités, dit-il, l'interrompant. Mets ton amitié pour elle de côté. J'admire ta confiance en les êtres humains mais, tu sais, les gens les plus proches de nous ne sont pas toujours ce que l'on croit qu'ils sont.

Il posa la main sur son épaule et la serra.

— Si tu la crois, convaincs-moi par des faits. Pas par des sentiments. Je veux du concret.

Elle inspira profondément et hocha la tête.

— Mallory et moi, on s'est connues quand on avait huit ans. À dix-huit ans, elle est tombée amoureuse d'un garçon qui n'était pas pour elle. Elle s'est laissé entraîner, a été dépassée par les événements. Bref... Ça lui a servi de leçon, et elle a changé complètement de vie par la suite. Elle adore sa fille et serait incapable de faire la moindre chose qui la mette en danger.

— L'amour et l'honnêteté ne vont pas forcément ensemble. C'est peut-être justement par amour pour sa fille qu'elle t'a menti et est partie avec l'argent. Tu sais, tous les humains ne sont pas capables de résister à la tentation, même quand ils savent qu'ils font une faute.

Il la fixa et vit à son expression qu'elle savait parfaitement ce qu'il voulait dire. Elle rougit.

— On parle de Mallory, dit-elle. Pas de nous. De notre erreur.

— Tu as raison. Ça a été une erreur.

Rafe lui lâcha l'épaule et alla jusqu'à la fenêtre.

— En résumé, elle est incomprise. C'est ce que tu dis. Elle a fait de mauvais choix, pris de mauvaises décisions, mais elle est incomprise !

Il ricana et continua.

— Actuellement elle est en plein divorce, qui bien sûr se passe mal. Son ex veut la garde de l'enfant. Selon Ransom, elle est endettée jusqu'au cou et vient, justement, de déposer une grosse somme en liquide sur son compte...

— Je sais qu'elle avait un crédit sur le dos, mais elle n'aurait pas détourné d'argent. C'est impossible.

— Les faits sont là, pourtant. Cinquante mille dollars. Apparemment, tu ne sais pas tout.

— Toi non plus. C'est quelqu'un qui lui a fait un mauvais coup. Mallory m'avait dit qu'il y avait un trou dans sa comptabilité. Enfin, dans celle du club de rodéo. Elle sait que je suis experte ès finances auprès des tribunaux ; elle m'en avait donc parlé. Elle voulait que je l'aide.

Elle se leva.

— Emmène-moi chez elle. Tu veux des faits ? Je vais te prouver que Mallory n'est pas partie de son plein gré et qu'elle n'a pas organisé son départ... comme tu sembles le croire.

— Comment cela ?

— Princesse.

Rafe transpirait. Il faisait peut-être anormalement chaud dans sa voiture pour un mois de janvier, surtout au milieu de la nuit, mais la température ambiante n'y était pour rien.

C'était à cause de Sierra Bradford.

Lui, que tous à OTC disaient froid comme un serpent, étouffait. À cause d'elle...

Bon sang ! Cette femme, c'était vraiment quelque chose !

Elle faisait tout avec passion et il adorait... Non, non, pas ce mot-là. Il aimait — c'était suffisant — son enthousiasme. Elle avait refusé de réviser son jugement sur Mallory Harrigan. C'était tout à son honneur, et il respectait son sens de l'amitié ainsi que le combat qu'elle menait envers et contre tout.

N'empêche, il y avait un problème. C'était criant.

Quant à ses autres passions... Il tira sur l'encolure de son T-shirt pour se donner de l'air. Une bonne douche, dès qu'il pourrait, le calmerait…

Entraîné à faire le vide dans sa tête, il refoula les souvenirs qui l'encombraient.

— Je dois dire que l'histoire des flics que raconte ton amie est un peu facile.

— Trop facile ? fit Sierra.

— Sans doute.

Compte tenu de son expérience, Rafe savait que rien n'est jamais simple, mais que les réponses ne sont pas toujours à chercher du côté d'un complot, même si les opérations menées par OTC étaient en général beaucoup plus compliquées que les autres.

Il tourna à droite dans la rue qui menait chez Mallory.

— Ne me dis pas qu'on va entrer frauduleusement dans une scène de crime et la polluer… parce que ton amie s'est enfuie en laissant son chat !

— Et alors ? Tu n'es pas capable de bidouiller une serrure aussi vite que mon frère ? J'ai lu assez de vos rapports pour savoir que vous êtes capables du pire pour obtenir ce que vous cherchez. Pour faire votre travail.

— En général, je m'arrange pour faire ami ami avec les autorités locales même si je dois mentir… Je ne vais pas me les mettre à dos si je veux obtenir quelque chose. Si on se fait prendre, ça va barder et…

Elle l'interrompit.

— Princesse, c'est le chat de Chloé. Elle adore cette petite bête que moi je trouve incroyable. Elle écoute.

Elle regarda Rafe par en dessous.

— Si elle est là, je marque un point. Si elle est à l'intérieur de la maison, ça voudra dire que Mallory ne s'est pas sauvée.

— Ce n'est qu'un chat.

— À t'entendre, il est évident que tu n'en as jamais eu.

Il haussa les épaules.

— Non… On déménageait trop souvent.

Son visage se ferma.

— De toute manière, dans aucun des endroits où ma première

famille d'accueil — la pire — m'a trimbalé, aucun chat n'aurait été en lieu sûr...

Pensif, il secoua la tête.

— Puisque moi-même je ne l'étais pas, et mon frère non plus.

Il balaya l'air devant lui comme pour chasser de mauvais souvenirs.

— Les chats, ça se met toujours dans vos pattes, grommela-t-il.

— Attends un peu de le voir, celui-là. Si tu ne l'aimes pas, c'est que tu es un sans-cœur.

— Je n'ai jamais prétendu que j'en avais un.

Il sourit, sarcastique.

— Je pensais que tu le savais.

Sierra croisa les bras.

— Non, Rafe, tu ne me la fais pas, s'il te plaît. Pas à moi. J'ai lu tes rapports d'opérations. Tu fuis beaucoup de choses dans la vie, mais tu n'es jamais indifférent. Tu ne ferais pas ce métier si tu étais insensible.

Elle se pencha vers le pare-brise.

— La maison de Mallory est juste là, après le virage.

Le quartier était un peu ancien, mais c'était propre, bien entretenu, en phase avec le salaire que percevait Mallory.

Rafe se gara le long du trottoir, à une vingtaine de mètres de la maison devant laquelle un van stationnait. Un cordon jaune et noir délimitait un périmètre autour de la maison.

— Tu connais ce véhicule ?

— Il n'est pas à Mallory. Ni à Bud, dit-elle détachant sa ceinture de sécurité. Je m'attendais à ce qu'il y ait plus de monde que ça.

— Ils estiment que personne n'est vraiment en danger, expliqua Rafe. Ils sont convaincus qu'elle a pris la fuite. Ils ont dû emporter son ordinateur portable et s'en aller.

— Ils ont tort.

Elle empoigna le bras de Rafe.

— Tu ne pourrais pas lui accorder le bénéfice du doute ? Au moins un moment.

— Qu'est-ce que je fais ? répliqua-t-il un peu agacé. Si je n'avais pas le moindre doute, il y a belle lurette que tu serais dans l'avion pour Denver.

Il s'interrompit un instant, puis reprit :

— Tu as ton arme ?

Elle secoua la tête.

— Ils me l'ont fauchée. Les ravisseurs.

Rafe sortit un pistolet de son sac à dos et le lui tendit.

— Tiens, prends-le. Et n'hésite pas à t'en servir s'il le faut. J'en ai d'autres.

— Toujours prêt, si je comprends bien ?

— Oui. Bien que je n'aie jamais été scout, j'aime leur devise.

Sierra fit tourner le pistolet dans sa main ; elle était à l'aise avec les armes, cela se voyait. Ransom veillait à ce que les membres de son équipe soient correctement entraînés au tir. Elle rangea l'arme dans son sac.

— Attends ici, dit Rafe en ouvrant sa portière. Et fais gaffe.

Il descendit et s'éloigna d'une démarche souple, presque féline. Prudent, il avançait en inspectant les haies qui entouraient la maison, idéales pour se dissimuler. Tous les trois pas, il se retournait vers le pick-up pour s'assurer que tout allait bien.

Tout était tranquille. Trop peut-être.

Son inspection terminée, il revint avec l'intention d'ouvrir sa portière à Sierra, mais elle ne lui en laissa pas le temps.

— Comment te sens-tu ? demanda-t-il, lui prenant le bras. Tu as la tête qui tourne ? La migraine ?

— Non, je me fais du souci, c'est tout.

Elle n'était pas en forme et était incapable de le cacher. Chaque pas lui arrachait une grimace de douleur.

Elle a besoin de se reposer, songea Rafe.

Ils allaient attraper ce maudit chat et il la mettrait au lit ensuite.

— Que peux-tu me dire de l'ex de Mallory ? demanda-t-il avec l'espoir de la faire penser à autre chose.

Et celui de penser, lui aussi, à autre chose qu'à Sierra dans son lit. Tous les deux seuls.

— Bud...

Elle fit une grimace.

— ... n'est pas quelqu'un que j'apprécie. Mallory ne m'a rien dit au début, mais j'aurais dû me douter que ça n'allait pas. Les deux dernières années, au lieu de me laisser venir la voir, on faisait chacune la moitié de la route et on se retrouvait avec Chloé à Dallas. La dernière fois, elle s'était plâtré le visage avec du fond de teint, mais on voyait les bleus en dessous.

— Les gens ne veulent pas reconnaître qu'ils se sont trompés et ne sont pas capables de gérer leur vie. Et leur fille ? Il était violent avec elle aussi ?

— Une fois. Chloé s'était interposée. C'est ce qui a décidé Mallory à le quitter.

Il s'approcha de la maison avec elle.

— On n'interroge pas les voisins, murmura-t-il. On a trois options, avec lui. Il a monté ce coup pour les enlever toutes les deux, ce qui semble improbable. Ou alors il cherche à lui extorquer de l'argent, également improbable. Sinon, c'est un coup qu'il a monté pour la faire mettre en prison. Privée de sa mère, la gamine sera sous la garde du père. C'est simple comme bonjour.

Il reprit son souffle.

— Une question quand même. Est-il à ce point attaché à sa fille ?

— Je pense qu'il cherche surtout à faire souffrir Mallory.

Rafe regarda partout autour d'eux. Il n'y avait rien d'anormal. Pas de mouvements suspects. Ils disparurent derrière la maison où se trouvait un portique avec des agrès qui occupait presque tout l'espace. Une balançoire était accrochée à une grosse branche de chêne.

— Elles étaient bien, ici, toutes les deux. Mallory leur avait construit un petit nid.

Elle se tourna vers Rafe.

— Il faut les retrouver.

— Chuuut ! fit-il en la poussant derrière un gros cyprès.

Quelqu'un bougeait derrière le rideau de la cuisine.

Il s'accroupit à côté d'elle et dégaina son Glock.

— Il y a quelqu'un.

Agrippée au tronc, Sierra passa sur sa jambe saine.

— Un policier ?

— Je ne pense pas. Il n'y a pas de cruiser devant la maison.

Il jeta un coup d'œil à sa jambe.

— Elle te fait mal ?

— Non, ça va.

Elle transpirait. De petites gouttes de sueur perlaient au-dessus de sa lèvre. Elle avait mal, elle ne pouvait pas le cacher.

— Ne bouge pas. Je vais voir. C'est peut-être ton amie qui est revenue prendre son chat.

— Non, ce n'est pas elle, dit Sierra en sortant le pistolet de son sac.

— Assieds-toi et ne bouge pas. Ne prends pas de risques.

— Je ne vais sûrement pas le laisser partir sans rien faire !

Rafe avait conscience qu'elle poursuivrait l'individu s'il le fallait. S'il voulait l'en empêcher, il devait prendre la situation en main. Et sans attendre.

Il lui tapota doucement l'épaule et partit vers l'arrière de la maison en veillant à ne pas faire de bruit. Arrivé devant la porte, il s'accroupit et attendit. Très concentré.

Derrière les rideaux, une silhouette se profila puis disparut.

— On y va ! cria soudain Sierra quelque part derrière lui.

Surpris, Rafe se redressa d'un bond en jurant et se jeta sur la porte.

4

Malgré ce que Rafe lui avait dit, Sierra était sortie de sa cachette et, en boitillant, était arrivée à la porte de derrière.

Elle ne savait plus si sa jambe lui faisait mal, elle ne la sentait plus. Rafe était entré en trombe dans la maison de Mallory sans personne pour le couvrir.

— Rafe ? cria-t-elle.

Une détonation retentit quelque part à l'intérieur.

Elle monta sur la terrasse.

— J'entre !

Avant même qu'elle ait poussé la porte, quelqu'un se précipita dehors en la bousculant. Déséquilibrée, elle tomba. L'individu l'enjamba et s'enfuit à toutes jambes. Elle parvint à se redresser, à s'asseoir et chercha à le viser, mais la nuit était noire, chichement éclairée par la lune, et elle ne voyait pas grand-chose.

— Stop !

Le fuyard accéléra et disparut de l'autre côté de la maison.

Elle se releva avec l'intention de lui courir après, mais sa jambe la lâcha et elle s'affala dans l'herbe.

Rafe sortit en courant de la maison. Il s'arrêta devant elle, inquiet.

Elle l'écarta d'un geste de la main.

— Je vais bien. Poursuis-le.

Il lui lança un regard étrange et repartit. Alors qu'il arrivait à l'angle de la maison, ils entendirent un crissement de pneus sur le macadam.

Allongée sur le dos dans l'herbe, Sierra fixait le ciel piqué de milliards d'étoiles et essayait de se rappeler les traits de l'homme qui l'avait bousculée. Mais tout était allé si vite…

Un bruit de bottes sur le sol lui fit redresser la tête. Rafe revenait. Il s'agenouilla à côté d'elle.

— Ça va ?

— Je n'ai pas vu à quoi il ressemblait, dit-elle avec regret. Mais Bud est beaucoup plus massif que ça.

— Moi non plus, je ne sais pas qui c'est. Il portait une cagoule et a filé dans le van déglingué qui se trouvait dans la rue. Les plaques minéralogiques étaient couvertes de boue, donc illisibles.

Il lui tendit la main pour l'aider à se relever.

— Je t'avais dit de ne pas bouger. Bon sang, Sierra ! Tu ne pouvais pas obéir ?

— Tu ne peux pas être à deux endroits à la fois.

Elle changea de pied, réessaya de se tenir sur sa jambe blessée, pour voir. Cela allait à peu près.

— Je vais bien, assura-t-elle.

Il regarda sa cuisse et se passa la main dans les cheveux. Puis, sans rien dire, il retourna dans la maison.

Sierra le suivit. À la vue de l'état de la cuisine, elle plaqua la main sur sa bouche pour étouffer un cri de stupeur. Tous les placards avaient été ouverts ; de la vaisselle brisée jonchait le carrelage. La cuisine de son amie avait été vandalisée.

— J'aimerais bien savoir si ce sont les policiers qui ont fait ça, dit Sierra ramassant les morceaux d'une tasse. Ou si c'est cet individu.

— Un peu les deux, répondit Rafe. Tu sais comment fait la police quand elle cherche quelque chose. Quant à l'ex de ton amie, il recule dans la liste de mes suspects.

Il traversa la cuisine et entra dans le salon.

— Ça ne vaut pas mieux ici, constata-t-il. Tu m'as dit qu'elle avait ramené des dossiers de son bureau…

Sierra entra à son tour. Le canapé avait été renversé. Les cadres qui décoraient les murs, retournés.

— Je travaillais moi-même sur un des dossiers avant que nous partions chercher Chloé à l'école. J'aurais dû les emporter tous.

Dégoûtée, elle secoua la tête.

— Je l'avais laissé sur la table basse.

— Les flics l'ont trouvé. Ils les ont même tous trouvés, puisqu'il n'y en a plus un seul. Comme ton amie n'était pas censée les avoir chez elle, c'est très ennuyeux. Elle aggrave son cas.

Il préféra ne pas en dire davantage. Mallory était dans la panade jusqu'au cou, et Sierra le savait. Elle le regarda.

— Comment va-t-on retrouver Mallory et Chloé ?

— Tu es comptable, experte auprès des tribunaux. Remonte à la source, et suis les mouvements d'argent.

— Pour cela, il faudrait que j'aie accès à la comptabilité du club de rodéo.

Elle se mordit la lèvre.

— J'ai une idée. Mais ça va prendre du temps.

Elle se précipita dans l'escalier qu'elle monta aussi vite qu'elle le put. La chambre de Mallory était sens dessus dessous, les tiroirs renversés, le matelas retourné, éventré.

Rafe arriva dans la pièce au moment où elle entrait dans le petit dressing. Même spectacle. Elle écarta des cintres et commença à expliquer que lorsqu'elles étaient à la fac le petit ami de Mallory, un voyou, s'était servi de son ordinateur pour acheter des choses sur la toile.

— Elle a commencé alors à cacher ses mots de passe. Qui sait, peut-être que…

Malgré sa jambe, qui se rappelait douloureusement à elle au moindre mouvement, elle s'agenouilla pour regarder par terre. Dans un angle du dressing, la moquette était légèrement relevée. Elle la souleva. Des papiers étaient cachés dessous. Plusieurs feuilles.

Rafe s'agenouilla près d'elle.

— La police n'a pas trouvé ça. Notre cambrioleur non plus.

— Regarde, dit-elle. Ce sont des identifiants et des mots de passe pour accéder à ses comptes en banque.

— Pratique ! s'exclama-t-il en prenant le premier feuillet.

Elle le lui arracha des mains.

— Oh ! je disais ça comme ça ! s'excusa-t-il. En fait, on ne sait rien.

Elle prit un deuxième feuillet et fronça les sourcils.

— Là, ce sont les codes du club. Et voilà le mot de passe de son patron.

— Je vois, laissa tomber Rafe d'un ton qui ne laissait planer aucun doute sur ce qu'il pensait.

— C'est fréquent, dans les grosses sociétés et les administrations, que les comptables gardent des copies chez eux. Question de sécurité.

— Chez eux ?

Elle détestait quand il lançait ces petites phrases lapidaires, assassines, et son ton quand il les prononçait. Mais il n'avait peut-être pas tort, en l'occurrence. La procédure au travail était ce qu'elle était, mais Mallory n'aurait jamais dû avoir de copies des mots de passe de son patron chez elle. Ça ne sentait pas bon.

Pas bon du tout.

Mince ! Dans quel pétrin Mallory s'était-elle mise ! Qu'avait-elle fabriqué ?

Du calme, Sierra. Ne dramatise pas avant de savoir, se dit-elle.

Son amie n'avait sûrement rien fait de mal, et Sierra s'en voulait déjà d'avoir eu un soupçon. C'était Rafe, avec ses doutes sur l'honnêteté de Mallory, qui l'avait influencée et elle s'était laissé manipuler.

Elle soupira. Elle était en train de bafouer une amitié de plus de dix ans. Ce n'était pas bien.

— Tu t'interroges, c'est ça ? lui demanda Rafe.

Penché vers elle — elle sentait son haleine sur son oreille —, il voulut lire le document qu'elle examinait. Mais il était manifestement trop près d'elle pour pouvoir se concentrer. Il commença à lui caresser le cou, puis le dos.

Malgré elle, cela l'excitait. Son corps contre le sien. Son odeur de cuir et de résineux, son savon sans doute, qui emplissait le dressing dans lequel elle était prisonnière… C'était trop.

Oui, elle était prisonnière car il bloquait l'entrée du placard. Mais quelle prison merveilleuse ! Elle serait bien restée là des heures, à humer le parfum qui l'enveloppait, à se délecter de la chaleur que dégageait le corps de cet homme contre le sien. C'était voluptueux.

Mais comment faire pour résister à ces délices quand tout son corps disait « oui » mais que son esprit, qui restait clair, lui soufflait de ne pas succomber ? De ne pas céder à l'attirance qu'il avait exercée sur elle dès l'instant où Noah les avait présentés l'un à l'autre. C'était un moment fort qu'elle n'oublierait jamais. Nuit et jour elle le revoyait, se le repassait en boucle. Malgré ce qu'il lui avait fait ensuite…

De son regard noisette, non, chocolat plutôt, il l'avait caressée. La sensation d'un velours sur sa peau. Les coins de ses lèvres gourmandes s'étaient relevés, et il lui avait souri. Quand ils s'étaient serré la main, son pouce avait légèrement caressé le creux de sa paume. À ce souvenir, elle ne put réprimer un frisson. Rafe Vargas était ce qu'il était. Pour elle, il incarnait la séduction au masculin.

Embarrassée, elle toussota.

Il lui lança un regard fiévreux. La pièce sembla se refermer sur eux. Elle voulut regarder ailleurs mais en fut incapable. Cela ne faisait aucun doute, Rafe était le genre d'homme sur lequel on fantasme mais dont il ne faut pas tomber amoureuse. Parce que l'on sait qu'avec lui c'est, à la clé, un chagrin d'amour assuré.

Malgré ce qu'elle pensait, ce qu'elle savait, elle ne put s'empêcher de se rapprocher de lui. Ses yeux, qui brillaient un instant plus tôt, s'étaient voilés. Il était particulièrement désirable.

Comment lui résister quand tout son corps criait oui ? Comment écouter la petite voix de la raison ?

Rafe inclina la tête. Oh ! à peine ! Lentement, pour la faire languir un peu et mieux la tenter. Le cœur battant, elle se passa la langue sur les lèvres. Un son guttural s'échappa de la poitrine de Rafe. Il allait l'embrasser quand un son qu'elle connaissait bien les fit sursauter. Quelque chose de blanc frôla Rafe qui poussa un cri et tomba en arrière au milieu des vêtements et des cintres.

Sierra regarda la boule de fourrure blanche accrochée à Rafe.

Il était étendu sur le dos et fusillait des yeux l'animal qui avait enfoncé ses griffes dans sa poitrine.

— Princesse, je suppose ?

Seuls de pâles rayons de la lune et quelques étoiles pas plus grosses que des têtes d'épingles éclairaient les alentours de la caravane.

Le ravisseur serra le bras de Mallory et la tira jusqu'à un appentis en tôles rouillées. Elle essaya vainement de résister.

— Pas la peine de te fatiguer, ma mignonne.

Il lui pinça le bras jusqu'à ce qu'elle crie.

— Entre.

L'homme la poussa dans le réduit où elle tomba à genoux. Avant qu'elle ait pu se relever, il entra à son tour et ferma la porte.

À quatre pattes, paniquée, elle essaya de distinguer quelque chose mais l'obscurité était totale. Impossible de voir la moindre chose.

L'homme dut actionner un interrupteur, car une ampoule qui pendait à ce qui tenait lieu de plafond s'alluma, diffusant une maigre lueur jaunâtre, mais c'était mieux que rien. Mallory fit des yeux le tour de l'appentis. Il y avait des morceaux de bois qui traînaient sur le sol, ainsi qu'une chaise au milieu et un rouleau de corde par terre, qui semblaient attendre… Une chauve-souris avait dû être lancée contre le mur, car il y avait des plumes collées dans des traînées de sang séché sur les tôles. Elle eut un haut-le-cœur et faillit vomir.

Mais non, il fallait résister, survivre, aussi pénibles que soient les circonstances. Il fallait que Chloé, au moins, sorte vivante de ce cauchemar.

— Debout ! lança-t-il d'une voix à la fois douce et menaçante. Et assieds-toi là, sur la chaise. On va causer, toi et moi.

Elle hésita.

— Et n'essaie pas de me tenir tête parce que tu sais, moi, un ordre et je te détruis. Toi et ton clan.

Elle ravala un hoquet.

— Oui, c'est ça. Ton clan. Ta fille, si tu préfères. Et je ne vais pas te le demander deux fois. La chaise. Et vite.

Flageolant sur ses jambes, elle s'exécuta. Elle n'avait pas le choix.

— Les dossiers ? Où sont les dossiers ? hurla-t-il.

Elle cligna des yeux.

— Chez... chez moi.

— Pas ceux-là. Ceux-là, on les a. Les autres, ceux que tu as copiés sur la clé USB.

Elle écarquilla les yeux.

— Oui, on sait. T'as fait une grosse bêtise, madame Harrigan. Y a plus qu'à espérer que ta fille ne va pas payer pour toi, maintenant.

Mallory eut l'impression de se vider de son sang ; elle sentit qu'elle blêmissait. Sa tête se mit à tourner. Mon Dieu, il savait ! Elle qui croyait avoir effacé toutes les traces.

— Je... je ne sais pas, mentit-elle.

Il se pencha sur elle, referma sa grosse main sur sa gorge et serra. En quelques instants tout, autour d'elle, devint gris. Des étoiles se mirent à danser devant ses yeux et elle eut l'impression que le sang commençait à bouillonner dans sa tête.

— Ne me mens pas. Les rapports n'étaient pas dans ton portable. Ni dans ton PC. Tu les as cachés. Dis où.

Elle lui saisit le bras pour essayer de lui faire lâcher prise, sans succès. Elle manquait d'air, la tête lui tournait. Elle avait copié des dossiers mais n'avait pas eu le temps de les réexaminer. Elle projetait de confier la clé USB à Sierra. Pour l'heure, elle était cachée dans un endroit impossible à trouver. Même pas par Sierra, sa meilleure amie. Ce type accepterait-il un marchandage ? Pour sauver Chloé. Et peut-être se sauver elle-même.

— S'il... vous... plaît, parvint-elle à articuler. Je vais vous... dire.

Il la lâcha en la repoussant brutalement. La chaise bascula en arrière et tomba avec elle. À moitié assommée, elle resta par terre un moment.

— Ramasse la chaise et on recommence.

Son corps massif s'inclina vers elle. Son badge brillait dans la lumière pâlotte.

Des coups de gong résonnant dans la tête, les bras tremblants,

Mallory se releva en s'appuyant sur les mains et les genoux. Elle redressa la chaise puis hésita, évaluant la distance entre elle et la porte.

— Assise.

Pas le choix.

Les bras croisés, l'air mauvais, il continua :

— Bon Dieu ! Tu vas parler ?

Effrayée par son regard, elle se mit à trembler et ferma un instant les yeux. Après quoi, s'armant de courage, elle les rouvrit et le fixa sans ciller. Pour Chloé.

— D'abord, laissez partir ma fille.

— Tu crois peut-être que tu vas marchander avec moi ? Tu vas voir ! répliqua-t-il avec un sourire, l'œil brillant d'excitation.

Il alla à la porte.

— Glenn ! Amène la gosse !

Mon Dieu, qu'avait-elle fait ? Tremblant de plus belle, elle implora en silence.

Petit Jésus, s'il vous plaît, faites que Chloé ne paie pas pour moi !

Il continuait de sourire, un sourire énigmatique dont la signification, si elle était exacte, était terrifiante.

Après un moment qui lui parut une éternité, des pas se firent entendre. C'était le cow-boy. Dans la lumière blafarde du réduit, sa peau paraissait verdâtre.

— Patron, t'es sûr de...

— Où est ma maman ? demanda Chloé dont la petite voix trahissait la peur.

La tension monta d'un cran dans l'appentis déjà étouffant. Paniquée mais refusant de le montrer, Mallory supplia encore le petit Jésus.

S'il vous plaît, faites que je fasse, que je dise ce qu'il faut !

Le policier alla à la porte pour attraper l'enfant qu'il coinça sous son bras comme un sac de farine. Epouvantée, Chloé donna des coups de pied et se débattit en hurlant.

— Tu vas la boucler, sale gosse !

Chloé se tut. Souriant à sa fille, Mallory se barra les lèvres de l'index et ferma les yeux. Chloé fit oui de la tête et ferma elle aussi les yeux en serrant les lèvres. C'était un jeu qu'elles pratiquaient entre elles quand Bud rentrait éméché, et donc imprévisible.

— Fous le camp ! hurla le policier à Glenn.

Après un signe de tête, le cow-boy, plus pâle que jamais, regarda Mallory, l'air de compatir. Il ferma la porte, les laissant seules avec un homme qui avait oublié depuis longtemps ce qu'était la pitié.

Le policier se tourna de nouveau vers Mallory.

— T'as réfléchi à ce que tu risques ? Tu sais ce qu'on peut te faire... À toi et à ta famille.

Il assit Chloé par terre, la maintenant fermement, une main sur son épaule.

— Toi, tu te tiens tranquille. Reste là et bouge pas !

Les yeux toujours fermés, Chloé renifla mais c'est tout.

— Tu l'as bien élevée, dit-il à Mallory. Où sont les dossiers, et t'as fait combien de copies ? Réponds et je laisserai peut-être ta fille filer sans lui faire de mal.

Il sortit un couteau de sa poche, l'ouvrit d'un geste vif et posa la lame sur le cou de Mallory qui se pétrifia. Une goutte de sang perla.

Chloé, qui avait entrouvert les yeux, se mit à hurler.

— Réponds ! cria-t-il.

Ignorant la fillette, il gifla Mallory si violemment qu'elle tomba de la chaise.

— Non ! s'exclama Chloé en se levant d'un bond. Vous n'avez pas le droit de faire mal à ma maman !

Sur ces mots, elle ramassa un morceau de bois et frappa de toutes ses forces les jambes du policier. L'homme vacilla et se tourna vers Chloé en jurant. Mallory saisit sa chance. Quittant sa chaise, elle arracha le morceau de bois des mains de sa fille et l'abattit sur la tête du policier qui, assommé, s'effondra.

En larmes, elle prit Chloé dans ses bras et sortit en courant. Elle se précipita vers le 4x4 et en ouvrit la portière. Hélas ! Pas de clés !

Affolée, elle regarda autour d'elle. Que faire ? L'homme qu'elle venait d'assommer les avait peut-être sur lui... À cet instant, un bruit de moteur lui parvint depuis la route. Elle reconnut le logo sur la portière. Des flics ! Pas le temps de chercher les clés dans les poches de celui qu'elle venait peut-être de tuer.

Au même moment, Glenn ouvrit la porte de la caravane et les regarda, interloqué.

— Vous ne devez pas partir ! cria-t-il.

C'est ça ! Elles ne « devaient » pas !

— Maman..., geignit Chloé.

Resserrant son étreinte sur sa fille, Mallory courut en direction des arbres, pour se mettre à l'abri. Il fallait fuir, fuir aussi loin que possible de la caravane.

Un regard par-dessus son épaule lui apprit que Glenn était toujours là, l'air hagard, incrédule.

Elle trébucha à plusieurs reprises et faillit tomber, mais ne ralentit pas sa course. Comme elle atteignait le bosquet, des hurlements s'élevèrent derrière elle. Trois hommes la poursuivaient. Glenn gisait sur le sol près de la caravane. Il ne bougeait plus.

Tenant toujours fermement Chloé, elle s'enfonça dans le bois. Un sentier tournait à droite. Elle prit à gauche.

Une branche la gifla, et elle sentit du sang couler sur sa joue. C'était sans importance. Il fallait trouver de l'aide. Si on les rattrapait, elles étaient mortes toutes les deux.

Dans le silence de la nuit, Rafe emmena Sierra jusqu'à son pick-up. Il l'aida à grimper à bord puis posa son sac à dos derrière le siège conducteur avant de se mettre au volant.

Le chat que Sierra avait emmené ronronnait déjà sur ses genoux. Rafe lui lança un regard assassin. La sale bête se laissait faire avec une évidente volupté. Comme il aurait aimé être à sa place ! Se lover sur les genoux de Sierra et se laisser caresser l'auraient ravi. Et, s'il l'avait fallu, il aurait ronronné.

Ils n'avaient rien découvert de nouveau qui les mette sur la piste de Mallory et de sa fille et, avec les heures qui passaient, les probabilités de les retrouver en vie s'amenuisaient.

Sierra semblait avoir perdu espoir. Cela se voyait à ses lèvres pincées, aux rides de plus en plus profondes sur son front.

Mais comment la rassurer quand lui-même sentait les chances leur échapper ?

Que lui dire qu'elle ne sache déjà ? Elle allait rarement sur le terrain, mais elle connaissait les statistiques.

Elle était extrêmement pâle. L'antalgique ne devait plus faire effet, et sans doute souffrait-elle. S'il s'était agi d'une opération normale, il serait allé directement au club de rodéo... ou aurait appelé Zane ou Sierra pour qu'ils fouillent l'informatique du club.

Il prit son téléphone et appuya sur une touche correspondant à un numéro préenregistré et mit le haut-parleur.

— Westin, répondit aussitôt Zane. J'espère que tu as trouvé notre tourterelle, Rafe. Le patron n'est pas heureux. Ça veut dire que tout le monde balise, ici.

Sierra plissa le front.

— Hé ! Zane, je suis là.

— Ah ? Salut, ma belle. Pour mettre le souk, tu es vraiment la meilleure !

— Comme toi, mon cher, répliqua-t-elle.

— Ça va, vous deux, intervint Rafe. Zane, tu peux pirater l'informatique du club de rodéo ? On veut savoir si...

— Il y a eu de gros mouvements d'argent, le coupa Sierra. Cinquante mille dollars au moins. Regarde qui les a touchés, et combien au juste. Apparemment, ce serait Mallory Harrigan, mais ce n'est pas forcément elle.

— À vérifier ! ironisa Rafe.

Zane resta silencieux un moment.

— J'ai suivi cette piste, Sierra, dit-il enfin. Tu es sûre qu'elle n'est pas dans le coup ? Moi pas. Il y a eu des dépôts sur un autre compte à son nom. Elle y a accès, et elle a même transféré l'argent. Elle-même.

Sierra soupira.

— Tu ne me crois pas, toi non plus.

— La bicoque de Harrigan a été visitée, reprit Rafe. Complètement retournée. Il y a une gosse dans le schmilblick. C'est trop simple, Zane.

Sierra, bouche bée, le regarda. Avait-elle défendu son amie avec assez de conviction pour l'amener à changer d'avis ? Ou, simplement, ne pouvait-il nier l'évidence, tout sceptique qu'il ait été à l'endroit de Mallory ?

— J'ai les comptes en banque sous les yeux, dit Zane. Mais je n'ai pas accès à leurs livres de comptes.

Rafe se gratta le menton.

— Pourquoi ? Un pare-feu ?

Au bout du fil, Zane éclata de rire.

— Qu'est-ce qu'il y a de si drôle ? fit Rafe.

— Ce n'est pas un pare-feu qui peut arrêter Zane, intervint Sierra. Ni moi. Tu penses que c'est un ordinateur autonome ?

— L'idéal serait de mettre les yeux dessus, répondit Zane.

— Dans ce cas, on y va.

Rafe jeta un coup d'œil à sa montre.

— Si on ne fouille pas les bureaux dès ce soir, il faudra attendre un jour. Beaucoup de temps perdu… Pas question d'y aller en plein jour. Surtout en ce moment, avec les rodéos.

— OK. Je continue à chercher de mon côté, dit Zane. Appelle-moi s'il y a autre chose à faire.

Rafe referma son portable et regarda Sierra. Elle avait sûrement mal mais, mis à part ses lèvres un peu pincées, elle le cachait bien, maintenant.

— Tu es prête pour une petite virée nocturne ? lança-t-il en souriant, espérant ainsi la détendre.

— Si c'est pour retrouver Mallory et Chloé, je ne sais même pas pourquoi tu me le demandes.

Se retournant sur son siège, il attrapa son sac et en sortit un flacon.

— Prends-en deux. Ça devrait te soulager. Je vois bien que ta jambe te fait mal.

Elle avala les comprimés sans protester.

— Encore merci.

Vingt minutes plus tard, ils arrivaient devant le club. Bien qu'il soit tard, l'obscurité n'était pas totale. Des spots — pour la sécurité — jetaient sur l'asphalte une lumière blafarde.

Rafe arrêta son pick-up dans un coin sombre et scruta les lieux. Se garer devant la porte leur aurait permis d'entrer plus vite, mais un véhicule stationné là à cette heure risquait d'attirer l'attention d'un éventuel joggeur.

Il ouvrit sa portière en veillant à ce que la charmante bestiole reste à l'intérieur. Le chat se roula en boule sur le siège avant et cligna des yeux, de beaux yeux vert amande pailletés d'or à l'expression indéchiffrable.

— Il faut absolument qu'on trouve quelque chose avant qu'ils effacent les traces de ce qui s'est passé, dit Sierra en mettant pied à terre.

Rafe fit le tour du pick-up.

— Ils savent que tu t'es échappée, ils savent aussi que Mallory a eu accès aux infos. Si elle est innocente, ils auront supprimé tout ce qui ne la met pas totalement en cause. Et nous n'allons rien trouver.

— Possible. Sauf si Mallory a eu l'idée de cacher ce qui est compromettant pour eux. On peut toujours récupérer des données qui ont été effacées d'un ordinateur sauf s'ils utilisent, pour les supprimer, des logiciels hyper sophistiqués. Dans ce cas...

— On sera vite fixés, dit Rafe en refermant sa portière. Mais ça ne me plaît pas beaucoup de faire ça avec toi et ta jambe folle !

Elle posa la main sur son bras.

— Merci d'accorder à Mallory le bénéfice du doute.

— Ne me remercie pas déjà. Primo, je ne suis pas convaincu que ton amie ne t'ait pas trahie. Ensuite...

Il se tut un instant.

— Tout ça ne sent pas bon, finit-il.

— Pourquoi dis-tu ça ? Tu soupçonnes quelqu'un que tu connais ?

— Oui. Je me méfie de la duplicité des êtres humains. Il y a ce qu'ils disent et ce qu'ils font. Parfois pas méchamment. C'est tellement plus simple de choisir la facilité.

Il savait de quoi il parlait, pensa-t-elle. N'avait-il pas lui-même, dans sa jeunesse, opté pour la facilité ? Et son frère ? Si celui-ci n'avait pas payé ses erreurs de sa vie, Rafe n'aurait sans doute pas changé. Peut-être aurait-il suivi son frère dans la mort...

— Tu te trompes, dit-elle. Il y a des gens qui sont exactement tels qu'on les voit.

— Toi, par exemple ? répliqua-t-il, ironique.

Elle lui lança un regard mauvais.

— Je dis une bêtise ? reprit-il. Tu as travaillé avec OTC pendant presque un an sans le dire à personne. Tu avais trop peur de contrarier ton père et tes frères. Si tu n'appelles pas ça la facilité !

— Tu ne sais rien de la situation d'alors, maugréa-t-elle. Si tu crois que ça a été facile de cacher la vérité à ma famille ! Ne juge pas ce que tu ne peux pas comprendre.

Il se rapprocha d'elle et lui releva le menton.

— J'en sais plus sur toi que tu le crois, Sierra Bradford. Beaucoup plus.

Quand il lâcha son menton pour lui caresser la joue, il la sentit frissonner.

Mieux valait qu'il arrête. Pour ne pas être tenté, pour ne pas avoir envie d'aller plus loin. Malheureusement, il ne pouvait pas. C'était trop doux. Trop bon. Trop excitant. Être aussi près d'elle le faisait fantasmer. Rêver d'autre chose de plus réel et de plus intense. Et Sierra Bradford était cette chose. Malgré tous ses secrets. Peut-être à cause d'eux.

— Je connais quelques-uns des spots qui te font tourner la tête au moindre contact…, dit-il penché sur elle.

Il lui mordilla l'oreille, et elle frissonna encore.

— Je sais que tu es aussi intelligente que Noah même si tu ne le crois pas…

Il déposa un chapelet de baisers le long de son cou.

— Et je sais que tu cherches tout le temps à montrer qui tu es alors que tu n'as rien à prouver. Tu es une femme super, Sierra. Tu m'entends ?

Tout doucement, il prit ses lèvres pour le plus tendre des baisers. Elle gémit et entrouvrit la bouche. Il s'enhardit et la fouilla avec sa langue.

Comme un flash, tout lui revint alors. La nuit qu'ils avaient passée ensemble. Le goût de ses lèvres, leur douceur. Son corps, qu'elle lui avait offert sans retenue. Et son cœur, qu'elle lui avait ouvert. À cet instant, elle lui avait fait perdre la tête.

Sierra empoigna sa chemise. Il passa alors les bras autour d'elle et la serra contre lui, mais elle poussa un petit cri de douleur. Il la lâcha aussitôt.

— Pardon, dit-il. Je t'ai fait mal. Je suis désolé.

Elle recula, les lèvres rouges, le regard vague et cligna plusieurs fois des yeux, comme pour chasser son trouble.

— Je suis incapable de te résister, se plaignit-elle.

— Tu es désirable à damner un saint. Mais j'ai brisé trop de règles pour entrer au paradis !

Elle rit puis se mordilla la lèvre.

— Tu m'as fait beaucoup de mal quand tu es parti, ce fameux matin. Comment puis-je te faire confiance, dorénavant ?

— Justement, tu ne dois pas.

5

L'air vibrait soudain de tension entre eux.

— Cela a au moins le mérite d'être honnête, lui lança Sierra en reculant.

Ils avaient envie l'un de l'autre. Avec son jean qui le serrait inopportunément, Rafe ne pouvait cacher son désir. Pas plus qu'elle, avec ses mamelons qui pointaient sous le T-shirt en coton qu'elle portait.

— Si on entrait ? dit-elle tout bas. Plus vite on retrouvera Mallory, plus vite tu pourras retourner à ta vie et moi à Denver.

Et ne plus te voir, pensa-t-elle.

Le souhaitait-elle vraiment ? Elle laissa cette pensée planer entre eux comme un méchant nuage.

Tandis qu'ils se dirigeaient vers une porte latérale du club, Rafe prit son téléphone et appuya sur une touche.

Sierra se pencha pour voir.

— Un brouilleur ? demanda-t-elle.

— C'est ton frère et Zane qui l'ont développé. Pour les cas où il y a des caméras. Personne n'a besoin de savoir que nous sommes ici.

Cinquante mètres de plus et ils atteignaient la porte qui, bien évidemment, était verrouillée.

Sans attendre, il sortit un passe-partout de sa poche. Quelques secondes plus tard, ils entraient.

L'endroit était vaste. De longs et larges couloirs menaient à l'arène où régnait un silence presque irréel. Une entêtante odeur de bétail et de fourrage flottait dans l'air.

Ils continuèrent jusqu'aux bureaux.

— Je m'attendais à trouver un cordon de sécurité interdisant le passage sur la scène de crime, remarqua Sierra.

— Peut-être que quelqu'un ici a le bras long...

Elle se frotta la nuque.

— Il faut absolument qu'on ait une piste en partant d'ici. Sinon...

— Sinon, ça ne sera pas ta faute, Sierra.

— Si. Parce que j'aurais dû prendre ce que me disait Mallory plus au sérieux. Me rendre compte qu'elle courait un danger et la protéger. Au lieu de ça...

La gorge serrée par le remords, elle se tut. Elle reverrait toujours le regard résigné de Mallory quand Chloé, terrorisée, avait refusé de sauter du fourgon. Les deux femmes avaient alors su que les chances de survie étaient minces.

— Regarde-moi, lui dit Rafe la faisant tourner dans ses bras.

Elle le regarda. Il avait les yeux plus sombres que d'habitude.

— J'ai participé à de nombreuses opérations. J'en ai raté beaucoup. Mais on ne doit pas regarder en arrière, il faut avancer. Quand c'est fini, mais seulement après, on peut réfléchir à ce qui s'est passé et se reprocher tout ce qu'on veut. Jusqu'à la mission suivante. Si on ne le fait pas, on commet une erreur. Tu comprends ?

Elle fit oui de la tête.

— Ne penser qu'à l'instant présent. Je peux faire ça.

Peut-être.

Le monte-charge qui se trouvait à sa droite se mit en marche. Rafe la poussa derrière un pilier et la plaqua contre le béton. Elle retint sa respiration.

Quelqu'un passa près d'eux. Rafe tourna lentement autour du pilier pour ne pas se faire voir par le garde. L'écho des pas finit par s'évanouir.

Elle laissa échapper un long soupir.

— Allons-y, dit-il tout bas. Mais pas de bruit.

À pas de loup, ils se dirigèrent vers la porte du bureau dont Rafe força rapidement la serrure. Ils entrèrent et refermèrent aussitôt derrière eux. Il baissa le store qui occultait la partie vitrée de la porte, et la pièce plongea dans le noir.

Sierra sortit de sa poche le porte-clés/lampe de poche que Noah lui avait offert. Il n'avait sûrement pas prévu qu'elle s'en servirait pour entrer par effraction dans un bureau.

— Pas mal. Un vrai scout. Dirige le faisceau de ta lampe vers le bas pour ne pas attirer l'attention, conseilla Rafe. Quel ordinateur ?

— Celui-là.

Le nom de Mallory était inscrit sur un petit panneau posé sur un bureau juste en face de l'entrée.

— Je suis surprise qu'ils ne l'aient pas embarqué.

— Il ne devrait pas être là, murmura Rafe. C'est trop facile. Ça m'inquiète.

— On a peut-être de la chance, pour une fois.

Sierra fit le tour du bureau. Un clavier et une souris, et elle pouvait tout faire.

Rafe se posta près de la porte tandis qu'elle branchait l'appareil, déplorant la luminosité de l'écran qui risquait de trahir leur présence. Par chance, celui-ci ne faisait pas face à la porte. Elle réduisit malgré tout l'intensité de la lumière.

Sa lampe-torche entre les dents pour garder les mains libres, elle fouilla le bureau et trouva un classeur dans un tiroir. Il y avait aussi un dossier plein de reçus et de relevés de banque. Restait à voir maintenant pourquoi les chiffres ne collaient pas.

À chaque ligne, elle fronçait un peu plus les sourcils. Plus elle avançait, plus sa nuque la picotait, signe que quelque chose ne cadrait pas. Elle savait que Mallory connaissait son métier, que ses compétences en calcul ne pouvaient être prises en défaut. Elles étaient allées en classe ensemble, avaient suivi les mêmes cours. Il y avait trop d'erreurs. Aucune n'était énorme mais, additionnées, cela faisait plus d'un million de dollars. Pour l'instant.

N'importe quel étudiant en comptabilité aurait été capable de relever les inexactitudes, simplement en cochant les transactions dont la nature n'était pas précisée. Elle devait passer à côté de quelque chose... A moins que Mallory l'ait fait exprès pour brouiller les pistes, ce qui était possible aussi.

Rafe se racla la gorge pour attirer son attention et tapota sa montre. Elle hocha la tête.

Elle prit des photos des documents avant de refermer ce fichier puis, d'un clic de la souris, ouvrit le dossier « Banque ». Quelque chose ne concordait pas. Le dossier, constata-t-elle, était beaucoup plus lourd qu'elle le pensait. Les fichiers individuels ne collaient pas avec son format. Elle tapa sur quelques touches du clavier. Ce qu'elle avait à l'écran changea. Et voilà ! C'était un fichier caché. Un fichier caché et verrouillé.

Ça devient intéressant, se dit-elle.

Elle cliqua dessus. Mot de passe protégé. Pas un souci pour elle. Les gens en général utilisaient des mots de passe ultra-simples, faciles à deviner. Dans le cas de Sierra, il était évident.

En quelques minutes, le dossier était ouvert. Elle examina quelques lignes. Là, sous ses yeux, elle tenait la vérité. Elle ignorait encore qui, et pourquoi, mais elle allait savoir combien.

Vite, elle fit mentalement le compte et siffla.

Rafe releva la tête et s'approcha. La main posée sur son épaule, il se pencha sur l'écran.

— Qu'as-tu trouvé ?

— Celui ou celle qui tient cette double comptabilité a blanchi près de cinq millions de dollars rien que cette année, murmura-t-elle.

— Cinq millions ! On tue pour moins que ça ! remarqua Rafe.

— Si Mallory a découvert ce dossier…

— Elle court un danger beaucoup plus grand qu'on le pensait.

— Les documents remontent sur plus de cinq ans.

Elle se frotta les yeux comme si cela pouvait effacer les chiffres qui s'alignaient devant ses yeux.

— Si c'est la même chose pour les quatre années précédentes… Ça fait vingt-cinq millions en tout.

— Un gros paquet d'argent. Une somme pareille peut donner des idées aux gens… Il y en a que ça rend fous. Ou dangereux.

En voyant son air soucieux, Sierra prit peur.

— Ne me dis pas que…

Elle se tut. Rafe s'agenouilla près d'elle et lui prit les mains.

— Si leur but était de la réduire au silence, ils l'auraient déjà tuée et abandonnée en bordure de route. Non, ils ont besoin d'elle. Pour une raison que j'ignore. Tout n'est pas perdu.

Ce n'était pas gagné non plus. C'était le fond de sa pensée, même s'il ne l'avait pas exprimé.

— Donne-moi un nom, Sierra. Et je te jure que je vais te les ramener.

— Je vais t'en trouver un, assura-t-elle autant pour elle que pour lui.

S'ils gardaient des traces des transactions, peut-être, peut-être seulement, trouverait-elle des infos sur les noms, des identités.

Priant le ciel de l'aider, elle passa à une autre page et l'étudia.

— Vous ne devriez pas être là, dit soudain une voix.

Un homme se trouvait de l'autre côté de la porte !

Sierra se pétrifia. La main figée sur la souris, elle regarda Rafe qui se levait, glacial. Effrayant. Un doigt sur la bouche, il lui fit signe de se taire et, aussi silencieux qu'un chat, s'approcha de la porte. Toujours sans un bruit, il dégaina son arme.

— Il faut qu'on parle, fit une autre voix, étouffée mais paniquée. Ça ne peut pas attendre !

Au comble de l'angoisse, Sierra plaqua la main sur son cœur. Combien étaient-ils, là, derrière cette maudite porte ? Et s'ils entraient ? Elle essaya de s'humecter les lèvres, mais elle avait la bouche trop sèche pour cela. Dire qu'elle était si près de tenir une réponse !

Cette fois, c'était fichu. La chance venait de cesser de leur sourire. Il fallait qu'elle se dépêche. Ils avaient besoin d'une info, d'un nom.

Les doigts tremblants, elle brancha une clé USB et enregistra le dossier. Quelques secondes plus tard, l'ordinateur était éteint et tout remis en ordre comme lorsqu'ils étaient arrivés.

— Il ne faut pas qu'on nous voie ensemble, dit le premier homme.

Il tourna la poignée de la porte.

— Bon Dieu ? Où est cette foutue clé ?

C'était bien leur veine ! La chance leur tournait décidément le dos.

Rafe fit un signe de tête vers sa droite. Elle suivit son regard. À quelques mètres d'elle, il y avait une porte, ouverte, qui donnait sur un placard.

C'était petit, étouffant. Exactement comme l'autre réduit. Celui où elle avait cru mourir, celui où Archimède avait gravé son symbole dans sa chair, la marquant à tout jamais. Son cœur se mit à battre comme un fou. À la pensée de s'enfermer dans ce cagibi minuscule, elle commença à étouffer. À haleter. C'était impossible ! Rien ni personne ne la ferait entrer là-dedans.

Elle secoua la tête et sortit son arme.

Il tapa sur son oreille. Un signal dont elle connaissait le sens. Rafe allait prendre les types par surprise sans interrompre leur conversation. Ils ne sauveraient Mallory que s'ils la retrouvaient vite. Mais d'abord, il leur fallait des infos.

Avec son visage des mauvais jours, dur, inquiétant, il lui indiqua le dessous du bureau. Ce n'était pas grand mais, avec quelques efforts, elle réussirait à y loger son mètre soixante-quinze et à se cacher.

— C'est urgent ! insista la deuxième voix.

Sierra recula la chaise dont les roulettes grincèrent un peu. Elle sursauta.

— D'accord, mais fais vite. Le garde passe toutes les demi-heures pour sa ronde.

Cette voix ne lui disait rien ; elle reconnaissait seulement l'accent traînant du Texas.

— J'espère que c'est important, parce que tu m'as empêché de finir un bon steak ! ajouta l'homme.

— C'est un client qui me met la pression ; il veut la preuve qu'on a bien la bonne came.

Le premier ricana.

— Envoie-le promener. On aura d'autres occasions.

— Euh... Pas si facile. Il menace de parler aux poulets.

Une bordée de jurons suivit.

— Tu es venu me trouver avec l'idée de nous diversifier et je t'ai donné un sacré bon job : enquêter sur les clients. Ça fait plus de cinq ans que mon opération fonctionne et personne, jamais, ne m'a menacé de prévenir les flics. Jusqu'à ce que tu t'en mêles.

— Il parie gros.

La voix de l'homme tremblait.

— Le double de toi, l'année dernière, précisa-t-il.

— C'est vrai ? Tant que ça ?

La voix changea. L'homme sembla soudain se raviser.

— Montre-lui la marchandise. Ça lui suffira.

— Il parlera quand même.

— Un gros parieur ? Il le voudra à tout prix. Il voulait te parler, tu sais ce que ça veut dire. Qu'il se fout de la loi. Il bluffe. Il ne nous dénoncera pas. Maintenant, file et ne te fais pas voir.

Sierra entendit des pas s'éloigner en courant. L'autre homme n'avait pas bougé. Elle l'entendit jurer puis :

— Amateur ! ricana-t-il.

Pas un mot sur Mallory.

Rafe et elle devaient absolument savoir qui c'était. Ils ne pouvaient pas le laisser partir.

Son arme à la main, elle s'extirpa de sa cachette. Rafe dut avoir la même idée, car lui aussi dégaina. La main sur la poignée de la porte, il l'interrogea du regard. Elle hocha la tête.

— Monsieur, qu'est-ce que vous faites là ? Vous êtes dans des locaux privés, dit une voix dans le couloir.

Un coup de feu claqua, suivi d'un juron. Rafe ouvrit brusquement la porte. Sierra bondit à sa suite. Le garde gisait dans une mare de sang tandis que l'inconnu filait vers l'entrée de l'arène.

Rafe serra son revolver.

— Je vais…

— À l'aide…, implora le garde blessé. S'il vous plaît…

Dehors, un véhicule démarra dans un rugissement de moteur. Sans doute attendait-il l'individu qui venait de leur échapper. Comme ils avaient bidouillé les caméras, ils n'allaient pas pouvoir l'identifier.

Rafe s'accroupit près du garde, lui ouvrit sa chemise, et ne put retenir un juron.

— J'ai besoin de mains !

Il ôta sa propre chemise, la roula en boule et la pressa sur la blessure pour limiter le flot de sang.

— Appuie sur la plaie, dit-il à Sierra qui l'avait rejoint.

Elle se pencha et le remplaça pour appuyer sur le tissu.

— Plus fort ! fit Rafe en posant les mains sur les siennes. Il faut stopper l'hémorragie.

Sierra se mit à genoux pour accroître la pression sur la blessure et tenter d'endiguer le saignement.

— J'y suis, dit-elle.

Rafe ôta ses mains et hocha la tête. Il essuya sa main droite sur la chemise du garde et prit son mobile.

— Continue, j'appelle les secours. Je ne veux pas qu'on entende ta voix en fond sonore. Telles que je vois les choses, ça va valser.

Rafe jeta un coup d'œil vers le ciel et grimaça. Il allait faire bientôt jour. Trop jour à son goût. Pour lui, cela signifiait clarté, impossibilité de se déplacer sans être vu. Quasi-certitude d'être reconnu. Identifié.

Planqué derrière une remorque, il observait le branle-bas de combat qui agitait le club. L'ambulance venait de quitter les lieux, toutes sirènes hurlantes. Avec un peu de chance, le garde allait survivre.

La police scientifique était arrivée. Comme il est d'usage, un cordon de sécurité avait immédiatement été mis en place pour délimiter la scène de crime. Il y avait des hommes et des femmes en uniforme partout. S'il s'était agi d'une mission classique, il les aurait recrutés pour l'aider à rechercher Mallory Harrigan. Plus ils seraient nombreux, plus ils auraient de chances de les retrouver vite, elle et sa fille. Ou de découvrir un maillon faible dans l'organisation. Pour cette opération, c'était différent : la survie de Mallory et de Chloé dépendait de la discrétion. Ils étaient donc seuls pour mener leur enquête, avec juste quelques amis de confiance.

Il porta son regard sur la route au-delà du club. Sierra attendait là-bas. Après avoir appelé les secours, il l'avait renvoyée vers le pick-up, d'une part pour qu'elle étudie les dossiers mais, surtout, pour la mettre à l'abri. Ignorant si l'un des policiers présents avait quelque chose à voir avec l'enlèvement de Mallory et Chloé, il préférait se montrer méfiant.

Elle était en sécurité dans le pick-up garé huit cents mètres plus loin. Il espérait que la clé USB qu'elle avait emportée allait livrer un nom, car celui qui avait tiré sur le garde n'avait laissé aucun indice exploitable. Qui qu'il en soit, Rafe reconnaîtrait sa voix s'il la réentendait. Il avait aussi sa petite idée sur la conversation qu'ils avaient surprise. Il était question d'acheteurs et de vendeurs. Si près de la frontière, il y avait de fortes chances pour qu'il s'agisse d'armes ou de drogue. Donc de cartels. Quelle faune !

Son attention fut attirée par un homme d'un certain âge, massif, cheveux courts, stetson sur la tête, qui s'était mis à aller et venir en gesticulant. Il était arrivé peu auparavant au volant d'une Cadillac de la taille d'une locomotive. Une grosse bague en or brillait à sa main droite.

— Et je fais quoi, là ? s'exclama-t-il d'une voix si forte qu'elle porta jusqu'à Rafe. J'ai un rodéo à venir, là. Dis à tes gars de bosser plus vite, capitaine, si tu ne veux pas que je passe un coup de fil qui ne te plaira pas !

En général, un capitaine ne travaillait pas au milieu de la nuit. De toute évidence, l'homme avait des appuis en haut lieu, ce qui le mettait en tête de liste des suspects de Rafe.

Un inspecteur qu'il connaissait bien s'éloigna discrètement du groupe. L'homme avait un talent sans pareil pour passer inaperçu, Rafe lui reconnaissait volontiers ce don.

Cade Foster fit le tour de la remorque derrière laquelle il s'était dissimulé et le rejoignit.

— Ransom a de la veine que j'habite à un quart d'heure d'ici. Cinq minutes de plus, et t'étais en taule.

— Noté, fit Rafe. Comment va le garde ?

— Il va s'en tirer. Grâce à toi. C'est pour ça que je t'accorde le bénéfice du doute. À Ransom aussi. Je lui dois bien ça.

Cade repoussa son stetson en arrière et plissa le front.

— Tu es impliqué dans l'histoire de détournement de fonds qu'on a apprise hier ? Mallory Harrigan. C'est elle qui a flingué le garde ?

Rafe secoua la tête.

— Non, je suis certain que c'était un homme, mais je ne l'ai pas assez bien vu pour l'identifier. À vue de nez, un mètre quatre-vingts, cent kilos. Un stetson blanc et un costume style western, noir. Des santiags, évidemment, rutilantes. Du croco, je parie, ou quelque chose comme ça. Il a filé dans une F 350.

Cade ouvrit un carnet et nota quelques mots.

— Vachement précis ! Des comme ça, y en a des milliers dans ce coin du Texas.

— Désolé, vieux, ricana Rafe. Mais on est un peu bousculés. Si t'entends quelque chose…

— Si c'est pertinent, je t'appelle ou je contacte Ransom. À charge de revanche. Je reste sur le coup ou je viens te cueillir…

Rafe acquiesça d'un hochement de tête et lui serra la main.

— Je te revaudrai ça.

— Je m'en souviendrai.

L'inspecteur reprit la direction du club aussi discrètement qu'il s'en était éloigné. Rafe partit de son côté en évitant lui aussi de se faire remarquer. Le jour à peine naissant permettait encore de se fondre plus ou moins dans le paysage, mais le soleil serait bientôt levé. Il était temps de filer s'il ne voulait pas être vu.

Son mobile vibra dans sa poche. Un coup d'œil à l'écran lui apprit que c'était son patron.

— Vargas, fit-il après avoir pris l'appel.

— C'est quoi encore ce bazar, Rafe ?

Ransom était connu pour ne pas mâcher ses mots.

— Tentative d'assassinat, poursuivit-il. Recours aux forces de police locale. Tu me forces à intervenir sans que je sache ce qui se passe, et je n'aime pas ça.

Rafe soupira. Il avait réfléchi aux options possibles. Il n'y en avait pas beaucoup, et toutes impliquaient OTC.

— Sierra s'est embarquée dans une aventure plus énorme qu'on pensait.

Pendant qu'il expliquait la situation à son patron, celui-ci n'arrêta pas de jurer.

— Tu crois que la mère et la fille sont en vie ? demanda-t-il quand Rafe eut terminé.

— Si Harrigan réussit à tenir et ne leur donne pas ce qu'ils veulent, oui. Enfin, peut-être.

En fait, après avoir vu de quelle façon le garde avait été abattu, Rafe n'en était plus aussi certain. Les malfrats cherchaient peut-être seulement à sauver les meubles. S'ils avaient quelques policiers bien placés dans la manche, ils pourraient sûrement faire disparaître des pièces à conviction. Ransom et lui avaient déjà été témoins de ce genre de pratique à plusieurs reprises.

— L'individu a tiré sur un garde de la sécurité sans hésiter, dit Ransom. Ce n'est pas un hasard.

— Je suis d'accord. Comme Sierra a trouvé la preuve que vingt-cinq millions de dollars au moins ont été blanchis par le club de rodéo et comme jusqu'à présent ça a rapporté gros à ceux qui magouillent, je serais tenté de dire qu'ils ont beaucoup à perdre. Sierra travaille sur son ordinateur, mais on n'a toujours pas de nom. Si on veut sauver Mallory et Chloé, il nous faut des infos. Et même si Cade était prêt à risquer sa carrière, je ne vois pas qui, de la police de San Antonio, peut être impliqué.

— Tu proposes quoi ?

— Si on veut tracer les mouvements d'argent, Sierra et moi on a besoin d'un accès au club de rodéo de San Antonio. C'est jouable ?

Rafe savait que Ransom pouvait, mais en avait-il envie ?

— Des identités pour tous les deux ? Tu ne peux pas la renvoyer chez elle ? Elle n'a pas l'expérience du travail sous couverture.

— Elle est comme son frère. Quand elle a une idée en tête, elle ne la lâche plus. Elle ne partira pas. Mallory et Chloé sont tout pour elle. En plus, j'ai besoin d'elle pour tracer les mouvements d'argent.

Ransom ne put s'empêcher de jurer.

— C'est une enquiquineuse. Comme son frère.

Rafe entendit un bruit qu'il connaissait bien courir sur la ligne. Ransom, impatient, tapait du bout des doigts sur son appareil.

— Tu as déjà monté un taureau ? Quand t'étais jeune ?

Comme si Ransom ne le savait pas ! Ou ne s'en souvenait pas !

— Ça fait longtemps. J'ai abandonné, maintenant. Les Forces Spéciales, c'est moins dangereux, répliqua Rafe.

— Avec ton pedigree, je pense à quelqu'un qui te trouvera peut-être un spot. T'es sûr que Sierra ne veut pas s'en aller ?

— Plus que sûr. Elle prend cette affaire très à cœur. Ça m'ennuie bien, d'ailleurs, mais c'est comme ça. Elle en fait une affaire personnelle. Elle connaît les joueurs mieux que moi ; elle a pu entendre ou voir des choses qui feront exploser la vérité. Mallory est sa meilleure amie, et la gosse est sa filleule. Si ça tourne mal et qu'on ne l'a pas laissée aider...

Il n'en dit pas plus. C'était inutile. Rien que d'y penser... Non. Il préférait ne pas y penser.

— Je vois... Qu'est-ce que je peux dire, après ça ? Noah nous tuera tous les deux, s'il apprend que sa sœur s'est embarquée dans une affaire sous couverture.

La voix de Ransom changea soudain.

— Même si tu veilles sur elle.

— Il ne vous a toujours pas pardonné, hein ? fit Rafe. De lui avoir caché pendant tout ce temps le boulot que faisait sa sœur.

— Il est venu me cogner, reconnut Ransom. Ce type a une gauche de tueur. La prochaine fois que j'irai à Carder, je lui rendrai la monnaie de sa pièce. Pour ce qui est de Sierra, maintenant, il faut que vous sachiez une chose, vous deux. Elle n'est pas bonne, elle est exceptionnelle. Pourquoi crois-tu que je l'ai engagée ?

— En informatique, elle en connaît un rayon, je suis d'accord avec vous. N'empêche, vous l'avez mise au rancart... En congé du service.

— Pour son bien. Ni pour toi, ni pour Noah. Elle voulait s'investir davantage, faire son expérience sur le terrain. L'enlèvement des femmes par Archimède lui a donné un aperçu de ce qui peut arriver. Elle était moins enthousiaste ensuite. Il lui faut du temps pour évacuer, pour prendre une décision pour la suite. De l'avis de Noah, elle n'est pas prête.

— Je m'en suis rendu compte. Je garde un œil sur elle.

— Si jamais il lui arrivait quelque chose, je te prie de croire que Noah et ses frères ne te feront pas de cadeau.

— S'il lui arrive quelque chose, ça me sera arrivé à moi d'abord, marmonna Rafe. Je vais essayer de la convaincre de rentrer chez elle, mais vous savez aussi bien que moi qu'il n'y a aucune chance pour qu'elle accepte.

— Aucune, je sais. Tu as besoin de renfort pour l'opération ?

— Il me faut quelqu'un dans le bureau du club qui ait accès aux comptes et au reste. Je ne tiens pas à ce que ce soit Sierra. Ils sont trois à l'avoir vue. Même si je la déguise, comme j'en ai l'intention, je ne serais pas tranquille.

— Zane est sur le coup, puisque tu lui en as déjà parlé.

À ces mots, Rafe toussa.

Ransom laissa échapper un rire sarcastique.

— Tu crois peut-être que j'ignorais qu'il bossait déjà pour toi ? Allons, Rafe ! Tu me prends pour un bleu ! Au fait, tu n'aurais pas oublié de mentionner un certain package qui nous est arrivé de ta part ?

Un package ? Rafe écarquilla les yeux puis rit.

— Ah ! Elena. Oui. Je...

— Encore une pauvre femme ! Je vais finir par te prendre pour une Mère Teresa ! La malheureuse avait besoin de repos, pour commencer. Ma femme et mes gosses sont tombés amoureux d'elle et de Charlie. J'ai un endroit pour eux. Préviens-moi, la prochaine fois. Notre sécurité lui a fait peur.

— Elle va bien ?

— Elle est forte. Mais, comme tu le soupçonnais, il n'y a pas que ça. Je t'en parlerai plus tard. Revenons à nos moutons. Zane fait le lien pour moi avec l'inspecteur Foster. Ça durera jusqu'à la fin de l'opération. Ensuite, Noah, toi et moi on parlera du cas de Sierra.

Ils mirent encore au point quelques détails, puis Ransom raccrocha. Rafe accéléra le pas, songeur. Faisait-il une erreur ?

Normalement, quand le projet sur lequel il était prenait forme, Rafe recouvrait son calme. Pas cette fois. Sans savoir pourquoi, il se sentait agité, fébrile. Tendu, même. Était-ce le fait de travailler avec une femme qui lui était chère ? Il ne pouvait nier qu'il était sensible à la présence de Sierra. Dans le même temps, le souvenir du drame qui s'était joué lors de sa dernière mission le hantait. Sa fiancée y avait laissé la vie. Il reverrait toujours son corps criblé de balles. Le sang partout. Et lui qui était arrivé trop tard.

Regagnant son pick-up, il saisit la poignée de la portière et la serra nerveusement — ses doigts devinrent tout blancs — sans l'actionner. Sierra était là, penchée sur son ordinateur portable, très concentrée.

Il faudrait qu'il la briefe sur l'importance de rester attentive à ce qui se passait autour d'elle. Le souvenir de la balle qui lui avait éraflé la cuisse ne le quittait pas. Elle aurait pu se faire tuer. L'idéal, pensa-t-il, serait de l'envelopper dans du papier bulle et de l'expédier loin, dans un lieu sûr où elle ne risquerait rien.

Au lieu de cela, il frappa à la vitre.

Bien entendu, elle sursauta. Princesse, le chat, en profita pour passer sur le clavier pour s'approcher de la vitre et y plaquer les pattes de devant.

Le premier choc passé, Sierra sourit, soulagée, et baissa la vitre.

— Ah, te voilà. Je craignais que les flics ne...

— C'est un type de Ransom qui est intervenu.

— Merci, mon Dieu !

Elle soupira ouvertement.

— Je m'attendais plus ou moins à ce que cet inspecteur soit dans le coup.

— On peut faire confiance à Cade. Écoute-moi, maintenant. Tu dois rester sur tes gardes même quand tu travailles. Tu as vu comment tu as sursauté quand je suis arrivé ? J'aurais pu te faire n'importe quoi. Il faut regarder ce qui se passe autour de toi.

— Je suivais ton déplacement sur mon ordinateur, dit-elle avec un sourire satisfait. Je t'ai vu approcher, mais je ne m'attendais pas à ce que tu frappes à la vitre. Ne recommence pas.

Rafe se frotta le menton. Cette opération allait avoir valeur de test sur sa patience.

Le chat passa la tête à l'extérieur et donna un petit coup de patte sur le bras de Rafe qui commença par rouspéter puis, finalement, gratta la petite bête sous le cou.

— J'ignore ce que Ransom a fait pour l'inspecteur, mais peu

importe. Cade était prêt à mentir à ses supérieurs pour partir à la recherche du garde. Il nous couvre. Pour l'instant, en tout cas.

— Le garde va s'en sortir ?

— Apparemment, oui. Mais il ne reprendra sûrement pas son service de sitôt.

Sierra poussa un soupir de soulagement.

— Tu as trouvé un nom ? demanda Rafe.

— Non. Rien.

Il vit ses yeux briller de colère.

— Il y a des millions de dollars qui transitent par ce club. Celui qui fait ça a du génie. Et il est d'une discrétion… On sait ce qui se passe mais en ce qui concerne qui est dans le coup et pourquoi… c'est le flou le plus complet. Il n'y a aucun numéro de compte, pas de RIB, pas d'IBAN, rien. Le brouillard. Je suis devant un mur.

Rafe hocha la tête.

— Écoute, ma chérie, tout ça devient vraiment compliqué. Et trop dangereux à mon goût. Les chiffres, c'est bien. Mais si on veut récupérer Mallory et Chloé, il nous faut des hommes. Des hommes qui battent la campagne. Des hommes de terrain.

— Le propriétaire du club est un certain John Beckel, dit-elle tout à coup. Je vais essayer de voir ce qu'on dit sur lui.

— Bonne idée. Vois ce qu'on raconte.

Il changea de position.

— Sierra, et si tu allais à Carder ? À OTC, ils ont ce qu'il se fait de plus sophistiqué comme matériel. Avec les dons que je te connais en informatique, tu ferais un malheur.

Elle lui lança un regard dur.

— Pas question. Je reste ici. Tu as besoin de renfort.

Il comprit qu'elle ne plaisantait pas.

— Mais Zane va venir. Je te promets que je te tiendrai informée de nos avancées.

— Dis tout de suite que tu veux te débarrasser de moi. Pourquoi ?

Furieuse, elle rabattit le couvercle de son ordinateur.

— Tu es très douée. Tu nous aiderais beaucoup plus en étant là-bas.

— Mallory m'a parlé de son travail, du club. Je peux être utile ici pour l'enquête…

Elle laissa sa phrase en suspens et le regarda, l'air inquiet.

— Tu vas y aller comme ça, sans couverture ? C'est ce que tu voulais dire il y a un instant quand tu parlais des « hommes qui battent la campagne » ?

Il avait l'impression de voir les rouages de son cerveau tourner à toute vitesse. Son agacement, son impatience se lisaient dans son regard. Il connaissait parfaitement les décharges d'adrénaline et leurs dangers. Sierra s'investissait personnellement dans cette enquête. Les conditions étaient réunies pour qu'elle prenne les mauvaises décisions, il le savait.

Elle lui empoigna le bras.

— Je peux t'aider.

— Si je te dis non, tu t'impliqueras quand même. Je ne sais pas comment, mais tu t'impliqueras. Je me trompe ?

— Voyons voir., dit-elle. Tu ne m'enverras pas à Carder, ni aujourd'hui ni demain. Pas tant que Mallory et Chloé n'auront pas été retrouvées et ne seront pas chez elles, saines et sauves.

Elle croisa son regard.

— Je n'arrêterai pas de les chercher. Tu sais pourquoi ? Parce que je ne me pardonnerai jamais d'avoir été infichue d'empêcher qu'on les kidnappe.

Il donna une tape sur le toit du pick-up.

— OK. Dans ce cas, on se prépare. Il est temps d'entrer au club sous couverture.

6

La lumière rose orangé du ciel filtrait à travers les arbres. Tapie dans une sorte de cuvette au milieu d'un bois touffu de peupliers, Mallory serrait Chloé contre elle et surveillait sa respiration. Sa fille avait fini par s'endormir. Bien qu'épuisée, Mallory, pour sa part, n'arrivait pas à fermer les yeux. En alerte, elle surveillait les alentours, écoutait le moindre bruit, espérant ne voir personne surgir.

Elle n'avait aucune idée de la distance qu'elles avaient parcourue, ni de combien de temps s'était écoulé depuis leur fuite. Pour tout éclairage, elles avaient eu un croissant de lune suspendu dans le ciel et un semis d'étoiles. Aucune trace de vie alentour. Pas une route, pas la moindre lumière. Rien que l'obscurité, des arbres et des champs.

Elles avaient failli se faire reprendre, mais sa décision d'emprunter le chemin le moins fréquenté les avait sauvées. En fin de compte, quand les appels et les jurons de leurs poursuivants avaient diminué puis cessé, elles avaient continué à avancer aussi longtemps que Chloé en avait été capable. Ensuite, elle avait pris sa fille dans ses bras et l'avait portée jusqu'à ce que, les bras tétanisés et ses jambes ne la portant plus, elle trébuche et s'écroule. Cette chute avait signé la fin de la cavale. Elle s'était plus ou moins dissimulée sous un tapis de feuilles et de branches et avait passé le reste de la nuit dans cette cachette de fortune, Chloé serrée contre elle.

L'obscurité leur avait permis de se camoufler, mais maintenant que le jour se levait, là-bas, à l'horizon, il allait être plus difficile d'échapper aux recherches.

Les larmes aux yeux, elle ébouriffa les cheveux de Chloé.

Elles s'étaient enfuies dans un tel état de panique, dans leur rage de survivre, qu'elle n'avait pas regardé dans quelle direction elles partaient.

En quittant leur cachette, elles risquaient de retourner sur leurs pas… D'aller vers la caravane… De se livrer à leurs ravisseurs.

Chloé gémit doucement.

— Maman…

— Chut, mon bébé. Il faut rester tranquille, très tranquille. Ne parle pas.

— Ou alors les méchants vont nous trouver.

La petite fille nicha sa tête contre la poitrine de sa mère.

— Oui.

Mallory lui embrassa le sommet de la tête.

— Il y a le soleil. J'ai faim.

— Je sais, mais on ne peut pas manger tout de suite. Un peu plus tard, d'accord ?

— Des crêpes ?

Comme elle aurait aimé avoir l'optimisme de sa fille !

— Peut-être demain, répondit-elle, espérant dire vrai.

— Ça veut dire non, fit Chloé, une moue de dépit sur sa petite frimousse.

Elle commença à se tortiller.

— Pipi, maman.

— Oui, mon bébé, mais il ne faut surtout pas faire de bruit.

Chloé fit la grimace et hocha la tête. Tout doucement, Mallory repoussa les feuilles et elles sortirent de leur abri. Avisant une petite plaque d'herbe, elle y emmena sa fille.

Au même moment un cri, qui semblait ricocher sur les troncs d'arbres, résonna dans le bois.

— Trouvez-les ! Dix billets à celui qui me les ramène. Mortes ou vives.

Affolée, le cœur battant à tout rompre, Mallory attrapa la main de sa fille et s'élança.

— Cours, Chloé ! Cours !

Sierra se frotta les yeux. Ils piquaient. Du temps de la fac, elle avait passé pas mal de nuits blanches, mais c'était loin aujourd'hui et elle en avait perdu l'habitude. Le soleil venait à peine de se lever et, à l'ouest, le ciel gardait encore les tons de bleus et de violets de la nuit.

Rafe s'engagea dans le parking du motel. Le chat s'était blotti à ses pieds et, chaque fois que Rafe faisait un mouvement qui l'en écartait, il se rapprochait de nouveau.

La main sur la bouche pour cacher son envie de rire, Sierra les regardait tous les deux. C'était comique. Rafe ne savait visiblement que faire de cette boule de poils bicolore qui, elle, semblait l'avoir adopté.

Après avoir coupé le contact, il se tourna sur son siège, dérangeant Princesse qui manifesta sa contrariété en miaulant.

Il secoua la tête.

— Ça s'éduque, un chat ?

Princesse s'enroula de nouveau autour de ses santiags.

— Autant que toi, répliqua Sierra avec un sourire en coin.

La pique le fit sourire lui aussi. Elle aimait cette expression qu'elle ne lui avait jamais vue, mais il ne la garda pas longtemps.

— Puisque tu tiens à participer à cette opération, voilà quelques règles de base à respecter, dit-il en reprenant son sérieux. Sinon, on arrête là tout de suite. Pour commencer, c'est *mon* opération. Je dis saute, tu sautes sans demander si c'est haut. Je donne un ordre, tu ne demandes pas d'explications car je n'aurai probablement pas le temps de répondre. Vu ?

Elle ronchonna un peu, mais seulement pour la forme, car elle savait qu'il avait raison. Il avait l'expérience, elle pas.

— Vu.

En fait, elle n'en revenait pas qu'il ait accepté qu'elle travaille avec lui ! Elle n'ignorait pas que pour les missions que lui confiait Ransom il ne voulait pas d'équipiers. Enfin, dans toute la mesure du possible. Mais, dans ce cas précis, elle avait une compétence qu'il n'avait pas. C'était un loup solitaire. Ce qu'il aimait, c'était se jeter tête la première dans un boulot pour en finir au plus vite — sans personne pour l'aider — et ne pas s'impliquer. Noah avait tenté de la mettre en garde au début, quand elle s'était imaginé qu'il se passait quelque chose entre elle et Rafe. Quelle illusion ! Hélas ! l'avertissement était arrivé trop tard. Elle était déjà sous le charme de l'aura mystérieuse qu'il dégageait.

Tout, chez lui, aurait pourtant dû lui faire peur, à commencer par son regard. Un regard perçant, froid, indéchiffrable. Elle-même ayant gardé un masque très longtemps, elle savait que quelque chose de grave, de profond se cachait derrière la distance qu'il tentait de mettre entre lui et les autres. Entre lui et elle.

Elle sentait qu'ils étaient proches l'un de l'autre, pourtant... Deux âmes sœurs.

Il avait aussi l'étoffe d'un héros. Mallory et Chloé étaient innocentes, et il allait faire tout ce qu'il pourrait pour les retrouver, quitte à s'associer à une débutante.

— Premier commandement : changer de lieu très souvent. Ne rien oublier dans la chambre du motel et disparaître. Pas de trace. Eliminer toute possibilité d'être pisté.

Opinant, elle descendit du pick-up. Après une aussi longue route, sa jambe était ankylosée. Elle sentit le regard de Rafe sur elle ; il observait ses mouvements.

Voulant faire croire que tout allait bien, elle fit quelques pas, serrant les dents pour ne pas boiter et pour paraître à l'aise et naturelle. Mais, sapristi, comme ça faisait mal !

Rafe n'était probablement pas dupe, mais il ne fit aucun commentaire. Raide, elle l'accompagna vers la chambre du motel.

— La clé ? dit-il tendant la main.

Ignorant son geste, elle déverrouilla et poussa la porte. Horreur ! La chambre avait été visitée, retournée, saccagée.

Tout en dégainant son arme, Rafe la poussa sur le côté pour entrer le premier. Elle dégaina aussi, un peu moins rapidement.

Il alla droit à la salle de bains, fouilla le placard, puis lui fit signe.

— Personne, annonça-t-il.

Son Glock à la main, elle fit un pas et s'immobilisa, interdite, sur le seuil. Un désastre ! Les tiroirs avaient été renversés et vidés, le matelas éventré. Tout avait été bousculé. Heureusement, elle n'avait pas grand-chose.

— Comment ont-ils fait pour me trouver ?

— Comme moi, répondit Rafe. Ce qui veut dire qu'ils ont des moyens, ce qui n'est pas étonnant. Ça n'en est pas moins problématique.

Un coup sur la porte les fit se retourner.

— Ah ! je vois que votre frère vous a retrouvée, madame Jones.

C'était le manager de l'hôtel, très prévenant. Quand il découvrit l'état des lieux, son amabilité céda instantanément la place à la colère. Furieux, il bafouilla.

— Bon Dieu, mais… Qu'est-ce que vous… Qu'est-ce qui s'est… passé ici ? Et qui va payer, maintenant ?

— Ça devrait aller avec ça, dit Rafe en lui mettant quelques billets de cent dollars dans la main. Dans cinq minutes, on est partis.

Puis, avec autorité, il ramena l'homme à la porte. Avant de s'éloigner, le manager se retourna et les fusilla tous les deux du regard.

— Sors et va à la voiture, reprit Rafe.

— Mais toi ?

— Moi ? Je vais vérifier que nos amis ne nous ont pas laissé de gentils petits cadeaux.

— Je peux t'aider ?

— Tu connais quelque chose aux explosifs ?

En rougissant, elle sortit de la chambre.

— Fais attention, Rafe.

Il lui fit un grand sourire.

— Comme toujours.

Elle s'en alla en soupirant.

Incapable de rester assise à rien faire dans le pick-up alors que la chambre risquait de sauter à tout moment, elle commença à aller et venir le long du véhicule, la main sur son Glock, prête à toute éventualité. Princesse, les pattes de devant sur la vitre et les oreilles dressées, la regardait marcher de long en large. Le petit chat était mignon, avec sa tête blanche et rousse.

— Tu as compris qu'il se passe quelque chose de pas normal, dit-elle à la bestiole qui l'observait de ses yeux en amande.

Princesse lui répondit par un miaulement. Au même moment, Rafe sortit de la chambre, un sac à la main. Il alla le jeter dans la grande benne à gauche de l'hôtel puis se dirigea vers la réception.

Quelques minutes plus tard il venait vers elle.

— Tout ce qu'a su me dire le manager, c'est que ton frère avait l'air d'un « cow-boy ». Autrement dit, qu'il ressemblait à la moitié de la ville ! Tu parles d'une description ! Enfin, on a de la chance, ils n'ont fait que tout renverser.

Brusquement pris d'un doute, il plissa le front.

— Ils n'ont pas pu nous piquer des infos ?

Elle le rassura aussitôt.

— Parfait. J'ai eu peur, dit-il.

Il regarda le chat, puis reprit ;

— Tu voudras bien le tenir pendant que je conduis ? Il me... distrait.

Sierra fit le tour du pick-up, et ouvrit la portière. Le chat lui sauta dans les bras.

— Oui, Princesse. On est là, mon p'tit chat.

Quand Rafe monta à son tour, le chat alla se coller contre lui.

— Je crois qu'il t'aime.

Rafe posa son stetson sur le tableau de bord.

— Je sais pourquoi, maintenant, je n'ai jamais eu de bête.

Il démarra et s'engagea sur la route qui allait à San Antonio. À cette heure matinale, le trafic était dense.

— Où allons-nous ? demanda-t-elle.

— Pour l'instant, je m'assure que nous ne sommes pas suivis. Ensuite...

Il lui fit un sourire, mais quelque chose sur ses lèvres, une expression qu'elle n'aimait pas, lui fit détourner la tête. Elle eut juste le temps de voir qu'il haussait les épaules.

— On va se marier.

Après une heure de conduite sans but précis, Rafe conclut que personne ne les suivait. La circulation était de plus en plus dense. Une fois remise du choc provoqué par la drôle de demande en mariage de Rafe et bercée par le ronron du moteur, Sierra s'était endormie,

Elle avait les yeux très cernés. Faisait-il encore une erreur en la laissant s'impliquer ?

Il faillit éclater de rire.

Mieux valait lui permettre de collaborer plutôt que la laisser mener son enquête de son côté et prendre des risques. Un individu capable d'enlever un enfant était capable de n'importe quoi.

Il entra dans le parking d'un motel à l'écart de tout et se gara face aux chambres. De cette manière, personne ne pouvait la voir.

— Surveille-la, Princesse, ordonna-t-il au chat.

La bête se lécha les pattes et miaula doucement. Rafe la gratta entre les oreilles, ce qu'elle sembla aimer car elle se mit à ronronner.

Etonné par le tour que prenait sa vie — il y a peu, des missions secrètes en Afghanistan et maintenant des *miaou miaou* avec un chat appelé, non sans humour, Princesse, à San Antonio —, il se dirigea vers la réception du motel et entra.

L'endroit était vieillot mais propre. Il n'eut pas à sonner pour appeler ; un homme au look d'ex-boxeur, nez cassé sans doute plusieurs fois, sortit de ce qui devait être son appartement.

En deux temps trois mouvements, c'était réglé. En espèces. Une chambre pour deux pour deux nuits, sous un faux nom. Le préposé ne posa pas de question, il encaissa.

Rafe étudia l'homme pendant quelques instants et mit deux billets de cent dollars sur le comptoir.

— Je n'attends personne, dit-il. Aucun visiteur, sauf si je vous l'ai présenté moi-même auparavant. Vous me comprenez ?

Le préposé laissa l'argent sur le comptoir. Une grosse ride se creusa sur son front.

— C'est un endroit honnête, ici. Pour les affaires louches, il y a un endroit un peu plus bas sur la route.

Rafe remarqua le tatouage que l'homme avait sur le bras. *Forces Spéciales.*

— Je veux seulement avoir la paix, précisa-t-il. Je pense que ça doit être possible, ici.

Cette fois, c'est le préposé qui l'étudia.

— Marines ou rangers ? s'enquit-il.

— Bérets verts. Quatre tours. Et toi ?

— Deux avec les rangers. Je suis revenu, mais mon frangin est mort en Afghanistan. Près de Kandahar.

Le préposé fit glisser la monnaie dans l'autre sens.

— Moi, je suis Calhoun. Si quelqu'un demande, t'es pas là et t'as jamais été ici. Bon courage !

— T'as tout compris. Salut.

Rafe prit la clé et sortit. Il s'installa au volant de son pick-up et roula jusqu'à l'autre extrémité du motel. Sierra, qui dormait profondément, ne se réveilla pas. Il essaya de se rappeler la dernière fois qu'il s'était reposé et…

Bien sûr qu'il s'en souvenait.

La dernière fois c'était il y a deux mois, quand il avait dormi dans les bras de Sierra.

Arrivé devant la chambre, il ne la réveilla pas mais déchargea la voiture après avoir inspecté les alentours. Puis il ouvrit sa portière et la prit dans ses bras.

— Tu viens, Princesse ? demanda-t-il au chat.

Agitant la queue et lui jetant un regard méprisant, il bondit hors de la voiture et les suivit dans la chambre.

Rafe referma la porte d'un coup de pied, allongea Sierra sur le lit et lui enleva ses chaussures. Il déplia ensuite une couverture qu'il mit sur elle. Sa blessure demandait à être soignée ; il s'occuperait de cela quand elle serait réveillée.

Il verrouilla la porte puis tira les rideaux. Personne ne les avait vus entrer. Par conséquent, quand ils sortiraient ne ressemblant plus à ce qu'ils étaient en arrivant, personne ne serait surpris.

Il prit son mobile et composa un numéro.

— Westin. Comment ça va, Rafe ?

— On est sur place. Vous arrivez quand ?

— Quelques heures. J'ai ton matériel. Jared King vient avec

son cheval et un sacré baratin pour le proprio du club. On devrait être là dans l'après-midi.

— Parfait.

Après avoir raccroché, il prit deux petits récipients en fer, versa des croquettes dans l'un, de l'eau dans le second et prépara une litière.

— Je ne pensais vraiment pas en être un jour réduit à ça ! marmonna-t-il.

Sur le lit, Sierra s'agita un peu. Elle laissa échapper deux ou trois minironflements. Il s'approcha et, attendri, s'allongea près d'elle. Elle se tourna, se blottit contre son épaule, un bras en travers de sa poitrine, et soupira, souriant dans son sommeil. Elle semblait *bien*.

S'interdisant de bouger, Rafe fixa le plafond. Le souvenir de ce fameux matin, deux mois plus tôt, resurgit alors. Deux mois. Une éternité. Comme si cela s'était passé dans un autre monde. Dans une autre vie. Jamais il n'aurait cru qu'un jour ils partageraient encore un lit. Et pourtant…

Princesse bondit sur le matelas. Il contourna Sierra et se roula en boule aux pieds de Rafe en ronronnant. Lui aussi semblait *bien*.

De nouveau, Rafe regarda la femme serrée contre lui et le chat, la tête sur sa jambe, qui réclamait son attention.

Soudain, les premiers signes d'une migraine commencèrent à le taquiner. La nuque qui pince, l'œil qui semble vouloir sortir de son orbite, le sang qui bat à la tempe… Des signes qu'il connaissait trop bien.

N'osant bouger de peur de déranger Princesse le Chat, il garda la main le long de son corps au lieu de la passer sur son front comme il le faisait d'habitude en pareille circonstance. Maudite bête ! se mentit-il. Car, il le savait bien, Princesse n'était pour rien dans son mal de tête. En revanche…

Tant qu'ils n'auraient pas retrouvé Mallory et Chloé, il serait dans les ennuis jusqu'au cou sans échappatoire possible.

Il était bel et bien piégé.

Un coup suivi de deux frottements furtifs contre la porte réveilla Rafe qui avait fini par s'endormir. Instinctivement, il empoigna son arme de sa main gauche, la droite serrant Sierra contre lui. Comme elle l'avait fait la première fois, elle avait passé la jambe en travers des siennes. Doucement, il se dégagea. Princesse ouvrit un œil, le regarda et reprit sa position.

— Tu es super, pour la garde, lui murmura Rafe en se levant.

Il jeta un coup d'œil dans le judas et ouvrit. C'était Zane.

— Salut, dit Rafe en sortant et en refermant derrière lui.

De l'autre bout du parking, Calhoun observait la scène. Rafe lui fit un signe qui dut le rassurer, car il retourna dans son bureau.

— Forces Spéciales ? demanda Zane, en croisant les bras sur sa large poitrine.

— Ranger.

Avec sa carrure de rugbyman, ses bras de lutteur de foire et ses tatouages, Zane avait tout du spécimen de foire et rien de l'expert en informatique. D'ailleurs, Rafe le soupçonnait de jouir de l'étonnement qu'il suscitait.

— Elle est dedans ? demanda Zane, sans s'encombrer de formalités.

Rafe fit oui de la tête.

— Elle va ?

— Égratignures et bleus.

Rafe regarda les deux sacs à dos que Zane avait posés par terre.

— C'est tout ?

Zane opina.

— Plus Ironsides, le vieux bourrin de Jared King avec le reste du matériel. Tu pourras t'en sortir ?

— On se débrouillera. Ça fait bien dix ans que je n'ai pas mis les pieds dans une arène.

Zane fit la moue.

— Je ne parlais pas de rodéo, Rafe. Mais de Sierra. Tu vois la tête de Noah quand il saura que vous avez un certif' de mariage qu'est tout sauf légal ?

— Aux noms de Rafe et Sarah Vargas. Ce n'est pas pour de vrai.

— Continue à te dire ça. Tu es aussi mauvais que Noah.

Le ricanement de Rafe fit sourire son ami.

— Jared sera là d'ici deux heures. Ça vous laisse le temps de vous préparer. À plus. On se voit au rodéo.

Zane quitta le parking tandis que Rafe emportait les sacs dans la chambre.

— À qui parlais-tu ? demanda Sierra qui s'était assise dans le lit et se frottait les yeux.

Ses cheveux défaits dansaient sur ses épaules.

— À Zane. Il nous a apporté nos déguisements. Les ravisseurs de Mallory et Chloé t'ont vue. Nous devons donc changer de look et de statut pour ne pas être reconnus.

— Qu'est-ce que tu as inventé ?

— Il faut que l'histoire soit la plus crédible possible. Donc, je suis Rafe Vargas, ancien champion de courses de taureaux. Je me suis engagé dans l'armée, j'ai été limogé après m'être fait prendre en train de voler. On m'a libéré l'année dernière. Je me suis refait en participant à des concours, mais je n'en parle pas. Quant à toi, ma chère, tu es simplement ma femme.

— Je croyais que tu plaisantais quand tu l'as dit. Nous sommes mariés ?

Elle était devenue toute pâle.

— Le monde des rodéos, c'est comme une famille, reprit-il. C'est toute une culture et une sous-culture. Les familles, les groupies, les femmes, les petites amies... La meilleure façon de savoir où est passé l'argent est de couvrir les deux côtés.

— Comment sais-tu tout ça ?

— J'ai fait des rodéos quand j'étais gamin. Avant de m'engager, à dix-huit ans.

Il ouvrit le sac et lui tendit le certificat de mariage.

— Sarah ? s'étonna-t-elle en lisant le document.

Elle laissa le papier retomber sur le lit et, circonspecte, regarda Rafe.

— J'aimerais savoir ce qui est vrai dans tout ce que tu m'as raconté.

— Je viens de te le dire, le plus facile est de coller le plus possible à la vérité.

Il haussa les épaules. Comment lui expliquer sa dernière

mission, la mort de Gabrielle, son combat pour la liberté et ce qu'il avait fait aux hommes qui l'avaient trahi ? Quel intérêt, d'abord ?

Plutôt que tenter de le faire, il se pencha pour prendre le sac.

— Evite de te faire remarquer, fonds-toi dans la foule.

Il agita devant elle une perruque rousse, une résille pour ses cheveux, et des vêtements. Puis il sortit un soutien-gorge auquel était attaché un simili-ventre en silicone.

Devant ce faux ventre rebondi, elle écarquilla les yeux.

— Je suis enceinte, en plus ?

— J'avais pensé te déguiser en bimbo, mais je me suis dit que tu attirerais trop les regards.

Elle secoua la tête en soupirant. Dans le mouvement, le T-shirt qu'il lui avait prêté glissa, dévoilant une épaule à la peau nacrée et la naissance d'un sein. Il ne put empêcher son regard de s'attarder dessus.

S'en rendant compte, elle rougit et réajusta son haut.

Gêné d'avoir été surpris, il se racla la gorge.

— Un célibataire ne se retournera pas sur une femme enceinte. Il évitera même de te regarder.

— Et tu crois que ça va marcher ?

— Ceux qui sont à tes trousses ne cherchent pas une rousse, enceinte d'au moins cinq mois.

Elle regarda le déguisement d'un air perplexe.

— C'est la première fois que je fais un truc pareil. Je ne sais pas si je vais savoir jouer la femme enceinte et tirer les vers du nez aux gens.

— Tu es intelligente, et tu ne manques pas d'idées. Tu sais après quoi on court. Tu sais ce que Mallory a dit et ce qu'elle sait faire, et tu sais mieux que quiconque comment les gens cachent l'argent. Tu vas y arriver.

Il lui prit le menton pour la forcer à le regarder.

— Maintenant, si tu préfères, je te renvoie tout de suite chez toi à Denver. Tu ne craindras rien là-bas, c'est certain. Mais je ne dis pas ça parce que je te crois incapable de faire ce qu'il faut.

Elle tripota la perruque.

— J'ai toujours œuvré dans les coulisses, Rafe. Je croyais que tu m'avais remisée dans un bureau pour que je reste travailler sur ordinateur.

— Zane t'a remplacée. On peut se méfier de moi mais, avec toi, les cow-boys parleront. Leurs femmes aussi. Tu inspires confiance et tu es d'un abord facile. Ils en diront peut-être même plus qu'ils n'en avaient l'intention au départ. Et reconnais que Zane n'a pas vraiment le profil pour jouer mon épouse !

— Ça, c'est indiscutable, admit-elle avec un petit sourire avant de poursuivre : C'est pour ça que tu es allé à San Antonio sans rien dire à personne ?

Il opina.

— Pour te prouver quoi ?

— Regarde plutôt ce que j'ai fait.

Il la força de nouveau à le regarder.

— Mallory avait une cible dans le dos avant même ton arrivée, Sierra. Tu as fait tout ce que tu as pu pour la sauver. Sa chance, c'est que tu as été témoin de tout. Tu es le seul témoin, et ils veulent que tu disparaisses. À leurs yeux, c'est ce que tu as fait. Tu es partie. Le scénario qu'on a mis en place est le suivant. Tu as payé ton hôtel, et tu as pris un taxi pour l'aéroport. Ton nom apparaît sur la liste des passagers, ce qui prouve que tu es retournée à Denver.

— C'est le travail de Zane ?

— À toi d'apprécier le talent du bonhomme pour bidouiller les documents...

Rafe prit la perruque.

— Bien, gentille future maman. Tu es prête à faire connaissance avec Sarah Vargas ?

Elle le regarda, visiblement inquiète et incapable de le cacher.

— Et si je fais une bêtise ?

— Tu en feras sûrement. Ce qui compte, c'est de ne pas le montrer. Tu restes zen et tu poursuis comme si de rien n'était.

Il lui prit le visage dans les mains.

— Sans autre indice, c'est notre seule chance de retrouver ton amie et sa fille. Tu verras, tu y arriveras très bien. Et puis, tu es la sœur de Noah Bradford ! ajouta-t-il en lui tendant les vêtements avant de la pousser gentiment vers la salle de bains.

Après avoir fermé la porte, Sierra se planta devant le miroir et se regarda.

On dirait qu'un rouleau compresseur m'est passé dessus…

Des cernes violets, les traits tendus, des ecchymoses sur sa peau pâle… Comment Rafe pouvait-il l'estimer capable de jouer ce personnage ?

Noah avait toujours été plus brillant et infiniment plus malin qu'elle, quand il était au lycée. Ensuite, pendant des années, il avait menti sur son métier.

Bien sûr, elle aussi.

Noah l'avait fait pour protéger sa famille. Elle, elle l'avait fait pour que ses trois frères et son ex-flic de père n'essaient pas de la stopper dans son projet.

Penchée sur le lavabo, elle s'observa de plus près.

— Qu'est devenue la fille que j'étais ? dit-elle tout bas.

D'un doigt, elle tira sur son décolleté et regarda la marque que ce monstre d'Archimède y avait gravée.

— Salaud ! gronda-t-elle.

Elle s'aspergea le visage d'eau froide. Ce n'était pas le moment de s'apitoyer sur elle-même.

Mallory avait besoin d'elle.

Rafe avait besoin d'elle.

Elle inspira profondément, se redressa et, les épaules bien droites, s'adressa à la femme en face d'elle qui la regardait fixement.

— Tu n'es qu'une faible !

Faible, fragile, vulnérable, voilà comment elle se voyait. Le reste, ce que Rafe voyait, n'était que façade. Du cinéma. D'ailleurs, les hématomes qu'elle avait sur le visage et sa blessure à la cuisse prouvaient qu'elle avait raison.

Je ne veux plus jouer la comédie, se jura-t-elle. *Plus jamais.*

Elle enleva le pantalon et le T-shirt de Rafe en grimaçant. Se baisser et lever les bras lui faisait mal. Tout son corps était couvert de bleus et d'écorchures, sans parler de sa cuisse.

En soupirant, elle passa sous la douche avec l'espoir de soulager ses douleurs et de se réveiller. La pression de l'eau lui faisant mal au dos, elle se retourna en serrant les dents.

Finalement, elle sortit de la douche, se sécha les cheveux et revêtit le déguisement que Rafe avait prévu pour elle. C'était étrange de se voir ainsi accoutrée. La robe sur son ventre arrondi lui descendait sous les genoux. Au moins, on ne voyait pas les bleus. Ceux qu'elle avait sur le tibia disparurent bientôt sous une épaisse couche de fond de teint. Elle tartina ensuite son visage d'un plâtras beige rosé puis agrémenta l'ensemble d'un trait de rouge à lèvres. Toutes choses qu'elle ne faisait jamais. Sarah non plus, sans doute, en femme simple de cow-boy.

Elle s'attaqua alors à ses cheveux qu'elle rassembla sous la résille et mit la perruque rousse.

Retenant son souffle, elle se tourna vers le miroir qui lui renvoya l'image d'une inconnue. Une inconnue très, très enceinte.

Elle se mit de profil, caressa son faux ventre et plaqua le tissu de la robe dessus. C'était vraiment très réaliste. Quelque chose frémit alors en elle. Oh ! quelque chose d'à peine perceptible ! Comme une aile de papillon. Bizarre, se dit-elle.

Les bébés n'avaient jamais été une préoccupation chez elle. Elle avait commencé à s'y intéresser, de loin, quand sa belle-sœur en avait attendu un. À partir de ce moment, Emily s'était mise à rayonner. Mon Dieu, comme elle était heureuse ! Tout comme Mitch, son mari.

Parce qu'Emily était amoureuse.

Sierra s'était crue amoureuse ; sa nuit avec Rafe avait été une leçon. Elle avait appris, à ses dépens, qu'il ne fallait pas confondre sexe et amour.

Rêves, souhaits, vœux… tout cela, il fallait qu'elle le chasse de sa tête. Elle soupira, se redressa puis, raide comme la justice, sortit de la salle de bains.

Comme tout droit venu d'un western, plus cow-boy qu'un cow-boy, Rafe l'attendait. Il avait troqué ses vêtements habituels — jean noir et T-shirt — contre un jean bleu délavé, une chemise western noire à manches longues, frangée, et des santiags éculées. Bizarrement, la cicatrice qui lui barrait la pommette ressortait bien plus que d'habitude, sans doute à cause du stetson blanc. Une petite fossette marquait le coin de sa bouche, car il souriait.

— Chapeau ! la félicita-t-il. C'est vraiment chouette.

— Ça fait... vrai ? s'inquiéta-t-elle.

— On ne peut plus vrai.

Troublé, il avança la main pour la toucher, mais elle l'arrêta.

— Pas touche ! C'est du silicone.

Ignorant l'interdiction, il posa la main sur le faux ventre.

— Trop vrai, répéta-t-il.

Il se tourna et prit quelque chose dans son sac à dos.

— Donne ta main gauche.

En voyant le petit écrin qu'il tenait, elle se mit à trembler. Puis, lentement, elle lui tendit sa main.

Rafe la prit dans la sienne et la serra un instant, puis il ouvrit l'écrin et en sortit une alliance en or qu'il lui glissa à l'annulaire. Elle lui allait parfaitement, comme si elle avait été faite pour elle.

Interdite, Sierra n'en croyait pas ses yeux. Ce qui se passait là, en cet instant, était d'une incroyable vraisemblance.

Elle se secoua. Tout cela n'était que comédie. Mais pourquoi gardait-il si longuement sa main dans la sienne ?

Quand enfin il la lâcha, elle frissonna.

— Nous voilà mariés, dit-il en la regardant droit dans les yeux.

Sa voix semblait trembler. Il prit une autre alliance dans sa poche et se la passa au doigt.

— Quand ils te croiseront, les célibataires verront que tu es enceinte et prendront leurs jambes à leur cou.

— Ça en dit long sur les hommes ! s'exclama-t-elle. Si voir une femme enceinte les fait fuir...

Songeur, Rafe lui répondit qu'un enfant pouvait être un rêve pour certains, un cauchemar pour d'autres.

— Et pour toi ? demanda-t-elle en regardant l'alliance qui brillait à son doigt.

— Les deux, dit-il.

7

Comme souvent en hiver, le soleil brillait faiblement dans le ciel gris. Il réchauffait tout de même l'intérieur du pick-up. L'arène, fermée, et le club de rodéo se dressaient devant eux, différents en ce milieu d'après-midi de l'image qu'ils en avaient eue au milieu de la nuit.

Des vans et des camping-cars stationnaient sur une aire délimitée par un cordon, juste derrière l'arène.

Rafe entra dans l'immense parking.

— Je suis étonnée, dit Sierra. Beckel doit avoir la police dans sa manche. Je ne vois pas de policiers, et il n'y a pas de cordon de sécurité pour empêcher l'accès au club.

— C'est sûr, Beckel sait y faire pour embobiner les autorités. De cette façon, il n'y a pas de vagues et le rodéo se déroule sans accroc. Comme sur des roulettes. C'est un événement important qui rapporte beaucoup d'argent à la ville.

— Et si Mallory a découvert quelque chose qui peut faire capoter leur...

— Ils seront nombreux à y laisser des plumes !

Les nerfs à fleur de peau, tendue comme un arc, Sierra soupira. Il fallait que ça marche.

— Ça va aller, lui assura Rafe. On va dénicher les réponses qu'on cherche et on les retrouvera toutes les deux.

— Comment as-tu deviné ? Je suis donc si transparente ?

— Tu n'es pas transparente, Sierra. Même si je devine tes pensées. Allons-y.

Il fit le tour du pick-up et lui tendit la main pour l'aider à descendre. À ce simple contact, un frisson courut le long de son bras. Il dut le sentir, car il serra sa main très fort.

— Ne t'inquiète pas. Je t'aiderai. Je te le promets.

Elle hocha la tête en souriant. Comme ils approchaient de l'entrée de l'arène, un homme grand et maigre vint à leur rencontre. C'était le rancher type — jean, stetson, et chemise bleue pressionnée de haut en bas. À quelques détails près, il avait la même dégaine que Rafe et Noah.

Un ex-militaire, peut-être ?

Ou quelque chose comme ça.

Il se découvrit et tendit la main.

— Rafe Vargas ! Je te croyais… je ne sais où. Tombé de la surface de la terre. Ça fait un bail que tu ne t'es pas entraîné sur Ironsides.

— Salut, Jared. J'apprécie que tu le gardes en pension quand je ne suis pas à Carder.

— C'est un bon cheval. Si tu veux qu'on le fasse se reproduire, je vais m'en occuper. En échange, j'en prends une part… raisonnable. Il a un pedigree de champion, ça peut rapporter gros.

Il remit son stetson.

— J'y penserai, répondit Rafe.

Sierra, intriguée, les observait. Elle passait de l'un à l'autre, se demandant si c'était un numéro ou s'ils se connaissaient vraiment.

— Ta *femme* n'a pas l'air dans son assiette. Elle va bien ?

— Sarah, je te présente Jared King. C'est un vieil ami, un ami *de confiance*, quelqu'un que j'aime beaucoup.

— Je connais votre frère, dit le rancher d'un ton de conspirateur. J'attends le jour où sa fiancée lui mettra la corde au cou. Il a besoin de quelqu'un qui le canalise.

Ainsi, Jared connaissait Noah. Cela voulait-il dire qu'il savait tout ?

La douleur qu'elle avait depuis un moment dans la nuque était remontée, et elle avait mal dans une tempe, maintenant. Restait à espérer qu'elle puisse quand même suivre la conversation.

Jared la détailla de la tête aux pieds.

— Je crois qu'il faut que je vous félicite, non ?

Il se tourna vers Rafe.

— Les femmes enceintes sont un mystère pour les hommes. En général, ils évitent de les regarder. C'est ce que tu recherches, non ?

— Tout est prêt ? demanda Rafe. Tu n'as pas eu de problèmes ?

— Le chèque de Ransom a bien aidé, et le fait que je fournisse presque un quart des bêtes du rodéo a facilité les négociations. Mais l'argument massue a été ta carrière de cow-boy de rodéo quand tu étais jeune. John Beckel a visionné quelques-unes de tes courses de taureaux, et ton style lui a plu.

Surprise par ce qu'elle entendait, Sierra regarda Rafe.

— Tu as donc vraiment déjà concouru ? Tu montes vraiment des taureaux ? Je ne sais pas si je dois être soulagée ou terrifiée. Pourquoi ne m'avais-tu pas…

— On en parlera plus tard, la coupa Rafe en lui serrant exagérément les doigts.

Il se tourna vers Jared.

— Où est ma tenue ?

— J'ai tout mis avec Ironsides. Les éliminatoires commencent dans deux heures. Tu as juste le temps de te préparer.

Rafe tendit la main à Jared.

— Je te revaudrai ça. Merci.

— Ça sera ajouté à la facture.

Son visage devint sérieux.

— Ransom m'a informé de ce qui se passe. J'espère que vous allez trouver ce que vous cherchez. Si je peux aider…

Le rancher s'éloigna et monta à bord d'un vieux pick-up déglingué.

— Il aurait intérêt à se séparer de son vieux clou, commenta Rafe. Mais il l'adore.

Il se tourna vers Sierra.

— Tu es prête ?

— Et toi ? Ça fait combien de temps que tu n'as pas monté un taureau ?

Elle ne connaissait pas grand-chose à ce sport, mais ce qu'elle en avait vu à la télévision lui suffisait. C'était horriblement dangereux. Elle le dévisagea, inquiète, mais il souriait.

— Ne te fais pas de souci, dit-il en lui tendant la main. Monter un taureau, ce n'est pas plus difficile que faire du vélo. Le tout, c'est de ne pas perdre l'équilibre.

Malgré son air assuré, elle n'en était pas persuadée.

Pas tranquille du tout, elle prit la main qu'il lui tendait. Tout cela ne lui inspirait rien de bon.

Elle ne savait pas qui, mais elle avait le pressentiment que quelqu'un allait se faire encorner.

Un rodéo offrait une combinaison complexe d'odeurs très spécifiques. Elle plaisait sûrement à certains mais certainement pas à Sierra dont l'estomac se nouait de plus en plus à mesure qu'elle approchait de l'arène.

Elle inspira aussi profondément qu'elle le put, posa machinalement la main sur son faux ventre et suivit Rafe vers les tribunes qui entouraient l'arène. Tous les regards étaient rivés sur un cheval qui se cabrait furieusement pour éjecter son cavalier. Des cris enthousiastes s'élevaient des gradins.

— Ils ont fini avec les chevaux sauvages. Il va falloir que j'aille bientôt derrière le couloir de contention, murmura-t-il.

Il lui montra la section qui se trouvait derrière le couloir.

— Les épouses et les familles des concurrents s'installent là. Vas-y tranquillement, et essaie de faire connaissance. Fais comme tu le sens. Ce sera bien.

— C'est fou..., dit-elle tout bas.

Il lui embrassa le bout du nez.

Pour la galerie, songea-t-elle.

— Tu vas y arriver. Tu sais pourquoi nous sommes là.

Lui tenant la main, il traversa l'arène avec elle. À leur arrivée en bas des gradins, les murmures cessèrent. Soulevant légèrement son stetson, Rafe salua.

— Mesdames, je compte sur vous pour veiller sur mon épouse.

Il lui tapota le ventre.

— C'est son premier.

Il y eut quelques murmures dans les rangs ; Sierra se sentit rougir.

— Je me présente, Rafe Vargas. Et voilà Sarah.

Il prit son visage à deux mains et l'embrassa. Son baiser, bien que délicat, la fit frémir. Elle aimait ses lèvres sur les siennes. Elles étaient tellement tendres. Mais elle ne devait pas s'habituer à leur douceur. Cela ne durerait pas, et elle le savait.

— À tout à l'heure, ma chérie. Et ne t'en fais pas.

Il s'éloigna sous le regard inquiet de Sierra et admiratif de la plupart des autres femmes.

— Ah ! le bel homme ! s'exclama l'une d'elles, séduite par l'allure de Rafe. Ce n'est pas parce que j'ai cinquante ans que je ne…

La suite se noya dans les rires des amies qui l'entouraient.

— Oh ! Nancy ! fit l'une d'elles, offusquée.

Nancy haussa les épaules.

— Ben quoi ? Je suis une mamie, je sais, et alors ?

Elle tapota la place libre à côté d'elle.

— Viens ici, ma jolie. Après-demain, avant la fin du dernier round, on connaîtra tous tes secrets et on pourra dire si ce bébé que tu nous mijotes est une fille ou un garçon.

— Ne l'écoute pas, Sarah ! lança une autre en riant.

Elle tendit la main.

— Bonjour, je suis Diane Manley. Mon mari, c'est Travis. Il court sur des taureaux. Et le tien ?

— Pareil, répondit-elle, un tremblement dans la voix.

— C'est ce qui paie le mieux, poursuivit Diane. Si on ne se blesse pas.

— Et si on reste en selle huit secondes au moins. Six, c'est raté, ça ne rembourse pas le crédit, commenta une femme qui faisait sauter un bébé sur ses genoux pour l'empêcher de pleurer.

— Ni les notes du docteur, April, se lamenta une autre.

— Te mets pas la rate au court-bouillon, ma chérie, renchérit Nancy. J'ai reconnu le nom de ton mari. C'était un des meilleurs, autrefois. Ça fait plus de trente ans qu'on vient ici, mon homme et moi. Je croyais que Rafe nous snobait et qu'il n'en faisait plus mais quand on a le rodéo dans le sang, ça vous quitte jamais, c'est comme un virus.

L'ouverture était trop bonne pour ne pas la saisir. « Dis-leur-en juste assez pour qu'ils comprennent que j'ai eu des affaires douteuses et qu'on peut peut-être me corrompre », lui avait suggéré Rafe.

Elle s'éclaircit la voix.

— Rafe s'est engagé dans l'armée à dix-huit ans. C'est pour ça qu'il avait arrêté le rodéo.

— Un soldat ? Un héros, alors. Bravo ! Mais maintenant... ?

Curieuse, Nancy se rapprocha, attendant des explications.

Faisant semblant d'être embarrassée, Sierra détourna les yeux.

— Nancy ! l'interpella Diane.

Elle sourit à Sierra.

— Tu n'es pas obligée de parler, Sarah.

Avec un sourire faussement timide, Sierra secoua la tête.

— Pas de problème. Rafe venait d'être renvoyé de l'armée quand on s'est connus. Il n'avait pas de retraite, alors on s'est débrouillés comme on a pu pour joindre les deux bouts. C'est un garçon bien.

Elle releva fièrement la tête.

Une vague de murmures courut dans le groupe de femmes. Pour l'instant, tout allait bien. Elle avait correctement dosé son discours. Juste assez pour présenter Rafe comme un mauvais garçon, mais pas trop tout de même. Enfin, c'était son avis.

— Tant mieux pour lui. Et pour toi, dit Diane.

— Et maintenant, mesdames et messieurs, le moment que l'on attend tous ! annonça le speaker. Place aux taureaux !

Les dix mille personnes présentes applaudirent en chœur.

— Notre premier concurrent est Travis Manley. Travis est actuellement en deuxième position sur la liste des vainqueurs.

Les spectateurs applaudirent à nouveau.

— Bien, reprit le speaker. Aujourd'hui, ce n'est pas le jour de chance de notre cow-boy. Travis a tiré Angel Maker, le Taureau de l'année de l'an dernier.

La foule écoutait, bouche bée, suspendue aux annonces.

— Angel Maker a toujours eu l'avantage sur nos cow-boys, les amis. Alors souhaitons bonne chance à Travis !

Diane avait pâli.

— Oh non !

— Qu'est-ce qui ne va pas ? demanda Sierra à Nancy.

— Ce taureau devrait être abattu ! L'année dernière, il a piétiné un des cow-boys. Il lui a cassé la jambe, le bassin et plusieurs vertèbres. Le pauvre ne sera plus jamais comme avant.

Sierra se pencha pour regarder du côté du couloir. Un taureau noir attendait. Un cow-boy mince l'enfourcha et agrippa une corde plate tressée qu'il enroula autour de son poignet ganté.

Visage tendu, il fit un signe de tête pour indiquer qu'il était prêt. Le couloir s'ouvrit. Le taureau s'élança, se cabra, rua des quatre fers. Il vira brutalement à droite puis à gauche, secouant son cavalier comme une poupée de chiffon.

— Travis ! hurla Diane.

L'épreuve semblait ne devoir jamais finir. Angel Maker tournait sur lui-même, se dressait, comme enragé. La foule se leva comme un seul homme. Le taureau vira violemment dans l'autre sens. Travis bascula sur le côté. Une nouvelle ruade, et le taureau l'éjecta. Travis retomba comme une pierre sur le dos.

Deux clowns de rodéo se précipitèrent, le relevèrent et coururent avec lui vers la barrière de protection. Mais Angel Maker n'en avait pas terminé. Il les poursuivit et, d'un coup de tête, projeta l'un des clowns en l'air.

Toujours enragé, le taureau commença à piétiner le clown. Tandis que la foule se mettait à hurler, deux hommes sautèrent par-dessus la barrière pour faire diversion et attirer l'attention du taureau. Sierra reconnut la chemise western noire de Rafe.

Comme prévu, l'animal chargea les nouveaux venus. Sierra voulut hurler, mais son cri s'étrangla dans sa gorge. Sans s'en rendre compte, elle empoigna sa robe et la froissa dans ses mains. Une porte s'ouvrit sur un box étroit. Suivi par le taureau, Rafe s'y précipita et sauta par-dessus la barrière du fond.

Des cris enthousiastes s'élevèrent.

— Je vous demande d'applaudir ce concurrent qui vient tout juste de s'inscrire au concours, dit le speaker. Rafe Vargas. On l'applaudit très fort. C'était le champion des circuits de rodéo il y a dix ans, et le voilà de retour ! Et comme vous venez de le voir, il n'a pas perdu son agilité !

La voix dans le haut-parleur se tut pour reprendre, encore plus fort, un instant plus tard.

— On applaudit Travis Manley, mesdames et messieurs. 6,8 secondes. Le deuxième meilleur temps de l'année sur Angel Maker !

Le cœur battant, Sierra commença à s'agiter sur le gradin en ciment. Rafe est fou, pensa-t-elle.

— C'est quelqu'un, ton homme, lui dit Nancy. Tu l'as bien choisi.

— C'est sûr, ce n'est pas n'importe qui, marmonna Sierra.

Décidée à stopper Rafe, elle se leva, et se fraya un passage jusqu'au bout du gradin. C'était trop dangereux. Ils n'avaient qu'à chercher un autre moyen de retrouver Mallory et Chloé.

— Et maintenant, notre héros local, Rafe Vargas ! annonça le speaker. Une ola pour lui, mesdames et messieurs ! Il monte Sweet Sin.

Sierra se pétrifia. Les yeux plissés, elle observa le taureau. Il n'avait pas l'air moins féroce qu'Angel Maker.

Rafe s'assit sur la barrière en attendant qu'on ouvre le couloir À l'ouverture, il sauta sur le taureau qui se précipita dans l'arène. Rafe chercha la bonne assise. Pas simple. La bête était très excitée et malmenait son cavalier qui se tordait, un coup à droite, un coup à gauche, pour résister aux ruades de l'animal qui cherchait à l'éjecter au plus vite. Une lanière s'était enroulée autour du ventre du taureau qui tentait de s'en débarrasser. Sierra avait rarement connu une telle angoisse. Le temps semblait s'être arrêté. Rafe luttait pour se maintenir sur la bête. Il se tordait, se tournait, basculait, se rétablissait, se tordait encore, complètement déséquilibré, mais il tenait bon. L'animal se cabra violemment une nouvelle fois et, tout à coup, Rafe lâcha prise. Projeté dans les airs, il retomba lourdement, sur le dos, dans le mélange de sable et de terre de l'arène.

Épouvantés par la violence du choc, les dix mille spectateurs se turent.

Une sirène retentit alors.

D'abord, Rafe ne bougea pas. Paniquée, Sierra serra la rambarde métallique de toutes ses forces.

La bête chargea. Un clown se précipita dans l'arène pour distraire l'attention de Sweet Sin et le faire sortir. Sierra vit alors Rafe se relever lentement. Une fois debout, il la chercha des yeux et leva la main pour saluer la foule.

Son score s'afficha sur un écran géant. o. La foule hua.

— Dommage, les amis. Sept secondes pour Rafe Vargas, commenta le speaker. C'est bien pour ton retour, cow-boy. Et meilleure chance pour la prochaine fois.

Il avait failli se casser le cou. Flageolant sur ses jambes, à moitié nauséeuse, Sierra plaqua la main sur sa poitrine.

— Ça va, t'es sûre ? lui demanda Nancy. T'es verte comme une tomate pas mûre.

— Oui, oui, ça va. Mais si je savais où sont les toilettes...

La main sur la bouche, elle dévala les marches aussi vite qu'elle put.

Après avoir vomi, folle de rage, elle décida d'aller retrouver Rafe. Pour le tuer.

À chaque pas, Rafe soulevait un nuage de poussière avec ses santiags. Les rodéos n'avaient pas changé, c'est lui qui avait pris dix ans.

Poursuivre des voyous ou des terroristes ne demandait pas les mêmes muscles qu'un affrontement avec un taureau de cinq cents kilos...

Deux des autres concurrents auprès desquels il passa lui donnèrent des tapes dans le dos qui le firent grimacer. Dans deux jours, il aurait le corps couvert de bleus. Dans son malheur, il avait eu la chance de ne pas se faire piétiner par Sweet Sin. Le clown était intervenu à temps. On les appelait des clowns, mais ils n'étaient pas seulement là pour amuser la foule. Ils étaient surtout là pour secourir les concurrents menacés par les taureaux. C'est à l'un d'eux qu'il devait de ne pas avoir les os en bouillie, à l'heure qu'il était.

Un des hommes le rattrapa alors qu'il s'en allait.

— Vargas ?

Il s'arrêta.

— Oui ?

— Je suis Kurt Prentiss. Je...

— Tu m'as sauvé la vie, vieux. Merci, dit Rafe en lui tapant dans la main.

Kurt lui tendit une longe.

— Tiens, ça vient de Sweet Sin. J'ai pensé qu'il fallait que tu saches.

Rafe la prit et l'examina.

— Elle est à moitié sectionnée...

L'homme hocha la tête.

— Tu sais qui a fait ça ? demanda Rafe.

— Non, mais le championnat, cette année, ça ne plaisante pas. Avec toi, le classement est chamboulé. Ça peut être n'importe qui, qui a fait le coup. La plupart des gars sont trop honnêtes pour faire un truc pareil, mais il y en a... Oui, il y en a quelques-uns qui feraient n'importe quoi pour gagner... et prendre leur part du butin.

— Je m'en souviendrai. Merci encore, dit Rafe à Kurt qui s'éloignait.

Cet incident était-il en lien avec l'enquête qu'il menait ou était-ce l'œuvre d'un concurrent qui protégeait son classement ? Voilà qui venait compliquer une enquête déjà très difficile.

En arrivant à la hauteur du poste de secours, il vit le clown qui avait tiré Travis Manley d'affaire allongé à l'intérieur, sur un brancard. Travis, pour sa part, se tenait à l'entrée.

— Comment va-t-il ? lui demanda Rafe.

— Pas trop mal. On a eu de la chance... Il sera bientôt remis. C'est un des meilleurs.

Travis soupira.

— C'est ma faute. J'aurais dû me relever plus vite. Mais je me suis fait mal en tombant, et je me suis retrouvé à moitié assommé.

Il regarda Rafe avec insistance.

— Pour quelqu'un qui vient seulement de s'y remettre, tu as fait une super course. On dit que tu as déjà participé à un championnat national ?

— Oui, il y a dix ans. J'étais jeune, alors, dit Rafe en se massant la nuque. Aujourd'hui ce n'est plus pareil. Je suis moins souple, ça fait plus mal quand je tombe.

— Ça c'est sûr. Je me dis souvent qu'on a des os en caoutchouc, quand on est jeune.

— Ou qu'on est tellement bourré d'adrénaline qu'on ne sent rien.

Rafe se tut. Puis, impatient de voir sa réaction, il montra la longe à Travis.

— Qu'est-ce que tu dis de ça ?

Il savait que le cow-boy était arrivé deuxième. Il avait un mobile.

— Bon Dieu ! Où tu as trouvé ça ?

— C'est ma longe quand j'ai concouru.

Travis pâlit.

— Ça, ça a été fait exprès. Si elle avait cassé...

— Je sais. Tu as une idée de qui a pu faire le coup ?

Au ton de la voix de Rafe, Travis comprit qu'il était soupçonné. Il croisa les bras.

— Tu ne penses quand même pas que c'est moi ?

— Tu es arrivé deuxième. Tu avais quelque chose à y gagner.

— Quand on tire Angel Maker, on a peu de chances ; d'ailleurs, je n'ai même pas fini ma course.

Rafe avait survécu à dix ans d'opérations secrètes ou sous couverture, en se fiant à son instinct. Et son instinct, justement, lui disait que Travis n'était pas l'auteur de cet acte odieux.

— Non, je ne pense pas que tu as coupé la longe, mais je me demande si tu n'aurais pas entendu parler de quelqu'un qui...

— ... ferait n'importe quoi pour gagner. Quitte à tuer, finit Travis. Tu es à peine là et ça t'arrive. C'est rapide.

— Quelqu'un avait peut-être peur que je gagne.

Il chercha le regard de Travis.

— Si tu surprends un truc louche, tu me tiens au courant ? Celui qui m'a fait ça peut aussi bien le faire à un autre.

Songeur, Travis hocha la tête puis retourna auprès du clown.

Les hurlements de la foule enthousiaste s'entendaient à des lieues à la ronde. Derrière l'arène où il s'était réfugié, Rafe en avait plein les oreilles. Apercevant une silhouette adossée au mur du poste de secours, il revint sur ses pas. L'homme était grand et mince. Rafe sentit des picotements dans sa nuque.

— Quelle chute ! dit l'homme.

Il avait la ligne filiforme des toreros mais ne semblait pas assez musclé pour en être un.

— Oui, mais ça va. Pas de casse, heureusement.

Rafe repoussa son stetson en arrière pour mieux voir l'individu qui venait de l'interpeller.

— Tu vas dérouiller, demain. Je peux peut-être faire quelque chose.

Ça devenait intéressant… Rafe fronça les sourcils.

— Ah ? Comment ça ? Un coup de baguette magique ?

— Si on veut ! Ici, les médecins te donnent ce qu'il faut si tu as une assurance ou de quoi payer. Y a pas grand monde qui a ça, ici. Moi, j'ai les mêmes médocs qu'eux. On les trouve sur le Net. Ça vient de l'étranger, et ça coûte moins cher.

— Qu'est-ce que t'essaies de me vendre, là ? ricana Rafe. Des cachets de sucre en poudre. ? Je ne suis pas intéressé.

Il voulut s'en aller, mais l'homme le rattrapa par la manche.

— Je sais que c'est du bon. J'ai des clients qui peuvent en témoigner. Mon fournisseur est réglo.

Des médicaments. Le circuit de rodéos se déplaçait de ville en ville. Pas mal, pour le marché noir. Vendre des drogues sous le manteau et blanchir de l'argent par le biais des rodéos, c'était une bonne combine.

— Explique, fit Rafe. Pour l'heure, j'ai pas de sécurité sociale et avec ma femme qu'est enceinte, on est un peu pris à la gorge côté finances.

— Demain ce sera trop tard… Après le coup que t'as pris à la tête…

— Je n'ai pas d'argent sur moi, mentit Rafe, l'air navré, en regardant autour de lui comme s'il craignait d'être surpris. On se retrouve tout à l'heure ? Après le rodéo ?

L'homme hésita et finalement opina.

— D'accord. Arrange-toi pour que je te voie, et je te rejoindrai.

Rafe se rapprocha de l'homme et, faisant semblant de tituber, le bouscula.

— Hé, mec ! Qu'est-ce que tu fous ?

Rafe se redressa.

— Désolé. Cette chute, tout à l'heure, a dû me sonner plus que je croyais.

Sur ce il s'en alla en évitant de se retourner. Il alla se cacher sous les gradins et, de là, observa le dealer tout en composant un numéro sur son téléphone.

— Ah, maman, c'est toi, fit Zane.

— T'es pas seul, c'est ça ? répondit Rafe. OK. J'ai quelqu'un à l'ouest du poste de secours. Il deale. J'ai essayé de lui piquer son portefeuille, mais il n'en avait pas. Juste des comprimés et du cash. Faut que tu prennes ses empreintes pour qu'on sache qui c'est. Je n'ai pas voulu risquer de me faire prendre en lui fauchant un paquet de drogue pour la tester. En s'en rendant compte, il se serait douté que c'était moi.

— D'accord, maman, je m'en charge, dit Zane quand Rafe lui eut décrit le dealer. Du lait et des œufs. Je t'apporte ça dès que je peux.

— Merci, Zane.

En attendant que son collègue prenne le relais, Rafe garda sa proie à l'œil. Il aurait pu attraper le bonhomme et le tabasser pour le faire parler, mais si les ravisseurs subodoraient la moindre chose et sentaient le filet se refermer sur eux, ils risquaient de malmener Mallory et Chloé. Voire de les éliminer. Cette opération devait se faire le plus discrètement et subtilement possible.

Ça va ? tapa-t-il sur le clavier de son téléphone sans quitter sa cible des yeux.

Retourne-toi, fut la réponse.

Sierra se tenait derrière lui, l'air furieuse. Elle s'avança et lui donna un coup en pleine poitrine.

— Qu'est-ce qui te prend ? s'exclama-t-il.

— Tu m'as fait peur. Tu as vu comment tu es tombé ? Tu aurais pu te faire très mal, rester paralysé ou…

Elle le frappa encore.

— Ne recommence pas.

Il la regarda en souriant.

— J'ai connu pire... lors de missions autrement plus dangereuses...

Elle se mordit la lèvre.

— C'est une chose de lire vos rapports, une autre... de voir.

— Tu peux constater que je vais bien.

Après un regard alentour — on les observait avec intérêt — il lui prit la main et s'éloigna des oreilles indiscrètes des cow-boys et autres personnels du club qui passaient et repassaient, sans pour autant perdre de vue son dealer.

Par malchance, il croisa le regard de l'homme qui lui sourit et le salua en portant un doigt sur le bord de son stetson. Zut ! Il venait d'être vu avec Sierra. C'était justement ce qu'il ne voulait pas. Elle courait un risque, maintenant que l'autre les avait associés. C'était trop tard pour qu'elle s'en aille. Ils étaient tous les deux jusqu'au cou dans le pétrin.

Soudain, il la sentit chanceler contre lui, et la prit par la taille pour la soutenir.

— Ça ne va pas ? Tu es toute blanche. Tu ne vas pas t'évanouir ?

— Non, c'est seulement que j'ai vomi tout à l'heure. Je ne sais pas pourquoi les burritos ne sont pas passés. La chose positive c'est qu'en te voyant voltiger tout à l'heure j'ai tellement paniqué que tout le monde a vraiment cru que j'étais ta femme. Que je suis vraiment enceinte. Ça conforte ma couverture.

Essayant de faire le tri entre vérité et mensonges, il l'observa attentivement.

— C'est vrai, je t'assure. Ce sont ces odeurs, ajouta-t-elle. J'ai du mal à m'y faire.

— As-tu entendu des choses intéressantes ?

— Pas vraiment. Des femmes qui se plaignaient de manquer d'argent pour payer leurs crédits... À part ça, pas grand-chose. En tout cas, rien sur Mallory et Chloé.

Elle soupira.

— Tu crois que ça va marcher ? Qu'on va découvrir quelque chose de nouveau ? Personnellement, je ne vois rien de neuf.

— Pour moi, tout tourne autour de l'argent. La police est aussi de cet avis. Selon Cade, les enquêteurs de San Antonio considèrent toujours Mallory comme le suspect numéro un.

— Bande d'idiots ! Ils ne pourraient pas ouvrir les yeux ?

Rafe la regarda, elle ne semblait pas dans son assiette.

— Tu es sûre que tu ne me caches pas quelque chose ?

— Non, tout va bien. Je me fais du souci, c'est tout.

— Je vois qu'on nous observe. Si tu veux bien, on va jouer les jeunes mariés pendant quelques minutes.

Il prit son visage dans ses mains et l'embrassa avec tendresse.

Se prenant au jeu, elle se laissa faire et entrouvrit même les lèvres. Dieu que c'était bon ! Dans son enthousiasme, elle empoigna sa chemise et l'attira à elle. Il ne lui en fallait pas plus. Il la pressa contre lui, lui faisant sentir l'intensité de son désir. Comme il aurait aimé l'emmener dans un endroit discret et lui faire tout ce qu'il rêvait de lui faire depuis toujours...

Derrière eux, un cheval hennit. Des pas approchaient. Rafe releva la tête et se posta devant Sierra, entre le visiteur indésirable et elle.

Un sexagénaire coiffé d'un chapeau noir les regardait, Sierra et lui.

— Tu as mis du piment dans mon rodéo, Rafe Vargas. Les toreros parlent de toi, ce qui n'arrive pas souvent. Alors, je m'interroge. T'es un mec sympa ou t'es là pour mettre le souk chez moi ?

8

À plat ventre dans les herbes folles qui ondulaient dans la brise, Mallory essayait de se dissimuler. Son cœur battait follement. Allongée à côté d'elle, Chloé gémissait doucement.

— Où elle a filé ? hurla le policier de l'autre côté de la prairie.

Mallory reconnut la voix ; elle ne l'oublierait jamais.

Il lança une bordée de jurons.

— On repart. On essaie l'autre chemin. Il faut la ramener. Le chef ne nous pardonnerait pas. Et il n'oublie jamais rien.

Le flic n'était donc pas le patron ? Qui était-ce, alors ? se demanda Mallory. Et combien étaient-ils ?

Les hommes s'éloignèrent en s'interpellant. Elle attendit que le bruit s'estompe, puis encore quelques minutes quand le silence fut revenu.

Une fois convaincue qu'ils étaient bien partis, elle prit plusieurs profondes inspirations. Ses poumons la brûlaient, à force de retenir son souffle. Elle releva lentement la tête.

— Maman ?

— Chut, ma chérie !

Très doucement, Mallory se redressa puis s'assit. Le ciel commençait à s'assombrir et, d'ici à deux heures, la nuit serait tombée. Elles n'étaient pas en sécurité, ici. Si ces hommes revenaient, elles seraient faciles à trouver, dans leur cachette.

Elle regarda autour d'elle. Au loin, à plusieurs centaines de mètres, il y avait une forêt qui semblait dense. Les arbres pourraient faire office d'abri, le temps qu'elle décide de quel côté aller pour avoir une chance de trouver des maisons et un téléphone… Pour trouver du secours, en somme.

Elle hésita, se mit à genoux. La forêt était loin, surtout pour les petites jambes de Chloé. Les yeux plissés, elle scruta les alentours. Il devait bien y avoir une route quelque part, un sentier, une maison, une grange, quelque chose qui signale une présence humaine… Mais non, rien. Rien que la forêt à l'horizon, et ces hommes qui les recherchaient.

Elle n'avait donc pas le choix. Il fallait s'éloigner le plus possible de leurs poursuivants. Sa décision prise, elle secoua gentiment Chloé.

— Debout, mon bébé. Tu vois les arbres, là-bas ? On va y aller en courant.

— C'est trop loin, maman. J'ai faim. Et j'ai soif.

— Je sais, petit cœur. Je vais te trouver quelque chose à manger. Tu vas voir. Bientôt.

Chloé croisa ses petits bras devant elle, l'air boudeur.

— Non. Je suis fatiguée. Je ne veux pas y aller. Je veux rentrer à ma maison, je veux Princesse.

Mallory se rassit en soupirant et prit sa fille sur ses genoux.

— Je sais que tu es fatiguée, Chloé. Maman aussi, tu sais. Mais il faut y aller. Autrement, on va retourner dans la caravane.

Terrorisée, Chloé se mit à trembler.

— Je ne veux pas, maman ! Ça sent bizarre, là-bas, et le monsieur, il t'a emmenée. Sans moi. Je ne veux pas rester seule !

Ravalant une envie de pleurer, Mallory serra sa fille plus fort contre elle.

— Tu es prête ? murmura-t-elle. Il faut être courageuse. Comme Sierra.

— Elle court vite, elle.

— C'est vrai.

Mallory se leva, prit la main de sa fille, et elles se mirent à courir. Très vite, elle se sentit ruisseler de sueur. Enfin, les arbres commencèrent à succéder à la prairie. Elles se rapprochaient de la forêt. Elle courait aussi vite que Chloé pouvait la suivre. Encore quelques dizaines de mètres…

— On y est bientôt, l'encouragea Mallory.

Elle haletait. C'était épuisant, stressant. Elle avait l'impression d'avoir des semelles de plomb ; elle n'en pouvait plus. Soudain, un de ses pieds s'enfonça et elle perdit l'équilibre. Une douleur lui vrilla la cheville, le pied, tandis qu'elle tombait sur les mains et les genoux.

— Maman ! s'écria Chloé, arrêtée net dans sa course et tombée à terre à côté de sa mère.

Essayant de reprendre son souffle, Mallory sentit le froid la gagner. Ses jambes tremblaient. Elle se retourna péniblement et s'assit. Son pied, sa jambe n'étaient plus que douleur, une douleur qui remontait jusqu'au genou. Des petits points blancs commencèrent à danser devant ses yeux. Le jour s'assombrit brusquement.

Ne t'évanouis pas. Ne t'évanouis surtout pas ! s'ordonna-t-elle.

Elle fixa le ciel, violet maintenant, au-dessus de sa tête et les quelques étoiles qui y brillaient déjà. Elle essaya de garder les yeux ouverts. De ne penser qu'à ça ; garder les yeux ouverts. Lorsque sa tête cessa de tourner, elle remua la jambe, se mordant la lèvre pour ne pas crier de douleur.

— Maman ! fit Chloé, affolée. Maman !

Mallory attrapa sa fille et la serra contre elle.

Dans la direction d'où elles venaient, dans la nuit qui tombait, elle aperçut comme des faisceaux de lumière qui balayaient la campagne.

Des lampes-torches ! se dit-elle, paniquée.

S'ils découvraient leurs traces, ils les suivraient, les retrouveraient.

— Ça va aller, mon bébé, mentit-elle. Ça va aller, tu vas voir.

« Pour mettre le souk. » Cela faisait des années que de nombreuses personnes l'accusaient d'être un fauteur de troubles, un empêcheur de tourner en rond. Il n'aimait pas se faire agresser, ne serait-ce que verbalement. Lorsque l'on s'en prenait à lui, il avait tendance à se défendre physiquement. Avec violence.

Sierra l'avait certainement senti se tendre, car elle lui posa la main sur l'épaule, un geste qui se voulait apaisant. L'opération demandait de la finesse, pas de l'agressivité.

Or, c'était contraire à sa nature profonde. Il préférait attaquer par surprise. *Paf, boum, bang*, et c'était expédié. C'était davantage son style.

Malgré la rage qui bouillonnait en lui, il se força à sourire.

— Pourquoi je mettrais le souk, monsieur Beckel ? Je suis trop heureux de participer.

Il serra Sierra contre lui et l'embrassa.

— Sarah et moi, on débute dans la vie. On apprécie qu'on nous aide.

John Beckel mit une pincée de tabac dans sa bouche, entre sa joue et sa lèvre inférieure, et les regarda durement.

— OK. Jared King s'est porté garant pour toi. Il connaît ses bêtes et ses gars. Mais bon, il est permis de se tromper, répondit le propriétaire du club. Moi, j'ai été marié six fois. Et je dois admettre que ça n'a pas plu à mon frère Warren… Elles me saignent à blanc. C'est pour ça que j'ai intérêt à ce qu'il n'y ait pas de problèmes, ici. Et que ça rapporte. Tu piges, mon gars ?

Rafe hocha la tête, notant mentalement de demander à Zane de fouiller la vie des ex de Beckel. Il savait que les finances du rodéo étaient à la limite de l'équilibre ; il savait pourquoi, maintenant.

— Si ce qu'on m'a dit est vrai, monsieur, c'est une machine bien huilée que vous dirigez. C'est pour ça que j'ai choisi cet événement pour faire mon come-back.

Beckel fronça les sourcils.

— Je pensais que je contrôlais tout. Jusqu'à hier. Parfois, les gens vous surprennent. On croit connaître quelqu'un… Je l'engage, je lui fais confiance… Je crois que c'est pour ça que je me retrouve avec six ex.

Sierra se pencha et posa la main sur le bras de Beckel.

— Je suis vraiment désolée.

Il lui tapota la main tout en la détaillant avec complaisance.

— Ne soyez pas désolée pour moi, jolie madame. Soyez-le pour mon compte en banque. À ce propos, j'ai engagé un nouveau responsable administratif. Jared King me l'a recommandé mais, entre vous et moi, je ne suis pas sûr qu'il fasse l'affaire. Je vais suivre ça de très près.

Rafe ravala un sourire de satisfaction. Zane devait jouer son rôle à merveille.

— Bonne chance pour demain, Vargas. Si tu cours, eh bien... je verrai ce que je peux faire pour toi. Et ton adorable épouse.

Il tendit une main que Rafe serra.

— Je suis très heureux de vous connaître, monsieur. Je ferai de mon mieux pour ne pas vous décevoir.

Rafe étant du genre soupçonneux, il se demanda quel message subliminal se cachait dans les propos de Beckel. Il faudrait qu'il mette Zane à contribution pour essayer de comprendre.

Beckel porta la main à son chapeau en guise de salut et commençait à s'éloigner quand Rafe vit Zane passer devant les rangées de box. Zut ! Il se dirigeait vers le dealer. Celui-ci, appuyé à une barrière près du poste de secours, observait ce qui se passait dans l'arène tout en lampant à longues gorgées le contenu d'une cannette de bière. Il ne fallait pas que John Beckel voie que Zane avait quitté le bureau.

Rafe fit quelques pas et le rappela.

— Monsieur, ça vous plairait de voir mon cheval ? C'est Jared qui l'entraîne. Ironsides est excellent dans les courses de tonneaux. Je le monterai pour la cérémonie de clôture du rodéo.

L'homme s'arrêta.

— Une autre fois, peut-être, dit-il avec un drôle d'air. Après le détournement de fonds de mon assistante, je préfère ne pas m'absenter trop longtemps du bureau. Pas du tout, même.

Rafe n'insista pas. Il n'y avait rien d'autre à faire que le laisser partir.

Restait à espérer que Zane pourrait regagner le bureau avant l'arrivée de Beckel.

Il jeta un coup d'œil en direction du dealer et vit Zane qui repartait en sens inverse. Leurs regards se croisèrent et Zane leva discrètement le pouce.

— Bon. On retourne à l'hôtel ce soir. Avec un peu de chance, on aura de nouveaux éléments.

Rafe la prit par le bras et lui fit un clin d'œil.

— Maintenant, je reprends notre conversation de tout à l'heure. Comment te sens-tu ?

— Je ne sais pas combien de fois il va falloir que je te le dise ! Je vais bien. Je vais même de mieux en mieux. C'était ces odeurs.

— Et ta jambe ?

— Comme neuve, ou presque. Tu as bientôt fini avec tes questions ?

— J'arrêterai quand je serai convaincu que tu ne me mens pas.

— Tu es toujours comme ça avec tes équipiers ? Une vraie mère poule.

— Les quelques équipières que j'ai eues n'ont pas commencé leur mission avec une blessure par balle.

Elle fit la moue.

— D'accord. Un point pour toi.

Un climat étrange s'établit entre eux. Elle lissa sa robe sur son faux ventre.

— Je sais que tu n'es pas content que je sois là, commença-t-elle.

— C'est vrai. Ça m'ennuie. Je ne veux pas qu'il t'arrive quelque chose. Je tiens trop à...

Il ne termina pas sa phrase. Elle lui prit la main.

— J'aimerais voir Ironsides.

Rafe la regarda avec étonnement. C'était bien la première fois que quelqu'un montrait un quelconque intérêt pour sa passion pour les chevaux. Si. Il y avait eu son frère, et le père de sa famille d'accueil.

— Tu veux vraiment ?

— Oui, je ne sais pas pourquoi, mais quelque chose quand tu en as parlé m'a donné envie de le connaître.

— Viens, alors.

Il l'emmena jusqu'à l'écurie où Jared avait installé Ironsides. La bête hennit en les voyant.

Sa robe acajou, soigneusement lustrée, brillait, et ses balzanes faisaient penser à des socquettes blanches.

— Il est beau, dit-elle.

Rafe ouvrit la barrière et entra.

— Je parie que tu ne pensais pas nous voir un jour ici, murmura-t-il au cheval en lui tapotant l'encolure.

Il approcha la monture de Sierra.

— Je te présente Ironsides. Le champion des courses de tonneaux des circuits de rodéo.

Le cheval frotta son nez contre la poche de Rafe.

— Désolé, mon garçon. Je n'ai rien pour toi, aujourd'hui.

— C'est curieux… Je l'aurais plutôt vu gris, remarqua Sierra en lui caressant le chanfrein.

— Il a eu de la chance. Il était question de le mettre à la casse, comme les vieux bateaux. Il a été mal soigné et le vétérinaire de Carder estimait qu'il valait mieux l'euthanasier. Alors j'ai demandé si je pouvais le prendre et essayer de le remettre sur pied. Et voilà le résultat !

Ironsides poussa Rafe d'un coup de tête.

— Je pense qu'il est en train de te dire que tu aurais dû lui apporter des carottes.

— Tu connais les chevaux ?

Elle hocha la tête.

— J'ai monté plusieurs fois, en colonie de vacances, mais j'ai surtout approché les chevaux en assistant à des rodéos avec Ma… avec ma meilleure amie.

— Bravo, tu t'es bien rattrapée… si jamais quelqu'un avait écouté, lui dit-il à l'oreille.

L'odeur de son shampooing lui donna envie de baisser la tête un tout petit peu et, si elle se tournait, de l'embrasser. Mais il ne baissa pas la tête et elle ne se tourna pas. Alors, il se redressa et se contenta de lui caresser le dos.

— Je vais laisser Ironsides faire la sieste ! Quant à nous, retournons à l'hôtel. Avec un peu de chance, notre ami aura du nouveau pour nous.

Il aurait préféré pouvoir la ramener chez lui et la garder là, enfermée. Ainsi, il aurait été sûr qu'elle ne risquait rien. Mais comment l'emmener dans un endroit qui n'existait pas ? Chez lui, c'était tantôt un motel, tantôt le terrain qu'il avait acheté un beau jour sur un coup de tête, près de Carder au Texas. Une terre vide, sans rien, excepté des serpents à sonnette, des cactus et des droits sur une mine de cuivre et d'un autre minerai qui y était exploité.

Ironsides était nerveux. Il avançait, reculait, avançait de nouveau. Quand il prenait appui sur sa jambe droite, il boitait.

— Qu'est-ce qui ne va pas, mon garçon ?

Rafe s'agenouilla et passa les doigts le long de sa jambe, à la recherche d'un signe qui indiquerait un tendon ou un ligament lésé.

— Ton cheval a un problème ? demanda quelqu'un derrière lui.

Rafe tourna la tête. Un homme de forte constitution, coupe archi-courte, était appuyé contre la barrière, près de Sierra.

— Je suis Harlen Anderson, le vétérinaire du rodéo. Belle monture.

Rafe se releva et tapota l'encolure de sa bête.

— Rafe Vargas. Ma femme, Sarah. Et lui, c'est Ironsides. C'est un bon cheval, mais on dirait qu'il est blessé. Un tendon.

— Madame, dit Anderson en ôtant son chapeau pour saluer Sierra.

Puis il se tourna vers Rafe.

— Tu veux que je regarde ?

Rafe ouvrit le box.

— Oui, je veux bien.

La chance était-elle en train de tourner pour eux ? En plus de soigner — peut-être — Ironsides, le vétérinaire devait connaître pratiquement tous les participants au rodéo.

Il examina soigneusement chaque membre du cheval en prenant tout son temps.

— Je t'ai vu pendant le rodéo, Vargas. Sweet Sin n'est pas une bête facile. Tu t'es bien tenu.

— Sept secondes, ça ne paie pas les factures, répliqua Rafe.

Il caressa le flanc d'Ironsides.

— Va falloir que je participe à plus de compétitions. Surtout avec le bébé qui arrive. Ou prendre un travail à mi-temps.

— Si j'entends dire quelque chose, répondit Anderson en se

levant, je penserai à toi. Il a un peu d'œdème à la jambe droite, mais rien de méchant. Des compresses froides et au repos quelque temps, ça devrait suffire. J'ai ce qu'il faut dans mon bureau.

— Merci. T'entends ça, mon garçon, dit Rafe en caressant de nouveau le flanc de sa monture. Le docteur va te réparer, et tu seras frais comme un jeune homme.

— Ne lui dis pas ça, plaisanta le vétérinaire. Je reviens dans cinq minutes.

Sur ces mots, il s'en alla. Rafe, perplexe, le suivit des yeux.

— Il a l'air sympa. Qu'en dis-tu ? lui demanda Sierra.

— Rien. Je note seulement qu'il a surgi de je ne sais où, pile au moment où j'ai vu qu'Ironsides était blessé.

— Coïncidence ?

Il regarda Sierra.

— Les coïncidences n'existent pas, dirent-ils en chœur.

— Je vois que Ransom t'a bien appris la leçon, plaisanta Rafe. N'empêche que c'est vrai. Je peux compter sur... un doigt les fois où une coïncidence en a vraiment été une !

— Moi aussi ! J'avais treize ans, j'étais à bicyclette et j'ai crevé. Joey Mallone s'est trouvé là, *par hasard*, et m'a raccompagnée à pied à la maison. Il en a profité pour me voler mon premier baiser.

— C'est Noah qui le premier m'a appris la leçon. Elle s'est vérifiée presque chaque fois depuis.

— Il a eu raison. J'en aurais fait autant.

Il caressa la joue de Sierra, qui était très douce, et crut la sentir frissonner. Appréciait-elle à ce point le contact de ses doigts sur sa peau ? Était-ce vrai ou cela venait-il de son imagination ? Prenait-il ses rêves pour la réalité ?

Sierra se mordit la lèvre.

— Si le Dr Anderson n'était pas là par hasard, qu'est-ce que ça veut dire ? Il nous a vus et a eu envie de venir nous dire bonjour ? Bizarre... Quel intérêt ?

Rafe prit une brosse pour bouchonner son cheval.

— Bonne question. Je ne sais pas... Mais on a un nom de plus à ajouter à la liste de nos suspects.

La nuit était tombée depuis longtemps sur San Antonio

quand Sierra entra dans la chambre du motel. Elle était épuisée, découragée, et avait les pieds enflés. Les épaules tendues, les seins douloureux et le dos en compote à cause du poids de son ventre en silicone, elle se traînait.

En la voyant, Princesse sauta de joie, passa entre les jambes de Zane et alla se planter devant Rafe en le regardant avec insistance. Rafe secoua la tête.

— Je vais faire un petit tour, dit-il.

Il sortit et referma vivement la porte derrière lui. Princesse, qui l'avait suivi, resta devant en agitant la queue, de toute évidence, décidé à attendre son retour.

— Il fait peur, ce chat, dit Zane. On dirait qu'il attend Rafe.

— Il m'a fallu un bon moment pour l'apprivoiser, répondit Sierra. Rafe, lui, a été tout de suite adopté.

Elle leva les bras et s'étira. Le chat ne bougea pas lorsqu'elle s'approcha du lit et se laissa tomber dessus.

En la voyant silencieuse, les yeux au plafond, Zane éclata de rire.

— Ça te fait quel effet d'être... grosse ?

— Tu n'auras qu'à essayer, rétorqua-t-elle.

Elle lui lança un regard que ses frères appelaient « l'œil qui tue de Sierra ».

— Le comble, poursuivit-elle, c'est qu'avec ce machin en silicone que j'ai sur le ventre, j'ai tous les symptômes de la femme enceinte ! Ce matin, j'ai même vomi !

Zane leva les sourcils.

— Ça, c'est drôle !

Alertés par le bruit d'une clé dans la serrure, ils se turent et tous deux, la main sur leur arme, se préparèrent à accueillir un visiteur indésirable.

C'était Rafe.

— Rien à signaler, tout est clair. Le propriétaire n'a vu personne de douteux dans le coin. On est bons. Pour l'instant.

Il s'accroupit et caressa Princesse derrière les oreilles. Le chat miaula, se dégagea et partit se rouler en boule sur la serviette que Rafe avait déposée pour lui dans un angle de la chambre.

Les yeux aux trois quarts fermés, faisant semblant de dormir, il les observait.

— Comme tu veux..., fit Rafe.

Son regard se posa alors sur Sierra qui, après avoir reposé son pistolet, s'était laissée retomber en arrière.

— Ça ne va pas ? s'inquiéta-t-il.

— Si, si, tout va b...

— Ne me dis pas que tout va bien. Il suffit de voir ta mine pour savoir que...

— Je suis fatiguée, le coupa-t-elle à son tour. Une bonne douche, un peu d'aspirine, et ça ira très bien.

Il s'approcha du lit et se pencha sur elle, presque nez à nez.

— Je n'aime pas ta tête, lui dit-il.

Elle se releva sur les coudes.

— Non, Rafe. Je ne retourne pas à Denver, si c'est à ça que tu penses. J'ai pris des contacts, aujourd'hui. Ça fait plus de quarante-huit heures que Mallory et Chloé ont disparu. Le temps presse. Tout le monde sait qu'après soixante-douze heures les chances de retrouver quelqu'un vivant sont minimes.

— C'est vrai. Mais si tu ne tiens pas le coup, tu ne serviras à rien. Excuse-moi d'être aussi franc.

Il était toujours penché sur elle et semblait ne pas vouloir reculer d'un pouce.

— Si tu veux vraiment être utile, passe-moi donc mon ordinateur, ça m'évitera de me lever.

Elle adressa un clin d'œil à Zane.

— Zane et moi, on travaille plus vite, ensemble.

En riant, Zane les regarda l'un après l'autre.

— Quoi ? gronda Rafe en lançant un regard noir à son ami. Tu as des infos concernant les ravisseurs ? ajouta-t-il après avoir laissé échapper un long soupir.

Zane secoua la tête.

— Un jour, il faudra que je te dise ce que je vois entre vous deux. Mais pas maintenant. Je te ferai un rapport.

Il prit une des tables de chevet pour se composer un semblant de bureau, y posa son ordinateur portable, puis installa son imposante carcasse sur une chaise. En l'espace de quelques minutes, il était branché sur un réseau satellite et ses doigts couraient sur le clavier.

— Quelle est l'adresse de connexion ? demanda Sierra quand Rafe lui eut donné son ordinateur.

Elle avait été heureuse qu'il s'éloigne du lit. Plus la distance entre eux serait grande, mieux ce serait. Il la troublait, et elle finissait par perdre ses moyens.

Pendant ce temps, Zane s'était connecté à OTC.

Très vite, Sierra entra les noms des femmes qu'elle avait rencontrées dans la section VIP de l'arène et commença ses recherches.

Adossé à la porte, Rafe les observait, l'air agacé.

— J'ai fait la connaissance d'un dealer aujourd'hui, commença-t-il dans l'espoir d'attirer leur attention. Un certain Curtis Lawson, mais il se fait appeler « l'Araignée ».

— Vraiment ?

Zane cessa de pianoter sur le clavier.

— Si j'étais un trafiquant, je ne choisirais pas le nom d'un insecte que la plupart des gens écrasent.

Rafe sortit une boîte de cinq comprimés de sa poche.

— Je l'ai revu après le rodéo, et il m'a vendu ça comme étant de l'oxycodone, un antalgique. Je vois l'inspecteur Foster, ce soir. Je le lui donnerai pour qu'il le fasse analyser.

— Pendant que vous vous arrangiez pour occuper le patron — au fait, merci — j'ai pu récupérer la cannette que ton Araignée venait de jeter, dit Zane. Ça m'a donné de belles empreintes. En fait, ton bonhomme ne s'appelle pas Curtis Lawson mais Curtis Leighton, et il a un casier. Il a commencé à faire parler de lui après le remariage de sa mère. Il a grandi à Houston avec une sorte de demi-sœur, en fait la fille de son beau-père. Je n'ai pas encore exploré cette piste, mais je pense qu'elle ne mènera pas loin parce que le type n'est pas du genre à avoir un sens de la famille hypertrophié.

— Tu vas quand même prendre des renseignements sur elle.

— Evidemment. Ça nous amène à mon patron, John Beckel.

Zane raconta ce qu'il avait découvert, mais Sierra et Rafe le savaient déjà. Il poursuivit avec les ex-épouses.

— Là, ça devient intéressant ! Ça fait deux mois qu'il paie ses pensions alimentaires avec beaucoup de retard. Pour moi, c'est un des suspects les plus valables. Il a les moyens, le mobile et l'occasion, mais il est quasiment nul dans tout ce qui concerne l'informatique et la comptabilité.

Zane adressa à Sierra un regard insistant.

— Il n'a pas pu faire ça tout seul. Il a fallu qu'on l'aide.

— Il a un frère. Le fameux associé silencieux. Il ne pourrait pas être mêlé à tout ça ? demanda Rafe.

— Je ne vois pas comment. Il n'a pas accès aux données informatiques. À ce que je sais, il sévit plutôt dans la branche commerce et investissement de la société. Ces deux dernières années, Warren Beckel a donné à John plus de cent mille dollars pour maintenir le club de rodéo à flot. Autant Warren semble un crack en affaires, autant John n'a pas le moindre don. Il se consacre totalement aux rodéos tandis que Warren touche à tout. Il est partout.

— Je vois mal John blanchir des millions s'il a fallu qu'il demande de l'aide de son frère.

Rafe se tut un instant et reprit.

— Sais-tu qui a accès à leur informatique ?

Zane poussa un long soupir.

— Mallory Harrigan et John Beckel étaient les seuls à avoir les mots de passe jusqu'à mon arrivée.

— Mallory n'aurait jamais fait un truc pareil ! intervint Sierra. Et elle n'aurait pas fait les erreurs que j'ai relevées dans les comptes. C'est ça qui m'a mis la puce à l'oreille. Je veux dire que c'est ça qui m'a convaincue que ce ne pouvait pas être elle. J'en suis sûre, ce n'est pas elle.

Elle vit Zane esquisser une mimique dubitative. Il ne la croyait pas. Il est vrai qu'il n'avait aucune raison de la croire, puisqu'elle n'avait aucune preuve à l'appui de ses affirmations.

Juste une certitude.

— Si Mallory l'a aidé, dit Zane, il lui fera porter le chapeau.

Il fera valoir la perte subie auprès de l'assurance et récupérera l'argent.

Il fit craquer les articulations de ses doigts.

— Désolé, ma jolie, mais à mon avis, ton amie n'est pas la blanche colombe que tu crois.

Sierra soupira et regarda Rafe.

— Je vois bien que ça ne sent pas bon, mais après tout ce qu'elle a vécu, tout ce qu'elle a subi, je suis certaine qu'elle ne prendrait pas le risque de perdre Chloé.

Rafe s'assit au bord du lit, près d'elle.

— Je sais que tu es convaincue de son innocence. Il n'empêche, on la retrouve partout dans l'enquête. C'est fâcheux, non ?

— Ce qui est fâcheux, c'est qu'elle ait été enlevée. Moi, je pense à son ex comme ravisseur.

— Intéressant, intervint Zane. Saviez-vous que c'est Bud Harrigan qui lui a trouvé son poste au club ? Il connaît bien les frères Beckel.

— Comment ? Il est salarié du club ?

Comment Bud, ce crapaud baveux, pouvait-il avoir quelque chose à voir avec le propriétaire du club ? Pour Sierra, c'était inconcevable. Ils n'avaient rien en commun, ne fréquentaient pas les mêmes cercles. Comme disait un de ses amis, ils ne boxaient pas dans la même catégorie.

— Pas sur les registres officiels. Et je n'en ai pas trouvé d'autres, pour l'instant.

— Bud Harrigan ne sent pas bon. Plus on en apprend sur ce type, plus je me dis que je vais devoir discuter sérieusement avec lui.

Rafe tambourina sur le lit.

— Va le chercher, Zane.

Son expression se durcit.

— Je me suis peut-être trompé. Je ne le voyais pas enlevant son ex et sa fille, mais s'il est impliqué dans l'affaire des vingt-cinq millions, ça change complètement la donne.

9

Sierra était dans le noir. Elle ne voulait pas ouvrir les yeux. Elle avait un poids sur la poitrine et l'estomac.

L'esprit confus, elle tâta son ventre en silicone, et elle se rappela. Mallory. Chloé... Ce n'était pas le moment de s'endormir. Elles avaient besoin d'elle.

Quelque chose la tarabustait. Un mauvais pressentiment. Un événement grave menaçait ; ce n'était qu'une impression, mais elle la taraudait.

Un léger bruit du côté de la porte lui fit ouvrir les yeux. Une silhouette se découpait sur le seuil. Elle empoigna son Glock.

— C'est moi, dit Rafe très bas pour ne pas lui faire peur.

Il alluma une lampe.

— Tu es toujours habillée ?

Elle se frotta les yeux.

— Je me suis endormie sans m'en rendre compte. Finalement, j'étais plus fatiguée que je le pensais.

En fait, elle n'avait pas bougé depuis son départ.

— Comment s'est passé ton rendez-vous avec l'inspecteur ?

— Je lui ai remis l'oxycodone. Leur labo va l'analyser. Il m'informera des résultats. Peut-être qu'avec la formule ils pourront déterminer la provenance. On verra.

Il fit le tour de la chambre des yeux.

— Où est Zane ?

— Il en avait assez des miaulements de Princesse et de le voir planté devant la porte, alors il s'est réfugié dans sa chambre avec son ordinateur pour travailler au calme.

Étouffant un bâillement, elle se redressa.

— Exactement ce que je devrais faire.

Rafe s'assit au bord du lit.

— Tu n'as pas beaucoup dormi, la nuit dernière. Tu devrais te reposer.

Il prit ses mains dans les siennes.

— Mallory et Chloé ont besoin que tu sois en forme. On ne les sortira pas de là par la force, tu le sais aussi bien que moi. Il faudra que les ravisseurs commettent une erreur et que nous, nous soyons plus intelligents qu'eux.

Elle faillit argumenter, mais elle savait que Rafe avait raison. De toute façon, elle avait les idées un peu embrouillées et du mal à se concentrer.

— Tu me réveilleras tôt ?

Il fit oui de la tête.

Elle se leva, s'étira en grimaçant — elle avait toujours mal au dos et à l'épaule —, et se rendit dans la salle de bains.

Après avoir fermé derrière elle, elle enleva sa robe puis essaya de décrocher la prothèse en silicone attachée dans le dos. Impossible. Après plusieurs tentatives, elle abandonna et ramassa la robe qu'elle avait laissée tomber à ses pieds.

— Rafe ! appela-t-elle en passant la tête à la porte. Tu peux m'aider ?

Il posa son portable et la regarda, amusé.

Sa pomme d'Adam montait et descendait dans son cou sous l'effet de l'émotion.

— Je n'arrive pas à défaire ce machin, expliqua-t-elle.

Il se leva et s'approcha. Aussitôt elle recula pour le laisser entrer.

— Tourne-toi, dit-il.

Comme c'est bizarre, cette voix rauque qu'il a tout à coup, pensa-t-elle.

Il dégrafa la prothèse et la posa sur le lavabo. Pour éviter qu'il voie le tatouage que lui avait fait Archimède sur le sein gauche, elle avait plaqué sa robe devant elle. En fait, il l'avait déjà vu. Une première fois quand il l'avait secourue, puis une autre fois quand ils avaient fait l'amour. Mais cette marque lui rappelait trop sa fragilité, sa faiblesse. Elle s'était même dit qu'elle avait été lâche.

Qu'importe... Elle voulait tout faire pour éviter que Rafe se souvienne des échecs qu'elle avait connus. Ils ne pouvaient que la rabaisser à ses yeux.

— Pourquoi te caches-tu ? lui demanda-t-il doucement en lui tendant son peignoir. Pour moi, cette marque signe ton courage... et ton goût pour la vie.

Son regard fiévreux la fit rougir. Gênée, elle se tourna et passa le vêtement.

— Va t'allonger, reprit-il. Je vais nettoyer ta plaie. On aurait dû le faire depuis longtemps.

Elle regagna la chambre et s'assit sur le lit. Deux minutes plus tard, il la rejoignit avec une serviette de toilette et ce qu'elle avait acheté la veille pour se soigner.

— Allonge-toi.

Le ton était sec, impératif.

En soupirant, elle obtempéra. Le peignoir s'entrouvrit, révélant ses jambes, mais cela ne la gêna pas car Rafe allait les voir de toute façon.

Il retira délicatement le pansement, qui collait à la blessure. Elle grimaça. Avec tout ce qu'elle avait marché dans la journée, la plaie avait à nouveau saigné.

— Je suis désolé, dit-il. Je sais que ça fait mal.

— Vas-y, fit-elle.

Elle détourna les yeux de la plaie... et de lui, et fixa le placard en tentant de penser à tout sauf à ce qu'il faisait.

— La première fois que j'ai fait un pansement sur une jambe, c'était celle d'un cheval. Une jument. Daisy.

S'il avait regardé son visage, il aurait vu son étonnement.

— Tu avais un cheval qui s'appelait Daisy ? Je n'aurais jamais deviné.

— Ce n'est pas moi qui ai choisi son nom.

Princesse bondit sur le lit et fixa Rafe de ses yeux en amande.

— Ne me regarde pas comme ça, Princesse. Tu as de l'eau,

des croquettes, et un endroit pour dormir. Qu'est-ce que tu veux de plus ?

— Princesse ? appela Sierra.

Le chat remua la queue mais ne bougea pas.

— C'est le père de ma dernière famille d'accueil qui me l'avait donnée, j'ai aussitôt raccourci son nom en « D ». Je trouvais que ça faisait quand même plus viril. Daisy… Tu te rends compte ? En attendant, c'était la meilleure bête de tout son élevage.

Il versa de l'alcool sur une compresse.

— Accroche-toi, ça va piquer.

Il se pencha sur sa cuisse et tamponna la plaie. Les yeux fermés, elle se mordit la lèvre pour ne pas crier.

— Tu as vécu longtemps dans un ranch ? demanda-t-elle entre deux petits gémissements.

Au lieu de répondre, il se concentra sur la blessure.

— Alors ?

Allait-il répondre, oui ou non ? Elle l'avait remarqué, il évoquait rarement son passé.

Il laissa échapper un très long soupir.

— J'avais treize ans quand je suis arrivé dans ce ranch. J'ai détesté cet homme, quand il m'a accueilli. Je haïssais le monde entier.

L'impression de brûlure s'estompa. Sierra rouvrit les yeux et le regarda.

— Qu'est-ce qui t'est arrivé, Rafe ?

Une fois de plus, il ignora sa question et demanda :

— Ça pique toujours ?

— C'est supportable.

Il sécha précautionneusement la plaie et ses abords. Chaque fois qu'il la touchait, elle avait l'impression d'une piqûre. La blessure, il est vrai, datait d'à peine un jour.

— Si tu veux bien, arrête et laisse-moi tranquille. Je ne veux plus avoir mal.

Il la regarda, un regard qu'elle trouva étrange.

— Je suis désolé, je sais que je vais te faire souffrir.

Brusquement, elle prit conscience qu'ils ne parlaient plus de sa blessure mais de la tension qui n'avait fait que croître entre eux, au fil des heures, des jours passés ensemble.

Ne se contrôlant plus, elle empoigna le dessus-de-lit et le serra entre ses doigts.

— Ne continue pas, s'il te plaît. Arrête de me torturer.

C'était plus fort qu'elle. Malgré sa supplique, elle ne pouvait détacher les yeux de ses mains, de ses belles mains d'homme qui la touchaient, qui allaient et venaient sur sa peau comme autant de caresses.

Elle fit mine de se relever mais il la força à se rallonger et lui refit un pansement. Non seulement ses mains étaient puissantes, mais elles étaient chaudes.

— J'avais onze ans, dit-il enfin, quand j'ai perdu mes parents... Un accident de voiture... Mon frère, Michael, en avait seize. Nous n'avions pas d'autre famille. Le service pour la protection de l'enfance ne trouvait personne pour accueillir un ado presque adulte et un gamin de onze ans absolument odieux qui ne faisait que des bêtises. Bref, on s'est enfuis. Oui, on a disparu. Michael a essayé de s'occuper de moi, mais il a mal tourné en essayant de se faire de l'argent. Il s'est fait tuer en vendant de la drogue pour nous nourrir. Les services sociaux m'ont récupéré et étiqueté « irrécupérable ». J'ai décidé de leur démontrer qu'ils avaient raison et j'ai fugué. Je me suis sauvé d'une demi-douzaine de familles d'accueil, jusqu'à ce que le vieux Lancaster veuille bien se charger de moi. Il était ma dernière chance... Ça va mieux ? demanda-t-il, évitant son regard.

— Oui.

Elle n'en dit pas plus. Il lui avait parlé de lui d'un ton très détaché, mais n'importe qui aurait perçu, au-delà des mots, la souffrance qu'ils portaient. Sa vie n'avait pas été un chemin jonché de pétales de roses.

— Bien.

Touchée, bouleversée même, elle regarda ailleurs. Elle brûlait d'envie de l'attirer à elle, de le serrer très fort, mais son attitude raide l'en empêcha. Elle ne chercha même pas à prendre sa main.

Rafe se leva, rassembla son matériel et disparut dans la salle de bains.

— Qu'a donc fait ce brave M. Lancaster pour que tu restes ?

— Il m'a traité comme s'il avait envie que je reste, que je travaille, que je fasse partie de la famille. Il m'a traité comme un fils, dit Rafe revenant vers elle.

Il rabattit son peignoir sur sa cuisse.

— Et il t'a appris les courses de taureaux, n'est-ce pas ?

— Il a commencé par m'apprendre à monter à cheval. Ensuite, j'ai appris les courses de tonneaux, toujours à cheval. Et puis, à seize ans, j'ai eu envie de me confronter aux taureaux. Il n'était pas chaud, mais j'ai tenu bon.

Emue par le récit de sa jeunesse, Sierra sentit son cœur se serrer. Il avait été seul, livré à lui-même jusqu'à ce qu'il trouve un père d'adoption, un ranch et le rodéo. Il aurait pu déraper, passer du mauvais côté…

— Les femmes que j'ai entendues tout à l'heure disaient toutes que tu n'as pas perdu la main. Elles pensent même que tu pourrais tout gagner si tu t'y remettais sérieusement.

Rafe se frotta la nuque et avala deux comprimés d'antalgiques.

— Je n'ai plus l'âge, Sierra.

— Je ne sais pas. Ce que je sais, c'est que tu m'as fait peur, aujourd'hui.

Sa prestation l'avait surtout mise en colère. Quand elle l'avait vu valser en l'air puis retomber et risquer de se faire piétiner par le taureau, elle avait failli hurler de peur. Et de rage. C'était trop bête de s'exposer ainsi.

— Je pense qu'on approche de la vérité. Je n'aurai peut-être pas besoin de courir demain. Si l'on peut prouver que l'ex de Mallory est coupable, ce sera fini.

Rafe lui prit le visage à deux mains. Elle battit des paupières. Il caressa ses lèvres et se pencha sur elle.

— Je peux t'embrasser ? demanda-t-il d'une voix grave.

Elle s'humecta les lèvres et…

Sans attendre sa réponse, il avait pris sa bouche.

Elle passa les bras autour de lui et retomba sur le dos, l'entraînant avec elle. Il était lourd sur elle mais c'était bon, et elle serait bien restée ainsi des heures, le sentant peser sur elle, consciente de son désir… Il la désirait ; il n'aurait pu prétendre le contraire. Et elle aussi le désirait. Mais non, il ne fallait pas. Pourtant, tout son corps criait : « oui », même si sa raison disait : « non ! ». Mais au diable la raison ! Elle avait envie de lui, de son odeur, de sa peau, de son sexe sur elle, en elle, partout. Tout de suite.

Elle voulait qu'il l'aime.

Qu'il l'aime !

Brusquement, elle se figea. Rafe interrompit leur baiser.

— Qu'est-ce qu'il y a ? Je t'ai fait mal ?

— Pas encore, mais je sais que tu vas me faire mal.

Elle le repoussa et s'assit.

— J'ai, plus que tout, envie de passer la nuit dans tes bras, Rafe, mais… il vaut mieux pas…

Elle soupira, l'air perdu.

— Parce que je veux beaucoup plus que dormir avec toi.

Il se passa une main un peu tremblante dans les cheveux.

— Tu as raison, tu vaux mieux que ça, dit-il, la voix rauque et le regard voilé. Tu mérites mieux que ce que je te donne.

Il se leva du lit et se dirigea vers la porte.

— Repose-toi, Sierra. Dors tranquille. Je ne suis pas loin.

Sur ces mots, il sortit dans la nuit.

La tête dans l'oreiller, Sierra se mit à pleurer. Pour tout dire, elle avait espéré qu'il resterait, que lui aussi voulait plus qu'une demi-mesure. Qu'il voulait tout. Comme elle. L'amour, une épouse, une famille. Pour la vie.

Princesse miaula et vint s'allonger contre elle comme s'il avait perçu sa détresse.

— J'aurais dû m'en douter, murmura-t-elle comme si le chat pouvait la comprendre. J'aurais dû me méfier. Je savais.

Mallory rampa encore sur quelques mètres. Ses mains et ses genoux lui faisaient mal. Combien de temps avait-elle mis pour atteindre le bois ? Elle n'en avait pas la moindre idée. Il faisait nuit depuis longtemps, une nuit d'encre, et elle n'y voyait rien.

Elle sentait le sang pulser dans sa cheville, mais ce n'était pas le moment de s'écouter. Il fallait avancer.

— Chloé ?

Sa fille renifla et posa sa petite main sur le bras de sa mère.

— Encore un petit peu, ma chérie. C'est presque fini.

Quelques rares étoiles brillaient dans le ciel, et les nuages jouaient à cache-cache avec la lune.

C'était bien pour se dissimuler, mais moins pratique pour voir où elles allaient.

Mallory avança encore en serrant les dents jusqu'à un gros arbre. Elle agrippa une touffe d'herbe et voulut se redresser, mais elle retomba contre le tronc.

— Maman, qu'est-ce que tu as ? Tu as mal ?

Pire que ça, pensa-t-elle.

— Tout va bien. Je me suis juste tordu la cheville.

Une chouette hulula. Chloé s'assit contre sa mère.

— J'ai peur.

— Moi aussi, ma chérie.

Mallory plissa les yeux et scruta l'obscurité. Personne n'appelait, ne criait ; il n'y avait pas de lampes-torches, pas de chiens. Avaient-ils abandonné à cause de la nuit ?

Peut-être.

Elle essaya de bouger la jambe et faillit hurler de douleur tant sa cheville la faisait souffrir. Si elle ne pouvait plus marcher, comment allait-elle protéger Chloé ?

Au prix d'un gros effort, elle se mit à genoux en ayant soin de ne pas appuyer sur sa jambe blessée et parvint à se redresser en s'agrippant à l'arbre.

— On va jouer à cache-cache, Chloé.

— C'est trop noir. J'y vois rien, gémit sa fille. J'ai peur, maman !

Mallory prit une profonde inspiration. Il y avait un autre arbre à proximité. Prenant Chloé par la main, elle alla jusqu'à lui à cloche-pied. Elle continua ainsi d'arbre en arbre jusqu'à se trouver, pensa-t-elle, au milieu de la forêt. C'était dense et sombre. Elle ne voyait plus ni lune ni étoiles, mais tant pis.

En appui sur son seul pied valide, elle saisit une branche et la cassa. Elle la débarrassa de ses feuilles pour en faire un bâton, une espèce d'arme. Ce ne serait sans doute pas très efficace contre un ennemi armé ou contre un animal méchant, mais c'était mieux que rien.

Fatiguée, en nage, elle s'écroula, et s'adossa à l'arbre.

— Allonge-toi là, dit-elle à sa fille en tapotant ses cuisses. Essaie de dormir.

Son estomac gargouillait depuis un bon moment déjà.

— Maman, t'as pas faim, toi ?

— Non, ma chérie, mentit-elle. C'est juste mon ventre qui me parle.

— Moi, mon ventre il dit qu'il a très, très faim !

— Je sais.

— Il arrive bientôt, le soleil ? On pourra partir, alors ?

Mallory serra son bâton très fort et, la tête renversée en arrière, pria le ciel de ne pas avoir à passer une autre nuit à la belle étoile.

— J'espère, mon bébé. J'espère très fort.

Après une nuit passée dans son pick-up, Rafe n'était pas de la meilleure humeur. Il avait mal au cou, au dos, ses genoux craquaient et la vue de la chambre du motel, fermée et verrouillée, lui faisait regretter beaucoup de ce qu'il avait dit et fait.

Ils étaient debout près de la voiture, Zane et lui, et attendaient que Sierra veuille bien sortir de la chambre. À quoi pensait-il quand il avait failli la prendre ? Heureusement, elle avait été plus raisonnable et l'avait repoussé. Il ne pouvait pas lui en vouloir. Ce qu'il espérait, c'était ne pas lui avoir fait de mal en étant incapable de résister à son désir.

Il aurait toujours envie d'elle, mais il n'avait pas le droit de lui faire courir le moindre risque pour satisfaire son désir. Car le danger rôdait partout, à chaque instant. Son passé était là pour lui prouver, si nécessaire, que la carrière qu'il avait choisie était extrêmement dangereuse, non seulement pour lui mais aussi pour ceux qui l'entouraient. Et qu'il aimait.

La porte finit par s'ouvrir et Sierra apparut dans une longue robe légère qui collait à son faux ventre. La couleur bleu lin de l'étoffe faisait ressortir ses yeux, et sa perruque rousse contrastait avec la peau, transparente comme une fine porcelaine, de son visage.

Elle était incontestablement belle.

Évitant son regard, elle ferma derrière elle. Les cernes qui marquaient ses yeux aggravèrent le sentiment de culpabilité qui le rongeait.

— Dites donc, vous deux, qu'est-ce qui s'est passé entre vous ? s'exclama Zane. C'est pas chaud, chaud !

— Ce n'est pas sa faute, Zane. C'est moi.

Sierra balança son sac sur son épaule et alla les rejoindre.

— J'ai passé en revue les noms des femmes, annonça-t-elle. Et j'ai découvert des choses très intéressantes. Entre autres sur Diane Manley.

— La femme de Travis ? Travis Manley ?

Rafe voulut lui prendre son sac mais, faisant celle qui n'avait pas vu, elle ouvrit la portière côté passager et déposa son sac par terre devant le siège.

— Le père de Diane s'est remarié quand elle avait treize ans avec une certaine Leighton.

— Leighton ? releva Rafe, intéressé par la nouvelle. Quelque chose à voir avec Curtis Leighton ?

Le puzzle prenait forme, semblait-il.

— Oui, ton dealer, confirma Sierra. Pour les autres, rien à signaler. Femmes et familles, tout est clean. Quelques problèmes avec les banques, des petits délits, mais rien de grave. Enfin, rien qui puisse laisser supposer que ce petit monde est impliqué dans une affaire de plus de vingt-cinq millions de dollars.

Zane donna une tape dans le dos de Sierra.

— Bon travail, ma très chère. Tu es meilleure que moi. Je suis toujours derrière Beckel, mais je ne trouve rien. Pourtant ce type ne sent pas bon. Mais je ne sais pas pourquoi.

— Continue à chercher. Sers-toi des infos de Sierra, lui lança Rafe.

Il consulta sa montre.

— Vaudrait mieux partir, maintenant.

— On se voit là-bas, dit Zane. On reste en contact.

Il sortit du parking en leur faisant un signe de la main.

Rafe se tourna vers Sierra.

— Creuse l'histoire de Diane, si tu peux. Qui sait, on aura peut-être de la chance.

— Pas besoin de me le dire, je sais ce que j'ai à faire.

Sierra s'installa dans le pick-up et, tournée vers sa vitre, attendit qu'il monte à son tour.

Elle n'était pas contente. Décidément, la journée commençait mal.

Il attacha sa ceinture de sécurité mais, au lieu de démarrer, il soupira.

— On a un travail à faire, et ce travail on doit le faire ensemble, dit-il d'un ton sec. Si je pouvais tirer ma révérence, je le ferais mais…

— On ne peut pas. Je sais. Tout va bien pour moi, Rafe. Ce qui compte, c'est retrouver Mallory et Chloé. À part ça, rien ne nous lie.

— Non, mais tu es toujours censée être ma femme, lui fit-il remarquer en souriant. Tu dois continuer à faire comme si.

Elle le regarda par en dessous.

— Je peux faire semblant. Comme toi. De toute façon, je n'arrête pas. Sur ce, allons au club de rodéo.

Se demandant ce qu'elle avait voulu dire, il démarra. Il lui faisait confiance, elle jouerait la comédie jusqu'au bout pour Mallory et Chloé. Mais en ce qui concernait les liens d'amitié et la relation qu'ils avaient commencé à nouer, c'était fichu. Il avait tout gâché.

C'était peut-être mieux pour elle mais, pour lui, c'était un crève-cœur.

À leur arrivée au club de rodéo, Sierra ne tenait plus en place. Combien de temps encore pourrait-elle rester près de Rafe sans laisser parler ses sentiments ? Mais pourquoi, bon sang, était-elle aussi perturbée ? Sa blessure l'avait peut-être choquée plus qu'elle le croyait. Sa peur pour l'avenir de son amie et de sa fille aussi. Que ce soit l'une ou l'autre raison, elle ne contrôlait plus ses émotions. Cela ne lui était jamais arrivé.

Rafe lui prit la main pour entrer dans l'arène. La forçant à se tourner vers lui, il lui donna un baiser léger. Elle ferma les yeux et, sentant son cœur s'affoler, plaqua la main sur sa poitrine. C'était absurde de réagir ainsi.

— Fais attention, dit-il. Si tu trouves quelque chose de suspect, appelle-moi. N'interviens pas seule.

Elle fit oui de la tête et, d'un pas décidé, partit vers la section VIP en s'interdisant de se retourner. Comme elle passait près d'un pilier en ciment, une main lui agrippa brutalement le bras.

— Je savais que c'était toi, Sierra Bradford ! lança l'ex de Mallory en la secouant. J'aurais reconnu tes yeux bleus n'importe où. Qu'as-tu fait de ma femme et de ma fille ?

D'abord pétrifiée, elle se ressaisit et se dégagea d'un geste sec. Au moins, son entraînement lui servait à quelque chose. Il l'empoigna toutefois de nouveau. Bien décidée à ne pas se laisser faire, elle se débattit et, dans la lutte, le projeta contre le pilier. Les yeux plissés, le nez en sang et rouge de colère, il se jeta sur elle, mais elle esquiva.

— Je n'ai rien fait à Mallory et Chloé ! Mais je pense que tu ne peux pas en dire autant. Où sont-elles ?

— C'est bien d'une femme, ça ! gronda-t-il. Toujours accuser les autres. Je te connais. Tu crois peut-être que je suis dupe ? Qu'avec cette tignasse et ton gros ventre on ne te reconnaît pas ?

Il regarda son faux ventre avec insistance.

— Je savais que tu n'étais pas aussi bien que ma femme croyait.

D'un mouvement si vif qu'elle ne put lui échapper, il lui saisit le bras et le lui tordit dans le dos.

— Où est ma femme ?

Il y eut un bruit sourd. Bud lâcha son bras si brusquement qu'il se détendit comme un élastique et qu'elle crut qu'il l'avait fracturé. Elle le ramena devant elle, contre sa poitrine.

À cet instant, elle entendit un autre bruit sourd. Elle se retourna. Rafe venait de frapper Bud, qui s'était effondré, et l'empoignait par le col pour le relever.

— Touche ma femme et tu vas voir !

Rafe devait serrer très fort, car Bud devenait tout rouge.

— Lâche-le, lui dit Sierra. Tu vas le tuer.

— C'est tout ce qu'il mérite. Ça lui apprendra à mettre la main sur toi.

— Rafe, intervint alors une grosse voix. Arrête, tu attires l'attention sur toi.

C'était Zane.

À contrecœur, Rafe lâcha Bud qui se mit à tousser.

— On ne peut pas rester ici, reprit Sierra.

— Venez, fit Zane en les entraînant dans un couloir désert. Un bureau était ouvert.

— Entrez là, les pressa-t-il. Vous avez du pot. Le patron est à un rendez-vous avec son frère.

Rafe poussa Bud à l'intérieur. Sierra suivit.

— T'es qui, toi ? demanda Bud à Rafe en lui empoignant le bras. Où sont ma femme et ma gosse ? Je sais qu'elle sait !

Rafe se dégagea et, avec une moue de mépris, bouscula Bud qui chancela.

— Appelle l'inspecteur Foster, dit-il à Zane. Il va régler la question. On va laisser la police faire son boulot. Les flics n'auront qu'à le fouiller. On verra bien ce qu'ils trouvent.

L'ex de Mallory blêmit et porta la main à sa poche.

— Non, les gars, on n'appelle pas les flics. On va régler ça entre nous. Je peux payer. Mêlez pas la police à ça.

— Tu t'assieds.

Rafe le poussa en arrière sur une chaise.

— Et maintenant tu vas répondre à quelques questions. On verra ensuite, mais seulement ensuite, si on appelle les flics ou pas.

Sierra ne broncha pas mais elle savait que Rafe mentait. Jamais il ne laisserait Bud partir.

— Quand as-tu vu Mallory et Chloé pour la dernière fois ? lui demanda-t-elle, les yeux dans les yeux.

— Il y a deux semaines, grommela-t-il. On s'est vus pour la garde de Chloé. C'est ma gosse autant que la sienne. J'ai autant le droit qu'elle de la voir. C'est ta faute si elle ne répond jamais au téléphone quand je l'appelle. C'est à cause de toi si on a divorcé ! T'es qu'une sale vipère !

Il se leva avec l'intention de se jeter sur Sierra, mais Rafe intervint et le repoussa sur sa chaise.

— T'avise pas de recommencer, mec. Parce que je te garantis que tu découvriras comment oncle Sam m'a appris à interroger les prisonniers. Pigé ?

Les yeux agrandis de stupeur, Bud regarda la balafre de Rafe.

— Donne-moi ton mobile, ordonna Zane.

En guise de réponse, Bud lui cracha à la figure. Furieux, Rafe s'approcha, la main levée, mais Zane l'arrêta.

— Je reprends..., dit-il en s'essuyant la joue. Donne-moi ton mobile ou j'appelle illico les flics et tu leur expliqueras ce que c'est ce sac en plastique plein de pilules blanches que tu as dans ta poche.

En jurant, Bud sortit son téléphone de sa poche et le tendit à Zane qui alla s'installer devant son ordinateur.

— Il dit vrai, annonça-t-il une minute plus tard. Ça fait quatre jours qu'il essaie de joindre Mallory au téléphone. Sans succès.

Sierra se mit à trembler. Flageolant sur ses jambes, elle s'adossa au mur. Rafe s'approcha aussitôt pour la soutenir.

— Bon Dieu ! s'exclama Bud. C'est quoi ce barnum ?

— Qui t'a vendu les pilules ?

— Je ne dirai plus rien, rétorqua Bud. Pas sans un avocat.

— Pas de problème, répondit Rafe. Pas de problème. On va t'arranger ça.

10

Sierra s'arrêta au bas des marches menant à l'arène et serra contre elle son sac qui contenait son Glock. Elle tremblait. Rafe lui lança un regard inquiet. Les minutes passées avaient été rudes. Sur le plan personnel, leur relation ne serait plus comme avant. Sur le plan professionnel, rien ne serait changé. Ils trouveraient sûrement un moyen de continuer de collaborer en bonne intelligence...

— Bud ne sait peut-être pas ce qui est arrivé à Mallory et Chloé, mais il risque de parler. Personne ne doit savoir qui je suis, dit-elle.

— Cade a confisqué la drogue qu'il trimballait et qu'il avait sûrement l'intention de revendre. Il avait un taux d'alcool deux fois supérieur à la dose tolérée. Il va falloir attendre qu'il ait dessoûlé pour l'interroger. Cade s'en chargera et nous tiendra au courant. Ransom va faire appel à un avocat, ce qui va nous gêner. On a jusqu'à demain matin pour agir. Ensuite, il faudra affronter la police et tout expliquer.

— Il ne nous reste donc qu'aujourd'hui pour trouver Mallory et Chloé...

Elle se sentait nauséeuse et, cette fois, l'odeur de fumier frais n'était pas en cause.

— L'argent ne peut provenir que de la drogue. Je ne vois pas de quoi, autrement.

Des spectateurs bavardant gaiement passaient devant eux.

— Je suis d'accord, dit Rafe. Je vais m'occuper du frère, et...

— Moi je m'occupe de Diane. On verra où ça nous mène.

Une flopée d'annonces fusa des haut-parleurs. Le speaker s'en donnait à cœur joie.

— Il est temps que tu ailles rejoindre ces dames, reprit Rafe en jetant un coup d'œil vers les gradins.

— Diane n'est peut-être pas du tout dans le coup. Ce n'est pas parce que son frère est un dealer qu'elle est forcément complice.

— Espérons-le.

Sierra lissa sa robe sur ses hanches.

— Je l'aime bien. Elle voit bien les choses, juge bien les gens. Elle sait un tas de choses mais les garde pour elle. Si elle n'est pas coupable, elle pourra peut-être nous fournir une piste.

Rafe lui passa le bras autour de la taille et traversa l'arène avec elle.

— Zane va creuser. Hier, il a trouvé des fichiers, mais il faut les décrypter. Il va s'y mettre.

Elle inspira à fond.

— J'ai fait les comptes, Rafe. Cinq millions de dollars par an, ça fait beaucoup d'oxycodone.

— Tu as raison sur ce point-là aussi.

Il se gratta le menton.

— On passe à côté de quelque chose. Ouvre grands les yeux et les oreilles, et vois ce qui ne colle pas. Ça te sautera aux yeux quand tu seras devant. Fie-toi à ton instinct.

Sourire plaqué sur le visage, elle traversa la section VIP de l'arène jusqu'à sa place.

C'est l'heure du spectacle, songea-t-elle.

— Ah ! Voilà notre nouveau membre, lança Nancy. Bonjour, Sarah, tu es encore plus éblouissante qu'hier.

Diane, qui donnait le biberon à son nourrisson, leur adressa un sourire radieux.

Sierra les salua en retour.

— C'est un glouton, commenta Rafe en observant le bébé.

Diane sourit de plus belle.

— Il tient ça de son père.

— À tout à l'heure, ma chérie. Souhaite-moi bonne chance, dit Rafe en se penchant vers Sierra pour l'embrasser.

Elle ferma les yeux en essayant d'oublier que c'était uniquement pour la galerie. Mais comment ne pas se laisser prendre par un baiser aussi tendre et des lèvres aussi gourmandes ?

— On respire à fond, les filles ! lança Nancy.

Le compliment déguisé fit rougir Rafe.

— Je crois qu'il vaut mieux que j'y aille, dit-il.

Il salua d'un coup de chapeau.

— Mesdames...

Elles le suivirent des yeux tandis qu'il s'éloignait.

— Je le verrais bien sur la double page centrale de notre prochain calendrier, dit Nancy. Avec une dégaine pareille... Tu crois qu'il accepterait de se déshabiller pour la bonne cause ?

Sierra faillit s'étrangler.

— Euh... Ça m'étonnerait.

— Ne me dis pas qu'il est timide !

— Non, mais pudique.

Elle le pensait vraiment. Rafe s'était un peu livré la veille, comme il ne l'avait jamais fait. Noah lui avait dit que chez OTC il était une énigme. Quand il s'était présenté à l'entraînement — l'entraînement de base — il avait surpris tout le monde car il savait déjà tout faire, sans que l'on sache ni comment ni pourquoi. C'était pour cette raison, aussi, que Noah lui avait conseillé de garder ses distances avec lui.

Sierra s'assit un rang devant Diane et se retourna.

— Rafe a mal partout, aujourd'hui. Et Travis ?

Diane se rembrunit.

— Ce n'est pas mieux, quoi qu'il en dise. Il a mal dans le cou mais refuse de se faire soigner. À vrai dire, on n'a pas les moyens d'aller chez le médecin, ni chez le pharmacien. Alors, il prend sur lui.

Sierra soupira.

— Rafe a fait pareil, hier. Il n'a pas voulu aller chez le médecin, alors il a passé la nuit debout tellement il avait mal. Je ne sais pas quoi faire.

Ce n'était qu'à moitié faux. En tout cas, cela pouvait sembler vrai.

— Il y a quand même moyen d'avoir ce qu'on veut, reprit

Diane, même quand on est à court. Mais faut pas avoir peur de prendre des risques.

Sierra fit les yeux ronds et regarda Nancy.

— Je suis prête à faire n'importe quoi.

— On est bien obligés, de nos jours, conclut Nancy. J'ai peut-être une idée pour toi.

Nancy devenait-elle leur suspect numéro un ?

— Tu as toujours mal au cœur, Sarah ? demanda Diane, changeant de sujet de conversation. Pour ça, j'ai eu de la chance. Mes nausées n'ont duré que les quatorze premières semaines.

— Moi, j'ai vomi tous les matins jusqu'à la naissance, confia Nancy. Et mes seins, pff ! Je ne sais pas qui raconte que les femmes enceintes sont excitées et qu'elles ne pensent qu'à ça. Pas moi, en tout cas. J'ai eu tout le temps un mal de chien à la poitrine.

Les femmes qui les entouraient approuvèrent en chœur.

Discrètement, Sierra tâta le côté de son sein gauche, là où Archimède avait laissé sa marque, puis le droit, et constata qu'ils étaient particulièrement sensibles. Elle l'avait plus ou moins remarqué, depuis une quinzaine de jours, mais elle avait attribué cette sensibilité à sa cicatrice.

Voyons..., se dit-elle.

Elle fit un rapide calcul mental. À quand remontaient ses dernières règles ? Avant qu'Archimède l'enlève. Ensuite ? Que s'était-il passé d'important ensuite ? Ah oui, la nuit torride avec Rafe. Deux mois plus tôt. Dans un motel. Et, la première fois, sans préservatif.

Mon Dieu !

— Sarah, qu'est-ce qui t'arrive ? Tu es verte.

La nausée !

Non, ce n'était pas vrai ! C'était impossible que ça lui arrive !

Elle s'efforça sans grand succès de se calmer. Elle se tâta le ventre. Non, non, non ! C'était un mauvais rêve.

— Mesdames et messieurs, nos toreros ont fini le tirage au sort, annonça le speaker. Et voici les résultats ! Le premier, Travis Manley, a tiré Evil Genius. Le deuxième...

Au fur et à mesure que les noms s'égrenaient, Sierra serrait les poings de plus en plus fort. Arrivée à Rafe, elle avait la trace de ses ongles dans les paumes.

— Quant à Rafe Vargas... Oh ! là là ! les amis... Rafe a tiré Angel Maker ! Notre nouveau cow-boy va avoir besoin de vos prières et de tous vos encouragements.

Sierra chancela sur son siège. Nancy la soutint et l'éventa avec son programme.

— T'inquiète pas, ma chérie. Ça va aller. Les clowns seront là, si besoin.

— Votre attention, mesdames et messieurs. Le spectacle va commencer ! On regarde du côté de la première chute, maintenant. Travis Manley est actuellement en bonne position. Personne n'a fait un meilleur score au premier round. Voyons voir ce qu'il va faire cette fois !

Clignant des yeux plusieurs fois, Sierra tourna son regard vers le couloir où Travis venait de signaler qu'il était prêt. Un instant plus tard, le taureau, robe gris argent, bondit dans l'arène. Sierra observa Diane. Sa bouche fermée, crispée, n'était plus qu'une ligne droite. Sierra ignorait de quelle malhonnêteté cette femme était capable, mais elle savait une chose : elle aimait son mari.

La cloche retentit. La foule enthousiaste applaudit. Huit secondes s'étaient écoulées. Travis pouvait maintenant sauter du dos du taureau.

Rien ne se passa.

Les applaudissements cessèrent. Un murmure courut dans la foule.

— On va l'aider, les gars ! cria le speaker.

— Il a la main coincée ! s'exclama Nancy en blêmissant.

Le corps de Travis s'affaissa sur le dos de la bête qui roula sur le côté pour l'éjecter mais sa jambe resta coincée sous l'animal.

La foule, interdite, poussa des cris horrifiés. Diane se leva d'un bond.

— Travis !

Le taureau se remit sur ses pattes, laissant Travis à terre. Deux clowns se précipitèrent pour détourner l'attention de la bête et la diriger vers le couloir tandis que d'autres accouraient avec une civière.

— J'y vais, s'écria Diane.

— Je garde le bébé, dit Nancy en lui prenant le nourrisson. Vas-y.

Une autre femme se leva pour l'accompagner.

Toute la zone VIP était silencieuse, tout à coup. Sierra se tourna vers Nancy.

— Il va s'en sortir ?

Nancy soupira.

— Ça dépend si le taureau l'a piétiné… ou encorné. Mais il ne bougeait pas. C'est jamais bon.

Un froid glacial envahit Sierra. Rafe devait monter Angel Maker. Elle savait que monter des taureaux était l'un des sports les plus dangereux pratiqués dans le pays, mais elle n'avait jamais mesuré à quel point. Enfin, pas vraiment.

Rafe risquait sa vie.

Elle tâta son ventre. Elle avait quelque chose d'important à lui dire. Si elle ne se trompait pas, les choses avaient changé entre eux.

— Dis donc, p'tit bout, tu veux bien faire ton rototo ? Sarah, tu peux prendre une serviette dans son sac de couches et me la passer ?

Sierra prit le sac et l'ouvrit. Il était plein de poches. Dans la première, il n'y avait que des couches.

— Essaie celle de devant, intervint une des femmes. Je crois que c'est là qu'elle met les bavoirs.

Sierra plongea la main dans une autre poche et trouva une serviette qu'elle donna à Nancy. Gênée de fouiller dans les affaires de quelqu'un qu'elle ne connaissait pas, ou si peu, elle s'arrêta, Puis, après une hésitation, elle mit la main dans la partie centrale du sac.

— Tu ne veux pas que je te donne aussi une couche ? demanda-t-elle pour justifier son geste.

Elle avait bien senti quand elle avait plongé la main : une des poches était bourrée de sachets en plastique…

Le cœur battant, elle sortit une couche et, l'air de rien, remit la main dans le sac. Sous les couches se trouvaient au moins cinquante petits paquets de comprimés.

Bud n'était pas le dealer. Nancy non plus. C'était Diane Manley.

Les cow-boys qui se trouvaient derrière le couloir étaient très concentrés. Grâce au ciel, Travis Manley venait de reprendre connaissance. Bien que ce soit bientôt son tour, Rafe s'éclipsa pour téléphoner.

— King, répondit Jared. Salut, l'ami.

— Angel Maker. Qu'est-ce que tu sais ? lança Rafe.

— Tu as tiré cette sale engeance ? s'exclama Jared, après un sifflement qui ne laissait planer aucun doute sur ce qu'il pensait de la difficulté de l'épreuve à venir.

— Oui.

— Angel Maker ? Pedigree énorme. Aucun cow-boy n'a jamais tenu huit secondes. En fait, j'envisage une giclée de ses gènes pour améliorer encore mon élevage. Encore que... je ne suis pas sûr. Je ne sais pas si je suis prêt à payer le prix qu'on demande pour une saillie de ce fou furieux.

Il ricana.

— Bah ! Je le ferai sans doute quand même. C'est du lourd, du matériel génétique pareil !

— Ce n'est pas ça que je te demande.

— Je sais. Écoute-moi, ceux qui tiennent sur les taureaux, c'est grâce à leur mental. Angel Maker ? On dit qu'il est imprévisible, c'est faux. S'il part sur la gauche en sortant du couloir, il donnera plusieurs ruades à la suite et puis, brutalement, il virera à droite. Les taureaux ont tous une préférence. Angel Maker est ambivalent. S'il démarre à droite, il fera plusieurs ruades à droite pour pivoter à gauche à la fin. C'est là que les gars perdent l'équilibre parce que les revirements sont violents et qu'ils ne s'y attendent pas. Cinq, six secondes, ils ne tiennent pas plus. Si tu réussis à rester centré au premier virement, t'es bon. T'as toutes tes chances.

Rafe se frotta la nuque. Elle était douloureuse. En y réfléchissant bien, il pouvait réussir.

— Merci, Jared. Je te revaudrai ça.

La main sur sa balafre, il retourna dans l'enceinte où les toreros attendaient leur tour.

— Prêt à affronter le monstre, Vargas ? lui demanda Kurt Prentiss.

— Plus que jamais.

— On a mis un matador de plus pour Angel Maker. Pour te sortir plus vite, le rassura le cow-boy.

— Vargas, annonça l'organisateur. À toi.

Rafe monta au-dessus du couloir et observa le diable noir du nom d'Angel Maker. Le taureau s'ébroua, donna de violents coups de sabot. Rafe n'avait jamais vu de taureau aussi imposant. Il inspira et souffla calmement, vérifia sa longe. Intacte. Il chercha le regard de Kurt. Le cow-boy fit un signe de tête.

— À nous deux, Angel Maker, fit Rafe à voix basse.

La longe bien serrée dans sa main, il sauta sur l'animal. Une fois calé sur son dos, il fit un signe de tête.

Le couloir s'ouvrit.

Angel Maker partit sur la droite.

Le temps sembla ralentir. Luttant contre son instinct qui lui soufflait de pencher à gauche, Rafe se pencha à droite.

Comme prévu, Angel Maker vira brusquement à gauche. Déséquilibré, Rafe crut que la bête avait réussi à l'éjecter, mais sa position était assez bonne et il parvint à se rétablir.

Les cris de la foule lui parvenaient vaguement. Ce qu'il entendait surtout, c'était son sang qui rugissait à ses oreilles et quelqu'un qui comptait. Lentement.

— Une. Deux. Trois. Quatre. Cinq. Six. Sept. Huit !

La sirène retentit.

Il lâcha la longe et sauta à terre. L'animal furieux se tourna vers lui, tête baissée, prêt à l'encorner.

Rafe fonça vers la barrière et passa par-dessus d'un bond tandis qu'une clameur s'élevait de la foule. Il regarda tout de suite vers les gradins des VIP.

Sierra avait disparu.

Dans les gradins, assourdie par les acclamations de la foule,

Sierra était resté assise, tassée sur elle-même, alors qu'autour d'elle tout le monde s'était levé.

— Rafe ! Rafe ! Rafe !

C'était du délire. Il avait réussi l'impensable. L'impossible.

Nancy se pencha et lui tapota le dos.

— Ton homme te cherche, dit-elle. On dirait qu'il est inquiet.

Sierra ferma les yeux, inspira une grande goulée d'air puis se leva et dévala les gradins. La repérant aussitôt, Rafe accourut et la rejoignit.

La clameur, le claquement des pieds qui tapaient en cadence sur les marches, les applaudissements et les cris, tout s'évanouit d'un coup. Malgré la foule qui les entourait, ils se sentirent soudain seuls comme si plus rien n'existait qu'eux. Eux deux. Seulement eux. Elle avait toujours pensé que ce genre de situation où les personnages, les lumières, les sons, où le monde s'estompe pour laisser tout l'espace aux héros n'existait que dans les films. Elle se trompait. Cela arrivait réellement.

Indifférents à ce qui se passait autour d'eux, ils s'étreignaient. Riaient.

— Je t'avais dit que ce n'était pas plus dur que faire de la bicyclette, lui murmura-t-il à l'oreille.

Elle se blottit contre lui, la tête dans le creux de son épaule.

— Menteur !

Encore sous le coup de la peur qu'elle avait éprouvée, elle voulut ajouter quelque chose mais ne parvint qu'à bégayer.

— Plus... jamais ça ! Plus... jamais. Je ne... pourrai pas...

Elle posa la main sur son ventre.

Notre bébé ne le supportera pas non plus.

11

Applaudis par la foule, Sierra et Rafe restèrent ainsi un moment, enlacés, heureux.

Jusqu'à ce que, reprenant ses esprits, elle recule. Quelle raison avait-elle de se réjouir ? Elle ignorait ce que l'avenir lui réservait. Comment Rafe réagirait-il quand il saurait ?

Elle lui caressa le visage.

— Il faut qu'on parle, Rafe.

— Tu as une piste ?

Elle se figea. Ce n'était pas le bon moment. Elle le lui annoncerait plus tard. Cela pouvait attendre.

Alors, au lieu de lui apprendre l'incroyable nouvelle, elle lui raconta l'affaire des couches et des bavoirs, et ce qu'elle avait découvert dans le sac du bébé. Elle lui parla aussi de l'étrange proposition de Nancy.

— Je ne vais pas te dire que je suis surpris, plus rien ne m'étonne. Ils sont peut-être tous complices. Et Travis avec.

— J'espère que non, dit Sierra. Pour son fils.

Rafe prit son téléphone.

— J'envoie un texto à Zane. Je lui demande d'examiner les finances de Nancy.

Son texto envoyé, il remit son téléphone dans sa poche et prit les mains de Sierra.

— Tu as fait du bon travail, tu sais.

— Peut-être, mais ça me laisse un goût amer dans la bouche. J'ai l'impression d'être une traîtresse.

Il la fit taire en lui posant un doigt sur les lèvres.

— Ce n'est pas toujours facile de savoir qui sont les vrais amis.

Il reprit ses mains, les retourna et en caressa la paume, ce qui la fit frissonner.

— Allez, viens, dit-il. Allons chercher Mallory et Chloé.

Ils remontèrent les gradins jusqu'à la zone réservée aux VIP.

— Mesdames..., dit-il aux femmes encore présentes.

Il ôta son chapeau.

— Je vous salue.

— Belle démonstration, Rafe ! Félicitations ! s'exclama Nancy.

— Merci. J'ai eu plus de chance, cette fois.

— La chance n'a rien à voir, répliqua-t-elle. C'est toi qui es excellent.

Sierra se pencha vers Nancy et dit tout bas :

— Tu m'as dit que tu avais une idée pour le mal de dos de Rafe. Il fait mine d'aller bien, mais je sais qu'il souffre. Et demain, ce sera pire.

— Je ne m'en serais pas doutée ; il cache bien son jeu. Mais j'ai une solution pour toi.

Nancy sortit une carte de son sac.

— Tiens, un acuponcteur. Si mon homme peut encore participer aux rodéos, c'est grâce à lui. C'est mon fils. Il te fera un prix... Si Rafe n'a pas peur de devenir une pelote à épingles !

Sierra respira, soulagée. Elle aurait bien embrassé Nancy tant elle était heureuse qu'elle ne soit pas la délinquante qu'elle redoutait.

— Merci, Nancy, dit-elle en prenant la carte. On ira sûrement. Pour l'heure, Rafe veut voir comment va Travis.

Elle continua à bavarder avec les femmes pour distraire leur attention, le temps que Rafe s'empare du sac de couches et s'en aille. Quand elle le vit en bas des marches, elle alla le rejoindre.

— Elles vont avoir besoin des affaires du bébé, dit-elle tout bas.

— Je m'en moque.

— Je déteste ce que je suis en train de faire !

— On verra ça plus tard. Pour l'instant, il faut qu'on parle à Diane, qu'on voie ce qu'elle sait et qu'elle nous dise avec qui elle travaille. Parce que ce n'est sûrement pas elle toute seule qui a organisé l'enlèvement.

Zane les attendait près du poste de secours. Son air sombre inquiéta Sierra.

— Que se passe-t-il ? demanda Rafe.

— Je ne pense pas qu'elle soit la clé de notre affaire.

Il tendit une photocopie à Sierra.

— J'ai trouvé un compte séparé au nom de jeune fille de Diane. C'est pour ça que je n'avais rien trouvé avant. Son frère et elles font du business ensemble, mais regarde le total. En cinq ans de deal, on est loin de vingt-cinq millions. En fait, ils ne gagnent presque rien. Ce n'est pas Diane, notre cible.

— Ça veut dire quoi ? Qu'elle n'est pour rien dans l'enlèvement ?

À la pensée qu'ils s'étaient fourvoyés et avaient pris autant de risques pour rien, elle vacilla. Ils avaient perdu un temps précieux à supputer sur de mauvaises bases. Toute leur enquête n'était donc qu'une erreur colossale.

— Mais alors, qui est-ce ? demanda-t-elle avant de se diriger d'un pas déterminé vers Diane qu'elle venait d'apercevoir dans le poste de secours.

Zane se précipita pour l'arrêter, mais elle leva le bras pour lui échapper.

Paniquée, Diane se tenait auprès des infirmiers qui tentaient de calmer Travis pour immobiliser sa jambe.

Sierra la saisit par le bras.

— Il faut que je te parle. Tout de suite.

Diane dégagea son bras.

— Ça ne va pas, non ? Tu ne vois pas que mon mari souffre ? Fiche-moi la paix !

Rafe entra à son tour et brandit le sac de couches.

— Faut qu'on parle de votre petit commerce, madame Manley.

L'Araignée, qui rôdait à proximité, se précipita à la rescousse de sa sœur et tenta d'arracher le sac à Rafe.

— Fichez-lui la paix !

— Bas les pattes, l'Araignée, dit Rafe qui n'avait pas lâché le sac. Et n'aggrave pas ton cas. Parce que c'est la prison pour vous deux. Et pour longtemps.

Diane lança un regard désespéré à Travis. Se mordant la lèvre, elle sortit et fit signe à tout le monde de la suivre.

— Vous ne pouvez pas comprendre ! Vous ne pouvez pas faire comme si vous n'aviez rien vu ? Je ne fais de mal à personne.

Sierra croisa les bras sur sa poitrine.

— Tu vends de la drogue.

— Je ne vends pas de drogue. Je vends de quoi aider les gens qui souffrent et qui n'ont pas les moyens de s'acheter des médicaments classiques. Ce n'est pas pour l'argent, ça ne me rapporte rien.

Elle releva fièrement la tête.

— Je fais ce que je peux pour qu'on puisse vivre le moins mal possible.

Intéressée par la défense de Diane, Sierra lui demanda de s'expliquer.

— Les cow-boys d'ici n'ont pas les moyens. Pas de sécurité sociale. Pas de médicaments. Les rodéos, ça martyrise les corps. Certains gars vont de rodéo en rodéo et finissent sans un sou. S'il n'y a personne pour les aider, ils peuvent crever. Surtout quand ils vieillissent. Pas d'argent, ce n'est rien dans l'assiette.

— Votre mari sait ce que vous faites ? demanda Rafe.

La panique qui marqua les traits de Diane valait tous les discours. Travis ne savait rien.

Déçue, Sierra ferma les yeux un instant et se massa les tempes. Dire qu'elle avait pensé clore l'enquête après les aveux de Diane...

— Est-ce que tu as quelque chose à voir avec l'enlèvement de Mallory et Chloé ?

— Quoi ? La secrétaire ? Quelle idée ! Pourquoi j'aurais fait une chose pareille ?

Diane ne jouait pas la comédie, sa sincérité était évidente. Alors Sierra se tourna vers Rafe qui hochait la tête.

— On est dans l'impasse.

Rafe posa la main sur l'épaule de Travis Manley. Le cow-boy avait une nouvelle fois défié la mort. Le taureau ne lui avait pas fait de cadeau. Heureusement, il ne l'avait pas encorné. Dans quelque temps, il remarcherait. Peut-être même remonterait-il sur un taureau.

Mais sa famille ne serait plus comme avant.

Travis, son fils dans les bras, regarda l'inspecteur Foster emmener sa femme et son beau-frère menottés.

— J'aurais dû m'en douter, se lamenta-t-il en tapotant le dos de son fils. Quand elle m'a fait prendre ces comprimés, elle m'a dit que c'était le médecin qui les lui avait donnés, pour rien. Ça m'a arrangé de la croire.

L'enfant se mit à geindre.

— Mama… Mama…

Travis se tourna vers Rafe en grimaçant de douleur.

— Tu n'étais pas revenu pour recommencer à faire du rodéo, hein ? Tu es venu pour nous coincer.

— Je suis désolé, Travis. Ta femme est apparue sur nos radars, mais pas parce qu'on filait un réseau de revendeurs de drogue. Non, je suis là pour retrouver un ravisseur.

— Diane ne se mêlerait jamais à…

Il soupira.

— Je n'aurais jamais cru non plus qu'elle pourrait revendre de la drogue.

— On est quasiment certains qu'elle n'est pas impliquée dans l'enlèvement, dit Rafe. Si ça peut te consoler, Diane n'a pas gagné d'argent en vendant sa came. Ce n'est pas l'argent, son moteur. Elle faisait ça pour aider les pauvres sans le sou et pour couvrir vos dépenses.

— Peut-être… Mais, contrairement à ce qu'on dit, la fin ne justifie pas les moyens.

Rafe hocha la tête en soupirant à son tour.

— Le monde peut être gris, des fois. Crois-moi, je suis bien placé pour le savoir.

Travis ne paraissait pas convaincu. Devant son air sceptique, Rafe se rappela qu'à plusieurs reprises, au cours des derniers mois, il s'était demandé s'il n'avait pas vécu trop longtemps dans un endroit trouble, sale, entre noir et blanc.

Il n'était peut-être pas en mesure d'aider Travis à admettre le choix de sa femme, mais il pouvait l'aider autrement.

— Écoute, Travis. Je peux te brancher sur un bon avocat qui ne te plumera pas trop.

— Je n'avais pas encore pensé à ça..., marmonna Travis.

Après une petite hésitation, il hocha la tête.

— Je pense que je suis encore assommé. Que je n'ai pas les idées claires. Et ce n'est pas parce qu'un taureau m'a botté le train et mis K-O. Merci. Je te revaudrai ça.

Rafe resta silencieux pendant de longues secondes. L'un comme l'autre avaient besoin d'un peu de répit.

Son envie de savoir reprenant le dessus, il finit par se décider à parler :

— Tu peux peut-être m'aider, Travis.

Guidé par son instinct qui le trompait rarement, il sentait qu'il pouvait dire la vérité au cow-boy.

— Ça fait un moment que tu pratiques le circuit. Tu connais les parieurs. On a découvert que vingt-cinq millions de dollars ont été blanchis, ces cinq dernières années, par le biais des rodéos. Tu as une idée de qui peut être derrière ça ? Tu as peut-être entendu parler d'armes, de drogue, de gens qui sont achetés et vendus...

Apparemment sensible à la confiance que lui témoignait Rafe, Travis caressa la joue de son fils.

— J'ai peut-être bien une idée. Va voir Harlen Anderson. Diane m'a raconté qu'il se baladait l'autre jour dans les box avec des bottes à plus de mille dollars. À part quelqu'un qui palpe, je ne vois pas qui peut s'offrir ça.

Le vétérinaire. Cet homme a priori banal, qu'on oubliait à peine l'avait-on vu. Intéressant... C'était typiquement l'individu qui pouvait aller et venir sans qu'on le remarque. Et qui avait de bonnes raisons d'être pratiquement partout dans le club. Cette liberté lui fournissait une couverture pour pas mal de choses.

Rafe serra la main de Travis.

— Merci. Retape-toi et, encore une fois, excuse-moi.

— Ce n'est pas toi qui as fait le choix, dit Travis. C'est elle.

Encore une famille détruite. Rafe ne comptait plus le nombre de fois où il avait été à l'origine de désastres du même genre. Parfois, c'était mérité. Parfois, comme aujourd'hui, un homme — ou une femme — se retrouvait à devoir élever seul son enfant. Au moins pour un certain temps.

Faute de mieux, il pourrait informer Sierra de ce qu'il venait d'apprendre. Maintenant que Diane avait été interrogée et innocentée du délit d'enlèvement, il commençait à se demander s'ils retrouveraient un jour Mallory et Chloé Harrigan. D'autant qu'il n'y avait eu aucune demande de rançon.

Il quitta le poste de secours et rejoignit Sierra et Zane dans le couloir.

— J'ai peut-être une piste, annonça-t-il. Il va falloir la vérifier avant de foncer. Tout revoir, les notes, les rapports, les déclarations. Toutes les recherches. Si quelque chose accroche votre attention, mettez-le de côté.

— J'ai passé en revue toute la comptabilité du club, dit Zane. Maintenant que vous n'avez plus de couverture, je ferais aussi bien de travailler sur mon ordinateur.

— Si tu es certain d'avoir des copies de tous les fichiers dont tu as besoin, dit Rafe, pourquoi pas.

À cet instant, l'inspecteur Foster arriva.

Ils se serrèrent la main.

— Bon travail ! fit le policier. Pas mal, pour un couple d'espions.

— Ce n'est quand même pas un baron du cartel de la drogue, qu'on a arrêté, plaisanta Rafe. Quant à Mallory et Chloé, on n'a rien.

— C'est pour ça que je me suis arrêté, dit Foster. Je ne sais pas si ça peut aider, mais quelqu'un du service a cherché des infos sur toi sur le Net. Également sur une certaine Sierra Bradford. Hier. Pas Sarah Vargas.

Rafe poussa un grand soupir. Celui qui tirait les ficelles avait des accointances avec la police et avec le rodéo. Qui était-ce ?

Sourcils froncés, il regarda Sierra qui avait sûrement compris les sous-entendus de Foster.

— On sait peut-être qui je suis, dit-elle.

Rafe se tourna vers le policier.

— Qui sait ? Qui a fait cette recherche ? Sait-on vraiment que

Sierra et Sarah sont une seule et même personne, ou est-ce une supposition ?

— Rien n'a été cherché sur Sarah Vargas. On ne sait peut-être pas que Sierra et Sarah, c'est la même chose. Quant à celui qui a fait les recherches, c'est un policier de la brigade de la circulation. Il n'a pas pu travailler sur un ordinateur et mettre une contredanse pour excès de vitesse en même temps.

— Si on a fait une recherche sur mon nom hier, je pense qu'on a pisté mon arme, dit Sierra. Je n'ai pas dit mon nom quand j'ai été enlevée, mais ils m'ont volé mon arme. Une arme, c'est traçable.

— Ça a du sens, dit Foster qui caressait le bord de son chapeau. Mais pourquoi le même agent aurait-il fait une recherche sur Rafe aujourd'hui ?

— Ils savent, dit Rafe. Ils doivent savoir.

Ce qui voulait dire qu'ils ne pourraient pas les prendre par surprise et que les chances de survie de Mallory et Chloé diminuaient.

Sierra, effondrée, se prit la tête à deux mains. Voyant son désarroi, Rafe s'approcha et lui caressa le dos, doucement, pour tenter de la rassurer ou, au moins, de la réconforter.

— Dégagez ! ordonna soudain une voix rageuse.

Rafe, la main sur son arme, se tourna vers le fou furieux qui arrivait et se plaça entre Sierra et John Beckel, rouge et en sueur, qui continuait de hurler.

— C'est quoi ce foutoir, ici ? J'essaie de convaincre des dizaines de familles épouvantées que le rodéo ce n'est pas dangereux, et je vois que tout le monde fout le camp ! Je perds des milliers de dollars à la minute !

Il donna une bourrade dans l'épaule de Foster.

— J'avais un accord avec la police ! Qu'est-ce que vous avez foutu ?

— Vraiment, monsieur Beckel ? Quel accord ? Qu'on ferme les yeux sur le trafic de drogue dans votre club ?

Fou de rage, suant et soufflant, Beckel brandit son mobile.

— J'appelle votre capitaine, inspecteur... Foster, c'est bien ça ?

Il va vous rétrograder vite fait bien fait, vous allez voir ! Ça sera fini pour ce qui est de votre carrière.

Il commençait à composer le numéro du poste quand il vit Zane.

— Toi, ici. Qu'est-ce que tu fous là ?

Il vira au violet.

— Tu sais quoi ? T'es trop gros pour être comptable. T'es viré !

Dans sa colère, Beckel menaça Rafe d'un doigt rageur.

— Et toi ! Je savais que t'étais qu'un faiseur d'embrouilles. Je me fous que t'aies monté Angel Maker et que tout le monde veuille t'interviewer. T'es plus le bienvenu ici. Je veux plus te voir dans mes compétitions ! Ni dans mon club ! C'est clair ?

Il s'attaqua alors à Sierra.

— Quant à toi...

Son regard se posa sur son ventre rond.

— Je ne sais pas quoi te dire sinon que je garderais mes distances avec tous ces gars-là.

Foster se campa devant l'homme en colère.

— Vous devriez vous calmer, monsieur, avant de dire quelque chose que vous regretteriez.

Beckel l'ignora.

— Tout le monde dehors ! hurla-t-il. Foutez-les tous dehors ! Je veux plus voir personne ici !

— On va d'abord vous poser quelques questions, répliqua sèchement Rafe.

Il était devenu évident que le brave type que John Beckel prétendait être n'était qu'une illusion.

— Je n'ai rien à vous dire !

Il commençait à partir mais Foster le retint d'une main ferme.

— Monsieur Beckel, je vous conseille de réfléchir. Je suis sûr que vous préféreriez répondre aux questions en privé plutôt que devant tous ces gens armés de téléphones mobiles et d'appareils photo.

Beckel pressa une touche de son téléphone et se le colla à l'oreille.

— Warren, je veux notre avocat au rodéo. Appelle-le tout de suite !

En entendant le mot « avocat », Rafe sut que le policier allait devoir battre en retraite, mais tout le monde n'était pas obligé de suivre les règles.

Il avança jusqu'à se trouver santiags contre santiags avec John Beckel.

— Je n'aurai que deux questions. Quels sont vos arrangements avec Harlen Anderson, et qu'avez-vous fait de Mallory et de Chloé Harrigan ?

Pendant un moment, Sierra avait cru que c'était gagné. Qu'ils reviendraient au motel en vainqueurs. En tout cas en ayant retrouvé son amie et sa fille. Au lieu de cela, elle était assise avec Rafe dans son pick-up, sans forces, déçue, défaite.

Ce qu'ils avaient réussi aujourd'hui ? À détruire des vies. L'histoire de la drogue. Bien sûr, c'était le choix de Diane. Mais le choc, d'abord, puis la tristesse de Travis et son petit bonhomme inconsolable lui avaient brisé le cœur.

Quant à Mallory et Chloé... Soit John Beckel avait un talent de comédien hors pair, soit il était innocent. Sierra préférait ne pas mettre de mots sur ses soupçons. Il était peut-être déjà trop tard pour les sauver, et cette idée la plongeait dans le plus profond des désespoirs.

— Je pensais vraiment que Diane, ou son frère, ou même Bud nous mèneraient à Mallory, Rafe. Qu'allons-nous faire ?

— Surtout, ne pas perdre le moral. Remettre tout à plat et tout reprendre de zéro. Voir ce qu'on a raté.

La critique, qui s'adressait autant à lui qu'à elle, ne vexa pas Sierra. Rafe n'aimait pas perdre, et c'était une bonne chose en l'occurrence. Il n'abandonnait pas, mais cela ne la rassurait pas quant à leurs chances de retrouver son amie et sa filleule.

Il serra sa main très fort.

— Zane nous rejoindra au motel. Il a peut-être réussi à décrypter le dossier qui était dans le bureau de Beckel.

— Je le croyais coupable. En fait, c'est un comédien et une grande gueule.

— Juste un type falot et sans envergure, dit Rafe. Je doute qu'il ait réussi à faire ça tout seul. Il a pu avoir de la chance une fois, ou deux, mais pas cinq ans de suite. Il s'est montré évasif à propos d'Anderson. Il ne tenait pas à nous en dire trop.

— Tu crois que le vétérinaire est impliqué ?

— On a fouillé le poste de secours du club, et ça n'a rien donné. Ransom fait des recherches sur lui. Je pense qu'il va nous donner des nouvelles sous peu.

Ce qui voulait dire qu'ils n'avaient rien d'autre à faire qu'à attendre et relire leurs documents.

Effrayée par le tourbillon qu'était devenue sa vie, Sierra serra son sac contre elle. En fait, depuis qu'Archimède l'avait enlevée, plus rien n'avait été comme avant… Et, sauf erreur de sa part, sa vie ne serait plus jamais comme avant.

Son seul souhait était que Mallory et Chloé en fassent partie.

— Tu es toute pâle… Tu es bien sûre que c'est une allergie ? Tu ne penses pas plutôt que tu couves quelque chose ? demanda Rafe en se garant sur le parking du motel.

Elle lui avait menti en prétextant le besoin d'un antiallergique pour entrer dans une pharmacie. En réalité, elle avait acheté deux tests de grossesse. Elle détestait mentir, mais c'était pour la bonne cause. À quoi bon stresser Rafe si elle s'était trompée et n'était pas enceinte ?

Non, c'était faux. Pour tout dire, elle redoutait la réaction de Rafe. Elle craignait qu'il se mette en colère et refuse net un avenir avec elle et le bébé alors que, secrètement, elle se voyait partageant sa vie avec lui.

Il fit le tour du pick-up pour lui ouvrir sa portière et l'aida à descendre comme si elle était une porcelaine fragile. S'il s'avérait qu'elle était enceinte, elle lui interdirait de la couver comme il avait tendance à le faire, ou elle le tuerait avant même la naissance de l'enfant.

Et voilà qu'elle fantasmait ! Encore ! C'était plus fort qu'elle. Son cœur rêvait d'un happy end quand sa raison lui disait que c'était impossible.

Elle baissa les yeux sur son déguisement.

— Je vais me débarrasser de ces oripeaux, dit-elle, agacée.

J'ai mal partout, et je vais me faire une joie de dire au revoir, une bonne fois pour toutes, à Sarah Vargas. Quel cauchemar !

Elle s'était exprimée avec tant d'agressivité que Rafe la dévisagea, interdit.

— Je pense qu'on va demander l'annulation de notre mariage, répondit-il avec un petit sourire en coin.

Sur ces mots, il déverrouilla la porte de leur chambre. Princesse se précipita aussitôt sur lui.

— Oui, Princesse. Qu'est-ce que tu veux encore ?

Il lui grattouilla le menton.

— Mais… tu trembles ?

Le spectacle était insolite. Qui aurait pu imaginer un grand gaillard comme Rafe, un méchant, un dur, serrant dans ses bras un petit chat tremblant ? Qui aurait pu l'imaginer en gentil maître ?

Quoi qu'il prétende, se dit-elle, et contrairement aux apparences, il ferait un père tendre et aimant. Un père merveilleux. Encore faudrait-il qu'il décide qu'il a envie de cette vie.

Elle saisit sa valise et la posa sur le lit pour prendre des vêtements de rechange. Sous peu, elle serait fixée. Mais l'attente était stressante.

Après avoir fait glisser la fermeture Éclair, elle souleva le couvercle. Un mouvement suspect sous ses vêtements la fit sursauter.

Un cri lui échappa à la vue d'un petit reptile à la tête triangulaire qui déroulait ses anneaux à l'intérieur de sa valise.

Rafe lâcha le chat, traversa la chambre comme une fusée, et la repoussa à l'instant où le serpent frappait. Deux centimètres plus près, et il la mordait. Au même moment, elle vit une vingtaine d'autres petits serpents sortir de son bagage. Terrifiant.

— Ils sont extrêmement dangereux, lui dit-il. Leur venin est très concentré.

La masse grouillante tomba sur le tapis au pied du lit. C'était affreux, répugnant.

Rafe la poussa vers la porte.

— Vite !

Le chat, dos hérissé, gronda et bondit vers les serpents qui grouillaient sur le sol.

— Non ! cria Sierra.

Princesse s'arrêta mais, campé sur ses quatre pattes, semblait attendre le moment d'attaquer.

— Princesse ! Ici ! ordonna Sierra.

Le chat refusant de bouger, Rafe se pencha et le prit sous son bras. Sans attendre leur reste, ils sortirent de la chambre en claquant la porte derrière eux.

— Tu crois qu'il a été mordu ? s'inquiéta Sierra.

— Je ne crois pas, répondit Rafe en lui tâtant les pattes. Il aurait poussé un cri. Les morsures de serpent sont très douloureuses. Si on le trouve bizarre, s'il dort beaucoup ou n'a pas l'air bien, il faudra le faire voir très vite.

Il lui grattouilla l'oreille.

— Tu es fou, le chat. Tu as vu à quoi tu t'attaquais ?

— Il voulait nous protéger. C'est un chat de défense, en quelque sorte.

Sierra ne pouvait s'empêcher de trembler.

— À ton avis, ces serpents…

— C'est une tentative d'assassinat.

Rafe appela Zane.

— On déménage. Ils savent que Sarah c'est Sierra, et je ne veux pas prendre de risques. Elle ne retournera pas au club, c'est trop dangereux. Un accident est vite arrivé, tu vois ce que je veux dire… Elle travaillera à partir de son ordinateur.

Il mit fin à la conversation et se tourna vers elle pour lui dire qu'il ne transigerait pas, que sa décision était prise et qu'elle ne le ferait pas changer d'avis.

— Mais je n'ai rien dit ! protesta-t-elle.

— Parfait, alors.

Finalement elle avait accepté sans rechigner. Il s'attendait à avoir du mal à lui faire admettre une décision aussi autoritaire, surtout venant de lui.

Ils prirent place dans le pick-up et il lui confia le chat.

— Il tremble. Il aurait besoin d'un calmant.

— Moi aussi, dit-elle. Tu te rends compte, Rafe ? Qui a pu imaginer une horreur pareille ? Ça doit être une mort atroce.

— C'est diabolique. Et complètement crétin. Il faut être idiot pour penser que tuer quelqu'un en le faisant mordre par une vingtaine de serpents peut passer pour un accident !

Elle posa la main sur le volant.

— On ne peut pas partir en les laissant dans la chambre. La femme de ménage ou le propriétaire vont se faire mordre.

Pendant qu'elle parlait, il démarra et s'arrêta devant la réception. Il descendit du pick-up en laissant le moteur tourner.

— Il appelle les pompiers, dit-il en se remettant au volant une minute plus tard. Pour ce qui est de nos bagages, je vais demander à Zane de venir les chercher et de nous les apporter là où nous serons.

Le chat, les yeux entrouverts, ronronnait sur les genoux de Sierra qui le caressait pour le calmer.

— Tu penses que ça veut dire que Mallory et Chloé sont vivantes ?

Comme il ne répondait pas, elle se pétrifia.

— Je vois. J'avais espéré que…

— Je n'en sais rien, Sierra. Rien du tout. Tout ce que je comprends, c'est que nous approchons d'une vérité que quelqu'un ne tient pas à voir dévoilée. Une vérité si… puante que ce quelqu'un est prêt à tuer pour éviter qu'elle sorte.

Rafe s'était toujours considéré comme un nomade. Cependant, même pour lui, trois motels en deux jours, ça faisait beaucoup.

— Jusqu'à maintenant, on n'a pas eu de pot avec nos chambres, plaisanta-t-il à l'adresse de Sierra qui avait mis son déguisement de côté et attendait son ordinateur pour commencer à travailler.

Elle était belle et, contrairement à ce qu'il aurait cru, voir sa silhouette arrondie avait déclenché chez lui une réaction surprenante. Une émotion indéfinissable, un peu mélancolique, qu'il ne se connaissait pas.

Il l'imaginait volontiers enceinte, maintenant, et heureuse de l'être. Mais il ne se voyait pas à son côté. Sans doute épouserait-elle un jour un banquier, ou un expert-comptable, en tout cas quelqu'un comme ça. Quelqu'un de sûr, rassurant, protecteur.

Quelqu'un qui ne serait pas lui.

Il secoua la tête avec un sentiment de nostalgie.

Elle serait aimée par un autre homme.

Sans s'en rendre compte, il écrasa le gobelet en plastique qu'il tenait à la main et le balança dans la corbeille.

C'était bien ça. Finalement, il était jaloux. Il fallait pourtant qu'il se fasse à l'idée que son avenir à elle ne l'incluait pas.

Le sien s'annonçait solitaire.

— On frappe, Rafe.

Absorbé dans ses pensées, il n'avait rien entendu. Il alla à la porte, regarda dans le judas, et ouvrit.

C'était Zane ployant sous le poids des bagages.

— La prochaine fois, portez vous-mêmes vos affaires, bougonna-t-il en les laissant tomber à ses pieds à l'exception du portable qu'il posa sur le lit.

Avec un frisson d'effroi, Sierra fixa sa valise.

— Il n'y a plus de serpents dedans, je sais, dit-elle. Mais c'est plus fort que moi, j'ai peur de l'ouvrir.

— C'est normal. Même Indiana Jones déteste les serpents.

Elle essaya de sourire, mais la plaisanterie tomba à plat.

— Rafe ? fit-elle.

Elle semblait nerveuse. Depuis qu'il avait monté Angel Maker et qu'il lui avait fait peur, elle ne tenait plus en place et le regardait curieusement. Cela dit, qu'elle soit agitée n'avait rien d'anormal, même si, avec Archimède, elle avait vu pire.

Qui, après avoir vécu les mêmes épreuves qu'elle, n'aurait pas été nerveux ? Mais il y avait autre chose dans son attitude. Une certaine défiance qu'il n'avait pas perçue auparavant.

Rafe regarda Zane qui regardait Sierra, et se dit que lui aussi la trouvait changée.

Laissant de côté sa valise, elle prit l'ordinateur portable et le déposa sur la table. Elle le sortit de sa housse, le brancha et attendit, debout, qu'il ait fini de mouliner. Comme c'était long, elle se mit à arpenter la chambre.

— Allume, lui dit-il.

— Non.

Qu'avait-elle ? Elle se méfiait de lui ? Ne l'estimait-elle pas capable de la protéger ? Peut-être n'avait-elle pas tort. Après ce qui s'était passé, elle n'avait guère de raisons de lui faire confiance.

Pour la quatrième fois en deux minutes, elle passa devant lui.

— Qu'est-ce qui ne va pas ? lui demanda-t-il en lui saisissant le bras. Pourquoi es-tu aussi agitée ?

Elle détourna les yeux. Le message était clair, elle l'évitait. Mais pourquoi ? Que s'était-il passé ?

Zane toussota.

— Pendant que vous faisiez joujou avec les serpents, vous deux, j'ai découvert quelque chose qui pourrait être intéressant.

— Une piste ? demanda Sierra. C'est sûr ?

— Comment être sûr de quelque chose dans cette affaire ? Ce n'est qu'une supposition, mais c'est tout ce que j'ai pour l'instant.

Zane ouvrit son portable.

— Foster m'a appelé parce qu'il n'arrivait pas à vous joindre.

Rafe consulta son mobile. Effectivement, il avait raté l'appel du policier au moment de la découverte des serpents.

— Et alors ? Qu'as-tu trouvé de si… palpitant ?

— Foster a fait parler Bud. Il a découvert deux choses vraiment très… « palpitantes ».

Il rit.

— Bud achetait sa drogue à Diane Manley. À l'évidence, il est resté accro après une intervention chirurgicale il y a cinq ans. Il y a de la morphine dans l'oxycodone.

— Ça explique beaucoup de choses, mais je ne vois pas le rapport avec l'enlèvement. On classe, conclut Sierra, déçue.

— Pas si vite ! s'exclama Zane. Les revenus mensuels de Bud n'étaient pas ce que je croyais.

Il tendit une photocopie à Sierra.

— Il palpe beaucoup plus. Il a fini par admettre qu'il fait des petits boulots au noir au club. Pas pour John Beckel. Pour Warren.

Pour une révélation, c'en était une. Warren. Le frère invisible. Le fantôme.

— Le cerveau et l'argent !

Intéressée, Sierra lut le document.

C'était la Sierra que Rafe connaissait et comprenait. Son cerveau fonctionnait à trois mille tours minute.

— J'ai cherché à en savoir plus, poursuivit Zane. Alors, j'ai creusé. J'ai fini par découvrir, mais pas sans mal parce que ce brave Warren s'est littéralement barricadé derrière des défenses informatiques hyper sophistiquées..., donc, j'ai découvert que Warren Beckel n'est pas l'ange qu'il prétend être. J'ai trouvé des fraudes qui remontent à vingt ans pour lesquelles il a été condamné. Bizarrement, les charges contre lui ont été abandonnées par un tour de passe-passe dont je vous passe les détails. À l'heure actuelle, il protège ses activités derrière des sociétés écran. Là aussi, je vous fais grâce des détails. Ce que je pense, c'est qu'il achète la police depuis très, très longtemps.

Zane passa un dossier à Rafe qui le parcourut rapidement.

— Comment se fait-il qu'on n'ait pas vu ça plus tôt ?

— Parce qu'il perfectionne sans cesse le don qu'il a de disparaître, répondit Zane. Si Sierra ne m'avait pas montré quelques trucs sur son job au Kazakhstan, il y a quelque temps, je n'aurais rien trouvé.

— Allez, s'impatienta Rafe. Où veux-tu en venir ?

Il tendit le dossier à Sierra.

— Warren Beckel a les doigts dans le pot de confiture. Il est plongé jusqu'au cou dans de sales magouilles. C'est encore pire que ce qu'on croyait. En plus d'un tas d'affaires, il est propriétaire de pas mal de biens, des propriétés un peu partout. Des terrains à quatre heures d'ici environ. Il les a achetés mais les a mis au nom de John. Il possède tout mais, officiellement, n'a rien !

— C'est bizarre, dit Sierra.

— C'est mieux que ça. Ces terrains sont censés ne pas être constructibles. Et pourtant, en consultant des images satellites...

— Comment as-tu fait ? demanda Rafe à son ami.

— T'inquiète !

Zane hésita.

— Je connais quelqu'un...

Ce qui voulait dire qu'il avait actionné ses anciens contacts pour mettre la main sur des images du ministère de la Défense.

— Je t'adore, Zane ! fit Sierra en l'embrassant.

Zane rougit et Rafe s'assombrit. Il détestait qu'elle emploie ces mots-là pour parler à Zane. Et plus encore qu'elle l'embrasse, même sur la joue.

— Je suis soulagée que tu sois de notre côté et pas dans le clan adverse, ajouta-t-elle. Donc, poursuis. Qu'as-tu vu sur les photos ? Mallory et Chloé ?

Zane secoua la tête.

— Non, les photos ne sont pas assez précises. Mais j'ai vu deux bâtiments qui ont été construits sans permis. Il y a aussi une caravane, drôle d'achat de la part de Warren. Il est plus du genre à fréquenter les cinq étoiles.

— Mais c'est peut-être pas mal si les frères Beckel avaient quelqu'un à cacher qu'ils ne voulaient pas qu'on trouve. Surtout avec l'histoire de Warren, renchérit Rafe. Ce que tu racontes me plaît bien, Zane.

— Le lien est mince et ne tiendra peut-être pas devant la Cour, compte tenu de ce que j'ai été obligé de faire... Mais je n'ai rien de mieux comme piste.

— On s'inquiétera de ce que pense la Cour quand Mallory et Chloé seront en lieu sûr, répondit Rafe. Mais je vois à ta mine qu'il y a autre chose.

— Oui, on a un gros problème. Je ne peux pas demander aux flics locaux d'aller là-bas. Trop de risques de fuites et, selon Foster, la drogue que transportait Diane correspond à une prise confisquée par la police l'année dernière. Marché noir, évidemment. Quelqu'un dans la police est mouillé jusqu'au cou dans notre affaire.

— Il faut y aller, dit Sierra. Mais huit heures de route aller et retour, ça va prendre la journée.

— Les avions ne sont pas faits pour les chiens, remarqua Rafe. Zane pourrait y être en une heure.

Zane fit la moue.

— Génial ! J'ai pris la liberté d'appeler Ransom. Il vous envoie Léon en renfort.

— Excellent.

L'identité de Léon était un secret bien gardé, mais l'ancien héritier de Bellevaux, petite principauté d'Europe, avait suivi un entraînement d'agent des Forces Spéciales. Léon, qui avait maintenant changé de vie, pouvait s'enorgueillir d'avoir des compétences du même niveau que celles de Rafe. Pour preuve, quand Rafe ne pouvait avoir Noah dans son équipe, il le remplaçait par Léon.

— Pendant que vous irez sur les terres des Beckel, Sierra et moi on va plancher sur le dossier. On trouvera peut-être quelque chose de nouveau, maintenant qu'on ne focalise plus sur cette histoire de drogue.

Zane opina.

— Bon plan.

Il tendit une clé USB à Sierra.

— J'ai copié tous les dossiers que j'ai trouvés au club. Avec un peu de chance, tu verras quelque chose qui m'aura échappé.

Il n'y croyait pas vraiment, mais ne jugea pas nécessaire de le dire. Tous le savaient déjà.

Là-dessus, il les salua et partit prendre l'avion d'OTC.

— Ça me semble une bonne piste, dit Rafe en se tournant vers Sierra après avoir refermé la porte sur Zane.

Elle était blanche comme une morte.

Inquiet, il se précipita vers elle.

— Excuse-moi, murmura-t-elle.

La main sur la bouche, elle passa devant lui en courant et s'engouffra dans la salle de bains en attrapant au passage le sac de pharmacie.

Après quelques instants, il frappa discrètement à la porte.

— Sierra ?

Pas de réponse.

— Sierra ? appela-t-il plus fort. Ça va ?

Il colla son oreille à la porte et entendit de l'eau couler. Il frappa plus énergiquement.

— Réponds-moi ou j'entre !

— Une minute..., dit-elle d'une voix sourde.

Quelque chose n'allait pas. Quoi ? Il l'ignorait, mais il fallait qu'elle se remette car il avait besoin d'elle.

Quelques minutes plus tard, elle ouvrit la porte.

— Que t'arrive-t-il ? Tu ne te sens pas bien ? Veux-tu que j'appelle un médecin ?

Elle fit non de la tête, très lentement.

— Ça va. Pour l'instant.

Son air pensif l'inquiéta davantage encore.

— Sierra ? Qu'est-ce qui ne va pas ?

Elle leva les yeux vers lui des yeux craintifs, et montra une petite boîte.

— Je suis enceinte.

12

Un silence de mort s'abattit sur la chambre. Incapable d'affronter le regard de Rafe, Sierra détourna les yeux. Elle aurait dû attendre pour le lui dire mais, maintenant qu'elle avait fait le test et qu'elle savait qu'il était positif, elle n'avait pas pu s'en empêcher.

— Depuis quand le sais-tu ?

Sa voix était très calme. Étrangement, il ne semblait pas fâché. Plutôt incrédule.

Non, pas incrédule... Blessé, déçu.

— Depuis trente secondes, répondit-elle en lui mettant le test sous les yeux. Mais je m'en doutais depuis deux heures. Avec toutes ces femmes qui parlaient bébés et nausées... Oui, ça fait deux heures que je m'en doute.

Elle lui prit le bras.

— Je n'avais pas l'intention d'en faire un secret, tu sais. Pas du tout.

Il se frotta le visage.

— Je sais bien.

Elle le lâcha et recula. Elle se sentait comme en état de choc, ne savait plus que dire, que penser. Bien sûr, elle ne s'attendait pas à ce qu'il lui sourie, la prenne dans ses bras en criant youpi ! Non. Mais cette tête...

Elle préféra regarder ailleurs.

— Je n'aurais pas dû t'en parler. Pas encore. On en reparlera plus tard, si tu veux bien. Pour l'heure, on a du travail.

Sentant venir une nausée, elle porta la main à sa bouche et se détourna. Elle allait s'asseoir devant son ordinateur et ne penser qu'à Mallory et Chloé ; c'était ce qu'elle avait de mieux à faire. Mais Rafe posa la main sur son épaule et la força à lui faire face.

— Tu devais m'en parler. Tu aurais même dû me le dire dès que...

Il sembla réfléchir, hésita avant de poursuivre.

— J'ai bien vu que tu essayais de me dire quelque chose, après le rodéo.

Elle acquiesça d'un hochement de tête.

— Maintenant, regarde-moi.

Il posa la main sur son ventre tout plat.

— Comment te sens-tu ?

— J'ai des nausées, j'ai peur, et je me sens toute bizarre.

Des larmes lui montèrent aux yeux.

— J'ai beaucoup pensé à Mallory et à sa petite Chloé. J'aime déjà notre bébé, Rafe. Je ne sais pas ce que je ferais s'il lui arrivait quelque chose.

Elle battit des paupières et soupira.

— Regarde un peu dans quel état je suis, de quoi j'ai l'air...

Il recueillit du bout des doigts une larme qui avait roulé sur sa joue.

— Je suis avec toi, Sierra. S'il le fallait, je tuerais pour lui et toi. Et sans hésiter.

— Ça veut dire que tu... acceptes ce bébé, alors ?

Elle posa la main sur la sienne.

— Je te jure que ce n'était pas prémédité, mais maintenant que c'est fait, je le veux, ce bébé. Même si ça me fait très peur.

Il hésita une nouvelle fois.

— Tu veux ce bébé... mais son père ? Tu le prends aussi ?

Avant qu'elle ait pu répondre, le portable de Rafe vibra. Il y jeta un coup d'œil.

— Appel masqué, lut-il.

— Réponds.

Il mit le haut-parleur.

— Vargas.

— Je crois savoir que tu me cherches.

Sierra se rapprocha pour mieux entendre.

— Anderson ?

— Je crois aussi savoir, info de première main, que tu cherches un renseignement très précis, dit le vétérinaire. Je suis prêt à parler. Tout est sur le point d'imploser. Le patron devient parano ; il commet des erreurs. Mais il me faut des garanties.

— Je ferai tout ce que je peux, répondit Rafe.

— Je peux te dire qui a enlevé les filles. Et sache que j'y suis pour rien.

Sierra arracha le téléphone de la main de Rafe.

— C'est qui, alors ? cria-t-elle. Et où sont-elles ?

— Sarah Vargas... Je devrais dire Sierra Bradford. Tu contraries beaucoup de gens, tu sais.

Rafe lui reprit le téléphone. Elle commença alors à arpenter la pièce comme un lion en cage, maudissant le vétérinaire qui faisait durer le plaisir à l'autre bout de la ligne.

— Rends-toi, Anderson, dit Rafe. Si tu nous aides à retrouver Mallory et Chloé Harrigan, tu amélioreras de beaucoup ta situation.

Anderson soupira puis ricana.

— Pas vraiment. Si je parle, je suis mort. Et quelle mort ! Se faire mordre par une vingtaine de serpents, c'est de la gnognotte à côté.

— Parce que c'était ton idée ? demanda Rafe.

— Ce n'est pas ce que j'ai dit.

— Bon Dieu, mais qu'est-ce que tu as dit, alors ? Parle, nom d'un chien !

— Je dis qu'avec le commandant de la police locale et ses deux sbires, corrompus jusqu'à la moelle, je ne vais pas m'amuser à rôder du côté du poste de police tant qu'ils n'auront pas été arrêtés. Tu veux des infos ? Viens à mon bureau au club. Et viens seul. C'est juré, je te dirai tout ce que tu veux savoir.

Le bouquet d'arbres les protégeait bien. Adossée au tronc d'un peuplier, Mallory venait de repérer une branche tombée à terre dont elle comptait se faire une canne.

— Chérie, tu peux me donner le bâton que je vois là-bas, s'il te plaît ? Oui, là-bas, sous le gros arbre.

Chloé fit oui de la tête. Avec la nuit, elle se montrait de plus en plus obéissante. Elles avaient les lèvres sèches. Mallory pouvait le supporter, mais pas sa fille. Il fallait absolument qu'elle trouve de l'eau sous peine de déshydratation, ce qui serait très dangereux.

Chloé revint avec le bâton. Mallory le planta devant elle et tenta un pas. Une douleur aiguë lui vrilla la cheville mais ne monta pas jusqu'au genou.

C'est bon, se dit-elle. De toute façon, il faut que ça aille.

— Viens, Chloé, on va chercher de l'eau.

Chloé fit oui de la tête en gémissant.

— J'ai soif, maman. J'ai soif.

À petits pas, elles avancèrent dans le sous-bois broussailleux. En passant devant un gros rocher, Mallory eut l'impression de l'avoir déjà vu. Aussitôt, une angoisse sans nom lui noua l'estomac. Elles continuèrent jusqu'à un bosquet touffu et s'arrêtèrent. Mallory écarta les branches pour regarder et étouffa un : « oh ! » épouvanté. Un peu plus loin, dans une clairière, il y avait une voiture rouge dont elle voyait surtout le pare-chocs.

— Regarde, maman, une auto ! dit Chloé en la tirant par la main.

Mallory la fit taire et l'empêcha d'avancer.

— Chut, ma chérie ! Il faut se taire et rester tranquille.

— Peut-être ils ont de l'eau, maman. Ou à manger. Maman, s'il te plaît ! implora-t-elle.

— Peut-être. Attends.

— Peut-être, ça veut dire non, bougonna Chloé.

— Chut, mon bébé. S'il te plaît...

Parce que Chloé commençait à bouder, Mallory se dit qu'il fallait qu'elle essaie quelque chose. Aussi vite que sa jambe blessée le lui permettait, elle avança vers la clairière. Avec un peu de chance, les clés se trouvaient sur le contact du pick-up rouge qui était garé là.

Coup d'œil à droite puis à gauche, nouveau « oh ! » horrifié. Il n'y avait pas qu'un pick-up. Il y avait la caravane du flic ; elle la reconnaissait parfaitement. Elles avaient tourné en rond, étaient revenues à leur point de départ !

Que faire, maintenant ?

Le policier sortit soudain de la caravane en hurlant.

— Bon Dieu ! Cette femme et sa gosse n'ont pas pu disparaître comme ça ! Ça fait trois jours qu'on tourne ; elles sont quelque part par là, c'est pas possible autrement !

Il serrait son fusil sous son bras.

— Je viens juste de recevoir les ordres du patron. Si tu les vois, tu les tues. Tu les tues toutes les deux.

Terrorisée, Chloé poussa un cri. Le policier se tourna vers le bois et appela.

— Glenn, t'as pas entendu quelque chose ?

— Non… Non, monsieur.

Mallory commença à reculer lentement avec Chloé. Quelques instants plus tard, son dos heurta un mur de muscles. Avant qu'elle ait pu réagir, une main se plaqua sur sa bouche, et une autre sur celle de Chloé pour étouffer leurs cris d'épouvante.

— Chut ou vous êtes mortes ! lui chuchota une voix.

Elle se figea. C'était fichu. Elles étaient reprises.

Rafe accéléra et regarda Sierra. Un bébé… Quelle nouvelle ! Difficile de ne pas rester abasourdi ! Mais ce n'était pas le moment, il fallait qu'il se concentre sur son travail.

Pendant un moment, il avait cru qu'il pourrait la convaincre de retourner à Denver… ou au moins à Carder. C'était mal la connaître !

Pour l'instant, elle avait le nez dans un dossier de photocopies où elle espérait trouver un détail qu'ils auraient négligé, ou à côté duquel ils seraient passés.

Elle avait emporté son ordinateur portable. Pour rien au monde, elle n'aurait pris le risque de le laisser sans surveillance dans la chambre du motel.

Il sentait Princesse contre sa jambe. Maintenant, il s'était habitué au contact de cette bouillotte contre son mollet. Lui non plus, ils ne l'auraient pas laissé tout seul dans la chambre. Le coup des serpents les avait mis en garde. Le pauvre chat n'avait pas cessé de trembler depuis.

Il s'engagea dans la rue du club.

— Tu as ton arme, Sierra ?

Elle hocha la tête.

— Si seulement tu avais bien voulu...

Connaissant la suite, elle lui coupa la parole.

— Ne perds pas ton temps, Rafe. Je suis là parce que tu seras peut-être bien content d'avoir du renfort.

Elle leva la main.

— Pas besoin de me le dire. Si tu préfères, je reste dans la voiture jusqu'à ton retour. Sauf si je vois que tu ne reviens pas assez vite. Promis.

Rafe entra dans le parking sur les chapeaux de roues. Il était désert. Foster les avait informés que le club avait fermé tôt et que le bâtiment avait été évacué dans l'attente d'une enquête imminente. En fait, John et Warren Beckel s'étaient tous les deux volatilisés.

— Tu restes sur tes gardes, dit-il à Sierra après s'être garé près d'un portillon pour pouvoir entrer et éventuellement se sauver plus vite.

— Bien sûr. Mais fais attention, toi.

— Ne t'inquiète pas.

Il prit son visage dans ses mains.

— Ce n'est plus une mais deux raisons que j'ai de revenir sain et sauf.

Il descendit de voiture et courut vers l'arrière de l'arène. La plupart des vans et des camping-cars étaient partis. Tout était étrangement calme et silencieux.

Sans faire de bruit, il entra dans le local du vétérinaire.

Harlen Anderson était accroupi à l'autre bout de la pièce.

— Baisse-toi ! cria-t-il.

Un coup de feu éclata. Une balle ricocha sur le sol aux pieds de Rafe qui plongea vers Anderson et tomba avec lui par terre. Tous deux rampèrent jusqu'au bureau du vétérinaire.

— Qu'est-ce qui se passe ?

Anderson s'épongea le front.

— Ils ont su que je t'avais appelé. J'ignore comment...

Il y eut une détonation sourde. Les yeux du vétérinaire s'ouvrirent très grands. Du sang rouge vif s'étala sur sa chemise, comme une fleur qui éclôt. Haletant, il s'écroula complètement.

Rafe lui arracha sa chemise et chercha sur la desserte en inox qui se trouvait à proximité de quoi faire un pansement. Mais il savait, pour en avoir vu beaucoup trop souvent, que ce genre de blessure à la poitrine était dévastatrice et qu'aucun pansement, aucun soin, ne sauverait hélas ! le vétérinaire. Cela n'allait cependant pas l'empêcher de faire tout ce qui était en son pouvoir pour qu'il ne meure pas.

Il posa des compresses sur la plaie et appuya de toutes ses forces pour tenter de stopper l'hémorragie.

Anderson lui agrippa les poignets.

— Photo…, murmura-t-il. Téléphone…

Ses yeux se fermèrent, et sa tête roula sur le côté. C'était fini.

Rafe commença à ramper. Un coup de feu éclata sur sa gauche. Puis sur sa droite. Ils étaient au moins deux. Des pas, lourds, résonnèrent sur le ciment. Ils approchaient. Il entendit d'autres pas, des santiags, sûrement. Pas d'erreur, ils étaient deux.

Il regarda autour de lui. Apparemment, le local ne disposait d'aucune sortie de secours.

Piégé ! Il prit son téléphone dans sa poche arrière et découvrit qu'il était cassé, conséquence de son plongeon. Bon sang ! Il ne pouvait pas prévenir Sierra.

— Pas la peine d'insister, Vargas ! Tu es cuit, cria une voix. Tu ne sortiras pas d'ici vivant.

Il faisait bon dans le pick-up sous le ciel sans nuages de San Antonio. Pour la énième fois, Sierra regarda l'heure à sa montre.

Qu'est-ce qu'il fabrique ? se demanda-t-elle entre impatience et inquiétude. *Il devrait déjà être revenu !*

Princesse miaula. Sierra caressa sa fourrure toute douce.

— Toi aussi tu penses qu'il se passe quelque chose de grave, dit-elle tout haut au chat qui repoussa sa main d'un léger coup de patte.

Incapable de rester en place, elle s'agitait sur son siège en scrutant les alentours.

S'il se passe vraiment quelque chose d'embêtant, je fais quoi ?
Son mobile vibra dans sa poche.

— Allô ! Rafe ?

— Il ne te répondra pas. Ni maintenant ni plus tard. Jamais.

Elle secoua la tête. Non, Rafe allait bien. Cet homme mentait. C'était sûr.

— Écoute-moi, petite, fit une voix graveleuse. Sinon tu finiras comme lui. OK ? Avec une balle dans le cœur. Bang ! Compris ?

Un frisson la secoua.

— Qui êtes-vous ?

Elle serra la crosse de son Glock. Ses yeux piquaient. Elle savait qu'il ne fallait pas croire un mot des appels anonymes, mais... Rafe ne l'appelait pas comme il l'avait promis...

— Oh ! Bradford ! Je sais que tu cherches quelque chose et que tu es prête à faire n'importe quoi pour le trouver.

Sierra se figea. Son sang se mit à rugir dans ses oreilles... Elle n'entendait plus que ça. Après tant d'efforts, le ravisseur allait-il réussir à lui remettre la main dessus ?

— J'ai Mallory et Chloé Harrigan.

— Elles vont bien ?

La question lui avait échappé.

Tu te calmes, se dit-elle. *Tu te calmes et tu te concentres. Et sois intelligente.*

Que ferait Rafe ?

Il ferait durer la conversation. Il essaierait d'apprendre quelque chose. Elle essaya de voir s'il lui avait envoyé un message. Rien sur l'écran. Où était-il ?

Une main sur sa vitre, elle tenta d'apercevoir les portes de l'arène.

Rafe, Rafe... Où es-tu, bon sang ? Réponds ! Tu vas bien, au moins ? On a besoin de toi.

— Oui, elles vont bien. Pour l'instant. Mais je veux la clé USB de Mallory Harrigan.

Comment ça ? Mallory avait une clé USB ? Elle n'avait pas la moindre idée de ce qu'il pouvait y avoir dessus. Ni de l'endroit où elle était. Zane le lui aurait dit, s'il en avait trouvé une dans les bureaux du club de rodéo.

— Je… je… ne sais pas de quoi vous parlez…

Elle grimaça. Non. Rafe aurait fait croire qu'il savait de quoi le ravisseur parlait, même s'il l'avait ignoré.

Rafe lui avait appris que tout n'était qu'une question de jeu. Perception et attente.

— Me mens pas, Bradford. Ce sont leurs vies contre la clé USB. Viens me rejoindre dehors devant le box d'Angel Maker.

— Vous amènerez Mallory et Chloé ?

— Quand tu me donneras la clé USB et que j'aurai vérifié ce qu'il y a dessus, je te les rendrai. D'accord ?

Avait-elle le choix ? Zane était trop loin. Rafe ne répondait pas au téléphone. Elle pouvait peut-être essayer de joindre Ransom ou Léon ?

— D'accord, je vais venir.

— Viens seule. Si t'appelles quelqu'un quand on aura raccroché, ou si tu parles à quelqu'un, je te préviens, elles sont mortes. Et je le saurai.

Le bang d'un coup de feu retentit tandis que sa vitre volait en éclats. Sierra se jeta sur le côté. Son téléphone lui échappa et tomba sur le sol du pick-up.

Rafe, où es-tu ?

Elle regarda autour d'elle, ramassa son mobile et appela.

Toujours pas de réponse de Rafe. Elle était seule. Affreusement seule.

13

Le tir cessa. L'individu rechargeait. Il fallait qu'il saisisse l'occasion pour tenter quelque chose. Il n'avait que quelques secondes devant lui, et il ne pouvait rester dans ce local qui n'offrait aucune protection. Rafe courut vers l'un des murs et s'aplatit contre un classeur métallique. Les tireurs approchaient. S'il ne les tuait pas sur le coup, son compte était bon. Seul contre plusieurs, il ne ferait pas le poids. Enfin... sans doute pas.

Il avait déjà affronté ce type de situation, et cela lui valait toujours une bonne montée d'adrénaline. Mais, aujourd'hui, c'était différent, avec Sierra dans le parking, un bébé à naître, et des fous furieux qui tiraient dans tous les sens.

Il commença à trembler.

Ah non ! Pas de ça. Tu n'as jamais été une mauviette !

Entendant un grognement et un bruit sourd quelque part dans le couloir, il se plaqua davantage contre le classeur. Un staccato de coups de feu suivit.

— Rafe ? appela une voix au fort accent étranger dans le couloir. Un d'abattu. Il en reste un.

Un homme apparut au même moment à la porte, visiblement affolé. Il avait un badge. Il repéra Rafe, le mit en joue et tira.

Bon Dieu ! Sans hésiter, il riposta. L'homme s'effondra.

Il se précipita et s'accroupit près de lui.

— Tu travailles pour qui ?

L'individu sourit.

— Le patron.

Puis sa tête roula sur le côté.

— Léon ? appela Rafe.

L'agent des Forces Spéciales accourut, son semi-automatique pointé vers le bas. Les yeux plissés, il regarda le corps qui gisait au sol.

— Tu ne réponds jamais, quand on t'appelle ?

Rafe montra son téléphone cassé.

— Désolé... Prête-moi le tien. Il faut que je joigne Sierra, elle est dans le pick-up.

Léon plissa le front.

— J'ai vu ton pick-up dehors. Elle n'était pas dedans. Il n'y avait qu'un chat.

Les stalles qui se trouvaient derrière l'arène étaient quasiment toutes vides. Sierra longea le couloir menant à l'enclos des taureaux. Sur la pointe des pieds, un œil sur son écran de téléphone, la main sur son arme, prête à tirer, elle se faufila derrière les baraques des vendeurs de gaufres et de barbe à papa, puis traversa le paddock d'entraînement pour finir devant une rangée de box spacieux, tous vides.

Sauf un. Celui d'Angel Maker.

À la vue de l'homme qui passait devant son box, le taureau souffla.

John Beckel s'arrêta et la regarda venir vers lui, les sourcils froncés.

— Tu viens armée ? remarqua-t-il en croisant les bras sur sa poitrine.

— J'ai pensé que ça valait mieux, répliqua-t-elle en s'immobilisant à quelques mètres de lui.

John Beckel. Comment avait-elle pu ne pas penser que c'était lui qui se trouvait derrière cette machination diabolique ? Qui d'autre pouvait bidouiller les livres de comptes ? Qui d'autre pouvait souhaiter le départ — la mort — de Mallory ? En fait, elle ne l'avait pas imaginé orchestrant cette conspiration car elle avait sous-estimé à la fois son courage et son intelligence.

Le taureau donna un coup de tête contre les barreaux métalliques de l'enclos. Toute la structure trembla. Beckel s'empressa de s'en éloigner et s'approcha d'elle.

Pendant ce temps, Angel Maker continuait de donner de la tête contre la porte dont, heureusement, le loquet était mis. Pourrait-il briser son enclos ?

Cette perspective n'avait rien de rassurant.

— Tu n'avais pas besoin d'une arme, ironisa Beckel. Tu as perdu du poids depuis que je t'ai vue.

Il la détailla de la tête aux pieds.

— Je dois dire que tu m'as surpris. Ton mari, je l'aurais bien vu faire ça, mais pas toi.

Un soupir lui échappa puis il tendit une enveloppe qu'il tenait.

— Tiens, l'argent. Comme convenu.

Il déraille complètement ! songea-t-elle, stupéfaite.

— Ben... tu m'as contacté, ajouta-t-il en voyant son air surpris.

Un éclat de rire énorme, derrière elle, la fit se retourner.

— Vous avez tout faux, tous les deux ! C'est moi qui ai combiné ce gentil petit rendez-vous.

Warren Beckel venait d'apparaître, un fusil à la main.

— Jette ton arme et va à côté de mon frère, Bradford. Et m'oblige pas à tirer et à vous tuer tous les deux.

Une fois de plus, elle n'avait pas le choix. Elle se pencha et posa son arme à terre.

— Plus loin. Pousse-la. Donne un coup de pied dedans.

Elle obéit tout en cherchant des yeux une échappatoire. S'il voulait la tuer, elle était une cible facile.

Il se pencha pour ramasser son Glock et le glissa dans la ceinture de son pantalon.

John avança vers Warren, mais celui-ci pointa son fusil sur lui.

— Reste où tu es.

Il s'arrêta.

— Tu es devenu fou ? Qu'est-ce que tu fais ?

— La ferme, John. Pour une fois dans ta vie, ferme-la ! Ta combine imbécile avec Diane Manley et son frère m'a coûté un max quand tu as essayé de cacher que tu dealais. Tu as ruiné mon business, avec ta drogue.

— Mais… je suis ton frère.

— T'es surtout un crétin ! Tu l'as toujours été. Et j'en ai marre de payer pour tes imbécillités. C'est fini.

Il désigna Angel Maker d'un mouvement de tête.

— Va vers la porte de l'enclos, John.

L'homme ne bougea pas. Il devint blême. Le fanfaron avait cessé de plastronner.

— Allez ! fit Warren.

Hésitant, John avança vers la structure en fer et s'arrêta un peu avant.

— Ouvre le loquet.

Le taureau lui jeta un coup d'œil, mugit et commença à tourner sur place en ruant. À chaque ruade, ses sabots soulevaient des nuages de poussière.

John recula.

— Non. Tu n'es pas…

Un coup de feu claqua ; John tomba à genoux.

— Debout, John ! Je ne t'ai pas touché.

Incapable de soutenir ce spectacle une minute de plus, Sierra se précipita vers lui et l'aida à se relever. Il tremblait comme une feuille. Il la regarda et lui dit tout bas :

— Warren va nous tuer.

Warren arma son fusil avec un claquement sec.

— Je ne te le dirai pas une autre fois, John. Défais le loquet.

Les mains tremblantes, John leva le loquet et le laissa retomber de l'autre côté.

— Entrez. Tous les deux.

John empoigna la rambarde de la clôture.

— Warren, s'il te plaît… On est frères.

— Tu ne fais pas le poids, John. Tant pis pour toi. Maintenant, pousse la porte et entre. Je ne pourrais pas expliquer une blessure par balle, mais la bêtise, ça oui je pourrai l'expliquer. Ça ne me posera pas de problème de jouer la comédie sur le thème du frère éploré dont l'unique parent est, pour une raison inconnue, entré dans l'enclos d'un taureau. Allez ! Dedans !

Désespéré, John poussa lentement la porte et entra.

Sierra hésita. Elle avait été témoin de ce qu'Angel Maker pouvait faire.

— Allez ! Toi aussi !

Poussée dans le dos par le fusil de Warren, elle entra à son tour. Il referma la barrière derrière eux.

Angel Maker regarda les intrus, recula et gratta le sol de ses sabots. Sierra recula contre la porte et resta là, pétrifiée. Elle ne pouvait plus bouger, ne respirait qu'à peine. Derrière elle, Warren rabaissa le loquet et mit le cadenas pour sécuriser la porte.

À l'autre extrémité de l'enclos, Angel Maker mugit puis rua. Après quoi il baissa la tête en soufflant. John, qui était devant elle, se décala jusqu'à la barrière latérale, avec l'intention de passer par-dessus. Terrorisé.

— Ne bougez pas, lui dit Sierra, comme le taureau soufflait de nouveau, les naseaux frémissants.

John n'écouta pas. Paniqué, il entreprit d'escalader la barrière.

C'était l'erreur à ne pas commettre. Le taureau chargea.

Un souffle chaud effleura Sierra. L'animal encorna John Beckel et, d'un mouvement sec de la tête, le projeta en l'air comme s'il avait été une poupée de chiffon. John retomba lourdement sur la rambarde métallique puis dans la poussière, le regard vide.

Sierra battit des paupières. Angel Maker se tourna vers elle, mugit, et gratta le sol du sabot.

Oh non, ne permettez pas qu'il finisse comme ça ! S'il vous plaît, Petit Jésus, aidez-moi à sauver mon bébé !

Cette fois, elle était fichue. Jamais elle ne pourrait repousser le bras qui plaquait son dos contre une poitrine en béton, ni écarter de sa bouche la main de géant qui l'empêchait de crier.

Pas très loin, à une centaine de mètres, le policier qui avait menacé de la tuer braillait des ordres.

— Ne fais pas mal à ma maman ! supplia Chloé qui, en se

tortillant, était parvenue à échapper à la pression de la main qui la bâillonnait.

— Chut ! fit l'homme en la saisissant par le bras.

Mallory vit le policier tendre la main dans leur direction.

— Par là ! Attrapez-les ! cria-t-il.

— Arrêtez, bon Dieu ! dit l'individu comme elle tentait d'échapper à son étreinte.

— Et toi, tu arrêtes de jurer, dit Chloé en lui donnant un coup de pied dans le tibia.

L'agresseur grogna, sans pour autant la lâcher, et commença à reculer en tenant toujours Mallory qui, sous l'effet de la douleur, s'écroula.

— Vous êtes blessée ? demanda-t-il d'une voix presque attristée.

Sans attendre de réponse, il la chargea sur son épaule et, prenant Chloé par la main, courut se mettre à l'abri derrière un monticule de terre. Là, il posa Mallory à terre.

— Mais... Qui êtes-vous ? demanda-t-elle en attirant Chloé contre elle.

— Un ami de Sierra, Zane Westin.

— Elle va bien ?

— Non, elle se fait du souci pour vous.

Il prit le fusil qu'il portait en bandoulière et sourit à Chloé.

— Tu es une sacrée petite bonne femme, toi. Tu as un de ces coups de pied... Tu joues au foot ?

Chloé fit *oui* de la tête.

— Et au base-ball. Pourquoi ? Je t'ai fait mal ?

L'incongruité de la réponse le fit rire.

— Plutôt, oui, répondit-il en armant son fusil.

— Je croyais que t'étais un méchant. T'as des tatouages partout et t'es grand et t'as attrapé maman comme papa quand il nous criait dessus. Il nous faisait mal, tu sais, papa.

La confidence de sa fille fit rougir Mallory mais Zane se contenta de sourire à la fillette.

— Tous les grands tatoués ne sont pas méchants. Restez derrière moi et cachez-lui les yeux, ajouta-t-il à l'intention de Mallory. Compris ?

— Ils sont nombreux. Trop nombreux.

Zane haussa les épaules.

— Quand j'aurai coupé la tête au serpent, les autres tomberont comme des dominos. Des poltrons...

Il lui tendit un revolver.

— Il est chargé. Si besoin est, faites ce qu'il faut. Sans hésiter. Visez et appuyez. C'est prêt.

Mallory acquiesça d'un signe de tête et attira davantage Chloé contre elle. Elle lui cacha le visage.

Zane se mit en position tandis que les assaillants qui couraient vers eux commençaient à tirer. Calme, sûr de lui, il attendait.

Mallory se crispa. Pourquoi ne tirait-il pas ? Il avait plein de munitions. Ils allaient se faire déborder.

— Allez, un peu plus, les gars, marmonna-t-il. Encore deux secondes et...

Il inspira profondément, relâcha son souffle et appuya sur la détente. Le policier s'effondra. Interdits, ses complices s'arrêtèrent et s'entre-regardèrent.

Le policier ne bougeait plus, ne gémissait même pas. Il était parti dans l'au-delà en silence.

Zane se redressa.

— Je vous conseille de déposer les armes, messieurs, ou je vous descends un par un.

Glenn, le premier, se rendit.

— Ça ne vaut pas la peine, dit-il.

Les autres l'imitèrent.

— Madame Harrigan, si vous le voulez bien, prenez mon fusil et tenez-les en joue le temps que j'aille chercher de quoi les ligoter. S'il y en a un qui bouge, vous n'hésitez pas, vous tirez.

Mallory se redressa et prit le fusil.

— Pas de problème. Je vous demande juste d'adresser un message à Sierra de ma part.

Zane hocha la tête.

— OK. Je lui dis que vous êtes saines et sauves.

— Non. Dites-lui que la clé USB est dans la souris.

Un coup de feu claqua.

— Sierra !

Rafe et Léon échangèrent un regard et se ruèrent hors du local du vétérinaire.

Une fois à l'extérieur, ils hésitèrent. Devaient-ils aller vers les box des bêtes, ou vers les bureaux ? Un bruit métallique suivi d'un mugissement les décida. Ils filèrent vers le secteur des bêtes et, arrivés à l'angle du bâtiment, horreur ! Non loin d'eux, Rafe vit Sierra acculée contre la rambarde de l'un des enclos, avec Angel Maker face à elle, qui l'observait en grattant la poussière du sabot.

— Ne bouge pas, ma chérie, marmonna-t-il, bien que sachant qu'elle ne l'entendait pas.

Elle devait connaître le comportement à adopter, car elle était parfaitement immobile. À quelques pas de la porte de l'enclos, Warren Beckel, son fusil dans les bras, se délectait de la scène. Rafe lui demanderait des explications plus tard. Dans l'immédiat, il n'avait qu'un but : sauver Sierra et l'enfant qu'ils attendaient tous les deux. Il fallait faire vite, très vite.

Avec la lunette de visée de son fusil, Léon examina la scène.

— Il y a un type assez âgé par terre dans l'enclos. Mort. La porte est cadenassée.

— Tu ne tueras pas cette bête avec ton fusil, dit Rafe dont le cœur battait follement.

Quand ils tireraient, il faudrait que ce soit au bon moment, sinon il perdrait Sierra et le bébé.

— Même si on arrive à faire diversion, Sierra ne pourra pas sauter sur la rambarde à temps pour se mettre à l'abri, ajouta-t-il.

— Faudrait que je fasse sauter le cadenas. À ce moment-là, tu entres et tu l'embarques. Je descends Beckel s'il s'avise de faire un geste.

— OK. On fait ça.

— Ça ne va pas être facile.

— Choisis bien le moment. Je te fais confiance, Léon.

À pas de loup, Rafe s'approcha de Beckel qui était tellement concentré sur ce que faisaient Sierra et le taureau qu'il ne remarqua rien. Plus il avançait, plus Rafe voyait le sourire diabolique sur le visage de Beckel. Le monstre se régalait.

Il arriva enfin à moins de deux mètres de Beckel qui, d'un instant à l'autre, risquait de détecter sa présence. Rafe leva la main. C'était le signal. Léon tira. Le cadenas explosa. Au même instant, Rafe se précipita, poussa violemment Beckel de côté. Puis, vif comme l'éclair, il ouvrit la barrière, empoigna le bras de Sierra et la tira hors de l'enclos. Le taureau qui avait bondi fonça droit sur Beckel qui, stupéfait, s'était figé.

— Cours ! lui cria Rafe.

L'avertissement arriva trop tard.

Quelques heures plus tard, alors que la nuit était tombée sur San Antonio, Sierra attendait dans une salle de réunion du poste de police. Posté près de la fenêtre, Rafe regardait l'agitation créée à l'extérieur par les médias.

Ils essayaient encore d'assembler les pièces du puzzle. Les événements s'étaient succédé sans leur laisser de répit. La confusion la plus totale régnait.

La porte s'ouvrit sur l'inspecteur Foster et Jared King.

— C'est une maison de fous ! lança Foster en entrant. Rafe, ça t'arrive souvent de mettre un souk pareil ? J'ai plein de cadavres sur les bras. Un commandant de police et un brigadier. Un vétérinaire. Sans compter les deux frères Beckel encornés et piétinés par un taureau. J'ai de quoi faire des rapports jusqu'à ma retraite. Et d'ici quelques heures, on va m'amener des types qui ont été arrêtés sur une scène de crime.

Sierra s'était levée.

— Et Mallory et Chloé ?

— Elles arrivent. Elles ont faim et soif, surtout la petite. Zane Westin prend soin d'elles.

Elle se laissa retomber sur sa chaise.

— Oh ! merci ! Mais je ne comprends toujours pas pourquoi, poursuivit-elle en se tournant vers Rafe. Warren Beckel pouvait prendre le contrôle du club quand il voulait.

— Ce n'est pas la question.

Rafe ouvrit un dossier qu'il avait posé sur la table un peu plus tôt et en sortit la photo d'un appareil en acier.

— Est-ce que c'est un conteneur réfrigéré ?

Jared King acquiesça d'un hochement de tête.

— Cette photo prise par le vétérinaire explique tout ou presque, commença Rafe. Tout ce que faisait Warren tournait autour d'Angel Maker. Ou, plus précisément, autour de l'argent qu'il se faisait grâce au capital génétique de son taureau.

— Comment ça ?

— Les « dons » d'Angel Maker étaient stockés dans ce conteneur, ainsi que ceux d'autres champions. Une fois son frère et toi éliminés, Warren Beckel avait prévu d'abattre le taureau et de faire croire qu'il y avait été obligé pour vous porter secours. Hélas ! En vain. Ce mensonge lui aurait permis de multiplier par dix, peut-être même par cent, le prix non pas des saillies puisque l'animal serait mort, mais celui de son sperme congelé. Il avait déjà des acheteurs. Angel Maker était le gros lot et, avec le reste de l'élevage, c'était des millions que Warren entrevoyait déjà.

— Mallory avait compris ?

— Moins qu'il le pensait. Elle avait trouvé le dossier crypté dans lequel il notait tous les détails des transactions. Mais elle ignorait de quoi il s'agissait au juste...

Des coups énergiques furent frappés à la porte. Avant même que Foster ait pu répondre, Zane entra, portant Chloé. Mallory suivait, appuyée sur des béquilles. Émue, Sierra se précipita vers son amie.

— Oh ! tu es là ! Tu vas bien ? Dieu merci, vous êtes vivantes !

Mallory se serra contre Sierra.

— Je savais que tu nous trouverais. As-tu trouvé la clé USB ?

— Dans la souris en mousse de Princesse. Comme tu avais dit.

— Si seulement j'avais su ce que j'avais !

Mallory haussa les épaules avant de poursuivre :

— Je m'apprêtais à te la montrer, ce soir-là.

Zane posa Chloé par terre et lança un regard plein d'admiration à Mallory.

— Si tu ne l'avais pas cachée, je préfère ne pas imaginer ce que ce policier aurait fait, remarqua Sierra.

Chloé la tira par la manche.

— Où est Princesse ?

— Je vais te le chercher, dit Rafe.

Et il sortit.

Sierra se pencha pour embrasser la fillette.

— Tu m'as manqué, bout de chou.

— Des méchants nous ont amenées dans un endroit pas beau, Sierra.

— Je sais.

— Zane a dit que tu lui as dit de venir nous chercher, maman et moi.

Elle le regarda avec des yeux pleins d'adoration.

— Moi et maman, on va le garder avec nous. Hein, maman ?

Mallory devint toute rouge et, ce qui fit sourire Sierra, Zane aussi.

— Je vois…

Rafe entra, le chat dans les bras.

— C'est ça que tu voulais voir, jeune fille ?

Chloé se tortilla de joie et prit le chat que lui tendait Rafe.

— T'es un héros, toi aussi.

— Un héros qui m'a sauvé la vie, ajouta Sierra.

Elle sourit à Rafe, espérant qu'il comprendrait beaucoup plus que ses simples mots.

— Et de plus d'une façon.

Rafe serra très fort sa main. En les voyant, Chloé fit un clin d'œil à Sierra.

— Tu devrais le garder toi aussi, Sierra. Hein, maman, que Sierra devrait le garder ?

L'impact des secrets du club de rodéo de San Antonio n'était pas près de s'effacer. Rafe verrouilla la chambre de leur motel. Il était tard, et il y avait encore beaucoup de choses à dire.

Jusqu'à présent, aussitôt sa mission remplie, il quittait les lieux. Cette fois, c'était différent. Sierra avait chamboulé sa vie. Elle avait tout chamboulé.

Très franchement, cela lui faisait très peur mais, en même temps, cela l'emplissait d'un bonheur qu'il n'avait jamais connu.

Son regard croisa celui de Sierra. Il avait failli la perdre ; il s'en était fallu de peu. Il ouvrit les bras et elle vint se blottir contre lui.

— J'ai eu tellement peur ! murmura-t-elle. Peur pour toi. Pour notre enfant.

Il se passa la langue sur les lèvres.

— À ce sujet...

Elle se raidit dans ses bras.

— Sierra, dit-il doucement. Regarde-moi.

Il lui releva le menton.

— J'ai cru que je te perdais, aujourd'hui. Que je perdais ma dernière chance de vivre quelque chose d'exceptionnel, d'unique. Que je perdais quelqu'un d'exceptionnel, d'unique. Tu es ce qui m'est arrivé de plus merveilleux de toute ma vie. Je sais aussi que rien n'est jamais acquis. Je ne commettrai pas une seconde fois la même erreur.

— Pardon ? De quoi parles-tu ? lui demanda-t-elle, les yeux brillant de larmes. Je ne veux pas de promesses que tu ne tiendras pas, Rafe. Je suis enceinte et ce n'était pas prévu.

— Pas prévu ne veut pas forcément dire non désiré, répondit-il.

Elle battit des paupières, laissant échapper deux larmes.

— Non, pas forcément.

— Je ne sais pas comment faire, reprit-il, pour te convaincre que je désire follement cet enfant. Je vais te dire une chose que je n'ai jamais dite à personne. Pas même à Noah.

Emu, il reprit son souffle.

— Il y a cinq ans, j'effectuais une mission avec un autre agent des Forces Spéciales, sous couverture évidemment. Elle s'appelait Gabriella. Nous étions fiancés. Elle était brillante, comme toi. Belle, comme toi. Elle rêvait de justice, comme toi.

Sierra secoua la tête.

— Je ne fais que rester assise derrière un ordinateur pour traquer les gens.

— Ne te sous-estime pas. Tu t'investis à fond dans tous les problèmes. Ton boulot au Kazakhstan, tu as oublié ? Et Archimède ? Tu as survécu. Tu as sauvé Mallory et Chloé. Sans toi, elles ne seraient pas parmi nous. C'est à cause — je dis bien *à cause* — de ton courage que Noah et moi avons demandé à Ransom de te sortir du jeu. Noah avait peur pour sa sœur qu'il adore. J'avais peur… pour toi. Et je ne voulais pas te perdre. Comme j'ai perdu Gabriella.

Sierra lui entoura la taille de ses bras et se serra contre lui.

— Comment ? demanda-t-elle doucement.

— Sans entrer dans les détails, ce que je peux te dire c'est que, Gabriella et moi, nous avons fait confiance à de mauvaises personnes. Ces contacts nous ont trahis. Cette opération s'est soldée par un désastre. Je te passe le nombre d'agents qui sont tombés. Dont Gabriella. Finalement, c'est moi qui ai fini dans une prison militaire… pour trahison.

Elle bascula la tête en arrière pour le regarder.

— Toi, un traître ? C'est de la folie !

L'émotion le gagnant, Rafe sentit sa gorge se serrer.

— Merci de me dire ça. Jusqu'à présent, seuls Noah et Ransom m'ont vraiment cru. Ils ont réussi à faire valoir un doute raisonnable, grâce à quoi j'ai été acquitté. Mais pour ce qui était de ma carrière, ça a été fini.

Il avait besoin de sa chaleur contre lui. Il l'attira à lui et plongea son regard dans ses grands yeux bleus.

— Mes missions étaient dangereuses. Je ne supportais plus l'idée de mettre la vie de quelqu'un que j'aime en danger. C'est pour ça que je t'ai écartée.

Il s'éclaircit la voix.

— Mais dans le même temps, je ne voulais pas te voir partir.

Il sortit une chaîne en or de la poche de sa chemise et la déposa dans le creux de sa main.

— Oh ! C'est celle de ma mère, dit Sierra. Je croyais l'avoir perdue.

— Je l'ai trouvée par terre dans notre chambre, il y a deux

mois. Elle était cassée. Je l'ai réparée, mais je ne... je ne me sentais pas le courage de te revoir. J'avais trop peur de ne plus pouvoir te quitter si je te revoyais. Je ne voulais pas admettre que j'étais tombé fou amoureux de toi.

Elle fondit soudain en larmes.

— Tu... tu m'ai... mes ?

— Je ne te mérite pas, mais je te demande de me pardonner de t'avoir laissée. De me pardonner toutes les erreurs que j'ai commises et celles que je commettrai encore... Je te promets de tout faire pour te rendre heureuse, pour être un bon père. De cette façon, peut-être pourrai-je un jour gagner ton amour...

Les mains sur les épaules de Rafe, elle le regarda dans les yeux.

— Je t'aime, Rafe. Je t'aime depuis longtemps. Et pour plein de raisons. Parce que tu es un homme qui ferait n'importe quoi pour protéger les tiens, mais surtout parce que, derrière des allures de guerrier, tu caches un cœur d'or.

Il lui prit les mains et les serra dans les siennes qui tremblaient.

— Je ne te laisserai plus partir, Sierra. Avec notre bébé nous sommes maintenant une famille. Et nous le resterons toujours.

Puis il se pencha vers elle et lui donna un long baiser passionné auquel elle répondit avec fougue.

Lorsqu'il y mit un terme, ils étaient haletants tous les deux.

Rafe la regarda longuement, un regard plein d'espoir, puis demanda :

— Es-tu prête à commencer notre vie ? Toi et moi, ensemble.

Un sourire radieux, confiant, illumina le visage de Sierra.

— Oh oui ! dit-elle. Mais qui, de toi ou de moi, va prévenir Noah ?

Épilogue

La réception du mariage de Noah et Lyssa battait son plein. Légèrement à l'écart, Rafe les regardait danser leur première valse en tant que mari et femme.

Il avait pris l'habitude de garder ses distances lors d'événements de ce genre. En général, il tirait sa révérence dès qu'il le pouvait et s'évanouissait dans la nuit. Ces fêtes n'étaient pas son truc, mais cela allait bientôt changer.

Sa vie était à un tournant, et il en était heureux. Une seule chose l'ennuyait. Son meilleur ami.

Il jeta un coup d'œil vers Sierra, de l'autre côté du salon. Elle bavardait avec son frère Chase, le seul Bradford encore célibataire — mais pour peu de temps, ce qu'elle ignorait — et son père. Bien que Paul Bradford ne se déplaçât plus qu'en fauteuil roulant, il savait s'amuser. Son grand plaisir était de faire faire des tours à ses petits-enfants sur sa « locomotive », comme il l'appelait. Ce n'était alors que fous rires.

Il tira sur le col de sa chemise et résista à l'envie d'ôter le nœud papillon qui complétait son habit de garçon d'honneur. Pourquoi avait-il l'impression d'étouffer ?

Quand les dernières notes de la valse s'égrenèrent, Noah embrassa sa femme avec passion. Des applaudissements fusèrent, puis l'orchestre entama un tango. Alors que les invités envahissaient la piste, une main tira sur sa manche. Il baissa les yeux pour voir. Joshua Bradford, quatre ans, le petit garçon que Mitch avait adopté, le dévisageait, l'air très intrigué.

— Pourquoi t'as une grande barre dans la joue ? T'es un bandit ?

Rafe rit et secoua la tête.

— Non, je ne suis pas un bandit. Je suis un magicien.

Il sortit un yo-yo de sa poche et, très vite, se trouva au centre d'un petit cercle d'admirateurs âgés de trois à dix ans qui le regardaient, bouche bée, manipuler le yo-yo.

— Tu nous apprendras ? demanda l'un d'eux.

Joshua, le chef de bande apparemment, le plus effronté aussi, chuchota quelque chose à l'oreille d'un plus grand et, tels une volée de moineaux, les enfants filèrent en direction du buffet. Préférant éviter le père et les frères Bradford, Rafe resta seul. Face à eux, il devenait très lâche.

Mais à quoi bon repousser l'inévitable ?

Ils n'avaient encore parlé à personne du bébé, mais il se demandait si les belles-sœurs de Sierra n'avaient pas deviné. Depuis quelque temps, elles le regardaient par en dessous, bizarrement.

Il vit Sierra venir vers lui avec ce merveilleux sourire qui le faisait fondre. Elle s'appuya contre lui, lui offrant un peu de cette chaleur dont il avait particulièrement besoin en cette occasion.

— Tu te caches ? lui murmura-t-elle en entrelaçant leurs doigts.

— Peut-être.

— Tu ne crains rien, je suis là. Je te protège.

Elle sourit.

— Je peux gérer ma famille et Noah.

— Bien sûr. Tu peux tout gérer.

Comme quelqu'un tirait sur le bas de sa veste, il se retourna. C'était Chloé. Mallory se tenait derrière sa fille, avec Zane qui lui entourait les épaules d'un bras. Il avait une attitude à la fois protectrice et possessive. Curieusement, leur intimité ne surprit pas Rafe qui sourit à Chloé.

— Alors comment allons-nous, petit bout de femme ? On s'occupe bien de maman et de Princesse ?

— Je suis pas un petit bout, d'abord.

Elle poursuivit, avec le plus grand sérieux :

— Je sais que Princesse te manque. Comme je veux pas que

tu sois triste avec Sierra en rentrant à la maison, j'ai un cadeau pour tous les deux.

Très doucement, presque timidement, Chloé lui tendit une boîte blanche fermée par un ruban bleu.

— Fais attention !

— C'est pour nous ? Vraiment ?

— Euh... Oui. À cause de Sierra, parce que tu l'as sauvée. Et aussi parce que t'as envoyé Zane pour sauver ma maman et moi, et puis aussi à cause de Princesse, parce que tu lui as donné ses croquettes.

Elle se dandina d'un pied sur l'autre.

— Tu sais, Princesse c'est mon chat.

— Tu n'avais pas à nous faire de cadeau, Chloé.

— Ben si... C'était mon idée. Allez, tu ouvres !

Il dénoua le ruban et ôta le couvercle. À l'intérieur, un tout petit chaton cligna des yeux.

Rafe plongea doucement la main dans la boîte et, sentant sa gorge se nouer, se dit qu'il devenait idiot.

La petite bête tendit deux pattes minuscules qui accrochèrent ses doigts.

— Tu peux me dire comment il s'appelle ?

— Elle s'appelle Prince, répondit-elle avec un éclat de rire. C'est une fille.

— Si je comprends bien, chez toi, Princesse c'est un nom de garçon et Prince un nom de fille ! C'est rigolo.

Les rires de Chloé redoublèrent.

— Princesse et Prince, tu crois qu'ils deviendront copains ?

Rafe donna la boîte à Sierra puis prit Chloé dans ses bras et la fit tourner comme une toupie.

— Arrête ! cria-t-elle.

Il s'arrêta. Elle lui plaqua un gros baiser sur la joue et lui chuchota à l'oreille :

— Maintenant, Sierra et toi vous êtes comme une famille. Comme moi et maman et Zane.

Rafe la reposa à terre.

— Je prendrai grand soin de Prince, Chloé. Je te promets.

La petite fille partit en courant. Zane fit un clin d'œil à Rafe et s'éloigna à son tour avec Mallory.

Rafe observa le chaton, très à l'aise dans le creux des bras de Sierra. Puis il leva les yeux et leurs regards se croisèrent. Elle éclata de rire.

— C'est ça, ris ! Je te signale que tu devras t'en occuper toi aussi !

Noah s'approcha.

— Je ne te reconnais pas. Serais-tu devenu une « mémé à chats » tout d'un coup ?

— Pourquoi ? C'est interdit d'adopter un animal sans se faire traiter de...

— Allez, ne joue pas la comédie ! l'interrompit Noah.

Il prit un air grave.

— J'ai confiance en toi. Peut-être même plus que dans un frère. Ce sera toujours vrai.

Ne voyant pas où son ami voulait en venir, Rafe hocha la tête sans conviction.

— Comme moi. Tu m'as toujours soutenu là où d'autres ne l'ont pas fait. Je n'oublie pas.

Noah lui donna une tape dans le dos.

— Tu as la chance de pouvoir concrétiser quelque chose de beau. Ne la laisse pas passer, cette chance.

Intrigué, Rafe regarda son ami retourner auprès de son épouse. Sierra glissa sa main dans la sienne.

— Tu vois, tout se passe bien, lui dit-elle. De toute façon, ils l'auraient découvert tôt ou tard. Alors...

Rafe se frotta la nuque.

— Je sais, mais je voulais faire les choses bien. Dans l'ordre. Pour toi.

— Tu m'aimes ? lui demanda-t-elle.

— Tu le sais, non ? répondit-il, le cœur battant à tout rompre.

— Oui. Mais je veux t'entendre le redire.

Serrant plus fort sa main, elle l'emmena vers la scène où l'orchestre jouait les premières notes d'un morceau langoureux. Elle s'approcha du chanteur et, après avoir échangé quelques mots avec lui, prit le micro.

— Je sais, commença-t-elle, rayonnante, qu'aujourd'hui est le jour de Noah et de Lyssa. Je suis très heureuse pour eux et leur souhaite tout le bonheur du monde.

Tous les invités applaudirent.

— Attendez, s'il vous plaît, j'ai quelque chose à ajouter. Quelque chose que j'ai envie de partager avec les personnes que j'aime le plus au monde. Elles sont ici : vous tous.

Rafe sentit qu'il rougissait. La mine ravie, Paul Bradford, dans son fauteuil roulant, approcha de la scène. Noah et Lyssa, Mitch et Emily, ainsi que Chase firent cercle autour de lui.

Sierra s'agenouilla devant Rafe et sortit un écrin de sa poche.

— Rafe Vargas, je t'aime. Je veux passer toute ma vie avec toi. Je veux que tu sois à la fois mon partenaire, mon meilleur ami, le père de mes enfants et l'autre moitié de mon cœur. Acceptes-tu de me prendre pour épouse ?

Rafe se figea, la gorge serrée. Il regarda devant lui les visages surpris — et souriants — qui attendaient sa réponse. Noah était là, parmi eux. Il ne sauta pas sur la scène pour le féliciter, l'embrasser. Il se contentait de le dévisager en souriant, comme s'il avait toujours su que ce serait ainsi.

Quelle qualité irritante chez un beau-frère !

— Oui ! Oui ! Oui ! commença à scander l'assemblée.

S'il en doutait encore, Rafe sut alors ce qu'il devait faire. Il s'agenouilla à son tour devant Sierra, sortit un écrin de velours de sa poche et l'ouvrit sous les yeux ébahis de son amour. Une bague de fiançailles, un saphir ovale serti de diamants, étincelait sur un coussinet de satin blanc. Avec justesse, il avait choisi un bijou de la couleur de ses yeux.

— Tu m'as pris de vitesse, lui dit-il lui glissant la bague à l'annulaire. Je pensais te surprendre.

Un tonnerre d'applaudissements fit vibrer les pampilles de cristal des lustres, l'orchestre fit rouler la batterie, mais Rafe n'entendit rien. Il prit le visage de Sierra entre ses mains et, lentement, tendrement, l'embrassa.

— On leur dira plus tard, pour le bébé, murmura Sierra.

— Oui, beaucoup plus tard, répondit-il tout bas.

Et il reprit ses lèvres.

Le temps des secrets avait vécu. Celui des mensonges, aussi.

Seul restait l'amour.